第 三 卷

新理性精神文学论

钱中文 著

钱中文文集

中国社会科学出版社

70岁生日,左起金元浦、王岳川、钱中文、周宪(2002年)

左起钱中文、童庆炳、朱立元

左起曹卫东、张首映、靳大成、孟繁华、陈晓明、许明、钱中文、张来民、钱竞、陈燕谷

与部分弟子在一起，左起靳大成、张首映、金元浦、刘方喜、邵一峎

目　录

第一编　新理性精神文学论

一　文学艺术价值、精神的重建：新理性精神 …………………（3）
二　文学理论现代性问题
　　——生成中的现代审美意识与文学理论 ………………（24）
三　就"文学理论现代性"问题答《文学前沿》编辑部问 ……（74）
四　交往对话主义的文学理论
　　——论巴赫金的意义 ……………………………………（81）
五　理解的欣悦
　　——论巴赫金的诠释学思想 ……………………………（133）
六　文学理论：走向交往与对话 …………………………………（156）
七　新理性精神和交往对话主义 …………………………………（169）
八　走向对话：误差、激活、融化与创新 ………………………（176）
九　新理性精神与文学理论研究 …………………………………（189）
十　守望人的精神家园 ……………………………………………（206）
十一　文学批评中的价值取向问题 ………………………………（211）
十二　全球化语境与文学理论的前景 ……………………………（216）
十三　文化"一体化"、民族文学与世界文学问题 ………………（237）
十四　历史题材创作、史识与史观 ………………………………（274）
十五　文学的乡愁
　　　——谈文学与人的精神生态 …………………………（281）

目录

十六　各具特色的对话交往哲学与诗学
　　——巴赫金与哈贝马斯 ………………………………（295）

第二编　文学理论的多种历史形态

一　文学理论：观念与方法 ……………………………………（301）
二　走向宏放，走向纵深 ………………………………………（306）
三　三种外国文学理论形态 ……………………………………（310）
四　法国文学思潮 ………………………………………………（332）
五　法国文学理论流派 …………………………………………（339）
六　苏联文学理论走向 …………………………………………（350）
七　文学理论中的"意识形态本性论" …………………………（367）
八　"认识论美学"思想体系 ……………………………………（381）
九　文学社会学的建设 …………………………………………（391）
十　审美的、历史的文艺批评 …………………………………（398）

第三编　文学理论：百年回顾与前景

一　文学观念：世纪之争及其更新 ……………………………（423）
二　在蜕变中：新时期文学理论十年 …………………………（442）
三　面向新世纪：八九十年代中外文学理论新变 ……………（454）
四　会当凌绝顶：回眸20世纪文学理论 ………………………（476）
五　世纪印象
　　——答《文艺争鸣》朱竞先生问 …………………………（499）

附录　一桩难解的学案
　　——文本规范与思想共享 …………………………………（508）

第一编
新理性精神文学论

一 文学艺术价值、精神的重建：新理性精神

（一）

20世纪是文学艺术不断花样翻新的时代。现实主义文学艺术时时更新自己的手法，拓展生活的广度，深入开掘人生，而19世纪的批判精神至今一脉相承，余韵犹存。现代主义文学中不同派别的一些优秀之作，倾情于20世纪初的人的生存的艰辛与伤痛，恰如悲怆的交响曲一般，令人回味无穷。

随后，现代主义又受到指责。那些在语言哲学与语言论哲学思潮流行中出现的诸种形式主义并受其影响而产生的作品，在发现与运用语言自身逻辑、能指方面，发展到了极致。语言能指功能的自由运用，可以使作者自如地组织话语，随心所欲地结构句型、叙事形式，从而使艺术形式不断出新。如"新小说"、"新新小说"、活页小说即类似于扑克牌式的小说，页码可以自由穿插，故事可以任意连接；此外还有"不可解的"小说等。另一方面，由于这些文学新品种将文字自身逻辑的变化视为艺术目的，在理论、写作原则上的极端化，使得其创作目的趋向于游戏，文化意义受到排斥，艺术的终极追问遭到放逐而陷于解体。这类作品的出新，是作者任意书写的任意形式，和艺术价值的淡化与消解是共生一体的。

美国学者丹尼尔·贝尔说，一些作家（指外国的）由于拒绝对生活的美学证明，结果便走向对本能的完全依赖。"它以解放、色情、

冲动自由以及诸如此类的东西，猛烈打击着'正常'行为的价值观和动机模式。"① 人在自我失落中自我娱乐，而鉴赏趣味则无需挑剔！于是另一方面，在20世纪的不少作品中，被压抑的性本能、原始欲望，有如挤破了潘多拉的铁盖，争相释放出来，演出了许多离奇古怪的乱伦、性倒错、性疯狂的故事来，在大众文艺中尤其如此，显示了文学艺术贬值、堕落的一面。

20世纪80年代上半期，我国文学艺术的探索，是摆脱旧有的束缚、标举着一种人文精神，恢复自身的价值，走向创新之路的运动。随后这一探索，深受西方各种社会哲学、文化艺术思潮的影响。令人眼花缭乱的是，当这些思潮如潮水般涌来之时，也正是我国市场经济举步入轨之日。80年代中期，不少人文知识分子突然发觉，自己已被抛入了物的世界，现今一切都飞速地围绕着物与权在旋转，一切都为实利目的所侵袭。现实生活的冲击是最基本的，人们长期为生活中的假大空的连篇谎话所困扰而被弄得晕头转向。昨天看来分明是光华四射的神圣之物，今天却发现不过是一堆俗不可耐的腐朽与霉烂。现实中的深沉卑污，使信仰黯然失色，它无情地嘲弄了自己。理想的解体是现实自身的解体。它使不少人也使不少作家四顾彷徨。一些作家走向世俗，面向底层，描绘普通人的生存的尴尬与卑琐的生活状态，拓宽了创作的领域。有的作家则躲开崇高，在嘲弄虚妄的崇高的同时，调侃任何崇高，甚至羞耻与良心，这就走向了虚无。有的投入"叙事策略"的追寻，他们以语言能指的自由挥写、叙事形式的多样变幻为创新目的，写得认真，玩得投入，一时有如在文坛上吹过一阵新风。但是意义的消解和形式构成的自由性，削弱了审美的生成，给阅读带来了困难。80年代中后期开始，中国文坛上不少作家表现了对人的自然本能的崇拜与激赏。在这方面，一些原本是写作严肃的作家竟也未能免俗。穿插于小说中的大量性事描写，一时使京城纸贵，显示了严肃文艺中的颓唐一面。有的评

---

① ［美］丹尼尔·贝尔：《资本主义文化矛盾》，蒲隆、赵一凡、任晓晋译，生活·读书·新知三联书店1989年版，第99页。

论家今天以优美的辞藻赞扬那种灵肉随时随地获得满足的粗俗快感，明天又在报刊上大唱作家的社会责任感应如何如何的高调，表现了文艺批评两面性的实用主义姿态。至于在大众文艺中，以颓废情绪为基调制作出来的书籍，更是在在可见，表现了文学艺术的反文化的一面。

文学艺术意义、价值的下滑，人文精神的淡化与贬抑，是一种相当普遍性的现象，虽然它并不代表文学艺术的全部精神。看来，20世纪文学艺术意义的日益失落，与人的生存质量、处境密切相关。今天，一些人文知识分子正在寻找一个新的立足点，重新理解与阐释人的生存与文学艺术意义、价值的立足点，新的人文精神的立足点，这就是新理性精神。

（二）

新理性精神将从大视野的历史唯物主义出发，首先来审视人的生存意义。一百多年来，人在生存中所遭受的挫折感不断弥漫，从东方到西方，由西方而东方。一种是有形的人的生存的挫折感。例如列强的侵略压迫、掠夺屠杀，使被压迫者的生存处于水深火热之中，它给人们留下的伤痛连绵不绝，至今犹存。由于东方侵略者失败后未受应有的惩罚，所以他们的后裔至今未有公开的认罪感。一种是无形的人的生存的挫折感，它是由社会环境促成，人身上深层的精神生存的挫折感。它几乎无处不在，显得持久而震动人心。

西方学者说，西方人经历了上帝之死，父亲之死，知识分子之死，作者之死，一直到人的主体性之死的灾祸。"上帝、国王、父亲、理性、历史、人文主义，已经匆匆过去，虽然在一些信仰园地中余烬犹存。我们已杀死了我们的诸神。"① 随后又出现了后现代主义。法国学者利奥塔德在1979年发表的《后现代状况：关于知识的报告》一书中

---

① [美] 伊哈布·哈桑：《后现代的转向》，刘象愚译，（台北）时报文化出版企业有限公司1993年版，第279、279—280页。

指出：后现代就是"对元叙事的怀疑态度"①。何谓元叙事？即西方启蒙运动后形成的崇尚"同一性""整体观"的思辨哲学，那些倡导自由、平等、博爱、科学求真的基本话语。后现代主义者还认为，叙事与科学范式不可通约。这无异是说，过去的思想、理论全都受到怀疑。"现在我们一无所有，没有一样东西不是暂时的、自我创造的、不完整的，在虚无之上我们建立我们的话语。"上帝死了，信仰崩溃了。人嘲弄了自己。那18世纪曾被宣扬一时的理性与理性王国，原来不过是乌托邦的幻影，理性、崇高变成了欺骗。人突然觉得无所依附，而至于一无所有；无不都是过眼云烟，茫茫虚无。精神的失落，给人带来了巨大的痛苦，这就是他精神性的生存的挫折感。卡夫卡在1910年12月15日的日记中，写到他所体验过的那种生存的绝望："我就像是一块石头，一座自己的墓碑，那碑上既没有怀疑也没有信仰，既没有爱情也没有憎恨。既没有勇气也没有怯懦，只有一个模模糊糊的希望。然而，就是这希望也不过是碑上的铭文而已。"12年后他又写道："……我的内心只有绝望的幻象，尤其我在那里（希望之地迦南）是芸芸众生中最痛苦的人时。"② 这种没有希望、没有出路的情绪的人，就像一个步入死胡同的落魄者，欲前无门，突围无力，所谓走投无路即是，使人不胜凄惶。在20世纪西方的哲学中，特别是存在主义的哲学中，人的焦虑被作为人的一种生存状态而成为一个热门话题。生存的焦虑源于人所处现实社会的分裂、破碎与它的不确定性。这种不确定性，使人在其生存选择中难以预测自己的命运，他不明白何时会被什么灾祸所吞没。布洛赫说："当焦虑超出生物学的范围，只是作为一种人的存在方式，尤其作为焦虑之梦呈现出来时，它在本质上就是以自我生存本能受到社会障碍为基础的。事实上，这是惟一毁灭性的，

---

① ［法］利奥塔德：《后现代状态：关于知识的报告》，见《后现代主义文化与美学》，王岳川、尚水编，北京大学出版社1992年版，第26页。
② ［奥］弗·卡夫卡：《日记》，转引自［德］古斯塔夫·勒纳·豪克《绝望与信心》，李永平译，中国社会科学出版社1992年版，第20页。

甚至把愿望转向其反面的内容，它最终使焦虑变成绝望。"① 焦虑大面积地弥漫与不断深化，演化而为绝望，使人成空虚的人，扁型的人。

其次，当哲学家、文学家写到因上帝死去而留下难以弥补的空缺时，物的挤压则如排山倒海之势随之而来，而且随后这种挤压愈演愈烈。诚然，人要生存，需要衣食住行，需要不断提高、改善它们的质量。人在对物的需求中，形成一种物欲，它一面激发人的热情，使财富不断被创造出来，使人不断获得物的满足与享受，这是不容争辩的。然而对物的无尽的追求的内在规律是，造成了对人的挤压，物的阴影遮蔽了人。物欲的发展不断转化为对金钱权力的追逐，使自身成为一种异化力量，使人变为物的奴隶。首先，这力量是物质的，当它与权结合，一夜之间就可造就成千上万的暴发户与亿万富翁，在物质上掠夺另一些人，人被物挤兑。于是我们见到在尤奈斯库的满舞台的"椅子"中，不见了人。其次，这力量又是精神的，它使社会时弊丛生，贪污盗窃、损公肥私层出不穷，甚至利用公众的失语与无言，变本加厉地进行，使社会普遍需要的公德、伦理蒙上血腥的污秽。人间的羞耻、良心、血性、同情、怜悯、诚实、公正、正义等，进入了新的衡量秩序，即要以斤两来计算它们。人们可以围观人的死亡过程，可以容忍光天化日下的污辱，可以逼人嫖娼，把不从者当众扑打致死。物的挤压使不少人的人性泯灭，使人的兽性恶性膨胀；而对于那些洁身自好、无所依傍的人来说，物的挤压使他们陷于清贫，给他们造成巨大的精神伤痛。不少人由此失语，失去批判和反抗的能力，从而滋生了各种各样的宿命思想与悲观主义。在这物化的时代，历史、现实都可以用谎言替代，一切都可以进行机械复制，动用美容手术，从物质到精神一切都可以假冒，一切都被弄得真假不分，一切都优劣难辨。物的挤压，制造了大量在精神上污秽的人，失去灵魂的人。这在文学作品中已描写得很多，莫里亚克式的人物，卡夫卡式小说中的人物，荒诞派文学中的人物，在在皆是。他们或是毒如蛇蝎，或是形

---

① ［奥］弗·卡夫卡：《日记》，转引自［德］古斯塔夫·勒纳·豪克《绝望与信心》，李永平译，中国社会科学出版社1992年版，第14页。

同枯槁，或是状如幽灵，徒具人形。

属于这一类型的还有平庸的人。高级消费、电视广告，时时提醒人什么是"美满生活"的象征，它们刺激人的需要，教导人如何模仿电影明星，装演员姿势。它们劝导人关心享乐，打破旧禁，放纵情欲，及时行乐。它们影响社会舆论，改造文化。上述情况不仅外国有，在我国也是如此，在文艺中也属常见现象。在电视中，天天有人开导你如何吃喝，购买皇家气派，装出贵族风度；要不，就是一批批教授、学者、经理、演员、明星，被节目主持人哄得满台乱转，猜猜普通常识，猜不出做出怪相，逗人一笑，玩玩大人排排坐、吃果果、玩家家式的游戏。

再次，科技的进步的复杂影响，造成人文精神的下滑，制造了无数渺小的人。科技的发展，无疑是人的认识、创造能力无限可能性的体现。科学家对自然、宇宙奥秘的深入探索，理应使人的认识与理论具有更高的敞亮的品格。但是对于不少人来说，甚至不少科学家来说，却并未在精神上摆脱神秘主义的束缚，而陷入哲学上的怀疑论与极端的相对主义。对事物认识的相对性是必要的，但使相对观点极端化，必然会在对待万事万物上形成一种亦此亦彼、什么都行的思维方式，导致对价值、真理的怀疑，最后放弃终极追问。在后现代工业社会，科技高速发展，信息媒介已进入千家万户。科技带来物质繁荣的同时，却不断建立起了自己的霸权地位，几乎形成了对人的绝对统治。在知识激增的时代，人们"听见被人说过的东西是如此之多，并发现关于万事万物的看法可以自圆其说，因而他们感到对一切都毫无把握"①，没有一种解释可以独霸称雄。加之，人们的教学方式也发生了变化，即在接受知识的过程中，人文因素急剧减弱，因为如今人们只需坐在终端机前就可获得必要的信息和知识。于是传统的人文科学受到强烈的挑战，这使人感到人文科学日渐失灵。同时在一些技术官僚看来，人文科学简直不屑一顾，因为它们不能创造物质财富，无法

---

① 转引自〔美〕查尔斯·纽曼《后现代氛围》，见《后现代主义文化与美学》，王岳川、尚水编，北京大学出版社1992年版，第151页。

带来经济实惠。这样人文科学也就被逼放弃自己的合法化地位,而被悬置起来。但是人文科学的悬置与失灵,正是人文精神淡化的表现,正是使人何以为人的人文精神的下滑与堕落。于是我们在不少作品里看到,一切都动摇了,好像人人都是百万富翁,但觉得所有人却一无所有,住所陈设豪华闪光,而个人的精神愈益匮乏、贫困,似乎谁都没有忘记自己的突然贬值,因为它太令人痛心疾首。于是"自然的趋势是去寻找比自身价值更少的东西"。

20世纪由于社会的频繁动乱,使不少人在失去信仰、理想之后,而变得内心惶惶,成为扁型的人。20世纪由于物的极大丰富,普遍地追求物欲,而使不少人道德沦丧,成为精神上丑陋的人、平庸的人。20世纪由于科技霸权的建立,使不少人失去理智的澄明,而成为不能正视自己力量的渺小的人。人的价值的低落,贬值,促成了他的精神生产的自虐性的堕落。那么希望何在?古茨塔夫·勒纳·豪克在其《绝望与信心》一书中谈到人的悲观绝望的处境,只是他的一个方面。人还有另一方面,即信心的一面。他认为这信心的一面,恰恰来自人的自身:"希望之所以转化为信心,是因为他们看到了褊狭的先定的意识形态(无论是种族的、阶级的、国家主义的还是民族主义的)的普遍消除……各民族之间尽管还存在着对立,但是他们在精神上和经济上却在相互接近。艺术具备了世界主义的特质。"[①] 他认为,无论是焦虑与绝望还是希望和信心,都根源于生物生命的自身。"在今天的文学和艺术中,如果我们只表现焦虑之梦和绝望的歇斯底里,而不去表现希望和信心,乃至……确信的情绪,那么毫无疑问,这是表现了'自然'生命的一半。"[②] 豪克对人、世界表现了乐观主义的态度,值得赞赏。但其具体观点看来不能完全同意。例如说到意识形态的普遍消除,这并非现实的事。例如,各国人民在精神、经济上有所接近,但文化隔膜至今很深;不少人在宣扬世界主义艺术,但是他们心目中

---

① [德]古斯塔夫·勒纳·豪克:《绝望与信心》,李永平译,中国社会科学出版社1992年版,第4页。
② [德]古斯塔夫·勒纳·豪克:《绝望与信心》,李永平译,中国社会科学出版社1992年版,第63页。

的世界主义艺术不过是科技发达国家的某种艺术标本而已。又如他寄希望、信心于人这个"生物"与"自然"生命本能的另一面。但是毫无疑问，人只有作为"社会"生物时，他的理想与信心才能成为他的本质面的。

（三）

新理性精神难以力挽狂澜于既倒，但它绝不会去推波助澜。它要在大视野的历史唯物主义的观照下，弘扬人文精神，以新的人文精神充实人的精神。

首先，新理性精神坚信人要生存与发展。人理解自己的存在。人的生命活动不仅是为了维系其自身的生命。人通过其自身的实践活动，总是指向什么而被赋予目的性，形成其活动的意义与价值，改造自己的生存，实现自我，超越自我。人有肉体生存的需要，要有安居的住所，因此他不断设法利用自然与科技，创造财富，改善与满足自己的物质条件。而同时他还有精神的需要，还要在其物质家园中营造精神安居的家园，还要有精神文化的建构与提高。人与社会大概只能在这两种需要同时获得丰富的情况下，才能和谐与发展。在这人的精神家园里，支撑着这无形大厦的就是人文精神，就是使人何以成为人，要成为什么样的人，确立哪种生存方式更符合人的需求的那种理想、关系和准则。人文精神就是对民族、对人的关怀，对人的生存意义、价值的追求与确认。人文精神作为精神文明底蕴，首先具有普遍的人类意义。各个国家、民族的成员，告别原始森林而步入社会群体，必须找到共同的相互人际关系的契约式的准则，如从动物脱胎出来最先形成的羞耻感，随后在共同生活中形成的相互同情、怜悯、血性、良知、诚实、公正、正义感，等等。各个国家民族进入到今天现代化的阶段，上述使人何以成为人的精神，仍然是共同应予遵守的契约式的准则，这是人文精神的最基本方面。

其次，人文精神是一种历史性现象。例如爱国主义精神，历来都是指对自己的国家、文化遗产的爱，不同时期指向相同，但其内涵是不断变化的，特别在多民族国家里。又如每个社会的统治阶级，都会将上述具有普遍意义的人文精神，纳入自己的阐释，赋予其阶级、集团本身利益的色彩与意义。当统治阶级处于进步的阶段，它对人文精神的阐释，往往有利于促成社会精神的建设，它甚至还可能以本阶级、本集团的理想品格，来丰富与扩展人文精神，形成新的人文风尚，甚至时代精神。当这个统治阶级走向没落，念念不忘于一己之私利与权力，就会使社会颓风流行，使反人文精神、反文化现象迅速抬头。就西方社会来说，这个世界早就物化，金钱权力支配一切，理想幻灭，灾祸不断，那些使人成为人的最基本的准则，受到踩躏，无数学人都深感在绚丽多彩的物质之后精神的贫乏。至于我国近期，由于把阶级斗争看成是社会发展的唯一动力，一味斗争，以达私利，从而严重地造成了人文精神的畸形发展而至毁灭。有时，文艺中那种失去了历史感，张扬不分正义、非正义的同情、怜悯、良心的现象，也是存在的。但是几十年来的批判，造成了良心、同情的泯灭。上述那种艺术描写，可能正是一种迷惘的反弹。20世纪80年代中期以后，商潮勃兴，人文精神无疑会形成一些新的积极因素，并在今后逐渐显露出来。但是商潮的消极面与腐败面，正裹胁着整个社会生活，从而使刚刚苏醒过来的人文精神，在社会生活的许多方面，再度失衡与沦丧。

再次，人文精神具有强烈的理想风格，在不同国家、民族的人文精神共同性的基础上，又各具自己的传统的理想色彩。有着几千年文化传统的我国，人文精神表现为对人际关系的重视。"观乎人文，以化成天下"，表现为中国历史人文知识分子修身自立的品格，坚持人格尊严，个人对社会的责任感，历久不衰的忧患意识感。"先天下之忧而忧，后天下之乐而乐"（范仲淹），"为天地立心，为生民立命，为往圣继绝学，为万世开太平"（张载）。在近代西方思潮的影响下，我国现代知识分子又提出"赛先生""德先生"，甚至近时又呼唤"莫先生"（道德）；提出知识分子的价值是"与天壤而同久，共三光而永光"的"独立之精神，自由之思想"说。自然，这是一种理想与追求。在"文化大革命"中，中国几千年积累起来的而后不断遭到唾弃的中国知识分子的人文精神残余，在那场腥风血雨中被洗劫一空，荡然无存！人文精神的失落，让中国人一时觉得做个人都困难，残暴到真正发生人食人的地步！如果说，中国知识分子的人文精神传统，重在个人修身自立，与人际、社会关系的相互协调，那么在西方，就近代来说，人文精神的着眼点则是以个人为本的，如自由、人权、平等、求知求真等。特别是自由与人权，它们关乎人的方方面面。这种人文思想，发生过积极作用，作为理想，仍然有其光辉。但作为现实的人文精神，几百年来并不那么美妙。人权、自由本来是人生存的精神需要。但是，极端化了的人权、自由，却把对他人的侵扰与伤害，都当成天经地义的事。

新的人文精神的建立，看来必须发扬我国原有的人文精神的优秀传统，在此基础上，适度地汲取西方人文精神中的合理因素，融合成既有利于过去不被允许的个人自由进取，又使人际关系获得融洽发展的、两者相辅相成互为依存的新的精神。

面对人的扁型化、空虚感，人的大范围的丑陋化、平庸化，与自我感觉的渺小化，文学艺术应该揭起人文精神的这面旗帜，制止文学艺术自身意义、价值、精神的下滑。

文学艺术是营造人的精神家园的一个重要部门。历史、现实中流传的文学艺术，毫无疑问有语言形式方面的因素，同时语言、文体的变革造成了与读者的新关系，这是文学人文因素的一个方面，但是还有内涵更为宽厚、深刻的人文因素的方面，而且是主要的方面，即对人的价值、命运的关注，为生民立命的热诚的一面。

西方学者说这也死了那也死了，但仔细想想，这些警世之言，有的说对了，有的说对了一半，有的说错了。20世纪，一切都被否定了，一切都无望了。我知道，不少作家并不如此对待问题。例如，在20世纪50年代前的充满灾祸的西方社会里，海明威、雷马克小说中的人物，被东追西逐，飘零迷惘，挣扎死亡。这种失落的情绪在《永别了，武器》《生死存亡的时代》《凯旋门》里，让人感到最为揪心了。20世纪50年代初，海明威在《老人与海》中进一步宣告："……一个人并不是生来要给打败的"，"你可以把他消灭掉，可就是打不败他。"这种铮铮鸣响的语言,充满了对人的同情与崇高的景仰。而几乎就在同时,当人们为战争的阴云所困扰,福克纳大声宣告:"我不想接受人类末日的说法……人是不朽的",作家的"特殊光荣就是振奋人心,提醒人们记住勇气、荣誉、希望、同情、怜悯之心和牺牲精神,这就是人类昔日的荣耀"①。人的生存的挫折感是真实的存在。在人遭受苦难陷入迷惘的时刻,看来只有那些具有海明威、福克纳精神力量的作家,会给人们以鼓舞,勇敢地生存下去。

当西方哲学家宣布这也死亡、那也死亡,无疑相应地在文学艺术中也掀起了一股非理性主义乃至反理性主义思潮,理性主义受到了非难。过去人们崇尚理性,排斥非理性,但是从人类心理、认识史的演变来看,非理性比理性更为古老。在欧洲,那隐潜的非理性在18世纪哲学中突变而为非理性主义,从此一发不可收拾;19世纪通过叔本华、尼采等人学说,形成了非理性主义思潮。非理性主义哲学抓住了理性主义避而不谈和难以阐明的隐蔽的现实现象,开拓了人类心理、思维、认识的新领域。但当它排斥理性,企图用非理性主义的种种学说来从整体上阐述世界时,这不仅突出了非理性主义的谬误,而且转向了反理性主义。非理性主义在过去的文学艺术中作为潜流而存在,如今深入各种艺术的形式,它们一面拓展艺术创造的机遇,更新人们的艺术思想,另一面它们又往往走向极端,无所顾忌地否定一切,特别是悲观地来阐释人的发展。它们见到了人的困境,描绘了人生的尴尬,以为这就是人的唯一存在形式。于是整个世界似乎都被焦虑、荒诞所充塞了,人的生存进取的意向被阉割了,使人沦为扁型的人。在我看来,诉诸人们感悟、心灵的文学艺术,不仅要描绘人的生存艰辛,他的不妙处境,同时也应像福克纳、海明威传达出人的自豪的声音。尽管反理性主义的白日梦尚未结束,但是新理性精神将把人的心理、认识的重要一面——非理性,与非理性主义、反理性主义区别开来。它将充分重视偶然性在历史、精神乃至文艺创造中的特殊作用。偶然性是新的人物创造基础。但是新理性精神不认可把非理性绝对化,使其走向

---

① 见《福克纳评论集》,李文俊编选,中国社会科学出版社1980年版,第255页。

反理性主义，反对用反理性主义阐释人生，解释世界。同时，反理性主义也可以从理性主义衍化而来。20世纪以来，理性主义的发展，一再因其极端而走向反面。理性与非理性一样是人的心理、认识的特有能力，它规范知识、自然、道德、社会。理性的阳光给人类的发展带来发展与繁荣。在漫长的发展过程中，理性演化为成套学说，并渐渐变为规律自身，致使人变成了它的工具。理性主义的绝对化，不仅主使人主宰自然，而且掠夺自然，制造形形色色绝对化的准则与规律，使之异化为"绝对观念""绝对意志"，企图导致对社会的绝对统治。被唯理性主义化的绝对意志，曾给一百多年来的近代社会带来无数混乱与灾难，它同样使人陷于失去理想和信仰崩溃的痛苦之中。

新理性精神主张以新的人文精神来对抗人的精神堕落与平庸。当今一些文艺作品的写作，已使人严重地失去了羞耻感，失去了良知与同情，已丢失了血性与公正。一些误入文学"歧途"的人掉头而去，更有一些人大肆制作污秽的东西；当然也不乏作家高扬文学艺术的信仰与理想，虽然目前势孤力单，但会获得广泛的同情。上述情况在西方国家的文艺中也同样存在。因此我以为，当今的文学艺术，要高扬人文精神。要使人所以为人的羞耻感，同情与怜悯，血性与良知，诚实与公正，不仅成为伦理学讨论的课题，同时也应成为文学艺术严重关注的方面。以审美的方式关心人的生存状态、人的发展，使人成为人，拯救人的灵魂，这也许是那些有着宽阔胸怀的作家艺术家忧虑的焦点与立足点。人文精神在当今社会还有别的要求。但是如果不能唤起使人所以为人的羞耻感，不能激起他的血性与良知，诚实与公正，在精神上使人成为人，其他要求再高、再好，也是枉然。自然，最基础的与更高形态的人文精神，两者并不矛盾，相辅而相成。文学艺术无力拯救世界，但它可以在一定程度上调整现实生活的失衡。

同时，文学艺术也要强化人文精神的批判精神。近几十年出现的一些文学艺术流派，特别是受语言哲学、语言论哲学影响的流派，在文学回到自身的嘈杂声中，纷纷把注意力投到语言形式方面去了。语言表达的形式变化了，艺术形式更新了，文学好像回到了"自身"。但是它内涵单薄，审美因素不是丰富而是削弱，状如干瘪的女人一般。至于公众关注的问题，他们的焦虑与忧愁，不少人把它们当作社会学的对象而高傲地抛开了。这样的文学艺术，被圈入了狭小的同人范围，只好相互欣赏各自的"叙事策略"，而对公众无所言说。这点后面将专门论及。文学艺术给人愉悦，同时以其强烈的人文精神的批判力而招引读者。在当今我国经济转型期间，现实中的腐朽与反人文精神一面，较之人们在中外古典小说中所看到的图景，只有过之而无不及。不少作家在社会邪恶面前不求承担诺言，以减少写作的挫折，即生存的挫折，这也是环境使然。但是人文精神的萎顿，怎能使自己深入时代的深层？怎能使创作走向博大、精深？刘鹗在《〈老残游记〉自序》中说："《离骚》为屈大夫之哭泣，《庄子》为蒙叟之哭泣，《史记》为太史公之哭泣，草堂诗集为杜工部之哭泣，李后主以词哭，八大山人以画哭，王实甫寄哭泣于《西厢》，曹雪芹寄哭泣于《红楼梦》。"如果作家不能全身心地投入使人何以成为人的关注，对人的良知、血性的关注，如果不玩玩深沉，何来这种渗入灵魂的忧患感和人文精神？同时，如今不少作家加强了民主意识，十分谦恭，愿和读者站在同一水平之上，不愿别人说作家是社会良知。的确在这知识普泛化的时代，不会再有先知，而且良知与平等对待读者也不是一回事。但是就像从事科学研究的人中间会产生有杰出贡献的科学家一样，在文艺创作中，也有那种关怀人的生存、说出别人深有感觉而又说不出来的那种人生感悟的震动人心的人。不可能个个作家都能成为社会良知，但成为社会良知的作家还是存在的。

20世纪的科技霸权主义以及其他形式的霸权主义，使无数人成为渺小的人。要使渺小的人成为真正的人，借助于文学艺术精神家园的营造，也是一条途径。这里必然要涉及创作的主体性问题。作者的主体性体现着他本人的人文精神的品格，他对人文精神有多高的理解与体验，这决定他在创作中站得多高。主体性曾是现代主义所竭力争取的，以致使得他们把写作当成了自我表现，或专注于作者自我的内心活动，或以变形的艺术形式来体现这些活动。现代主义创作倾心于揭示社会剧变中的灾难感，人的焦虑与压抑，悲惨的世界图景与精神的荒凉，人的无能为力与悲剧命运，失去拯救、命中注定与万劫不复。

它的格调，在对人的关怀中，充满伤痛与悲怆的味道。作家的主体性在创作中表现强烈，但调子无望而低沉。它的人物的主体性，则呈现破碎，失去完整、和谐，表现了迷惘、不安、焦虑、无力，被不可知的力量任意摆布，无法抗拒，最后走向悲剧的死亡。后现代主义作家竭力贬抑作家的主体性。他们在作品中描绘的，多半是不具主体性特征的客体，所以这类小说也被称作"客体小说"。这类小说叙事角度确很客观，小说本文表现了一种叙事的多视角特征。这时作者在作品中有如物化的机械一般，以所谓零度感情去描绘静物和人物，起到了一架多镜头照相机的作用。他甚至会以零度感情去描绘那些令人发指的罪恶暴行。于是在字里行间透露出来的那种客观，实际上正好显示了他的缺乏人性的一面。我们看到，小说形式似乎更新了，但人物被淡化乃至替代了；他的主体性特征扭曲了，而最终人文精神被抹去了。由此人的渺小化，不仅为科技霸权主义压抑所致，同时，这也是一些作家有意使文学艺术人文精神自身贬值的结果。要使人摆脱渺小的感觉，在文学艺术中改造主体性，弘扬人文精神看来也是十分重要的一面。

（四）

新理性精神将站在审美的、历史社会的观点上，着重借助与运用语言科学，融合其他理论与方法，重新探讨审美的内涵，阐释文学艺术的意义、价值。因为审美曾被庸俗社会学消解过，也被所谓使文学回到自身的语言科学和诸种形式主义理论弄得相当混乱。语言科学的运用，曾把文学理论引向新的境地。各种形式主义理论与主张，原本在各自的片面中，程度不同地说明着文学作品中某一方面的课题。但是它们的全面僭越与操作，却使它们声称，艺术作品本身并没有什么价值，如果有价值的话，那只存在于它的操作方式与过程之中。于是我们看到，小说便成了无说之说，叙事成了无事之叙。而当语言变为自为体时，那种能指无节制的扩张，则使文学批评趋向于智力游戏。

语言来源于人的表达的意图，来源于人对世界的思考，而意图与思考就是语言的内容与指向。没有无意图、无指向的语言。语言的意图和指向的表达，形成话语的意义和价值。人的语言指涉人的自我，然而本质上更涉及对象，指向现实生活。如果语言失去表达人的感情思想的功能，人就将失去语言而退入原始森林。很难设想存在着一种纯粹是为了进行自我表现的语言。语言一旦成为社会性的语言，集团性的语言，它诚然对人具有制约性，甚至出现语言说人的现象。但只是一种假象，因为实际上这不过是隐蔽了的社会、集团的规则、关系的显现而已。

现代主义的兴起，引起了文学语言的变化。作家们看重语言的多变、奇异化、变异感，以引起艺术感觉的更新。语言的更新，促进了艺术形式的更新，也促进了艺术本身的更新。但是这一更新，并未完全使文学失去自身的目的性，中心思想，体裁界限，深层含义，可读性，确定性，甚至是模糊的确定性，虽然这种种因素已开始发生变化。"现代主义最初是出于对社会、秩序的愤恨，最后出于对天启的信仰，这一思想轨迹，使现代主义运动具有永不减退的魅力和持续不衰的激进倾向。""但是回到艺术本身来看……这种寻找自我根源的努力，使现代主义的追求脱离艺术，走向心理：即不是为了作品是为了作者，放弃了客体而注重内心。"[①] 后现代主义一反现代主义的艺术目的，它借助"话语膨胀"，把现代主义的逻辑推向极端。所谓"话语膨胀"即对语言能指的崇拜，对语言能指功能的无限扩大，语言能指的分离与运用，原是有助于语言形式的更新。但是看来有一个度，即以有利于艺术的更新为限，即要使艺术成为艺术。语言能指功能的过度扩张，会导致言语的失控，造成组合词组、句子、叙述形式的随意性。在这里，变异、多样，成了变幻不定，最后反客为主，由表述的角色变为无所不能的新的造物主。语言成了一切之源，它所产生的本文就是一切，本文之外一无所有。这种把语言能指功能极端化的结果是，使本文出现了众多的新特征。如哈桑所指出的那样，有本文的不

---

① ［美］丹尼尔·贝尔：《资本主义文化矛盾》，蒲隆、赵一凡、任晓晋译，生活·读书·新知三联书店1989年版，第98页。

确定性，分裂性，非神圣化，无我性，无深度性，不可呈现性，不可表现性，反讽，杂交即不同体裁混用，混成模仿以及内在性，即"心灵通过符号概括自身的能力"① 以"重建宇宙"。哈桑把不确定性与内在性作为其两大主要特征，这是很有概括性的。

  语言能指无节制的膨胀，形成本文的自恋与语言的自我运动。这种语言运动，到底是语言的自身运动，还是以人为主导，是人与语言的共同的运动，是不言自明的。后现代理论家、作家宣布了作者的死亡。"谁在说话，又有什么关系"，"谁在说话，有何差别？"福柯说，"这种无所谓的冷漠表现了当今写作的基本伦理原则之一"。这样当代写作就从表达的范围中解放了出来，"写作只指涉自身"，"这就意味着符号的相互作用，与其说是按其所指的旨意，还不如说是按其能指的特质建构而成"。于是写作就像一场游戏，"不断超越自己的规则又违反它的界限并展示自身"，"从而创造一个可供书写主体永远消失的空间"。于是写作者的个人特征消隐，"书写主体消除了他独特个人化的符号，作家的标志降低到不过是他独一无二性的不在场（或非在、隐在），他必须在书写的游戏中充当一个死去的角色"。② "这样，后现代主义理论家就宣布了作者的彻底的死亡。不过在这里，作者之死只是在纯粹的写作的意义上说的，完全是一种策略，其目的不在于彻底清除作者，而在于强化语言能指和叙述的自由度。但是，又要说作者死了，叙述可以自由活动，这种策略不过是为了消解写作中的一系列其他成分而说的，我们还会在下面看到。作者提供的只是语言的自身运动的方式，也即他的文字码字方式。作者完全存在于这种方式之中，同时也存身于这文字游戏的背后，只是策略性地宣告他的不在而已。

  后现代主义消解了现代主义同现实的关系，甚至还有现代主义自我表现的原则。由于迷信写作的纯语言性质，由于只重视语言的自我

---

  ① ［美］伊哈布·哈桑：《后现代的转向》，刘象愚译，（台北）时报文化出版企业有限公司1993年版，第265页。
  ② ［法］米歇尔·福科：《什么是作者？》，见《后现代主义文化与美学》，王岳川、尚水编，北京大学出版社1992年版，第287、289页。

指涉性，以致只能使现实与历史置身于语言之中，现实、历史倒成了语言的产物。于是这就切断了文学与外界的多种联系。这是现代主义所倡导的文学自律性的极端发展。文学的自律性运动是文学自身发展的一种自觉过程，问题全在于人们把握这种自律运动的分寸。在谈及这种文学自律性运动的无节制的发展时，甚至像纽曼都认为太过分了。"我坚持认为，这种摆脱任何相互关系倾向的自律观的当代时尚，是一种欺骗。"① 在这种情况下，讨论文学的真实性问题就纯属多余。如果认为真实性还存在的话，那不过是作家虚构的一种自我感觉。

外国学者指出，有种被称作"生成性小说"，"本质上是非联系性的"，从相互关联方面来看，"生成者与外部社会的、地域的、心理的或其他方面的观点没有联系，它是从自身逐渐发展起来的"。又有一种被称作"未来的文学"，这是"一种与外部现实相隔绝的文学"②。这些小说纷纷割断了与现实的联系，同时在那些描写历史的作品里，所谓历史自然不过是作者随手拈来的语言衍生物，所谓历史的真实性，自然不过是作者虚构的自我感觉的真实性，无需多作讲究。虚构与事实的混同，发生了"历史被种种媒介剥夺了真实而变成了偶然事件"。这种语言的自身展现，似乎脱离了创作的主体意识，离开现实、历史的真实，那么它想说明什么呢？它什么也不想说明，它只想满足语言能指的自我扩张。因为在它背后的作者，认为一切出于偶然，无可追求，世界万物都处于无序之中，不可理解，难以沟通。于是意义、价值，或意义的生成、价值的生成，全都成了解构的对象。意义是主体对客体的把握中不断生成的认识，价值则是在人对满足他需要的外界事物的关系中产生的，没有主体的需要就无所谓价值。既然主体已消亡，客体已幻化，于是去追求意义本身就变得毫无意义，价值本身也无所谓价值。后现代主义作品拒绝对人的生存意义价值的终极追问，因为在它看来人的生存本身本来就是一种幻觉，而幻觉之

---

① ［美］查尔斯·纽曼：《后现代氛围》，见《后现代主义文化与美学》，王岳川、尚水编，北京大学出版社1992年版，第155页。

② ［荷］厄勒·缪萨拉：《重复与增殖》，见《走向后现代主义》，［荷］佛克马·伯顿斯编，王宁、顾栋华、黄桂友等译，北京大学出版社1991年版，第160、161页。

后仍是渺茫。那些终极追求，不过是故作深沉，自寻烦恼。今天已沉沦于万劫，何能再相聚于明天？

意义、价值的解构，导致叙事的不确定性。这种本文的不确定性，表现为含混、不连续性、异端、变态、变形。而变形又表现为反创造、分裂、解构、离心、位移、差异、分离、消失、分解、解定义、解密、解总体性、解合法化，等等。"上述符号凝聚着一种要解体的强大意志，影响着政体、认知体、爱欲体和个人心理，影响着西方论述的全部领域。在文学中，关于作者、听众、阅读、书籍、体裁、批评理论甚至文学观念都突然变得靠不住了。"①

新理性精神极端重视审美，但不是所谓"纯粹的审美"。纯粹的审美是可能的，但其意义、价值有限，甚至可能是一种语言游戏。新理性精神重视"语言论转折"的重大成就，语言论引入文学理论，使文学理论流派不断发生更迭，不断出新。但是不难看出，文学理论中的语言论的渗透与演变，到后来也自成牢笼，成了消解意义、价值的手段。问题在于发挥语言能指功能可能性的同时，要找到一个适量的度，使其结束自戕的游戏，同时又能使理论真正丰满起来。

新理性精神自然要审视传统，因为传统是文化艺术之链，是精神之续。在中国几十年间，传统曾被贬得一钱不值，最后导致人性的泯灭，道德的沦丧，促成了今天的人心的裂变。这种后遗症不知还要延续多少时候，20世纪80年代它又遭到全面否定。但是人们刚从历史的灾祸中脱身而出，明白利害，所以未受多大影响。90年代传统又在恢复，恢复什么，如何恢复，是原封不动地保存传统，还是在现代精神下更新？在欧美文化中，传统常常遭到革新者的激烈否定，每个学派几乎都声称自己是对传统的决裂。诚然，它们抓住了传统文化、知识的弱点，力图改变人的思维方式，都有不同程度的创新而有所突破和丰富，甚至包括解构主义在内。但是这种决裂感的渲染，往往使人失去对传统的良莠之分、渊源之别，使人脱离了自己文化的土壤、文

---

① ［美］伊哈布·哈桑：《后现代的转向》，刘象愚译，（台北）时报文化出版企业有限公司1993年版，第155—156页。

化之根，使人感到脱离了根的枝枝叶叶很快萎枯，使人产生文化的无所依托感，从而是使人走向精神的虚无与飘零的重要原因。确实西方的精神危机，相当程度上是与对传统持虚无态度有关的。传统既然被切断了，于是与过去切断联系而产生的"最终空虚感"随之而来，失去信仰后"在劫难逃感"、"世纪末感"、天下大乱感，油然而生。精神家园到处是断垣颓壁，一片残败景象。人作为短命的历史化身，有如沙滩上的足迹，经海浪一冲便荡然无存的转瞬消逝感，也到处弥漫。20世纪下半期来，各种思潮，似乎都面临解体，意义、价值、中心全面消解，世界从此进入无序，一切任其自然，一切失去准则，一切只见差异不具同一，一切只有平面而不具深度，一切都不可确定，一切似乎都面临世界末日的审判。一部分人徘徊无依，零落彷徨；一部分人颓唐下去，信仰本能。对传统采取全面颠覆的态度，一脚把它踢开，那实在是一种反理性主义。文化传统是人类几千年间积累起来的精神成果。传统就是过去，然而不是纯粹属于过去的东西，它是通向未来、构成未来的过去。它包括许多旧的东西，然而生根于民族文化深层的东西，即使是旧的东西，也是最具持久力的东西，最具生命力的东西，因此否定它们就是铲除自己的历史立足点。文化传统具有极强的惰性，但完全可以给予改造，使之参与新理论的建设。自然科学的发展会对人文科学起到促进的作用，但并非任何科学方法都适用于人文科学。在科学霸权主义的威慑下，用激进的手段不分青红皂白地颠覆以往的一切哲学、知识积累，在一片荒原之上进行玩家家式的语言游戏，把人逐出自己的精神家园，使人踯躅于茫茫的虚无。这种学说虽说启人思索，但最终不免彻底地消解自己。

新理性精神在文化交流中力图贯彻对话精神，文化交流应在文化的对话中进行。文化交流是一种文化比较，它会显示不同民族文化各自的异质性与共同性，它们的长处与短处，从而在一定程度上形成文化的冲突。文化冲突实际上是不同文化异质性成分的冲突，它的积极一面是，可以促成人们在比较中产生取长补短的心理，努力汲取新东西，利用他民族文化中有用的异质性成分，以补续、充实自己；或是用其激活本民族文化，使之产生新的转机，更新与重建。在中西文化的交流中，中国"输出"的"逆差"极大。相对来说，在思维方式上中国学者较之西方学者更具开放性。西方少数学者深感有与东方学者进行文化交流的必要，而大多数人仍处在欧洲中心主义的阴影下。异质性文化成分中是存在决然对立的东西，相互排斥的东西的，求同存异的方法是必要的。没有大范围的文化冲突，就不能产生文化的震惊，就不能激起本土文化的取长补短的愿望，就没有汲取与融合，就没有推陈与创新，就没有大范围的文化的重建。文化冲突中也存在各种对抗性的冲突。文化中的异质性成分，一方面是不同文化传统中长期形成的东西，不具对抗性质；另一方面则是不同社会制度、意识形态的文化积淀。发达国家的后殖民主义及其策略，在国际交往中必然引起文化冲突。它们通过经济、文化手段，输出它们的制度文化、意识形态，干预别国事务，这时对话就是唯一的途径。但是，正如我们在生活中所看到的那样，这样的对话可能会随时中断。纯粹的文化冲突不可能是导致战争的冲突，不应是亨廷顿所说的那种文化冲突。因为就文化性质而论，中国文化是一种以中和为本的平和的理性的文化。如果东西方都只以文化交流为目的，持有互通有无、促进各自文化更新的愿望，那何来战争之说？如果由文化交流、冲突而果真导致战争，那只能是西方十字军东征式的或鸦片战争式的"文化冲突"。

新理性精神就其文化精神来说，将是一种更高形态的综合。在未来的文化艺术中，各民族的文化艺术将以其民族独创性而自立于世界，但是又会不断走向综合，吸取他民族文化中的新东西而走向融合。由综合而至融合，并非使所有文化走向一体化。科技文化也许容易接近，趋向一致，而文化艺术只有局部或某些方面，在科技飞速发展的时代，会融合成真正一致的东西。真正使人仰慕不已的、流传不朽的文化艺术，将是具有民族独创性的文化艺术。它将会在综合与融合中获得新质，形成新的文化艺术形态。在理论形态上也是如此。在首先承认各民族文化艺术的独创性获得充分发展的前提下，综合与融合将成为新世纪的一股潮流。

总之，新理性精神意在探讨人的生存与文化艺术的意义，在物的挤压中，在反文化、反艺术的氛围中，重建文化艺术的价值与精神，寻找人的精神家园。因为人一旦丧失精神家园，他就会彻底变成物的奴隶。他就会与孤独、焦虑、无聊、失望、绝望、荒诞为伴，就会在"无意义"中踯躅于精神荒原，浪迹天涯，失去创造的活力。人生来就是为了生存与创造，生存的创造与精神的创造。在科技如此发展的时代，不少人仍在生存的艰辛中挣扎，特别在精神上感到孤独与失望。可一些人却说生存本身就是虚无，这一切岂非都是荒诞！文化艺术果真失去了"是什么""为什么"的追问，它们本身还有什么意义？人的生存本身还有什么意义？他还能寄希望于明天么？

（原文作于1995年春节初稿，6—7月再改，刊于《文学评论》1995年第5期）

二　文学理论现代性问题
——生成中的现代审美意识与文学理论

（一）现代性及其演变

现代性问题受到文化界的关注，已有十多年了。

在我看来，所谓现代性，就是促进社会进入现代发展阶段，使社会不断走向科学、进步的一种理性精神、启蒙精神，就是高度发展的科学精神与人文精神，就是一种现代意识精神，表现为科学、人道、理性、民主、自由、平等、权利、法制的普遍原则。欧美学术界围绕现代性问题已谈了几百年，在其演变过程中，大致形成了各种马克思主义学派的、韦伯式的自由主义思想学派的以及保守主义思想学派的现代性观念，发展到近期又有哈贝马斯的交往理性的现代性理论派别。欧美等国家在不断追求现代意识、现代性的情况下，建立了高度发展的物质文明与精神文明。但是由于现代性自身固有的内在矛盾性，在理性精神的不断实现过程中，也造成了种种失衡，使理性精神变为只讲实用的工具理性。科技的飞速进步与物质生产的高度丰富，显示了人的无限潜能，但又形成了人的物欲的急剧膨胀，造成了物对人的挤压与人的精神的日益贫困，并使人在精神上时时陷入生存的困境之中。而在另一方面，近百年来具有锻铸、弘扬人文精神的社会科学，在提供多种知识、扩大人对社会的认识、加深人对自身了解的同时，在不同的人群、集团手里，又使理性变为反理性，并且走向反动，酿成了种种危机与动乱，给社会与广大群众制造了一场又一场的几近毁灭的灾难，从而不仅使自己的权威丧失殆尽，而且也不断加深了人的精神危机。

20世纪的不少欧美哲学家、诗人、作家，按照自己对现代性的理解，对上述现象或进行解释与批判，或进行诗意的反抗，揭示资本主义、科技发展和即将到来的信息社会下的种种矛盾。他们对技术至上、工具理性的全面胜利发出惊呼与警告，对人文精神的日益衰落深感忧虑，他们的呼声充溢了人类的悲剧意识。小说家们使用荒诞的手法，显示人的生存中的荒诞现象甚至生存本身的荒诞，艺术地展现人的价值，在物的阴影的覆盖下，不断地被消解与毁灭。现代性的发展，逻辑地从自身酝酿了反现代性的方方面面，并且愈演愈烈，形成了反现代性的思潮，同时这种反现代性方面又遭到现代性自身的批判，特别是人文的、哲学、美学方面来的批判。自然，这并非反对现代性自身，而是批判由于现代性的"僭越"而带来的消极的东西，即批判工具理性、伪科学所产生的反现代性所表现出来的方方面面。这种批判表明了现代性本身所具有的科学、理性精神的强大潜力。这种批判性也正是现代性自身所有的特征。

西方学者把20世纪最后几十年前的社会精神、学术思潮的现代性，定位于现代主义，把现代主义看成了现代性的最后形式，把现代主义的危机当成是现代性的危机。持这类观点的西方人士很多，如美国学者弗·杰姆逊，在其《后现代主义与文化理论》一书中，将现实主义、现代主义、后现代主义解释为"分别反映了一种新的心理结构，标志着人的性质的一次改变，或者说革命"，并把三者与资本主义发展三个阶段市场资本主义、垄断资本主义、多国化的资本主义对应起来。本文将现代性与现代主义视为有联系又有区别的观念。标举现代性原则，批判现代性自身无节制的扩张，批判现代性因自身的反向异化而走向堕落，确实是近百年来的现代文化思潮的主导倾向，特别是20世纪的批判哲学，其针砭尤为激烈。不过，现代化的弊端，现代主义以前的非现代主义哲学、美学、文艺流派，都早就有所发现，并进行了一定的批判，所以也不好说，只有现代主义才体现了现代性。我们总不能把批判现代性消极面的多种哲学、美学、文学，都归入现代主义，纳入现代主义的轨道。当语言论哲学、特别是解构主义和与其密切相关的后现代主义思潮兴起之后，现代主义成了批判的对象，人们原有的思维与叙事模式普遍地遭到解构，人的价值与精神进一步遭到解体。当后现代主义宣布替代了现代主义，于是现代性也就被宣布为过时了。然而，我们知道，针对那些反现代性现象所进行的多方面的文化批判并未停止。要是完全把现代性定位于现代主义，那么对于反现代性的多方面的批判，还能存在下去吗？如果存在什么批判，那是否又一定就是后现代主义的批判了？恐怕未必如此。例如，我们事实上也在对现代性的消极面进行着批判，但这是一种现代文化的批判。

自然，可以说后现代主义就是一种批判。不过，从后现代主义观点出发的文化批判与现代性的文化批判，是并不一致的。现代性的文化批判仍在探索积极的因素，维护人的存在所需要的普遍价值原则与普遍精神，以便使价值与精神在被破坏中获得重建，这里的批判是为了丰富与更新；后现代性的批判，则是在颠覆了旧有的价值之后，说要重新塑造人的"自我形象"，往往是很聪明、机智地数落了现代性的种种不是，并把它们视为现代性的全部内容，进而把现代性加以否定。"我们可以，而且应该抛弃现代性，事实上我们必须这样做，否则，我们及地球上的大多数生命都将难以逃脱毁灭的命运。"[①] 其实，即使在欧美，如果要使社会获得正常发展，那么现代性以及现代性建立的意识、话语权威，即使一部分过时了，而其基本原则、精神还是常新的，是人们的生存须臾不能离开的。在这方面，也许德国哲学家哈贝马斯认为现代性是个未竟事业的观点，似乎更有道理些。[②] 而反对现代性的后现代哲学，确是看到了人们旧有思维的局限，提出了一些调节人的关系的新观念，它们可以用以说明后现代社会的某些现象以及诸多消极现象产生的原因。在我看来，可以将这些积极因素作为

---

① [美] 大卫·格里芬编：《后现代科学》，转引自大卫·格里芬《后现代精神》，王治河代序，中央编译出版社1992年版，第19页。
② [德] 哈贝马斯：《论现代性》，见《后现代主义文化与美学》，王岳川、尚水编，北京大学出版社1992年版，第20页。

二 文学理论现代性问题

现代意识因素，融会到现代性中去，丰富现代性，但难以排挤掉仍在起到支配社会生活的现代性。把现代性从现实生活中驱逐出去，无疑会使现实生活的进展失去指向，即使进入资本主义全球化时代，也无疑会遭到社会正常发展需要的极大的反抗，受到人文、哲学、美学的批判。现今的所谓全球化，就是通过国际金融资本、信息技术的联合与组织，在全球国与国之间形成一种紧密联系、相互制约的政治、经济、文化的关系，它使得全球各国在政治、经济、文化上走向形式上的同一化与一体化。但是对于政治、经济、文化不发达的国家来说，全球化就是一种参与意识，在积极的参与中发展自己。因此，它们心目中的现代性与发达国家所主张的现代性并不是一致的。至于在未来，现代性的内涵可能会有所变化或变得复杂起来，但其原则与精神，无疑还会长期存在下去。

对于我们来说，我想体现了现代意识精神的现代性，是不会过时的。一百多年来，我国社会的现代化的道路十分曲折。我国社会发生过多次剧变，我们可以加速现代化的进程，但是社会的现代发展阶段看来是路途漫漫，难被超越。我们过去早就想超这超那，一蹴而就，结果这些盲目的跃进，却给人们造成了无数物质的与精神的伤痛。我们痛感于一部写于20世纪20年代初的俄罗斯的反乌托邦小说《我们》，竟有如此巨大的预言力，而不能不引起我们的深思，现代性的原则与精神看来也是如此。

现代性遭到多次歪曲，现今需要新的整合。就目前来说，广大的人群在物质上尚未呼吸到充分现代化的生活气息，在精神上也是如此。为了使社会进入现代，国家走上现代化的道路，我们过去有过不少人、现在又有多少人都在塑造各自的现代性。在20世纪里，有的学者把西方社会的现代性，当成我国的现代性加以弘扬，也即寄希望于全盘西化。但是早在19世纪下半期，西方的现代性就已暴露了它的另一方面的种种矛盾，至今更是危机重重。"五四"后一些人照搬照抄，但是这种学风一直受到人们的非议。另一些人把马克思主义理论加以传播与变通，并与中国的实际结合起来，使社会得到了革命的改造。但是到了20世纪50年代，又预设苏联的今天就是我们的明天，并且制造了一系列群众运动，一有不同意见，就进行政治消除，这实际上也是一种典型的照搬。由于现代性被盲目的主观性所替代，由于根深蒂固的东方习尚未寿终正寝，致使科学沦为现代迷信，理想被扭曲为早就被批判过的乌托邦，人祸连连，从而使现代性走向反文化的"文化大革命"，走向了反现代性，使社会发展遭到了极大破坏而濒临崩溃的边缘，人的精神家园败落为一片废墟，并且至今未能使人们在精神上走出其阴影。这已经成了几代人的铭心刻骨的时代感受，无疑，这必定会受到思想史的长期清理。

20世纪80年代改革、开放的时代，一些人痛感于自己的落后，目光紧盯现代的西方，以为西方的今天就是我们的明天，以为这就是现代精神，于是再度掀起了西化的浪潮，这在我们思想界、学术界都有广泛的表现。就以文学研究来说，不久前读到钱理群先生的短文[①]，谈及20世纪80年代他与同行提出"20世纪中国文学"的观念。这一观念不在于文字表达本身，而在于对其所作的阐述。倡导者对这一观念的解释，在后来文学史的编写中发生了众所周知的影响，但是在学界是存有不同意见的。八九十年代的现实生活逼人反思。短文作者认为，这一概念本身无须改变，但是根据20世纪文学发展的实际情况，现今必须对其涵义做出新的阐述了；同时承认这一观念的提出，正是受到当时"西方中心论"影响的结果。对于一个学者来说，修正自己观点是常有的事，有的公开申明，有的暗中进行，有的暗中修正了还得表现自己是一贯正确的。短文作者要修正自己的观点，这已是实事求是的表现，但还和盘托出了思想来源，特别是承认受到西化的影响，却是要有勇气的。说实在，我读完这篇短文后，深为作者坦诚的学风所感动。西方中心论，在我看来，就是这位学者在20世纪80年代所理解的现代性，而今对现代性的认识站到了更高的层次之上。西方一些学者说，当代西方社会已进入后现代社会，现代性已经过时，80年代中期，此说传到了我国。到了90年代，我国一些年轻学者把西方学者的理论搬过来就用，高唱在我国的文化、文学中，已走

---

① 见《文学评论》1999年第1期。

向"现代性终结"。其实,这是又一种西化论的搬弄了,或是一种真正的"抄袭""模仿"了!警惕、批判与避免现代化带来的破坏性后果,跨越它的陷阱,我以为这并不会导致现代性的终结。我们要分析西方学者对于现代性的不同的解释与批判,但又不能局限于他们对现代性的所作的阐述。同时,我们也不能重蹈现代迷信所制造的现代乌托邦,来构筑我们所需要的现代性。

从现代性的历史进程来看,现代性是一种被赋予历史具体性的现代意识精神,一种历史性的指向。在各个发展阶段,现代性的内涵有着共同之处,但又很不相同。一些学术思想问题,在彼时彼地提出,看来有违那时现代性的要求,而不被重视,甚至还要遭到批判;而在此时此地,则不仅与现时现代性的要求相通,而且还可能成为现代性的基本组成部分。例如,对于"五四"后的多次学术思想的争论评价,我们从现时的现代性要求出发,可以说与五四时期的要求在总体上是一致的,但又是不完全相同的。五四新文化运动,是辛亥革命的一次深入,文化上的真正革命。这场运动,意在进一步摧毁封建制度,击溃旧的文化传统,走向更为彻底的现代化。其批判的准则,则是民主主义、科学主义思想,部分则是刚刚传入中国的马克思主义思想。这些思想形成了"五四"时期的现代意识精神,其指向表现为这一时期的现代性。这时期的任何文化现象,在新文化运动面前,在"五四"时期的现代性面前,都将陈述自身存在的理由,而受到检验与被取舍。提倡白话文,是我国文学叙述的一个转折;而当时的国学研究的趋向,与其时倡导的科学精神、人文精神相悖,妨碍了新文化运动的推进。稍后的"学衡"派、"甲寅"派,继续反对文学话语的改革,他们保卫旧文化,批判新文化,声称白话文学不算文学,对改革派极尽嘲弄之能事。毫无疑义,他们自然是时代的落伍者了。

五四运动的功绩在历史上彪炳千秋,当时对旧文化所采取的激进态度,从促进历史进步来说,实属必要,这是19世纪末、20世纪初我国文化不断演变的结果。但是也正是由于其后来的激进性、绝对性,使得新文化与传统文化之间横亘一条裂痕,这也是事实。一些学者不承认有什么断裂，认为继承得很好，这也是一种意见。我们一面为要赶上时代的发展，摆脱落后愚昧的局面，觉得只有从外国人那里寻找榜样与药方，否则似乎就难以自立。另一方面，特别是在五四运动几十年之后，由于我们中断了与传统的联系，总是使我们觉得在文化传统上飘零无依。说是我们有几千年的优秀文化传统，但又不断挞伐古代文化以致焚烧古籍，让人看不见、摸不到的优秀文化传统不知究竟在哪里，从而造成了广大人群文化、精神的贫困。这就是我们近百年来特别是近50年来的文化心态，虽然近20年来的情况有所改善。

在20世纪即将告终之际，百年来发生的种种事件，今天以历史的整体面貌出现在我们面前，这无疑可以使我们获得一种历史的整体感。对于现在的我们来说，历史的评价已可以不囿于一时一事，可以在历史的联系中了解它们，而成为一种整体性的评价。现代性也即现代意识精神，具有了更为宽阔的视角、宽容的气度。对于过去革命的文化思想的方方面面，将在历史的整体中受到重新的评价与审视，即使在过去被认为是保守的文化思想也是如此。一切有利于当今文化发展的因素、成分，都将被我们采纳、吸收；一切不利于当今文化发展的因素、成分，将被搁置起来。有些进步的现象，可能在与多种其他现象的联系中，由于消除了一时一事的孤立性，产生历史整体面貌的敞亮而发现其中的消极因素，甚至可能见到其走向反面的原因；原有一直被认作是消极的历史现象，同样可能由于消除了一时一事的孤立性，在整体的相互的联系中，因历史面貌的敞亮而可以发现其积极因素。这种现象，我想可以叫作历史整体的去蔽作用。学衡派对新文化运动的历史攻击固然不足为训，但今天看来，其研究学术的宗旨，却具有了新意。它自称"论究学术，阐求真理。昌明国粹，融化新知"。对于国学研究，其态度是"明其源流，著其旨要，以见吾国文化，有可与日月争光之价值；而后来学者，得有研究之津梁，探索之正轨，不至望洋兴叹，劳而无功；或盲肆攻击，专图毁弃，而自以为得也"。又说"本杂志于西学则主博极群书，深窥底奥；然后明白辨析，审慎

二 文学理论现代性问题

取择……兼收并览,不至道听途说,呼号标榜,陷于一偏而昧于大体也"①。自然,这些宗旨,提倡者其实并未能真正实行,也难以实现,况且走到岔路上去了。但是就这等主张而言,现今抹去其灰暗的历史尘灰,则显出了其现代意识的精神;我们经过几近一个世纪的曲曲折折,今天求索的无疑也包含这种精神与主张,它们可以成为当今现代性的一个组成部分。历史中存在大量的"盲肆攻击",大量的"专图毁弃",这也是事实。盲目的滥肆攻击与随之而来的种种反理性的毁弃,都被历史发展的现实需要所毁弃了。

历史的整体性评价,是我们所主张的现代性的思维方式,它承认历史发展中的激变时期的一分为二的斗争的必要性,革命的必要性,否则,新的思想、文化以及制度无以自立,难以发展壮大;同时也主张新的文化、思想一旦产生与形成,就应在批判、鉴别的基础上,充分吸收旧有文化传统的精华,铸成自身的血肉;一味斗争、只主张二元对立的思维,导致了社会的灾难。当今现代性所要求的,应是一种排斥绝对对立、否定绝对斗争的非此即彼的思维,更应是一种走向宽容、对话、综合、创新,同时包含了必要的非此即彼、具有价值判断的亦此亦彼的思维。

(二)文学理论的自主性问题与现代性

我国新时期的文学理论20年,是受到现代性的策动,力求新变、不断体现现代意识、精神的20年。由于历史、文化等的原因,这是在文学理论上初步更新了文学观念、发生重大变化的20年。

在文学理论中,探讨现代性问题,自然不能把它与科学、人道、民主、自由、平等、权利等观念及其历史精神、整体指向等同起来,但是又不能与之分离开来。文学理论要求的现代性,只能根据现代性的普遍精神,与文学理论自身呈现的现实状态,从合乎发展趋势的要求出发,给以确定。我以为当今文学理论的现代性的要求,主要表现

---

① 《〈学衡〉杂志简章》,《学衡》1922年第1期。

在文学理论自身的科学化，使文学理论走向自身，走向自律，获得自主性；表现在文学理论走向开放、多元与对话；表现在促进文学人文精神化，使文学理论适度地走向文化理论批评，获得新的改造。

20世纪50年代初到70年代末，我国文艺界流行的是"文艺为政治服务""文艺从属于政治"的口号。十分明显，这里的主体是政治，文艺完全处于从属地位，文艺自身的主体性完全被否定掉了。结果是，当"文化大革命"政治日益走向封建法西斯化，文艺、文艺理论、批评也就堕落不堪了，一场又一场的政治杀伐，总是从文艺批评开始。20世纪70年代末，从"文化大革命"的教训出发，在"解放思想，实事求是"的方针指导下，提出以后不再提"文艺为政治服务""文艺从属于政治"，而改提"文艺为人民服务""文艺为社会主义服务"。这是一个及时的重大的变化，也是改弦更张的一个有力的举措。我们在这里主要分析这两个"不提"，因为文艺要成为文艺，首先要从其学理上进行阐明，使文艺真正成为文艺自身，即还其固有的自主性，文学理论同然。

文学与政治的关系，就现代文学理论来说，早在20世纪初，在梁启超的一些论著中已提了出来[①]，这纯属一种理论性的探讨；20世纪20年代有关这方面的讨论，也是属于这种性质。后来这一理论就发展到"文艺从属于政治""文艺为政治服务"的结论，这在历史非常时期也是必要的，而且也起过良好的社会作用。从20世纪50年代起，这一理论逐渐成了一种政治规定，成了一种体现一定政治要求的政策。于是理论被简化成了政策，并要求政治、文化部门、文艺家们都去贯彻。

照我们现在的理解，所谓政策，多半是在某种理论指导下，保证某种政治、社会主张得到实施而制订的一定的措施与手段，这是社会权力、财富分配、再分配的各种规定与限制。政策总是具有集团性，在其实施过程中具有强制性。审时度势，因时、因地的应时性、灵活

---

① 梁启超：《论小说与群治之关系》，《梁启超文选》下，中国广播电视出版社1992年版，第3页。

性、强制性,正是政策的特点。政策是一种权力行为,把文学理论与政策搅混一起,政策就可能替代文学理论,遏制文学理论自身的不断探讨与前进,消除理论自身的学理与自律性。20世纪50年代初以后的几十年里,事实上只有文艺政策而无文学理论,虽然文艺界有的负责人以文学、文学理论的名义常常发表讲话、进行种种总结,但实际上不是在探索文学理论自身,而是独霸了这一理论话语的解释权,严酷地、一批又一批地处理文艺思想上的异己分子,文学理论被推入了"风刀霜剑严相逼"的绝境,学理探索实际上被封死了。一切与这一政策的规定有出入的、不相呼应的理论观点、看法,都受到权力的干预而备受摧残。政策与理论是不应混同的,事实上也无法相混,但是权力可以使之一体化。20世纪70年代末80年代初,提出了在文艺中不再提文艺从属于政治,不再提文艺为政治服务的口号,而代之以文艺为人民服务,为社会主义服务,这说明过去几十年里,确实把文学理论与文艺政策相混了,因为政策是可以替代的,而理论的学理可以修正,但似乎没有替代一说。

理论不同于政策是明显的。理论,特别是成了一种科学的理论,总是出于现实生活的需要、适应人们实践活动的需求而产生,所以理论具有鲜明的实践性特征。理论用来阐明某种自然界的现象,或社会现象,或多种人类精神现象,揭示它的产生,构成它的演变,导出它的结果,预示它的未来,所以具有自律性。理论依靠自身的学理而存在,学理具有自身的逻辑性、严密的推理性,从而构成这一学科自身的科学理论、知识体系。学理就是讲道理,探讨并说出事物真相,尽量去说明事物的普遍性特征及其独特性,所以总是追求真理,以理服人,而不靠虚伪,不靠外力的强制,不靠吓人。人们相信一种理论,是信服其道理,即学理;不相信它,是因为它谬误百出,有悖常理,即没有道理。历史经验证明,依靠权势、震慑性地强制推行的所谓理论,都是靠不住的。强行灌注,可能得手于一时,一旦出现谬误与失败,其后果将是灾难性的。学理具有自身的原则性、适应性、应时性,但原则性是主要的,并且也从来不具强制性。理论具有时代性、历史性的特性,它可以在历史的探讨中不断完善自己、完成自己,在认识的不断深化中形成，在形而上的不断升华中定型，但不致朝令夕改、被随意替代。任何理论的进步与发展，在于它的学理的增值，从而形成理论的增值与创新。可政策是一种手段，它适应需要，可以推动现实关系的协调与发展，体现它的"英明"，无所谓价值的增值。一个有价值的理论体系，只是在某些方面表现得较为合理一些，完整一些，但不可能总是放之四海而皆准，世界上并不存在这样的万应理论。实际上，一种理论往往在这里可行，在别处就未必可行。一定要把某种理论说成万应灵丹，这就是理论的僭越与理论的迷信，这正是工具理性与企图制造愚昧的表现。在20世纪，工具理性与迷信运动给人们造成的灾难实在太多太多了。同时，一个理论体系，由于自己学理的体系过于严密而不能吸收别的理论中的长处，即另一些学理的成分，拒绝丰富与充实自己，这必然导致其排外与自我封闭，使自身的学理发生僵化。那么，这种理论自己的局限就显露出来了，被它说明事物的普遍性特征的力量就日益缩小了。每当时过境迁，一种理论的学理可能就会失去其魅力，而当新的情况发生和新的社会实践产生需要，新的理论及其学理又会应时而生，并去影响实践。

文学理论的进展，是要靠学理的不断积累的。但如今，其学理被扭曲，积累被中断，而且一中断就是几十年，这理论自然就要停滞不前，甚至被破坏殆尽了。文学理论的命运是如此，其他学科也是如此。20世纪的第二个50年与第一个50年相比，特别是20世纪50年代初之后的近30年间，文学理论园地极为衰败与荒芜，这也就是为什么这一时期没有出现文学理论大家的原因，这在哲学界、历史学界同然如此。在这几十年里，在权力意志的统治下，现代性逐渐被反现代性的愚昧性所替代，并能在这样长的时间里畅行无阻，确是令人深长思之。如果这不是权力意志的横行，又是什么在作祟呢！

西方文论真正走向现代，大体始于20世纪第二个十年间[①]，当然，其开始可能要推前到波德莱尔时代。19世纪西方学者包括俄国

---

① 见拙文《会当凌绝顶——回眸20世纪文学理论》，《文学评论》1996年第1期；并可见本书第一编。

二 文学理论现代性问题

学者就提出艺术的独立性问题。20世纪初,外国文论自主性的提出,同样是要求文学理论回到自身,但其内容与20世纪80年代的我国文论回到自身的要求不同。不同之处在于,我国文论所要求的自主性,是要从政治的束缚下解脱出来,获得自身的独立性,使文学理论成为文学理论,明白自身的学理。西方文论所谓的独立性、自主性,则是指要研究文学自身,摆脱文学批评、研究中的所谓外部研究方法,即摆脱所谓心理学式的研究、历史研究、社会研究、印象研究、作家传记研究等,使文学研究去探讨文学作品自身的问题,如作品构成因素、节奏、格律、文体、叙事、文学类型、评价等,也即使文学研究走向所谓内部研究。由于这一片面性的研究导向,西方文论在后来70年的历史过程中,内部研究占据了主导地位,并在文学作品的研究方面曲尽其妙,多有发明。但是由于这一导向具有极大的片面性,自然并未使文学理论真正回到自身,因为它把属于文学自身的另外一些组成部分否定掉了,使文学理论仍然残缺不全。但是不同于我国的是,西方文论自身的学理研究,虽然历经各种社会动荡,频受战祸的影响,但并未因强力压制而发生中断,而且派别一个接着一个,各自标榜,赓续不断。直到20世纪70年代末,不少学者包括结构主义理论家在内,认为内部研究的局限性已很明显,这类研究,已经不能阐明文学现象诸多方面的问题。20世纪80年代,许多学者已不能容忍内在研究方式,纷纷摆脱这一研究方式的框架,而转向了外部研究,或标举多种理论旗号和所谓文化批评,或促成了内外结合的文学研究,使文学理论获得了较为完整的自主性,从而也体现了文学自身、文学研究的学理上的现代性。

20世纪70年代末,我们在前面所说的两个"不提",使我国文学理论从失去自我的极端落后的从属状态,开始走向自身,恢复了20世纪初曾经有过的学理的探索和文学自律的科学探索。文学理论可以走向自身,走向自律的科学探讨,这是文学理论现代性的起码条件,因此可以说这是文学理论科学理性、现代意识精神、现代性的初步体现。

自然,上述两个"不提",不是说文学与政治无关,而是说两者不是从属关系，这是积极的一面。但由于不能全面理解两者关系，因此在创作与理论中，又产生了一些新的情况。一些作家与论者，痛感于几十年来政治的不协调的关系，纷纷要求文学与政治脱钩，论证文学与政治各自独立，文学审美创作凭作家天性行事，文学政治互不相关，希望政治少干预文学，要求文学与政治"离婚"，等等，这些情绪都是可以理解的。目前，关于文学与政治关系的上述观点，大致表现为两种倾向：一，通过文化批评的形式，一些人实际上在直接探讨政治问题，你可以说，我也可以说，只是要求政治不予干预。确实，这是自由，虽然对于这种自由意见不一，对此我们不予置评。二，在文艺创作思想上，这实际上可以分为两个方面。第一是，舆论上虽说文学与政治要分家，要"离婚"，但一些作家分明在自己的作品里，调侃、嘲讽政治；或是消解、解构政治，以致走到否定任何价值标准的地步，可又要求评论只能就其高超的文字、风格进行评说，否则就是政治批评，而政治批评就是棍子批评。第二是，在批判政治强力干预文艺时，形成了一种纯艺术倾向，即力图远离政治，甚至社会生活，把文学孤立于其他社会关系之外。一些写作者，一度热衷于话语游戏，进行语言猜谜式活动。当这种写作难以为继时（还会存在下去），又转入形而下的写作，凑合纯粹偶然性的东西，或化解历史，或从"新状态"转向"性状态"的书写。其实，文学作品可以不写政治，与政治分开，但是文学既然与生活密不可分，而政治又是生活的组成部分，因此文学创作也是难以避开政治的。

　　拉丁美洲的"爆炸文学"举世闻名，这是一种社会性、政治性很强的文学，不少著名的小说就是描绘一些社会、政治事件的。但是社会性、政治性强并未影响它们的艺术的独创，倒反使它们在世界文学中异军突起、独树一帜。当然，要充分估计到我国作家的社会、政治条件方面，有自己的难度，和他们的环境是很不一样的。新时期以来，我国不少年轻作家，曾把拉丁美洲的一些著名作家视为自己写作的榜样，刻意模仿。但是他们害怕社会、政治问题，所以也只是皮相地学习，缺少了拉美作家宽大的胸襟、民族与人类的生存意识和透入人性的警策力。他们的作品竭力离开社会性而渴望提高自己的审美层次，但提供的画面，往往在思想上显得十分单薄、干瘪，艺术上缺少光华，不具强大的审美批判力、人性深度的表现力，而这些是需要有洞透力的思想才能的。据报刊披露，深受我国青年作家崇敬的拉美作家加西亚·马尔克斯与巴尔加斯·略萨曾分别来过我国，但是他们不是来接受我国青年作家的褒奖，甚至传授写作经验，而是来了解中国社会主义的前途的。加西亚·马尔克斯"想了解的是90年代的中国的社会现状，所提出的全是有关社会主义前途和命运问题"，据闻，他长期关注的就是这些问题；巴尔加斯·略萨则以为，"文学首先是社会的发言，其次才是文学本身"①。在我们看来，这真是自投罗网，或者简直是庸俗社会学了！大概由于处境、心态不同，思想、魄力各异，所以他们虽然来到我国，竟未能和我国著名作家有过晤见，就纯文学问题进行探讨，没有留下那种像20世纪30年代泰戈尔来中国时，会见我国文艺界头面人物的佳话。

（三）审美意识的激变与形成中的现代审美意识

当文学从从属于政治的口号下解放出来之前，其实文学审美意识已在发生变化。文学的现代性可以受抑于一时，甚至一个历史时期，但是文学走向现代，走向更为现代意义上的文学，已是"青山遮不住，毕竟东流去"，难以阻挡。不再提文学从属政治、为政治服务，而提文艺为人民服务，为社会主义服务，则使文学活动的范围宽泛得多了，这无疑进一步促进了文学审美意识的新变，也即走向现代审美意识。

20年来，文学创作、文学理论求索现代意识精神，向现代审美意识的转变与移位，是不断求新、冲突、论争、更新思维方式、更新审美观念的一个过程。这是现实生活本身的复苏、文学特性讨论、西方文学、文论以及多种哲学思潮影响的结果。形成中的现代审美意识以及文学审美意识的新变，既初步改变了文学创作的面貌，同时也初步

---

① 见《文论报》1998年10月29日。

促进了文学理论的改造。首先这是文学创作的政治群体意识逐渐解体，不断生成个体的、个性化的审美意识的过程。

文学从属于政治、文学为政治服务，是出于政治斗争的历史需要而提出的口号。政治面对的是广大人群的事情，不管如何，它思考的是社会千百万人的关系，国家与国家的关系，反映的是集团与集团、阶级与阶级之间的权力、财富分配再分配状况。不是这一集团获得权力，就是另一些人当家做主；不是一些人受到限制，就是帮另一些人先富起来。政治把人分等划类，一个时候少有家财、尚可糊口的人被认为是资产阶级，对其进行剥夺，那些寄人篱下、贫困度日的知识分子遭到同样待遇；另一个时候，因国情需要，资产者可以得到扶持，官僚可以经商，亿万富翁则成了社会明星与栋梁。政治十分注意的是各个集团的政治要求与权力分配的方式与程度，共同恪守的政治思想原则；关心的是社会按其愿望建构的历史变革，以便从根本上改变、改善人们的生活方式。政治家看待人物，对其与之共处的同伴，主要着眼于其政治方向，政治主张，赞成还是反对，界限分明。他对于个人的经历与命运、私人的性格特点、操行品德、甚至个人的糜烂的私生活等，都称作个人生活琐事，可以暂置一旁，或一概置之不顾，对于自己同样如此，即所谓看人要看他的本质，要看大节，而不应纠缠于其非本质的东西。他要求于人们的是对于他所提出的思想的认同，是对他提出的主张、理想最一般的本质的把握，是对其有关社会、历史发展学说的预设的本质与必然的赞扬，是对其进行的全国性的、大规模的社会试验的肯定与歌颂。一般说来，他的思考方式，偏重于剧烈变革中政治主张的前途，群体的命运，阶级关系的变化，而无法、也无精力顾及或不大思考个人的遭遇，虽然他的主张与理想，往往会与历史的现实的发展紧相吻合或南辕北辙。这是一般政治家所具有的政治的群体思维方式。

不少作家在这种政治氛围中，在不断地改造自己原罪的思想运动中，也就接受了这种政治的群体思维方式，即对预设的社会发展规律的单一本质感、必然感，学会了对人的分等划类、二元对立的、非此即彼的鲜明区别的方法，对社会和人形成了一种固定的认识，并构建

二 文学理论现代性问题

成了一种本质理解。当他进行创作,那朝他涌来的无限生动的生活的新鲜印象,先被政治群体意识之网加以本质地、必然地过滤,然后再将它们分门别类安置于现成的本质、必然的框架之内。"文化大革命"前的文学创作大体就是如此,即使其中一些尚称优秀的小说创作,自然也难以摆脱时代的群体思维的框架。而一些杰出的作家,他们原有的独创与灵感,则在本质化、必然化的过程中被消解殆尽。但是创作不是直奔本质。

文学创作是一种审美感觉、感受、体验以致审美认识,是一种个人的、极具个体性的感情活动,而感情活动在人身上时时发生,时时会对生活现象产生瞬间感受与体验,因此审美是人的一种自由的感受、体验活动,所以也可以说,审美的本性是自由的。由于审美活动的特征是个人的、个体性的、自由的,同时也是独创的,一种独特的审美发现,所以即使作家关心人类、社会,但进入创作,他瞄准的总是个人,他感兴趣的只是个人的命运与遭遇,而且只是个人的独特的命运与遭遇。更为重要的是,在人物描写中,他要求的、感兴趣的正是政治家忽视的个人特征、个人活动、个人品德,他注意的是个人在家庭、私人场合的种种活动与表现,甚至是非理性的行为与行动。作家力图传递一种时代的氛围、意味、风尚,但也只能在自己作品里通过众多个人的、具体复杂的相互制约的关系而得以表现。这主要是,历史、现实生活是以纷繁的、偶然的现象表现出来的;而现象总是具体的、甚至是非理性的;具体的、非理性的东西往往寓于偶然,而偶然又不断生成;人对于偶然、具体的体验、认知,是一个相互作用的复杂过程,具有强烈的主观性特征,两者相互交流与相互渗透,进而生成新的现实;所以可以说,"最具体的和最主观的是最丰富的"。文学创作的不断出新,某种意义上就是偶然性的不断更迭与艺术对它的不断发现。个人的、独特的命运往往总是以偶然的、非理性的形式出现,并得以艺术地体现。只强调本质与必然,要求创作都要表现出本质与必然,创作者的感受与体验,就会落到群体式的、本质化的、必然化的、平均数式的水平上去。这样看来,作家的思维方式,实际上与政治所要求的群体式思维方式是不同的。作家自然可以去了解政治学说，社会设计，进行歌颂，但不是为这种思想设计进行图解与填充。其实，政治社会学说与社会设计，它们规定的本质与必然，正确错误与否，也要经过社会实践的检验，而且这种本质与必然，往往又包含了人们不愿承认、忌讳讨论的合法性危机。政治家要求歌功颂德，可是当"文化大革命"前后经济濒临崩溃，那所谓的金光大道、耀眼光环又在哪里？

作家进行审美创造，不仅在于表达个人感受、传递自己体验，创造独特的艺术形式，同时也在创造一种审美价值。这是具有语言美感的、愉悦的、具有强烈感受性的、思想认识色彩的审美评价。审美评价也包含了审美判断、审美批判。现今有的文艺理论学派，把审美批判提到社会批判的意义上去了。有价值的艺术创造，也是一种个体性的精神意识的发现。审美评价包含审美批判，审美要求批判，但目前来说，审美批判还难以发挥其功能，条件暂时还未尽具备。

20世纪70年代末80年代初，在清理创作中的政治群体意识的同时，创作中的审美意识的激变终于发生了。

诗歌是审美创作中最敏感的部门，一些青年诗人一反几十年来的假大空诗风，创作新诗，重新把个人自我、独特体验、瞬间感觉，把象征、甚至总体象征、暗示、无意识、意识断裂、深度含蓄的朦胧意象，引入诗作，并被称作"朦胧诗"，一些诗作还显示了审美批判的活力。新诗的出现，使诗歌的语言为之一新。这一倾向一下就在诗界与诗评界引起了激烈的争论。争论的问题是，朦胧诗的诗意古怪，读不懂，不反映时代精神，不写英雄主义，不歌战斗精神，不抒人民之情，只面向个人心灵小我，咀嚼个人悲欢。这些反题就是，诗歌要明白畅晓，要写出时代精神，要有战斗精神，要抒人民之情，要写大我，个人悲欢算不了什么。这从过去的文学理论来说，都是30年来耳提面命、翻来覆去、大写特写的辉煌命题。一些年长的诗人已经习惯于政治群体意识，一见个人抒情、内心悲欢、象征、寓意、怪诞、意象重叠、暗示、多义、瞬间感觉、非理性感受（确实有一些诗作写得十分极端），甚至少量隐晦的批判，深感这无异是对辉煌时代、辉煌命题的反叛。他们对于诗歌的真正精神已经淡薄，习惯于放声高

二 文学理论现代性问题

唱,以致回到诗歌自身,竟反而不知所措。就像长期处于地下室的人,不断在歌颂阳光的辉煌,可是一旦走进真正的阳光地带,反而对真正的阳光的辉煌感到陌生,责怪阳光的刺眼了。他们的驳论,正是以往的政治群体意识的余韵,这种意识对不少人产生过影响(本文作者亦然)。不少诗人、论者实际上在相当长的时间里停止了个人思索,把思索看成是一件危险的事,或把思索当成是强者的专有品;在艺术表现上,都把诗的象征、暗喻、寓意与政治影射等同起来,把艺术上的标新立异,看成是一种反常现象。其实,20世纪六七十年代是濒临崩溃的时代,是腐朽与霉烂掩盖着生活的时代,那么,这时代的时代精神在哪里?所谓英雄主义与战斗精神,也只是一片狂热的乌托邦政治的鼓噪;再说个人悲欢,诗歌已经多年与它断了缘分,什么时候,诗歌吟唱了积郁在人们心里多年的悲痛?它不是总是在"放声歌唱",歌唱那种被愚弄了的愚昧的感情,乌托邦式的、金光大道的浪漫热情?真正的诗情已经麻木多年了。自然,20世纪80年代初持不同意见的一些诗人与诗评家,后来也都明白过来了。确实,那时,提出诗歌不屑于歌唱战斗精神、充当时代号角,也是要有一些理论勇气的。现在看来,这是诗歌最早的反叛,反叛艺术创作中的政治群体意识,回到个人的、个体性的审美意识。简言之,就是回到审美意识自身,并逐渐走向现代审美意识的生成。

　　小说创作的审美意识同样发生了激变。先是伤痕文学,一度引起了轰动效应,随后是反思文学、改革文学,酝酿了创作中的群体意识的淡化。特别是反思文学,其中审美意识的个体化特征已很明显,表现在作家开始了对人的命运的关注,人的个体价值意识开始觉醒,同时在审美批判方面出现了生机。阅读这些承受生活煎熬之苦的人的命运的抒写,使人惊心动魄而感同身受。从整体上说,这些作品,显示了文学的现实主义的倾向。这是一种从政治群体意识转向个体审美意识的现实主义,是告别那种倾心于假大空、乌托邦、培植人的愚昧感情的现实主义,是开始探索人的命运的现实主义。接着就出现了所谓寻根小说,它们有的张扬原始生命力,希冀超越现代,寻找民族性格的病根;有的以荒诞的形象与荒诞的手段,批判传统道德的愚昧与败落。但其总的意向，是针对过去创作中强烈的政治化倾向而发的；同时在艺术表现上，确也显示了形成中的现代审美意识，与"五四"后的新文学的审美意识是相呼应的。

20世纪八九十年代西方的各种文学理论思潮、文学流派的作品，不断被介绍到我国，激活了我国的艺术思维，自然会被或模仿、学习，或理解、吸收。特别是法国"新小说"派的叙事策略、"零度写作"，被一些青年作家移植过来，津津乐道。20世纪80年代中期我国出现的实验小说，就是这种时尚的产物，它们显示了现代审美意识的一个方面。这里有现代派式的某种审美主体性的张扬，但更多的是在满足文字游戏中出现的后现代主义式的对主体性的消解。它们思考过人，但据说一无所获；确实，如果在这些作品里出现了人的形象，那往往是它们作者的一些文字、智力游戏的符号。这类作品显示了语言能指的膨胀的可能性，它们扩大了艺术形式的探索，文学作品的形式空前受到重视；作品叙事形式似乎趋向精致。但这类文本，由于作者个人文字游戏的爱好，醉心于作者、人物身份随意置换的叙事策略，以及因此在阅读中不断造成的审美中断，却令读者趣味索然。相应地说，在这类作品里，价值、意义开始弱化，并且不断受到嘲弄与消解。随后，在创作与批评里，不仅躲避虚伪的崇高，而且对真正的崇高也出言不逊，进行调侃、讥讽与亵渎。出现了还原生活本色的"新写实"、与接近传统的"新现实主义"等流派的创作。此外，还有沉迷于物欲、性欲、金钱欲望、精神虚无描写的自称最得文学精义的小说。与此同时，那些遵循现实主义原则写作的作家，却是扩大了自己的艺术视野，广采博取，吸收了多种新的手法，丰富了自己的写作方式，大大地改变了原有的现实主义的面貌，使现实主义得到了丰富与充实，使现实主义文学流派在八九十年代推出了不少力作，成为新时期文学的主潮。近20年来，审美意识的个体化的多样发展，渗入文学创作的各个方面，并把这一特征发挥到前所未有、淋漓尽致的地步。

现代文学审美意识的再一个生成点是，当政治群体意识不断解体，却极为快速地形成了另一种带有群体性特征的意识，不过这是一

二 文学理论现代性问题

种审美的群体意识,也就是大众文学审美意识。

在历史上,大众文学一般也称通俗文学,包括反映知书识字的市民趣味的言情小说、社会小说、武侠小说、说唱作品以及民间文学。后来提倡文学大众化,要求文学为普通的人民大众服务,主要是认为严肃、高雅的文学作品的阅读圈子狭窄,不利于思想的传播,要求高雅文学向通俗文学靠拢,遂有大众化与化大众之争。20世纪50年代前的大众文学或通俗文学,相对地说,是当时不发达的市场经济的产物,它们在审美上标榜消遣、找乐;对披露隐私较为热衷,对社会黑暗有所揭露;它们具有娱乐性、趣味性,接近读者,也投其所好,但上乘之作较少。20世纪50年代后,文学在政治群体意识的影响下,一部分创作做了大众化、通俗化的努力,同时,此时民间文学也得到大力提倡,而通俗的言情小说、武侠小说,则屡遭贬斥,所以20世纪五六十年代,这类作品也就销声匿迹了。

20世纪80年代开始,当严肃、高雅文学得到复苏,获得发展之时,一种似曾相识、带有当代市民趣味与很快富有起来的中上层阶级情调的大众文化,日益蔓延开来,其中自然也包括大众文学。大众文学的特点,很大程度上取决于大众文化的特征的。大众文化是随着市场经济而同步到来的。由于市场经济日渐全球化,西方的大众文化通过高科技手段,作为商品,开始了向我国的倾销,加上当时港台文化的影响,我国的大众文化也急剧发展起来。

大众文化的重要特征是它的商品性,它完全进入了市场的运转。市场的需求是,我喜欢的、投我趣味的就是好的,我就买,我不喜欢的,别人就难以强逼我买,阅读鉴赏,纯属私事,现今的官员、企业主爱读颂扬其德政的作品,而白领阶层爱读他们的圣经《白领指南》,都是个人趣味使然。这里完全是一种交换、买卖关系。大众文化的另一特征,即它的实用的消费性。报刊书籍,影视节目,要有绝对的轻松性、趣味性。个人趣味,请勿过问,而且这种趣味主要是满足个人的生理上的需要,用以调节劳累,消除疲倦,以利于他第二天以饱满的精力去增殖手里的货币或资本。所以,于我有利,提供轻松,就是价值,其他则一钱不值。消费性特征使文化产品大量地变成一次性处理的东西。大众文化的又一个特征，是它的世俗性，充分的享乐主义。它的原则是，过得舒适、闲适、快活，尽情享受并且更多的是声色官能的享受。大众文化的再一个特征是它的通俗性，通俗性的特点是省力，反对思考，杜绝思索，否则就是玩深沉；通俗性就是大家都能领会，都能参与，不用气力就能接受，因此，它钟情形而下，拒斥形而上。最后是它的复制性，大众文化作为商品，利用当今发达的科技，快速地成批制造、大量复制影像、光盘，使之迅速传播，并把其中大部分产品变成千篇一律、不具个性的大宗文化产品。大众文化因其广泛传播，极快地改造着社会的风气，左右着社会的行为习俗。可以这样说，现代生产技术、大众传播媒介，制造了大众文化。出版商、出版社看准了各个阶层中的大多数观众、读者这块广大的消费市场，组织生产，标举通俗，迎合世俗趣味，通过报纸、电台、影视的炒作，地摊的展览，使之流行开来。丹尼尔·贝尔描写过美国现代社会改造与大众文化、大众消费的关系，是很有意思的。他说，美国的大众消费始于20世纪20年代，汽车则是大众消费和富有的象征。汽车成为中产阶级的私室，放纵情欲的地方。电影的飞快发展，"起到了改造文化的作用"[①]。如今的影视艺术，信息手段，更是如此。它们诱导人们迷恋色情，放浪形骸，及时行乐。至于广告，则具有一种普遍的渗透力，它刺激需要，劝导人们要穿着考究，追逐名牌，鼓励讲排场、比阔气、饮高级名酒，等等，微妙地改变人们的习俗、行为方式、鉴赏习惯。我国的大众文化实际上也具备了上述条件，流行歌曲、通俗的豪华演唱、演不完的电视肥皂剧、教授知识猜谜表演、歌星逃税与明星婚变故事、节目主持人自传、名人内幕、黑幕曝光与情杀报道，描绘打家劫舍、侦缉追杀、隐私窥视的快餐式小报，通俗小说、武侠小说等，正是在这一背景上不断被制作、推行开来的。它确实在影响着人们，改造着当今的文化，改变着人们的行为，培养着人们的文化素质。

---

① ［美］丹尼尔·贝尔：《资本主义文化矛盾》，蒲隆、赵一凡、任晓晋译，生活·读书·新知三联书店1989年版，第115页。

二 文学理论现代性问题

大众文化的上述特征如商品性、消费性、世俗性、通俗性、复制性与广泛的流行性，也就是大众文学的特征。在市场经济机制发挥作用的生活中，读者的阅读成了一种自由的选择，也即商品的选择；别人的赏析、理论话语，可能发生影响，但已无法越俎代庖。这样，就造成了读者审美趣味的严重分化，从单一而走向多样。在20世纪80年代初，热衷于大众文学的是青少年、追星族一类人，原有的严肃文学、高雅文学的热心拥护者，则显得忧心忡忡，担心因大众文学趣味有失高尚而产生的消极影响。但是时隔不久，这些人在市场经济的影响下，也来欣赏通俗文学，享受它的情趣了。到了80年代中期，大众文学即使不被认为是主流文学，实际上也成了民间的主流文学，即它是受到千百万读者青睐的文学，没有一种文学像大众文学拥有如此广泛的读者。过去费了不少气力，提倡文学要大众化，要接近读者，应者寥寥，看来在于违反市场规律。现今在商品经济的推动下，一部分文学自动大众化了，而且大众化得十分彻底。工人、农民、士兵、军官、学生、教授、政府官员、机关职员、总裁经理、老板大亨、外企买办、白领阶层、司机销售人员、外来打工者、小贩、售货员、离退休人员、家庭妇女、运动员等，凭着各自的爱好，都可以在星罗棋布的地摊、商亭，选择自己爱读的东西。就这点而论，大众文学表现了审美趣味的广泛的民主性，它满足了人们的广泛的审美需求，显示了审美意识的极大的自由度和审美意识激变所能达到的广度。

在大众文学中，应该出现在内容、艺术上都有上乘表现的东西，这也是一件很有希望的事。我国四大古典小说，都是当时的通俗小说，后来进入了我国文学的主流。读者的阅读需求，自然是一种审美的需求，精神的需求，而审美的需求、精神的需求，是一种极富自由与个性色彩的需求，这不可能是集团行为的需求。作为读者的审美趣味，应该是千差万别的。但是当代的大众文学，由于它尚处在初级发展阶段，商品性、消费性、复制性的特征十分明显，所以一般都很粗糙，表现健康趣味已是不错的了。由于当今强烈的世俗性影响，特别是其浓重的低俗趣味，人的精神的缺席是其最大的特征。

放弃了美学对生活的追求，就只能依赖人的本能了。精神的缺失、才华的平平，必然使作家专注于物欲的追逐与玩弄性的本能。因此有意去迎合低级趣味，描绘官能刺激，成了一种十分普遍的现象。在这类作品里，充斥了色情描写；人在这类写者的笔下，两性关系发展到除了双方赤裸裸的、一拍即合的性事游戏之外，已全无任何人性、人情的联系。人在精神上既然无所希冀，于是人在性的追逐的欲望中，就日渐沉沦，一些评论家还要故作高深，声称在多种多样的展览式的性事描写中，有深意在焉！但对这深意始终未说清楚是什么东西。说生活使人绝望，无所作为，于是迫使人物只好进行性的发泄，这能算作什么深意呢！如今以大量展现隐私为标榜的通俗读物也是不少，那些所谓隐私的吐露，在所谓展示真实的名义下，出卖的也多半是两性关系的隐秘，否则就引不起已经世俗化了的人们的趣味了。除了性欲的追逐，还有就是物欲与金钱的渴求。这几方面的趣味，竟形成了一种广泛的群体性的审美意识，追求粗俗、平庸、平面、生活游戏、戏谈历史、解构历史，反对深度，热衷官能刺激与色情描写。这种群体性的审美意识，成了一种平均数式的审美需求，它失去了个体性的特征和对精神的向往，变得十分粗俗，走向物化；在选择上虽保持了自由，但是其审美色彩已大为减弱，并且这种趣味时时在渗入严肃文学。严肃文学一面在努力使自己通俗化，力图使自己获得更多的读者，吸取大众文学中的讲故事的长处；同时也往往经不住通俗文学粗俗化的侵袭，向粗俗化靠拢，因为商品化的后果总是诱人的。人要过得舒适、闲适、快活，去尽情享受，于是在文学是人学的名义下，倾向绝对的感性，大写两性交接，床上把戏，父子同嫖，甚至连作者自己的父母如何有声有色地做爱过程也未能幸免，以此来说明他来到人世，不过是其父母如此这般制造出来的一个"偶然"。这类作品，实际上已是大众文学中的末流，它们不能提升人的品性，而是贬抑人的精神。只是得力于大众媒介的炒作，才使得这类作品获得呵护与声誉。

审美意识的激变，是现代性的，是符合现代意识、现代艺术发展的需要的。大众审美意识冲破了种种藩篱与限制，体现了人的审美意识的自由，它是真正群众性的，所以显示了它的广泛的民主性一面。但是它又带着与生俱来的弱点，即粗俗性与庸俗化，这使它自身的提升显得甚为困难。

形成中的现代审美意识的意义是多方面的。它带来审美意识的更新，获得自主与自由，使审美意识走向自身，变得丰富与多样，从而成为体现了现代性的现代审美意识。但是我们还应见到，在形成中的审美意识，还带有现代性的负面因素，这就是在大众审美意识的影响下，把文学审美意识世俗化乃至粗俗化了。生存虚无，躲避崇高，亵渎任何崇高，贬斥意义、淡化价值。这种无意义写作表现为："当写作成了功能性需要，不再指向任何意义之后，就等于否认了写作是一种精神活动，同时也等于否认了写作的精神品质。一种不指向任何意义的写作是虚无的写作，它给这个无意之痛苦日趋严重的世界出示的是消解一切意义的话语证据，尽管这种证据是虚拟的。"① 世界是无意义的痛苦，写作不指向任何意义，它消解一切意义；它是身体感官功能的需要，本能的自动动作，它本身不过是一种虚无的写作，而非精神活动。

但是，我觉得，写作不可能不是一种精神活动，不可能像人的胆汁一样，胃里有了食物就会流淌出来；写作是审美的思维的活动，受到某种精神的支持，它本身就是一种精神活动。问题在于写作不是用提高人的精神为支撑，就是被那种把人物化、使人醉生梦死的精神所支配。对于文学的价值与精神，人们的认识可能是不尽一致的。不过，当说到写作不再是一种精神活动，写作表现的只是人的器官的某种功能活动，这实际上是说，一些人的写作不过是一种没有了精神的精神活动。这种写作思想的确是虚无的，这是西方那种反现代性的后现代性的移植，这也就是现代性在现代审美意识形成中表现出来的悖论。在这个到处充溢着市场意识的世界上，如果诗人、小说家果真能用不具精神、毫无意义、全无价值、不少人不屑一顾的东西，交换到有价值的人民币，这就近于当代神话了。其实，他

---

① 见《长江文艺》1998年第5期。

们也制作了一种精神与价值的,这就是贬抑人的精神的精神,物化人、在精神上使人成为扁平的人、行尸走肉的负价值,这种负价值当今确能投一部分人所好;因为在现代性的策动下,人的生存本身确实也是充满了悖论的!

(四) 哲学理论基础与文学观念的多元化

文学现代性的策动,促进了文学中的政治群体意识的解体,审美意识的激变,使文学与文学理论初步获得了自主性与独立性,开始回到自身。这一过程正是文学观念走向开放、对话、多元,初步走向现代意识的过程。

文学理论初步回到自身,意味着回到文学理论的学理自身。文学是什么,对文学如何理解,持什么文学观念,这自然引起了文学理论工作者的广泛探讨的兴趣。20世纪80年代前几十年流行的是阶级斗争的文学观念。这种文学观念,从马克思主义的哲学出发,把文学界定为一定阶级的意识形态,是阶级斗争的工具,这在特定的社会历史阶段也是正确的。但是这样的理论概括并不科学,所以,最后这一文学观念发展到了变为一些人手里的政治迫害的理论工具;并且由于它为政治所制约,因此这也是一种大一统的文学观念,是从事文学工作的人所必须遵循的文学观念。但是20世纪70年代末开始,和那时的诗歌中的反叛一样,文艺界提出了对文艺是阶级斗争的工具说的批判《为文艺正名——驳"文艺是阶级斗争的工具"说》[①]。此说一起,文学是意识形态、文学是工具论文艺观念马上发生移位。文学既然不是阶级斗争的工具,那么文学又是什么呢?文学与政治又是什么关系呢?并没有令人满意的现成的答案,于是大一统的文学观念受到了质疑。从20世纪80年初开始,人们开始了对文学理论的学理探讨,被封闭的文学理论打开了大门,揭开了体现现代精神的理论求索的序幕。

---

① 《上海文学》1979年第4期。

二 文学理论现代性问题

批判与反思，促进了理论思维的空前活跃，在人道主义、人性论思想的探讨中，出现了多种文学观念，如文学是人性的表现，文学是感情的物化，或是感情学，文学是审美，文学是人学的观念再度被提出并得到阐述。同时批判与反思，交织着各种外国哲学、文学理论思潮的引进，精神分析思想、心理学说、存在主义、本体论思想的引入，使得文学观念发生了激变而更趋多样。出现了种种争执，在相当自由的探讨中，如今可以各说各的，谁也不必服从谁的文学观念的说法。同时由于广泛的争论难以找到一个共同认可的结论，也使得一些论者认为，不如探讨一些具体问题为好，如文学语言学、作品分析等。自然，这些问题探讨都是文学研究的应有之义。也有论者认为，文学创造已进入语言论哲学阶段，认识论、体验论这类说法都已古老、过时。

这样，文学观念很快出现了多样化或多元化的趋势，而这正是文学理论演变中的现代性的体现。人们对文学的了解，不仅因集团而异，而且也因人而异。从文学的总体看，有多种多样的文学观念，它们各有不同价值；同时就文学本身来说，文学是可以分成不同层次的，显示多种本质的，这样又可形成对文学的不同侧重的理解。[①] 把文学理论观念的多元趋势，看作是体现现代性的一个方面，在于承认人们关于文学所作的思考，都是一种独立的意识与观念；各种有关文学的意识与观念，相互联系，又各自独立，自成权威，在人们认识的长河中都自有价值，并在相互之间形成一种对话的关系；自然这里也会发生理论的谬误，但是即使确是谬误，那也是在相互比较、对话中发现的。

文学观念的多元化，必然涉及哲学思想，文艺学的哲学基础有无多元化的问题？有关文学是意识形态、阶级斗争工具说的探讨与争论，很快涉及认识论问题。认识论一直被认为是马克思主义社会学说的哲学基础，并把它引入了文学理论，成为马克思主义文学理论的出发点。于是多年来就成了文学理论的唯一的哲学基础，形成了认识论

---

① 见拙著《文学原理——发展论》，社会科学文献出版社1989年版。

文艺学、认识论美学。这样，在文学观念面向多样化的发展中，必然要使认识论受到质疑。

哲学认识论多种多样，在我国文学艺术生活中的阐述，是相当复杂的。一般认为，最科学的认识论就是唯物主义反映论，反映是分主客体的，主体反映客体，并改造客体，因此马克思主义的哲学不仅在于解释世界，而且还在于改造世界。我们确实知道，当认识论被正确使用，符合生活发展，它所指导的社会科学理论，可以为此而创造出一个新的世界；当它失去理性，走向非理性、反理性，在它指导下的社会科学，也几乎毁掉了一个新建的社会。在20世纪50年代以后，认识论被普遍地移植于文学理论，而且是直接的移植。这种直接的移植，由于排斥审美的中介因素，于是把文艺径直界定为生活的反映，是一种意识形态，把文艺的功能，主要地看作是认识与思想教育，进而把文艺宣布为阶级斗争的工具，其次才是审美作用。但是，超越审美而大谈认识，这只是一般的认识、理论的认识。结果，文学被当成一种认识，以一般的认识、哲学的认识代替了文学审美的认识，审美对于文学来说，反倒是一种附加，于是形成了文学理论中的机械论，同时文学的阶级性被夸大，文学的功能被歪曲，这样就形成了文学理论中的庸俗社会学。近十多年来，这些问题不断被反复讨论着。

一种共识是，文学不是认识，退一步说，文学不仅是认识，文学创作与理论认识的对象显然不同，把文学当成认识，无疑漠视或取消了文学的审美特征。认识论无疑是需要的，但是首先，把认识论当成文学创作的哲学基础，只是在解释文学与生活关系这一点上是正确的，即文学的源泉是生活，不过这是哲学层面的问题。如果进入文学创作，仍然沿用文学是生活的反映这一说法，显然是难以解释清楚文学创作的其他问题的。如果一定要如此来讨论问题，那么它就会把诸如创作心理这类问题，宣布为唯心主义，就像20世纪50年代我国的一些唯物主义者总是与心理学说显得格格不入，排斥创作的心理探讨，此种现象，在一些人那里，直到20世纪八九十年代都还如此。其实，创作心理现象、审美意识虽然来源于生活，但一旦进入创作过程，就已脱离了具体的物象，主体改造了物的外形，甚至消灭了物的

二 文学理论现代性问题

自身,这时心物一体,已是浑然不分的新现实,这里不再有唯物、唯心的界限。其次,文学确是具有认识作用的,这是一种客观的存在,不承认这点也是一叶障目,偏激矫情。这几年来,从认识论角度探讨文学问题大为减少,但不久前《文学评论》有关《白鹿原》的一篇评论,正是从认识论文艺学的角度来研究小说的。[①] 文章对小说中的人物之间相互复杂关系的探讨,重社会因素,条分缕析,缜密深入,这种分析,是其他学派所提供不了的。从社会学的角度看文学,文学的审美本质虽然重要,但其着眼点则主要是认识。从认识的角度看文学,以认识的方法研究文学,是文学研究的一个重要方面。其实,就文学总体来看,不仅古代文学提供了大量具有认识意义的材料,同时当代文学也是如此。据闻,一些外国学者阅读我国当代小说,主要从小说的认识意义出发,以了解我国当代社会生活、风尚习俗的变化,甚至社会改革的进展。一方面,他们可能认为,我国当代小说的审美水平不高,另一方面,这些小说确有认识意义。对此,我们从没听说哪位著名作家、批评家提出过抗议,或是认为,这是不折不扣的庸俗社会学。

文学观念的多样化,必然有赖于文学认识观念也即哲学观念的多样化。20 世纪 80 年代,当认识论哲学在文学研究中受到各种非议,正是西方各种哲学思想、文艺思想长驱直入我国思想界的时候。十多年来文学观念上的突破,正是接受了多种外国哲学思想、文艺思想,首先是超越了认识论文艺学而获得的。对于文学认识问题的检讨,很快过渡到文学主体论、创作是审美或审美体验,即一种人生体验的讨论。于是文学创作不关认识,认识论已经过时,或已被取代,已被颠覆的说法,大为流行,而且由于对认识论实在反感,有的论者非要把认识论包括反映论在内,清除出文学理论而后快,走到非理性的极端去了。这样,认识论文艺学受到了一定的冷落,而人类本体论文艺学包括主体论文艺思想、审美反映论文学理论、语言论文学理论与解构主义文学理论以及文化批评,相继活跃起来,在相当程度上体现了当

---

① 见陈涌《关于陈忠实的创作》,《文学评论》1998 年第 3 期。

今我国文艺思想的多样性与现代性的进展。

文学主体性的提出，是 20 世纪 80 年代文艺学中现代性体现的一个重要方面。20 世纪 80 年代初人性、人道主义的讨论，哲学中主体性的张扬，无疑把人们的注意力引向了人。西方哲学早在 19 世纪就转向了人，人的主体是人本主义哲学研究的中心。各种人本主义哲学派别对人的主体进行了种种解释，如生命哲学、弗洛伊德主义哲学、存在主义哲学、阐释学哲学、西方马克思主义哲学等，相应地也形成了各自不同的重视主体性特征的文学理论，给我国刚刚苏醒的哲学界、文艺界以很大影响。西方现代主义文学中的意识流流派与弗洛伊德精神分析学说，同样启开了中国文学界对人的重新认识。人们发现，过去作家不敢触及的人的内心生活，那里意识之流变化多端、瞬息万变，这是一个无限丰富的精神世界。人的意识与无意识、潜意识的区分，对非理性的认识，扩大了对人自身的了解。以往文学描写的外在的大千世界固然千变万化、多姿多彩，但现今发现的人的内心世界同样魅力无限、仪态万方。这都为我国 20 世纪 80 年代文学主体性的提出准备了条件。

文学主体性针对认识论而发，它高扬人性与人的主体精神，倡导人的自我独立，要求无限地释放人的精神主体的主观能动性。它指责认识论是僵死的反映，是机械论、庸俗社会学，它使人的主体创造性受到了极大的压制。文学主体性的提出，对于当代认识论文学理论来说，相当程度上切中弊端。它表明了一种与认识论文艺学对立的主体性文艺思想观点的出现，文学理论的哲学基础由过去的客体转向主体，并且由此大大激发了创作主体的想象力与独创性，改变了过去的单纯描写现实的写作方式，为再次把现代主义的文学写作原则，引入我国的文学创作，做了舆论准备。主体性的张扬，不仅使作家的创作想象力大大解放，在一个时期内使实验小说在一些杂志上大行其道，虽然这类小说的读者并不太多，而且同时也鼓励了奉行现实主义原则写作的那些作家，扩大了自己创作的自由度，丰富了自己的艺术思想与手法，使作家加深了对自己与人的认识，从而在整体上促进了我国文学面貌发生积极的变化，深化了人们对文学本质的认识。但是，文学主体性的倡导者在理论上的疏漏不少。这种理论所说的人的主体，实际上不是社会的、实践的人的主体，而是一种精神现象；所说的主体性，是一种与社会历史脱离的、天然自足的、具有无限能动性的自我心灵的主体性，是一种自在的普遍之爱的精神。把文学主体性，看成是一种脱离了实践的能动性，这把问题弄成纯粹的精神现象了。同时这一理论对主、客体之间的相互关系所作的解释，也不顾已有的哲学的、心理学的甚至发生认识论的成果，不见创作中在主体主导下主客体的相互影响、互为顺应的双向交流过程，客体在它那里，被全能的精神主体掩盖掉了。对认识论的评价，也是凭着一股否定的热情，把认识论的原意与认识论文艺学中简单化、庸俗化倾向，不加辨析，采取捆绑一起、等量齐观的办法，随意贬抑。结果，在认识上，以新的线性思维，代替了被其批判的旧的线性思维，也即在方法论上，以新的非此即彼代替了被其批判的非此即彼，从而在文学理论中引起了一阵新的庸俗社会学（社会学式的简单否定）的流行。

　　文学的主体性思想，引发了拥护者们的"主体性文艺学"的构思。在我看来，探讨文艺思想中的主体性问题，不仅可能，而且必要，但是否存在"主体性文艺学"，就难说了，因为文学理论里的各种问题并不是全由主体性来阐明的。张扬主体性的"主体性文艺学"，就其总体来看，它的真正的哲学基础是人类学本体论思想。这种人类学本体论文艺思想的拥护者认为，文学是一种自由活动，主体、活动、自由，揭示了文学对生存的根本意义；认为文学处于人类自由的最高位置上，是人类达到自由的活动，是自由地达到自由的活动，是自由地表现自由的活动。只有文学以自由为需要，以自由为对象、目的，因此，自由是文学的最高主题与唯一内容。又如认为文学研究可以跳过认识论、审美意识层次，通过人类学本体论就可解决，等等。上述思想是否就是文学理论中的人类学本体论文艺观念的内涵，是颇使人怀疑的，在这方面，不同论者的认识可能不尽一致。但是用人类学本体论思想来纠正认识论文学理论的偏颇，是十分必要的。主张文学显示人类的生存意义，这符合当今人类的精神的生存状态，也是一种现代意识的表现，人类生存意义实际上就是现代人的生存意义，在理论上与存在主义有着相通之处。一百多年来，当人发现自己不断陷入自己制造的灾难，科技发展又不断使他缩小生存的空间时，这方面的种种困扰，确是使他滋生了惶恐与焦虑，感到生的孤独无依与死的惶惑与疑虑。为了对抗工具理性、科技万能给人带来的消极影响，海德格尔提出，人诗意地栖居于大地之上，在本质上，人与自然万物同在。但是这仅是一种理想，真要做到这点，实在不易。提出这种说法、曾与德国法西斯站在一起过的哲人，是生存还是栖居于大地之上？如果是栖居，是否就是诗意地栖居了？

接近于人类学本体论的生命本体论的文学理论思想，其出发点自然是人，它似乎比前者具体化了一步。论者认为，具有自由意识的人，总是觉得生活的需求永远不能满足，而感到束缚与痛苦，所以痛苦无所不在，痛苦成了具有生命本体意义的痛苦，也即生命就是痛苦。为了解脱这一痛苦，人们寻找到了诗歌，诗歌可以自由地使人进入想象与幻想，超越现实，而暂时忘掉尘世烦恼，抚平伤痛，完成对现实的改造，实现精神自由的实践。这意图自然很好，但这种补偿作用仅是文学的部分功能，文学还有其他功能，它可以鼓动读者，激励读者，加深读者的伤痛，甚至激起读者更为激烈、愤怒、痛苦的情绪。作者在情绪的宣泄中精神固然自由了，在想象中获得超越了，可如何使读者的情绪平静下来，实现生命的超越呢？组成生命本体的并不仅是痛苦，还有其他因素，如文学作品也有描绘欢乐的感情的，描绘人们具有哲理色彩的沉思冥想的，其中也不乏佳作，它们不写痛苦，我们还得称它们为文学作品。又如人的忧患意识也是一种生命的痛苦，但用生命的痛苦似乎还不足以涵盖它，它是处于更高的层次之上的。可见，把文学的诗情完全定位于生命的痛苦，这是弗洛伊德、厨川白村生命痛苦说的局限所在。如果说生命本体的意义就是痛苦，那获得生命的解脱，就只好进入涅槃了。

新时期以来，由于人类学本体论、生命本体论哲学思想的流行，使得感兴说的审美观盛行一时，从而恢复了20世纪以来美学思想中的一条美学路线，甚至可以说是古代文论中的重要路线。由于这条路

二 文学理论现代性问题

线被埋没、冷落了多年,因此一加发扬,那有关审美人生的感受的种种论述,无不使人感到亲切、新鲜。一些论者把文学的本质定位于审美,形成了文学理论、美学中的审美学派的气势。毫无疑问,在文学理论中以审美代替认识乃至政治趋向,可以说表现了文学本质自身的回归,开始了文学本质研究的新阶段,体现了文学理论现代性的进展。但是在实际的探讨中,有关审美的理解,可说人殊人异,见解各别,所以使审美变得多义,并使其内涵变得丰富起来,有主张审美的自然天性说的,有主张审美反映说的,等等。

比如,联系到文学与政治的关系,文学曾被政治所制约,被外加了政治目的,于是就有了审美创造是人的自然天性表现说,创作是无目的,作品也不是手段;按照青年马克思的说法,诗一旦成了诗人的手段,诗人就不成其为诗人了;诗人有时为了维护自己作品的生存,甚至可以牺牲自己个人的生存;谈及诗人弥尔顿创作,说就像春蚕吐丝一样,凭其天性行事,审美与政治各自独立的。自然,审美意识是人的一种自然本性的积淀,一些动物其实也有低级的审美感觉,但是作为人的审美意识,却是不断被其生存的、社会的因素所充实的。诗人创作进入入迷的审美状态时,为了艺术的完美,他把创作本身看成目的,而不及其余;或是他创作时并无明显的目的性,是无意识的,得之偶然,却佳构迭现,这种情况也是很多的。但是同样存在的是,诗人创作又往往是有目的的,而且有着明显的目的的。就以弥尔顿来说,马克思十分熟悉这位诗人,这是一位政治诗人,一位革命诗人,可不是单凭自己自然天性创作的诗人。弥尔顿在 17 世纪英国革命期间,积极参与政治活动;他维护英国人民处死国王查理一世的行动,随后与欧洲大陆反动势力进行笔战,因操劳过度以致双目失明。英国王政复辟时期受到迫害,后闭门家居,"一腔孤愤,泄之于诗",遂有力作《失乐园》《复乐园》和《力士参孙》的问世。弥尔顿歌颂自由,他激愤地说,一个民族赢得了自由,却不知怎样运用自由,愚蠢地又把他们的脖子套进被他们打碎的枷锁,就只配永世为奴。他为"君权民予"辩护,声称"即使不是暴君——人民也有权留用或推翻他"。诗人主要写时事、朋友和他自己,而抒发的是争取自由的斗志与清教主义的宗教感。"在声韵上他是黄钟大吕之音,在情调上他激越、雄迈。"① 如果说,诗人在写诗时追求诗的尽善尽美而不把诗视为手段,那么他写作前、写作后分明是把写诗当成战斗的,而战斗正是目的。他凭其天性写诗,就像春蚕吐丝一样。但就其所受教养、经历来说,他的这种天性正是公民的天性,政治的激情,而并非他的自然本能的天性。弥尔顿正像春蚕吐丝一样,具有那种非把他的政治积郁、忧愤的意识诗意地表达出来不可的天性。看来,创作、天性、政治并不矛盾,矛盾恐怕是在创作与错误的政治、权力的横加干预之间发生的。

诗人历来牺牲自己生命的有不少人,但似未听说有哪一位诗人,为了自己哪一首诗不能存在而自杀,诗人结束生命原因多样,或是因诗作倾向得祸而被杀,或是因为愤世嫉俗,自己的政治观、哲学观、人生观以致艺术观,与现实社会格格不入而轻生。自然,为艺术而艺术的写作,或是倾向性并不很强的写作,受到政治迫害,也是存在的。20世纪80年代兴起的带有为艺术而艺术的纯审美倾向,固然是由于文艺与政治的不协调的原因,但进一步说,也是作家创作与社会环境的不协调的表现。普列汉诺夫说:"凡是在艺术家和他们周围的社会环境之间存在着不协调的地方,就会产生为艺术而艺术的倾向。"② 这一说法很有道理。我国创作中出现为艺术而艺术的时尚,是艺术长期受到政治压抑的必然产物,时代使然。作家与社会环境之间不协调性的产生,其中社会环境起到主导作用,因此社会环境的改善是必要的。不提文艺为政治服务,是改善社会环境的一个方面,文艺创作中的政治群体意识的逐渐消解,也是改善社会环境的一个方面。艺术要成为艺术,否则艺术将丧失自身。我在这里想说明的是,人类学本体论的纯粹的审美写作是存在的,也是可能的、必要的,而且这一思想还可以进一步探讨;但是具有社会因素而内涵丰富的审美写

---

① 王佐良等:《英国文艺复兴时期文学史》,外语教学与研究出版社1995年版,第500、503页。
② [俄]普列汉诺夫:《论艺术——没有地址的信》,曹葆华译,生活·读书·新知三联书店1962年版,第205页。

作,同样是存在的,更是可能的、必要的。因而后来当一些论者一味强调为艺术而艺术与纯粹的审美论时,这一理论的局限与不足,也就日益显露出来了。

当认识论、反映论受到多方指责的时候,审美反映论文艺思想却在悄然兴起。首先,论者认为,认识论与反映论是有联系的,认识论往往是通过反映论来展开自己的理论的,这使一些批评者毫不费力地将两者一视同仁,但是实际上不能将它们等量齐观。两者不同之处在于反映比认识宽泛得多,反映不仅在于认识。审美反映,其目的不在于认识,而在于创造审美价值,审美的认识是审美价值的派生物,所以审美反映就其本质来说就是审美创造。审美反映关注的是人及其命运,他的生存状态,"审美反映是以个体和个体命运的形式来表现人类"①。人在这里既是对象,又是主体。审美反映借助于感情与思想的认识、心理学、语言学、符号学而构筑审美心理结构,形成审美心理定势与创作的动力源。审美反映将文学看作审美意识形态,审美与意识形态性,熔铸成了文学的本质特性。文学必然是审美的,不过单一的审美不成文学,因为大量生活现象也有审美色彩,文学审美总是通过语言所显示的形象、意象、意蕴、情调表现出来的,即使其社会思想十分淡薄。单一的意识形态性更不是文学的特征。审美意识形态通过语言结构成的作品、创作主体对现实的改造与审美价值的创造、审美接受与审美价值的再创造,构成文学本体,并建立文学本体论。自然,这一理论也只是认识文学本质特性的一条途径而已。

现在关于意识形态的理论,被不同的人士搅得很乱。一些人明明是要抓政治,却说要抓意识形态,以减少政治色彩。但意识形态包括政治,还有其他方面,而政治却难以代表全部意识形态,于是意识形态成了政治的泛化的替代词。另一些人同样大谈意识形态,说你意识形态化,实际上是说你政治化,目的是针对政治,甚至批判政治,只是用意识形态其词,来代替政治,免得直白说出政治,以避开政治的

---

① [匈]卢卡奇:《审美特性》第1卷,徐恒醇译,中国社会科学出版社1986年版,第199页。

锋芒。结果双方都把意识形态一词明里暗里当成政治概念使用。至于不少西方人士赋予了意识形态一词诸多意义，也有把政治与意识形态等量齐观的，他们指责别人意识形态化，好像他们表达的观念不是意识形态，也与政治无关。其实他们的观念政治性很强，他们的语言往往多少有些冷战语言的味道。这几种混用的做法，久而久之，把意识形态的本意给遮盖了。我在这里在词源的意义上使用意识形态一词，意识形态就是意识形态，或称意识形式，包括政治与其他意识形式。由于人们把意识形态多义化了，相当多的场合把它说成了政治，于是使得一些避谈政治的人也对意识形态一词避而远之，自己明明在制造意识形态，表述某种思想观念，甚至是政治性的观念，却还以为与意识形态无关。

依据一定哲学思想而建立起来的文学理论思想，还有多种语言哲学基础之上形成的不同文艺思想与不同文化哲学基础之上的种种文化批评。20世纪西方的各派文艺学，大都受到多种语言哲学的影响。索绪尔、维特根斯坦、海德格尔、列维－斯特劳斯、拉康、德里达的语言思想此伏彼起，推动了西方文学理论的不断更替。这些文艺学派不再执着于文学本质、内容的探索，而钟情于语言自身的能力变化与"语言说人"的论证、形式创造的多种可能，造成了文学理论中的形式主义学派漫长的统治，最后赋予语言以一种魔幻般的力量，消解了文学艺术的意义与价值，使得形式获得不断的更新，从20世纪20年代直至80年代，在文学艺术中引起一阵又一阵的人文危机，最终彻底地消解了人的主体。大概比较特殊的是巴赫金与哈贝马斯的语言哲学思想，他们力图通过超语言学与普遍语用学，突出交往、对话思想，来改造人文科学，为文学理论的发展提供了新思路。各种语言学派的学术思想在20世纪八九十年代介绍到了我国后，使不少人趋之若鹜。特别是叙事学的研究，已有多种著述，但大多是综合西方学者观点写成，尚处在介绍阶段，使用的不少例子也是从西方学者那里搬过来的。同时，解构主义文论介绍到我国后也是盛行一时。一些论者热衷于消解旧有的理论权威，力图确立新的思维原则，有其积极的一面。但如前所说，由于模仿太多，因此连我国文化建设中的现代性的诉求，都被"终结"掉了。他们努力为边缘辩护，但又不甘心身处边缘，时时显露了想置身于中心的心态；而在创作中，则开始了语言的游戏与消解文学艺术价值与精神的过程，趋向平庸。

近十年来在我国兴起了文化批评。20世纪80年代，当认识论文学理论备受诟病，大量引进西方文论时，内在研究，形式、语言研究、文艺心理研究成了时尚。这种学术风气一直延至20世纪80年代中期以后，也即美国学者杰姆逊在北京大学讲述后现代主义与文化理论之后。这时不少中国年轻学者才相信文学研究除了内在研究，还可以有文化研究；加上比较文学研究是一种跨学科的研究，文学的外在研究还是可以成立的，虽然文学的外在研究与文学的比较研究并不完全相同。西方的文化研究，范围十分广泛，新历史主义研究、后殖民主义研究、女权主义研究、西方马克思主义文化批评、大众文化研究，一时使人目不暇给。解构主义兴起以后，一些人文科学的界限也开始被解构掉了。比如，文学理论的专门性已大为减弱，在欧美学校里，讨论尼采、弗洛伊德、拉康、海德格尔，就算是上了文学理论课程。像我们从苏联学过来的专门性的文学理论课程，在西方很少看见，或并不存在；而像美国人韦勒克的《文学理论》这样的著作，已不多见。这一倾向的出现，使人们相信，探讨文学问题，不能仅限于文学自身，还要把文学置于文化背景之上，才能较为深入地弄清文学现象的复杂内涵。像后现代主义文学不仅是文学问题，它与后工业社会其他文化现象，从物质生活到精神文化的方方面面紧紧相连，如果只从过去的文学理论角度去理解，是难以把握其面貌与本质的。于是就出现了艺术文化学、文化诗学这类问题的探讨。像俄国巴赫金的不少重要的文学理论问题的探讨，不仅仅限于文学现象，他的对话理论、狂欢化理论，都是建立在对欧洲文化本源发展的深刻理解之上的，它们既是文学问题，也是哲学、文化问题。当今文化批评正方兴未艾。

在哲学与文学理论的多样化中，马克思主义文艺理论的地位在哪里？20年来，人们对马克思主义的理解发生了深刻的变化。最主要的变化表现在，对待马克思主义采取了较为科学的态度。人们冲破了两个"凡是",将马克思主义与新的现实问题结合起来,定位于"解放思想,实事求是",如果不是如此,便将寸步难行。正是由于这一指导方针,开创了我国新时期的新局面。在哲学与文学理论中,过去运用的一些马克思主义原则,由于在实践中被简单化、庸俗化而受到质疑,甚至被人否定。但是它的基本原理,如经济基础与上层建筑理论、反映论、存在与意识的理论、历史主义原则、辩证分析精神等问题,很难逾越,自然其中一些问题,也有待新的阐明;又如文学与社会生活的关系、文学与群众的关系、有关艺术价值创造的理论、艺术生产与消费等问题,也都具有普遍意义。问题在于如何使用这些原则与方法,如果不去结合发展变化的现实生活与多样的文学创作来谈文学问题,不能发现原则与对象之间的真实联系,那么除了申张一下众所周知的原则,可能就会把对象本身的具体性、丰富性全都阉割掉,从而使原则庸俗化,造成本本主义、教条主义批评。如果使用马克思主义精神,去具体分析对象,那么不仅对象的具体性、丰富性能够被揭示,而且原则本身也能表现出其无限的生命。在文学艺术总体特征的探讨中,马克思主义文学理论占有明显的优势,这是其他学派的文论难以替代的;而其他文论的特点与作用,马克思主义的文学理论也难以包容。理论自身的原则应是被发展的,唯一的途径就是不断吸收其他理论的合理因素以丰富自己,使自己常新,这也是这一理论的生命力所在。如果它故步自封,以为什么问题都能阐明,那么它将无力面对文学中诸多独特的问题,运用它解释这些文学现象,必然就会力不从心,捉襟见肘,任何理论都是如此。

在现今的文学理论中,完全使用认识论来探讨文学问题的现象已不多见,其中文艺社会学与认识论可能最为接近。马克思主义文论原理在不少学者那里,实际上都有不同程度的新变,有的变革极大。例如关于反映论,如前所说,有的学者在探讨文艺问题时,并不把反映论直接移入文论,而是吸取其精神,通过审美中介,使其与其论述的对象相结合,使用审美反映一说,并且引进了其他学派的有用成分,加以综合,以适合文学理论自身的需要,这与马克思主义文论已大不一样。有的论者将生产论移入文学理论,演化为艺术生产论。甚至探讨主体论文学思想，也要征引马克思的论点。自然，文学研究的途径很多，不少方法与马克思主义原则并无直接关系，原有的叙事学理论与原马克思主义文论就没有多少联系，虽然可以去建立马克思主义叙事学。西方学者往往将马克思主义文学理论与似乎毫不相关的其他文学理论学派连结一起，形成新学。此外，还有与各种哲学思想有联系的多种文学研究，如文艺心理学、文学阐述学、比较文学研究、神话研究等，这里难以一一评述。

今天，文学理论哲学思想的多样化与文学理论本身的多样化的格局，大体已基本形成，这种情景在 20 年前是难以想象的。这说明，科学认识的途径是多种多样的，一旦解放思想，实事求是，科学就会显示自身的千姿百态的本相。它们之中，有的真理成分多些，有的合理成分少些，但都是现代意识的追求与创造，是现代性的体现。各种文学理论交织一起，相辅相成，互为衬托，竞相争艳，显示了整个理论的丰富多彩，从而使我国文学理论处于前所未有的"狂欢化"的情状之中。

（五）文学理论建设：传统的定位与选择

我国文学理论现代性的生成中，面对着强大的传统问题。似乎没有哪个国家的文论像我国那样，在传统问题上总是纠缠不清，要进行那么多、那么久的争论，以致今天仍在争论之中。这里的复杂性在于，近百年来，由于现代性的不断演变，使得我国文学理论走过的道路太曲折了，每个阶段的文论，总是处在现代文论、古代文论与西方文论冲突的张力之中而决定取舍。在今天建设新的文学理论的时候，我们实际上面临这三种文论传统，这就是古代文论传统、西方文论传统和近百年来形成的现代文论传统，我们就处在这三种文论的相互的张力之中。

世纪之初，梁启超与王国维的文论，追求着当时的现代性，都在吸收外国文论经验的基础上，或把文学仍然看成"经国之大业"，与当时社会改造任务相连；或与传统的感兴文论相结合，借外国文论思想之助，更新了传统文论，这就是现今为人乐道的在《人间词话》中发挥的境界论思想与论述《红楼梦》时引进的文学悲剧思想。"五四"前后，由于这场"五四"文化革命而使传统文化成了批判对象，锋芒所及，古代文论受到巨大的冲击，由原来的中心而退居到了边缘。古代文论的式微，在于它多半是古代诗歌的理论总结，是一种感悟式的、直觉式的、评点式的模糊体验性的文论，由于它缺乏强大的理性的、清晰的理论框架，不能很快向现代转换，经受住现代性的检验，难以用来解释"五四"新文学现象，于是受到冷落与批判，也是势所必然。其时一些人士出来捍卫传统文论，竭力为旧学辩护，反对革新，但也是难以阻挡新潮势头，显得力不从心，以失势告终。今天看来，他们在学术上取得一定成就，但他们那时被笑称为遗老遗少，也是合情合理。20 世纪 20 年代，马宗霍曾出版《文学概论》（1925年）一书，该书体系采自西方同类著作，而术语则尽量使用古代文论中的概念，力图中西合璧。写于 20 世纪 30 年代初，出版于 1942 年的朱光潜的《诗论》，在其《抗战版序》中，又提及古代文论与西方文论的问题："当前有两大问题须特别研究，一是固有的传统究竟有几分可以沿袭，一是外来的影响究竟有几分可以接收"[①]，今天看来，这正好说到了问题所在。但由于当时形势关系，看来提得不合时宜，所以无有应者。20 世纪 40 年代下半期，古代文论的研究才在一些高校有所展开。这十多年间，除了朱光潜的《诗论》，还有宗白华的一系列论文（后收入《美学散步》《美学与意境》）、钱锺书的《谈艺录》、方孝岳的《中国文学批评》、罗根泽的《中国文学批评史》、郭绍虞的《中国文学批评史》等，算是古代文论研究的主要成绩了。20世纪 50 年代后几十年，古代文论被当作了封建文化，除了少数人进行资料整理外，研究实际上已经停止。当时有的人认为，古代文论只具参考价值，绝不能指导今天运动，古代文论引入当代文论，只能作为民族化的一种手段，即为当代文论增添一分民族色彩而已。直到 20世纪 80 年代，古代文论研究才算真正受到重视。80 年代初，我国研

[①]《朱光潜美学文集》第 2 卷，上海文艺出版社 1982 年版，第 3 页。

究古代文论的学者建议,可以用古代文论的框架来撰写文学概论,但未有实际的尝试。八九十年代,我国古代文论的研究取得了空前的进展,王运熙、顾易生主编的7卷8册《中国文学批评通史》、敏泽的3卷本《中国美学思想史》和罗宗强的多卷本《文学思想史》的出版,应是古代文论研究界的盛事了;此外如黄保真、成复旺与蔡钟翔等人的《中国文学理论史》、袁行霈等人的《中国诗学通论》、陈良运的《中国诗学批评史》和张少康等人的《中国文学理论批评发展史》,都是这一时期的力作。自然,这些著作还只是现阶段所达到的初步成就。史与论的关系是相辅相成的,史的工作在于披露理论历史的原貌,尽量恢复其原有的形态与本意;理论的工作则在于吸收以往批评史的成就,尽可能地进行科学的概括,总结出带有规律性的文学观念,深化已有的认识。我们不能等待史料发掘完了,批评史写完了再来进行理论总结,批评史是不可能写完的,古代文论体系的探讨也不可能完成于一旦。

面对新的文论建设,古代文论的地位与作用被提了出来,20世纪80年代末、90年代初,古代文论向现代转换的呼声四起,而到90年代末,召开了古代文论的现代转换的专门研讨会,《文学评论》组织了持续两年之久的专栏讨论。大家的共识是,我国古代文论必将成为新的文论建设的不容忽视的组成部分,因此应该充分继承古代文论优秀传统,不应再重蹈过去覆辙。同时对于古代文论如何转换,分歧不仅存在,而且十分深刻。比如所谓当今文论的"失语症"问题,成了引发讨论的话题。有的学者认为,我国当代文化基本上是借用西方的一整套话语,长期处于文化表达、沟通和解读的"失语"状态。当今文艺理论研究,最为严峻的问题就是"文化失语症"。论者建议在清理传统话语同时,使传统话语得到改造与更新,在"杂语共生态"中,在广取博收之中,逐步建立文论新话语。有的学者认为产生"失语症"的不应是我国文论,而是外国文论,我国古代文论话语方面,不是赤贫,而是满怀珠玑,自有一套与西方迥异的思维方式与文论话语。只要我们自己做好清理古代文论的工作,改弦更张,主动介绍出去,实行"送去主义",必能将世界文论水平大大向前推进一步。有的学者认为，应以我国古代文论为母体和本根，认识与研究中西文论的异同，明白我国古代文论的主要精神与当代价值，吸取西方文论的有益营养，来建设有中国特色的当代文论。也有学者认为，古代文论作为一种宝贵的理论资源，一要开发，二要利用。古代文论的现代转换，不是满足于把个别古代文论范畴吸纳到当代文艺学中作为点缀，而要对古代文论具体的理论范畴进行逐步清理，先从局部开始；同时不能照搬古代文论的范畴体系，而要在整体上了解古代文论的根本精神、总体特征，加以改造，完成传统与现代的接轨。① 这是问题的一个方面。

其次，是西方文学理论的问题。近百年来，西方文学理论一直影响着我国现代文论。我国现代文论各个历史时期的发生与演变，无不受到那个阶段被某些人所尊重的西方文学理论的影响。20世纪之初，王国维与梁启超的文论，各自受到德国、日本文学思想、文论的影响，自不待言。20世纪二三十年代，欧美文学理论的影响在一些学者中间是存在的，如梁实秋、梁宗岱、朱光潜等人的著作，但在文艺界似乎从未成为主流意识。逐渐占有主导地位的，先是俄国的文学思想，而后来是直接或间接介绍过来的苏联的文学思想、马克思主义文学思想。从20世纪50年代之后，对我国文学理论发生影响的，则主要是苏联的文学理论，不管名家末流，一律拿来，供作我们学习的范本。那时在学习苏联经验、理论上，中国学者如有不同意见，不管有理无理，都是先打三扁担再说，可见其决心之大。

20世纪80年代的开放改革，对文化专制主义进行了清算，同时大量引进了西方文艺、学术著作，使得不少对现实感到惶惑的人，自然地把目光移向西方。与自己的境况相比，觉得西方什么都好，哪个理论都是闻所未闻，并且多种多样，当然包括文学理论，这确也有部分真理在内。隔绝既久，对什么都感到新鲜，因此对西方的理想主义

---

① 见曹顺庆《重建中国文论话语》，《中外文化与文论》1996年第1期；季羡林《门外中外文论絮语》，《文学评论》1996年第6期；张少康《走历史发展必由之路》，《文学评论》1997年第2期；蔡钟翔《古代文论与对待文学建设》，《文学评论》1997年第5期。

二 文学理论现代性问题

相当流行。一个时期里，在知识界与文论界，西化思想相当普遍，旧有的传统与文化思想被贬得一钱不值，西学为体的思想再度被炒热起来。在"走向世界"的口号下，实际上掺杂着两种思想，一是极力想改变落后状态，赶上西方，否则要永远落后下去；二是西方什么都好，极力要向西方靠拢。在文学理论中，这时既有认真、艰苦的理论探讨，也有大搬外国新术语的现象，虽然文化转型期术语转换是不可避免的，但是新名词的狂轰滥炸，显示了不少人的浮躁心态，各种西方理论，不管理解与否，价值如何，轮流登场，表述一番，显出一派众声喧哗。似乎一种新说的出场本身，就意味了它的存在，而存在就是价值与胜利。有些人对这种情况显得惶惑；有的人则忧心忡忡，只觉得天旋地转、上下颠倒、中心不彰，甚至被挤兑到一旁，失去了旧有权威的中心感觉。但由于自身知识结构的局限，无法对话沟通，在各种新理论的"狂欢"中只好徒呼奈何。如前所说，这种情况直到20世纪80年代末90年代初以后有所变化。主要是我国学者在理论探讨上有所深入，西方文学理论本身挣脱了大半个世纪的内在研究，而大规模地转向外在研究，它对自身的理论并非绝对完美的认识与检讨，清醒了不少人的头脑。当然更为重要的是，人们发觉西化道路在我国再度受阻，西化实际上是行不通的。西化实际上也是一种教条主义，在各个时期都是存在的，因此人们不能不考虑现实的实际情况。

那么，当代文论建设到底如何进行？在我看来，我们还得在原有的文化、文学理论传统的基础上进行。我们得面对传统，有关文论传统的看法我在前面已有所表述。长期以来，各种文论传统之间的张力，一再成为那个时期文学理论建设中发生争论的重要原因。"五四"文化革命以激进的态度，否定了旧有的文论传统，于是形成了与原有文论的中断。确实，旧有的文化传统在20世纪初已难以为继，但是任何一种旧有的文化又总有它的民主性的精华所在，依靠它们，使得一个民族得以绵延与发展，对这些因素进行必要的科学的改造，就可使之成为新文化的组成部分。如果把一个民族长期创造的精神文化全部否定掉了，这个民族在精神文化上靠什么维系而获得发展呢？

那么我们能够将当代文学理论建立在古代文论的基础上吗？这显

然是不可能的事。一是古代文论是古代文学创作的理论总结，如前所说，古代文学创作主要是诗歌创作，大多数诗学著作，主要针对诗歌而发，它们自有一套范式用语，由于这些术语多半属于审美的心理体验，因此各种术语具有审美的朦胧、模糊、含混特征，而无明确的界定，可以意会，但难以言传。同时一个概念，各家有各家的阐述与用法，并不统一，而且这些概念，文、哲、伦理、宗教不分，并非为文论所专用，文论术语多半借自哲学、伦理等诸领域。自然，朦胧、模糊的审美评价，又有它的优越性，即可以用来描述那些不可言说的现象，而这在文艺审美的现象中很多。但总体上说，它们已不适合用来阐述在现代性启蒙下发生的新文学现象，新文学在思想趣味、形式上与古典文学大异其趣，并且逐渐形成了一套借自欧美文艺理论进行阐述的新的术语规范。二是古代文论自身的体系与作为资源的问题。关于古代文论有无自己的体系，一个时候颇有争论，持否定意见的主要是些研究西方某个文论家、对本国文论则十分隔膜的人士。前面提到的一批有关古代文论的论著，从各自的认识角度，初步总结了古代文论庞杂而丰富的经验。这一工作完全必要，但它只是古代文论思想的总结与概括，只是当代文学理论建设的一部分，难以成为当代文学理论自身。古代文论要在当代文学理论建设中发挥作用，成为当代文学理论建设的一部分，关键在于做好现代转换，使古代文论的一部分探讨面向现代。古代文论的现代转换是个十分艰巨的工作，现代转换并非使古代文论现代化，而是将古代文论作为资源，把其中那些具有普遍意义的、与当代文学理论在内涵方面有着共通之处的概念，即有着普遍规律性的成分，清理出来，赋予其新的思想、意义，使之汇入当代文学理论之中，与当代文论衔接，成为具有当代意义的文学理论的血肉。也就是说，现代转换就是一种理性的分析，目的在于激活那些具有生命力的古代文论部分，获得现代的阐述，成为当代文学理论的组成部分。古代文论话语极为丰富，可以构成自己的话语系统与理论体系。把古代文论送出去自然很好，可以促进在古代文论方面的文化交流，让外国人了解我国古代的文化成就，促进他们研究我国古代文化典籍，从而使外国文论有所吸收，有所获益，但是这仅是问题的一

二 文学理论现代性问题

个方面，古代文论毕竟难以替代我国的新文学理论的。

古代文论难以替代当代文学理论，西方文学理论更不能越俎代庖，那么作为当代文学理论的基础选择也即文化选择，我以为也只有现代文学理论了，就是说，当代文学理论的建设，只能以现代文学理论为基点。原因之一，现代文学理论虽然问题很多，但近百年来，它的发展，总是与西方当代文学理论思潮结合在一起的，它不断地在西方文学思潮的影响下使自己逐步地走向科学化、人文化，这也是客观的事实，从而体现了我国文学理论现代性的不断生成。我们今后在总体上阐述文学现象时，在前面已提及的现代文学理论中初步确立的一些重大原则，即使被修整，恐怕也是难以逾越的。不少观念固然借自西方文学理论，但一旦融入我国文学过程，也就成了我国现代文学理论的组成部分。当今各国文化进入更大范围的世界性交流的潮流，它们之间既有差异，又有同一，这差异性与同一性，使得不同文化相互接近，在现代性的追求中，不断相互吸收与进步并形成各自的特色。第二，现代文学理论大体上是与我国现代文学的发展相适应的，现代文学理论对古代文论传统的疏远，与现代文学的发展是同步的。在现代文学的生成过程中，也生成了现代文学理论，用以阐述现代文学。现代文学理论或提出旗帜与口号，对现代文学起到催生作用，或移植一系列外国文学理论的术语，用以解释现代文学的特征与品格。这套术语具有当代的科学性特征，这中间也出现过不少错误与问题，但至今仍在使用，虽然今天增加了不少新的观念与术语，但暂时还没有新的一套完整的术语替代它们，经过适当的调整与改造，恐怕它们还要使用下去。第三，我们所以认为要以现代文学理论为基础，还在于复杂的传统问题。现代文学理论由于"五四"的激进主义的一面而丢掉了古代文论传统，在今天，总使我们觉得现代文学理论缺少了母体的营养与根底，缺乏一种底气。我们一度从西方他山之石攻玉，但对自己的宝山弃置不顾。由于我们对古代文论中许多有价值的东西、有生命力的东西研究不够，未曾有过现代转化的过程，与现代文学理论未有沟通，所以总使人感到现代文学理论与强大的古代文论传统之间缺乏血肉的联系，而变得有如飘零的浮萍。但是这一传统又不能用以替代现代传统,因为如果我们这样做,那又会中断一个传统即现代文学理论传统,又会人为地造成一个新的隔阂。现代文学理论近百年来的经营,构成了现代文学理论传统,我们所使用的理论话语,正是现代文学理论所使用的话语。我们不可能再来使用古语说话。如果直接转向古代文论,那么很可能我们一时连话都不会说了。因为,古代文论中不少话语,我们已对它们十分隔膜,在语义上,与当代文学理论已不相通用,我们不可能用古代文论的话语来阐述当代文学现象。虽然有个别学者使用古代话语撰写著作,但也只是针对古籍,而难以对现代文学进行评论。我们只能在现代文学理论的基础上,充分地研究古代文论,把其中的有用成分,包括它的体系与各种术语,最大限度地分离出来,不是表面地使用一些古代文论的术语,而是丰富其原有的涵义,赋予其新义,与现代文学理论、西方文学理论融合起来,使其成为当代文学理论的血肉,形成当代文学理论的新形态。这将是具有中国特色的文学理论的新形态,一种在长远时间里不断生成、不断丰富、体现现代性的文学理论的新形态。

过去,从事古代文论与从事当代文论的学者,基本上各搞各的,古代文论研究者缺乏对现代文学理论的把握,局限于对古代文论本身的解释,甚至以为古代文论与现代文学理论无关。对古代文论进行解释,恢复其原貌,即对其形态与历史进行还原,这一工作是完全是必要的,这也是一种不可或缺的专门学问,自然应该继续下去。而从事现代、当代文学理论的学者,又十分缺乏对古代文论的深入的、全面的理解,不能把两种文论有机地相互沟通,融而为一。最近这一情况已有所改变,正在出现一种融会贯通的趋向。

(六)现代性与文学理论人文精神问题

文艺学是一门十足的新兴的学问,尚未成熟的学科,处在不断变化中的学科。这是一门既是科学的,也应是充分的人文精神的学科。

我们在前面说到,现代性应是一种排斥绝对对立、否定绝对斗争的非此即彼的思维,更应是一种走向宽容、对话、综合、创造同时又

二　文学理论现代性问题

包含了必要的非此即彼、具有价值判断的亦此亦彼的思维，这是从近百年来文学理论痛苦演变中凸现出来的一个思考。

在历史上，马克思主义文学理论在一个时期里，曾被当作终极真理，特别是马克思等人在这方面说过的话就是绝对真理，其他的文学理论流派都一一遭到批判、废除。这与社会激变的环境有关，不如此，它自身就难以存在下去，而且它受到的非难极多。这种思维方式大概是在这种环境下形成的。但是时间长了，一旦成了一种定型的思维方式，它就会向教条式的非此即彼的思想方式转化。马克思主义文学理论有关文艺的一些重大方面的论说，具有无可辩驳的科学性、指导性，有它的体系性，有的人极力反对，进行消解，也是枉然。但是也要看到，马克思主义作家也只是就文学的一些重大方面，当时出现的一些理论问题以及有关过去的不少作家，作出了阐述与评价，它们难以替代全部文学理论。文学理论中还有许许多多问题，被古人与今人探讨着，而且后来文学发展中层出不穷的新问题，由于时代的限制，他们也难以涉足。我们发现，20世纪80年代传入我国的许多外国的文学理论学派所标榜的主张与独特见解，是马克思主义文学理论中所看不到的。就是在我国受到诟病的西方马克思主义文艺理论，在不少问题上，如艺术生产、艺术与政治、艺术与意识形态的种种关系、大众文化、后现代主义批判等，与西方的艺术生产联系密切，针对性强，不少阐述也富有真知灼见。反观我国一些正统的马克思主义文艺家，20年来，似乎未曾结合文艺发展的实际情况，提出过新的理论问题来，这是颇值得深思的。马克思主义文学理论要获得进展，就应合理地吸收其他学说，用以丰富自己，使自己的理论与新的文艺实践结合起来，讨论、阐述新问题，从而使自己永葆青春。

文学理论的现代性，要求排除对一种思维、观念的终极真理性、绝对权威性。绝对权威、终极真理，说一不二，不准思索的思维方式，已经不合时宜，表现为逆现代潮流而动。人的思维、意识是多样的，它们各有价值。一种思维所提供的真理，只是真理长河中的一个浪花，它代表不了长河自身，更无法具体显示真理长河未来的曲折流荡。真理的长河，是由千条万条细流汇合而成的，它们的相互关系应是一种相互包容、相辅相成的对话关系，表现为多声合唱，而非同声齐唱，同声齐唱不适合于文学创造，是没有创造力的表现。历史、现实告诉人们，把一种意识视为永恒的真理，并要强制他人接受，顶礼膜拜，这实际上必然导致漠视他人意识，排斥他人的独立意识与思想的存在，而把自己的意识当成一种超人思想，转而把世界变为独白、单语的世界。事实上，我需要他人而才能存在，他人存在也要以我为依托。"我离不开他人，离开他人我不能成其为我；我应先在自己身上找到他人，再在他人身上发现自己"；"证明不可能是自我证明，承认不可能是自我承认。我的名字得之于他人，它是为他人才存在的。""人实际存在于我和他人两种形式之中"，存在意味着为他人而存在，通过他人而确证自己的存在。意识作为他人的和我的意识，相互联系又是各自独立。"单个意识不能自足、不能存在。我要想意识到自己并成为我自己，必须把自己揭示给他人，必须通过他人并借助于他人。"① 这样，意识实际上是多数的，它们相互交织，各自独立，又具充分权利，自有价值，相互平等，在交往与对话中互为存在。自然，在意识之间，存有差异，在品格上有高低之分，价值上也有大小之别，但无法相互取代，而只能在交往、对话的关系中，互相启发，并为补充，否则就会把另一意识视为没有声音之物。实际上，他人也是能思考的，也能产生思想成果的，思考并不是几个人的专有权利。单一化的意识的理论，必然把他人视为没有思维能力的东西，藐视他人，鄙视人群，不能与之平等地对话，从而把他人视为非人，把人物化。因为实际上生活本身就是对话的，你无法离开他人而存在。这就是新的人文精神的表现。因此，现今如果还要鼓吹我的思想永世的绝对真理性，那实际上是在文学理论中传播愚昧，力图恢复独白、单语的世界了。

不过，这一恢复独白、单语世界的非此即彼的传统思维方式，相当根深蒂固。在20世纪80年代的文学理论的各种争论中，双方每每

---

① ［苏联］巴赫金：《关于陀思妥耶夫斯基一书的修订》，《巴赫金全集》第5卷，钱中文主编，晓河译，河北教育出版社1998年版，第379、377、378页。

二 文学理论现代性问题

表示出都是绝对真理的化身,甚至连对方参与论争的资格都会受到质疑与嘲弄,以致在价值判断中随意性的、情绪化的成分极多。至于说到尊重对方、进行对话,承认在对方的阐述中存在某种真理,这种情况更如凤毛麟角。这种你错我对、你输我赢、非此即彼的思维方式,都是长期以来形而上学猖獗的结果。人们一面批判这种思维方式,一面自己又重复这种思维方式,没有相互丰富的愿望,缺乏共同建设的气氛,更无双赢的气度。这里可能主要是标举"解释",而忽视"理解"。自然科学的思维,是单一主体的思维,它的对象就是客体,而非另一个客体的主体,意识的工作主要在于解释客体,其方式偏重于独语,而达于认识。人文思维则具有"双主体性",它探讨的文本,是主体的一种表述,它进入交流,面向另一个主体,另一个主体也面向作为主体的它,进入对话的语境,它需要的是"理解"。巴赫金指出:"在解释的时候,只存在一个意识、一个主体;在理解的时候,则有两个意识、两个主体。对客体不可能有对话关系,所以解释不含有对话因素……而理解在某种程度上总是对话性的。"他引用的德国学者的一段话也是很有意思的:"人文科学对自然科学方法的责难……概括如下:自然科学不知道'你'。这里指的是:对精神现象需要的不是解释其因果,而是理解。当我作为一个语文学家试图理解作者贯注于文本中的涵义时,当我作为一个历史学家试图理解人类活动的目的时,我作为'我'要同某个'你'进入对话之中。物理学不知道与自己对象会有这样的交锋,因为它的对象不是作为主体出现在它面前的。"[1] 人文科学重在理解,理解是人与人的对话,主体与主体的交流,意识与意识的交锋,"我"与"你"的相互讨论与了解。在对话与交锋中,两个主体,互揭短长,去芜存精,共同发现,揭示与充实真理因素。在共同的探讨中,可能主体双方的真理因素多寡有别,但都自有价值,即使一方意识全是谬误,亦应在对话、批判中被揭示,而不是在另一方居高临下的肆意贬抑中被否定与消灭。即使是

---

[1] [苏联]巴赫金:《文本问题》,《巴赫金全集》第4卷,钱中文主编,晓河译,河北教育出版社1998年版,第314页。

谬误本身，亦有其认识的价值的。同时，在我看来，在一定时候，解释有时也是难以避免的。理解要求一定的价值判断，其中包含了一定的解释。

自然，我也认为，又不能把亦此亦彼的思维方式绝对化。亦此亦彼假设双方各有真理成分，并且不排斥一方或双方的谬误，但不排斥价值判断，即一定的非此即彼。绝对的亦此亦彼，绝对的相对主义，必然排斥价值判断，变成你对我对，消解了正确与谬误之别。更成其问题的是，这种绝对的亦此亦彼，有时对于对方并不理解，就匆忙做出否定，或匆忙做出肯定，以示大度，这之间其实并未存在真正的对话。对话是无尽的（有时虽然对话本身便是目的），但是又要承认，对话又是有一定目的的，对话的目的在于认识真理，辨别谬误，即使真理是无尽的，每一对话实际是为了增加对无限真理的有限的认识。文学理论中的独语状态已延续得很久很久，人们为此而深受其苦，一旦进入了对话语境，出现了对话状态，获得了对话的可能，反倒不习惯起来，不能平等待人。但是进行平等的对话，表现应有的对话风度，这不就是论者自身的一种人文精神的表现吗！用这种人文精神来改造文学理论的学风，不是十分需要的吗！当然如何形成这种方式（包括作者自身在内）来探讨问题，还是有待于共同的努力，这种风尚的形成看来不会一蹴而就的。

文学理论自身的学理探讨既是科学的，同时也应当是充满人文精神的。近百年来，文学理论倾向于文学自身的内在、本体的研究，自然十分需要，并且取得了重大的成就。但是各种形式主义学派的内在研究，在语言论哲学的影响下主要研究了文学作品本体，它的种种构成，对作品的认识不断科学化了，但也削弱了文学的人文精神。在形式主义普遍忽视内容基础上发展起来的解构主义，把文学作品的分析与文学作品的创造，当成了文字的任意组装与嬉戏，人文精神被逐渐地消解了。如前所说，20世纪80年代后在西方兴起的文化批评，正是对形式主义的一种反拨。解构主义被解构了，新历史主义、女权主义、后殖民主义等新学派的风行，标志压抑已久的人文精神的抬头。不管这些学派对我们适合到什么程度，但是有一点是

二 文学理论现代性问题

肯定的,那就是文学理论需要标榜人文精神。在我们充分注意并研究文学的种种形式因素的同时,需要张扬文学的人文精神,呼吁人的血性与良知、怜悯与同情。在今天的文学批评中,具有人文精神的论说,已被消解掉了。

西方文学理论的泛文化性是十分明显的,文学理论从未像现在这样,被理论家们移入各种文化领域,或者说,各个人文科学的领域深深地渗入了文学理论,这使我们刚刚表现出了一些自主性的文学理论一下就面对极为复杂的情况。文学理论跨学科的探讨是必然的,但把与文学多少有些联系的学科称作文学理论,说文学理论影响了并改造了其他学科,说文学理论是一种历史的理论、历史意识的理论,说人们将通过文学理论来规划人文科学[①],在我们这里暂时还未出现这类迹象,就我们目前的知识结构,还不大好做想象。文化诗学、文化批评是必然的,并且将会更加活跃起来,但是像西方的文化诗学那样,建构得太泛,文学的特征也就模糊不清了。文化诗学、文化批评的建构,不仅在于打通文学与其他文化领域,在更加广阔的文化背景上去理解并创造文学,同时也是为了赓续、弘扬新的人文精神。当然也难以逆料,目前泛文化的批评相当时髦,文学批评也已渗入社会、政治、经济领域,所以新学科的出现是必然的。随着文学与其他人文科学的联系而产生的新学科,如伊塞尔提出的文学人类学等,这都是可能的,也是可以预期的。

这样,我们面临着对文学理论现代性的选择,同时我们也将被现代性所选择。

(原文作于1998年11月—1999年春节,全文第一、二、三节刊于《文学评论》1999年第2期;第四、五、六节刊于《文艺研究》1999年第3期)

[①] 见[美]拉尔夫·科恩主编《文学理论的未来》的序言,程锡麟等译,中国社会科学出版社1993年版。

三 就"文学理论现代性"问题答《文学前沿》编辑部问

问：什么是现代性？什么是文学理论的现代性？两者关系如何？

答：就我的理解来说，现代性的问题，作为社会实践的指导精神，自社会进入现代进程之后，就已存在，其理论的阐述与形态，也有几百年的历史了。在我国，社会进入现代以来，现代性的问题实际上也是个不争的事实，但是把"现代性"作为一个理论问题进行讨论，则是近十多年来的事。

所谓"现代性"，我在《文学理论现代性问题》一文中谈到，就是一种现代意识的精神，一种促进社会进入现代发展阶段、使社会不断走向科学、进步的理性精神、启蒙精神，一种高度发展的科学精神与人文精神。具体说来，它表现为科学、人道、民主、自由、平等、法制、权利等的普遍原则。这些原则已经倡导了几百年，但对于我们目前来说，还并未过时。例如，广大群众并未受到科学的真正洗礼，所以邪说一起，就会有人盲目追随。例如人道，如今不少人在反人道行为面前，表现了极度的麻木，已失去了血性与良心、同情与怜悯。又如民主，每年人大会议总要提到要如何如何加以改善，可见问题多多；又如法制，也是如此，它不时受到人治的挑战，有权势的人说了算。近百年来，我国的不少有识之士，竭力想促进社会的现代化进程，于是对现代化进程各自作出了不同的设计与阐述，从而就形成了内涵不同的现代性。

文学理论的现代性，与整个社会所要求的现代性是一致的，是受到整个社会所要求的现代性的制约的。但文学理论的现代性有着自己

三 就"文学理论现代性"问题答《文学前沿》编辑部问

的内容，两者不宜混淆，相互替代。文学理论的现代性，只能根据现代性的普遍精神，与文学自身呈现的现实的状态结合起来，从当今文学自身健全的要求出发，给以确定。当今文学理论现代性，在我看来，就是文学理论自身的科学化，使文学理论从政治的束缚中走向自身，走向自律，获得自主性；就是使文学理论走向开放、对话与多元，形成理论自身多元的、新的真正创建；就是要使文学理论促进文学的人文精神化，文学理论在走向自身的科学化的同时，也应使自己人文精神化。

问：您是在什么样的社会文化语境中提出并阐述文学理论现代性问题的？它有什么理论与现实意义及针对性？

答：当前的社会文化语境已发生不少变化，即文学理论也好、文学批评也好，逐渐开始成为一种超语言学意义上的话语，这话语既是社会性的，又是个人性的、多元性的，话语的本质就是对话性的。具体表现为文学理论与文学批评成了可以探讨的话语，而已不是某个权威说了算的专有品，某个团体说了算的专利品。学术正在向天下之公器回归，这花了人们的多少代价啊！文学理论与文学批评已失却了往日的某种必须遵循的大一统的政治规定性，而开始回到自身。现今在文艺理论批评中，实际上既有中心，又有边缘，而且有很多的边缘；既有集中、一致的、同声齐唱的要求，又有自说自话、疏离中心的、不同声音的众声合唱的愿望。

在这种语境中，文学理论要使自己获得发展，探讨自身的规律性现象，提出它的现代性问题，是十分自然的。探讨文学理论的现代性，实际上就是研究文学理论的现代精神，就是研究具有现代精神的文学理论，文学理论应当是怎样的文学理论。由于研究者对现代性有着多种的阐释，所以对文学理论的界说，也可能多种多样，从而揭示理论的多方面性，促进文学理论自身的进步。

问：您对现代性的理解贯穿了一种十分可贵的辩证的历史的眼光，即现代性是一个包含了深刻的内在矛盾的复合体。这种新的现代性视野有什么当代意义？

答：关于现代性的问题，外国的学者描绘极多，它涉及几百年来的哲学、政治与社会学说、宗教、伦理、文学艺术以及社会制度、科学发展等方面。由于派别众多，所以关于现代性的论说也极为复杂，清理外国学者有关现代性的不同论说本身，就可写出多种著作，这对于学术探讨来说，无疑是很有意义的事。

自从后现代主义文化思潮兴起后，现代性受到了怀疑，或被看成过时的东西，并相当普遍地代之以后现代主义与后现代性。由于我国社会的特殊构成，后现代主义文化思想直到20世纪80年代中期才介绍到了我国。1985年美国学者杰姆逊在北大讲学时提出，西欧资本主义的发展开始阶段，形成资本主义的古典主义阶段，其后是垄断资本主义阶段，最后发展至后工业化资本主义、媒介资本主义或多国化的资本主义阶段等。在文化思潮方面与之相应，则有现实主义、现代主义与后现代主义出现。

我国社会的结构与文化的发展，和西方社会、文化发展的途径很不相同，由于强大的文化传统，由于东方制度的种种特征，以及我国社会、文化曲折的进程，发展至今，在我们这里，还未出现西方社会、文化发展中的典型现象。因此我觉得很难用杰姆逊的理论模式来观照我国的社会文化现实。但是这不等于说，我国的文化仍然是铁板一块，不受影响。在当今全球化的氛围中，西方社会的文化影响是不可避免的，况且后现代的不少现实现象，已是一种客观存在，也是自然、正常的现象。20世纪90年代，后现代主义在学校的青年学者中相当流行，可以说有些处处争说后现代的味道，我们的文学好像已经与西方的后现代文学接轨了；有的论者似乎抢到了一面大旗，大事张扬，以致被称作中国的"后现代大师"了。看来介绍与争论是必要的，但让人感到，这类先锋性的文学事件，即对后现代主义、后现代性的张扬，对当代文艺思潮虽然有所参考与丰富，不过离开我国的文学的实际情况与主潮，实在太远。因此我觉得我们还要从我们的文化、文学的实际情况出发，来讨论文化与文学的现代精神问题。

如果从我国的国情出发，那么我国的社会结构，很难与西欧社会的结构对应起来，它实际上是几种因素的混合体，这一问题我们不拟进行讨论，因为暂时还不具应有的气氛，只好加以"搁置"。从社会、

三 就"文学理论现代性"问题答《文学前沿》编辑部问

文化乃至文学的实际情况考虑，当今需要大力张扬的是文化与文学的现代性，一种建设文化、文学的现代精神。在现代性的制约下，我们的文化与文学从总体上说，可能既是现实主义的，又具有现代主义的特征，同时看来也会渗入某些后现代主义因素。自然，这不是说，除此之外，就别无其他了。

近百年来，各种有识之士都在解释、探讨着现代性。我则把现代性看成是一个有着深刻的内在的矛盾的统一体或是复合体。实际上，事物都是以复杂的、矛盾的状态呈现出来的，当其在正常的情况下出来时，它可能是一种动力；当它在反常的情况下呈现出来时，它可能是一种破坏力。在我国，我以为我们将在相当长的时间里，进行现代社会的建设，社会文化、文学的主导精神将是现代精神。在文化、文学的发展过程中，现代性往往会走向自己的反面，一百多年来这一情况不断发生过。一旦出现这种情况，我们只能从其自身去寻找原因，而不是对现代性进行简单的否定，或是代之以后现代性了事。目前文化、文学中出现的某些后现代性因素，在我看来，和西方文化、文学中的后现代性无疑有着联系，且颇有影响，但我认为，与其说是后现代性的表现，不如说是现代性的自身的一种异化。这样，我们所说的现代性不仅是一种现代精神，一种肯定的力量，而且不时会遭到某种社会势力歪曲，成为走向自身反面的力量，同时我们又要把现代性看作一种具有反思性、批判性的力量，清理自身的理性的力量。在一个相当长的时间里，我们恐怕还得在现代性的视野里，探讨文化、文学问题。

问：您谈到文学理论现代性的重要内涵之一，是文学理论的自主性，并从这个角度切入了对文学与政治的关系、文学内部研究与外部研究的关系的深刻思考，这个问题的重新提出有什么理论与现实意义？

答：文学理论与政治的关系，是不断纠缠着文艺理论工作的大问题。人们痛感于文学与政治关系的严重的不协调性、乃至对立性，于是提出文艺不应成为政治的工具，宣布不再提文艺从属于政治、文艺为政治服务。在这种情况下，不少人提出，文艺就是文艺，政治就是政治；文艺与政治各自独立，它们是平等的关系、兄弟姊妹的关系，而非仆从关系，甚至说文艺要与政治"离婚"，等等。

文艺理论与政治的关系，说复杂也复杂，说简单也简单。说复杂，主要一些人以政治等同于文艺，以政策代替文学理论，目的是想把文艺当成自己手里的武器，进行政治斗争。如果这是在国家、民族的历史的非常时期，那是完全有其理论的合法性的；但是超越这种范围，就会把文艺当成个人或小团体的工具，以致进行人身陷害的手段了。说简单，不仅在于像上面讲的，要使文艺独立于政治，说明两者是平等关系，而更重要的是要对文学理论进行学理性的探讨，在现代性的策动下，提出文学理论的自主性问题，在于从学理上、理论上来理顺文学理论与政治的关系。

文学理论的自主性，具有理论上的合法性地位。20世纪的文学理论，不断地在寻求自己的自主性。20世纪之初，王国维、梁启超在文学理论上的探索，各自体现着现代性的要求。但是王国维的文艺思想，在德国哲学、美学思潮的影响下，摆脱了几千年的政教、伦理的传统影响，通过对《红楼梦》的评论，提出了文学艺术的自主性问题。他一面强调文艺要脱离政治、伦理，一面又认为文艺要表现人生，在这一点上，我以为他的观点，比之后起的俄国形式主义理论要有力得多。梁启超在文学理论上的探索，在我看来也是一种要求新变的文学理论，他提出的文学、诗歌、小说革命的影响，发生过良好的影响，应是符合现代性的探索的。他的理论上的严重问题，在于夸大了文艺的作用，再度高举文学乃"经国之大业"的旗号，把文学的作用与政治相提并论，为后来文学政治化、文学工具化，埋下了伏线。20世纪初，外国文论转向内部研究、形式主义研究，目的是探求文学的自主性，但由于方法的偏颇，未获成功，直到20世纪80年代走上了内外结合的文学研究道路，才开始完成了文学理论自主性的探索。在我国20世纪的大半个世纪里，由于现代性的曲折多变，最终走向反面，文学理论完全被政治取代了，文学理论的自主性完全被消弭了。20世纪80年代上半期，由于过去的文学理论研究极端的政治化，不触及文学作品自身，所以人们一谈文学的外部研究就十分反感，而把欧洲的形式主义研究视为文学研究的不二法门,直到20世纪80年代后期,由于文化、文学跨学科研究的兴起才逐渐走上内外结合的文学研究的道路,使文学理论初步获得了自主性。

问: 您从文学现代性角度对中国文论史尤其是20世纪八九十年代的文论研究,做了简要而精辟的梳理与评价,能否集中谈谈现代性视野对清理文学理论学术史的特殊意义?

答: 用什么样的观点来统摄学术史的写作,这是一个十分重要的问题。我们常常看到一些学者,出于对过去的某种"义愤",或是受到某些外国学者的影响,对我国文学史上的某些现象往往采取了非历史的态度,观点固然惊人了,但论说使人觉得没有多少说服力,以片面代替片面,偏颇代替偏颇,在重写文学史的讨论、实践中,就存在这种情况。近百年来的理论上的各种争斗,使人们的思维形成了一种定势,即如果是好,那就一切都好,如果是坏,那就一切都坏,这是一种非此即彼的思维方式,也是以往学术研究、学术史探讨中的典型思维方式。

现代性是一种被赋予历史具体性的现代精神意识,在历史的各个阶段,现代性的内涵具有共同之处,但又不很相同。现代性要求贯穿一种历史的评价,即一些学术思想,在彼时彼地看来,与现代性相悖,而在此时此地,在拭去了历史的尘埃之后,可能与现代性相通,乃至成为现代性的组成部分。而在彼时彼地看来很是符合现代性倾向的现象,在此时此地看来,其消极性方面倒是日益呈现出来了。特别是在今天,一个世纪的种种事件,都将在历史的整体中呈现,更能使现代性获得高远、宏观的整体立场,不致囿于一人一事,而消除一时一事的孤立性,并在历史的联系中、历史的整体中评价人与事。

当今现代性要求一种新的思维方式,这就是历史整体的思维方式。这种思维方式承认历史发展中的斗争的必要性,否则新的思想、文化与文学难以建立起来;同时也主张新的思想文化、文学一旦形成之后,也要充分吸收、改造旧思想、旧文化,从中吸取营养,用以丰富自己。一味斗争,只主张二元对立,必然导致社会、文化建设的灾难。所以我在《文学理论现代性问题》一文中说到,"当今的现代性，应是一种排斥绝对对立、否定绝对斗争的非此即彼的思维，更应是一种走向宽容、对话、综合、创造，同时又包含了必要的非此即彼、具有一定价值判断的、亦此亦彼的思维。"

我想，这种思维方式，可能更具建设性、宽容性，使学术史的写作，真正融合了具体的历史性与科学性，把学术史著作提高到新的水平。

（原文作于1999年8月25日，刊于《文学前沿》1999年第1期）

四　交往对话主义的文学理论*
——论巴赫金的意义

在20世纪的思想家中，苏联的巴赫金的命运是非常独特的。1928年末，他因在友人圈子里做过有关康德等人哲学思想、宗教的报告而被捕。而在1929年，他的《陀思妥耶夫斯基创作问题》出版，卢那察尔斯基还就此书写了评论。同年，巴赫金未经起诉、审判，就被判刑5年，经人营救，未往死亡地带发配，而被流放于北哈萨克斯坦的边区小城库斯坦奈。可1930年出版的《托尔斯泰文艺作品全集》第11、13卷，大约由于来不及"清除"其影响，还收有他写的关于托尔斯泰的戏剧作品和分析《复活》的长篇序言。其后自然命途多舛，销声匿迹于文坛，有30余年。

20世纪60年代初，65岁高龄的巴赫金"时来运转"，竟被人发现了。于是旧作修订再版，多年被束之高阁的文稿出版问世，其"对话"思想、"狂欢化"理论立刻活跃了苏联文艺界，并不断发生争议；介绍到西方后，却是引起了阵阵轰动。以后，随着大部分写于20世纪20年代至40年代的哲学、语言学、美学著作不断出版，巴赫金声誉日隆，被誉为20世纪最重要的思想家之一。20世纪80年代至90年代以来，巴赫金的学术思想得到了广泛传播，历久不衰。表现为世界各国的思想界都在探讨他的学说，而且，20世纪似乎还没有哪一位思想家享有像巴赫金那样的荣誉，每两年一次召开巴赫金学术思想国际研讨会；并有两本杂志专门讨论其学说，一为英国出版的以巴

---

* 本文为钱中文主编的《巴赫金全集》中译本6卷序，河北教育出版社1998年版。

赫金提出的对话思想命名的杂志《对话》；另一为白俄罗斯出版的探讨巴赫金思想的杂志《对话、狂欢、时空体》。巴赫金将与20世纪其他伟大思想家比肩而立，他在哲学、哲学人类学、语言学、符号学、美学、诗学、历史文化学等方面卓有建树，并在这些领域将发挥着持续的影响。据1983年美国学者提供的资料，20世纪60年代下半期至1982年，各国学者就巴赫金思想撰写的著述约有120种之多。① 如今又过了15年，有关巴赫金的专著、论文恐怕已难以统计了。

（一）巴赫金的被三次"发现"

米哈伊尔·米哈伊洛维奇·巴赫金，1885年11月17日（新历）出生于奥勒尔的一个走向破落的贵族家庭，父亲是一家银行的高级雇员。巴赫金幼时生活尚称优裕，但患有致命的骨髓炎。后来他在奥勒尔的维尔诺中学念书，七八年级时随父亲去敖德萨，并在那里的敖德萨中学就读，随后进了诺沃罗西斯克大学。巴赫金自幼在家学习法语、德语，他平常用德语思考，德语几乎成了他的第一语言，在中学又学习了拉丁语、古拉丁语，后又掌握了丹麦语、意大利语等。

巴赫金自小聪慧过人。他迷恋文学、哲学，酷爱现代诗歌、象征派诗歌，以及普希金、波德莱尔、维亚切斯拉夫·伊凡诺夫的诗歌。对诗歌甚至散文过目成诵。少时就阅读德文原版哲学著作，12岁至13岁时就阅读康德的《纯粹理性批判》。据巴赫金自己说，新康德主义马堡学派的首领赫尔曼·柯亨的著作《康德的经验理论》，对他"影响巨大"，并且他是俄国较早接触丹麦思想家克尔凯郭尔的人；1915年转到彼得堡大学历史语文系读书。1918年大学未毕业，便离开了彼得堡，南去涅维尔小城，在该市中学教书，并在那里度过了饥荒的年头。1919年9月，在当地出版的《艺术节》上发表短文《艺术与责任》。1920年去了维捷布斯克市，在该市的师范学院任教，讲

---

① 据美国学者D. 方格尔在1983年在北京召开的"第1届中美国际比较文学研讨会"上提供的材料。

四 交往对话主义的文学理论

授文学课程,并在维捷布斯克音乐学院讲授音乐史和音乐美学。革命后的维捷布斯克,未受战争影响,所以当彼得堡发生饥荒时,这里供应仍很充裕,于是便在这里汇集了彼得堡来的许多文化界的名流,创办了音乐学院、艺术学院、交响乐队等;一时维捷布斯克文化事业大为发展,在这里巴赫金一直待到1924年5月。在1921年给挚友M.卡甘的信中说:"这时期我主要地从事语话语创作美学。"① 这时,巴赫金写了《文学作品的内容、材料与形式问题》《审美活动中的作者与主人公》《论行为哲学》等。1924年5月后,巴赫金来到了首都,其时彼得堡已更名为列宁格勒,他一直待到1929年。在这期间,他的好友纷纷云聚周围,其中有文学与外国文学知识极为广博的蓬皮扬斯基,有文学理论家沃洛申诺夫、梅德韦杰夫,钢琴演奏家尤金娜,生物学家卡纳耶夫等。他们常常聚在一起,听巴赫金开设的哲学、美学、文学讲座。巴赫金后来回忆说,在他周围有个圈子,人称"巴赫金小组",但这并非真正的"组织"。在这个圈子里,他讲过康德哲学,他认为这是哲学中的中心问题,同时也涉及新康德主义者柯亨、李凯尔特、卡西尔等人;作过关于托尔斯泰、索洛古勃、布洛克、维亚切斯拉夫·伊凡诺夫等人作品的报告。这些哲学、文学讲座,蓬皮扬斯基都做有记录。② 后来巴赫金说,由于"不合法地讲授这种唯心主义课程",于1928年12月被捕了。据他讲,被捕后待遇尚可,侦讯人员容许他外出治病,嘱他可继续写作。但于1929年年底不经审讯,就被判刑5年,初判流放北方最严酷的劳改营,后经原高尔基夫人彼什柯娃等人的营救,改判发配库斯塔奈。库斯塔奈气候干热,风沙时起,在这里巴赫金"选择了区消费合作社,当经济师",写财务报告,填平衡表,讲经济学课,但不能搞自己的专业,也不让去中学教书。1933年虽已"刑满",无人管他,巴赫金觉得,到处都像库斯塔奈一样,也乐得"定居"下来。他的好友不断为他邮寄他所需要的

---

① 见[苏联]巴赫金《话语创作美学》,莫斯科,艺术出版社1986年版,第404页。
② 可见[苏联]巴赫金《巴赫金全集》第4卷,钱中文主编,白春仁、晓河等译,河北教育出版社1998年版。

图书资料，使他在 1934 年至 1935 年间，写完了《长篇小说话语》。1936 年巴赫金应梅德韦杰夫之约，跑到萨兰斯克，被邀进师范学院教书。1937 年，周围又是到处抓人，9 月辞职，随后"溜走"，只得来往于莫斯科与列宁格勒，借宿亲戚家里。由于当局规定，刑事犯人刑满不能再迁返莫斯科，所以巴赫金无法报上户口，只得在莫斯科附近的萨维洛沃市落脚。1938 年骨髓炎大发，真是雪上加霜，2 月截去了右腿。20 世纪 40 年代初，巴赫金穷极潦倒，已靠亲友接济过活，但仍在读书写作，写成了《教育小说及其在现实主义历史中的意义》《小说的时间形式与时空体形式》《长篇小说话语的发端》《作为文学体裁的长篇小说》等。整个战争期间，巴赫金一直住在萨维洛沃，在一所中学教德语，1940 年就完成了关于拉伯雷的创作的学位论文写作。战后巴赫金将它作为博士学位论文，申请学位。一些评委大为赞赏，一些人极力反对，最后只被授予了副博士学位，但这也大大改善了巴赫金的生活。同时旧友建议巴赫金去萨兰斯克教育学院任教，于是他一直在那里工作到 1965 年退休。1971 年年底，一直和他相濡以沫的妻子叶琳娜·阿列克山大洛夫娜病逝，而到 1972 年 7 月底，经克格勃首脑安德罗波夫的意外"干预"，77 岁的巴赫金才算落了莫斯科的户口。

巴赫金的被"发现"是在 20 世纪 50 年代后期。当时有的学术讨论会上就有人提到了巴赫金。而世界文学研究所理论部的青年研究人员柯日诺夫，读到了巴赫金的《陀思妥耶夫斯基创作问题》一书，并在该所档案资料部门查阅到巴赫金的学位论文《拉伯雷在现实主义历史中的地位》。他感到前者在有关陀思妥耶夫斯基的论著中是最有分量的著作，而后者的不同凡响的观点，使他大开眼界，深为惊讶。于是多处打听，巴赫金何许人，今在何处？得到的回答是，此人早被流放，或许已客死边地。不过最终得知，巴赫金现在执教于萨兰斯克的摩尔达瓦大学。于是遂有 1961 年 6 月的会面。是时，柯日诺夫为了淡化会见老人时会产生的沉重的印象，邀请同行鲍恰罗夫和加契夫同行，造访巴赫金。巴赫金其时年届 65 岁，生活虽已不算清贫，但家里陈设简陋。三人站在巴赫金面前，立时感到他身上的一种在生活苦难面前凛然而立的学人风格。巴赫金也知道遇到了理解自己的知音，不过已处事不惊，交谈一开始就说"你们要注意到，我可不是文艺学家，我是哲学家"①。而在15分钟后，天性直爽的加契夫已跪在巴赫金面前，嘴里说着："米哈伊尔·米哈伊洛维奇，生活可好，在经历了种种考验之后，还是这个样子，您怎么样了？"在这种场合，其他人自然也不能自持。最后建议巴赫金尽快修订关于陀思妥耶夫斯基的论著，争取再版。

会晤使双方各自产生了强烈的印象。就三个年轻人来说，老学者的命运使他们不胜唏嘘，同时又看到了一位卓尔不群的学术个性，一位在学术研究中另辟蹊径、见解独到、著述丰富的理论家。对巴赫金来说，他在20世纪20年代至40年代写了大量的论著，由于命运不济，而只好将它们尘封于储藏室。他认为他的"一切都已完了"，如今他已安于现状，在某种程度上已认可这种定局了；可是突然一切重又开始，而在他这个年纪，重新开始可并不那么轻松。②他觉得，让他修订旧著再版，"这事未必会有什么结果"。不过，巴赫金还是进行了修改工作。经过柯日诺夫的一番斡旋，《陀思妥耶夫斯基创作问题》修订后更名《陀思妥耶夫斯基诗学问题》，于1963年再版。可关于拉伯雷的论著的出版呢？巴赫金信心仍是不足，一改再改。最后，柯日诺夫从他手中夺过手稿，多方施计，甚至发动了一场签名运动，才使得《拉伯雷的创作和中世纪与文艺复兴时期民间文化》于1965年正式问世。不管这些著作引起争论和产生什么影响，巴赫金第一次被"发现"了。

巴赫金两书的出版，引起了法国结构主义者的注意。他们发现了苏联的形式主义文论，曾把它们译成法文出版。现在看到巴赫金的著述，以为他的论说可使他们的理论得到更新，可以有力地支持结构主义文论的观点，于是将它们译成法文，介绍过去。巴赫金的著述很快地在西方文论界传播，不想苏联还有这样论述西方文化而见解独到、

---

① ［苏联］柯日诺夫：《关于巴赫金的个人命运》，《对话·狂欢·时空体》，萨兰斯克，1991年第3期，第110、111页。
② 巴赫金给柯日诺夫的信，1961年7月30日，《莫斯科》1992年第11—12期。

论说精深的著作。巴赫金有关民间文化解构中世纪专制的官方文化的"狂欢化"理论，使得西方学者大为倾倒，不少派别的学者纷纷前来攀附。这样一来，巴赫金在国外竟名声大振。20世纪60年代至70年代，巴赫金的旧作、新作时有发表。1975年，在80岁的巴赫金逝世那年，他的不同时期的论文被结集为《文学美学问题》出版，但巴赫金本人却未能见到；1978年，由鲍恰罗夫编选的《话语创作美学》出版。同时20世纪20年代的几位友人署名的著作，包括《马克思主义与语言哲学》，竟被归到了巴赫金的名下，相继译成英文，在国外刊行。至此，在苏联围绕巴赫金关于文学理论、符号学等方面的问题进行阐释时，西方学者不仅在大谈巴赫金的"主体间性"，并且对其文化理论进行着相当深入的研究。这样，巴赫金的研究领域得到了扩大，成了第二次"发现"。

20世纪80年代，巴赫金的著作不断被整理出来，上面提到的20世纪20年代用友人姓名出版的几本著作，一时议论纷纷，不断对它们考订。1986年，他的从未面世过的有关"伦理哲学"的论文，被取名为《论行为哲学》发表出来。同年，由鲍恰罗夫与柯日诺夫合编的巴赫金的《文学批评文集》出版。1984年，美国学者克拉克与霍奎斯特合著的《米·巴赫金》出版，此书声称"在西方的人类学家、民俗学家、语言学家和文学批评家的圈子当中，他已获得举足轻重的地位"，认为巴赫金的工作最接近于"哲学人类学"[①]。在苏联，关于对巴赫金的方方面面的认识，不断扩大，多从各个方面去探讨，但较多的是从文学理论方面。有的认为巴赫金是东正教的宗教家，有的则认为他是革命的先锋派。20世纪90年代，巴赫金的一些论文笔记、书信不断在刊物上登载出来，同时鲍恰罗夫与柯日诺夫的一些回忆性的文章，披露了许多不为他人所知的事实，澄清了不少问题，对推动巴赫金的研究极有帮助。巴赫金终于从历史的尘封中走了出来，他的哲学思想的各个方面，在苏联不断得到展示，并得到了广泛的承认。

[①] ［美］C. 克拉克、［美］M. 霍奎斯特：《米哈伊尔·巴赫金》，语冰译，中国人民大学出版社1992年版，第1、10页。

对于巴赫金来说，他写文学理论著作似乎是不得已而为之，他写它们，为的是表达自己的哲学思想，因为环境不容许他将自己的思想，通过通常的哲学形式加以表达。这就是为什么生前他一再称自己不是文学理论家而是哲学家的原因了。也许这是一个方面。西方哲学中有条诗化哲学的路线，一般不为人道，前有柏拉图对话录，《圣经》文学，后有尼采、克尔凯郭尔的著作，它们以文艺的形式探讨哲学问题，在20世纪的西方哲学家中间，如海德格尔、萨特、伽达默尔，也常用文艺或文论形式表达自己的哲学思想，这是哲学中语言论转向的产物。而对于巴赫金来说，他对多种诗学的研究与他对哲学问题的探讨是交织在一起的。他游走于诗学与哲学之间，阐述的既是诗学问题，但又表述了深刻的哲学思想。1988年，笔者曾在莫斯科等地进行学术访问。在列宁格勒，苏联文艺理论家伊耶祖依托夫和我谈起巴赫金时讲了一个小故事：一位列宁格勒的研究生与一位院士谈到巴赫金的学术地位时，这位院士做了一个比喻：你现在是研究生，我是院士；要是我是研究生，那巴赫金就是院士。这可能是个民间传说，但对巴赫金的学术地位，描写得相当真切。实际上，巴赫金不但不是院士，甚至连教授、博士的头衔都没有。有人曾劝巴赫金去申请教授职称，巴赫金对此十分淡漠，至死不过是位语文学硕士而已。但是巴赫金作为一位20世纪重要的思想家，昂然而立。这是巴赫金的第三次被"发现"。

（二）从伦理哲学到哲学人类学

——交往、对话哲学

巴赫金是不断地被"发现"的，这与他的曲折的生活道路有关。先是文学理论家、语言学家、符号学家、美学家，继而是思想家、伦理学家、哲学家、历史文化学家、人类学家等。这些头衔加之于巴赫金身上，大致是不错的。但是必须说明，巴赫金除了《陀思妥耶夫斯基诗学问题》与《拉伯雷的创作和中世纪与文艺复兴时期民间文化》是两部完整的著作外，其他著作和大量论文，可说绝大多数处于未完成状态，就是说，它们在结构上都是不完整的。巴赫金自己解释造成这种情况的原因时说："我常年写作，而发表作品却渺茫无期，所以，我没有那种动机，赋予我的著作以外在的完成性，使之井井有条，便于阅读，也就是说，做好那些通常只有在著作出版时才做的事。"①

那么，何以在这众多的学术领域，巴赫金都能窥见其中的玄奥，登堂入室的呢？这不能不归之于他的超人的学识与睿智。当历史、社会发生大变动的时期，思维发生多元化趋向的时期，人们可以从不同方面把握社会的动脉，可以在不同的文化积淀的基础上展示人类思维的多种不同层面及其自身的价值，而有所发现。巴赫金处在这种大变动中，他的积极的思索成果，可能一时不能见容于环境与习惯的势力，而不得不在真正的意义上把自己的著作"束之高阁"。但是现实的风尚时过境迁，这种思索的价值的光亮就已渐渐闪现，而后随之发扬光大了。巴赫金探入人类思维的众多领域，在有的领域他可以舒展自如，建构系统，即使他认为体系总是会束缚人的思想的；而在别的领域，他只能进行概要性的略述，随时记录自己的思索；甚至不能按自己所思所想写作。但是，即使在后两种场合，由于他把握了20世纪人文科学发展的多种趋势，所以竟能应付自如，虽然只是扫描般地点及问题，但却能点铁成金，立时能提出众多的新问题，深入到问题发展的最前沿，或扩大或开辟新的学术领域。而他的根本性的构思，如交往哲学、对话哲学，竟能深入到人文科学的各个领域，干预我们的实际存在的生活层面。他的种种要述，竟成了后来的学者长期探讨、并将继续探索下去的热门话题。

20世纪70年代，当巴赫金在国外声誉鹊起，不少西方学者纷纷对他的学术面貌进行了描述。如前所说，结构主义者开始把他视为同道，以为他的学说是苏联形式主义的发展；有的学者读到沃洛申诺夫、梅德韦杰夫有关马克思主义与语言学问题的著作，评述弗洛伊德主义，形式主义文学理论方法等，认为巴赫金是位马克思主义

---

① 给柯日诺夫的信，1961年5月3日，《莫斯科》1992年第11—12期。

语言学家，符号学家，或是非传统的马克思主义文学理论家。[①] 在我国，有的学者则把巴赫金放到俄国形式主义与解构主义的范围内去论述，或认为他是位"唯美主义与形式主义文艺理论家"[②]，等等。这里有些情况确很特殊。对于巴赫金来说，他自称"我不是马克思主义者"[③]。他与他的两位朋友在学术思想上十分契合，在他朋友的著作里参与他的部分思想。但从这些著作的实际情况来看，他确实不是传统意义上的马克思主义文学理论家，因为他探讨了当时马克思主义文学理论家不予注意的问题。但从《马克思主义与语言哲学》和对形式主义、弗洛伊德主义的评论来看，他确从马克思主义的观点来探讨语言理论、文学理论问题、精神分析问题，而且实际上比那时的一些自称为马克思主义文学理论家在对这些问题的理解与把握上，要深入、准确得多，而那时苏联文艺界的不少马克思主义者，实际上受到庸俗社会学思潮的严重影响。因此，把巴赫金视为形式主义者、唯美主义者、结构主义者，或是马克思主义者，都与巴赫金的真实面貌相去甚远。

巴赫金自称为"哲学家"。贯穿于其绝大部分著作的有一种精神，这就是交往、对话的哲学精神。19世纪末、20世纪初，实证主义在哲学中的蔓延与科技发展中的机械论的影响，使得当时不少哲学家忧心忡忡。他们以为当时哲学中失去了人，美学排除了伦理、价值的要求。尼·别尔嘉耶夫曾经说到，这个时期正是俄国文化走向一个新的复兴的时期，但是如果把一些著名诗人的作品与19世纪的文学相比，那么，"俄罗斯文学所特有的真实性和纯朴性消失了"。"在我们的复兴中以前受压抑的美学因素实际上比原来很虚弱的伦理

[①] 见［英］安纳·杰弗森等《西方现代文学理论概述与比较》，陈昭全等译，湖南文艺出版社1986年版，第204—209页。罗里·赖安等编《当代西方文学理论导引》，李敏儒等译，四川文艺出版社1986年版，第85、86页。［英］特雷·伊格尔顿《20世纪西方文艺理论》，伍晓明译，陕西师范大学出版社1986年版，第145、146页。

[②] 见毛崇杰等《20世纪西方美学主流》，吉林教育出版社1993年版，第842—858页。李幼蒸《理论符号学导论》，中国社会科学出版社1993年版，第615页。

[③] 见［俄］鲍恰罗夫《关于一次谈话及其相关问题》，《新文学评论》（俄罗斯）1993年第3期，第76页。

学因素更强有力。然而这意味着意志薄弱和消极性。"诗人梅列日科夫斯基"缺乏19世纪的作家和思想家那么有力的道德感"。而最杰出的复兴期的重要人物维亚切斯拉夫·伊凡诺夫,"他身上没有那种19世纪文学令人心醉的对真理的追求和纯朴"。可以看到,在思想界、文学界,或是审美因素增强了,或是伦理因素削弱了,出现了某种"颓废的高雅"①。不少哲学家、诗人为了求得出路,往往投向了宗教的探索。

这时的巴赫金尚在德国哲学中徜徉。他把康德的哲学视为哲学中的主流,对新康德主义者柯亨的思想,通过友人卡甘的传播获取甚多。柯亨改造了康德关于感觉的思想,提出"思维高于一切,思维决定一切"的先验主义命题;认为物自体为思维所决定,是一种"先验的客体"。接着康德的先验方法也得到了改造,先验的方法要求先验的论证,要求"踏踏实实地追溯到各种实在的、有历史为证的科学、道德、艺术、宗教等方面的事实",亦即"诉诸全部文化创造活动的事实";同时认为,存在着人类意识要素,在思维的根源中,"在全部文化创造活动的规律基础的意义上,诉诸于逻各斯"。柯亨将其哲学思想扩展于伦理学、美学、宗教等方面,把伦理学视为哲学的中心。他在《纯粹意志的伦理学》中说,"作为人的学说,伦理学成为哲学的中心……伦理学是人的概念的学说。……在伦理学之前和伦理学之外,都没有人的概念"。柯亨的人实际上是个抽象的人、纯粹的人,是一种纯粹意志、自我意识。他提出的我与他人,成了他的伦理学的构成成分。同时柯亨还使用了"存在""应该"(应分)等概念。在美学方面,他提出要用哲学的方式去研究美学,主张"系统的美学概念产生于系统的哲学概念"②等。这些观念无疑给了巴赫金以影响。此外,在大学生活期间,巴赫金也受到俄国哲学家以及东正教思想的影响。

---

① [俄]尼·别尔嘉耶夫:《俄罗斯思想》,雷永生、邱守娟译,生活·读书·新知三联书店1995年版,第215、216、219页。
② 转引并参考郑涌《批判哲学与解释哲学》,中国社会科学出版社1993年版,第111、114、118、125、130页。

四 交往对话主义的文学理论

在涅维尔时期，巴赫金就在试图建构一种"伦理哲学"，在《艺术与责任》中可见端倪。此文从独特的角度提出了艺术、生活与责任的关系。巴赫金指出了艺术与生活之间的不和谐情况之产生，在于两者在个人身上不能得到统一。而保证个人身上诸因素之相互联系，在于个人身上的统一的责任。"生活与艺术，不仅应该相互承担责任，还要相互承担过失。诗人必须明白，生活庸俗而平淡，是他的诗之过失；而生活之人则应知道，艺术徒劳无功，过失在于他对生活课题缺乏严格的要求和认真的态度。""艺术和生活不是一回事，但应在我身上统一起来，统一于我的统一的责任中。"①

20世纪20年代上半期，巴赫金撰写了《论行为哲学》《审美活动中的作者与主人公》和《文学作品的内容、材料与形式问题》。这些论著有的虽然未最终完成，但从中可以看到巴赫金的思考的特征，这就是美学的伦理化、哲学化思考，哲学、伦理学的美学化倾向，以及渐渐出现了一个中心思想，这就是交往、对话的思想。在《论行为哲学》中，巴赫金曾谈到他企图建构的哲学理论的计划，一是探讨实际体验的现实世界的基本建构因素，二是探讨作为行为的审美活动，艺术创作伦理学，三是政治伦理学，四是宗教伦理学。巴赫金本质上是一位哲学家，在他的哲学建构中，似乎让人看到了新康德主义系统哲学构架的某些影子。自然，在当时的具体社会环境下，这种著述计划是不可能实现的。

在《论行为哲学》中，巴赫金像其他哲学家一样，表达了对20世纪初欧洲文化、哲学潮流的不满。他指出当今文化世界与生活世界相互隔绝，不可逾越，行为与责任互不相关。"现代危机从根本上说就是现代行为的危机。行为动机与行为产品之间形成了一条鸿沟……金钱可能成为建构道德体系的行为的动机……全部文化财富被用来为生物行为服务。理论把行为丢到了愚钝的存在之中，从中榨取所有的理想成分，纳入了自己的独立而封闭的领域，导致了行

---

① [苏联] 巴赫金:《艺术与责任》,《巴赫金全集》第1卷,钱中文、白春仁、晓河等译,河北教育出版社1998年版,第2页。

为的贫乏。"① 他以为行为必须获得统一性，从而在自己的涵义和存在中得到体现。行为应将自己的内容与存在这两方面的责任统一起来，"只有通过这一途径，才能克服文化与生活之间恼人的互不融合、互不渗透的关系"②。

巴赫金认为，文化世界与生活世界相互隔绝，行为与责任互不相关，在于文化价值解体使然。抽象理论如逻辑学、认识论、认知心理学，按其理论建构，从理论上来认识世界。而巴赫金自己在这里突出了行为，并把行为视为伦理学的对象，提出了一套伦理学的范畴，如存在、事件、责任、应分、参与性、在场、不在场等，他实际上想以伦理学为核心，建构他的"第一哲学"，价值哲学。这种哲学叫作行为—伦理哲学，或者叫作存在哲学、人的哲学，而后通向了哲学人类学。

巴赫金在这里所说的存在，不是指一种我们惯常所理解的客体存在，它实际上是个人行为的产物。与个人行为相结合是他提出了人的问题，行为证实没有笼统的人，有的是我，我眼中之我，这是一种确实的存在。他认为抽象理论从认识本身出发，把理论上认识的世界视为实际惟一的世界，并在此基础上建立了"第一哲学"，结果它们排除了我的唯一而实际地参与存在的事实。"在理论世界中不可能允许我的生活有任何实际的目标，我在其中无法生活，无法负责地进行各种行动；这个理论世界不需要我，其中根本就没有我。……我并不生活在理论存在之中；假如它是惟一的存在，那就不会有我了。"③ 可是，我因我的行为而存在着，是一个具体化的他人："我的的确确存在着……我以惟一而不可重复的方式参与存在，我在惟一的存在中占据着惟一的、不可重复的、不可替代的、他人无法进入的位置"。"我

---

① ［苏联］巴赫金：《论行为哲学》，贾泽林译，俄文文本首次发表于1986年《哲学与科学技术社会学》（1984—1985年年鉴），《巴赫金全集》第1卷，钱中文主编，河北教育出版社1998年版，第55页。
② ［苏联］巴赫金：《论行为哲学》，《巴赫金全集》第1卷，钱中文主编，贾泽林译，河北教育出版社1998年版，第4页。
③ ［苏联］巴赫金：《论行为哲学》，《巴赫金全集》第1卷，钱中文主编，贾泽林译，河北教育出版社1998年版，第12页。

的惟一的位置，就是我存在之在场的基础。"① "确认自己独一无二地参与存在这一事实，意味着自己是当存在不囿于自身的情况下进入存在的，意味着自己进入了存在的事件之中。"② 参与存在意味着自己的任何存在都是唯一性的。同时巴赫金将存在设置为两人，即我与他人。"整个存在同等地包容着我们两人"，即我和你，或我和他人的你，你和我，或你和他人的我。

存在既然是指个人的行为的结果，而人的任何行为构成事件，因此，存在就被看作事件，行为、存在即事件，这样，就出现了我对事件的参与性与应分的问题。由于我思考了事物，我便与它发生了事件性关系。人没有权利避开事件，他没有不在场的证明，他必须参与事件，承认其在场的参与，并把其思考纳入到存在即事件中去，才能从这思想中产生负责的行为，产生我之应分。"参与性思维，也就是在具体的惟一性中、在存在之在场的基础上，对存在即事件所作的感情意志方面的理解，换言之，它是一种行动着的思维。"③ 由于我确认自己在人类历史的存在中处于唯一的位置上，"由于我在这一存在中的在场，与它保持着感情意志的关系，我因此也同它们所认可的价值发生了感情意志方面的关系"。所以，任何时候我不能不参与到唯一的生活中去，这就是应分之事，这就是我的价值所在，也即文化的价值所在。这种伦理哲学，我以为可以把它视为存在主义的一个分支。它的兴起，与当时哲学中的主体论和存在本体论的转折是分不开的。巴赫金看到20世纪文化创造与生活之间的分离，他企图通过对主体的张扬，人的存在的在场的自我确认，由此而形成参与意识、应分感，确立了一种伦理价值，以此来弥合文化与生活之间的裂缝。这不失是一种积极的哲学观，虽然我们并不一定对他的观点都表示同意。

---

① ［苏联］巴赫金：《论行为哲学》，《巴赫金全集》第1卷，钱中文主编，贾泽林译，河北教育出版社1998年版，第41页。
② ［苏联］巴赫金：《论行为哲学》，《巴赫金全集》第1卷，钱中文主编，贾泽林译，河北教育出版社1998年版，第43页。
③ ［苏联］巴赫金：《论行为哲学》，《巴赫金全集》第1卷，钱中文主编，贾泽林译，河北教育出版社1998年版，第45页。

巴赫金从伦理哲学的角度，思考了人的存在，他的存在的基础，即他的行为的事件性，由此而产生人的主体的参与性、积极性，道德上的责任性与应分性。阅读巴赫金的著作，俄国人也认为十分困难，主要是他的思想受到新康德主义的一定影响，著作中不少术语借自德国哲学，思想与术语带有一定的先验性、预设性。他的后来不少著作，虽然谈的是文学理论问题，可实际上阐发的却是哲学思想。从传统的美学、文学理论的角度看，他的著作提出了许多新问题，深奥而独特，读者不易从美学、文学理论角度把握；从传统的哲学角度看，它们在探讨美学、文学理论问题，而非通常的抽象逻辑观念的演绎与阐发。我们在前面说到，20世纪的一些思想家其实都是这样来讨论哲学问题的。同时，巴赫金的交往、对话思想也受到社会学的重大影响，它们正是通过美学、文学理论问题的探讨来实现的。对话思想在古希腊哲学中早就存在，在20世纪初德国哲学中，对话思想已经逐渐流行开来，而且在后来发展起来的阐释理论中都广泛地涉及这一问题。巴赫金则对这一理论进行了独特的阐发，形成了对话主义理论，并且深入地渗入了今天的人文科学。

巴赫金的早期的美学观念，贯穿了这种伦理哲学的思想。他通过对艺术世界的分析，阐释了其价值的建构。在审美观照的世界中，他认为这一世界是围绕一个具体的价值中心而展开的。"这是一个可以思考、可以观察、可以珍爱的中心。这个中心就是人，在这个世界中一切之所以具有意义和价值，只是由于它和人联系在一起，是属于人的。"可以看到，爱的价值成了审美观照的特征。"在这里，人完全不是因为漂亮才有人爱，而是因为有人爱才漂亮。"①

如果说在《论行为哲学》中，从伦理学的角度确立了人，确立自我的独一无二性及其在存在中的位置，那么在后来的美学、文学理论著作中，进一步探讨了人的本质问题，并使它充满人文精神的涵义。人如何存在，人赖以存在的根据是什么，他的存在方式又是如何？这

---

① ［苏联］巴赫金：《论行为哲学》，见《巴赫金全集》第1卷，钱中文主编，贾泽林译，河北教育出版社1998年版，第61页。

些问题,在20世纪受到一些哲学家们特别是存在主义哲学家的不断追问,巴赫金对此作出了自己的独特的回答。

在《审美活动中的作者与主人公》的长文中,巴赫金认为语言创作美学必须依靠普通哲学美学,并从这一角度探讨了审美活动中人的问题,也即实有之人,而实有之人是审美客体建构中的具体的价值中心。作者与主人公正是这种价值中心的体现。这时我们看到,巴赫金从伦理学角度设定的我与他人这一建构,转向了美学的"作者与主人公"这对著名的范畴,俄学者鲍涅茨卡娅的论文《巴赫金的哲学》曾指出了这点。[①] 这对范畴在早期与后来是存在差异的,这可以从巴赫金提出的"作者意识"与"主人公意识"的论述中看到。所谓作者意识,照此时巴赫金的说法,即意识之意识,即"涵盖了主人公意识及其世界的意识。……原则上是外位于主人公本身的"。"作者不仅看到而且知道每一主人公、以至所有主人公所见所闻的一切,而且比他们的见闻还要多得多;不仅如此,他还能见到并且知道他们原则上不可企及的东西。"[②] 作者所以能够实现人物的整体性,就在于他的相当稳定的"超视超知"。这是一般传统意义上所理解的作者。至于主人公意识,巴赫金说,它"从四面八方被作者思考主人公及其世界并使之完成的意识所包容:主人公自己的话语为作者关于主人公的话语所包容、所渗透。主人公在生活(认识与伦理)中对事件的关注,也为作者的艺术兴趣所包容"[③]。这样的作者与主人公的关系,便形成了一种较为常见的情况,即巴赫金常用的"外位性"。所谓外位性,说的是"作者极力处于主人公一切因素的外位:空间上的、时间上的、价值上的以及涵义的外位。处于这种外位,就能够把散见于设定的认识世界、散见于开放的伦理行为事件(由主人公自己看是散见的事

---

① 见[俄]鲍涅茨卡娅《巴赫金与俄国哲学传统》,《哲学问题》(俄罗斯)1993年第1期。
② [苏联]巴赫金:《审美活动中的作者与主人公》,《巴赫金全集》第1卷,钱中文主编,晓河译,河北教育出版社1998年版,第108页。
③ [苏联]巴赫金:《审美活动中的作者与主人公》,《巴赫金全集》第1卷,钱中文主编,晓河译,河北教育出版社1998年版,第109页。

件）之中的主人公，整个地汇聚起来，集中他和他的生活，并用他本人所无法看到的那些因素加以充实而形成一个整体"①。在另一处他又讲到，"由于我积极地发现并意识到某种东西是已经给定的、实有的、内容确定的，我因而在我的描述行为中已经站得高出这些事物（又因为这是价值上的界定，我也就在价值上高出这些事物之上）；这正是我的建构特权，即从自身出发而在行为出发点的自身之外发现世界"。作家所持有的这种"外位性"，使其能够去描绘主人公的外表形象，身后背景，作者自觉地排除在主人公的生活天地之外；他以旁观者的身份，理解并完成主人公的生活事件。在这里，外位性使作者获得了对全局的统摄力。巴赫金指出，有时作者会偏离自己的外位，这时就可能出现"主人公控制着作者"；也可能会"作者控制着主人公，把完成性因素纳入主人公内部"，这时作者对主人公的立场就可能成为主人公对他自己的立场。"主人公开始评判自己，作者的反应进入主人公的心灵，或者表现在他的话语之中"。最后一种方式是"主人公本人就是自己的作者，他对自己的生活以审美方式加以思考，仿佛在扮演角色"②。在《主人公的涵义整体》一节的最后，巴赫金说到，在通常的某个具体的作品里，作者与主人公关系各异，有相互斗争的，有彼此接近的，也有分道扬镳的，"不过要充分地完成作品，必须要两者分开而由作者获胜"③。

巴赫金关于人的思想与对话思想的发展，主要表现于后一阶段的著作里，特别是1929年出版的《陀思妥耶夫斯基创作问题》、小说美学、经修改后于1963年出版的《陀思妥耶夫斯基诗学问题》、关于陀思妥耶夫斯基一书的修订说明以及众多笔记里。如果说，过去主要是谈人的行为、存在、事件、在场、应分，现在则进一步转向了人的存在方式。

---

① ［苏联］巴赫金：《审美活动中的作者与主人公》，《巴赫金全集》第1卷，钱中文主编，晓河译，河北教育出版社1998年版，第110页。
② ［苏联］巴赫金：《审美活动中的作者与主人公》，《巴赫金全集》第1卷，钱中文主编，晓河译，河北教育出版社1998年版，第117页。
③ ［苏联］巴赫金：《审美活动中的作者与主人公》，《巴赫金全集》第1卷，钱中文主编，晓河译，河北教育出版社1998年版，第284页。

在这里，人、人的存在、存在的方式，更深入一层地提了出来，进而建立了一种对话性的相互依存的方式。在《陀思妥耶夫斯基诗学问题》一书里，他在"我"与"他人"的基础上，仍然转换为"作者与主人公"这对基本范畴，不过极大地改变了两者之间的性质，使原来的两者关系发生了重大的变化。原来的两者的多种制约关系、两个个体的相互交往关系，现今被界定为两者之间的平等关系。认为"人实际存在于我和他人两种形式之中（'你'、'他'或者'man'）。我自己是人，而人只存在于我和他人的形式中"，进一步说，"我存在于他人的形式中，或他人存在于我的形式中"。"我离不开他人，离开他人我不能成其为我；我应先在自己身上找到他人，再在他人身上发现自己"，即人应是相互反映，相互接受。他又说："证明不可能是自我证明，承认不可能是自我承认。我的名字我是从别人那里获得的，它是为他人才存在的。"① 个体作为存在，是以他人的存在为前提的。个人通过他人的反映而显示自己，而他人通过我的观照也才得以存在。

巴赫金在这里使用"作者与主人公"的概念，看来有两层意思，一是他把作者与主人公看作审美伦理学的基本范畴，二是赋予这对美学范畴以哲学意义。这样，巴赫金的作者，在哲学意义上说，是一个行为主体，而在美学意义上说，则为创作主体；他的主人公，在哲学意义上虽是行为主体的产物，但却是相对于我的"他人"，是个独立的存在。而在美学意义上，这个主人公虽是创作主体的创造，但却是作者创造的一个有生命的东西。"主人公在思想观点上自成权威，卓然独立，他被看作是有着自己充实而独到的思想观念的作者，却不是陀思妥耶夫斯基完满的艺术视觉中的客体。"② "陀思妥耶夫斯基恰似歌德的普罗米修斯，他创造出来的不是无声的奴隶（如宙斯的创造），而是自由的人；这自由的人能够同自己的创造者比肩而立，能够不同

---

① ［苏联］巴赫金：《关于陀思妥耶夫斯基一书的修订》，《巴赫金全集》第5卷，钱中文主编，晓河译，河北教育出版社1998年版，第379页。
② ［苏联］巴赫金：《陀思妥耶夫斯基诗学问题》，《巴赫金全集》第5卷，钱中文主编，白春仁、顾亚铃译，河北教育出版社1998年版，第3页。

意创造者的意见，甚至能反抗他的意见。"① 与此同时，巴赫金的作者与主人公，作为独立的存在，都是思想者，都是一种有着自主性的意识或自我意识。而主人公的意识被当作另一个意识，即他人的意识，它们不再是作者思考的客体，它们与作者的意识处在平等、对立的位置。当作者与主人公对位，当意识与意识对位，就成了人的行为、存在的事件，就形成一种交往。"存在就意味着进行对话的交往。对话结束之时也就是一切终结之日。因此，实际上对话不可能、也不应该结束。""一切都是手段，对话才是目的。单一的声音什么也结束不了，什么也解决不了。两个声音才是生命的最低条件，生存的最低条件……对话的基本公式是很简单的：表现为'我'与'他人'对立的人与人的对立。"② 在有关人的学说中，我们似乎还未见到过对人的存在讲得如此深沉的。在后期，巴赫金仍然在探讨人的存在问题，如在早期就提出的著名的"自为之我""为他人之我"与"为我之他人"伦理学、人类学的建构。他以为人对自己的了解是十分表面的，人对自己的深层了解，只有穿越他人的反射与反照，通过别人而为我所知，并提出了我和他人融合、我成为他人眼里的他人等命题。这也是他对外位的又一种阐释。

这里描述的范畴，正是当今哲学人类学不断探索的课题。巴赫金虽然没有这类专门论著，但其精深的思想，具有极大的涵盖力与深刻的当代性。

（三）超语言学

20世纪的语言学发生了重大的转折，形成了多种语言学派以及哲学流派。俄罗斯在语言学方面卓有建树，形成了独特的语言哲学，同时也成了了解巴赫金的思想的一个重要源头。1929年沃洛申诺夫出

---

① ［苏联］巴赫金：《陀思妥耶夫斯基诗学问题》，《巴赫金全集》第5卷，钱中文主编，白春仁、顾亚铃译，河北教育出版社1998年版，第4页。
② ［苏联］巴赫金：《陀思妥耶夫斯基诗学问题》，《巴赫金全集》第5卷，钱中文主编，白春仁、顾亚铃译，河北教育出版社1998年版，第340、341页。

版了《马克思主义与语言哲学》，在该书的一些主要观念方面，如前所说，巴赫金有所参与，是与之共享的。所以分析该书，也有助于了解巴赫金的语言观。该书从社会学观点出发，批评了当时语言学中两个派别，即"个人主义的主观主义"与"抽象的客观主义"。前者强调语言创作的个人心理因素，认为个人心理是语言创造的源泉，其发展的规律就是心理发展的规律，语言创造的基本动力就是个人的艺术趣味，把语言的发展力量，混同于审美的功能了。这一派强调表述，但完全局限于个人心理范围，力图从个人说话者的生活环境去解释语言现象，其主要代表人是洪堡以及后来的福斯勒等人。福斯勒曾经说："语言的思想本质是一种诗的思想，语言的真实是艺术的真实，是一种能领会的美。"① 巴赫金指出，在福斯勒派看来，"语言的现实就是个人言语行为所实现的连续不断的创造性活动，语言的创作类似于艺术的创造"②。而克罗齐的思想，在这方面甚至与福斯勒十分相像。对于克罗齐来说，语言也是一种美学现象。他的《美学的历史》，就是一般语言学的美学的历史。③ 另一派感兴趣的是"符号系统本身的内部逻辑，就像代数体系那样，完全独立于充斥符号的意识形态意义"，如索绪尔。在这一派看来，"语言是一个稳定的不变体系，它由规则一致的语言形式构成，先于个人意识，并独立于它而存在"。它认为语言规则存在于封闭的语言体系的语言符号之内，"与意识形态价值（艺术的、认识的及其他）没有任何共同之处"。语言体系与历史之间"不存在任何联系"④。这两个派别的共同之处，由于都不是从社会学的方法来揭示语言现象，结果前者阉割了语言社会性的交往

---

① 转引自［苏联］沃洛申诺夫《马克思主义与语言哲学》，《巴赫金全集》第 2 卷，钱中文主编，张杰、华昶译，河北教育出版社 1998 年版，第 393—394 页。
② ［苏联］巴赫金：《言语体裁问题》，《巴赫金全集》第 4 卷，钱中文主编，晓河译，河北教育出版社 1998 年版，第 142 页注③，并见第 2 卷第 390 页。
③ 转引自［苏联］沃洛申诺夫《马克思主义与语言哲学》，《巴赫金全集》第 2 卷，钱中文主编，张杰、华昶译，河北教育出版社 1998 年版，第 395 页，并见克罗齐的《作为表现的科学和一般语言学的美学的历史》一书，中国社会科学出版社 1984 年版。
④ ［苏联］沃洛申诺夫：《马克思主义与语言哲学》，《巴赫金全集》第 2 卷，钱中文主编，张杰、华昶译，河北教育出版社 1998 年版，第 401、402 页。

功能，而后者则把生动的语言概念化了，使之变成了抽象的概念系统。

沃洛申诺夫认为，研究语言要从社会学的观点出发，因此他首先要确立意识形态创造科学与文艺学、宗教学、伦理学的关系，他认为它们是相互交织一起的。"一切意识形态的东西都有意义：它代表、表现、替代着在它所在之外存在着的某种东西，也就是说，它是一个符号，哪里没有符号，哪里就没有意识形态。"① 和意识形态紧密相关的是意识，而意识是在集体的、有组织的社会交往过程中，由创造出来的符号材料构成并实现的。"个人意识依靠符号，产生于符号，自身反映出符号的逻辑和符号的规律性。意识的逻辑就是意识形态交往的逻辑、集体的符号相互作用的逻辑。"② 在这里，沃洛申诺夫特别强调人与人的交往，而交往的物化表现就是符号，或者说，符号就是人们交往的物化表现，意识形态的符号也不例外。话语是最能表现符号的特性的，话语不仅是一种独特的意识形态现象，而且"是最纯粹和最巧妙的社会交际手段"，它是人的内部生活即意识的符号材料。话语伴随任何意识行为，话语之所以能够发展，在于它拥有这种灵活的物质材料。沃洛申诺夫概述了话语的特点，这就是："纯符号性、意识形态的普遍适应性、生活交往的参与性、成为内部话语的功能性，以及最终任何一种意识形态行为的伴随现象的必然现存性。"③ 同时，沃洛申诺夫指出了话语只能在交往中发生作用问题，社会心理的形成与存在方式的问题，各种言语活动言语交际的形式和类型问题，表述和对话的关系等。在概述符号与意识形态的相互关系时，他认为，意识形态是不能与符号材料的现实性相互分离的，也不能把符号与该时代的公众的视觉观照相分离，也不能把交往及其形式

---

① ［苏联］沃洛申诺夫：《马克思主义与语言哲学》，《巴赫金全集》第 2 卷，钱中文主编，张杰、华昶译，河北教育出版社 1998 年版，第 349 页。
② ［苏联］沃洛申诺夫：《马克思主义与语言哲学》，《巴赫金全集》第 2 卷，钱中文主编，张杰、华昶译，河北教育出版社 1998 年版，第 353—354 页。
③ ［苏联］沃洛申诺夫：《马克思主义与语言哲学》，《巴赫金全集》第 2 卷，钱中文主编，张杰、华昶译，河北教育出版社 1998 年版，第 357 页。

与其物质基础相分离。①

沃洛申诺夫提出了符号和心理、意义、感受、内部符号相互关系等问题。他认为内部心理不是物体，而是符号。"心理感受是机体与外部环境接触的符号表现"，所以内部心理只能作为符号来理解。而意义是符号的"独特的自然属性"。意义只属于符号，"意义是作为单个现实与其他的替换、反映和想象的现实之间关系的符号表现。意义是符号的功能"②。感受依靠符号材料实现，感受即内部符号，而心理符号材料即机体的活动过程的各个方面，如呼吸、内部话语、面部表情等。创立精神科学的狄尔泰使主观心理感受跳过符号而直接诉诸意义，忽视意义与符号之间的必然联系，导致"排斥任何涵义，任何来自物质世界的意义，并且把它限制在时空之外的现存精神之中"③。沃洛申诺夫辩证地阐释了符号与意识形态的关系，一是划清了心理与意识形态的界限，二是解决了心理主义与反心理主义的矛盾。反对意识形态出自心理是对的，可是没有内部符号也就没有外部符号。"意识形态符号以自己的心理实现而存在，同时心理实现又以意识形态的充实而存在。心理感受是内部的，逐渐转化成外部的；意识形态是外部的，逐渐转化成内部的。"④这样，心理在转化为意识形态时，发生转化与自我消除，而意识形态在转化为心理时，也产生了同样的转化过程，它们在社会交往的过程中相互融合。于是，"内部符号通过心理语境（作者生平）应该从自我吸收中解放出来，不再是主观的感受，从而成为意识形态符号"⑤。沃洛申诺夫的这种语言学、符号学观点，改变了语言科学的面貌，他的符号学说也独树一帜。这种符号学

---

① ［苏联］沃洛申诺夫：《马克思主义与语言哲学》，《巴赫金全集》第2卷，钱中文主编，张杰、华昶译，河北教育出版社1998年版，第350页。
② ［苏联］沃洛申诺夫：《马克思主义与语言哲学》，《巴赫金全集》第2卷，钱中文主编，张杰、华昶译，河北教育出版社1998年版，第370页。
③ ［苏联］沃洛申诺夫：《马克思主义与语言哲学》，《巴赫金全集》第2卷，钱中文主编，张杰、华昶译，河北教育出版社1998年版，第369—370页。
④ ［苏联］沃洛申诺夫：《马克思主义与语言哲学》，《巴赫金全集》第2卷，钱中文主编，张杰、华昶译，河北教育出版社1998年版，第384页。
⑤ ［苏联］沃洛申诺夫：《马克思主义与语言哲学》，《巴赫金全集》第2卷，钱中文主编，张杰、华昶译，河北教育出版社1998年版，第384页。

观点提出于20世纪20年代,而我们知道,符号学作为一个热门话题则是在20世纪50年代至60年代。所以维亚切斯拉夫·伊凡诺夫在20世纪70年代初说:"提出于20年代、而仅仅在今天才成为研究者们注意中心的符号和文本系统的思想的功劳,是属于巴赫金的。"① 关于这些学说单属巴赫金之说,前面已有辨识。

不过,巴赫金的语言学贡献的一个重要的方面,这就是他的"超语言学"理论,这种理论使语言科学、文艺科学发生了重大的变革,至今发生着不可估量的影响。前面讲到传统的语言学要么把语言视为个人的心理现象,使内在符号完全心理学化,从而使话语失去了它本身具有的社会性,不能解释语言的交往的本质特征;要么把语言学当成一种抽象的概念体系,规则一致的形式体系,从而根本无法阐释无限丰富的活生生的言语现象,同样使之与语言的意识形式与生活的内容分离。"以语文学要求为主导的语言学,总是以完成的独白型表述——古代文献出发,就像从最近的现实性出发一样。语言学研究这种死的独白型表述,或者更正确些,仅仅研究与这些表述同时存在着的、联系它们的语言的共性,在这种研究中提出自己的方法和范畴。"② 用这种观点来理解文学作品,则文学作品就会被看成一种文献,"无法把它的形式作为文学的整体的形式来看待"。巴赫金建立的"超语言学",实际上改造了语言学的范围与对象。他在《陀思妥耶夫斯基诗学问题》一书中说,文学研究的是言语整体,即被传统语言学所排除的那些活生生的言语,"但对我们的研究目的来说,恰好具有头等的意义"。"我们的分析,可以归之于超语言学:这里的超语言学,研究的是活的语言中超出语言学范围的那些方面(说它超出了语言学范围,是完全恰当的),而这种研究尚未形成特定的独立学

---

① [俄]维亚切斯拉夫·伊凡诺夫:《巴赫金关于符号、表述和对话对于当代符号学的思想的意义》,见《符号体系论集》,塔尔图,1993年版,第5页。
② [苏联]沃洛申诺夫:《马克思主义与语言哲学》,《巴赫金全集》第2卷,钱中文主编,张杰、华昶译,河北教育出版社1998年版,第419页。

四 交往对话主义的文学理论

科。"① 超语言学使用的基本概念就是"表述"②。人的语言活动的真正中心,在巴赫金看来,不是语言体系,而是话语活动中的"表述"。表述这一术语,并非巴赫金的独创,早在20世纪20年代,不少苏联语言学学者就使用了这一术语,但所表示的涵义各不相同。这一术语所以成了巴赫金的中心概念,在于他用它支撑起了超语言学的理论大厦。

巴赫金所批评的几个语言流派的弱点,主要是它们非历史地、非社会地来解释语言现象,但是最根本的是在非交往中来理解语言。语言的本质在于交往,是说话者"社会的相互作用的产物"。人进入交往,就有说话人与对话人出现。"语言是针对对话者的",就是说话语生存于两个人中间,它既出于说话人,同时又连接对话人,即他人,并回应他人对答的言语。沃洛申诺夫指出,"实际上话语是一个两面性的行为。它在同等程度上由两面所决定,即无论它是谁,还是它为了谁,它作为一个话语,正是说话者与听话者相互关系的产物。任何话语都是在对'他人'的关系中来表现一个意义的。在话语中,我是相对于他人形成自我的……话语是连结我和别人之间的桥梁。……话语是说话者与对话者之间共同的领地。"③ 在言语的交流中,话语是具体的,是一种具有指向性的个人的言语行为,即表述。这种表述既可以是口头的,也可以是书面的,它广泛地涉及人类交往活动的不同领域。表述的范围,小到一个词语,一个句子,大到一篇文章,一部艺术创作,一部论著。巴赫金认为,表述是语言活动的真正中心,而非语言体系。语言通过表述而进入生活,生活通过表述而进入语言。但

---

① [苏联]巴赫金:《陀思妥耶夫斯基诗学问题》,《巴赫金全集》第5卷,钱中文主编,白春仁、顾亚铃译,河北教育出版社1998年版,第239—240页。

② 原文为 высказывание,可译作话语、表述,本书统译为"表述"。主要是一、此词从动词 высказываться 衍化而来,采用表述,保持了词源所有的表达、表示意思的原有意义。二、在本书中,常有在一个句子里 слово 与 высказывание 并用的情况,在翻译上对两者的意义不能不作区别,而这里的 слово 在超语言学意义上只能译作"话语",因而 высказывание 显然不能同时译作话语。三、与 высказывание 相对应,常有 самовысказывание 出现,后者显然只能译作"自我表述",而不能译为"自我话语"等。

③ [苏联]沃洛申诺夫:《马克思主义与语言哲学》,《巴赫金全集》第2卷,钱中文主编,张杰、华昶译,河北教育出版社1998年版,第436页。

是并非任何词语、句子都能成为表述。巴赫金在20世纪50年代初《言语体裁问题》一文的相关笔记中,指出了表述的一系列特征,即"言语主体的转换";表述的"指向性""意愿性";表述的完成性;"对现实、对真理的态度";"表述的事件性(历史性)";"表述的表现性";"表述的创新力";"涵义与完成的区分"。在同一材料里,巴赫金又作了补充,指出"表述即言语交流单位",它不同于语言的单位——词语与句子;表述的完成性即整体性不同于词语、句子的完整性,前者具有引起回答的能力;表述对他人表述的关系(前面的与期待的),它的"对话的泛音";"表述的意识形态性,实质上它的评价能力(从真、善、审美价值等观点)"。① 语言学中的词语、句子基本上是中性状态的,它们不对谁说,它们与他人的表述、话语没有关系,它们不具上述特征,所以难以成为表述。单个词语只有在它们处于交往的语境中,在富有表现力的语调中才能获得主体色彩,具有事件性、指向性、意愿性、评价性,从而渗透着对话的泛音,才能成为表述。任何具体的表述,是说话者的积极立场的表现,它以一定的对象意义内容为特征的。

关于表述的上述特征,应当说是符合言语交际的实际情况的。这种超语言学强调指出了言语交往中表述的事件性、主体的个体性、交往性、指向性、价值评价与对话性。"我们的言语,即我们的全部表述(包括创作的作品),充斥着他人的话语;只是这些他人话语的他性程度深浅、我们掌握程度的深浅、我们意识到和区分出来的程度深浅有所不同。这些他人话语还带来了自己的情态、自己的评价语调,我们对这一语调则要加以把握、改造、转换。"② 每一表述充满了他人的话语,注入了另一个表述的回声,和对他人的回答。"我所理解的他人话语(表述、言语作品),是指任何他人的任何话语……我生活在他人话语世界里。我自己全部生活,都是在这一世界里定位,都是

---

① [苏联]巴赫金:《准备材料》,见《言语体裁问题相关笔记存稿》,《巴赫金全集》第4卷,钱中文主编,史铁强译,河北教育出版社1998年版,第253页。
② [苏联]巴赫金:《言语体裁问题》,《巴赫金全集》第4卷,钱中文主编,晓河译,河北教育出版社1998年版,第174—175页。

对他人话语的反应……以掌握他人话语始……以掌握人类文化终。""不可能存在孤立的表述。它总是要求有先于它和后于它的表述。没有一个表述能成为第一个或最后一个表述。"① 所以在巴赫金看来，他人言语就是言语中的言语，表述中的表述或言语之言语，表述之表述。在《文本问题》一文中，巴赫金指出，"在没有表述、没有语言的地方，不可能有对话关系"②。这样，我们看到，语言的对话关系实际上深深地潜藏在表述之中，表述的指向性就表现了这种对话的潜在意向。表述参与对话，引起对话。不同表述的涵义本身，就要求对话。表述要求表达，让他人理解，得到应答，然后再就应答作出回答，来回往返，以至无穷。这里还涉及理解的问题，我们在后面再谈。

在写于20世纪50年代初的关于对话的笔记、文章里，巴赫金提出了对话与独白关系的相对性，这一问题一般在其著作中是很少涉及的，俄国学者在对巴赫金笔记所作的注释中已提及此点。他说："独白与对话的区别是相对的。每个对语在一定程度上都具有独白性（因为是一个主体的表述），而每个独白在某种程度上都是一个对语，因为它处于讨论或者问题的语境中，要求有听者，随后会引起论争等等。"③ 在20世纪60年代初的笔记里，他甚至说到，在深刻的独白性的言语作品之间，也总存在着对话关系。而且两个表述即使在时间、空间上相距很远，只要从涵义上加以对比，也会显露出对话关系的。

巴赫金通过他的伦理哲学、哲学人类学肯定了人的存在。人的存在意味着建立相互关系，我为他人而存在，这意味着我被他人看到、听到，而他人亦进入我的视野，因我而实现其自身，进而形成交往。

---

① ［苏联］巴赫金：《1970—1971年笔记》，《巴赫金全集》第4卷，钱中文主编，晓河译，河北教育出版社1998年版，第397页。
② ［苏联］巴赫金：《文本问题》，《巴赫金全集》第4卷，钱中文主编，晓河译，河北教育出版社1998年版，第321页。
③ ［苏联］巴赫金：《〈言语体裁问题〉和相关笔记存稿》，《对话1》，《巴赫金全集》第4卷，钱中文主编，凌建侯译，河北教育出版社1998年版，第191页。

而交往则通过言语的交往被实现，在相互的表述中被实现。这种言语的交往与表述，与生俱来就是一种对话的关系，"人类生活本身的对话性本质"①，在言语的交往中显现了出来。从而言语、话语与表述，确证了人的具体的存在方式，确证了人是一种言语交往中的存在、对话的存在。可以这样说，巴赫金的对话哲学也即超语言学是他的交往哲学的进一步实现。

他的超语言学的其他方面，这里由于篇幅的限制，只好从略了。

（四）交往美学、复调、狂欢化

20世纪20年代上半期，巴赫金的哲学美学大体可分为三个方面，一是他力图通过行为构建，确立人的构形及其存在方式，二是通过对审美活动的阐释，建立话语创作美学，三是通过他友人对当时的形式主义流派、弗洛伊德主义的评析，帮助确立了文学理论中的社会学原则。

语言创作美学把审美活动视为研究的主要范围。如果说在行为哲学中，巴赫金在阐释人的存在的时候提出了我与他人以及他们的相互依存关系，那么，我们在前面已经提及，现在在审美活动中提出了作者与主人公这对范畴。在巴赫金那里，审美活动自然是人的审美行为，一个审美事件。但审美事件，如果只有一个独一无二的参与者时，那是不可能形成自身的。一个审美事件总得有两个相互独立的参与者，道理在于一个意识不具外位于自己的对象，是不可能被审美化的。"审美事件只能在两个参与者的情况下才能实现，它要求有两个各不相同的意识"。而在审美活动中，这两者就是作者与主人公。审美活动要求两者各自独立，两者一旦重合，审美事件就会解体，成为伦理事件，如宣言、内省自白等；而当失去了主人公，则其时就变为认识事件。"而当另一个意识是包容一切的上帝意识的时候，便出现

---

① ［苏联］巴赫金：《1961年笔记》，《巴赫金全集》第4卷，钱中文主编，晓河译，河北教育出版社1998年版，第363页。

了宗教事件（祈祷、祭祀、仪式）。"①

在审美活动中，巴赫金提出了"超视"说与"外位"说。巴赫金认为，审美活动的第一个因素便是移情，即我应该去体验他人所体验的东西，站到他人的位置上。我由此深入到他人内心，渗入到他人内心，似乎同他融为一体。移情说正是这样来阐释审美活动的。但巴赫金认为，移情只是开头，不是总结。对于审美活动来说，"不论在任何情况下，在移情之后都必须回归到自我，回到自己的外位于痛苦者的位置上；只有从这一位置出发，移情的材料方能从伦理上、认识上或审美上加以把握"。如果不返回自我呢，那仅能体验他人的痛苦而已。所以，"审美活动真正开始，是在我们回归自身并占据了外位于痛苦者的自己位置之时，在组织并完成移情材料之时"②。但到此还未结束，还得用自己的意识对移情所得的材料进行丰富。超视说的是我作为"自为之我"，是一个积极性的主体，"是视觉、听觉、触觉、思维、情感等积极性的主体"。"我所看到的、了解到的、掌握到的，总有一部分是超过任何他人的，这是由我在世界上惟一而不可替代的位置所决定的。"③ 在这个特定的世界上，此时此刻唯有我处在这个位置上，所有其他人都在我的身外，这就是我的具体的"外位性"。但是这个外位性，不是孤立地使自己超越于别人之外，而是总与他人发生联系。"外位性"，即"我在自身之外看自己"④，而这又必须依赖于他人。这一外位性决定了我能在他人身上优先看到某种东西。同样，于他人来说，他人也能在我身上优先看到我自己难以见到的某种东西，即超视，从而成为审美活动的特征。超视导致产生审美的观照行为，"超视犹如蓓蕾，其中酝酿着形式，从蓓蕾中会绽开花朵，这

---

① ［苏联］巴赫金：《审美活动中的作者与主人公》，《巴赫金全集》第1卷，钱中文主编，晓河译，河北教育出版社1998年版，第119页。
② ［苏联］巴赫金：《审美活动中的作者与主人公》，《巴赫金全集》第1卷，钱中文主编，晓河译，河北教育出版社1998年版，第123页。
③ ［苏联］巴赫金：《审美活动中的作者与主人公》，《巴赫金全集》第1卷，钱中文主编，晓河译，河北教育出版社1998年版，第119、120、135页。
④ ［苏联］巴赫金：《自我意识与自我评价问题》，《巴赫金全集》第4卷，钱中文主编，黄玫译，河北教育出版社1998年版，第87页。

就是形式"。在审美活动中,我和他的关系是绝对必需的。"一个人在审美上绝对地需要一个他人,需要他人的观照、记忆、集中和整合的功能性。"① 我与他人在价值上是不相等同的,我感受自己的"我",不同于感受他人的"他人"。在这一思想基础上,巴赫金批评了表现主义美学,批评了它的移情说,其中包括"李普斯的纯粹移情,柯亨的强化移情,格罗塞的好感模仿,沃尔凯尔特的完美移情"等。在这里,我们看到这时的巴赫金既受到新康德主义的影响,但又在批评新康德主义的美学思想。由于表现主义单纯地陷于移情,巴赫金认为,它就不能阐释作品的整体性,不能解释形式。以悲剧为例,悲剧主人公在内心实际体验的痛苦,就本人来说,并不是悲剧。"生活不可能从自身内部把自己表现为悲剧,形成为悲剧。"而如果一旦我们与悲剧主人公在内心感受上重合,失去外位于主人公的地位,则就会失去"悲剧性","立即就会失去纯粹审美性质的悲剧范畴"。"只有在他人的世界里,才可能出现审美的、情节的、自成价值的运动。"②

  巴赫金关于艺术与游戏的分析是十分精彩的。在他之前与在他之后,把艺术等同于游戏不乏其人,说法很多,但是实际上两者是不同的。在巴赫金看来,"游戏从根本上不同于艺术之处,就在于原则上不存在观众和作者。从游戏者本人的角度来看,这种游戏不要求游戏之外有观众在场"③。游戏不是描绘,而类似于自我幻想,它没有进入我与他人的关系,所以它不构成事件。要使游戏转向艺术,接近戏剧演出,则一个无关利害的参与者也即观众的加入是必需的。他观照游戏、欣赏游戏,还参与了创造,从而形成审美事件。但这时的游戏就已不成其为游戏,而类似简陋的演出了。如果观赏者迷恋于游戏,放弃了外位于游戏者的审美立场,不能使事件构成审美事件,其时游戏

---

① [苏联] 巴赫金:《审美活动中的作者与主人公》,《巴赫金全集》第 1 卷,钱中文主编,晓河译,河北教育出版社 1998 年版,第 133 页。
② [苏联] 巴赫金:《审美活动中的作者与主人公》,《巴赫金全集》第 1 卷,钱中文主编,晓河译,河北教育出版社 1998 年版,第 169、210 页。
③ [苏联] 巴赫金:《审美活动中的作者与主人公》,《巴赫金全集》第 1 卷,钱中文主编,晓河译,河北教育出版社 1998 年版,第 173 页。

仍然还原为游戏了。这样，审美活动中的我与他人，就形成了一种内在的、任何一方不可或缺的对应、潜在的对位、对话关系。

社会学文学理论或是社会学诗学是巴赫金的交往美学的又一个方面。巴赫金的这方面的著作都是用朋友的姓名出版的，学术倾向上显然与前一倾向有所不同。但一个重要的共同之处是都强调交往、人与人的交往而至社会交往。不管巴赫金自称不是马克思主义者，但马克思主义的影响却是十分明显的。20世纪初开始，学术中的科学主义思想方法流行开来，文学理论的研究强调文学的自主性，转向内在研究，这一方面自然也是学科自身建设的需要。20世纪20年代初前后，俄国文艺学中的形式主义大为流行。梅德韦杰夫说："在这短短的8年间，形式方法得以经历了不无偏激的狂飙突进时期，也度过了普遍风靡的时髦阶段，当一个形式主义者一时成为文学界高雅格调的起码而必须的标志。"这一学派批评了过去文艺学中的弊病，对文学作品的构成进行了探讨，在俄国文艺学中开创了文学形式、技巧的系统研究。但是由于主导思想自身的缺陷，形式方法试图以客观的艺术理论，取代艺术感受，于是很快就走向了极端。什克洛夫斯基、雅柯布森在自己的研究中提出了文学作品与内容无关、文学只是文学手法的变换与积累。他们说，文学作品是"纯粹的形式"，"总的说，艺术里就没有内容"，或者说，"文学作品的内容（这里也包括心灵）等于作品修辞手法的总和"，"……文学是由材料和形式组成的"[1]，等等。

形式方法的研究，由来已久，但是形式方法一旦转为形式主义，便成为一种"形式主义世界观"，就超越自己的学术权限了。研究艺术作品本体，这本来是研究的应有之义，是完全需要的，但用这种研究企图替代整个文学研究，结果形成了"对作品本体的盲目崇拜"，却把创作者、观赏者排斥于研究之外。艺术是创作者、观赏者的相互关系固定在作品中的一种特殊形式，是一种审美交往。"审美交往的

---

[1] [苏联]梅德韦杰夫：《学术上的萨里耶利主义》，见《巴赫金全集》第2卷，钱中文主编，柳若梅译，河北教育出版社1998年版，第1、3页。

特点是，完全凭艺术作品的创造，凭观赏中的再创造中得以完成。"①梅德韦杰夫认为，意识形态的创作只有在社会交往中才能被实现，其中"参加者的一切个人行为都是不可分割的交往因素"。诗人的听众，长篇小说的读者，形成了特殊的接受环境与团体，并相互形成交往，而交往的形成决定了文学的各个方面，决定了创作与接受过程的形成。在这一接受、交往之外，就不会有诗歌、长篇小说存在。梅德韦杰夫指出："不了解社会的联系，亦即不了解人们对特定符号的反应的联合和相互协调，就不存在意义。交流——这是意识形态现象首次在其中获得自己的特殊存在、自己的意识形态意义、自己符号性的环境。所有意识形态的事物都是社会交流的客体。"② 只有在各自特殊的艺术交往中才存在各种艺术形式的这一思想，实际上后来被各种文艺思想流派从不同的角度所接受。关于文学现象是为文学自身内部规律所决定，还是为外部规律所决定，这一问题在20世纪20年代前后就提了出来，后来的新批评学派实际上只是完善了形式主义学派的观点。而在梅德韦杰夫看来，"每一种文学现象……同时既是从外部也是从内部被决定的。从内部——由文学本身所决定；从外部——由社会生活的其他领域所决定"，而内部与外部又是可以相互转化的，"任何影响文学的外在因素都会在文学中产生纯文学的影响，而且这种影响逐渐地变成文学的下一步发展的决定性的内在因素"③。这样的论述应当说比之那些单一的、片面的学说，更有道理与说服力，更符合文学实际、文学自身在其存在过程中所展现的实际面貌。

形式主义诗学实际上是一种依附于语言学的诗学，也是一种实证主义美学。它为了建立语言艺术的理论，却离开了系统美学即普通美学的制约，"离开了一切艺术总的本质问题"的阐明。艺术的本质问

---

① ［苏联］沃洛申诺夫：《生活话语与艺术话语》，见《巴赫金全集》第2卷，钱中文主编，吴晓都译，河北教育出版社1998年版，第83页。
② ［苏联］梅德韦杰夫：《文艺学中的形式主义方法》，见《巴赫金全集》第2卷，钱中文主编，李辉凡、张捷译，河北教育出版社1998年版，第116页。
③ ［苏联］梅德韦杰夫：《文艺学中的形式主义方法》，见《巴赫金全集》第2卷，钱中文主编，李辉凡、张捷译，河北教育出版社1998年版，第145、146页。

题，应置于文化整体的相互关系中给予说明，但形式主义却求之于语言学。于是就出现把一种语言材料的形式，当成了艺术的形式。这就限制了它不能看到词语的真正涵义。主要是它把词语与社会交往隔离了开来，而词语一旦脱离交往，就剩下了单纯的语音、词素的构成，从而把语言视为纯粹的材料，把文学作品当作语言材料的组织等，所以巴赫金把形式主义美学称为"材料美学"。在材料美学看来，"审美活动施于材料，它只赋形于材料，因为具有审美意义的形式是材料的形式，这个材料就是自然科学或语言学所理解的材料"。这样，当艺术家们声称他们的创作是针对现实、涉及种种价值时，巴赫金说，这不过是"一种隐喻而已"。因为真正属于艺术家的不过是些语言词语材料。这样，这种美学就无法揭示艺术形式的根源、艺术的文化价值所在。例如，语言之于作家犹如大理石之于雕塑家，雕塑家固然以大理石为材料，但目的在于雕塑人体形象及其理想，建立一个审美客体。在这里，形式是依附材料的，但这形式又是具有价值的。也就是说，这里的内容是有形式的，同然，形式是被赋予内容的。形式是内容的形式，而内容是有形式的内容。由作品创造而形成的审美客体，"是由表现为艺术形式的内容（或者说是包含着内容的艺术形式）构成的"。"进入审美客体的不是语言学的形式，而是它的价值意义"[①]。不过，材料本身虽然不具审美特性，但又是"创造审美客体必不可少的技术因素"。

巴赫金的朋友们发表的著作、论文，主要是从马克思主义的社会学观点来探讨文艺学中的问题的。十分有意思的是，这些写于20世纪20年代的有关语言学、有关形式主义、弗洛伊德主义思想的评析，虽然带有当时主导意识形态的行文气息，有的术语的使用也未必确切，但其质量之高，却是至今公认的。原因是，这些著作不以霸气压人，却能突出社会学的思想原则，吸收新的学科的成就，进行学理性的探讨，使原则问题通过一系列绝对不可缺少的中介因素的过渡，从

---

① ［苏联］巴赫金：《文学作品的内容、材料与形式问题》，见《巴赫金全集》第1卷，钱中文主编，晓河译，河北教育出版社1998年版，第352页。

宏观到微观，深入到文艺问题的本质面，提出了新思想、新观点，以至直到今天，仍然使人信服。这些对形式主义的批评，雅柯布森、什克洛夫斯基都是熟悉的。他们以为这些有分量的评析都出自巴赫金之手。20世纪60年代初，当雅柯布森从美国来到故国的莫斯科，几次要求会见巴赫金，朋友们亦作了安排，可巴赫金却有意去了当时不对外开放的萨兰斯克，躲开了与被他说成是"外国人"的会见。1975年3月的一天，当什克洛夫斯基打电话到巴赫金家，说要去看他时，接电话的却是柯日诺夫，柯日诺夫以沉痛的语调在电话里回答说巴赫金刚刚去世。停了一会儿什克洛夫斯基说："米哈伊尔·米哈伊洛维奇，我是来看您的，可却告别来了。"和解了的老人语气里不无伤感之意。[①]

我们在上面分析了巴赫金的哲学、超语言学、美学思想。这些思想的主导精神是交往与对话，这自然不能不影响到巴赫金对文学艺术的探讨。在《陀思妥耶夫斯基创作问题》、而后修订改名为《陀思妥耶夫斯基诗学问题》一书中，复调、复调小说的提出，则是上述学说与思想，在艺术中进一步的具体化与实现。

人与人是相互依存的，人类生活本身就是充满对话性的，人的意识、思想无不带有这种相关而又独立的特征。但在巴赫金看来，千百年来的文学创作与作品的主要方面，被一种独白思想所占据了。独白的艺术思维的最主要特征是，它把人物化了，把人客体化了。作者君临一切，统摄一切，人物不过是他创作的沉默无声的奴隶。人物在作者独白思维的控制下，一般失去了自主性、主体性，他变为被描写的纯粹的客体：他不是自由的人，他的思想被作者替代了，作者可以直截了当地代他思索；他的话语被作者打断了，作者代他说了，作者可以随意结束他的命运，在他背后作出结论，但却不能深入到"人身上的人"当中去。巴赫金在陀思妥耶夫斯基的小说中发现，这位俄国作家的艺术思维方式，完全是一种对话的思维方式，因此他创作出了一

[①] 见《柯日诺夫谈巴赫金的命运与个性》，《对话·狂欢·时空体》，萨兰斯克，1992年第1期，及录音资料。

种新颖的复调小说。巴赫金认为,陀思妥耶夫斯基的小说创新,无疑是一次哥白尼式的发现。在我们看来,交往的、对话的哲学、语言学思想,使巴赫金发现了陀思妥耶夫斯基小说的复调特征,而这种复调小说又深化了巴赫金的交往、对话理论。过去的文学理论习惯于分析巴赫金所说的独白小说,巴赫金则就复调小说建立了一种新的文学理论。

如果过去的小说理论主要是探讨人物形象和生活的关系,小说在何等程度上反映了生活,人物形象的真实性如何,建构人物形象的艺术性如何,那么我们发现,巴赫金在论说复调小说时,使用的是另一套术语。巴赫金自己说,他是从"形式领域"或是"艺术形式"的角度来探讨陀思妥耶夫斯基的小说的。艺术观、方法论上的更新,扩大了我们的视野,疏忽了这点,是不易理解巴赫金的术语与观点的。

在提出陀思妥耶夫斯基的小说是一种复调小说时,巴赫金说:"有着众多的各自独立而不相融合的声音和意识,由具有充分价值的不同声音组成真正的复调——这确实是陀思妥耶夫斯基长篇小说的基本特点。"① 在关于《陀思妥耶夫斯基诗学问题》一书的修订一文中,巴赫金说,这位俄国作家有三大发现。一是"创造着(确切地说是再造)独立于自身之外的有生命的东西,他与这些再造的东西处于平等的地位。作者无力完成它们"。二是"发现如何描绘(确切说是再现)自我发展的思想(与个人不可分割的思想)。思想成为艺术描绘的对象。思想不是从体系方面(哲学体系、科学体系),而是从人间事件方面揭示出来"。三是"在地位平等、价值相当的不同意识之间,对话性是它们相互作用的一种特殊形式"②。上述引文大致表述了巴赫金关于复调小说的基本思想,但仍然需要进一步解释这种小说中的作者与主人公的关系,思想何以成了艺术描写的对象、对话性等问题。

我们在前面已经提及,在《陀思妥耶夫斯基诗学问题》里,巴赫

---

① [苏联] 巴赫金:《陀思妥耶夫斯基诗学问题》,《巴赫金全集》第5卷,钱中文主编,白春仁、顾亚铃译,河北教育出版社1998年版,第4页。

② [苏联] 巴赫金:《关于陀思妥耶夫斯基一书的修订》,《巴赫金全集》第5卷,钱中文主编,晓河译,河北教育出版社1998年版,第374页。

金对作者与主人公的关系作了新的阐发。在这里，主人公首先被看作由作者创造、但与作者地位平等、与作者具有同等价值的自由人，他甚至可以起来反对作者的意见。作者在这里采用的"观察世界的原则"：不是确立他人之"我"为客体，而是把他人当作另一个主体。主人公不与作者融合，不是作者的传声筒，但又与作者处于相互关系之中。巴赫金认为，同时共存，感受到人们的地位相互平等，这就是陀思妥耶夫斯基"艺术观察的一些新形式"[①]。这样，作品中的主人公的地位就发生了变化。主人公的意识被当作另一个人的意识，即他人意识，所以在艺术描写里，他不是作家议论、描绘的客体，而是直抒己见的主体；他的议论与作者的议论具有同等的分量与价值。由于主人公不是作者描写的纯粹的客体，所以他就不再承担一般小说里的性格、典型的任务。读者所看到的主人公，不是他是谁的问题，他的形象如何，而是他在如何认识他自己，那些原本描写性格、典型的手段，现在都转移到了主人公的视野里，成了主人公施加反应的客体和对象，变成了它们在主人公的眼里是什么。这样，主人公的艺术功能发生了变化。

主人公的地位与功能的变化，实际上是由于艺术描写的对象发生变化所致。巴赫金认为，陀思妥耶夫斯基的第二个艺术发现是把思想看作是艺术描写的对象，创造了思想的形象。主人公既然不是艺术描写的客体，那么他表现什么呢？他表现自己的思想。陀思妥耶夫斯基的主人公大都是些冥思苦想的人，都是些寻根究底的人。"陀思妥耶夫斯基的主人公不是一个客体形象，而是一种价值十足的议论，是纯粹的声音。"主人公的形象"恰恰是主人公讲述自己和世界的议论"。在这个形象里，自我意识成了塑造主人公的"主导成分"，思想成了描写的对象。这位俄国作家"把思想看作是不同意识不同声音间演出的生动事件"，并予以描绘。于是，陀思妥耶夫斯基在每一思想中表现出了一个人，在对话交锋的边缘上，又"预见到不同思想的组合，

[①] ［苏联］巴赫金：《陀思妥耶夫斯基诗学问题》，《巴赫金全集》第5卷，钱中文主编，白春仁、顾亚铃译，河北教育出版社1998年版，第360页。

新的声音的诞生，预见到思想、声音的变化"。这样，陀思妥耶夫斯基就创立了"思想的生动的形象"，塑造了"艺术的思想形象"①。巴赫金认为要使自我意识成为主人公的重要方面，为此"要求一种全新的作家立场"，才能去发现人的完整性，发现"人身上的人"，发现另一个主体，另一个平等的"我"，并由他来自己展现自己。自我意识的主导性，给陀思妥耶夫斯基的人物特征带来了一些明显的特征，如开放性、反对背后议论、未完成性等。但是要做到上述几个方面，唯一的出路就是采取"新的艺术立场"即对话。

其实，上述两个艺术方面的重大变革，还是由于第三个条件引起的，即由对话的立场使然。"思想意识、一切受到意识光照的人的生活（因而多少有些联系的生活），本质上都是对话性的。"所以，对话作为一种"新的艺术立场"，使得作者必然要改变自己的"外位"的立足点与"超视"的观点。在独白的世界中，作者凭借自己的外位与超视，可以使主人公失去自主的地位，可以代替他说话，可以给他最终论定，因为主人公已无话可说。但是对话的形象描写，使作者的超视与外位发生了重大变异，使他不仅从内部即从"自为之我"同时也从外部即从他人的角度"为他人之我"，进行双向的艺术思考。使主人公不可替代，使主人公不被物化，从而"确认主人公的独立性，内在的自由、未完成性与未论定性"，成为不可完成的"自己眼中之我"。他实际上被完成了，成为形象的整体，但不是被宣告结束、没有被宣告完结，完成不等于完结。在这种艺术中，对作者来说，"主人公不是'他'，也不是'我'，而是不折不扣的'你'，也就是他人另一个货真价实的'我'（自在的'你'）"②。对话承认世界的多元化，承认多中心、多意识的相互联系，它使作者深深地卷入它们的相互关系之中，使小说失去"第三者"，从而避免了独白描写中的"背后议论"，在不容分辩的、独裁的话语权力中，给他人盖棺论定，剥

---

① ［苏联］巴赫金：《陀思妥耶夫斯基诗学问题》，《巴赫金全集》第5卷，钱中文主编，白春仁、顾亚铃译，河北教育出版社1998年版，第119页。
② ［苏联］巴赫金：《陀思妥耶夫斯基诗学问题》，《巴赫金全集》第5卷，钱中文主编，白春仁、顾亚铃译，河北教育出版社1998年版，第83页。

夺他人不容置疑的生存权利。

对话的艺术思维的确立,相应地引起了创作中艺术结构的变化、艺术手段的更新。巴赫金看到,在陀思妥耶夫斯基的小说中,体裁明显地发生了变化,作家把一般小说中难以相容的因素,如哲理对话、冒险幻想、贵族与贫民窟的下层人物,令人惊奇地穿插在一起,消除了原有体裁之间的壁垒,形成了一种不同艺术因素的交往。同时在结构上,陀思妥耶夫斯基又好利用几个情节线索平行发展的对位形式,形成一种"大型对话"结构。当然,这种大型对话结构还表现在小说创作的全面的整体结构中。陀思妥耶夫斯基的构思"要求把小说结构的一切因素全盘对白化"。所以这就产生了作家小说中那种极度紧张不安的气氛。

巴赫金的理论,在文学理论中阐释了一种新的主体性的思想,不过它有别于以前的和后来的这种观点。他的主体性思想无疑大大加强了主人公主体的地位,能够使得主人公与作者平起平坐,自由独立,表述自己的意见,但是他总是与作者或者与他人处在对位。主人公在陀思妥耶夫斯基的艺术构思中,只有相对的独立性。巴赫金说,必须防止一种误解,也许有人会觉得,主人公不过是文艺作品的一个成分,他自始至终是由作者创造出来的。巴赫金辩解说:"我们确认主人公的自由,是在艺术构思范围内的自由。从这个意义上说,他的自由如同客体性主人公的不自由一样,也是被创造出来的。"① 这是一种相对的自由与独立。但是创作并非臆造,创作中描绘的人物、思想有其自身逻辑,自身的规律性,它们不能杜撰出来,艺术创作不过是按照这些规律行事。

巴赫金认为,陀思妥耶夫斯基小说创作中的共时艺术的运用,是艺术上的重大创新。陀思妥耶夫斯基理解的多元世界中的一切,是同时共存,相互作用的。他认为,只有同时共存的、有着相互关系的,才是有价值的,才能永存。处于艺术事件中的主人公的每个意

---

① [苏联]巴赫金:《陀思妥耶夫斯基诗学问题》,《巴赫金全集》第5卷,钱中文主编,白春仁、顾亚铃译,河北教育出版社1998年版,第85页。

识、行为，都只能在现时中体现出来，即使是有意义的回忆，本身不能得到单独的描写，而只能在现时的安排中得到反映。这样，陀思妥耶夫斯基在自己的小说里，一般不专写主人公的动机，不专写他的过去与回忆，不专写事物的缘起，不专写环境设置。他把一切都放在横向层面上，同时展出，让它们同时进入相互关系，各抒己见，互相对话，发生矛盾，形成杂然纷呈的冲突。一切集中在同一时间而不在历史的纵向发展的维度上，一切处在同一空间而不在叙事的历史时间之中。巴赫金作了一个有趣的比较，他说像歌德这样的艺术家，习惯于把事物看作是前后相关的历史进程，相互联系，没有任何东西是分散并列的，没有什么事物可以同时展开，所以他的艺术结构是历史纵向的。陀思妥耶夫斯基的艺术思维正相反，他把一切事物置于同一层面，同一时间，不写前因，不看后果，让它们在同一时间、平面上相聚，发生矛盾，进行对话，从而形成一种极为紧张的氛围，这就是可称作为共时艺术的东西。像在陀思妥耶夫斯基的小说《白痴》里，十多个小时之内，竟聚拢了那么多的人物、故事。读者只见冲突、对话，事件的突发与又一个突发，好像失去了历史与时间。这种共时艺术在自我意识的展现中，更为惊心动魄，令人惊讶不已。巴赫金说，陀思妥耶夫斯基善于在同时共存、相互作用的关系中观察一切。这一才能固然有其短处，如导致他对许多事物视而不见，听而不闻，使现实生活中的不少形象未能进入他的视野，在艺术上受到损失。但是这又使他发挥了另一方面的杰出才能。这就是"使他对此刻的世界有着异常敏锐的感受；在别人只看到一种或千篇一律事物的地方，他却能看到众多而且丰富多彩的事物。别人只看到一种思想的地方，他却能发现、能感触到两种思想——一分为二。别人只看到一种品格的地方，他却从中揭示出另一种相反品格的存在。一切看来平常的东西，在他的世界里变得复杂了，有了多种成分。在每一种声音里，他能听出两个相互争论的声音；在每一个表情里，他能看出消沉的神情，并立刻准备变为另一种相反的表情。在每一个手势里，他同时能觉察到十足的信心和疑虑不决；在每个现象上，他能感知存在着深刻的双重性和多种含义"。这一切双重的矛盾，并未在时间的运动中展开，却是在同一平面上相伴而行，或相互对峙。"陀思妥耶夫斯基的视觉，封闭于这一多样展开的一瞬间，并且停留在这一瞬间之中，使这个瞬间的横剖面上纷繁多样的事物，各显特色而穷形尽相。"① 我以为这是巴赫金就陀思妥耶夫斯基对主人公主体意识矛盾两重性艺术展示的最精彩的描述，又可以把它称作共时的"瞬间艺术"。"巴赫金抓住了这位作家的'瞬间'的艺术特征，瞬间的矛盾、冲突和斗争，瞬间的双重意识，瞬间的表情的转换，瞬间的心理爆发，并且全在瞬间的横剖面上展现，从而显示了共时艺术的极大的表现力。"②

巴赫金对陀思妥耶夫斯基复调小说的艺术上的发现与阐释，是与他的哲学人类学思想、超语言学的观点分不开的。可以这样说，他的这些学说在陀思妥耶夫斯基的小说里得到了充分的体现，而这位俄国伟大作家则又以自己的无与伦比的语言艺术，成了巴赫金施展对话思想的极好场地。虽然，巴赫金对他自己关于陀思妥耶夫斯基的论述并不感到满意。他说他如果能自由写作的话，也许关于陀思妥耶夫斯基的论述也不会是这样的了。"须知，我在那里使形式脱离了主要的东西。我不能直接述说有关主要的问题……这就是折磨陀思妥耶夫斯基一生的关于上帝的存在的哲学问题。我总是在那里来来回回，不得不克制自己。一个思想出现了，又是来来回回地转。甚至要谴责教会。"③ 但是，这部著作是他思想相当完美、完整的表现。人的行为、他的对生活的参与、他的责任都导致了、确证了他的在场，没有什么东西、没有什么理由可以证明他的不在场。于是，我与他人的关系，也即人的存在及其存在方式，以作者与主人公的关系的探讨，经历了它的不断发展，进行了宏观的把握。而巴赫金的超语言学通过陀思妥

---

① [苏联] 巴赫金：《陀思妥耶夫斯基诗学问题》，《巴赫金全集》第5卷，钱中文主编，白春仁、顾亚铃译，河北教育出版社1998年版，第41页。
② 见拙文《陀思妥耶夫斯基诗学问题·前言》，生活·读书·新知三联书店1988年版，第11页。
③ 转引自 [俄] 鲍恰罗夫《关于一次谈话及其相关问题》，《新文学评论》（俄罗斯）1993年第3期，第72页。

耶夫斯基小说人物的语言的细致入微的考察,淋漓尽致地、鞭辟入里地展现与确证了人的存在及其方式。

超语言学在交往中探讨语言,因为语言事实上只存在于交往中,而有交往必然就有对话,"对话交际才是语言的生命真正所在之处"。所以说,超语言学实际上就是研究对话关系的,而其核心,就是表述。我们在前面讲过,在交往中,表述具有事件性、主体的个体性、指向性、价值评价与对话性,同时,由于表述充斥着他人话语,所以又处处存在着一种应答性。这是因为交往总是一种意识的表达,而意识总是有感而发,表达某种价值;表述具有个性,它总是针对另一个意识而发的。它需要让人理解,同时反过来,接受他人意识。没有他人意识,我的意识不能成为自身,我应在他人意识中寻找我的意识。意识的本质是多样的,它们互不融合,不能剥夺个性,而把多种意识融合为一。这样,在意识中就深深地潜藏着对话性、应答性。在陀思妥耶夫斯基的小说中,巴赫金不仅看到了他的小说的对话本质,对话的多种艺术形态,而且探及了艺术对话的深层,进一步提出了"双声语"的研究问题。他说,在艺术表述的研究中,"我们要研究的对象,不妨说要研究的主角,便是双声语。双声语在对话交际的条件下,也就是在真实的活用语言的条件下,是必然要产生的。语言学不懂得这种双声语。可据我们看来,正是这个双声语,应该成为超语言学的主要研究对象之一"①。

双声语是什么呢?在各种艺术体裁的言语表述中,"这里的话语具有双重的指向——既针对作为一般话语的言语对象而发,又针对别人的话语即他人言语而发"。这对于阐明作品的语言特色、创作风格以至创作特征意义重大。在文学作品的"仿格体(模仿风格体)、讽拟体(讽刺性模拟体)、故事体、对话体(指表现在组织结构上的一来一往的对语)"中,双声语现象是一种普遍的存在。巴赫金认为,在故事体、直接的对话体中,常常存在指物述事的现象,这时双声语

---

① [苏联]巴赫金:《陀思妥耶夫斯基诗学问题》,《巴赫金全集》第5卷,钱中文主编,白春仁、顾亚铃译,河北教育出版社1998年版,第244页。

的语调有时强烈，因为出现了他人的声音；有时就比较薄弱，虽然这些语体中也指向对方的言语、预想到他人的话语，具有明显的对话性，但这里的他人话语直接指物性极强，缺少回旋余地。仿格体是利用他人的观点做文章，利用他人的话语来表达某种思想，因而这种表述带有明显的虚拟性特征而充满了双声性。最有特色的是讽拟体。讽拟体是借他人话语说话，但赋予与原意以相反的意思与方向。"隐匿在他人话语中的第二个声音，在里面同原来的主人公相抵牾，发生了冲突，并且迫使他人话语服务于完全相反的目的。话语成了两种声音争斗的舞台。"① 讽拟体体式多样，但作者意识和他人意识互不相容，各自独立。与讽拟体类似的讽刺体、含义双关的他人话语，都具有明显的双声性。而积极折射他人话语的暗辩体、对语则另具特色。暗辩体、对语使用极广，它们或在指物述事之中，又针对他人话语，或旁敲侧击，或话里带刺，或低声下气，卖弄言辞，预留后路，紧张地应付他人话语，隐蔽地、试探性地作出回答与预测，等等，它们都明显地渗透着双声语。双声语作为艺术表述的重要特征，双声性的阐明，深入了艺术语言的研究，探及它的底蕴，使得独白的语言艺术特色的分析相形见绌，从而开拓了小说艺术语言研究的新方向。巴赫金用这种超语言学观点对陀思妥耶夫斯基小说语言的分析，特别是"微型对话"的剖析，真是洞幽烛微，曲尽其妙，令人赞叹。这里有独白中的人称不断变换的对话，有对话中不时间断的对语，有虚饰、暗示的对语，有主人公精神变异后的分裂性的对话，即使是精神亢奋、感到孤独无援的长篇独白，同样充满了对他人话语的反应，变成断断续续、若即若离的对话与对语，等等。巴赫金看到，在陀思妥耶夫斯基那里，"到处都是公开对话的对语与主人公们的内心对话的对语的交错、和音或间歇。到处都是一定数量的观点、思想和语言，合起来由几个不相融合的声音说出，而在每个声音里听起来都有不同"。作者想表现的不是思想本身，而是一个主题通过多个不同的声音来展现，展现

---

① [苏联]巴赫金：《陀思妥耶夫斯基诗学问题》，《巴赫金全集》第5卷，钱中文主编，白春仁、顾亚铃译，河北教育出版社1998年版，第256—257页。

其多声部性和不协调性。俄国作家认为重要的，"正是不同声音的配置及其相互关系"。复调与多声部性，揭示了小说艺术的开放性、未完成性的特征。巴赫金希望这种小说能够成为未来小说的主导。

巴赫金的"狂欢化"理论，引起了人文科学各方面的学者的强烈兴趣。狂欢化理论在《陀思妥耶夫斯基诗学问题》中已有论述，而在《拉伯雷的创作和中世纪与文艺复兴时期的民间文化》一书中作了全面的阐释。巴赫金认为，拉伯雷的创作是个十分奇特的现象，它不被人们理解，主要是人们已习惯于文艺复兴以后的占主导地位的思维模式、艺术形式。如几百年来，人们强调了理性以至唯理性、理想以至乌托邦，高扬精神、提倡狭义的人民性、高雅、规范、标准语言，等等，并极大地发展了这些方面。但是这样一来，就把中世纪、文艺复兴时期的另一方面的现实生活、一种世界感受、一种文化遗产遗忘掉了；而这些方面，恰恰深深地蕴藏于拉伯雷的创作之中。还有现代文学理论中的问题。"现代文学理论的一个主要不足，在于它企图把包括文艺复兴时期在内的整个文学纳入到官方文化的框架内。"①

巴赫金指出，要了解拉伯雷的创作，必须了解中世纪、文艺复兴时期的民间的诙谐文化。民间的诙谐文化，已有几千年的历史，而拉伯雷则是这种民间诙谐文化在文学领域的代表，拉伯雷的创作深深地扎根于民间渊源。但是要做到了解中世纪、文艺复兴时期的诙谐文化，则要"重建艺术和意识形态的把握方式，抛弃旧的趣味要求"。"这些诙谐文化的形式和表现——狂欢节类型的广场节庆活动，各种可笑的仪式和祭祀活动。小丑和傻瓜，巨人、侏儒和畸形人，各式各样的江湖艺人，种类和数量繁多的戏剧仿体文学等等，等等，都有一种共同的风格，都是统一而完整的民间诙谐文化、狂欢节文化的一部分和一分子。"② 在他看来，诙谐文化的形式主要表现于各种仪式和演

---

① [苏联] 巴赫金：《拉伯雷与果戈理》，《巴赫金全集》第4卷，钱中文主编，白春仁译，河北教育出版社1998年版，第6页。
② [苏联] 巴赫金：《拉伯雷的创作和中世纪与文艺复兴时期的民间文化》，《巴赫金全集》第6卷，钱中文主编，李兆林等译，河北教育出版社1998年版，第4—5页。

出形式，如狂欢节类型的节庆活动、玩乐的广场表演。有各种诙谐的语言作品，包括口头、书面的语言作品。有各种体裁的不拘形式的广场语言，如骂人话、顺口溜、神咒等。

那么这种狂欢的诙谐文化有些什么特征呢？首先，狂欢节是没有边界的，不受限制，全民都可参加，统治者也在其中，所有的人都参与其中。狂欢节使人摆脱了一切等级关系、特权、禁令，它使人们不是从封建国家、官方世界看问题，而采取了非官方的、非教会的角度与立场，所有的人都暂时超越官方的思想观念，置身于原有的生活制度之外。同时，"狂欢节是平民按照笑的原则组织的第二生活，是平民的节日生活"，是生活的实际存在，是生活本身的形式。"是生活在狂欢节上的表现，而表现暂时又成了生活。"这样，它就创造了一个特殊的世界，"第二世界与第二生活"，类似于游戏方式，但形成了一种特殊的"双重世界的关系"。其次，由于它采取了超教会、超宗教的处世方式，由于它摆脱了特权、禁令，所以在生活展现自身的同时，人们也就展现了自己自身存在的自由形式。人这时回到自身，解去了种种束缚，异化消失，乌托邦的理想与现实暂时融为一体，这就是人与人的不分彼此，相互平等，不拘形迹，自由来往，从而形成了一种人的存在形态，一种"狂欢节的世界感受"。再次，在街头、广场上的狂欢表现中所体现出来的"这种狂欢节的世界感受"，显示了对人的生活、生存的一种复杂的观念，如生死相依，生生不息，"死亡、再生、交替更新的关系始终是节日世界感受的主导因素"。这种节日的感受，显示着不断更新与更替，不断的死亡与新生，衰颓与生成。在这里，"庆节活动（任何庆节）都是人类文化极其重要的第一性形式"①，它总是面向未来。而官方的节日，则是要人们庆祝它的制度的天长地久，万世永恒，无例外地面向它的过去。巴赫金指出了狂欢节的笑的本身特征，这是全民的笑，"普天同庆"的笑，它包罗万象，以万事万物取笑；它是正反同体的笑，是狂喜的、又是冷嘲热讽

---

① ［苏联］巴赫金：《拉伯雷的创作和中世纪与文艺复兴时期的民间文化》，《巴赫金全集》第6卷，钱中文主编，李兆林等译，河北教育出版社1998年版，第10页。

的笑，既肯定又否定、既埋葬又再生的笑。在这种笑的里面，"存在着远古玩乐性仪式对神灵的嘲笑。在这里，一切祭祀性的成分和限定性的成分都消失了，但全民性、包罗万象性和乌托邦的成分却保留下来"，它追求着一种"最高目标的精神"①。

在拉伯雷的小说里，物质、肉体因素，如奇怪的身体本身、饮食、排泄、性生活有着大量的描写，并且"占了绝对压倒的地位"，对此历来解释不一。巴赫金认为，这些不同看法都未能与诙谐文化联系起来考察，未能把它视为一种特殊的审美观念，即"怪诞现实主义"。这种怪诞现实主义源于几千年的诙谐文化，是诙谐文化审视现实的最基本观念。它表现为宇宙万物，包括社会、人的肉身，浑然一体。巴赫金认为，这里的身体和肉体，不能从现代的意义上去了解，那时他们还未"个体化"，还未脱离开外界。"在这里，物质和肉体因素是作为包罗万象的全民的东西被看待……同一切脱离世界物质和肉体本源的东西相对立，同一切自我隔离和封闭相对立，同一切抽象的理想相对立，同一切与人世和肉体分家独立的价值追求相对立。"②这样的描写，必然导致描写的夸张，而且是极端的夸张，所以我们见到的是一个巨人的家族，而这个巨人，就是"人民大众"自身。在小说里，拉伯雷大量地描写了巨人的种种世俗的需求、本相，使用了"贬低化"的艺术手段。贬低化就是"把一切崇高的、精神性的、理想的和抽象的东西转移到不可分割的物质和肉体层次，即大地（人世）和身体的层次"。"诙谐就是贬低化与物质化"，就是世俗化。由于这一原则，所以在语言方面使用了"逆向""反向""颠倒"的逻辑，即上下不断换位，"各种戏仿和滑稽改编、戏弄、贬低、亵渎、打诨式的加冕和废黜"③。这里充满了广场语言，亲昵的骂人字眼，脏

---

① ［苏联］巴赫金:《拉伯雷的创作和中世纪与文艺复兴时期的民间文化》，《巴赫金全集》第6卷，钱中文主编，李兆林等译，河北教育出版社1998年版，第10页。
② ［苏联］巴赫金:《拉伯雷的创作和中世纪与文艺复兴时期的民间文化》，《巴赫金全集》第6卷，钱中文主编，李兆林等译，河北教育出版社1998年版，第23页。
③ ［苏联］巴赫金:《拉伯雷的创作和中世纪与文艺复兴时期的民间文化》，《巴赫金全集》第6卷，钱中文主编，李兆林等译，河北教育出版社1998年版，第13页。

话。它们具有双向性，既贬低，又显示出再生性。狂欢化式的活动，显示了中世纪民间生活、文化的活力。

巴赫金关于拉伯雷的论述，把文学作品的研究与文化历史方法结合起来。在具体探讨中世纪与文艺复兴时期民间文化中所确立的狂欢化的理论的意义，我以为，在于通过这一理论，复现了被人们淡忘、模糊了的一个人类文化发展阶段的生动景象。巴赫金通过拉伯雷小说的分析，从一个侧面再现了中世纪、文艺复兴时期的生活情状以及它们的文化风貌。中世纪的狂欢节，一年大约占了四分之一时间。"在一定程度上说，民间文化的第二生活、第二世界就是作为对日常生活、亦即非狂欢节生活的戏仿而建立的，就是作为颠倒的世界而建立的。"① 而这一人类生活的漫长阶段及其文化，在现代理性主义的流行中，在对中世纪教会统治的黑暗一面的批判中，被人们淡忘了，几乎湮没无闻了。人们依照在文艺复兴之后确立了新的哲学、文化、审美原则，对曾经有过的文化现象缺乏理解。巴赫金恢复了这一文化现象的原貌，指出了它在后来文化中的曲折发展。他看到，颠倒原有的封建、教会统治的世界，就是那种使用了逆向、反向、颠倒、亵渎、嘲弄、贬低、讽模、戏仿的语言，由这类语言构成的彻底通俗化的、不乏粗俗的民间的、大众的、通俗的文化，扫荡了封建权威，撕开了它的伪装，揭示了存在的一种曾经有过的自由的生活方式。这是文化史上的一个重大发现，它扩大了文化史研究的范围，并提供了一种方法，建立了文学与文化之间的牢固联系。在我看来，这就是为什么巴赫金的这一学说，引起了那么多西欧学者的强烈兴趣的原因。不少学者把它与解构主义相提并论，事实上，巴赫金靠的不是预设的逻辑推理，而是以丰厚的历史文化材料为基础的历史分析。解构主义的颠倒、反向、逆向的方式，不可能恢复一个历史时期的文化面貌，这就是两者之间的同与不同。同时，由这一学说引导出来的荒诞现实主义，对于我们去探讨文艺复兴时期以

---

① ［苏联］巴赫金：《拉伯雷的创作和中世纪与文艺复兴时期的民间文化》，《巴赫金全集》第6卷，钱中文主编，李兆林等译，河北教育出版社1998年版，第13页。

后的类似的文学思潮,也是极有帮助的。荒诞现实主义的传统,在陀思妥耶夫斯基的创作中以及20世纪的现实主义、现代主义以及荒诞派的文学中,都有不同程度的表现。

当然,还要看到,狂欢化这一理论,对于程式化、教条化的思维方式,是一副十分有益的清热解毒剂。这里重要的是狂欢化式的"世界感受"。在某种程度上,巴赫金向往着这种自由的感受、交往与对话。这时的人具有了自己的独立自主的思维,享受到一种自由的感觉。巴赫金说:"一切有文化之人莫不有一种向往:接近人群,打入群众,与之结合,融入其间;不单是同人们,是同民众人群,同广场上的人群进入特别的亲昵交往之中,不要有任何距离、等级和规范,这是进入巨大的躯体。"① 自然,狂欢式的交往与对话是不拘形迹的、任意的、一种自由的交往,一种理想的人生关系。但要看到,当狂欢化摆脱官方、教会的约束时,它实际上已改变了一般交往与对话的意义,变成了交往与对话的一种极端形式,一种变体。我想这是否就是它的两面特性呢?实际上,缺乏欢愉、自由的现实的境遇,往往会促使人们向往乌托邦的理想,可是人们又不得不置身其间,看来两者注定是要结伴而行的。

(五)人文科学方法论问题

巴赫金晚年,写了不少笔记、短文,它们涉及人文科学方法论的多个方面。例如像人类思维的形式与分野、文本问题(它自身又涉及很多方面)、理解、阐释与解释问题、涵义与意义问题、文艺学与文化史的关系问题、长远时间问题,以及对结构主义的评价等。

巴赫金提出人文科学思维与自然科学思维的不同处在于,人文科学是"研究人及其特性的科学,而不是研究无声之物和自然现象的科学。人带着他做人的特性,总是在表现自己(在说话),亦即创造文

---

① [苏联]巴赫金:《论人文科学的哲学基础》,《巴赫金全集》第4卷,钱中文主编,白春仁译,河北教育出版社1998年版,第5页。

本（哪怕是潜在的文本）。如果在文本之外，不依赖文本而研究人，那么这已不是人文科学……"这样，巴赫金把文本界定为人文思维的根本对象，即"第一性实体……惟一出发点的直接现实（思想和感觉的现实）。没有文本，也就没有了研究和思维的对象"①。如果宽泛地理解文本，那么文本就是"对感受的感受，是关于说话的说话，是论文本的文本"。文本在人文思想领域，具体表现为"表述"，这是某个人的不可重复的思想的表达。表达的个人性、意向性、应答性、对话性，等等，都显示了文本的特性，这在前面我们已有论及。因此，人文思想总是指向他人的，指向他人的思想、他人涵义、他人意义。这样人文思想实际上总是显示了两个方面的双重特性，两个主体，一个说话人，一个应答者；出现两者相互之间的动态的复杂关系，评价、应答、反驳。"这是两个文本的交锋，一个是现成的文本，另一个则是创作出来的应答性的文本，因而也是两个主体、两个作者的交锋。""文本的生活事件，即它的真正本质，总是在两个意识、两个主体的交界线上展开。"② 文本作为表述，就显示了其潜在的双声性。

文本作为表述，其双声性、应答性、对话性都产生于交往之中。表述的根本目的在于理解与阐释。理解包含有两个意识、两个主体，两个意识、主体各自独立而处于相互对话地位，因此理解任何时候都具有应答性，它孕育着对话，理解作品理解作者，意味着看到他人，听到他人声音，在交往中使他人成为说者。与理解不同，解释则具有另一种意义。解释只有一个意识、一个主体，它的对象则完全是一个客体，它不能演化成为另一个意识，另一个主体；它是一种独白，它不具对话因素，故而也不能成为对话。在文学作品研究中，理解的目的在于增值。巴赫金说："理解不是重复说者，不是复制说者，理解要建立自己的想法、自己的内容。"他又说："作品在理解中获得意义之充实，显示出多种涵义。于是理解能充实文本，因为理解是能动的，带有创造性质。

---

① ［苏联］巴赫金：《文本问题》，《巴赫金全集》第 4 卷，钱中文主编，晓河译，河北教育出版社 1998 年版，第 300 页。

② ［苏联］巴赫金：《文本问题》，《巴赫金全集》第 4 卷，钱中文主编，晓河译，河北教育出版社 1998 年版，第 305 页。

创造性理解在继续创造,从而丰富了人类艺术宝库。理解者参与共同的创造。"① 就是说,理解完全不是一种被动的消极现象,重复他人说话的现象。在对话中,在意识的交往中,包括斗争、冲突中,对话的主体在相互的表述中,一面各自建立自身,同时又使事物获得新的意义,并使具有价值的意义部分转向涵义,从而通过意义的充实,扩大了涵义。理解在对话中给涵义带来新因素。意义来自对话过程,是从对话中截取出来的,"是假定性的抽象"。由于对话是普遍的存在,因此意义是不断生成的。"意义具有成为涵义的潜能",由于它的不断生成,所以"涵义就其潜能来说是无尽的",但是涵义是什么呢?"我把问题的回答称作涵义(смысл)。不能回答任何问题的东西对我们来说就没有涵义。"但至此也只是无尽的潜能而已。涵义要实现自己,则必须与别的他人涵义相联系。在意义的转化中,"涵义每次都应与别的涵义相接触,才能在自己的无尽性中揭示出新的因素"②。处于潜在状态的涵义是极为丰富的,巴赫金认为,大量涵义只有在后世有利的文化条件下,才会不断被揭示出来。因此,巴赫金说别林斯基就已认识到,每个时代,都会从过去的伟大作品中揭示出某种永远新鲜的东西。每个涵义只能与其他涵义一起共存。同时根本"不可能有惟一的涵义。因而也不可能有第一个和最后一个涵义"。最终的涵义是该结束的涵义,最终的真理也是要走向终结的真理。当然,完全否定真理也是错误的。这也就是理解的应有之义。那么解释呢?照巴赫金看来解释只是认识已经熟悉的东西,只是揭示了可以重复的东西,解释者的个性这时荡然无存,他"没有任何东西可以丰富自己,他在他身上只能认出自己"。③ 在我看来这就是巴赫金的阐释学理论,这对于人们理解、区别什么是创新,什么是重复老话,很有帮助。创新与重复老话,在人文科学中是个相当突出

---

① [苏联]巴赫金:《1970—1971年笔记》,《巴赫金全集》第4卷,钱中文主编,晓河译,河北教育出版社1998年版,第405页。
② [苏联]巴赫金:《1970—1971年笔记》,《巴赫金全集》第4卷,钱中文主编,晓河译,河北教育出版社1998年版,第411页。
③ [苏联]巴赫金:《1970—1971年笔记》,《巴赫金全集》第4卷,钱中文主编,晓河译,河北教育出版社1998年版,第407页。

的问题,其方法论意义也就在这里。人文科学如果只有解释,将会使自身走向绝境。

巴赫金提出的文学理论研究要与文化史研究相结合的主张,其理论意义是同样不容忽视的。文学作为文化的组成部分,如果被置于文化语境之外,那将是不可理解的。"不应该把文学与其余的文化割裂开来,也不应该像通常所做的那样,越过文化把文学直接与社会经济联系起来。这些因素作用于整个文化,只是通过文化并与文化一起作用于文学。"一个时期对文学特征的注意,导致长期忽略了文化的富于成效的生活,而它们正好处于这些文化领域的交界处,而不是它们的封闭的特性中。巴赫金说:"所谓一个时代的文学过程,由于脱离了对文化的深刻分析,不过是归结为文学诸流派的表面斗争;对现代(特别是19世纪)来说,实际上是归结为报刊上的喧闹,而后者对时代的真正的宏伟文学并无重大影响。那些真正决定作家创作的强大而深刻的文化潮流(特别是底层的民间的潮流)却未得到揭示,有时研究者竟一无所知。"[①] 这种不用力气的学风,不仅在20世纪70年代初的苏联文艺界存在,而且在20世纪90年代末的我国文艺界正在流行开来。报刊上的几句浅薄的争论与几句不用力气的话,竟成了一些文艺思想史的组成成分了。

巴赫金提出了"长远时间"的概念,这是与对他文学遗产的评价分不开的。他看到一些人在评价作品时,只是囿于作品的同一时代。但他认为,仅仅这样做是不够的。因为真正伟大的作品,都是经过若干世纪的文化的酝酿才造就而成的。如果只是从近期实利出发,那么不易洞悉现象的深层涵义。"文学作品要打破自己时代的界限而生活到世世代代之中。即生活在长远时间里,而且往往是(伟大的作品则永远是)比在自己当代更活跃更充实。"[②] 但要做到这点,则作品必须植根于伟大传统之中,分离于传统之外,不吸收过去的东

[①] [苏联]巴赫金:《答〈新世界〉编辑部问》,《巴赫金全集》第4卷,钱中文主编,晓河译,河北教育出版社1998年版,第365页。

[②] [苏联]巴赫金:《答〈新世界〉编辑部问》,《巴赫金全集》第4卷,钱中文主编,晓河译,河北教育出版社1998年版,第366页。

四 交往对话主义的文学理论

西,它就不能生存于未来。普希金的创作活动只是几十年,但他是为千百年的文化所准备了的。伟大作品之所以能够留传千百年,获得生命,就在于它不仅生长于原有文化的土壤之中,它为当时写作,也为未来写作,即它既包含、融合了过去的营养,同时还包含着未来的因素。这些因素在后代不断被发掘出来,被赋予新的意义,充实新的涵义。"在长远时间里,任何东西不会失去其踪迹,一切面向新生活而复苏。在新时代来临的时候,过去所发生的一切,人类所感受过一切,会进行总结,并以新的涵义进行充实。"① 因此,巴赫金批评了施本格勒的文化封闭思想。施本格勒"把一个时代的文化看成是一个封闭的圆圈。然而特定的文化的统一体,乃是开放的统一体"②。其实,在人类每个文化的统一体中,都蕴藏着巨大的涵义潜能,后代在其中将会不断给予发掘,而更新其涵义、充实其涵义。"即使是过去的涵义,即已往世纪的对话中所产生的涵义,也从来不是固定的(一劳永逸完成了的、终结了的),它们总是在随着对话进一步发展的过程中不断变化着(得到更新)。在对话发展的任何时刻,都存在着无穷数量的被遗忘的涵义,但在对话进一步发展的特定时刻里,它们随着对话的发展会重新被人忆起,并以更新了的面貌(在新语境中)获得新生。"③

巴赫金在理解他人文化时又提出了"外位性"问题。在文化界流行着了解他人文化就要融入他人文化之中的观点。事实上,了解他人文化用他人的眼睛、视角看问题,只是了解工作的第一步。但是创造性的理解决不能排斥自身,排斥自身的文化,同时也要吸收他人文化。"理解者针对他想创造性地加以理解的东西而保持外位性,对理解来说是件了不起的事。……在文化领域中,外位性是理解的最强大

---

① [苏联]巴赫金:《在长远时间里》,《巴赫金全集》第4卷,钱中文主编,钱中文译,河北教育出版社1998年版,第373页。
② [苏联]巴赫金:《答〈新世界〉编辑部问》,《巴赫金全集》第4卷,钱中文主编,晓河译,河北教育出版社1998年版,第369页。
③ [苏联]巴赫金:《人文科学方法论》,《巴赫金全集》第4卷,钱中文主编,晓河译,河北教育出版社1998年版,第391—392页。

的动力。"① 因为他人的文化,只有在他人文化的眼中即处于外位的我或更有其他的人的眼中,才能较为深刻地得到揭示,看到他人文化自身看不到的新问题,提出新问题,产生应答。于是在各种文化涵义之间就出现了对话,各自渐渐展现出自己的深层底蕴。"即使两种文化出现了这种对话的交锋,它们也不会相互融合,不会彼此混淆;每一文化仍保持着自己的统一性和开放的完整性。然而它们却相互得到了丰富和充实。"② 这就是文化对话中的所谓"增补性"原则了。这里所说的文化的不相融合,我想是指不同文化的自身的独立性。不同文化的某些方面、部分,应是可以融合的,但是如果都是有价值、有传统的文化,那么它们还会长期保留下去,保持其原有的文化本体特征,而在交往中相互吸收又不断更新,变成新的文化。那种只要求"全球化"、一体化的文化观,大概是没有悠久文化传统或是对自身文化传统缺乏了解以至罔无所知的人的主张。因为除了电脑、电视、汽车、科技的应用等可以同一、一体化外,还有难以同一、各具特征的精神文化以及它们之间的对话呢!

巴赫金说,他高度评价结构主义,但他本人对结构主义似乎并不感兴趣。十分明显,结构主义是在封闭的文本中探讨问题,而巴赫金的文本却是开放的。他对结构主义的态度是"反对封闭于文本之中"。对于巴赫金来说,人、人的存在、文化、过去、现在、将来以及语言、文本、话语、表述、理解、涵义,都无不处在交往、开放的对话之中。现代的文学与过去的文学,现代的作家与过去的作家,作家、读者与人物,都无不生存于对话之中。而"在结构主义中,只有一个主体——研究者本人的主体"。他说,当代结构主义文学理论一般都把作品的潜在听者,确定为全能理解的、理想的听者,这实际上不是作者心目中的心理表象,"这是一种抽象的理想构成物。与他相对应的也是同样抽象的理想的作者。……理想的听众实际上

---

① [苏联]巴赫金:《答〈新世界〉编辑部问》,《巴赫金全集》第4卷,钱中文主编,晓河译,河北教育出版社1998年版,第370页。
② [苏联]巴赫金:《答〈新世界〉编辑部问》,《巴赫金全集》第4卷,钱中文主编,晓河译,河北教育出版社1998年版,第371页。

四　交往对话主义的文学理论

只是复现作者的一种镜子里的映像"。这样的听众与作者处于同一时间、空间，未能成为他人，未能形成自己的声音，所以不能提供自己的东西、任何新的东西。他谈到他的思想，与苏联结构主义者是不一样的，如在对普希金的《叶甫盖尼·奥涅金》的评价上，指出结构主义者"把《叶甫盖尼·奥涅金》的多语体性（参见洛特曼），理解为一种重新编码（从浪漫主义变为现实主义，诸如此类），其结果最重要的对话因素消失了，不同语体的对话变成一个东西的不同说法同一共存"①。对结构主义文论的评说，从其对话的观点来说，可能如此，但总体上说，可能未免绝对了些。洛特曼的结构主义，后来趋向于文化学方法的探索。

巴赫金的学术思想博大精深，他未立体系，却自成体系。这是关于人的生存、存在、思想、意识的交往、对话、开放的体系，是灌注了平等、平民意识的交往、对话、开放的体系。巴赫金确立了一种对话主义，如今这一思想风靡于各个人文科学领域。巴赫金的交往理论、对话主义，使他发现了自成一说的人和社会自身应有的存在形态。这种思想应用于文学艺术研究，促成他建立了复调小说理论、一种新型的历史文化学思想，为文学、文化研究开辟了新的领域。读他的著作，对其观点不必都表示同意，且它们也并非都尽善尽美，尽可与作者对话。他原本就没有想到这些著述有朝一日会公之于世。但是令人称佩的是，他的每一著作几乎都提出了人文科学中的新问题、新思想、新观点，他的每一著作都把读者领入一个新的学科，走进一个新的境地。

巴赫金丰富了20世纪的哲学人类学、语言学、符号学、历史文化学、美学与诗学。阅读巴赫金，你会得到启迪，感到充实，会使自己的思想活跃起来。你会感到，在学术上，主义也好、创造也好，可不是随意大呼几声，标新立异一下，就自成大师了。阅读巴赫金，你会深深感到，知识真是一种力量，一种伟力。可是这一切，又都是巴赫金在流放中、在生存的流窜中、在恐怖的不断袭击中、在默默无声

---

① ［苏联］巴赫金:《1970—1971年笔记》，见《巴赫金全集》第4卷，钱中文主编，晓河译，河北教育出版社2009年版，第448页。

的病痛缠身中做出来的，这真是令人不可思议，令人深长思之。俄国的另一位与巴赫金差不多同时代的著名哲学家弗洛林斯基说过一句话，我已记不真切，大意是说，一个有独立人格的思想家，他会忍受时代给予的一切苦难与折磨，超越它们，坚持把自己认为有价值的思想说出来。我想，巴赫金就是这样的思想家了。他的种种独创的思想，都是和着生存的痛苦与屈辱，一起呈现在我们面前的。他实现了他的存在、责任、应分，部分地实现了与同时代人的对话，看来他将进入"长远时间里"，和后人继续对话，丰富人类的思维。

真的，只要世界上还有健全的理性存在，那么有什么东西能够阻挡智慧和思想的力量呢！那些被人哄抬起来的，标榜绝对正确、伟大、万世永存的各种理性，如今不是黯然失色而悄然隐退了么！

（原文作于1997年8—11月，2020年有修改）

五 理解的欣悦
——论巴赫金的诠释学思想

本文把巴赫金对诠释学的基本观点即"理解""解释"等所做的大量论述,结合他的交流对话思想,提到交往对话诠释学(或超语言学诠释学)的水平上来理解,并把它放到诠释学的各个流派思想背景之上,加以探讨。围绕认识论诠释学、本体论诠释学、哲学诠释学中"理解""解释"等基本感观点的不同论述,本文进行了比较的研究,揭示它们的继承性和各自特征,强调了巴赫金的诠释学思想的独创性所在,提出了后起的以普遍语用学为基础的批判诠释学与巴赫金诠释学的很多共同之处,它们相异的着力点与不同方向。同时也指出了巴赫金把其交往对话的诠释学思想,贯彻到了他的作家研究之中,他的关于陀思妥耶夫斯基和拉伯雷的两部著作,就是他的交往对话诠释学的研究实例与典范,是一种新型的文学诠释学。诠释学思想把巴赫金的各个方面的创新理论,沟通与融会起来,使我们可以从整体上把握与理解巴赫金的复杂思想与艺术观念。本文从总体上显示了诠释学的多样性的狂欢。

(一)关于人文科学的思考

把巴赫金的名字与文学诠释学放在一起,可能会使一些人觉得有些唐突。在巴赫金的著述中,我们并未见到过他要依附这类学说的表述,他不过是在探讨一些理论问题,比如关于人文科学、语言学、美学、文艺学和进行一些作家研究等。但是,他还留下了与上述诸多问题相互呼应的有关文本、言语体裁、外位性、他人话语、文化与文艺学、长远时间、人文科学方法论等论文和笔记,其中还有关于"理解"与"解释"的大量论述。

在德国哲学中,近二百年来存在一条诠释学路线的走向是十分明显的。在这里,我无意对这一学说进行来龙去脉的梳理,因为这一工作国内外学者已做得很多。但是,无论是施莱尔马赫、狄尔泰,还是海德格尔、伽达默尔、哈贝马斯的诠释学论著或是探索性论述,还有加入论争的欧美学者,无一例外地都将"理解"与"解释"这些范畴作为它们探讨的中心问题,而且各人说得互有不同。联系巴赫金有关这方面的论述,使我有理由认为,巴赫金实际上在做着关于人文科学的一种总体性的思考,也即一种诠释学的构想,只是他没有标出这种学说来罢了。这种有关人文科学的总体性的诠释学思考,就是关于人的生存状态与方式的思考,有关人文科学与自然科学各自的特征、如何理解与接受、人文科学文本的思考,就是对待传统与创造、艺术作品进入长远时间的思考,就是实践、应用的思考,等等。

巴赫金接受过德国哲学、美学的影响,但是在哪些点上、哪些方面,这还是一个有待深入探讨的问题。研究巴赫金和德国诠释学理论家关于理解、解释的问题的见解,是一个十分有趣的问题。所以有趣,一方面,由于各人的哲学观点、出发点不同,结果使得这门学科在历史其发展中不断有所传承,有所出新,显出了这一学说的多姿多彩的特征。另一方面,巴赫金在 20 世纪 20 年代末的著作和 50—70 年代的笔记中就曾多次谈及狄尔泰及其理解问题。从他的著作涉及的不少外国学者特别是德国学者来说,与其说他接受了什么影响,倒不如说他在人文科学中进行着独特的探讨,作出了独特的创新,形成了他自己的诠释学思想。

先就人文科学来说,17—18 世纪欧洲随着科学的昌明与技术的发达,人们崇拜带来财富、实利的科学技术,科学主义思想受到大力张扬,以致渐渐形成了君临一切学科之上的局面。笛卡儿提出,从知识的源泉与教育的源泉来说,历史学与文学要低于数学与自然科学。这一量化的、实用主义的社会机械论思想、工具理性主义思想,一直流

五 理解的欣悦

传至今，历久不衰。人们崇敬自然科学及其方法，以为自然科学知识与方法具有普遍的有效性。相比之下，人文科学较之自然科学在原则与方法的确立方面，不仅要晚起得多，不稳定得多，而且也复杂得多，甚至到现在也是如此，所以也不很成熟。于是社会科学与人文科学不得不屈从于自然科学，纷纷移入自然科学的方法，企图以此来开辟自身发展的新的研究途径。至今，科学主义的、要求立竿见影的、工具理性的量化方法，已经渗入并统治了各个人文科学领域，工具理性横行。对于那些有着数理化皮毛知识而在自己专业问题研究领域一无所长，或者根本没有多少知识而当上了教育、科研机构的学术官僚来说，使用这种方法显得尤为得心应手，而且颐指气使，这使得广大人文科学者真是只好徒呼奈何！但是一些具有远见卓识的哲学家认为，人文科学、社会科学与自然科学是互不相同的，在对象上和方法上也有异于自然科学的对象与方法，于是激发了新的学说的生成。19世纪下半期至20世纪头20年，在德国思想界不断有关于社会科学、人文科学与自然科学这类著作出现。巴赫金提到的狄尔泰的"精神科学"学说就是其中之一。

狄尔泰力图把各类人文科学汇集一起，力图建立一种"精神科学"。他认为人文科学明显地区别于自然科学，而且不可通约。[①]"存在于各种精神世界中的各种事实之间的种种关系表明，它们本身是与各种自然科学过程的一致性不可通约的。因为人们不可能使这些精神世界的事实从属于那些根据机械论的自然观念建立起来的事实。"[②]自然科学面对的是物理世界，是人以外的存在，是物，是对象，没有感觉。认识自然，人们可以通过感觉、外在方式的观察加以研究，观察是认识的基础，最后导出因果关系。而人文科学作为精神活动的产物，则只能通过人的自身的内在领悟、体验和经验的概括而达其实质。"精神科学的对象不是在感觉中所给予的现象，不是意识中的每

[①] 关于这点，哲学家李凯尔特、文德尔班等人都曾谈过。
[②] ［德］狄尔泰：《精神科学引论》第1卷，童奇志、王海鸥译，中国城市出版社2002年版，第27页。

个单位的反映,而是直接的内在的实在本身,并且这种实在是作为一种被内心所体验的关系。可是,由于这种实在是在内在经验里被给出的这一方式,却造成了对它的客观把握具有极大的困难。"① 无疑,狄尔泰对于自然科学与人文科学之间的不可通约性,强调得过于绝对了。

精神科学是以生命学说为基础的,它面对的是整个的精神世界也即生命世界。狄尔泰所说的生命是指人的生命,而不是狭义上的生命。他说"在人文科学中,我仅仅将'生命'一词用于人的世界"②。狄尔泰所说的生命,实际上是指人类共同的生命,是历史、社会的现实。"生命就是存在于某种持续存在的东西内部的、得到各个个体体验的这样一种完满状态、多样性状态,以及互动状态……历史都是由所有各种生命构成的。历史只不过是根据作为一个整体的人类所具有的连续性来看待的生命而已。"③ 生命就是各个个体体验汇成的客观化的人类精神活动,而具有本体论意义。生命与历史是具有意义的,意义由各种事件的价值、行为目的以及相互关系所组成历史事件之间的关系,它不是物理事件之间的简单的因果关系。

如何探讨生命内涵的价值、行为、目的而达及意义,这就要通过"理解"与"解释"。它们探讨动机,追问理由,指向目的,确定尺度,制订原则,求取价值,使生命与历史的意义得以揭示。"如果说在自然科学中任何对规律性的认识只有通过计量的东西才有可能,……那么在精神科学中,每一抽象原理归根到底是通过与精神生活的联系而获得论证,而这种联系是在体验与理解中获得的。"④ 认识历史,使用自然科学的方法难以奏效,应该使用不同于自然科学的方法,而与各个人文科学相通的方法即理解,人文科学必须"从内在的经验出

---

① [德] 狄尔泰:《诠释学的起源》,见《理解与解释》,洪汉鼎主编,洪汉鼎译,东方出版社 2001 年版,第 75 页。
② 转引自 [英] 里克曼《狄尔泰》,殷晓蓉、吴晓明译,中国社会科学出版社 1989 年版,第 84 页。
③ [德] 狄尔泰:《历史中的意义》,艾彦、逸飞译,中国城市出版社 2002 年版,第 141 页。
④ 转引自刘放桐等编著《新编现代西方哲学》,人民出版社 2000 年版,第 125 页。

五 理解的欣悦

发",人文科学以生命的体验、表达和理解为基础,所以就此而言,理解是人文科学的有效的认识过程,具有普遍的方法论意义。是否可以这样说,在这里,狄尔泰重视的是人文科学与自然科学之间的差异,并为人文科学确立了一种方法论。

那么何谓理解,如何理解?狄尔泰十分重视心理学的作用,理解的关键就是体验与经验。"我们把我们由感性上所给予的符号而认识一种心理状态,——符号就是心理状态的表现过程,称之谓理解"①,理解,就是通过感官所给予的符号去认识一种内在思想的过程。理解产生于实际生活,在实际生活中人们依赖于相互交往,通过交往而达到。人们的行为具有目的性,他们必须相互理解,"一个人必须知道另一个人要干什么。这样,首先形成了理解的基本形式"。我对他人和对自己的理解,需要通过我的内在体验,"只有通过我自己与他们相比较,我才能体验到我自己的个体性,我才能意识到我自己此在中不同于他人的东西"②。"只要人们体验人类的各种状态,对他们的体验加以表达,并对这些表达加以理解,人类就会变成精神科学的主题。"又说"生命和有关生命的体验,都是有关理解这个社会—历史世界的"③。

个人的自我理解也是如此。理解的过程,是一种转向自我的过程,是一种从外部的运动转向内部的运动。在这一过程中,"只有通过所有各种有关我们自己的生命和其他人的生命的表达,把我们实际上体验到的东西表现出来,才能理解我们自己"。同时"只有人所进行的那些行动、他那些经过系统表述的对生命的表达,以及这些行动和表达对其他人的影响,才能使他学会认识自己。因此,他只有通过

---

① [德]狄尔泰:《诠释学的起源》,见《理解与解释》,洪汉鼎主编,洪汉鼎译,东方出版社2001年版,第76页。
② [德]狄尔泰:《诠释学的起源》,见《理解与解释》,洪汉鼎主编,洪汉鼎译,东方出版社2001年版,第75页。
③ [德]狄尔泰:《诠释学的起源》,见《理解与解释》,洪汉鼎主编,洪汉鼎译,东方出版社2001年版,第8、24页。

这种迂回曲折的理解过程，才能开始对自己进行认识"①，理解只有面对语言记录才成为一种达到普遍有效性的阐释。

这样，狄尔泰阐释了人文科学与自然科学之别，提出人文科学以体验性的心理学基础的理解与解释为其基本方法，并以理解与解释贯穿于他的规范的人文科学，赋予了它们普遍的有效性，建立了他的认识论诠释学思想。

关于狄尔泰的心理学流派的思想，沃洛申诺夫在1927年《弗洛伊德主义批判纲要》中就已涉及。1929年，沃洛申诺夫在《马克思主义与语言哲学》中，又探讨了狄尔泰的及其学派的诠释学心理学也即"理解和解释的心理学"。沃洛申诺夫认为，要建立客观心理学，但这不是生理学的、生物学的，而是社会学的心理学。心理内容的决定，不是在人的内心完成，而是在它的外部完成的。因为人的主观心理不是自然性的客体，不是自然科学分析的客体，而是社会意识形态理解和阐释的客体。所以，只有社会因素决定着社会环境中的个体的具体生活，只有用这些因素才能理解和解释心理现象。狄尔泰认为，主观的心理感受起着产生意义的作用，感受产生感受，这是意义，话语制造话语，所以心理学的任务就是描述性的和解释性的心理学，并使之成为人文科学的基础。认为符号的外部躯体，只是一个外壳，只是一种技术手段，用以实现内部效果——理解。沃洛申诺夫在这里指出，心理学派的失误在于，首先把心理学的意义凌驾于意识形态之上，用心理学来解释意识形态了，而不是相反。这是因为，"一切意识形态的东西都有意义；它代表、表现、替代着它之外存在的某个东西，也就是说，它是一个符号"②。进一步说，意识形态符号以自己心理实现而存在，而心理实现又为意识形态所充实而存在。"心理感受是内部的，逐渐转化为外部的；意识形态符号是外部的，逐渐转化成内部的……心理成为意识形态的过程中，自我消除，而意识形态成为

---

① [德] 狄尔泰：《诠释学的起源》，见《理解与解释》，洪汉鼎主编，洪汉鼎译，东方出版社2001年版，第9页。
② [苏联] 沃洛申诺夫：《马克思主义与语言哲学》，《巴赫金全集》第2卷，钱中文主编，张杰、华昶译，河北教育出版社1998年版，第349页。

心理的过程中,也自我消除。"在相互充实与融合中,成为一种新的符号,成为心理的与意识形态实现的共同形式。认为感受具有意义,当然是对的,但意义如何存在?其实意义属于符号,附丽于符号,符号之外的意义是虚假的。"意义是作为单个现实与其他的替换、反映和想象的现实之间关系的符号表现。意义是符号的功能,所以不能想象意义(是纯粹的关系、功能)是存在于符号之外作为某种特殊的、独立的东西……所以,如果感受有意义,如果它可以被理解和解释,那么它应该依据真正的、现实的符号材料。""理解本身也只有在某真某种符号材料中才能实现(例如,在内部语言中)。符号与符号是互相对应的,意识本身可以实现自己,并且只有在符号体现的材料中成为显现实的事实……符号的理解是把这一要理解的符号归入熟悉的符号群中,换句话说,理解就是要用熟悉的符号来弄清新符号。"① 因此,心理学派没有考虑到意义的社会特性。这样,我们看到,狄尔泰把理解视为人文科学根本的方法,固然具有重大的理论意义,但是,由于从其生命哲学、特别是仅从心理体验出发,所以他提出的"理解""解释"的理论内涵,在理论基础上显得并不坚实。

巴赫金关于人文科学的论述,与狄尔泰的观点有着相同之处,他承认人文科学是精神科学、语文科学;自然科学研究的是无声之物,是自然界,是纯粹的客体体系,人文科学是研究人及其特性的科学,需要使用理解的方法,在这些方面,巴赫金大体上是接受了狄尔泰的理论的。但是巴赫金马上就说,人通过自身的行为表现自己,创造文本,如果研究人而不依赖文本,那不是人文科学而是自然科学,这就变成了一种独白型的认识状态,精密科学就是一种独白型的认识状态。巴赫金说:"人以智力观察物体,并表达对它的看法。这里只有一个主体——认识(观照)和说话(表述)者。与他相对的只是不具声音的物体。任何的认识客体(包括人)均可被当作物来感知与认识。但主体本身不可能作为物来感知和研究,因为作为主体不能既是

---

① [苏联]沃洛申诺夫:《马克思主义与语言哲学》,《巴赫金全集》第 2 卷,钱中文主编,张杰、华昶译,河北教育出版社 1998 年版,第 384、370、351 页。

主体而又不具声音。所以对他的认识只能是对话性的。"① 在《文本问题》一文中，巴赫金摘录了一位德国学者的话，对人文科学与自然科学的特性做了进一步的探讨。这位德国学者说："人文科学对自然科学方法的责难，我可以概括如下：自然科学不知道'你'。这里指的是：对精神现象需要的不是解释其因果，而是理解。当我作为一个语文学家试图理解作者贯注于文本中的涵义时，当我作为一个历史学家试图理解人类活动的目的时，我作为'我'要同某个'你'进入对话之中。物理学不知道与自己对象会有这样的交锋，因为它的对象不是作为主体出现在它面前的。这种个人的理解，是我们经验的形式；这种经验形式可施于我们亲近的人，但不能施于石头、星斗与原子。"② 应该说，这种区别的论述是极有说服力的，它在论证的明确性方面是不容置疑的。对于人文科学，人们往往会用它是否具有准确性的观点来提出诘难，这似乎正是人文科学的软肋，最易受非议之处。但是由于学科性质不同，要在意识形态学科中追求自然科学严格意义上的科学性，是根本办不到的，在这一领域里，只能最大限度地达到科学性。当然，在人文科学中也可以说存在精确性的问题，但与自然科学所要求的精确性是很不相同的。巴赫金指出：如果"自然科学中的准确性标准是证明同一（A = A）。在人文科学中，准确性就是克服他人东西的异己性，却又不把它变成纯粹自己的东西（各种性质的替换，使之现代化，看不出是他人的东西等等）"③。克服他人的异己性，但克服却不是为了同一，把对象消灭，或把他变为纯粹的我，这正是人文科学精确性所要求的特征。但是这种追求同一而又保持甚至保护必要的差异的复杂性，又正是独白型思维往往所不予认可的。具有独白型思维的人只知道要求你拿出 A = A 的证明，只承认一种精确

---

① [苏联] 巴赫金：《人文科学方法论》，《巴赫金全集》第 4 卷，钱中文主编，晓河译，河北教育出版社 1998 年版，第 379 页。
② [苏联] 巴赫金：《文本问题》，《巴赫金全集》第 4 卷，钱中文主编，晓河译，河北教育出版社 1998 年版，第 311 页。
③ [苏联] 巴赫金：《人文科学方法论》，《巴赫金全集》第 4 卷，钱中文主编，晓河译，河北教育出版社 1998 年版，第 390 页。

性，或者说一种绝对的精确性。但另一种精确性则是通过对知识的积累与继承、对历史与现实的历史性思索、通过与文本的对话而达成共识又各自保留己见，相互融会而曲折地迈向新的高度的。在这种情况下，一般说来，在学者之中，形成两者对立的情绪是完全可以理解的。如果狄尔泰比较倾向于自然科学与人文科学的异质对立，那么巴赫金则是避免了两者之间的对立的绝对性，他认为要拒绝承认两者之间具有不可逾越的界线，不存在两者之间的不可通约性，"把两者对立起来的做法（狄尔泰、李凯尔特）为人文科学后来的发展所推翻。引进数学方法与其他方法，是不可逆转的过程；但同时又发展着也应该发展特有的方法，以至整个特点（比如价值论方法）"①。这一观点非常正确。两类科学虽然性质上不同，但我们不能像不少自然科学研究者把他们绝对化起来，在社会科学、人文科学领域中，毕竟有不少方面，是可以引入自然科学方法的。其实，人文科学的人文性质，也应对于自然科学的探讨、结果，实施人文的影响。两类科学的交叉与交融，也极可能产生新兴的学科，这正是目前我们学科发展的趋势与方向，但是毕竟又不能把它们等同起来，人们绝对需要探讨与发展人文科学所"特有的方法"。

  从自然科学与人文科学的比较上，我们已发现巴赫金与狄尔泰的观点是不同的。何以会形成这种差异？我们其实已在上面点到，主要在于对"对话""理解"与"解释"的不同理解。

  如果说狄尔泰的建立在如理解、解释等基本点上的人文科学，是以主观的体验心理学为其基础的，那么巴赫金的理论则是以存在哲学思想和独树一帜的超语言学为其理论基础的。我们是否可以这样说，19世纪末20世纪初德国诠释学的核心思想，如理解、解释、对话等，和新康德主义者柯亨的哲学思想，正是巴赫金的思想的重要源头之一，但是它们在巴赫金的存在哲学与超语言学的转化的基础之上，获得了新的独创性。

---

  ① ［苏联］巴赫金：《1970—1971年笔记》，《巴赫金全集》第4卷，钱中文主编，晓河译，河北教育出版社1998年版，第409—410页。

巴赫金一开始就探讨了行为哲学。《论行为哲学》虽然并不是完整的著述，但它勾勒了他的最为基本的哲学认识。他使用的一些重要术语与柯亨的哲学术语有一定联系，就是从伦理学的角度，如存在、事件、责任、应分、参与性、在场、不在场等范畴，建立他的"第一哲学"，确立人的位置，即在存在中的位置。我作为人是具体的存在，我因我的行为而存在着。"我以唯一的不可重复的方式参与存在，我在唯一存在中占据着唯一的、不可重复的、不可替代的、他人无法进入的位置。""行为具有最具体而唯一的应分性，以应分性为基础的我存在中在场（не‐алиби）这一事实，不需要我来了解和认识，而只须由我来承认和确证。"① 存在是指个人行为的结果，而人的任何行为构成事件，因此，存在就被看作事件、行为，存在即事件。于是就出现了我对事件参与性与应分的问题。"参与性思维，也就是在具体的唯一性中、在存在之在场的基础上，对存在即事件所作的感情意志方面的理解，换言之，它是一种行动雕琢的思维，即对待自己犹如对待唯一负责的行动者的思维。"所以，任何时候，我不能不参与到生活中去，这是应分之事，这是我的价值所在，也是文化的价值所在。"生命哲学只能是一种道德哲学。要理解生命必须把它视为事件，而不可把它视为实有的存在。摆脱了责任的生命不可能有哲理，因为它从根本上就是偶然的和没有根基的。"同时，当我参与存在的时候，巴赫金将存在设置成了两人，即我与他人。"整个存在同等地包容着我们两人"，即我和你，或我和他人的你；你和我，或你和他人的我。这种伦理哲学，我们可以把它看成存在哲学，虽然巴赫金自称是"生命哲学"②。巴赫金通过伦理学的探讨，确立了人的存在，同时通过他的"超语言学"建立了人赖以生存的交往对话方式，而达于理解。

---

① ［苏联］巴赫金：《行为哲学》，《巴赫金全集》第1卷，钱中文主编，贾泽林译，河北教育出版社1998年版，第41页。

② ［苏联］巴赫金：《行为哲学》，《巴赫金全集》第1卷，钱中文主编，贾泽林译，河北教育出版社1998年版，第45、56页。

（二）巴赫金式的理解与解释

20世纪，诠释学经过海德格尔、伽达默尔等人的阐发，而显得多样。

海德格尔无疑受到狄尔泰的诠释学的影响，但他背离了狄尔泰的认识论的诠释学思想，对理解与解释作了另一种阐释，即本体论的阐释。海德格尔从其存在主义哲学的角度说，"理解是此在本己能在的生存论意义上的存在，其情形是：这个于其本身的存在展开着随它本身一道存在的任何所在"，理解本身被海德格尔赋予了一种生存论意义。这里所说的存在不是指世界实体的存在，而是一种新的在世方式，一种关系、意义以及可能性，一种筹划，"理解把此在之在向着此在的'为何之故'加以筹划"。理解的任务在于，"始终是从事情本身出发，来整理先有、先见和先把握"。海德格尔把理解的造就自身的活动称为解释。在解释中，理解把其理解的东西理解性地归结了自身。解释就是植根于理解的，但理解并不出自解释。"解释并不是要对被理解的东西有所认识，而是把理解中筹划的可能性加以整理。"① 这样，海德格尔就把理解和解释看成是人类的一种生存的结构，理解就在于对此在的各种可能性进行筹划。而语言就是"存在之家园"。这自然不是方法论问题，而是把理解视为存在本体论思想了。

伽达默尔提出了哲学诠释学。他认为理解文本与解释文本，不仅是科学关切的事，而且也属于"人类的整个世界经验"。所以诠释学不是方法论问题。他说，"我们探究的不仅是科学及其经验方式的问题——我们探究的是人的世界经验和生活实践的问题"，探讨的是，"理解怎样得以可能？这是一个先于主体性的一切理解行为的问题"。他同意海德格尔的观点，认为"理解不属于主体的行为方式，而是此在本身的存在方式"。他表示他的诠释学概念正是在这一意义上使用

---

① ［德］海德格尔：《理解和解释》，见《理解和解释》，洪汉鼎主编，王嘉映、王庆节译，东方出版社2001年版，第112、113、117页。

的。"它标志着此在的根本运动性,这种运动性构成此在的有限性和历史性,因而也此在的全部世界经验……事情的本性使得理解运动成为无所不包和无所不在。"① 伽达默尔把诠释学现象,当作是研究人类世界经验的事,即人与世界最基本的方面,于是突出了理解的包罗万象的普遍性。同时,伽达默尔强调了理解与解释和语言的关系,认为理解的过程是一个语言的过程,"语言就是理解本身得以进行的普遍媒介。理解进行的方式就是解释……语言表达问题实际上已经是理解本身问题。一切理解都是解释,而一切解释都是通过语言的媒介而进行的,这种语言媒介既要把对象表述出来,同时又是解释者自己的语言"② 我们只有通过语言来进行理解,世界进入语言才能存在,才能使我们呈现出来,从而将诠释学导向语言本体论。伽达默尔的诠释学涉及诸多问题,如传统、理解的对话形式、意义、时间距离等。

巴赫金在20世纪30年代建立起来的语言哲学,和后来进一步发展起来的超语言学,可谓独树一帜,对于语言学、语文科学、人文科学、文艺学来说,都是一个重大的推进。一般语言学研究的是将活生生的语言现象,总结、归纳为抽象的种种规则,建立了句法、语法、词语结构等语言学科,如索绪尔的语言学,这自然是必要的。巴赫金的超语言学则避开了语言学的抽象规则,探讨了一般语言学所不感兴趣的方面,根据语言在实际生活中发生的根本性功能,即交往功能本性,通过话语、他人话语、表述的形成与它们之间的相互关系,形成对话而走向理解,这对于文化、文学研究产生了不可估量的影响。

在巴赫金的著作里,贯穿着一个长长的泛音——交往对话的理解。尧斯在1980年康茨坦大学召开的"文学交往过程中的对话性"国际学术研讨会上,作了长篇发言:《对话的理解问题》③,以巴赫金为开头与结束。巴赫金所阐释的理解的思想,和德国的诠释学中的理

---

① [德] 伽达默尔:《真理与方法》上卷,洪汉鼎译,上海译文出版社1999年版,第二版序言第6页。
② [德] 伽达默尔:《真理与方法》下卷,洪汉鼎译,上海译文出版社1999年版,第496页。
③ [德] 尧斯:《对话的理解问题》,见《巴赫金汇编》,莫斯科迷宫出版社1997年版。

解相比较，显然是不很一致的，何况德国的诠释学中的理解含义也不尽一致。沃洛申诺夫在语言学著作里，提出了话语理论，指出："语言—言语的真正现实不是语言形式的抽象体系，不是孤立的独白型表述，也不是它所实现的生物心理学行为，而是言语相互作用的社会事件，是由表述及表述群来实现的。""在与具体环境这一联系之外，言语的交往任何时候都是不可理解与说清楚的。语言的交往与其他类型的交往是密不可分的，在生产交往与它们共同的土壤上成长着。"[①] 这就是超语言学，它"研究的是活的语言中超出语言学范围的那些方面（说它超出了语言学范围，是完全恰当的），而这种研究尚未形成特定的学科"。在后期的著述、笔记中，巴赫金从超语言学的角度更为深入地探讨了文本、话语、对话、表述、理解、解释的问题。在这一出发点上，巴赫金完全显示了自身的独特性。

巴赫金设定过存在是两个人的存在，接着他从交往与语言的角度，来论证人的存在。"人的存在本身（外部的和内部的存在）就是最深刻的交际。存在就意味着交际……存在意味着为他人而存在，再通过他人为自己而存在。"交往自然是两人或两人以上的关系，这是人的存在的真实形态。"我离不开他人，离开他人我不成其为我；我应先在自己身上找到自己，再在他人身上发现自己（即在相互的反映中，在相互的接受中）。证明不可能自我证明，承认不可能自我承认。我的名字是我从别人那里获得的，它是为他人才存在的。"但是这种人的存在是通过话语、对话而被揭示的，实际上话语、对话就是人的存在的根本形式。人类生活本身具有对话的本质，"生活就其本质是对话的。生活意味着参与对话：提问、聆听、应答、赞同等等。人是整个地以其全部生活参与到这一对话之中，包括眼睛、嘴巴、双手、心灵、整个躯体、行为"[②]。巴赫金在这里说得十分深刻，渗透着一种真诚的自我感受。语言的生命深深地依附于交往与对话，语言只能存在于使用者之

---

① ［苏联］沃洛申诺夫：《马克思主义与语言哲学》，见《巴赫金全集》第2卷，钱中文主编，张杰、华昶译，河北教育出版社1998年版，第447、448页。
② ［苏联］巴赫金：《关于陀思妥耶夫斯基一书的修订》，《巴赫金全集》第5卷，钱中文主编，晓河译，河北教育出版社1998年版，第378—379、386—387、242页。

间的交往与对话中。"语言的整个生命,不论是在哪一个使用领域里(日常生活、公事交往、科学、文艺等等),无不渗透着对话关系。"①实际上,我们完全有理由把它当作巴赫金式的语言本体论来看待的。

从20世纪30年代末开始到70年代,巴赫金在其论著里不断提出理解的问题。巴赫金关于理解的思想主要是针对人文科学而说的,他把理解视为人文科学方法论的基本问题,并将对话精神贯穿其中。巴赫金认为,理解就是力求使自己的言语为他人理解,理解就是进入对话。我们在前面提及,巴赫金认为自然科学不知道"你",它要求的是因果性的解释,它难以对话,如果进行对话,结论就无法做出来了。在人文科学中,如果使用解说与释义的方法,那么它们主要被用来揭示可以重复的东西,已经熟悉的东西,这时说者的独特个性往往荡然无存,"一切可重复的已认出来的东西,完全消融在理解者一人的意识里,并为这一意识所同化;因为理解者在他人意识中所能见到、理解到的,只是自己的意识。他没有任何东西可以丰富自己。他在他人身上只能认出自己"②。说得十分实在。但是人文科学却必须对着"你"说话。巴赫金说,人文思想的诞生,总是作为他人思想、他人意志、他人态度、他人话语、他人符号的思想相互关系的结果,所以人文思想是指向他人思想、他人涵义、他人意义的,它们只能体现于文本中而呈现给研究者。不管研究的目的如何,出发点只能是文本。这样,"文本是这些学科和这一思维作为唯一出发点的直接现实(思想的和感情的现实)。没有文本也就没有了研究和思维的对象"。"我们所关注的是表现为话语的文本问题,这是相应的人文科学——首先是语言学、语文学、文艺学等的第一性实体。"巴赫金以为,人总是在表现自己,亦即说话,创造文本。文本所表现的人文思维是双重主体性的,"文本的生活事件,即它真正的本质,总是在两个意识、两个主体的交界线上展开"。人文思维中不可避免要出现的认识和评价,也总是表现为两个主体、两个意识。

---

① [苏联] 巴赫金:《陀思妥耶夫斯基诗学问题》,《巴赫金全集》第5卷,钱中文主编,白春仁、顾亚铃译,河北教育出版社1998年版,第242页。
② [苏联] 巴赫金:《1970—1971年笔记》,《巴赫金全集》第4卷,钱中文主编,晓河译,河北教育出版社1998年版,第407页。

五 理解的欣悦

"这是两个文本的交锋,一个是现成的文本,另一个是创作出来的应答性的文本,因而也是两个主体、两个作者的交锋。"①

这样,理解文本就是在对话中理解文本,这种文本的理解,是与其他文本相互对照,所以一开始就具有两个意识,而解释只具一个意识。作为两个意识对话的理解,就赋予了理解以"应答性"。但是,文本与意识,并不是任意的结构,而是在具体的"统觉背景"也即具体的境遇中生成的。而且理解是在历史性展开的。他引用德国学者的话说,人文学科是一种历史的学科。"历史在我们的理解中,首先是时间进程的不可逆转、命运的一次性、一切景遇的不可重复性。第二,我们理解的历史性,是知道事情的确如此,即意识到生活是自己的一次性命运。"②

巴赫金认为,那种活生生的言语、活生生的表述中的任何理解,都带有积极应答的性质,虽然这里的积极的程度是千差万别的,但任何理解都孕育着回答,也必定以某种形式产生回答。这种积极的应答式的理解,使理解者成为对话的参与者。理解者的回应,可以表现在行动中,也可以是一种迟延式的应答,即非直接的那种经过了时间的跨度而发生的应答。在这种背景上,理解不是同义反复,不是照搬,不是重复说者,不是复制说者,"理解者要建立自己的想法、自己的内容;无论说话者还是理解者,各自都留在自己的世界中;话语仅仅表现出目标,显露锥体的顶尖"。理解不是追求一个意识,消解他人意识,归结为一个意识,变成一统的意识。理解也不是移情,使自己融入他人之中,把他人语言译成自己的语言,从而把自己放到他人位置之上,丧失自己的位置。

在对话中,"说者和理解者又绝非只留在各自的世界中,相反,他们相逢于新的第三世界,交际的世界里,相互交谈,进入积极的对

---

① [苏联]巴赫金:《文本问题》,《巴赫金全集》第4卷,钱中文主编,晓河译,河北教育出版社1998年版,第300、301、305页。

② [苏联]巴赫金:《文本问题》,《巴赫金全集》第4卷,钱中文主编,晓河译,河北教育出版社1998年版,第311页。巴赫金的这段话引自德国学者卡尔·瓦伊杰克尔的《物理学中的世界图画》,斯图加特,1958年版。

话关系"①。这里强调的是，对话不仅仅是保留各自意见，或是同意性的复合，对对方各自有所理解，或是通过直观现实，进行补充，而且还应进入新的世界。所以理解是一种富于创造性的对话与应答，理解就是创新，这是更高层次意义上的理解了。"理解本身作为一个对因素，进入到对话体系中，并且要给对话体系的总体涵义带来某些变化。理解者不可避免地要成为对话中的第三者……而这个第三者的对话立场是一种完全特殊的立场。"②这个第三者是什么呢？他就是"超受话人"未来的理解者，我们在后面还要谈及。理解就是创造，那些"深刻有力的作品，多半是无意识而又多涵义的创作。作品在理解中获得意义的充实，显示出多种的涵义。于是，理解能充实文本，因为理解是能动的，带有创造的性质。创造性理解在继续创造，从而丰富了人类的艺术瑰宝。理解者参与共同的创造……与某种伟大的东西相会，而这种伟大东西决定着什么、赋予某种义务、施以某种约束——这是理解的最高境界"。而且，这是一个无限的过程，赓续不断的过程，因为"理解者和应答者的意识，是不可穷尽的，因为这一意义中存在着无可计数的回答、语言、代码"③。这是我们应该真正追求的最高意义的理解即新的创造。

理解者不可避免地要成为第三者——超受话人，这实际上表达的是接受美学的观点，虽然巴赫金自己并未这样标榜。作品的任何表述总是在寻找读者，即第二者。但从长远时间来说，还有一个隐蔽的第三者，即持续不断涌现的、未来的读者。"除了这个受话人（第二者）之外，表述作者在不同程度上自觉地预知存在着最高的'超受话人'（第三者）；这第三者的绝对公正的应答性理解，预料在玄想莫测的远方，或者在遥远的历史时间中。（留有后路的受话人）在不同

---

① ［苏联］巴赫金：《〈言语体裁问题〉相关笔记存稿》，《巴赫金全集》第4卷，钱中文主编，凌建侯译，河北教育出版社1998年版，第190、191页。
② ［苏联］巴赫金：《1961年笔记》，《巴赫金全集》第4卷，钱中文主编，晓河译，河北教育出版社1998年版，第335页。
③ ［苏联］巴赫金：《1970—1971年笔记》，《巴赫金全集》第4卷，钱中文主编，晓河译，河北教育出版社1998年版，第406、398页。

时代和不同世界观条件下，这个超受话人及其绝对正确的应答性理解，会采取不同的具体的意识形态来加以表现（如上帝、绝对真理、人类良心的公正审判、人民、历史的裁判、科学等等）。"一般来说，作者都不会把自己的作品交给近期的读者，由他们来进行裁判，而总是希望着一种最高层次的应答性理解。"在一场对话发生的背景上，都好像有个隐约存在的第三者，高踞于所有对话参与者（伙伴）之上而做着应答性的理解。"①

巴赫金的这一接受美学的思想，其实在20世纪20年代的论著中就露端倪，这可见沃洛申诺夫的著作。

沃洛申诺夫在《生活话语与艺术话语》（1926年）一文中，提出了"审美交往"以及审美交往中作者、作品与读者的问题。他当时认为，在艺术理论中存在两个错误观点，即艺术研究只局限与作品本身，创作者和观赏者被排斥于研究的视野之外。另一种观点正好相反，重点放在创作者与观赏者的心理方面，两者的心理感受决定艺术。巴赫金的观点是，艺术包容着三个方向。"艺术是创作者和观赏者关系固定在作品中的一种特殊形式。"他认为艺术作品只有在创作者和观赏者相互作用的过程中，作为这一事件的本质因素，才能获得艺术性。在形式主义主张的艺术作品材料中，那些不能把创作者和观赏者引入审美交往的东西，不能成为交往的中介，都不能获得艺术意义。"审美交往的特点就在于：它完全凭艺术品的创造，凭观赏中的再创造，而得以完成，而不要求其他的客体化。"② 这种审美交往，参与社会生活之流，而与其他交往形式发生有力的相互作用与交换。无疑，在这方面，巴赫金与沃洛申诺夫持有共同的观点，它触及了接受美学的重要特征，他的这些文字有如写于今天一般。"长远时间"是其后来从另一个方面所做的论述。

伟大的作品何以会长久地发生作用，打破自己时代的界限，进入

---

① ［苏联］巴赫金：《1961年笔记》，《巴赫金全集》第4卷，钱中文主编，晓河译，河北教育出版社1998年版，第335、336页。

② ［苏联］沃洛申诺夫：《生活话语与艺术话语》，《巴赫金全集》第2卷，钱中文主编，吴晓都译，河北教育出版社1998年版，第82、83页。

世世代代的长远时间之中,而且还在不断扩大自己的意义?原因在于,它们与自己的过去与现在,有着广泛而深刻的联系,这是精神的联系,它们反映了人的精神的曲折的成长过程,反映了他们在道德的、伦理的、人性的、政治的、社会的、制度的探索中所产生的挫折、失败、痛苦与成功的感悟与体验。它们植根于过去,深入当今的时代,所以也必然地面向着未来,使其在后来获得生命,它们叙述的是今天的具体的人的生存与命运,但却获得人类的意义。它们所提出的话题与包容的涵义,可以使未来的读者产生同感而获得接着说的可能,并去丰富它们。过去那些伟大的作家的作品,同时代人给了它们很高的评价,但是今天读者对他们的评价,则是他们所估计不到的了,何故?时代使然。新的时代的读者,根据它们原有的、与新时代共通的涵义,一面予以发扬,一面给以新的阐述与丰富。巴赫金指出,涵义现象可能以隐蔽的方法潜藏着,同时也可以在后世有利于文化内涵的语境中得到揭示。"文学作品首先须在它问世那一时代的文化统一体(有区分的统一体)中揭示出来。但也不能把它封闭在这个时代之中,因为充分揭示它只有在长远时间里。"① 自然,长远时间只是提供了可能与环境,而真正的揭示者,无疑是读者,只有读者才能去丰富作品的涵义、充实作品的涵义,而且这个过程是在长远时间里不断展开的。

　　主人公与欣赏者的关系,是巴赫金早期研究中的一个重要方面,其中论及移情的问题,是很有特点的。显然,他不赞同德国学者提出的移情说,他使用的是审美活动中的"外位说"。他说在平常生活中,我在观察他人时,总能见到他自身所见不到的东西,要消灭这些差别,唯一的办法就是使两人变成一人,这显然是办不到的。所以我能见到他自身所见不到的东西,主要在于我处于"唯有我一个人处于这一位置上,所有他人全在我的身外"。这就是唯一之我的具体外位性,和由于外位性所决定的我多于任何他人之"超视"。人的内心感受,要么从"自己眼中之我"出发,要么从"我眼中之他人出发",即要么作为我的感

---

① [苏联]巴赫金:《答〈新世界〉编辑部问》,《巴赫金全集》第 4 卷,钱中文主编,晓河译,河北教育出版社 1998 年版,第 368 页。

五 理解的欣悦

受,要么作为唯一之他人出发。审美观照和伦理行为,都具有这种具体而唯一的位置,而超视则赋予了我以能动性,在他人看不到的地方,充实了他人。审美移情则要求我渗入到他人中去,与之融合一起,但这并没有使人达到审美目的。主要在于如果移情而失去外位性,我则与人物仅仅融合一致,感受、体验他人的痛苦现象而已。但是实际上,移情之后我必然要回归自我,回到自己外位于痛苦者的位置上,"只有从这一位置出发,移情的材料方能从伦理上、认识上或审美上加以把握"。所以,"审美活动真正开始,是在我们回归自身并占据了外位于痛苦者的自己位置之时,在组织并完成移情材料之时;而这种组织加工和最终完成的途径,就是用外位于他人痛苦的整个对象世界的诸因素,来充实移情所得的材料,来充实该人的痛苦感受"。以我自身为例,"用我这个范畴不可能把我的外形作为包容我和完成我的一种价值来体验;只有用他人这一范畴才能这样来体验。必须把自己纳入他人这一范畴,才能看到自己是整个绘声绘影的外部世界的一个部分"[①]。

巴赫金在批评表现主义的时候,使用了游戏的例子,是很有意思的。游戏本身不同于艺术,它不存在观众和作者。游戏者也不要求场外观众,所以不能构成事件。但是游戏如果要接近艺术,则要求有一个无涉利害关系的场外观众的加入,给以观照、欣赏,从而参与其中,把游戏视为一种审美事件,使原本是没有意义的活动,充实了新的因素。游戏者变成主人公,而观赏者成了观众,从而使游戏变为萌芽状态的艺术。

再拿舞蹈来说,我的为他人而设的外表,与我内心可以自我感觉到的积极性结合一起,在舞蹈中我的内心力求外现,与外形相吻合。"在舞蹈中我参与到他人存在里,同时最大限度地在存在中展现形态。在我身上翩翩起舞的是我的实体(从外部给以肯定的价值),是我的肉身存

---

① [苏联]巴赫金:《审美活动中的作者与主人公》,《巴赫金全集》第1卷,钱中文主编,晓河译,河北教育出版社1998年版,第132页。

在（софийность）①，是我身上的他人之舞。"② 这些观点后来贯穿于巴赫金的整个语言哲学、文艺学、文化探索之中。如在论说作者与主人公的关系时，作者的立场是一种"外位的立场"。"整体的统一和整体的完成（思想上和其他方面），都得自这种统摄一切的外位立场。"

巴赫金还将"外位性"运用于文化研究之中，提出了理解者的外位性而显得别具一格。这一问题的提出，和文化与文化之间的相互理解有关。他认为有一种错误观念，以为在更好地理解别人的文化时，似乎应该使自己融入其中，用别人的眼光来理解他人文化。这当然是需要的，也是理解所不可缺少的一个因素。然而就算是理解的全部过程，那不过是一种没有新意的重复、复制而已。

理解他人的文化，在于丰富、更新自己的文化。"创造性的理解不排斥自身，不排斥自己在时间中占的位置，不屏弃自己的文化，也不忘记任何东西。理解者针对他想创造性地加以理解的东西而保持外位性，时间上、空间上、文化上的外位性，对理解来说是件了不起的事……外位性是理解的最强大的推动力。"这里提出，在文化交往中，我要投入他人文化，用他者眼光审视、理解他者文化，这是十分必要的。但我又应处于他者文化的外位，用我的眼光去理解他者文化。我所见到的他者文化，从外位的角度看，可以见到他者自身所见不到的部分，我所提出的问题，也是他者难以发现的，反之亦然。双方对于对方提出的问题，都是双方自身不易觉察到的问题，于是在这种交往中，就进入了真正意义上创造性的对话，在对话中相互提问、诘难、丰富与充实。所以别人的文化只有在他人文化的眼中得到充分的揭示。不同文化在对话的交锋中，"保持着自己的统一性和开放的完整

---

① 此词源于софия（索菲娅），索菲娅在俄罗斯宗教界说法极多，如"永恒的女性""世界之灵魂""造物之根""上帝的智慧"等。现将派生的софийность译作"肉身的存在"，参阅了［俄］伊苏坡夫选的《巴赫金学》一书，圣彼得堡，阿尔泰雅出版社1995年版，第280—281页，与"存在性""他人"同位。

② ［苏联］巴赫金:《审美活动中的作者与主人公》,《巴赫金全集》第1卷，钱中文主编，晓河译，河北教育出版社1998年版，第122、132、235页。

性。然而它们却相互得到了丰富和充实"①。这也就是他在著述中不断论及的他者、他性问题。

与巴赫金的诠释学思想比较接近得多一些的，大概是较巴赫金稍后一些的哈贝马斯的批判哲学或批判诠释学思想了。哈贝马斯的思想十分庞杂，他对狄尔泰、海德格尔、伽达默尔等人的诠释学思想都有批判，对于他的理论的种种来去，我们不拟在这里细究，这里只就他的思想的某些方面来谈。哈贝马斯用交往行为来对解释社会的发展动力，企图重建历史唯物主义。他以为交往是可以达到人与人的相互理解的，要达到理解，就要通过对话。他把交往与理解建立在一种语言学的基础之上，即在20世纪70年代中期提出的"普遍语用学"的基础之上。他说："普遍语用学的任务是确定并重建关于可能理解的普遍条件（在其它场合也被称之为'交往的一般假设前提'），而我更喜欢用'交往行为的一般假设前提'这个说法，因为我把达到理解为目的的行为看作是最根本的东西。"② 这个普遍语用学与一般的语言学不同在什么地方呢？它和巴赫金的超语言学有同工异曲之妙，即不是从一般语言学，而是突出语言的交往特性这一方面，从言语出发，建立理解的可能性。"我坚持这样的论点：不仅语言，而且言语——即在话语中对句子的使用——也是可以进行规范分析的。正如语言的要素单位（句子）一样，言语的要素单位（话语）能够在某种重建性科学方法论态度中加以分析。"③ 交往的话语导向对话，对话导向对话双方的主体间性的出现，而产生理解与普遍认同。但是对话真要达到理解，必须考虑这中间的要求，这就是哈贝马斯提出的对话双方必须要使话语具有交往性规则资质，即在话语中恰当使用语句的条件而付诸实施，因此要具有话语的真实性、正确性与真诚性。

---

① ［苏联］巴赫金：《答〈新世界〉编辑部问》，《巴赫金全集》第4卷，钱中文主编，晓河译，河北教育出版社1998年版，第370、371页。

② ［德］哈贝马斯：《什么是普遍语用学》，《交往与社会进化》，张博树译，重庆出版社1989年版，第1页。

③ ［德］哈贝马斯：《什么是普遍语用学》，《交往与社会进化》，张博树译，重庆出版社1989年版，第6页。

在巴赫金与哈贝马斯的理论中，既有同一，又有差异。两人的交往对话理论实际上都具有道德伦理色彩，但趋向不尽相同。如前所说，巴赫金的伦理观强调人的"应分""责任"，强调人的各自独立、自有价值的自由之人、人与人的平等对话与权利，表现了其高度的人文精神。哈贝马斯的以理性见长的批判哲学，其道德伦理色彩也是十分强烈的。他在20世纪八九十年代撰有专著《道德意识与交往行为》《对话伦理学解说》等。他的《什么是普遍语用学》，显然着力于实际生活的语用行为的分析。哈贝马斯把在对话与理解基础上形成的交往行为，置于道德伦理规范之中，目的在于使对话者通过对话、语用的有效性手段，形成共识，承认资本主义的合法性危机，成为改造后期资本主义的策略手段。

在20世纪里，跨学科的研究、综合性的研究，成了不同学科整合和新的文化发展的需要。巴赫金使纯正的文学作品的诗学研究，变成了一种卓有成效的新型的文化研究。他认为，文学是文化的组成部分，所以，"不应该把文学与其他的文化割裂开来，也不应该像通常所做的那样与社会联系起来，这些因素作用于整个文化，只是通过文化并与文化一起作用于文学"[①]。巴赫金的整合的文化诗学思想，在今天是很有现实意义的。在当今的学科的整合中，一些西方的理论家，在消解逻各斯中心主义的时候，又模糊了文学与其他学科的界限，提倡文学哲学化、哲学文学化，并要以文学来规范其他学科。在这一点上，哈贝马斯认为，学科综合是发展必然，但学科的分类，又有其历史的合理性，在新的情况下，不可能都变成不确定的东西，从而丧失交往的可能性。

巴赫金没有建立自己的诠释学，但是他所阐释、发挥的思想，正是诠释学的思想。他的有关陀思妥耶夫斯基、拉伯雷创作的研究，正是他的诠释学思想创造性地运用的结果，他以对话的理解贯彻他的理论探讨和对创作的研究。他确立了一种交往思想，以超语言学的理论，在陀思妥耶夫斯基的研究中，通过对欧洲文学体裁传统的深入把

---

① ［苏联］巴赫金：《答〈新世界〉编辑部问》，《巴赫金全集》第4卷，钱中文主编，晓河译，河北教育出版社1998年版，第364页。

握与对小说本身创新的深切理解,建立了对话、复调小说的理论;他通过文化研究的方法,特别是对民间文化的强烈兴趣,找到了探讨拉伯雷的真正入口处,形成了他对拉伯雷的独特的理解,而建立了狂欢化理论,展现了被人视为千年黑暗的欧洲中世纪与文艺复兴时期的活生生的民间生活状态。

这就是巴赫金的文学诠释学的具有独创性的实践与不同凡响的实绩了。

(原文作于2003年10月13日,刊于《文学理论前沿》2004年第1期)

六 文学理论：走向交往与对话

（一）20世纪中外文学理论发展中的两次错位问题

20世纪初到70年代末，中外（主要指西方）文学理论都面临着确立与充分实现自身的主体性问题。一个十分有意思的现象是，这一阶段的西方文学理论批评，与这时期的中国文学理论批评相比，在理论倾向上恰恰形成了一个"错位"。所谓错位，主要指双方探讨的问题与兴趣方面，起着正好相反的方向而形成鲜明对照。我们知道，当双方在文学理论问题上认识各异，兴趣各别，缺乏必要的共同性时，是难以进行交流与对话的。

19世纪中叶开始，中国就受到东西方帝国主义的侵略与压迫。中国人需要启蒙，也要救亡。近百年的中国文学理论，就是在启蒙与救亡的双重任务下，不断寻求自身现代化，确立自身主体性的过程。

20世纪之初，王国维与梁启超开创了20世纪我国的两条文学理论路线。王国维在19世纪德国美学的思想影响下，突破了中国文学历来所奉行的"文以载道"的传统，主张文学回归自身。他认为文学、哲学应与政治分开，过去文学家常以兼做政治家为荣，所以总要使其创作依附于政治，结果使文学"忘其神圣之位置与独立之价值"[①]。文学描

[①] 王国维：《论哲学家与美术家之天职》，周锡山编校《王国维文学美学论著集》，北岳出版社1987年版，第35页。

写人生，而人生乃欲望与痛苦，三者互通，无从超越。可以说，这是中国文学理论引入西方美学思想，与中国文学现象结合起来加以评论，实现中国古代文论最初的现代转化，体现了文学理论的现代精神。这是文学转向自身，力图确立文学理论主体性的一次尝试，并且又充溢着人文精神的关怀。

和王国维几乎同时，梁启超提出了另一种文学主张。戊戌政变（1898年政治改良运动）失败后，康有为、梁启超等人都转向文学，认为小说可以移人心，改风俗，强国民，救国家，在儒家"文以载道""经世致用"思想的基础上，把小说的地位与作用提到救国救民的高度。[①] 这虽然同样符合现代性的需要，但于小说来说，实在是一种超负荷的"光荣"埋下了后来文学理论失去自主性，主体性的伏线；极端政治化的主张，终于在20世纪70年代末走到了自己的终点。

这样看来，原本是文学理论的人文精神的启蒙与探索，却在相当长的过程中，受到严重的歪曲，并且最后走向反人文精神的绝境；原本在中国社会现代性策动下进行的理论探求，却使其本身成为反现代性的理论酸果，暴露现代性本身的悖论。

西方学者曾把20世纪称作批评的世纪，其意思是文学批评繁荣，学派众多，力图使文学理论成为一门独立自主的学科。20世纪初，西方文学理论随着实证科学的飞速发展，随着文学研究中使用的社会学的，印象主义的，心理主义的方法日益反感，在文学理论批评中出现了转向内在研究的潮流。一个又一个的形式主义学派不断更新，对文学作品本体进行了多种有益的探讨，到20世纪20年代后，形成了形式主义的主流，并同样延续到70年代末。

我在这里想要通过回忆来说明的是，如果双方都从20世纪初算起，到70年代末止，那么双方在相反的方向上探索，十分巧合地经历了同样长久的时间。在这段时间里，中外文学理论在很长的时间里

---

① 梁启超：《论小说与群治之关系》，《梁启超文选》下，中国广播电视出版社1992年版，第67页。

互不了解，自然也谈不上相互的交往与对话。

可是有趣的是，从20世纪70年代末到80年代末大约十来年间，在中国与外国特别在与西方文学理论批评之间，又发生了戏剧性的第二次"错位"。

我注意到希利斯·米勒与于20世纪80年代中期的《文学理论在今天的功能》一文，他说："自1979年以来，文学研究的兴趣中心已发生大规模的转移：从对文学作修辞学式地'内部'研究，转为研究文学的'外部'联系确定它在心理学，历史或社会学背景中的位置。换言之，文学研究的兴趣已由解读（即集中注意研究语言本身及其性质和能力）转移到各种形式的阐释学上（即注意语言同上帝，自然，社会，历史等被看作是语言之外的事物的关系）随之而来的，是一次普遍的回归。"①"普遍的回归"当然表现为以往的不少学派，方法又活跃起来了，好像是复旧了，不过其实原来的多种方法，本来就没有被废弃，只不过失宠于一时罢了。就像解构主义20世纪80年代后虽然运用的人不多了，但作为人类积累起来的一种思维方式，依旧保留了下来。这使我想起1985年茨维坦·托多罗夫讲过的话。在谈起结构、解构主义等思潮在20世纪80年代的欧洲已不很时髦时，他说："现在是综合使用各种方法的时代，新的方法已不占统治地位，各种旧的方法也并未被否定，原因是各种方法的好的方面，都已被普遍接受，学校课堂上都介绍它们，并被文学研究者所使用。"②但是一旦摆脱对于语言的过分依赖，新的学说如新历史主义、女权主义、后殖民主义、后现代主义、文学人类学等学派就纷纷时行起来，于是发生了文学研究向人文精神的急剧倾斜。我曾著文谈到发生变化的动因时说：一是几十年来西方社会、历史运动、现实斗争发展的结果；二是西方文学实践发展所促成，原有的文学内在研究的理论批评，已无法满足新的文学实践了；三是文学理论

---

① ［美］希利斯·米勒：《文学理论在今天的功能》，见［美］拉尔夫·科恩主编《文学理论的未来》，林必果译，中国社会科学出版社1993年版，第121、122页。

② 见拙文《法国文学理论流派》，《文学理论：走向交往对话的时代》，北京大学出版社1999年版，第54、55页。

六 文学理论：走向交往与对话

自身发展的趋势与自觉使然。① 正是这种理论的自觉，西方文学理论开始较为充分地体现了其自身的主体性与自主性。

在这段时间里，在中国文学理论中却发生了一个相反方向的变化，这就是文学理论批评走向由外向内的转折。从1979年开始，在改革开放的形势下，人们相当普遍地厌弃了旧有的理论与研究方法，而转向刚刚被西方文学理论批评界不断诟病的内在研究方法。这一时期的中国文学理论批评中确实存在着比较严重的西化倾向，以为西方的文学理论批评，诸般都好，可以替代我们自己的文学理论批评。紧接着，对西方传来的现代主义，结构主义，叙事学还未完全弄清楚是怎么回事，可一下又出现了对后现代主义，后殖民主义的热情关注了。有些论文里面到处都是西方文学理论批评中或自然科学中的术语，作者自己并不真正懂得，读者读后自然也感到茫然。所以双方虽有交往，但难以对话却是自然的事。

这第二次的理论"错位"，对于中国文学理论来说，固然满足了求新、求知的欲望，但留下的则是沉重的思考：一方面，学习西方文学理论批评中的有用成分是必要的，没有它们，就难以激活我国的文学理论批评，新的术语，也往往是表现新思想的。但是如果认为，可以把任何西方文学理论批评，或是任何新名词搬到中国，我们的文学理论批评从此就走向正路，这实际上必然要走向盲目，就会再度失去理论的自主性，影响主体性的建立，小亨利·路易司·盖茨关于要建立黑人文学理论批评话语，以取代白人话语对黑人文化教育的鄙视与贬抑，态度不免激烈了些，但确是包含了一些真理在内的。② 话语确实是一种权力的表现，对于中国文学理论批评来说其实也是如此，所以必须建立中国自己的具有自主精神的理论话语，确立文学理论的主体性。

---

① 见拙文《面向新世纪：八九十年代中外文学理论新变》，《文学理论：走向交往对话的时代》，北京大学出版社1999年版，第256、257、258页。

② ［美］小亨利·路易斯·盖茨：《权威（白人），权利（黑人），批评家；或者，我完全不懂》，见［美］拉尔夫·科恩主编《文学理论的未来》，程锡麟译，中国社会科学出版社1993年版。

在两次"错位"之后，我们必须真正面对现实，进行自我反思、自我批判与自我选择，寻找学术上的自我，恢复文学理论批评的原创性与独创性精神，改造并提升我们自己的文学观念。不这样，中国文学理论批评就无以自立。

（二）交往、对话的主体性以及理论批评话语的共同性

20世纪80年代中期开始，特别是80年代末以后到现在，是我国文学理论批评界进行反思、自我批判的时代，解构旧有的不适应于文学发展的理论思维模式，建构新的文学界理论的雏形；同时这也是与外国文学界理论批评逐步进入交往、对话的时代。

我所说的文学理论批评的交往与对话，表层的意义当然在于双方互通有无、相互学习，但是其深意义，则是为了我们自己的复苏与生存。当艾略特谈到不同国家文学的交流时就说道："……在一定时代时，它们当中每一种都依次在外来的影响下重新复苏。在文化领域里专横的法则是行不通的；如果希望使某一文化成为不朽的，那就必须促使这一文化去同其它国家的文化进行交流。"[①] 这对于文学理论批评来说，也是适用的。20世纪80年代的西方各种文学理论批评的输入，对我们起到振聋发聩的作用，破除了滞后的思维定势，激活了我国文学理论批评的主体性，使其复苏过来。但是被输入的各种外国文学理论，即使它们再好，也难以把它们认作我们自身的文学理论。道理很简单，这只是借用与参考，而借用与参考并非自己创造。因此，在这种情况下，我国文学理论还不是思考"不朽"的问题，而是如何恢复生机和生存的问题，20世纪80年代后半期，中国文学理论同样存在复苏、生存的问题，否则会停滞不前了，而且只有在此基础上，才会获得进一步理论创新的可能。如今，不少西方学者也已意识到了这一

[①] ［英］托马斯·艾略特：《诗歌的社会功能》，见《美国作家论文学》，刘保瑞等译，生活·读书·新知三联书店1984年版，第193页。

点。

在中外文学理论批评的交往探索中,把文学理论批评视为人文学的思想,是十分重要的。文学理论批评具有科学哲学的一面,文学作品的内在研究,使有关作品的理论系统化了,精细化了,促进了文学理论的进步,但是文学理论批评又是人文性的科学,过分倚重科学主义,文学科学的人文精神就被排斥了,其主体性成分就被忽视了,各种形式主义批评就有这种缺陷。20世纪80年代西方文学理论批评转向外在研究,也即挣脱了语言研究的束缚,转向文化研究之后,不仅极大地扩大了自己的研究领域,而且使文学理论批评更加人文化起来,充分显示了文学理论批评的主体性。由于20世纪80年代我国的文学理论批评准则已经失衡,因此在求新的时尚中,不少中国学者实际上是跟随西方学者之后"跟着说"缺乏理论的主体性与自主性;情况好一些的是"接着说"即接过西方学者提出的论题,谈谈自己的意见;自然还谈不上"对着说",也即在真正在交往与对话中,理解对方与自己,创建自己的思想。20世纪90年代后期情况有所好转。女权主义,性别写作,文化批评,后现代主义,后殖民主义,大众传媒问题,不仅成为西方文化界的热门话题,而且也影响了中国文学理论批评,从而使得中西双方在理解文学研究方面,获得了较为完整的认识,大体也平息了文学研究中的内外之争,结束了中西方文学理论批评中曾经出现过的两次"错位"现象。

巴赫金以为,人文科学是研究人及其特性的科学:"人带着他做人的特性,总是在表现自己(在说话)亦即创造文本(哪怕是潜在的文本)。"[①] 文本在人文科学领域,具体表现为"表述"(utterance),表达某个人的不可重复的思想,表述具有个人性,意向性,对话性,应答性。因此人文思想总是指向他人的思想,他人的意义,他人的涵义的;在这里,总是存在两个主体,即说话人与应答者,同时又显示他们之间的相互之间的评价,应答和反驳,两个平等的主体

[①] [苏联]巴赫金:《文本问题》,《巴赫金全集》第4卷,钱中文主编,晓河译,河北教育出版社1998年版,第306页。

的交锋,"文本的生活事件,即它的真正本质,总是在两个意识,两个主体的交界线上展开"①。文本作为表述,显示了其潜在的双声性,对话性。不同国家的文学理论批评的交往,无疑是不同的独立主体之间的对话,不同美学思想的对话。

其次,不同国家之间的文学主体,理论批评主体之间进行交往与对话,以达到双方的各自理解。理解通过表述达到,理解意味着看到他人,在交往中使他人成为对话者。对话产生理解,在对话的理解中,不同的主体互为表述,各自建立自身,同时又使事物获得新意。理解在于意义的增值,不断提示对象的新意,创立新说。"理解不是重复说者,理解要建立自己的想法,自己的内容。"作品的理解"能充实文本,因为理解是能动的,带有创造性质理解者参与共同的创造"②。由于对话的普遍存在,所以意义是不断生成的。但是意义具有成为涵义的潜能,而涵义就其潜能来说,又是无穷的。那么涵义是什么呢,巴赫金说:"我把问题的回答称做涵义。不能回答任何问题的东西对我们来说就没有涵义。"在意义向涵义的转化与实现中,"涵义每次都应与别的涵义相接触,才能在自己的无尽性中提示出新的因素"③。至于解释,巴赫金认为:它只具一个主体,是一种独白,它不能构成对话。解释只是提示了已经熟悉的东西,可以重复的东西,解释者在其解释中个性已荡然无存,他的活动未有增值。人文科学如果只有解释,只有独白,很难获得发展,甚至走向绝境,这是一种独白式的思维方式,也即非此即彼的思维方式。我国20世纪80年代前的文学理论批评,就是这种独白思维的产物,70年代末,它果然走上了绝路。在理解与解释的观念上,如果把伽达默尔与巴赫金相比较,我

---

① [苏联] 巴赫金:《文本问题》,《巴赫金全集》第4卷,钱中文主编,晓河译,河北教育出版社1998年版,第305页。
② [苏联] 巴赫金:《1970—1971年笔记》,《巴赫金全集》第4卷,钱中文主编,晓河译,河北教育出版社1998年版,第405页。
③ [苏联] 巴赫金:《1970—1971年笔记》,《巴赫金全集》第4卷,钱中文主编,晓河译,河北教育出版社1998年版,第411页。

六 文学理论:走向交往与对话

宁取后者,前者认为"所有的理解都是解释"①。当然,在我看来,理解是人文科学活动的主要方式,但有时也需要进行解释的,虽然这是一种重复的,但有助于原义的敞亮,因而也有助于理解,所以完全排斥解释,也有其实践上的难处。哈贝马斯就曾经讲到"合理解释的不可避免性"②。当然,我们这里不可能充分地来讨论这个问题。

再次,不同国家之间的文学理论批评进行交往与对话,利用交往,对话中的"外位性"使自己融入他者的文化,进而使用他者的目光来反观自身,可以观照自身的不足;可以从他者获取新的知识,吸收新的有用成分,从而在一些问题上,修正失误,达到共同的理解。这有如哈贝马斯说的:"只要我们凭借对话,即完全依靠交往行为,那么我们就具有确定无疑的前提,这样就可以产生从来未有的一致,至少可以产生内在的一致;能够摒弃错误的主张,获得正确的规范。"③ 自然,这个过程不会是一蹴而就的,"未有的一致""内在的一致"是要通过不断的交往与对话逐步实现的。有时"未有的一致"很可能难以实现,在这种情况下,"求同存异"就完全必要了。

中外文学理论批评的交往与对话,有着广泛的共同基础。如前所说,文化理论研究极大地扩大了自己的领域,深入到不少过去不熟悉的场地。无疑,文学理论批评研究,除了探讨精英文化,文学,现在面对我们的还有大众文化,影视文化,网络文化,多媒体传播,等等,虽然对这些问题的研究在西方文学理论界早已展开,但是现在它们开始进入了我们的理论研究视野,成为许多热门话题。我们面临着挑战与机遇,即我们今天面对着各种学科,挑战着我们的知识能力,同时逼得我们去扩大自己的知识领域,改变我们的思维方式,思考新的问题。又如种族问题,民族问题,性别,地域问题,后殖民主义问

---

① [德]伽达默尔:《真理与方法》,转引自严平《走向阐释学的真理》,东方出版社1998年版,第178页。
② [德]哈贝马斯:《交往行为理论》第1卷,洪佩郁、蔺青译,重庆出版社1994年版,第162—165页。
③ [德]哈贝马斯:《论历史唯物主义的重建》,转引自《交往行动理论》第1卷,洪佩郁、蔺青译,重庆出版社1994年版,中译本序第3页。

题,大众文化问题,民间文化问题,全球化等文化问题的讨论与争论,在这几年也是方兴未艾,看来它们还将进一步被探讨下去,中西方学者在这些问题上有着公共的领域,现今,文学理论跨学科的研究,不仅在人文科学之间进行,而且已渗入社会科学、科学技术中去,这是一个更为广大的公共领域。在争论中有认同,在认同中有争论,把这些文化研究引向文学理论批评,极有可能结束文学理论单一的构架,进行多极化的理论建构。我国文学理论批评转向文化研究,其实早已开始,这是否借用文化研究的多种方法,扩大文学理论研究的领域,主线仍是文学理论,这自然会促使文学理论研究出现新的变化,作为一个学科还会长期保留下去,发展下去。例如,我国古代文学研究中,一些学者通过文学的文化研究,取得了令人耳目一新的成绩。毫无疑问,文化研究中的多样方法,自然会以各种方式渗入文学理论研究领域,形成真正意义上的方法的多样化,把文学理论批评研究推向新的境界。

但是也正在这里,使我产生一种疑虑,即文学理论批评与文化研究的界限问题。我看到一些材料,觉得在当代的美国文化问题探讨中似乎有所不同,那里几乎已经不能分清文学理论研究与文化研究的界限了。解构主义传入美国之后,文学自身的准则逐渐被解体,文学的"真实",已经从多义变为完全不定型的东西,价值似乎已被"掏空"。我早就注意到理查德·罗蒂说的话,他说:在英语国家,文学理论一词,现今与"'对尼采、弗洛伊德、海德格尔、德里达、拉康、福科、德·曼、利奥塔德等人的讨论'基本上是同义词。在英语国家的大学中,开设较多有关近来法国和德国哲学课程的不是哲学系而是英语系"①。我相信这一描述的情况是真实的。而现代美国语文学会会长爱德华·赛义德的话也是令人同情的,他说:"现在,文学本身已经从……课程设置中消失。"取而代之的是些"残缺破碎,充满行话俚语的科目"②。对于消弭文学理论批评与文化研究界限的做法,我持

---

① [美]理查德·罗蒂:《后哲学文化》,黄勇译,上海译文出版社1992年版,第98页。
② 见《外国文学评论》2000年第1期动态栏,第150页。

六　文学理论：走向交往与对话

保留态度，我以为知识的不确定性的理论与教学，可能与当前的文化、文学艺术的形式发生激变、科技文化迅猛发展有关，也可能是出于教学的外在的需求有关，也可能与学生有权改变课程的设置有关。但是零碎化、残片化的过程是会带来苦果的，接受者可能只能获得一些肤浅的知识，学到一些皮毛。

在今天全球化愈益成为一种社会发展趋势的环境中，在文化、文学和人的关系之中，却愈益笼罩着一种令人不安的气氛，这就是人的生存，人的存在及其命运问题。人陷入了危机之中。后殖民主义、女权主义、民族主义、经济等问题的探讨，如果直接地描绘了人的物质的、制度的、性别的不平等的令人忧虑的生存处境，那么，审美科学、大众文化、影视艺术、网络艺术、文学艺术及其理论批评，虽然也在层出不穷地制造着问题，但应当排除自身的消极面，来探讨人的真正的精神需求和如何维护人的精神家园，这是中西文学理论批评中的一个说不完的话题。

人的危机实际上就是文化的危机，这既是物质的，又是精神的。物质的大幅度增加和科技的迅猛发展，社会灾祸连连，促进了人际关系的急遽变化，伦理消解，信仰失落，人文价值贬抑，行为规范失衡，使整个文化领域出现了溃烂的趋势，而且几乎是弥漫性的，这在不同国家，不同程度上都是存在的。文学艺术及其研究无疑可以增强这一危机，也可以缓解、弱化这一危机，在我看来，我们的工作应是对之进行缓解与弱化。需要对人的存在、人的生存的个人性的、公共性的空间，进行文化研究与文化阐释。20世纪80年代以来，西方文学理论与文化理论的一个重要特色，就是十分关怀人的现实的处境，就是人文精神的强化。至于对于我们来说，由于处在社会文化的转型期中，人与人的关系发生迅速的变化，同样感到必须呼吁人文精神。我在《文学艺术价值精神的重建——新理性精神》一文中说道："人生来就是为了生存与创造，生存的创造与精神的创造。在科技如此发展时代，不少人仍在生存的艰辛中挣扎，特别在精神上感到孤独与失望。可一些人却说生存本身就是虚无，这一切岂非都是荒诞！文化艺术果真失去了'是什么'，'为什么'的追问，它们本身还有什么意义？人的生存本身还有什么意义？他还能寄希望于明天么？"① 我至今仍坚持这种观点。废除什么，是容易的，但在废除与解构之后，我们还要什么？文学理论的人文精神的弘扬，无疑多少会给这个非理性的世界，增加几分希望的亮色，自然，这不是粉饰，而是对人的人道精神的关怀。

（三）文学理论批评的本土化问题

中国文学理论在中外文化的交往与对话中，摆脱了政治的束缚，批判了过去文学理论在观念、功能上的僭越与反科学，并终于使自身初步建立了自身的学理性、主体性。理论的自主性、主体性的确立，必然要求逐渐建构具有中国特色的、本土化特征的文学理论。不同国家的文学理论问题中的共同性是存在的，这有如上述。但是如果设想不同国家只有一种相同的文学理论，那也是不切实际的，要不，近百年来中国的文学理论，在追求理论自主性的过程中，就不会经历如此多的艰难了。中国的文学理论批评，一直受到西文国家的文学理论的影响，一会儿是欧美的，一会儿是苏联的，后来又是欧美的。但是全盘西化，或是全盘苏化，都是短期的，即使苏化的影响时间比较长久一些，但最终还是遭了清算。

中国文学理论所以要强调理论的主体性与自主性，期望新的重建，就在于它与西方文学理论比较，确有自己的特征。中国古代文学理论是个宝库，就其丰富与独特性来说，它与西方古代文学理论相比较，可说是二美俱，两难并，各领风骚，如何最大限度地利用中国古代文学理论的速写资源，使中外文学理论共享，这至今信是一个值得费时费力的重大课题。就以文学理论与传统的关系来说，比如西方文学理论几千年来未曾中断过传统，从古希腊到现代，虽然屡经变迁，甚至今天被当作"宏大叙事"而遭到否定，但仍是一脉相承的，它没有中断传统的那种重负。中国文学理论就不是如此。

---

① 见拙文《文学艺术价值、精神的重建：新理性精神》，《文学评论》1995年第5期。

六　文学理论：走向交往与对话

20世纪初的新文化运动，指向社会的改革，文化的现代化，大张旗鼓地批判旧文化，其势锐不可当。在文学理论方面，除了自觉不自觉地接受传统文学理论中的"文以载道"的思想外，共他文学观念都受到了排斥。于是几十年来，中国文学理论不时产生着一种失去自身、无所依附的飘零感。

但是，传统无疑是个十分坚硬的东西，它是我们当今的文化之根。割断传统，过了几年，甚至几十年，仍要回到传统，这正是我们今天面临的课题。中国文学理论的建设，面对着三种文化资源、或者说三种传统的定位与选择。在我看来，要以现代文学理论中经受住反思、批判的部分为基础，否则，我们又会割断与我们最为密切相关的传统，以致失去交流的话语。要广泛吸收西方文学理论批评中的长处，它的科学精神、原创性与独创精神，同时还要促进中国古代文学理论的现代转化，以当代意识，最大限度地激活其中最具生命力，可与当代审美意识融为一体的精华部分，结合当代文化的巨变，沟通中外古今、严肃文学与大众文学，文学与影视、网络文学，在跨学科的多种方法的运用中，建构中国当代文学理论批评话语。

建构中国当代文学理论批评话语，也必须和创作结合起来。中西文学创作中存在许多共同性，但文学创作毕竟是在不同的文化土壤里成长起来的，即使大众文学、影视艺术，也是如此。不大可能存在一种叫作不同文学融而为一的"世界文学"的东西。我理解的"世界文学"，是在积极的、频繁的相互交往中各国民族文学汇合的总称，而并非某个统一体。那些真正优秀的文学作品，既是民族的也是世界的，进而也是人类共同的精神财富。只要民族，国家还存在着，那么这些民族，国家的文化和文学也会存在下去。全球化的经济正在形成之中，物质文化的某些部分电子技术，部分地全球化了，但是精神文化中的真正的精华部分，仍是最具民族特色的。正像我们去外国旅游，最想看的不是我在国内看到的东西，千篇一律的东西，而是那些最具有异国情调，奇风异俗的东西。文学中的"异国情调""奇风异俗"就是那种最具民族文化特色的审美风尚。由于中西文化内涵、环境的区别，文学作品的审美品格自然会多姿多彩、形态各异，因而阐释不同文学现象的中西文学理论批评,也就不可能表现为整齐划一的理论形态。

自然,要建立具有中国的民族特色的文学理论批评,与维护狭隘的民族主义文化主张是毫无共同之处的。承认文化的差异,不同特征与文化的多元主义是十分必要的,它们与文化分离主义也全然无关。几十年里,中国文学理论既受到不同形式的文化霸权主义的统治,同时又曾有过文化孤立主义的肆虐。我们亲身经历过这两种倾向所带给我们的痛苦,那些总是以"普遍价值"自诩的霸权主义文化,曾使我们的文学理论成为附庸;而文化孤立主义又使我们故步自封,与世隔绝,拒绝了有着真正普遍意义的东西。所以我们现在总是以严峻的批判的目光审视自己的理论,同时也以同样的目光审视着西方文化理论与文学批评。广采博取,多方吸纳,融合同化,综合创新,我想这是文化民族主义赖以生存的地支撑点。文学理论的主体性,对我们来说是弥足珍贵的。如果我们不具备理论的主体性,在国际文化来往中,我们以什么资格来进行交流呢?我们仍只能跟着说,而不能接着说,更遑论对话了。

在这里,世界性、国际性与民族性是相辅相成,和谐一致的。我注意到有的学者提出"新世界主义""世界公民"① 等说法,对于他们所作的解释我表示理解。但这些思想恐怕也只能在知识分子中间讨论讨论,而且即使在我们之间,那也是不一样的。就拿"世界公民"来说,与会的外国学者在某种程度上可以说是"世界公民"了,比如可以自由地出入我国。但是我们可没有那样进入他国的充分自由,即他国并不认为我们是"世界公民",有时还会无缘无故、不由分说地被拒绝于他国国门之外!这也就是为什么会存在文化民族主义的原因之一了。

21世纪的文学理论批评,将会在未来的真正的交往与对话中,获得更新与重建。

(原文作于2000年秋,刊于《中国社会科学》2001年第1期)

---

① [荷兰] 杜威·佛克马:《走向新世界主义》,王宁、薛晓源主编《全球化与后殖民批评》,中央编译出版社1999年版,第247—266页。

七　新理性精神和交往对话主义

在20世纪90年代兴起的百年反思、世纪反思中，人们深感到从80年代以来的十多年间，我们相当缺失自己的学术立足点。不时涌入的形形色色的思潮，特别是非理性主义思潮十分活跃，一些人文知识分子兴高采烈，为之呐喊，忙着接纳与传播，进而使它们变为自己的话语权。他们纷纷用以解释种种文化生活现象、文艺现象，似乎显得生动活泼；而原有的那些理性主义的社会、哲学、文艺的现成原则，面对着层出不穷的种种新现象，却难以做出合情合理的阐明，而未免显得左支右绌。

当市场经济体制在我国确立下来，随着它的发展，经济走向中心，文化艺术则日渐走向边缘，它们应有的价值与精神不断遭到解构，人文精神受到知识分子的残酷嘲弄，科技的负面影响愈为明显，生态危机的警告也日益增多。有感而发，我在1995年撰写了《文学艺术价值精神的重建：新理性精神》一文，企图为自己寻找一个立足点。该文主要通过讨论当今国内外文学艺术的现状与人的生存处境，感性与文化的问题，试图确立一种"新的人文精神"，来维修与守护人的精神家园。我知道，不少学者也在思索自己的学术立场，寻找属于中国人自己的立足点。新的人文精神，不仅对于文学创作是需要的，而且对于文学、文论研究这类人文科学，也是极为重要的。

在反思近百年来的人文科学，包括文学与文论研究中，我发现人们之间不时产生的激烈的论争，总是围绕着"现代性"的不同见解而引起的，这一论争可以说从"五四"新文化运动起一直延续至今。同时，由于这种论争时间很长，因此也渐渐形成了一种学风、一种思想方法与思维定势。这就是在学术探讨中处处一分为二，非此即彼，你错我对，你死我活的二分法，而且此风绵延，至今犹存。这样，我试图在《文学理论现代性问题》一文中，对"现代性"做一些探讨与规范，尽量使之符合我国的学术现状，做出我自己的理解，以有利于学术的探讨和发展。同时，这一期间，我又探讨了国外学者的对话理论与交往理论，针对我们的非此即彼的学风与思想方法，引入了"交往对话主义"，试图触动一下我们原有的思维定势，改变原有的思想方式，希望治学的氛围有所改善使学术探讨少些内耗。我把这些方面综合而为新理性精神，成为我探讨文学艺术创作、人文科学的一种文化价值观。

我把交往对话精神，视为新理性精神的一个组成部分，如上所说，主要是针对原有的学风与思维定势的。回顾一下我在上面提到的这一学风的思想源头及其演变过程，是很有意思的事。

阅读"五四"新文化运行主将们声讨旧文化、旧文学的那些檄文，从中我们可以深刻地感受到民族的青春的觉醒、昂扬的激情、共同战斗的友情、冲决旧事物的不屈的斗志。在科学与民主的旗帜面前，原有的种种文化、文学现象都要受到检验，而决定其生死存亡，在文化现代化的营造中，显得声势浩大，气如长虹。现在由于我们在时间上已经离得他们很远，因此就可以比较冷静地对他们的论著进行细读，而发现他们的论述中，不无矫枉过正之处。人们说，矫枉必须过正，这在挞伐旧世界的顽固思想营垒时是必要的，但是如果不予及时纠正，那么这种矫枉过正是会落下隐疾的。

先驱们各自有着深厚的旧学底子，并将旧学的底蕴融入了他们的才识之中。但他们提出推翻旧文学，并且不遗余力地加以挞伐，主张以外国文学为榜样，提倡白话文的同时，也是存在好就绝对的好，坏就是绝对的坏的偏颇的。偏颇不免出现情绪化的东西，激进的东西，攻一点而不及其余，使得学理化的东西受到伤害，而缺失学问的具体的分析、细致的实证与辨证。例如对贵族文学、古典文学与山林文学不予细致辨析，而一概绝对排斥就是如此。又如，对于白话抒情说的文学主张，"其是非甚明，必不容反对者有讨论之余地，必以吾辈所主张者为绝对之是而不容他人之匡正"①，认为这些言论"过悍"，但接着就说"对于迂谬不化之选学妖孽与桐城谬种，实不能不以如此严厉面目加之。"在"五四"以后的多种问题讨论中，那种企图通过激烈的办法，使用粗放的、自以为绝对正确的观点与方法，来解决学术问题的做法，不断出现。如针对"整理国故，"说是"实行他们倒行逆施的狂妄"；"一是抱着古文而死掉，一是舍古文而生存"②等。这种批判，承袭了"五四"传统，但又分明缺少细致的学理分析，所以虽成派别，却未能构成学派。

随后，在"革命文学""无产阶级文学"、世界观与创作方法等问题的讨论中，学术逐渐转向政治。在追求无产阶级文学艺术的旗号下，政治的需求渐渐掩盖了学术自身的需求。政治强调一致与服从，而学术需要个性与自由。政治以维护集团的利益、个人的权威、实用的需要，所以即使在学说上属于同一派别，但宗派集团的偏见也是不容许对方存在的。而学术需要的是不可重复的创见，学理的增值与多样，与集团的实用利益大相径庭。20 世纪 50 年代，学术政治化的这一倾向被进一步强化，任何不与主导的文艺主张合拍的文艺观点，可以随时被提到阶级斗争、无产阶级革命路线的高度而受到批判与挞伐。这一时期文艺批判中的关键词有：小资产阶级思想、资产阶级思想、唯心主义、反党分子与反党集团、反革命分子、右派分子、反对社会主义现实主义、反对工农兵方向；反对社会主义、右倾机会主义、反对三面红旗、修正主义、人性论、人道主义；然后就是封、资、修、大、洋、古；小说反党、黑八论、资产阶级反动路线、反对无产阶级革命文艺路线、复辟、篡党夺权等。这种批判，已经不是批判的武器，而是武器的批判，旨在消灭对方的批判，维护错误路线的实利的批判，踩地雷式的批判，谁碰上谁就遭遇粉身碎骨的批判，学理被极"左"的政治需求完全阉割了！

---

① 陈独秀：《答胡适之》，《新青年》第 3 卷第 3 号。
② 见成仿吾《国学运动的我见》，《创造周报》1923 年 11 月 18 日；鲁迅《无声的中国》，《中央日报》1927 年 3 月 23 日。

这里我们不必去追问这些批判的内容，只就其学风来说，20世纪50年代到70年代末，由于政治的不断介入而变得蛮不讲理而肆无忌惮。概述这种学风，大体有如下一些特点。一是从前提上说，我天生就代表先进的阶级，代表伟大、正确，代表导师说话，是真理的化身，所以我说的就是真理，就是正确。你在政治上处于我的对立面，天生就处于劣势，你就是谬误，不是朋友，就是敌人，所以只能由我说了算数，结论则在批判前早就做出。这里使用的是直线的非此即彼的方法，不是这样，就是那样。二是从思想方法上说，形而上学猖獗，不问事物的来龙去脉，不看事物的前因后果，不明提出问题实际需要，没有任何的中间地带，绝无任何回旋的余地，总是你错我对，不容分辩。三是从作风表现上说，由于代表真理、正确，所以手里即使并无真理、正确可说，知识方面虽然极多破绽，也要装成行家里手，我不明白，你也不能明白，或是你怎么能明白？对人极尽挖苦嘲弄之能事。对于某个问题，自己未有研究，也并无什么独到见解，却把别人批得一无是处，以消灭别人观点为快；为了显示武林高手的气派，能够一眼看穿他人之"要害"，以显示自己分析问题之高明与透彻，所以惯用"如此而已，岂有他哉"？如此这般，全无商榷的余地，等等。

20世纪70年代末、20世纪80年代，那种破坏性的、极端行而上学的学风遭到清算，学术氛围大为改善。但是此风流行既久，以往的影响犹存。比如2002年初，同时出现的几篇宣布"中国古代文论的现代转换（转化）""是属于对理论前提未加反思就率尔提出的一个虚假命题"，"是漠视传统的'无根心态'的表述，是一种崇拜西学的'殖民心态'的显露。"同时编了"新好了歌"："'世人都晓传统好，惟有西学忘不了'如此而已，岂有他哉？"（但是此君文章最后，还要请出西学，为自己文章做个结束。）"中国的文艺理论界忙乎了近10年"，但是研究中西文论的"两班人马都在自己掘开的洞口小天地里唱歌跳舞、多情自赏，各摆弄各的工具，各称说各的话语，'转化''贯通'的历史要求并未落实，最多只能拿出一些用来炫耀与装饰的皮毛功绩、一堆思考和探索的半成品：模型与工事"。"结果

七　新理性精神和交往对话主义

是日长劳师，知难而退，悄然收工。——西自西，东自东，古自古，今自今。""转化""贯通"被宣布"失败"了。失败的根本原因在于，"中国传统文学理论的学科独立即面临一个宿命的对立面：中国现代文学理论"。"两者的学理背景是完全不同的，后者我们已经将之归入西方即欧美文学理论在中国的延伸。""'传统'是拒斥现代化的，是不可能实现所谓'现代转换'的。""我实在很难了解所谓'转换'的实质意义究竟何在。古代文学理论是古代文学理论，21世纪文学理论是新世纪的文学理论。""'兴'到唐代就死了，因为唐人已不用'兴'的方式写诗，偶尔为之，不过是仿古诗。"指责别人"对古代诗学文献的无知"，就发出"狂妄无知的大言"，"20世纪出版的所有的文学批评史，尚处于很浅的层次，很低的水平"，所以"阐释水平难以提高"[①]，等等。对于上述观点，这里无法细加分析。不同意古代文论的现代转化，作为一种学术意见，完全可以讨论，这需要通过缜密的学理剖析，才能服人。但是满纸嘲笑讥讽、帽子乱飞、动辄训人、充满话语暴力、逻辑上自相矛盾、以不知为知，这就是论争？这种学风，恐怕不能不说是最近十几年来学术界少有的浮躁的表现，真令人心寒！

这种非此即彼的学风和思想方法由来已久，已经成为一种思维定势。我国学术一方面曾受到权力意志的暴力，而倍受摧残；另一方面还要承受学界自身的内耗，而举步维艰。有感于此，所以要引入一种交往对话主义，来改变有害学术建设的学风与思想方法，化解已经习以为常的非此即彼的思维定势。

交往对话主义主张，要改变对于人是一种对立体的旧观点。首先，要确立一种人与人是相互独立、互为依存和互为交往的关系，我与他者是一种相互依附而又各自独立、平等的对话关系；人的生存是交往对话的生存，我的存在不可能没有他者的你——你的存在。你否定他者的存在，自以为压倒了他者，其实你只是孤立了自己，你被自己孤立于他者即人群之外。其次，至于人的思想，则是一种独立的、

[①] 见《粤海风》2002年第1期；《中国文化研究》2002年第1期。

自有价值的思想意识,并非只有你的思想才有价值,才值得重视。人的思想的价值有大有小,品位有高有低,特别是学术思想,但是都是有价值的思想。人文科学的思想,是不能被任意否定的思想,需要否定的只是那些重复别人全无新意的东西。

人文科学是不断积累起来的知识,既是对客观对象的认知,同时也渗透着主体意识色彩。判断它们的价值,难以使用社会科学的立法式的准则,更无法使用现今处处可见的自然科学的量化手段,或是通过实验方式得出不是正确就是谬误的判断。对于人文科学的判断既指向对象与物,同时也指向人的主体因素。指向对象与物,目的在于揭示对象与物的各自的相互关系与其存在的各自特性在研究中所达到的真实程度;指向人的主体因素,在于揭示在对物与对象的研究中主体所表现出来的精神与价值,因为主体的人生经验与积学,都会融入对象的探讨之中,而赋予对象的探讨以人文的色彩与精神。而自然科学的判断是指向对象和物的,推理与判断借助实验,错就是错,对就是对。我们虽然提倡科学要靠人文,使科学具有人性,即通常所说的科学要以人为本,但其结论可与人文无关。

在两种门类学科研究的性质上,自然科学使用的是对物、自然的客观的描绘,其文本是解释,解释者在这里只是一个主体,一个意识,所以具有独断的风格,是一种独白。而人文科学的文本则是文本的表述。表述是主体具有不可重复的思想的表述,具有个人性、意向性、对话性、应答性,它指向他人思想、他人意识、他人意义的。人文科学的研究与写作,必然涉及他人的表述。需要在交往中沟通表述,达到理解。实际上,"理解包含两个两个主体,两个意识,两个主体,意识各自独立而处于相互对话地位,因此理解任何时候都具有应答性,它孕育着对话。理解作品理解作家,意味着看到他人,听到他人声音,在交往中使他人成为说者"[①]。

人文科学的研究需要理解,理解他人,理解他人的表述,把对方作为一个平等的对话者,这样就出现了应答、评价、反诘,出现了两

---

① 见拙著《文学理论:走向交往对话的时代》,北京大学出版社1999年版,第169页。

个主体,两个主体的对话、交锋,伸张各自的观念与价值,在比较中显示高低上下,使学术获得增值。

但是由于非此即彼的思维方式影响深远,所以一些人总是以自然科学的解释来代替人文科学的理解,对他们所涉及的对象、另一个主体,不是与之平等地对话,而是使用语言暴力,进行挞伐。理解涉及多个方面,由于篇幅限制,这里难以细加分析。看来人文科学所需要的交往的对话与理解,一时还不易获得健康发展。

现抄书一段,作为本文的结束:"要在历史现实、文化遗产的评价中,提倡一种可以去蔽的、历史的整体性观念,一种走向宽容、对话、综合、创新包含了必要的非此即彼、一定的价值判断、总体上亦此亦彼的思维,这种思维对于振兴我国学术思想,是会有积极意义的。"①

(原文作于2003年2月8日,刊于《学术月刊》2003年第4期)

---

① 见拙文《新理性精神与文学理论研究》,《多元对话时代的文艺学建设》,军事谊文出版社2002年版,第11页。

八 走向对话：误差、激活、融化与创新

在当前世界上，本土文化已不可能是一个自给自足的封闭结构。事实上，本土文化的生存与发展，总是以与外来文化的交流为其必要条件的。艾略特在谈及欧洲国家文学的相互关系时说到，没有哪一种文学能独立于其他文学而存在，"……在一定时代里，它们当中每一种都依次在外来的影响下重新复苏。在文化领域里专横的法则是行不通的；如果希望使某一文化成为不朽的，那就必须促使这一文化去同其他国家的文化进行交流"①。

近几十年来，我国文学理论在走向现代化的过程中，经历了十分曲折的道路。当欧洲国家的文学理论流派不断更迭，异彩纷呈，走向多样之时，相对来说，我国的文学理论形态引进较多，体系构建较少；后来主要是马克思主义文学理论占有主导地位。从20世纪50年代起至80年代初的30年内，我们对20世纪的各种外国文学理论知之甚少，或罔无所知，而且也忘却了本国原有的文学理论形态。20世纪70年代末开始，文学理论与批评开始走出误区，当时清算六七十年代的极端错误的文学思想，其目的主要是恢复20世纪50年代的文学理论传统，即马克思主义文学理论传统。20世纪80年代初，随着文学创作的创新局面的不断发展，中外文化交流的迅速展开，文学理论自身也提出了更新的要求；需要了解外国的文学理论成果，也要重

---

① ［英］艾略特：《诗歌的社会功能》，载《美国作家论文学》，刘保瑞等译，生活·读书·新知三联书店1984年版，第193页。

八 走向对话：误差、激活、融化与创新

建自己，从而开始走向理论的自觉。20世纪80年代中期，出现翻译介绍外国文论的热潮。20世纪的著名的多种外国文学理论著作，形形色色的外国文学理论流派，相继被介绍过来。如形式主义文论、新批评文论、结构主义文论、叙述学文论、精神分析文论、原型批评文论、存在主义文论、文学接受理论、读者反应批评、现象学文论、阐释学文论、西方马克思主义文论、文学社会学、符号学文论、解构主义文论、比较文学理论等。短短十来年，中国当代文学理论几乎经历了西方近百年的理论历程。众多的理论形态纷至沓来，一时使中国读者眼花缭乱，应接不暇，同时又大开眼界，形成了更新文学观念热、方法论热。如何对待这些介绍过来的文学理论形态，深入思考原有的多种文学理论传统，就成了当代中国文学理论发展中的突出问题。东西文化交流的目的，自然在于互通文化上的有无，形成文化互补，但这不是目的的全部，而交流的深层意义还在于引入外国文化中的有用部分，用以激活本土文化，从而进入创新，推动整个文化的发展。中国人习惯地把世界文化称作东西文化，西方学者也常常如此对待。自然，实际上世界文化的构成要复杂得多。

东西两大文化的区别主要是由于彼此都有源远流长的不同的文化传统而形成的。中国有几千年历久不衰的文化传统，这是古文明中最具生命力的一种文化传统，它支撑着一个庞大的民族复合体的生存与精神的发展。与此同时，它还有近百年乃至50年间所形成的文化传统。在近代社会发展的轨道中，它们构成了一种不同于西方文化的传统。这使东西文化的交流形成了一种相当复杂的关系。文化交流固然带来互通有无，但也带来冲突，因为外来文化也往往通过冲突而进入本土文化。文化冲突有其外部原因，即由不同的社会、制度方面的因素构成的推力。例如一方要强迫另一方接受它奉为金科玉律的意识形态观念、社会制度，这不能不使双方的文化的某些形态处于对立地位。又例如，发达国家的人以消闲的目光来欣赏如弗·詹姆逊讲的那

种不具人类学意义而是落后的第三世界的文化①遗迹，这中间同样包含着文化对立因素。再如以单纯的不妥协的阶级斗争观点来对待对方的种种文化形态，同样会使双方文化形态导致冲突，等等。但是东西文化交流中还有一种内在的冲突，它们由文化的异质性，即不同文化本身的内涵、传统、范畴、特征所构成，这是最有意义、最具活力的冲突。在这两种冲突中，抵制敌对性的文化，同时找出办法，使非敌对性的冲突发生转化，将会化干戈为玉帛，促进本土文化走向新的创造，我想这是至为重要的。

当形态多样的外国文学理论一下涌入我国，在我国接受者之间引起意见分歧，或与我国的原有的文学观念发生冲突，实乃意料中事。学术上的纷争，应是其本身发展的常态。没有分歧与论争，是理论上贫困和文化衰老的表现，是盲目自满的表现。由于地域区别不大，文化传统大体一致，那么同一性将成为文化交流的主导。而对于我国文化与西方文化来说，同一与冲突的机会几乎是均等的。对待外国的文学理论，我们发现有几种方式。一种是简单的排斥。对于一些人来说，凡是西方的文学理论都是异端邪说。他们的想法是，20世纪30年代特别是50年代从日本、苏联传入我国的马克思主义文学理论，以及苏联学者论著中提出的一套理论规范已经够我们使用、传诸后世的了，不宣传这些思想，却对西方的文学理论趋之若鹜，那是为何？外国文学理论是外国资产阶级意识形态的组成部分，所以接受美学就被说成是"资产阶级玩意儿"，至于"本体论""现象学"，就是西方资产阶级对我们进行"和平演变"的理论工具，如何能使用？同时有的论者至今认为，在西欧盛行一时的现代主义文学，都是腐朽、没落的资产阶级文学。无疑，一些人身子已进入20世纪90年代，而思想还留在"文化大革命"时代，这自然不足为训。另一种情况则是，一些人认为传统的文学理论、马克思主义文学理论已经过时，已被他们抛弃了，什么都是外来的好，对西方种种文学理论采取完全认同的姿

---

① 见［美］弗·詹姆逊《后现代主义与文化理论》，唐小兵译，陕西师范大学出版社1987年版。

八 走向对话：误差、激活、融化与创新

态。当新批评文学思想被介绍过来时，就认为这种学说好得不得了，真正解决了文学理论问题。其实对于新批评，外国学者早就指出其弱点，而且是严重的弱点，而对于某些中国的论者来说，弱点也成了优点。当弗洛伊德文艺思想被介绍过来时，它确实开拓了我们理论和创作的视野，同时对这种难以实证的理论，弗洛伊德也讲到"力必度"是受到"伊德"的"监督"的。而对于我国的一些论者来说，说好就全都是好，对"力必度"一说如获至宝，以为一语中的，全力颂扬"力必度"的横行与放纵，也即颂扬泛性论。主体论在20世纪80年代中期被介绍过来，并引起了热烈的争论。主体论思想是现代西方多种美学思想的理论主柱，在我们过去的文学理论中不被重视，不改变这种状况，文学理论难以进展，所以纠正这种失误，也是理所当然。但是在争论中，倡导主体论者的实际意思是要用主体论文学观来清除被视为"精神牢笼"的传统文学理论，而反对者实际上又仅用哲学上的主客观关系来代替极为复杂、变化多端的文学创作的主体思想。理论上极有特点的叙述学不断被介绍过来。有的论者运用于小说研究，认为现今某些小说的旨归，已经从叙事故事的内涵表现，转向小说的结构与形式，因此，小说成了一种真正语言的艺术，真正成了一种独立的文体，只有语言极其结构方式，才是小说根本所在。那么，今后仍然会大量出现而不符上述小说理论的小说怎么办呢？它们应为这种理论停止存在、抑或自行消灭么？小说，说什么呢？说说语言、结构就够了吗？小说仅仅是叙述吗？此外，除了全面认同外国文学理论，否定近几十年的文学理论传统之外，还有对漫长的本土文学理论传统进行全面否定的情况发生。

无疑，在上述两种情况下，都发生了误读，一种广义的解构主义式的误读。解构主义理论有其值得注意的方面，即不承认独断、专一的阐释，而主张有多元、多变的解释。这正是受到人们注意的原因，但其理论前提并不坚实。也许，我在这里把上述两种情况与解构主义联系在一起加以观察，这本身就是一种"误读"。希利斯·米勒与哈罗德·布罗姆把一切本文包括批评在内的阅读都称作"误读"。米勒认为语言是不确定的，"一切阅读都是误读"。在阅读中破

坏原有本文，同时产生附加本文。解构是"解释本身"，"没有明白的阅读，没有单义的阅读"。解构主义的文学批评的目的是，通过对本文重新追溯的过程，找出所研究的系统中的基本要素，认出它的矛盾本质；清理本文的线索，根据关键问题将本文全部解开；或者找到能够使整座大厦解体的松动的砖石，"解构不是拆散本文的结构，而是指出它早已自行拆除了结构"。布罗姆对诗的传统及其影响基本持否定态度。他在《影响的焦虑》中说："诗的影响已经成了一种忧郁症或焦虑原则"，"诗的影响……我将更多地称之谓'诗的有意误读'（misprision）"[1]。他认为诗歌传统是一代代诗人"误读"前人的结果。当代诗人要超越前人，就需强化前人的次要方面，贬抑前人。这里无法详谈解构主义的理论，只是借用其理论观察文化交流中的两种情况。

还有一种情况是对外国文学理论不加分析、区别，一律加以否定，这是唯阶级论的阅读（不是阶级分析的阅读），也是一种双重的"误读"。第一重是预定的、偏见的"误读"，阅读只是为了"解释本身"，而其目的早已预定，在于破坏原有本文，从原有本文或本文之外，找到"松动的砖石"，通过这种误读将本文加以颠覆。或是根本不读，将预定的观念附上待读本文，即算下了定论。在这里，这第一重误读，实际上是以第二重潜在的误读为其前提的。所谓潜在的误读，即以唯阶级斗争的观点为指导的先前的阅读，这种阅读一般是简单化的、教条式的阅读。这种片面化的阅读形成了一种心理定势，制约着前一种阅读。其实理论不是停滞不变的，不是从本本出发，而是不断汲取人类的心智所创造的一切有用的知识的过程，用以丰富自己。另一种情况是，那种否定传统、力主全面引入西方文学理论以取而代之的主张，同样是建立在双重"误读"的基础上的。一是他们对传统不甚了了，未曾用过什么功夫；二是以为文化交流就是一种简单的阅读、认同与移植，外国人的理论拿来就用，就是目的。其实不

---

[1] ［美］哈罗德·布罗姆：《影响的焦虑》，徐文博译，生活·读书·新知三联书店1989年版，第6页。

八 走向对话：误差、激活、融化与创新

然，西方文学理论的传播，在欧洲国与国之间，要容易得多。例如像解构主义源于法国，当德里达多次赴美，亲自在美国大学传经布道，就逐渐形成了美国式的解构主义文学批评。但是就是在美国本土，解构主义文学批评的兴起，也是经历着种种冲突的。艾布拉姆斯就很尖锐地指出，解构主义者实际上用了双重标准，即认为被他们解构的本文的语言都是不确定的，阅读它们是一种误读，而他们用以解构别人的本文的语言却是明白无误的。这怎能导致共同的认识呢？所以在与西方有着不同传统的东方文化系统中，简单的文化认同与移植就更难以奏效。在近百年来中国文化的现代化过程中，各种形态的文化冲突从未中断过。双重的误读，对西方文学理论的全面认同，往往导致对本土文学理论的全面否定。

那么，如何协调本土文学理论与外来文学理论之间的相互关系？文学理论接受的境界是什么？在前面，我讲到东西文化交流的目的在于互通有无，形成文化互补，而其深层意义，在于通过外国文化对本土文化的激活，进入创新。对于文学理论来说也是如此。茨维坦·托多洛夫根据米·巴赫金的一个理论观点——对话，提出了"对话的批评"[①]，显示了他在结构主义道路上的转折，从而从单一的执着，趋向更为宽阔与丰富。我想我们可以根据巴赫金的对话理论[②]，使东西方文学理论的交流，变为东西方文学理论的对话，逐渐形成对话的文学理论批评。

首先，文学理论作为一种文化现象，是其作者艺术思想的体现，在不同国家，由于其产生的历史、社会、文化条件、价值观念的不同，而显得形态殊异。它们都各有自己的出发点，有的企图从总体上来把握文学现象，有的可能只从一个方面如本文、结构、符号、叙述等来阐释文学问题，从而形成了各自的价值取向。各种不同方式的理论探索，其价值有高低上下之分。我们现在可以这样说，在充分估计

[①] [法]茨维坦·托多洛夫：《批评的批评》，王东亮、王晨阳译，生活·读书·新知三联书店1988年版，第169—183页。

[②] [苏联]巴赫金：《陀思妥耶夫斯基诗学问题》，白春仁、顾亚铃译，生活·读书·新知三联书店1988年版；《文学与美学问题》，1975年俄文本。

到理论的社会倾向性的条件下,还未发现一种绝对无用的文学理论形态,虽然在十多年前,不少西方文学理论在被冠以资产阶级、唯心主义的帽子下曾经遭到全盘否定。资产阶级是存在的,唯心主义也是有的,但是这类简单的定性,并未使它们失去程度不同的价值。我们见到,非资产阶级的、非唯心主义的文学理论,实际上并未全面阐明过文学现象。意识形态论的文学观抓住了文学现象的一个重要方面,但在几十年来的文学过程中,它被推向极端,对不少文学现象作了庸俗化的解释。有多样的文学理论形态,就会出现多种的理论差异。即使是处于对立语境中的差异,它们不同的价值都应给以肯定,在理论的整体中形成互补。自然,外国文论中的价值与偏颇是互见的,这种现象我们见得很多。承认文学理论的多样,自然要看到它们之中的同一与差异。东西文论中的差异,往往表现为一种难以对应的差异,它们为一种文论所特有,而为另一种文论所不具,如一些具有特定含义的范畴、观念甚至理论系统,同时由于文化传统的不同,而表现出价值的差异来。此外还有一种差异,这就是同一中的差异。作为一种探讨文学现象的共同形态,必然因文学现象的共性而表现出同一性来,但同时这种同一都是在差异中显示出来的。差异与同一相辅相成,它们成为东西文学比较研究的广阔场所。

在谈到同一与差异时,可以提到佛克马教授的"文化相对主义"。这一很有意义的观点,大致有如下内容:一,不要用一种统一的文学观去对待别国的文学现象;二,要研究具有不同文化背景的读者所阅读的本文,在阅读中复原它的价值系统;三,在了解它们后,与本土文学的价值系统进行比较,发现各自的差异与相似点,从而显示出本土文学价值系统的相对性。[①] 这一观点相当符合东西文学理论交流的实际需要。阅读西方的文学理论本文,要理解其价值所在,不能用单一的文学观去衡量。单一的、统一的文学理论往往会用自己的一套观念排斥不同见解,以为自己说的都是真理。它不能容忍第二个声音,

---

① [荷]佛克马、易布思:《二十世纪文学理论》,林书武、陈圣生、施燕等译,生活·读书·新知三联书店1988年版,第8页。

更不能容许别的声音的分辨。它只能让人听它一个声音,一种往往是嘲弄与压制的声音。它表现的是理论的独白,而不是探讨真理的对话。

其次,在交流中,要把多种外国文论看成是激活本国文学理论传统的重要手段。东西文学理论交流中的互通有无,还只是一种移入,并不能代替创造,所以还要使交流推动传统的更新。任何一种文学理论传统,都是在一定历史时期中形成的,都是与创作实践相结合、排除不适应的理论因素而逐渐丰富,形成体系的。传统一旦形成,就会获得极大的稳固性。如果人们是站在时代潮流之上来看待传统,那么自然会认识到,传统既需要保护,又需要不断更新。更新的传统保持了原有的精神,但又汲取了人类心智所创造的新知识,使自己不断丰富而永葆青春。如满足于把原有理论变为传统,满足于它的不可动摇性、固定不变,把其他理论都视为异己的思维现象,那就会使这种传统产生排他性,就会原地踏步,停滞不前,故步自封,变为文化发展中的惰力。我国古代文论有漫长的历史传统,它的某些阶段发生的重大变革,是与外来文化思想如佛家思想以及西方文论的影响密切相关的。至于20世纪二三十年代自日本、苏联引进的马克思主义文论,与我国的文艺实践结合了起来,对我国原有的文论传统以及介绍过来的欧美文论思想冲击甚大。用马克思主义文学理论观察文学现象,加深了人们对文学的认识,促使人们从总体上去把握纷繁的文学问题,从而推动了我国20世纪四五十年代的文学创作,进而形成了一种传统。但也要注意到,由于当时的社会、历史条件,以及材料的有限和介绍者认识水平,这一理论形态常常夹杂着简单化倾向。到了20世纪50年代,这一文学理论据以为出发点的阶级斗争观点和意识形态论,往往被推向极端,代之以"阶级斗争为纲",意识形态被截然对立化,形成一切都是阶级斗争的庸俗化理解,使文学成为政治附庸,出现了强烈的排他性。一些人把自己从未见过或不同意的种种外国文论,统统说成是反动的资产阶级文学理论,不仅自身停滞不前,同时使文学理论走向专断。20世纪80年代初,原有的文学理论观念及其传统,再现了其原有的生命力。但是如前所说,生活之树常青,在创作与理论的新的要求面前，它同样必须进行更新。我们看到，在20世纪80年代，外国文学理论对传统文学理论的冲击与激活，几乎是全方位的。

再次，这个激活是如何发生的？要激活异国文化传统，自然应具备自己的理论品格，即它本身具有一定的真理与价值，提供有用的理论成分，或者在方法上可供借鉴，给异国文论以启迪。外国文论中有哪些成分可激活我们的理论传统呢？前面我提到东西文化中的同一与差异，在同一中是存在着有价值的成分的。两种文论对某些文学现象形成的见解，往往十分相似，两者加以比较，能使人们扩大视野，以致豁然开朗，总结出某些规律性的理论观点。这对本国文论自然是一种丰富，以致可以使传统活跃起来。但是一种理论激活另一种理论，真正起作用的是它的异质性部分。在政治、社会学的理论中，截然对立是一种普遍现象，而在文艺理论中，对立现象也时有发生，但在一般情况下，理论的异质性部分的冲突与功能，大体采取下面两种方式应变。一种情况是，异质性成分的理论前提是错误的，但在这一理论的具体运作中，其异质性部分可以被改造，转变其方向，而导致新理论的产生。如马克思主义文学理论与黑格尔、歌德等人的文艺思想的关系。又如胡塞尔的现象学，不少理论家认为是先验的唯心主义，其学说被英加登所接受。英加登"希望确立独立于意识的实在世界的存在"①，于是在对作品进行现象学的研究中，建立起了相当有影响的不再是唯心主义的文学作品构架的理论。另一种情况是，这异质性的成分是某一文化所拓展了的学术领域或新理论的建构，它为我国文论所不具或未有完整理论形态的东西，一旦被介绍过来，可以起到振聋发聩的作用；如果进一步被改造吸收，则可以对传统起到激活的作用，使其获得丰富，或者引出新的理论。如20世纪二三十年代传入我国的马克思主义文论，如近十年来吸引了我国不少学者注意的文艺心理学、文艺符号学、叙述学、文学本体论、原型批评、文学接受理论

---

① 见［波兰］英加登《对文学的艺术作品的认识》的英译者前言，陈燕谷译，中国文联出版社1988年版。

等，它们既充实了我国传统理论，又拓宽了文学理论研究的道路。我国古代文论的研究，同样受到新观念、新方法的激活而使其深邃内涵得到多方面的发掘。比较文艺学、交叉学科研究的兴起，为传统理论的更新、酝酿新的理论而推波助澜。

激活以何种方式进行？对于对方独特的理论或研究方式视而不见，把异质性成分绝对化，不愿承认对方价值；在探讨问题时习惯于独白、独断的方式，不容他人争辩，显然，这种方式已经陈旧。自然，只满足于认同，一味颂扬，对外国文论中的异质性成分过分迁就，也难于使它生根于中国土壤。在这里，我以为采用对话方式是最适用于文化交流的。前面指出，巴赫金提出过对话复调的理论来研究陀思妥耶夫斯基的小说。把这一理论应用于文论的研究，那就是接受者站在平等的地位上，充分肯定对方的价值方面，择优而取，在诘难对方中发现不足，予以扬弃；用宏放的目光看待外国文论中的异质性部分，显示其自身价值，尊重其在理论整体中的积累，同时也不忌讳接受一方——对话者的价值判断与观点。接受者的观点，不是从固定不变的教条出发，他的价值判断不是理论宗派的判断，而是建立在对中外文学经验的感悟之上的判断，对中外文学理论有着深切理解之上的判断，建立在总体文艺学与比较文艺学知识之上的判断。自然，这与虚无主义和全面认同都是断然有别的。在中外文学理论的对话、交流中，可以揭示双方各自的理论品格的高低上下，各自在理论的总体格局中所处的层次与地位。

在理论的对话中，出现"误差"是必然的，也是必要的。误差不同于误读。如前所说，误读一开始就认为要误读本文，找出本文中的次要部分，给以强化，使之成为解构主义者的主要研究对象；或是从本文中找出矛盾，一块能够松动整座大厦之砖，使之倾倒于瞬间，颠覆对方的本文。颠覆就是消解对方，解体对方，使对方理论变成无价值。语词、本文固然多义，但无论语词还是本文，在特定的语境中才有意义，并显示其核心意义。本文中的语词或本文本身，不是一部辞典中词的多义陈列、多义解释。读者无目的阅读，可以了解词的多种意义；而读者有目的的阅读，则只能根据语境择取其中之一，而不能选择任何词意。所以在我看来，误读是避开本文本意，在不甚理解本文的基础上的一种阅读操作。误读理论对传统影响焦虑提出了挑战，它的基本倾向是不信任传统并力图超越传统，自有其积极一面。但它对传统与当代创作之间的关系的解释，并不符合当代文学、当代诗人与其一脉相承的文学与作家间的相互关系，因为这一关系实在要复杂得多。

我在这里所说的"误差"，则是对话中的相互探讨真理的结果，是尊重对方理论异质性部分的价值的表现，是在对话中受到异质性观念的提示、启迪而形成的新观点；或是对同一现象所作出的不同反应、不同见解；或是在对话中通过比较而了解到自己和对方的长处与短处，由此而形成的见解、理论上差异。误差是理解的结果，是在比较研究之后形成的一种独立见解，独立的理论价值与理论判断。我在《误解要避免，"误差"却是必要的》一文中说："任何一种有价值的理论，都是在它所处的特定范围内的文学传统与反传统（不是虚无主义的反传统）、社会与文学思潮的基础上形成的。所以适用于美国、法国的，未必就可搬到我国直接使用，何况，即使在产生它的故土，也往往是充满争论的。一种文学理论一旦被引入另一国家的文学进程，就必然会给以鉴别，科学地判断它的得失，确定它的价值取向。有鉴别，就有真伪的辨析与判断；有分析，就有偏颇与创新的识别；有取舍，就有侧重与扬弃；有创新，就要有不同程度的改造，就要有必要的'误差'。"① 误差通过顺应与融化建立新理论。理论的误差只是一种新的认识，尚不能改变已有的理论格局。只有通过接受者——对话者的自我调节才能促使原有格局的变化。"从发生认识论的角度看，调节即顺应，是指个体受到刺激或环境的作用和原有格局（即图式）的变化和创新以适应外界环境的过程"。适应包括同化与顺应这种作用与机能，通过这一过程，使整个结构发生变化。当它形成新的平衡，建立新的理论的时机也就成熟了。

20 世纪中国各种获得成就的文学理论，大体是通过对话方式而获

---

① 见拙文《误解要避免，"误差"却是必要的》，《外国文学评论》1989 年第 4 期。

得发展的，这就是，在发现东西文论差异之后，用外国文论中有用的异质性部分激活我国文论，然后使之融入自己进入创新。例如王国维的纯文艺思想，就是吸收了康德、席勒、叔本华等人的美学思想而形成的；他的游戏说、悲剧观、意境论，都显示了西方美学思想的影子。"五四"时期出现过各种文学主张，那时搬用欧洲文艺思想的情况很多，但是那些不切当时中国实际的文艺思想，其对话性就很薄弱，而对话性很强的主张，则在新文学中扎了根，如"文学为人生"的主张。后来发展起来的马克思主义文艺思想，无疑在被改造之后才适应了中国新文学的需要，后来不再对话，部分观念就被发展到极端。20世纪80年代，我国文学理论学说繁多，出现了新的照搬西方文论与一边倒现象，但由于缺乏真正的对话关系，所以只是热闹一时。而那种根本不与西方文论对话的文学理论，也即继续进行独白的理论，则基本停滞不前，无所进展。倒是发现本土文论与西方文论误差，并使它们对话，有所比较，用西方文论中的有用成分激活本国的文论，进而使之融化一体，进行对话探索的文论，显出了理论的生机，而有所更新与前进，为本国文论的繁荣和文学理论不同学派的出现开辟了良性发展的前景。我本人是对话方式的受益者，我既肯定传统文论中的有生命力的因素，也广泛吸取西方文论中的种种长处。我得出的一些文学观念，既有传统因素，但也融进了西方文论。所以它们既不是原来的文论，但也非西方文论的照搬，而是另一种文学理论形态。

对话的文学理论的建立是一个十分困难的过程。主要障碍在于本土传统思维方式的定势，不同文化的现实差异以及由此而产生的自我感觉良好的优越感。在各种文化的传统中，有对话思维，但独白式的理论思维已习以为常。不仅我国如此，欧洲国家文化中的传统思维也是如此。例如一种文学理论的兴起，往往不是对话的结果，而是不容对方分辩、颠覆对方的结果。这能否可以成为文学理论进展的唯一道路？同时在东西方文化交流中，就目前情况来说，东方人的求知欲望、了解西方的愿望，要比西方人强烈得多，这可以从文化交流中的不平衡状态看出来，东方人熟悉西方文化远较西方人了解东方文化广泛得多，深入得多。但是西方的有识之士早已看到东西方文化是可以互补的。罗素把希望寄托于中国，他说如果中国变来变去变得与西方一样，那世界就没有希望了。西方物质文明高度发展，但由此也出现了精力过剩症，一部分文化富于侵略性，在精神上不断出现危机。东方文化特别是具有深邃内涵的东方哲学与伦理思想，经过对话改造，也许可以充实西方人的精神生活，减弱他们对世界发展前途未卜的消沉心理。自然，要使他们像现代中国人渴望了解西方那样来了解东方，还为时过早，那是需要中国的物质文明的发展和精神文明的进一步建设为基础的。不过即便如此，我们已经有了许多西方朋友。到21世纪，东西文化交流中人为的异质性会大大削弱，对话性的程度会大大加强，而东西文化在不断相互激活中也会更趋繁荣。

（原文作于1993年5月，刊于《中国社会科学院研究生院院报》1993年第5期）

九 新理性精神与文学理论研究

（一）新理性精神是一种新的文化价值观

新理性精神的提出，是以当今人的生存状态、文化、文学艺术的实践与发展为基础的，也可以说是一种新的实际理性。

从整体性的角度来阐明新理性精神，是需要进行专门的研究的。这里就其历史、现实与逻辑的角度做个简要的说明。

理性走过了漫长的道路。理性是人类不断认识自身的能力，是人类树立自身各种生存理想、调节与规范自身的欲望与行为的能力，是调控人与社会、人与人、人与自然、人与科技之间相互关系，规范社会、政治制度、道德准则的智性思维力量。这种智性思维力量，既表现为科学理性，探索宇宙自然奥秘，研究社会形态的兴衰丕变，又表现为人文理性，关注人的生存状态，人的命运，他的价值与人文品格。理性是精神的，又是实践的。它指导创造各种文化价值，形成各种理想与学说，又策动构建人们的各种行为准则、道德规范以及各种社会的制度。

当今文学艺术意义、价值的下滑，人文精神的淡化与被贬抑，是一种普遍的文化现象，一种世界性的文化现象。这与19世纪下半期特别是20世纪人的生存条件、人的生存质量与处境密切相关。理性的旗帜曾经鼓舞西欧不少国家在现代化方面突飞猛进，但是由于其不断走向唯理性主义，以为理性万能，于是由科学理性逐渐变为极端化的工具理性、实用理性，理性显示了自身的独断性。人文理性在唯理性主义、实用理性的影响下,受到贬抑而变得残缺不全。理性并未实现它的美妙的千年王国的许诺而受到了质疑。一百多年来,人的生存不断遭到挫折,20世纪这个世界多次毁灭了理性,灾难频发,致使人们普遍地失落理想;或使信仰神化,进而引发出种种深重的精神危机。

19世纪,谢林、叔本华在哲学上转向了非理性主义;尼采宣布:上帝死了。随后出现国王死了,20世纪中期,卢卡契提出了"理性的毁灭",对种种非理性主义进行了批判。

开始于19世纪下半期、高涨于20世纪的非理性主义、反理性主义哲学流派蜂起。弗洛伊德主义、唯意志主义、生命哲学、存在主义哲学、纷纷在生命、生命创造、本能、无意识、感性、意志、孤寂、迷茫、焦虑、绝望、死亡、非理性、反理性以及主体性等基础上,筑起自己的理论。这些哲学思潮的兴起,从不同方面暴露了理性主义的独断性、单一性与片面性,人类丰富的感性、价值、主体的能动性与人的尊严,被漠视、压抑乃至被否定了。因此可以说,这类极具人本因素的非理性主义哲学思潮,极大地拓展了人类的认识,使人类加深了对自己的了解。但是另一方面,它们又往往走向极端,从而又导致了对理性的否定,即以非理性的人文理性贬抑了理性的人文理性与人文精神。科学主义哲学在20世纪同样获得了重大的进展,像实证主义、分析哲学、语言哲学及其引起的转向,生动地推进了人们的认识,但是人文精神却又不在它们的视野之内。出现了"新感性"、"交往理性",力图从不同方向来解释社会生活现象,构想人类的新关系。接着又出现了后现代主义文化思潮,它一方面解放了人们的思想,促进了人们思维方式的改造,另一方面又消解了以往文化遗产的价值与精神。正如有的学者所说的:"上帝、国王、父亲、理性、历史、人文主义已经匆匆过去,虽然在一些信仰园地中余烬犹存。我们已杀死了我们的诸神。"① 随后还有人宣布知识分子之死,作者之死,

---

① [美]伊哈布·哈桑:《后现代的转向》,刘象愚译,(台北)时报文化企业有限公司1993年版,第279页。

九　新理性精神与文学理论研究

人的主体性之死。人们不断暴露自身的粗俗、卑琐、无奈与虚无。

我们还要谈到科技。20世纪的科技、信息技术日新月异的进步与创造力，显示了人的认识与改造世界的无限伟力，创造了物质的丰富。但是高科技在传授丰富的知识的同时，它又挤去了人的人性品格的培育与教练的时间与机会，表现了非人性的消极的一面。最为明显的是人的自然环境愈来愈遭到破坏，人如何生存下去成了问题。"我们切莫忘记，任凭科学与技艺并不能给人类的生活带来幸福和尊严"（爱因斯坦语）。在经济全球化的发展趋势中，一些富国在物质上获得了极大的丰富，但在总体上并未解决大多数穷国的贫困，这些国家的大多数人，依然在饥饿、死亡线上挣扎。同时，今天崇尚财富的时尚，以及无限地追求物的欲望与享受，形成了物的普遍的挤压，使人情日益淡化，以致使不少人成为失去人性的人，使人在精神上变成了空虚的人，平庸的人、丑陋的人。在形形色色的"钱性权"这类恶棍横行肆虐的今天，嘲弄崇高与人文精神曾成为时髦；或是把人文精神与大众文化完全对立起来，宣布前者为"最后的神话"，认为人文精神纯属子虚乌有。在恶俗横流、不少人失去生存理想的景况下，人们崇拜自然本能，激赏感性享受，人的精神趋向多元而又凸现了一片混沌状态。在文学艺术创作中，一些人追腥逐臭，对粗俗、恶俗、腐烂的东西趋之若鹜，这极大地削弱与消解了文学艺术审美的生成。

但是人类必须生存下去，尽管前途明摆着诸多凶险，他理应在精神上获得健康的发展。因此，看到千百年来特别是一百多年来旧理性的走向衰落这一情况，看到各种非理性、反理性主义思潮消极面的无度的张扬，一些人文知识分子正在寻找自己的立足点，一种新的理性的立足点。"新理性精神"是一种文化价值观，它主张用大视野的历史唯物主义、哲学人类学，来审视人的生存意义，重新阐释与理解人的生存、文化、文学艺术的价值。需要郑重说明的是，新理性精神不过是一些趣味类似的知识分子，在对待人的生存状态、现实状态与文化、文学艺术现象时所持的观点与立足点而已。它并非一时的心血来潮，随风起落的应景时尚，更非朝三暮四的理论游戏，而是较长时间思考的结果。半个世纪以来，就我个人来说，经历了20世纪50年代既有积极也有消极影响的种种教育，六七十年代严酷的生存拷问，八九十年代学术中的风风雨雨，各种文化思潮与文学理论时尚的洗礼，把它们综合一起而有所悟。在这意义上说，新理性精神实际上是一种生存的感悟。

"新理性精神"作为一种对于文化、文学艺术内在的精神信念，是对旧理性的扬弃。为了避免旧理性的覆辙，非理性主义、反理性主义的各种思潮的极端化与虚无主义，新理性精神需要在对它们进行现代文化批判的基础上，汲取它们的合理因素，从几个方面，确立自身的理论关系：这就是"现代性""新人文精神""交往对话精神"、感性与文化问题。这些提法就其单个方面来说并非独创，有的论题，已经讨论过几百年了。我这里基本上是借用，但对它们做了改造，即力图给以自己的阐释，并从历史、逻辑的角度，将它们综合成一个理论的立足点。当今是综合创新的时代。① 实际上，综合可能是一条创新之路。

1. 在现代社会里，现代性实际上规范着人们对现代社会、生存处境、文化、文学艺术的看法。看法不同，形成了不同的出发点。新理性精神将以"现代性"为指针，以推动现代社会、文化、文学艺术发展的现代意识精神为其理论组成部分。有各式各样的现代性，这里说的现代性，是新理性精神的现代性。

新理性精神把现代性看作是促进社会进入现代社会发展阶段，使社会不断走向科学、进步的一种理性精神、启蒙精神，一种现代意识精神，一种时代的文化精神。这种现代意识精神，时代的文化精神，作为一个尺度，是我们建设新文化、新的文学艺术需要长久地遵循的原则。现代性是引导人们进行文化建设、精神创造的思想，这是一个人类"未竟的事业"。我们不能像某些西方现代主义者那样，把现代性仅仅看作是出现了反理性之后形成的东西，以为反理性才是现代性的表现，现代性只能是现代主义文化与文学艺术的特征，这是不符实际情况的。其实，其他具有现代意识精神而并不反对理性的优秀的文

---

① 见拙文《主导、多样、综合——一种趋势》，《文艺报》1986年3月8日。

化与文学艺术，不仅同样表现了现代性特征，而且还丰富、维护了现代性。同时我们也不能像后现代主义者那样，声称"现代性"已经终结①，当今是后现代性统治的时代了。其实，目前我们只是想做现代的知识分子，那些"后知识分子"并不切合实际，虽然在我们这里确实存在着不少"后现代状态"，必须进行研究。

新理性精神把现代性本身看作一个矛盾体，应当看到它的两面性，以避免使其走向极端。例如，忽视人的感性的需求而走向文化的唯理性主义，或是走向非理性主义与反理性主义，忽视人文的需求而走向工具理性主义，走向它的反面，从另一方面走向反理性主义。历史、现实中不乏这类情况，这种情况一旦发生，必然会给理论与生活实践带来危害，反之亦然。因此既要批判旧有的文化，也要批判现代性自身所具有的消极面。当今，极端实用性的工具理性主义横行，这是由于社会科学与人文科学在一个时期内走向反理性主义、走向反面而形成社会灾难的结果，是人们对社会科学、人文科学丧失信心使然。所以，在一个时期里，诸多复杂的种种现实关系，只能靠工具理性来处理，用简单、划一与实用的量化办法来解决了。同时，新理性精神把现代性的功能视为一种反思，一种文化批判，一种现代文化的批判力，也即一种思想前进的推力。需要坚持现代性的这一功能，使其自身处于清醒的现实主义状态，使其自身具有不断清理自身矛盾的能力。要使社会科学与人文科学走到它们自己的正路上来，需要的是对于历史、现实的不断的深入的反思，拒绝批判是无济于事的。新理性精神既反对隐瞒历史事实，搅浑历史事实，随意打扮历史、现实，使用实用主义的话语霸权，同时也反对把历史与现实视为一种虚拟与虚构，我们不能因为一些人虚构历史，而对一切历史持虚无主义的怀疑。话语并不能任意创造历史，话语行为是需要以现实、历史事实为依据的。

新理性精神主张现代性是在传统基础上建立起来的现代性，又是

---

① 转引自王治河为〔美〕大卫·格里芬编《后现代精神》中译本所作代序，中央编译出版社1998年版，第19页。

使传统获得不断发展、创新的现代性。这里有两层意思。一是，必须保护传统、继承传统。文化传统是过去的创造，是新文化创造的出发点与先决条件。我们无法绕开原有的文化传统，而必须继承传统。继承传统，自然必须保护传统、清理传统。学者清理传统文化、总结传统文化，展示传统文化的原有风貌，十分必要而自成学问。不过我们保护传统文化、清理传统文化，不仅仅是为了维护传统、保护传统文化的原状。继承传统，并非就是面对往昔、迷恋过去，继承的目的在于吸收它的优秀成分。在传统文化中，实际上不仅有着过时的东西，惰性的东西，妨碍进步的东西，需要不断给以剔除的东西，同时在传统文化中，还存在着属于未来的东西，全人类的东西，这正是传统文化的真正价值所在。正是这些成分，在"长远时间"中能够发挥其价值与作用，并且积极参与新的文化建设，体现着我们民族文化的价值与精神。漠视传统，中断传统，否定传统，标新立异，很是痛快，但到时还会重新发生传统问题的争议，给传统以新的科学的审定和定位，现在我们就面临这一局面。这样，我们需要充分了解我们过去的传统文化的价值，不少人一谈起传统文化，至今仍然持有不屑一顾的态度，这是令人悲哀的，不少著名的外国学者却并不如此。伽达默尔说："中国人今天不能没有数学、物理学和化学这些发端于希腊的科学而存在于世界。但是这个根源的承载力在今天已枯萎了。科学今后将从其他根源寻找养料，特别是从远东寻找养料。'他不知不觉地又重复他的预测，二百年内人们确实必须学习中国语言，以便全面掌握或共同享受一切。"①

二是，继承传统，其更高的目的在于创新，清理、总结传统是需要的，但是不是停留在原有的传统文化之上。人类必须不断更新，创造自己的新文化。传统是我们创新的过去，创新是传统的未来。因此创新应是传统之续，它脱胎于传统，又走出传统。继承是为了更新传统，创造新的传统。传统与创新，实际上是一个奇妙的联结体，这个联结体在其不同的孕育方式中诞生新东西。在这一孕育过程中，过分

---

① 洪汉鼎：《百岁西哲寄望东方》，《中华读书报》2001年7月25日。

地倚靠传统或是过度地离开传统，都会使新生的文化出现畸形现象。同时，作为联结体的传统与创新，又是一个动态的过程。我们进入自己的传统，理解自己的传统，把握自己的历史与现实；作为创造的主体，同时我们又不断选择传统、改造传统、更新传统、创造新的文化传统，自然在更新、创造中，也包含了某种必要的断裂的因素。在当今新文化的建设中，需要通过现代性，对优秀的文化传统进行定位与选择。有三种文化传统，三种文化资源，即我国古代、现代以及外国文化传统。当代文化建设，只能以现代文化传统为基础与出发点，以现代批判精神对现代文化进行批判与改造，明确其行之有效的部分，吸收中国古代文化与西方文化中的有用成分，使之融会贯通，建立新的文化形态。

从历史进程来看，现代性是一种被赋予历史具体性的现代意识精神，一种历史性的指向。在各个发展阶段，现代性的内涵有着共同之处，但又很不相同；因此，我国的现代性诉求与外国的现代性的趋向，也是各有不同的。完全以外国的现代性准则来代替我国的现代性诉求，这实际上是西化思想，在历史、现实中证明是行不通的。但是现今看到不少的论者，实际上都把我国文化、文学，置于外国现代性的诉求之下进行的。我们把自身置于国际背景、世界进程，并不是我们就要"向西看齐"，并不是以外国的现代性来替代我国文化、文学的现代性，一旦发现了两者之间的差异，就对我国的文化与文学艺术嗤之以鼻。这种西化式现代性讨论，不能不导致现代性阐释的失误。可以吸取西方学者论述中的有启发性的因素与长处，但不能用他们的论说，来替代我们对我国文化自身问题的阐释。至于后现代性，我以为可以吸取它的某些合理的因素，如我国文化、艺术中难得存在的怀疑精神，它的反对绝对的权威性，反对学术上的大一统、单一化、主张多元化，接受中的多义性等。但是应当拒绝它的虚无主义，即由于对语言能指的崇拜由此而产生的极端的解构主义倾向。因此，我以为要以现代性导向，来推动我们文化、文论建设的这一未完成事业。

在当今全球化的氛围中，发生着全球化与本土化的文化冲突与融合。现代性应在文化建设中确立自己的独立自主精神与进取精神，也即独立、进取的文化身份。独立自主就是确立自主的主体意识；进取就是为我所用的主导意识，识别并吸取他人的长处，不断用以激活并更新传统。文化冲突与融合，是一种客观的存在，要努力消弭冲突，积极地走向融合，具有我国特色的新文化，只能在融合中复苏并获得发展。

2. 新理性精神将把"新的人文精神"视为自身的内涵与血肉。近百年来，由于科技的发展，物质的不断丰富，人受到排山倒海而来的挤压，物欲使人不断转向对金钱与权力的追逐，使人变为物的奴隶，人失去难以弥补的精神需求而变得精神空缺，并使自身成为一种异化力量。在现代主义的文化、文学中，人的精神家园已成为一片废墟。现代主义的文化与文学暴露了人的触目惊心的精神伤残感，它们为人的价值、人的精神的摧残而深为伤痛。后现代主义则宣布，"原叙事"被怀疑，崇高的"同一性"被否定，叙事与科学的范式不可通约，"我们现在一无所有，没有一样东西不是暂时的、自我创造的、不完整的，在虚无之上我们建立了我们的话语"[①]，这无疑陷入了万劫不复的茫茫虚无与绝望了。20世纪90年代上半期我国学者关于"人文精神"的讨论，本来是个切中时弊的题目，但是讨论很快就情绪化了。一些论者以为提倡文学需要"人文精神"，是旧思潮的东山再起，于是认定人文精神是欧洲文艺复兴的产物，中国从未有过人文精神，何来人文精神的恢复之说？有的历史学家也来进行考证，认为当今所说的"人文精神"，就是欧洲的"人文主义"，我国历代文献里，没有"人文精神"之说，可见文学的"人文精神"之说，纯属子虚乌有，这真有些像黑色幽默了。有的论者认为，一些人提出文学的"人文精神"，是为了企图获取话语的垄断权。实际上，这是害怕人们妨害他们的自由心态，以及唯恐人文精神的话语，可能会妨害了他们对后现代话语的垄断权，因此人文精神被说成是一个"最后的神话"[②]了。

[①] ［美］伊哈布·哈桑：《后现代的转向》，刘象愚译，（台北）时报文化企业有限公司1993年版，第279—280页。

[②] 见王晓明编《人文精神寻思录》，文汇出版社1996年版，第106、131、137页。

人文精神是针对现实生活中的非人性与反人性而说的，是针对物的挤压、人的异化而说的，是针对当今现实生活中大大小小而极有威力的钱性权式的这类恶汉的暴力而说的，他们的暴力既是物质的，又是精神的，是针对文学艺术漠视人的精神伤残而说的。在社会转型、价值转换的时代，一些人在嘲弄旧的价值观念的同时，却同时嘲弄了人的应有的价值与精神，在批判伪崇高的时候，却同时又否认人的崇高的情操与品格，这是令人万分惋惜的。当身为人文知识分子的人，如果缺乏同情人、爱护人的阔大、宽厚的情怀，却在贬抑人文精神时，这使人所处的非人的生存境遇的氛围，就显得更加阴沉而浓重了。

新理性精神要在大视野的历史唯物主义、人道主义的观照下，弘扬人文精神，以新的人文精神充实人的精神，以批判的精神对抗人的生存的平庸与精神的堕落。所谓人文精神，就是在人与社会、人与自然、人与人之间、人与相互关系中，一种对人的生存、命运的叩问与关怀，就是使人何以成为人，要成为什么样的人，确立哪种生存方式更符合人的需求的那种理想、关系和准则的探求，就是对民族、对人的生存意义、价值、精神的追求与确认，人文精神是人的精神家园支撑，最终追求人的全面自由与人的解放。我国旧有的文化与文学之中，是充盈着深厚的人文精神的，这不是旧有的封建性十足的伦理道德，四维八纲，这是对人的生存命运、处境的关怀，一种对家园、邦国命运的深厚的忧患意识。这类思想，不能因为在几百几千年前，没有被标上"人文精神"，就不是人文精神了。我国文化、文学中的人文精神与西方的人文精神中进步的有用成分并未过时，缺乏人文精神、糟蹋人文精神的文学艺术是存在的，这是低级消遣的、粗俗的文学艺术，它们经过媒体的炒作而卖点看好，但无益于人的精神的健康与成长。而维系着一个民族生存、发展的部分文学艺术，总是充溢着人文精神的。新的人文精神的建立，必须发扬我国原有的人文精神的优秀传统，适度地汲取西方人文精神的合理因素，协调人与人、人与社会、人与自然，人与科技之间的相互关系，融合成既有利于过去不被允许的个人自由进取，又使人际关系获得融洽发展的两者相辅相成、互为依存的新的精神，并使新的人文精神成为文学艺术的灵魂。

3. 新理性精神努力奉行"交往对话精神"。需要确立人的生存是一种对话的生存，人的意识是一种独立的、自有价值的意识的思想，人与人是一种相互交往对话的关系。把人与人视为一种交往对话关系，并把它作为新理性精神的组成部分，目的在于要在人与人之间、个人的思想与思想之间，确立起一种新型的平等的交往对话关系，以促成学术界的一种普遍的追求真理之风，提倡自由的思想，独立的精神。学术界不能没有这种新型的平等的交往对话关系，不能没有这种思想与精神，否则学术的个性是很难形成的，而学术的进步总是建立在众多的、不同的学术个性上的，同时在此基础上，希望改造人们长期以来形成的、走向极端的思维方式，那种好就是绝对的好、坏就是绝对的坏的非此即彼的二分法。这种思维方式与思想方法，在评价历史文化现象时，给我们带来了许我极端情绪化的、不讲学理的和不切实际的消极影响。

要在历史现实、文化遗产的评价中，提倡一种可以去蔽的、历史的整体性观念，一种走向宽容、对话、综合、创新的包含了必要的非此即彼、一定的价值判断、总体上亦此亦彼的思维，这种思维对于振兴我国学术思想，是会有积极意义的。同时提倡走向对话的文化理论、文学理论。对话即发问、诘难、应答与比较。任何一种有价值的文化理论，都是在它的特定条件下的文化传统与反传统、不同的社会与文化的思潮的不断撞击的基础上形成的。一种文化理论一旦被引入另一国家的文化进程，就必然会给以鉴别，科学地判断它的得失，确定它的价值取向。有鉴别就有真伪的判断，有分析就有偏颇与价值的识别，有取舍就有侧重与扬弃，有创新就有不同程度的改造。创新，就会有必要的"误差"与偏离。在对话中可以发现本土文化与外来文化的各自的长处与局限，并要用外来文化中的有价值的东西激活自己。对话理论旨在促进现代的理论创新。

4. 感性与文化。旧理性、唯理性主义以为理性万能，它们忽视人的感性，压抑人的感性，它们通过盲目的政治迷信或是宗教的信仰主义，遏制人的感性的显现，扼杀人的人性的发展、个性的形成以及人的创造力。新理性精神并不是唯理性主义，它崇尚感性，因为生活本身就是感性的表现。人的感性的需求、生理需求是必须获得满足的，这是人类生存的条件。不过，即使是人的生物性的需求，它与动物的生物性需求并不完全相同的，而受到一定文化因素制约的。至于更为宽阔的人的感性生活的需求，应是人的文化的需求，即具有文化内涵的感性的需求。文学是人的感性生活的审美反映，同时也显示人们的理性认识。在人的感性生活中，非理性、反理性是普遍存在的，它们是人的生命、生存的组成部分。新理性精神承认非理性乃至反理性的存在的合法性，它们具有思想的、现实的特殊的创造力，这在文学艺术中尤其如此，所以需要吸取它们的合理性方面，成为自身的组成部分。但是，新理性精神反对以反理性的态度与反理性主义来解释生活现实与历史。极端的非理性、反理性主义，蔑视对人的终极关怀、对人的命运的叩问与人文需求，无度张扬人的感性和特别是人的生理享乐的本能，解体了人的感性。现今的一些所谓文学艺术、地摊文化，迎合市场的粗俗需求，贬抑并且鄙视人的文化、精神与价值，这就必然把人的生物性的需求当成人的唯一的感性需求，当成写作与表现的主要对象，使感性的描写变为滥情的展示，或是尽情地宣泄各种性经验与性幻想，加上媒体的肆意炒作，以致流向恶俗，走到反文化、反人文精神的地步。在生活与文学艺术中，从不同角度和需求，整合感性与理性的关系，正是重振人文精神的必由的途径。

新理性精神也不同于国内外的"新感性"及类似新感性的说法。这些学者认为，艺术与审美具有改变旧的感受世界的方式，创造新感性与新的主体的政治功能，实现人性与其本能结构中的革命与政治实践，从而成为预示社会转折的政治因素。这无疑夸大了感性的意义和作用，走向审美乌托邦了。

综上所说，新理性精神是一种以现代性为指导，以新人文精神为内涵与核心，以交往对话精神确立人与人的相互关系，建立新的思维方式，包容了感性的理性精神。这是以我为主导的、一种对人类一切有价值的东西实行兼容并包的、开放的实践理性，是一种文化、文学艺术的价值观。

新理性精神的基本观念，在我看来，对于当今的人文科学来说，我以为也是适用的。

一百多年来我国的人文科学，在世界文化思潮的冲击下，总是左顾右盼，处在不断的动荡之中，既有犹豫、徘徊，也有自强、进取。从20世纪50年代初到70年代末30年间，我国人文科学受到严重的破坏。原来十分诱人的现代性，逐渐走向"文化大革命"的动乱，对于人文精神人们则有一种伤残之痛，人与人应有的平等对话的关系，变为"文化大革命"的暴虐。噩梦虽然已经结束，但内心的创痛犹存。在20多年中，不少学者在介绍西方的文化、文学艺术思想，又把西方学术思想奉为圭臬。一些学者的观念令人捉摸不定，今天这种观念时髦，就按这种观念著文，明天那种思想风行，就按那种思想立说。一些学者则经历了痛苦的反思，经历了新潮文化、文学艺术与文学理论的洗礼以及对它们的思索。如前所说，这种"立足点意识"，开始是不自觉的，继而渐渐走向自觉。这使他们既反对不分青红皂白、一味否定传统文化与文论的现象，用西方最新学说来定位我们的文化和文学，也反对那些只能在名人导师著作中专事说文解字、数黑论黄的现象。对于传统文化与文论，我们需要否定的只是那些落后的东西、不科学甚至反科学的东西，而现代文化、现代文论传统中的那些经过实践检验的有用成分，则应当给以肯定，而且要把它们看成是创造新文化、新文论的出发点，转而融会中外文化、文论传统中合理因素，在此基础上，走向求新、求变与创新。脱离传统而创新，往往是没有基点的创新，过不多久，这座创新的大厦就会颓然倒塌。正是在这种境遇中，我把新理性精神看作反思人文科学与建设人文科学的立足点。

新理性精神作为思想开放的实践理性，只是想在吸取以往的多种思想原则的长处的基础上，走向新的综合，确立一些原则，给自己一个新的立足点。它自然承认其他的思想观念，多元的文化思想与多元的文学观念。

1995年我提出"新理性精神"后，次年阐释新理性精神的论文介绍到了国外。2000年，我出版了《新理性精神文学论》一书。我

九 新理性精神与文学理论研究

把在新理性精神观照下提出的文学主张,称之为"新理性精神"文学论。在开头不很自觉到后来比较自觉地寻找、确立"立足点意识"的过程中,我在20世纪80年代的著作中,提出了一些后来我不断进行阐释的理论范畴,这就是前文学与文学、文学是"审美意识形态"、创作过程是一种"审美反映"说、我所理解的"文学本体论"、文学发展的形式、文学的更迭与非更迭现象、以创作原则代替创作方法、民族文化精神以及对文学文化关系、把文学视为文化的组成部分的强调等。我想是否可以这样说,这仅是新理性精神文学观念的一种形态。

2001年秋,于厦门召开了"新理性精神与文学研究方法论全国学术研讨会"。在会上,我所表述的新理性精神的观念,受到了不少学者的质疑、也获得不少著名学者的肯定。后来童庆炳、朱立元、王元骧、许明、徐岱、黄鸣奋、杨春时、顾祖钊等学者纷纷发表专文,初步梳理并揭示了人类思维的发展趋势、改造的可能与需要,探讨了理性、非理性、反理性多种哲学与新理性的关系,感性与文化的关系,历史地、逻辑地丰富了新理性精神。由于新理性精神是一种开放的理论的自觉,所以,即使一些同行认可了新理性精神的原则,但在文学观念的具体阐释中,也是有同有异,互为包容、互有特色、互为丰富的。

(二)文学观念与文学研究

1. 文学是"审美意识形态"说与作为创作过程的"审美反映"。

1982年笔者在《人性共同形态描写及其评价》一文中提出,文学是一种"具有审美特性的意识形态",但那时不很自觉。1984年,在文学是什么、不是什么的讨论中,笔者又提出文学是"审美意识形态"与文学创作是"审美反映"说。[①] 后来得知,认为文学是一种"审美意识形态",俄国批评家沃罗夫斯基曾在1910年的一篇论述高尔基的文章中就曾提及;苏联美学家布罗夫在1975年出版的小册子

[①] 见拙文《文学理论的发展与方法更新的迫切性》,《文学评论》1984年第6期。

里曾提出艺术是"审美意识形态"说，但都无阐释，而且后者的这一提法是有争议的，并不科学。而"审美反映"，卢卡契在其《审美特性》一书中就作过专门的讨论。笔者在提出这些术语方面，后来觉得与他们有一种契合感，但在阐释上是很不相同的。

关于文学是审美意识形态，笔者认为审美是文学艺术的根本特征，无审美特性则无以言文学，但文学作为审美意识形态，则是在其历史发展中得以显现出来的。先民无文学，但先民在其自身的发展过程中，形成一种思维能力，即神话思维。神话思维作为人普遍地把握世界的方式，是一种混合性思维，审美本性是这种思维的根本特征，是人自身本质特征的确证。先民的审美本性表现在审美意识的不断形成。审美意识体现在原始的歌谣、仪式巫唱、先祖的神话传说、民间故事之中，它们流传于先民口头，成为文学的萌芽与文学的前形式。随后神话思维有了分化，文学性的语言大为发展，从劳动游戏、歌谣巫唱中逐渐生成韵律，艺术手法不断丰富，赋、比、兴成了前文学向文学过渡的审美中介，在文字不断完善的基础上，诗歌呼唤着形式。于是出现了现代意义上的文学，文学通过文字的审美结构而获得形态，并且在其历史发展中不断完善自身，成为现代意义上的"审美意识形态"。文学作为审美意识形态，以感情为中心，但这是感情和思想的结合；它是一种自由想象的，但又具有特殊形态的多样的真实性；它是有目的的，但又具有不以实利为目的的无目的性；它具有社会性，但又是一种具有广泛的全人类性的审美意识的形态。笔者把文学是审美意识形态、审美的意识形态性是文学的基本特征，视为文学研究系统的最高层次的问题。

关于"审美反映"说，笔者认为，应把文学创作与文学批评中的简单的反映论与能动的反映论区别开来，不做区别，很可能导致新的庸俗社会学。从反映论观察文学，文学的某些本质特征方面，可以得到阐明，也可以使用其他层次的方法研究文学，但不能把反映论直接移植于文学创作，阐释创作应以审美反映论代替反映论。审美反映论有其自身结构，它是由心理层面、感性认识层面、言语形式层面和实践功能层面组成的统一体。审美反映中主观性的创造力表现为现实改造，现实呈现为三种形态：现实生活、心理现实与审美心理现实。心理现实中主客观时时产生双向转化，客观因素的主观化，主观因素的对象化。侧向主观的审美倾斜，可以形成创新，也可能失去沟通。审美反映的动力源，来自主体的审美心理定势，审美心理定势的动态结构（格局）形成一触即发的内驱力，不断要求主体去获得实践的满足。审美心理定势的不断更新，使审美主体不断走向审美反映的新岸。不存在没有表现的审美反映，自我在表现中找到归宿。审美反映的无限多样，一是现实的无限性，二是主观性是一种不断更新的动力。凡是主观性不强的审美反映可能是失败的审美反映。创作个性是主观性的最高要求，是创造的极致。最丰富的是最主观的和最具体的，这一命题实际上已超越了审美反映。

2. 文学本体论。笔者把文学本体论作为探讨文学研究系统的第二层次。

文学本体探讨的是文学存在的形式，它的存在的方式。笔者吸收了韦勒克以及接受美学的经验，并给以改造，提出文学的存在由三个层次构成，组成文学本体论：即语言结构的审美创造系统；主体的审美创造与审美价值的创造系统；阅读接受的审美价值的再创造系统。笔者认为，要把形式主义、新批评、结构主义学派所排斥的多种因素，如文学作品所描写的现实、历史、社会关系、社会意识、人的心理现象，即文学所描写的一切，归到文学本体范围。新批评派所说的文学本体论，实际上说的是作品本体论，探讨的如谐音、节奏、格律、文体、意象、隐喻、象征、神话、小说叙事模式等，只是作品的形式构成因素，作品的存在方式。

3. 文学发展，是文学研究系统的第三层次，要探讨文学本体的发展。相对于文学是语言结构的审美创造系统，要研究文学的体裁的历史的生成与演变，它的生成的规律性。相对于文学是审美价值的创造系统，要研究创作主体的个性、艺术风格（风格的生成结构与审美中介）与流派（它的深层结构）、思潮的关系，创作原则的选择等问题。相对于阅读接受是审美价值的再创造系统，要研究文学在不同时期的接受的历史，对不同时期读者群的影响及意义、价值的生成与再生成。文学作品的意义是由这3个层面互为影响的结果。笔者不使用并不十分科学的所谓"创作方法",而代之以创作原型、精神与原则。认为文学发展并不是一般所说的是一种文学替代另一种文学,如现实主义文学替代浪漫主义文学,现代主义文学替代现实主义文学。实际上,在文学的发展中,存在着更迭与非更迭现象。文学中的更迭的、替代的实际上是创作思潮、流派,而非创作精神与原则,创作精神与原则一旦形成,也即创作思维形成类型,就具有相对的独立性,成为不可更迭的现象而长久存在,可以不断进行丰富,但没有什么东西可以替代。这就是为什么现实主义文学繁荣期,浪漫主义文学仍在发展,现代主义文学得势时,现实主义文学照样繁荣的缘故。而人们往往把创作原则、精神与艺术思维类型,和创作流派、思潮相混了,形成了文学发展论说中的一股替代之风。

4. 但是文学是一个国家文化的组成部分,文学的发展是在文化这个大系统运动中进行的,文学不能不受到诸多文化因素的制约与影响。民族文化在其长期发展中,形成了它自身的思维特征、心理结构和它的价值系统,在这些因素的综合作用下,形成了"民族文化精神"(一般提民族精神,在文学理论中不甚确切,缺乏中介),这是民族文化心理的历史的积淀,它的潜在形态的强弱兴衰,有形无形地制约着民族文学的发展。一个国家的文化给予文学影响的,正是由这个国家千百年来历史地形成的民族文化精神。民族文化精神作为民族的深层心理结构,影响着文学观念的形成。民族文化精神进入文学艺术,将会转化为相应的文学艺术性的观念;作为创作的深层心理结构,使艺术思维方式成为一种富有民族特性的审美把握方式,并在创作者的气质中表现出来。自然,民族文化精神不是一成不变的现象,它不断受到现代意识精神即现代性的选择,以及外国文化中的优秀成分的影响。

在这里,笔者将文化分为审美文化、非审美文化与介于两者之间的文化形式。审美文化即其他艺术门类、如音乐、绘画、雕塑、舞蹈、书法、影视艺术等,非审美文化如政治(包括体制)、历史、科学、道德、哲学、民俗等,介于两者之间的文化形式如宗教。文学就是吸收了众多文化的潜在的作用而表现了其民族文化精神的。文学理论对于众多的文化因素与文学的关系进行系统的研究，就是文学的文化研究或文化诗学。

文学研究系统的最后层次，是文学史的研究。笔者比较了各种文学史类型，提出撰写文学史的一种优化的选择方式，即审美的、文化历史的方法，使用这一方法，可以使文学史研究达到理论形态与历史形态的高度融合与相互浸润，而走向新的高度。①

这是在新理性精神思考下的一种文学理论形式。不少有成就的学者大体上具有类似的思维方式、思想与方法，但其著述各有特征。其中既有与我同辈的学者，也有一些中年的学者、青年学者。他们思路开阔，知识面宽，视角新颖，理论阐述有深度，学风良好，多有创新，成绩卓著。他们的具有学术个性的著述，形成了文学理论中的色斑斓的风景线。我想21世纪的我国文学理论研究，将会开创一个更为宽阔、富有活力的新局面的。

（原文作于2001年10月5日，2002年7月20日再改，刊于《东南学术》2002年第2期）

---

① 见拙著《文学原理——发展论》，社会科学文献出版社1989年版。

十　守望人的精神家园

在文学批评把文学与道德的关系贬了差不多有20年之后，我们今天还能来谈谈文学与道德的关系吗？当不少理论家、批评家今天已扩大了自己的学术视野，通过文学研究而进入了经济、政治、社会等公共领域，也即走上了"文化研究"之路，我想，他们还会再对文学与道德这类议论，进行指责吗？

文学曾经沦为政治、道德的说教，成为宣传乌托邦思想、道德的简便工具。这种措施扼杀了作家创作的灵感与自由的想象。当人们一旦清醒过来，自然要求文学回归自身，并且由于20世纪80年代初输入了的外国文论中的文学内在研究方法的推波助澜，以致我们一些论者走到文学是纯而又纯的审美领域的地步，以致一见道德诉求就会进行愤激的挞伐，提出文学与道德无关，否则就是又要让文学创作道德化，进行说教宣传，否则就是文学批评伦理化，等等。

对文学的重新阐释，无疑是要求文学回归自身的表现，而理论上的偏激，却是对现实生活的强烈反弹使然。在当今经济正在走向"全球化"的时代，在科技高度发展、知识膨胀、一触电脑就可获得大量信息的时代，我们深深地感到，我们的社会风尚和生存方式正在急速变化之中。社会生活似乎像翻了一个身，一切都在快速地流动，一切都显得捉摸不定，那些不适合于新的经济发展的原有的体制与意识形式，正在发生着蜕变。社会进入了一个过渡期，这使得我们的哲学、道德、文学，无不都染上了这种过渡期的色彩。原有的意识现象，或是正在重申自己的价值，辨证自己存在的理由；或是正在更新之中，紧张地改造着自己存在的形式；或是正在瓦解之中。

十　守望人的精神家园

在人们的现实生活关系的激变之中，公共道德与个人道德面貌的下滑，是最为深刻、令人伤感、又是无可奈何的事了。自然，随着市场经济的需求，新的人际关系的准则，新的公平的、平等的、竞争的关系正在形成之中，新的道德萌芽正在破土而出。但是市场化的原则，十分明显地表现了它的两面性，它既是建设的，又是破坏的。如果对于正面的势力不加引导，如果对于严重分配不公的消极因素无力遏制，那么我们的生存状态将会进一步恶化下去。同时，科技、信息技术的进步，同样具有两重性的特征。在一部电脑终端机前，人们可以把握四面八方源源不断而来的各种信息，在知识的太空里遨游，但同时也正按着资本与白领阶层的趣味，改变着人们的生活风尚、审美情趣；其中自然还有无孔不入的地摊文化与无休止的媒体营利炒作出来的文化时尚。我们看到，在旧有道德关系的瓦解之中，那些人与人之间最为基本的伦理准则，在"文化大革命"之后尚未得到什么改变的情况下，却在市场原则与信息技术消极因素和其他影响的夹击之下，再次被消解于无形，承受着不可承受之重。

人的生存既是物质的，又是精神的，他自应趋向于双向的完善与完美。人们本应利用科学技术，有节制地开发自然，但是掠夺式的索取，造成了对自然的极大破坏，人给自己制造了苦果，威胁着自己的物质生存环境。人们本应利用物质的富有，进而建立最具人性的文化关系，人的精神家园。但是在物欲的驱使下，正常的人性关系不断在解体。由于物欲的追求，淹没了生存的理想，于是人们的活动主要转向为自身的生物行为、经济行为服务，于是造就了大大小小的"钱性权"式的人物。这些头顶三道光环的人，到处得势凯旋，成为当今人们崇拜的偶像与英雄；而在文学创作里，一些人以描写吸毒、展现各种方式的性滥交为时尚，却被记者团团围住，标榜前卫，如蝇逐臭地追踪报道无聊的一言一行，这都使人们看到了文化中的颓唐趣味所向。这类东西，使人们深感精神家园的残破，灵魂的飘零无依，似乎踯躅于灯红酒绿的现代的荒原。

反对文学艺术与道德伦理有关，以往大概唯美主义者王尔德说得最为激烈的了。他曾经说，"书无所谓道德的或不道德的。书有写得好的或写得糟的。仅此而已。""艺术家没有伦理上的好恶。艺术家如在伦理上有所臧否,那是不可原谅的矫揉造作";他还说,"一个艺术家是毫无道德同情的。善恶对于他来说,完全就像调色板上颜料一样,无所谓轻重、主次之分"。"一切艺术都是毫无用处的"。有些论者是很相信这类观点的,所以也就主张写作非关道德,评论也不能从道德的角度进行评析,否则就是把文学创作视为伦理道德的宣传了。如果完全同意王尔德的唯美主义的主张,那自然也是一种观点。但是我们对王尔德进一步做些了解,恐怕上面的那些他所说的话,并不符合他自身的形象。王尔德在 19 世纪末的英国文坛,标举唯美主义、"艺术至上"的旗号,反对了当时文学艺术中的自然主义与过分的功利主义;他崇尚美和技巧,确是写过独具一格的戏剧、小说艺术作品。他自己和他小说中的某些人物,有着相似之处(自然不是等同),宣扬享乐主义人生,追逐官能刺激,可叹的是他身体力行,有违道德人伦,为人告发而被关进牢狱。当期满释放后他说:"当我入狱时,我只有一颗像顽石一样的心,我只得追求享乐。现在我的心完全破碎了,现在是同情充满了我的心胸;现在,我知道同情是世界上最伟大和最美丽的东西。"当他沉湎于官能享乐时宣扬过,艺术家在伦理上是不分好恶的,否则就是矫揉造作了。这种表述,好像有些预示着将为他自己后来的行为进行辩护的。但是当他身陷铁窗,经历了身心的苦役之后,他意识到艺术家是需要同情与怜悯的,而且竟认为同情是世界上最伟大、最美丽的东西了!但是同情是最具人性色彩的、最具普遍意义的道德品格。人性的同情,也就是道德的同情。如果是这样的话,那么艺术家还能在伦理上不分好恶、不能有所臧否的吗?能够是"毫无道德同情的"吗?还能说善恶仅仅是调色板上不分轻重主次的颜色的吗?至于说到文学艺术的用处,自然,他的剧作和小说,是不能吃的,也不能穿的,在这方面确是毫无用处的;可是他的作品又毕竟给人以审美的愉悦,或是给人以审丑的震惊,这不又是有用的吗!

我国 20 世纪 80 年代后文艺中唯美主义思想的出现,也可以说是对过去极端的功利主义文艺观的有力反拨,同时也是文艺自身多样化的一种表现，自有它的合理之处。但是为此也付出了代价，即没有树立起作家人格上的那种凛然正气与道德力量，却是销蚀了创作中的那种道德伦理的强大批判力。自然，这也并非仅仅是唯美主义创作倾向的缘故，渗透到当今社会每个角落里的新的实利主义、食利主义的习尚，实在是最为根本的原因了。对于文学艺术和道德伦理的关系，我以为是不能囿于唯美主义所理解的框框的。文学创作是一种通过语言结构进行审美或是审丑的创造活动。它固然可以避开伦理道德的负载，以致可以说它无关伦理，这类作品是存在的，也有很多优秀之作。也有进行文字嬉戏的，它们自然消解了话语表述的涵义，甚至也消解了文学形式自身，虽也可算作叙事形式的一种探索，但它们瘦得好像是些皮包骨头的女人，内涵极为单薄，这也是事实。

　　人们常说，文学创作是描写人的，人的方方面面都是可以进入文学描写的视野。那么人的方方面面是什么呢？文学是整个社会文化的组成部分，人的方方面面，实际上就是人栖居于其中的社会文化的方方面面，就是人与人的多种相互的文化关系。创作的人，实际上总是面临着审美的或是审丑的多种文化选择。社会文化的多方面的内涵，如政治、战争、伦理、道德、风尚、哲理、日常生活乃至两性生活，无疑都是文学创作进行审美或是审丑的文化选择的应有之义，因此我们无法把这些文化因素排除在创作实践或是文学理论研究之外，说文学艺术或是无关道德，或是无关政治，等等。

　　创作中的那种审美或是审丑的多种文化选择，必然折射出作者、人物人性中最最基本的方面，即那些使人所以为人的基本方面，血性与良心，怜悯与同情。这些人性的体认，都显现在作者、人物对社会、政治、战争、历史、伦理的、道德的、哲理的、甚至两性关系的审美或是审丑的把握之中。读者阅读这些画面与抒写，是一种感情性的体验，感受与体味那些画面描绘、感情抒写中所渗透出来的人性的动向：庄严与鄙俗，高尚与卑微，凶残与善良，或是兼而有之的极端复杂的人性品格。正是对于人性的品格如人的血性与良心，怜悯与同情的蔑视，才使得过去一个时期的文学与艺术，失去了自身的灵性与灵魂，而变得一片荒芜。当前的一些优秀作品，描写旧时的没落贵族,边陲的民族风情,女人的幽怨命运,家族的兴衰历史,甚至读者关注的现实的故事,它们散发着人生的感叹、命运的同情、道德的批判力,而提升了人性的感情的。而那些为了满足物欲,无节制地展览已经失去任何意义的两性自然行为的写作,在写人、写人性的借口下,散发出来的已是人性的腥臭了。这些作者不知会不会有王尔德式的省悟!

文学艺术的荒芜,意味着人的精神家园的荒芜。虽然文学艺术并不是人的精神家园的全部,但占据着主要地位,却是十分明白。人不能没有文学艺术,应该怀着良心与道德来守护我们的精神家园!

(原作刊于《人民日报》2001年5月13日)

十一　文学批评中的价值取向问题

新时期的改革开放给整个社会生活带来了生机，市场经济的形成，竞争机制的确立，不仅改变了物质文明的面貌，也极大地开发着个人的潜能，改变着人们的意识。同时西方种种价值观念的影响，使原有的传统观念受到极大的冲击，甚至不断解体。在这种情况下我们看到，个人与社会的关系存在着分离的一面。这是当前人际关系和精神生产中的一个关键性的问题。在文学创作、理论批评方面发生的一些问题，看来与这一变化有着内在的联系，变动不可避免。

在创作上，有注意群体但开始走向体现个体审美意识的文学作品。这是20世纪80年代初期广大作家形成的一种具有传统色彩、注意文学与社会、文学与人民和时代相互关系的文学。十多年来，这种文学历尽曲折，但它不断改造自己，更新自己，一直延伸到今天，且在近期表现得颇有生气。随后，就有张扬极端的主体观，崇尚先锋性、实验性、反传统的文学作品。文学中出现的淡化价值、取消价值的倾向，反映了社会人际关系在精神生产中的一种微妙的变化。文学创作就作者来说，可以说成是一种个人事业，但是它作为精神产品，在传播交往中对社会发生着影响，因此它又是一种社会性的精神生产。在今天，作家与社会的关系无疑发生着变化，但变到什么程度，也即与社会、公众如何相处，或不管社会、公众到什么程度，却必须有一个准则。这里有一个在促进社会进步中共同遵守的限度。这正是需要作家给予调整的一种关系。

近年来文坛上出现了一种反人文精神、反美学的文学批评，其价值取向上的消解性和消极性，严重影响了文学创作和文学批评的正常发展。

　　文艺批评近几年来发生了重大的变化，这主要是一种价值取向上的变化。一方面，一些批评受到市场经济的左右，成了金钱的附庸，从而失却了批评应有的品格；还有社会对批评的极端漠视，在市场经济的运转中，理论批评所花的精神劳动与其应得的收入，简直不成比例，这在客观上导致批评队伍的无所作为和附庸倾向的发展，这方面的问题人们已谈了不少。另一方面是批评自身的严重自虐，一些批评文章在大力淡化价值的追求，进而取消价值，并且极力推动这一趋向。这些批评文章对什么都不予承认，对任何价值都表示怀疑，并且直截了当地予以否定。它们嘲弄意义，反对理性，解构历史，躲避崇高。它们在创作中力主非理性与偶然性，欣赏平面，削平深度，不分善恶美丑。它们一面张扬创作多样与审美特性，一面则从中消解受到审美活动影响的那些最常规性的社会规范；它们也称颂文学是人学，但偏爱、推崇大胆展现官能刺激的作品，并为之叫好。这类批评数量不多，不过很有影响。自然，对于本质与现象、本质与本质化、理性与非理性、必然性与偶然性、价值与虚构、崇高与伪崇高，应当进行学理的和适合于文学创作的分析。但是对于那种摆出与任何价值取向截然对立的宣传，我们应当看到它不过是另一种性质的价值取向的表现。确实，我们曾经有过理性的反动，文学描写中的本质化倾向，伪崇高投下的阴影，必然性在艺术描写中形成的老套，生活中历史言说的随意性，乌托邦的一度现实化。但是转而崇尚极端的非理性，对任何事物持嘲弄态度，维护低级趣味，取消文学的价值，消解它的意义，这岂不是又一种舆论的极端？看来这种理论与批评，并不是一种科学意义上的批评，而是一种表现了反人文精神、反美学的文学批评，这也是当今文化领域中虚无主义的表现。必须了解这种文学批评的消解性，它的不利于文学正常发展的消极性。

　　文学批评可以有多种多样的批评，但任何批评总有自己的价值导向，其中最基本的就是审美的、历史社会的价值导向；在重建和发扬文学批评中最具普遍规范意义的准则的同时，形式性的批评也应得到认真的鉴别与吸收。

十一　文学批评中的价值取向问题

文学批评与文学创作是整个文学的两翼，它的独立的品格无可怀疑，批评自身确应调整自身关系。无疑批评可以有多种多样的批评，但是任何批评总有自己的价值导向，在这点上它们是一致的。其中最基本的就是审美的、历史社会的价值导向。以审美的、历史社会为导向的评论，是当今文艺批评的一个重要方面，好的评论不少，但也要看到如前所说的文学批评迷失的实际存在。自然，就像文学创作一样，批评可以审美，也可以进行审丑，而审丑是为了揭露丑恶，嘲弄丑恶，使欣赏者超越这种丑恶。然而一些批评对于最为一般的美丑准则，已经不予区别，并且转而去颂扬丑恶，投入丑恶了，批评所赖以生存的审美分析的价值准则，被对世俗丑恶的宣扬所淹没，历史社会分析中的价值判断，则被一些人津津有味地咀嚼着的粗俗感受描写强行替代，这可能就是它们的作者所说的所谓消解"策略"的一部分了。但是批评还是要发展的、进步的。当今，批评需要恢复和加强它的人文因素，要重建与发扬批评中最具普遍规范意义的准则。

另一方面，形式性的批评也应给予重视，并使之发展。文学审美有时会表现出一种纯审美现象，批评可以从纯审美方面进行评说。20世纪80年代中期以来，西方的形式主义批评在我国大为流行，一些人以为只有这种批评才是批评的正道。其实然又不然，这可以从两个方面来说。一是这些批评学派确是扩大了批评的领域，丰富了人们对文学的了解，并且大大地丰富了批评本身，使我国文学批评变得丰富多彩。但其二，由于一些人的片面张扬，结果是一些批评实际上变成了批评者的个人爱好的写作，而相当部分表现出来的则是批评者的文字游戏。这类文字除作者自己和几个同好欣赏外，连许多专业批评者也被弄得晕头转向，望而却步，更遑论一般的读者了。它们把某些形式因素的分析当成目的，却远离了通过这些因素审美何以生成的主要方面。批评的正常发展，要求对这些形式的批评进行清理，结合我国的文学创作的实践，确定它们的影响，它们各自的范围与作用，排除消极的因素，肯定它的价值方面，在理论上进行界说，有鉴别地吸收它们。

人文精神与科学分析自觉地、有机地相结合，将会形成一种新的批评形式和新的批评精神，有利于文学批评确立自身正确的价值取向，从而调整创作与批评的关系，促进文学的进步。

批评的上述两个方面的有机结合，实际上就是人文主义的和科学主义的审美批评思想的结合。在我看来批评的这两个方面是不可偏废的。审美的、历史社会的批评，本来是突出了审美因素的。但根据以往的教训看，一般批评往往是突出了后者，而忽视了前者。实际上，要看到审美在这里既是目的又是中介，而批评一旦失去审美中介，就会直接奔向社会的批评、伦理的批评，使文学批评失却了自身的品格，从而导致批评的庸俗化。但是社会的批评、伦理的批评甚至政治的批评就一定要不得吗？不，这里的难处在于要使批评成为一种审美判断。它既是审美的，又是历史社会的，在审美接受的再体验、再创造中，既不扩大作品所没有的趋向，但又不缩小作品的社会的、政治的涵义，甚至在所谓审美观照的名义下，故意对这些涵义不予理会，视而不见。我们不能同意，一些作家在自己的作品中大写生活中的社会、政治现象，并给予这样那样的审美评价，甚至对这些现象进行嘲弄与歪曲，却声称他只是在进行纯粹的、不涉及社会内容的审美描绘，受欢迎的只能是谈谈他的创作的文字风格特色、艺术创新的批评，否则就是"棍子批评""文革批评"，等等。这是否把读者估计得太低了？自然，"棍子批评""文革批评"是有的，甚至大字报式的批评在今天仍未绝迹。但是作者与读者之间存在着一种审美交往的关系。你既然通过你的审美描绘，传达了那么多的社会信息，并使人们在阅读中接受了它们，那么在别人评价它们时，却要人们对这些信息装作视而不见，不允许别人进行即使是最起码的审美还原，这是多么不公平的审美交往？审美难道是一种纯生理的非社会性的感情活动么？难道你不是把你的爱与恨，犹如盐入水中一样，有声有色地融入无声无息的审美描绘中去了么？由此，审美的人文精神的普遍性原则的恢复与重建，是十分必需的。批评的形式方面的探索，也是必需的。文学中存在社会性因素极端淡薄的作品，如果用历史社会的方法自然就不得要领；同时分析一些社会性浓重的作品，也可采用纯形式的分析。好的形式分析，可以探及艺术的微妙之处，可以揭示艺术结构的特征，语言创新的无限可能性。不过，要说这是批评的唯一的正道，那就未必。因为作品的审美特色，可以在语言、结构的分析中表达出来，但是其深刻的涵义，只能在审美的、历史社会性的综合分析中被比较全面地揭示出来。这样，形式的批评也必须进一步地规范自身，建立起多种多样的各有特色的批评准则来。

人文精神与科学分析自觉地、有机地相结合，将会逐渐形成一种新的批评形式，或一种新的范式和新的批评精神，从而推动批评、影响创作的发展。

（原文刊于《人民日报》1997年6月19日）

十二　全球化语境与文学理论的前景

（一）20世纪90年代的文学理论既有解构，也有建构，是现代性的新的理性表现，当前"文化研究"的兴起与意义及其后现代性特征，整体意义上的文化研究与现代性诉求

20世纪90年代，是我国文学理论日益感到全球化影响的时代。其实，早在80年代的最初几年，当外国文论不断介绍到我国，那时我们讨论问题，总要把它们放到更为宽阔的文化背景上去探讨，自觉不自觉地汇入世界文艺思想的潮流，从而使我们的意识逐渐趋向一种全球化的倾向。

20世纪90年代，是我们深深感到经济观念、生活观念、文化观念进一步发生重大变革的时代，从国内到国外，似乎到处都在发生着文化争论、爆发着冲突的时代。在我们自身周围的生活中，到处迷漫着不安与焦虑，好像一切都翻了一个身，一切都在迅速地流动与转变之中；所有事物似乎都失去了原有的规范，显得不很确定，难以定型。颠覆、解构、反中心、反权威、边缘化等体现了现代性与后现代性的种种思潮大为流行，似乎所有现象都受到它们的浸淫，这使得那些竭力要保持中心、权威的人们，一听到这些具有挑战性的名词就心惊发怵。同时，这个时代也是兴起流行文化、大众文化的时代，一些

知识分子通过对它们的研究，能够表达一定的思想，有限地表述自己的意见，整理并批判各种文化思想，企图参与现实、历史的进程，期望着发生某些相互的影响。无疑，这些文化行为正使我们渐渐融入一种全球化的意识之中。

至于在文学艺术、文学理论、文学批评方面，20世纪90年代正是它们获得自主性同时又是走向边缘化的时代。在经历了近百年的风风雨雨之后，文学艺术、文学理论与批评终于回归自身、同时也就失去了人为的轰动效应，而逐步趋向正常状态。20世纪80年代下半期和整个90年代，市场经济的影响与信息技术的直接介入，使得大众文艺、影视艺术以及传媒工具，对原有的文学艺术发生了重大的冲击，这导致文学观念又一次发生了重大的变化，趋向多样与宽宏。人们的文艺思想进一步分化甚至相互对立，文艺界实际上派别林立（正常意义上的）而又相互共处。多种文学话语与理论话语，可以相对自由地喧哗，以至达到前所未有的思想、话语狂欢的地步，自然，其中既有严肃的文学的探索，也有颓唐的文字经营与媒体的无休止的营利炒作。开头我们对于这种复杂的文化现象不甚了了，随后意识到，我们正被不依我们意志为转移的经济势力，投入了商业化的操作之中，这是难以抵御的经济全球化和由此而形成的全球化语境所必然产生的现象，我们看到了一个现代性的消极因素与种种后现代性因素杂然并陈的局面。

在这种多变的、不确定的似乎是非理性的语境中，作为人文知识分子，我们还是应当采取一种新的理性精神的立场，一定的价值判断的立场，来理解20世纪90年代文化现象。我们所持的价值立场，可能会大体一致，或者有很大出入，甚至相互对立，这是完全可以理解的。但是只要不是那种故意引起"轰动效应"的、横扫一切的、红卫兵式的批评，或是乱打棍子的痞子式的批评，大家就完全存在着求同存异的对话的可能。

我国20世纪80年代后半期以来的文学理论，是一个解构同时也是建构的过程，解构与建构是共存一体的。解构什么？解构那些严重束缚、阻碍文学艺术发展，无法对文学艺术进行科学解释的教条规定。这在早期当然是行政力量起了作用，但是我们看到，行政方面后来再行设置任何新的条条框框、清规戒律，已无济于事，文学艺术与文学理论批评，在市场经济的影响下，已按着自身的生存方式与自身的规律办事，远离行政的号召与指令。这一趋势的进展，在20世纪90年代中后期尤甚。促进这一趋势的出现，现实生活的需求当然是最为根本的原因。只要是不符现实生活发展趋势的各种号召与指令，即使看来应时顺势，也再难以发挥它的影响力。在这种情况下，我以为文学艺术、文学理论获得自己应有的独立自主性，确立了自己的主体性，是这一时期的最为激动人心的、最为重要的成果之一。

所谓文学理论的自主性，主要是指文学理论摆脱了政治的束缚，使文学理论回归自身。几十年来的沉重的政治管制，使文学理论完全成了一些政治家手里的、不断朝令夕改的某些政治行为的等价物，文学理论完全失去了自身存在的尊严与价值。如今，文学理论分清了与政治的界限，作为一门独立的学问，开始建立起自身的学理。自然，政治作为一种行政的意识与手段，仍有可能来干预文艺现象，但已不易收到实际的效果，这就是所谓解构了。解构还表现在过去不少被奉为重要的、神圣的理论原则，如今已退出文学理论，也是事实，这是一方面。

另一方面，文学理论的自主性，自然还在于理论自身的学理建设。20世纪80年代下半期和整个90年代，是我国文学理论比较全面地建立自身学理的时期，确立自身主体性的时期。在文学理论学理的探索、建构中，无疑，西方文学理论发生过重要影响；20世纪80年代初期，在西方文学理论思潮如潮水般涌入我国的时候，我国文学理论中的西化倾向十分流行。但是西方文学理论中的审美研究、作品形式、结构等因素的内在研究，和那时我国美学问题的大讨论，都对我国文学理论改造起到良好的作用。同时在讨论中，不少学者对现代文论传统进行了有批判的吸收，并且力图打通古今中外。所以到了20世纪80年代后期和90年代，我国的文学理论研究就出现了前所未有的生动景象，新说屡起，佳作迭现。文学理论中的新作，都是在解构旧说的基础上出现的，同时又是新的建构。因此，在我看来，这十多年的文学理论，不是一味的解构，不是一味地听从外国人说话，不是把外国人的文学理论进行简单的移植,而是在批判、借鉴的基础上,对文学理论既有改造,又力图有所创新,并且卓有成效地创立了一些新的文学理论范畴。在商品经济的大潮下,文学理论在不断地走向边缘化,不被人们重视,但是应当承认,文学理论是个有成绩的部门,真正的理论创新,自会留下自己的印痕。自然,我们不能把成绩估计过高,当今一切都处在过渡状态之中,但也没有理由妄自菲薄。新的理性精神的解构与建构,正是文学理论现代性的体现。

正是本着这一认识,我和童庆炳先生编辑出版了《新时期文艺学建设丛书》,广收我国在新时期文学理论方面有创建的著作,以记录学者们所作出的努力与文学理论的更新,为新世纪文学理论的进一步建设,留下一份思想资料。

在这套丛书里,有探讨文学审美特征的著作和审美价值结构与感情逻辑的著作;有研究文学艺术精神与艺术的生存意蕴的著作;有阐释艺术与人和文艺学的人文视野的著作;有文学艺术本体反思、文化批评、汉语形象和现代性与文学理论现代性问题的理论思考;有文艺学的民族特色、比较诗学、宗教文艺审美创造探索;有新意识形态批评、圆形批评与圆形思维主张的张扬;有诗学研究、创作心理、文化诗学、文本生产、原型的理论与实践的细致剖析和审美实践文学论;有新理性精神文学论等文学理论主张的标举等。此外还将收入一些著名学者的论著。从上面涉及的不少论题来看,它们触及了文学理论的各个方面,这是过去的文学理论所没有过的现象。这些论著阐发问题的深度可能不会令人完全满意,但重要的是其中一些著述,并非泛泛之论,它们并非食古不化,更非盲目崇洋,而是针对文学、理论的现实,提出了新的见解,或是新说;出现了一些新的核心概念,并已在理论实践中发生作用,初步形成了我们自己的文学理论的视界。上面提及的一些问题,也可以作为重要课题而继续深入,同时新的理论问题还会不断出现。丛书的出版,显示了新时期以来文学理论进展的实绩的一个侧面。自然,此外还有一些学者的重要的文艺论著,由于出版条件关系,未能列入,使我们深以为憾,这是需要说明的。

20世纪90年代，当鸟瞰20世纪中外文论的发展时，我曾指出两者之间曾经发生过两次错位。一次是20世纪80年代前，西方文学理论的主导研究是一种内在研究，而我们则把文学理论的外在研究发展到了极致。结果是两者都走入绝境，难以为继。另一次是20世纪80年代开始，当全球化语境正在逐渐形成之中，西方文学理论的主导倾向，由内在研究而走向外在研究，而且声势越来越大。而我国文学理论，则由外在研究而走向内在研究，大力探讨文学理论自身的问题、规律等。从目前的双方文学理论情况来看，说不定可能是第三次错位了。

在20世纪70年代末、80年代初欧美文论研究向外转的潮流中，我觉得一些学者的取向是不尽一致的。像法国的某些结构主义者，发觉了文学内在研究的局限性之后，要求将文学研究与文学所包含的其他文化因素结合起来，努力发掘文学本身固有的文化涵义，以充实文学研究，这大体是属于文化诗学的研究范围，如托多罗夫。另一些学者特别是后来的美国学者，实际上一开始就转向了所谓"文化研究"。欧美的这种文化研究，其实早在几十年前，在德国、英国就开始了，20世纪80年代初，不过是完成了一个巨大的转变而已，并且由于时代的变化，文化研究相应地改变了自身的涵义与主题。关于这点，我国一些学者已有介绍。我们看到，在当今这种文化研究思潮的高涨中，欧美国家的文化研究，发挥了解构主义、后现代主义的精义，不仅把文艺研究视为文化研究的一个组成部分，而且实际上以文化研究取代了文学理论的研究，渐渐消解了文学理论研究，趋向后现代文化思想。

欧美的"文化研究"，贯穿了后现代主义文化思想，体现了后现代性的诉求，解构了以往的学说。诚如美国学者哈桑所指出的那样，后现代主义主要表现为如下特征，即它的"不确定性"与"内在性"。所谓不确定性，即含混、不连续性、异端、多元性、随意性、变态、变形、反创造、分裂、解构、离心移位、差异、分离、分解、解定义、解密、解合法化，等等。所谓内在性，即强调人的心灵的能力，通过符号来概括他自身，通过抽象对自身产生作用，通过散布、传播、交流，来表现他的智性倾向。① 于是历史与虚构可以混同，历史的真实可以被创造，而具有一定偶然性因素的真正的历史真实，则完全成了偶然事件。文化研究通过文学艺术、大众文化、城市文化、影视艺术、广告动画、音乐演唱、甚至建筑这类文化现象的风格与思潮，探讨政治、种族压迫、新的殖民现象、妇女权利与文艺、文化新潮现象，以切入当今社会、政治、文化状况等，展现了后现代性的文化特征。

后现代主义文化思潮，表现了全球化语境中人的思维方式、人们的社会心理发生了重大的变化。在当今全球化的语境中，我们看到，各种社会的、文化的矛盾，正在酝酿、冲突之中，文化研究正好适应了这一情况，从而表现了这一研究的广泛的社会性、政治性特征，使社会、政治问题学术化。这种体现了多元化精神的文化研究，表现了对当前政治、社会、制度、文化霸权、经济、民族问题、种族压迫、新老殖民主义的反思与批判，显示了人文科学、社会科学的某种批判性的一面。几乎与此同时，几百年来科学分析方法受到了怀疑，学科愈分愈细的做法受到抨击，呼吁人文科学与社会科学以至自然科学之间的综合研究的呼声，时有发生；但是由于缺乏真正的理论建树，所以又立即拆散、解体了这一趋势。这种种矛盾的文化思想与心态，成了催生当今五花八门的、颇有声势的文化研究的内因，展现了后现代主义的文化景象。

20世纪80年代中期，美国学者曾经来我国介绍欧美流行起来的文化研究。接着后现代主义、新历史主义、后殖民主义、东方主义、女权主义、种族理论等又是风靡我国文论界，并且扩大到社会科学、人文科学的各个领域。20世纪80年代下半期，文化研究在我国还未流行开来，那时我们还把这种研究视为文学理论的一种跨学科研究。20世纪90年代初以后，人们经过了一段时间沉静的反思，发现了后现代主义思潮并初步了解了其妙处和特点，于是迅速在文艺界广为传

---

① 见〔美〕伊哈布·哈桑《后现代的转向》，刘象愚译，（台北）时报文化出版企业有限公司1993年版，第155—156页。

播,并且形成了一股争说后现代的热潮。稍后我们看到,一些原来的文学研究者,转向了经济、政治、思想的评论研究,出现了文学理论、批评队伍跨向其他学科的现象。这一现象,与我们在20世纪80年代上半期见到的情况决然相反,那时讨论文学问题,指责过去忽视审美,同时对文艺与政治、伦理、历史、社会等联系,避之犹恐不及;或是对这些方面形成的干扰,与文学审美应有的文化选择捆绑一起,进行挞伐,要使文学变得纯而又纯。现在正好相反,一些原来的文学研究者,致力于译介外国那些探讨社会、思想、经济、科技的学术著作,进行经济、政治、制度、思想的评论,力图介入政治、社会、思想批判,既有指点江山式的激扬文字,又有随意套用西方术语的现象发生,又一次出现西方术语的大移植,产生了极为复杂的影响。

这自然是,第一,在我们的社会生活中,作为多种思想原则诉求的现代性、前现代性与后现代性相互影响而又杂然并陈。后现代主义文化的一些特征、风尚,已经存在于我国的社会生活之中,所以一些学者的学术思想与之一拍即合。第二,我国学术界向来有向西方学术前沿迅速靠拢及时学习甚至移植的风尚,把握前沿性问题,以扩大学术探讨的领域,进而掌握这一话语赋予的话语权力。所以不久之后,媒体就册封了我国的"后现代大师"。有趣的是,一些我国学者原本竭力反对要有什么中心,倡导颠覆、解构。现在通过后现代话语权力的占有,赢得了声誉,自己就成了中心,却从来没有听说要对自己的地位与宣扬的学说,需要进行颠覆与解构的。第三,我们发现,后现代研究形形色色,它们把政治、历史、社会、文学等问题搅在一起,结合起来,介入现实、社会、历史、政治生活,批判现行制度以及体制的不合理的地方,既可使学术政治化,又可把政治问题学术化,起到知识分子与社会、历史、现实相互交流、相互影响的作用,争取到了以往只为少数人把持的部分政治话语权力,力图负起知识分子的使命,这无疑是学术的也是社会的一个小小的进步。第四,这种文化研究,大大推动了对大众文化、城市文化、影视文化以及后殖民主义、女权主义、女性写作、建筑艺术倾向的探讨,而这些部门,也正是文化研究的主要领域,进而形成了一种新的研究热潮。但是由于种种客观原因，这种研究与我国实际存在的重大问题还有不小的距离。五是这种文化研究对于文学研究，毫无疑问，具有方法上的借鉴意义，确实，文学研究完全可以从文化研究中引进多种方法，以充实自己。比如，重读中外文学，我们完全可以借用后殖民主义、女权主义等视角，来开掘作品的新意，扩大文学研究领域，但这不是解构主义的研究，这是借用后现代主义的某些方法，以丰富现代学术的研究。

现在，"文化研究"在我国方兴未艾，一些中外文学研究者，得风气之先，率先进入这一领域，随后不少从事政治、经济、哲学、社会学的学者，也卷了进去，显示了我国当代文化研究中对后现代性的热切诉求，期望能够争取到更多的学术权利与扩大社会科学、人文科学的学术空间。但是，我们也知道，作为当今文化研究思潮的思想导师如福柯、德里达，在今天中国虽然声誉正盛，不过在他们的祖国，他们的理论不断在受到质疑与批判；而风行一时的文化研究，由于自身理论上、方法上、实践上存在着不少问题，在今天的美国研究界也颇受诟病，我们在后面还将涉及。

我们在上面讲的文化研究，主要是指近几十年来流行于欧美的文化研究，这是一种相对意义上的狭义性的文化研究，新起的理论思潮的研究。其实，文化研究在各国文化活动中早就存在，有着多种文化观，实际上就有多种派别存在，只是没有像当前的"文化研究"那么炫耀而已。比如，我国有历代经济、政治、体制的大型文化课题研究，有当今经济、政治各个方面的大型课题研究，有考古、语言、哲学、伦理道德、文学、艺术以及当代文化风尚等方面的大型文化课题研究，等等，它们是我们文化研究的真正主体。在我国文化研究中，作为后现代主义思潮的文化研究，只占整个文化研究的一小部分。我国整体上的文化研究，就其主导倾向来说，当是诉诸现代性的。现代性意味着使社会不断走向进步的新理性精神，这是一种不断进行反思的、批判的、建设的科学精神与人文精神，它是不断变化创新、具有无限丰富资源的未竟事业。后现代主义文化研究提出的种种问题，丰富了文化的研究，但对于文化整体研究来说，除了吸取后现代性中的某些合理因素，则更应倾向现代性的诉求。

（二）文学理论研究还能继续存在、发展吗？会被"文化研究"替代吗？现代性与后现代性问题

美国解构主义学者希利斯·米勒，在我国刊物上发表了多篇文章与座谈会上的谈话，他多次谈到文学、文学研究问题，认为在当今电信时代，文学是个幸存者，文学艺术从来就是生不逢时的；而"文学研究的时代已经过去了。再也不会出现一个时代——为了文学自身的目的，撇开理论的或者政治方面的思考而单纯地去研究文学。那样做不合时宜。我非常怀疑文学研究是否还会逢时，或者还会不会有繁荣的时期"[①]。另一位美国学者加布里尔·施瓦布教授认为，"美国批评界有一个十分明显的转向，即转向历史的和政治的批评。具体说来，理论家们更多关注的是种族、性别、阶级、身份等问题，很多批评家的出发点正是从这类历史化和政治化问题着手从而展开他们的论述的，一些传统的文本因这些新的理论视角而得到重新阐发"[②]。当他们在学术交流中，发现中国学者所选择的题目单纯地倾向于"审美诉求"，探讨诗学、诗性文化、神话美学、中西文论比较等，就觉得这类问题大而无当，说在美国三四十年前就不做了。同时，他们很想了解中国一些重要理论批评家的文风，忠告中国学者的研究能够具体、细致一些，等等。

在这里，美国学者的一些意见，确实是切中肯綮的，比如我们有些会议上的个人论题，相对都比较大，较抽象，个人力有不逮，但还是要做，结果是大题小做，空有架子，缺少血肉，学术质量受到影响；而且确定某个选题，往往不管前人有没有做过研究，解决到了什么程度，却是一切由他重新开始，还自以为是创新，实际上这是重复

[①] 见［美］希利斯·米勒《全球化和新的电信时代文学研究的未来》，《文艺报》2000年8月29日；《全球化时代文学研究还会继续存在吗？》，《文学评论》2001年第1期。

[②] 见《理论旅行（的交流）：对话录》，《中华读书报》2000年10月25日。

劳动，这自然不符学术规范。不少外国学者的著作、论文，就不是这样，一般论题小而具体，论述方式是先从某部作品引出一段文字，或一个细节，作为一个引子，然后围绕引文中的思想，旁征博引，展开阐释，以说明某个问题，这叫小题大做，做得好，十分讨好。我国一些精通英美文学的老专家，多数受过这类训练，就是这么做文章的。但有时也有这种现象，即有些外国学者这类文章有时做得过于琐碎，难以卒读。这种学风，从新近的传统来看，无疑受到新批评、作品细读方式的影响。同时这种写作方式，在我国学术研究中其实也是一种基本方式，稍远一些看，可以说是乾嘉学派的余绪，近一些说，无疑受到实证主义思想的影响。

对于米勒等学者所作的表述，如果我理解得不错的话，还有另一方面的一些问题，那就是认为，一是当今文学理论不可能再去探讨文学自身的问题，这样做已不合时宜；二是不可能再形成一个文学研究的繁荣期、一个文学研究的时代——当然，文学研究还会存在；三是文学研究在美国已转向文化研究，文化研究的某些方法，可以为文学研究提供一些视角，丰富文学研究。但不管怎么说，文学研究和文学理论研究，已退居到次要地位。美国学者的上述意见，透露了一个重要的信息，这就是在全球化语境的文化氛围中，文学理论能否继续存在并获得发展。

从美国学者的意见来看，为了文学自身的目的，而不顾理论、政治方面的因素，单纯地讨论文学问题，将是不合时宜，而且看来在他们那里，已经有一段时间。这就让我明白了过去极感疑惑、十分不解的下面这些现象：譬如美国哲学家理查德·罗蒂在《后哲学文化》中读到，在英美的文学教学课堂上，讲讲诸如弗洛伊德、德里达、萨特、伽达默尔就算是讲文学理论课了。大学英语系的哲学课，不是由哲学系的老师讲授，而是代之以英语系的老师来操作。[①] 再譬如有关全球化文化的讨论中，有的学者认为，要把文学作品当作哲学著作来

---

① 见［美］理查德·罗蒂《后哲学文化》，黄勇编译，上海译文出版社1992年版，第98页。

读,或是相反,要把哲学著作当成文学著作来读,并要求把文学研究的方法,引入其他学科的研究,如此等等。纯粹的文学理论研究受到"文化研究"的冲击而呈现解体现象,这可能就是我们已经好久没有读到当代欧美学者那种精深的文学理论著作的原因了。人们常说,20世纪是批评的世纪,这对于欧美文论来说确是如此。从20世纪之初到80年代,欧美文论经历了它的繁荣期。内在研究方式排除文学与外在因素的联系,使得在分解文学作品各个因素的探讨方面,曲尽其妙。各种学派一个接着一个,把文学作品的存在方式的探讨,发挥到了极致,以致觉得再往下去,已经难以有新的作为。这些研究自然都以"审美诉求"为其基础的。所以研究文学性、审美现象、审美之维、细读、象征、神话、修辞、叙事方式等这类诗学著作,已经出版很多很多,再探讨下去,一时也难有突破。不少被我国译者翻译过来的这类著作,如果我们留心一下,确实大半是外国几十年前的东西,近期这类论著已是不很多见。像20世纪欧美文艺批评那样群星灿烂的繁荣的时代,可能在未来很难重现。后现代主义文化思潮,正在抹平原来的人文科学中的不同学科之间的界限,代之以泛文化、泛审美化趋向的研究。

可是,中国学者为什么仍然要以"审美诉求"为基础,来探讨文学理论问题呢?在我看来,在当前全球化的语境中,这种倾向正好显示了中外文论相互之间的差异所在。这就是由于社会、文学艺术发展的不同,中外学者在文学艺术研究上所持的不同观点,正好在于中国学者主要是从现代性的诉求出发,而外国学者的着眼点则是后现代性,这就是我在前面所说文学理论研究上可能发生的第三次错位的原因了。如果说外国文论确是美妙无比,即使全部翻译过来,但是也仍然替代不了我们自己的文论;我们还得建设自己的文论,这就是我国当代文论的现代性诉求。这可否说明,在当前全球化的语境中,实际上存在现代性与后现代性两种思想的不同诉求,以何者为主,则要看那个国家的文化发展的具体情况来说。

中国文论滞后,其原因在一个相当长的时期里,政治阉割了文学艺术的本质特性,即最根本的审美特征,进而完全遏制了文学艺术的审美的自由想象力。摆脱了这种不幸境遇，文学艺术要成为文学艺术，自然首先要恢复其原有本性，即审美特征。于是在20世纪80年代初期，美学、文学理论中就出现了有关"审美"的大讨论，使文学艺术恢复其自身特征，以回到自身，建立自己的学理，确立自身的独立自主性。但是，我们随后又看到，由于对文学艺术的审美特征压制既久，所以反抗也烈，以致在一些学者的著述中，认为审美就是审美，审美与其他文化因素无关，排除了审美本身的文化选择与其所具有的文化内涵的现象。

这样，在我国所谓对文学艺术的"审美诉求"，至今尚在清理与探讨过程之中。我国文学艺术所经历的这种艰辛，可能外国同行是难以想象的。我们今天面临的不少文学理论问题，对于他们来说，似乎已成过去；从他们后现代性的角度来看，好像已不成问题。但是正好是他们不成问题的问题，对于我们来说，还正是些重大问题，需要深入，进行理论的重构。同时在我看来，即使在他们的文论里，也是还有一些重要课题要做的，如对文学艺术本质的探讨，恐怕也并未完成。在这方面，外国学者也只是各说各的，并无统一定论和现成答案。而且近几十年由于反本质主义思潮与后现代主义思潮的流行，不少人宁愿多研究具体问题，而少谈或不谈主义即理论，这种思潮在我国文学理论界也有反映。

比如，如前所说，各类文化的冲突与矛盾，引发了"文化研究"的兴起，而且大有涵盖其他学科的势头。20世纪90年代下半期之后，在感受到全球化氛围的、体现了后现代性的外国文化研究的影响下，我国一些学者，特别是不断出国考察外国文化、文学的学者，以为现在我们再来探讨文学艺术的审美特征、文艺诗学、文化诗学已经过时了，外国早就不这么研究了；只有通过几个文学的例子，引申开去，探讨社会、经济、政治、种族、阶级、公共空间、后殖民主义、女权主义、后现代与后后现代，才能赶上外国学术的脚步。这恐怕未必尽然。自然，外国人说得在理的地方，我们需要听取、学习，从中得到启发，获取灵感；但是，请不要用外国人这么说了、那么做了，来规范我们的行动，或是作为我们的学术规范。这种一反不久前的唯审美诉求的做法，又使我们感到困惑，文学艺术怎么了，怎么把虚拟的文学现象与经济、史实、社会调查，一视同仁、等量齐观了呢？它怎么又成了别种意识形态的附庸，它还能成为一种独立的审美意识形态吗？

　　退一步说，外国人的理论的确高明，搬用外国理论，以替代我们自己的理论，在文学理论方面，这在过去就出现过，而且在20世纪80年代又发生过一次，但是这种搬用的办法未能奏效。对于我们来说，今天文学理论的深入探讨恐怕只是开了个头，我不相信我们的研究开头就成了终结，我倒更相信现代性是个"未竟的事业"。比如，我国古代文论并没有一种特定的形态，更不具现代意义上的文学理论形式。一些专家对及其丰富的著述在清理、整合，力图理出古代文论的核心观念，进行阐释，建构它的体系，并且已经取得了重大成绩，多种论著各有千秋，但它们分歧也很大，一时难有定论。古代文论的研究，无疑还应寻求新路，进行下去。这是我们文学理论研究的一个重要方面。

　　当然，更为重要的是，我们还要建立我们自己的当代文论形态。现代性重在精神与价值的重建。近百年来西方文论的简单移植的倾向，或是替代，固然使我们了解到不少东西，但也留给我们不少的教训。原因在于我国作为一个文化大国，在众多的国家文化中，地位确是太特殊了，它几乎在各个方面都有着自己独特的悠久的文化传统。传统悠久，内涵深厚，可能成为财富，也可能成为包袱。如果因为自己的文化制度、文化传统存在问题，企图跨越它们，弃置不顾，而把他人的文化思想、原则搬过来就用，这在现实中往往寸步难行，弊端丛生。主要原因在于移植的东西，并不完全适用于我们特定的文化环境与精神的需求。我国毕竟不同于欧美诸国，后者不仅有着共同的文化源流，而且由于地域关系，在进入商业资本时代之后，交流方便，虽然一些国家仍然保留着不同的民族的文化风尚，传统与习惯，但无疑有着几乎大体一致的文化大背景，有着更多沟通的机会，存在着文化上的更多的相似性乃至一致性。世界各国的文学与文学理论，确有它们的相通之处，否则就难以相互交往与沟通。但是一个民族，它所赖以生存的地域的特殊性、它所特有的政治文化制度以及文化传统的悠久性，在新的文化的建设中，起着极为重大的作用。所以要想更新、要想前进，就必须以现代性而不是后现代性来观照传统，既尊重传统，又批判传统，融会传统。不是简单地采用他人的文化替代自己的文化，而是吸取他人文化中的长处，融会自己文化传统中的精华，创造新的理论，指导新的文化的创造，进而更新传统，又形成新的文化传统。这就是文学理论简单的搬用总是不能成功的原因，这也就是为什么要把现代性诉求，视为我国文学理论建设的主导思想。

20世纪的我国文学理论走过了极为曲折的道路，经验与教训并存，清理与重新评价正在进行。虽然已有一些批评史、理论史著作，但不少著作由于尚缺乏自己的理论立足点，或带有方法论上的缺陷，如仍然承袭了非此即彼的思维方式，所以往往把探讨变成就事论事；或是只重视某些表面性的文艺论争，以此代替理论自身的探索，结果现代文论自身的形态不见了，这种趋势还会持续一个时期。看来需要把种种问题与论争，置于国际文化、文学思潮与国内社会、文化、文学语境中加以探讨，并应用多种方法，努力阐明我国文学理论的现代性与民族性在不同时期的自身要求、差异与内涵，揭示文学理论现代形态的不断生成与变化。以现代性、交往对话精神、人文诉求，进行学理性的探索；以真正历史主义的态度，来处理历史理论现象，对存在于一些人中间的非历史主义观点与态度，进行适当的辨析。如果不承认20世纪我国现代文论的多种形态，并把它们看成传统自身，只用后现代主义的思想进行片面地描述、解构与否定，那么，我们就很难找到新的文论建设的起点。因此我国文论的建设与创新，还有一段很长的道路要走。这又是文学理论研究自身问题的一个重要方面。

这里附带说一下文学史的研究。我们还将在适应现代性的要求、"审美诉求"的基础上，运用多种方法，对我国几千年来的文学遗产，必须进行新的整合，尽管现在古代文学遗产研究中有"危机"说，如缺少"兴奋点"，甚至可能不会出现"文学研究"的时代。但对以往经典仍然需要重新进行阐释,同时新的文学材料还会被不断发现,新的文学经典还会被不断界定,作为文化遗产的继承与发扬,还会重新进行下去的。我国古代文学的研究,素有与多种文化因素结合一起进行阐发的传统,这一传统看来将会获得丰富与发扬。又如有关近百年来的中国文学史的研究,著述不少,但有新意的不多,即使是些富有探索精神的著作,也是言人人殊,纷争不休,而且出现了极端虚无的百年中国文学"新空白论"的调子,还有一些问题,如十七年文学、"文化大革命"时期文学,都觉得是问题,但讨论起来,也是观点各异。有的称作文学史,编排有如教程,但很有新意;有的文学史称作教程,但提出的新说,学术个性太强,公认的程度不够高,仍需讨论下去。

在当今来势凶猛的、主要是体现后现代性的文化研究的潮流中,作为一门独立的学科的文学理论,如上所述,恐怕还会按着自身的规律运作下去的,而不会被文化研究所吞噬。同时,文学理论不会被文化研究所吞噬的另一个重要原因,即我们还不能不考虑到今后文学存在的形式与文学艺术创造的思维方式。

把文学视作文化的组成部分,自然是不错的。几千年来,文学除了大部分以独立的艺术形式出现之外,相当部分一直混迹于其他学科之中,人们不断认识这些现象,了解它们的特征,直到近百年来,才把文学现象从其他文化形式中分离出来;同时也产生了现代意义上的较为科学的观念。在高科技带来的物质生活的巨大转折的全面影响下,人的思维方式也会随之变化,与此相应,一切意识形式自然会在其本身发生变异,文学艺术存在的形式也正在变化之中。但是文学艺术的形式无论如何多种多样,它只能是艺术思维的产物。比如小说,虚构的也好,标榜非虚构的也好,网络小说也好,影视小说也好,写实的也好,玩玩叙事策略的也好,而且即使是那些不断出现的艺术新形式,它们都只能是艺术思维的产物。艺术意识、审美思维,是人在千百年的自身形成过程中所形成的本质特征,是对人的自身本质的确证。在当今文化手段的多姿多彩的变化中,文艺创作会增加自身文化选择的可能,从而使自身变得更加丰富起来,通过科技手段,使其存

十二 全球化语境与文学理论的前景

在的形式发生激变,但它恐怕不会被文化阉割掉自身千百年来已经形成的特征,而被一般意义上的文化所兼并。就是说,人的审美思维将会继续存在和得到丰富,那些引不起审美感受的文字,是难以成为文学艺术的。

文学理论也是如此,19世纪外国的文学理论批评家提出了建立文艺科学的初步设想,但只是在20世纪,文学理论才形成了自己的独立形态,用以较为科学地阐释文艺现象。文艺作品自然可以被文化研究视为研究对象,但真正能够全面说明它们的特性的,恐怕还是文艺批评、文学理论。文学研究与文化研究相比较,在思维方式上是同又不同的。两者都是综合性理论思维,但各有专职。文学研究通过审美感受和接受,探讨文艺作品自身存在的艺术思想、叙事方法、技巧使用等问题,即使涉及多种文化因素等方面,如政治、社会、伦理、哲学、殖民主义、女权主义等,仍以作品的审美特征、审美观念、审美变异、审美思潮、审美传统等方面为其主线,意在阐明作品自身的问题。审美意识中的文化的选择与阐释,丰富了诸种审美因素的阐明,所以它仍是文学的研究。这种审美的文化选择的探讨,大体属于文化诗学的研究范围。

当前流行的文化研究同样是一种混合型思维的研究,但不同于文学研究之处,在于它实际上是一种社会、经济、政治、思想的综合研究,它一开始可能从某部文艺作品出发,某个作品的细节作为例子,但其目的不在于说明文艺作品本身的问题。从目前我们见到的文化研究主要表现形式来看,它着重探讨的是全球化经济问题、社会或社会思想问题、政治或政治思想包括诸如后殖民主义、女权主义、身份、阶级等问题。这种研究大多数情况下是政治、经济、社会、文学问题相互混合一起的,文学艺术在这种研究中的地位,主要只是被用来论证、说明其他学科思想的例子或工具,审美因素实际上被排除、榨干了。我们看到一些外国文艺学家所做的这种研究及其著作,主要在于阐明,文学艺术的现状在何种明显的或隐蔽的程度上成为反映了经济、政治状况的手段,这里也涉及大众文学、艺术趣味、艺术形式如何变为一种风靡一时的时尚,时尚又如何变为群体的一种追求,但主要在说明社会、政治、经济等状况与问题,群众的文化趣味的流向。这里文学研究与文化研究往往相互交织,这一方式的确扩大了我们对文学艺术的认识,但大多数情况下,涉及的文学艺术作品,实际上往往被看成了某种意义上的政治、经济、社会思想的风向标,或是它们的附属物。

在当今的全球化语境中,思维的综合是一种趋势,以致会导致某些学科的合并。但是人类思维方式是否会急剧向混合型思维方式转向,并完全支配社会科学、人文科学,我看这可能是一个相对缓慢的过程。过去各种学科由于分工过细,妨碍了对事物的整体的理解,而今必须走向综合,一些学者包括我在内,在大力倡导综合,也赞成一些课程的综合与兼并;但相当部分的学科看来还会长期存在下去,各种专门性的探讨仍然需要,因为它们自身还有许多问题需要阐明,而且问题又在不断发展。在这方面,具有综合性的理论、主义要研究,专门的、局部的问题也要探讨;综合性的本质论要深入,单一的现象学问题也不可偏废。避谈主义而专注于问题,问题可能会被阐发清楚而成为一种发现,但也有可能使问题研究局限于就事论事,陷于事实的罗列;专注于主义即理论,在充分使用史料的基础上,可能在理论阐发上有所进步,而不重视文学史实,必定会使主义抽象而空洞。所以问题与主义的研究是相辅相成的,倾向哪一种选择,全在于学者自身的功力的深浅,文学理论就是如此。同时文学艺术创作中的新问题又层出不穷,文学理论批评的探讨也无止境,所以这一过程可能会较长,此其一。其二,后现代主义文化思潮作为一种综合型思维形式,它的特征显然不同于前者,它确是力图发现现实中的新问题,但这是一种重在描述、报告、趋向彻底解构以至否定的思维方式。凡是新的就是好的,主要是对以往一切文化只提质疑,或进行颠覆,而不顾其历史、人文等方面的价值。经典经过几下贬抑批判,就算被解构了,就宣布它为死猫、死狗被抛弃了,但是没有什么新的可以替代,也不想用什么替代。

自然,文化研究大大拓宽了社会科学、人文科学探讨问题的范围,它把一些学科打通起来了,使得不少文艺批评、理论研究者,可以两栖于文化研究与文学批评研究之间,由文艺而进入经济、政治、社会问题研究的层次,从而也拓宽了个人研究的领域,这可能正是对我们原有发展得过于精细的学科思维的一种反拨。而在这些方面,很可能正是中外学者有着更多的共同语言、可以进行对话的公共活动的领域与舞台,体现了现代性与后现代性在某种程度上的协调、交叉与结合。至于这类文化研究课题,原先都是外国人根据他们文化发展现状提出来的,是否都适合中国,适合到什么程度,在何种意义上可以发挥它的作用,也是一个值得观察的问题。其实,中外学者的文化研究的现实作用,恐怕也是不尽一致的。

文学理论批评有其自身范围的综合性研究,它可以从文化研究的方法中吸取教益。如前所说,学者可以一身兼作几种研究,或以文化研究为主导,使文学艺术种种材料为我所用;或主要探讨文学艺术问题,兼用其他学科与方法。但是以文化研究的那种综合性研究来取代文学理论、批评研究,是很困难的;抹去文化研究与文学理论研究的界限,效果未必会是积极的。

比如,在我看来,在大学文科教学中设置文学理论批评这类课程是相当重要的。因为文学理论、批评与文化研究的目不尽一致。文学理论、批评课程,不是满足于对文化现象的描述,对时尚的追踪和报道,它探讨以及提供的是有关文学艺术的风尚、审美标准、审美的文化选择等问题的基本知识,辨明作品的艺术思想质量的高低上下,多样中的优伪良莠,乃至是非曲直,这对于形成人的健康的审美趣味、鉴赏能力至为重要。这是一门人文性的、具有一定价值判断的学科。缺少文学理论批评的基础知识,人们自然也能写作,并且生活得很好,但是也是一些人在艺术上不能分清高低上下的一个原因。同时,文学理论批评的审美标准,不是一成不变的,而是趋向多样,需要不断发展的。当然,有的人即使有了一定的理论知识,但在当今一切都成了商品和消解的时代,也会对它嗤之以鼻,弃之如敝屣,因为有时理论与卖个好价钱是矛盾的。而且有的人也以无知为荣,声称对理论、批评不屑一顾,泼皮式的骂街,肤浅的断语,在媒体的哄抬、市场炒作中,也颇有听众,但也就是这么一种文化品位了。至于文化研究的注意力,文化研究的学者的真正兴趣,恐怕也不在于文学艺术自身的问题,而主要是研究经济、社会、政治、人的活动的公共空间的状况,人群、阶级、妇女权力的变化上,两种知识不好互相替代。

  一般来说,在欧美国家的大学教学的课程设置中,并无文学理论一说,有的只是作品分析,现今似乎也为文化研究或文化批评所替代。前面提及,在课堂上,除了谈谈德里达、弗洛伊德等人就算是讨论文学理论了。有一则消息说到,美国一些大学课堂上的内容设置主要是大众文化、影视艺术、行为艺术、春宫画片、广告动画等。美国现代语文学会主席爱德华·萨伊德说:"现在,文学本身已经从课程设置中消失,取而代之的是残缺破碎、充满行话、俚语的科目。"同时由于解构主义思潮的影响,过去的经典著作渐渐被否定;文学教学为了不断求得新奇,以引起听者兴趣,课程就得不断花样翻新,于是争先恐后地引进那些品位不高的、冷僻的文学文本,以替代原有的文学经典。解构主义的影响还表现在对文学意义的消解上,在语言多义、语言能指无限膨胀的思想指导下,以为人们讨论文学作品的价值是徒劳的,论者充其量不过是在"表态"而已。当文学的意义、价值、感情被消解干净,突然,相反方向的潮流,如国家、民族、阶级、等级、殖民主义、权力解构、文化冲突等问题又滚滚而来,让人应接不暇。[①] 这实际上是一种泛文化教学了,它提供了不少知识,但缺乏了人文的关怀。我以为,这些信息不一定反映了全部的情况,但我想也并非空穴来风,作者也曾就此问题向一些外籍学者做过了解,情况大体如此,这是很值得我们思考的。

  最近在《文艺报》上见到一文,该文作者有一段时间曾经亲临美国的文化研究领域,并做了考察,用不少见闻说明美国文化研究的情况。他说到美国的文化研究,原本盛极一时,但是近十年来,已渐渐走入尴尬的处境。主要是文化理论批评脱离实际,始于词语,终于词语,看上去提的问题十分尖锐,实际上只是一些拆了引信的

[①] 《外国文学评论》2000年第1期动态《美国大学英文系的衰落和人文教育的滑坡》。

炸弹，并没有什么危险。同时，文化理论批评不断更新，十分时髦，但没有系统理论。一些保守的名牌大学虽然并不公开反对，但把它们视为左道旁门，在课程中不予认可，以致使得那些原本站在潮头的理论家们的理论难以进入现实。像德里达、克里斯蒂娃、萨伊德等人，后来都写起小说来了。也有像斯坦利·费什这样从事理论研究的理论家，公开宣布理论与实践无关，理论与理论之间也无联系，主张"理论无用论"。倒是萨伊德对文化批评理论的遭遇十分痛心，并追悔莫及，他"指责当代批评理论的泛文化趋势，痛感当今人文传统消失，人文精神淡薄，人文责任丧失，称之谓'人文的堕落'"，呼吁去掉浮躁，回归旧时细读传统，从文化回归文本。① 说得很是实在，他抓住了文化研究的重要问题方面。至于理论家写写小说，我以为是一种好现象；不过上面这幅图景真有些使人心惊，也逼迫我们思考一些问题。

  文化研究其实是门相当困难的学科，比较文学研究也是如此。从事这方面研究的学者恐怕得在学养上大下功夫。单凭懂得一些外文，搬用一些外国词汇，对问题并不内行，就拉开架势大谈文化问题，好像天下大事尽在自己掌握之中，但令人读后或是觉得整篇文章好像是篇翻译文章，或是尚缺乏可信性，有些隔靴抓痒。文化研究既然是门综合的学问，研究者恐怕得精通几门专门知识，对一些问题确是做过认真的研究，发表过些独到的见解，才有发言权。当然，由于我国情况特殊，有时这类文章不免要使用伊索式的语言，从而增加人们理解的难度，这也在情理之中。

  文学理论的建设，是新的文化建设的需求。在当今全球化的氛围中，它无疑应当面向现代性的诉求，面向创新，面向人文价值的追求，面向重构，面向建设，面向新的理性精神；可以适当地吸取某些后现代性因素，如反对文化霸权主义、文化的唯中心论、僵死教条等，但不是后现代式的满足于事态的宏伟描述、报告与消解。

---

① 转述与引文均见自朱刚《世纪之交的美国文学批评理论——尴尬！》，《文艺报》2000年11月21日。

这就是我理解的文学理论在当今全球化语境中的主体性表现。

20世纪已经过去，文学理论批评留下的遗产是很丰富的，无疑，它将成为21世纪新的文学理论批评建设中不断议论的话题。

（原文作于2001年春节，刊于《文学评论》2001年第3期）

十三　文化"一体化"、民族文学与世界文学问题

20世纪八九十年代，当闭塞既久，外来文学与文学理论的介绍如潮水般涌来时，不少学者强调向外国学习，一时成为潮流。当比较文学研究再度兴起的时候，一些学者认为，将会出现各族文学融合的"一体化世界文学"①。他们纷纷摘引名人的话，兴奋地预言，一个统一的、共同的、一体化的"世界文学"的时代即将来临。于是未来文学是世界的，还是民族的问题，就不断在一些文章、著作中提及，进行着论辩。

但是20世纪80年代，文学创作中出现的先是描写改革的文学，接着是所谓反思、"寻根"文学，继而是只为少数评论家津津乐道的"先锋文学"，和获得不少读者喜爱的中国的"魔幻现实主义"小说，有较大现实容量的现实主义作品，以及大量的属于大众文学一类的作品。同时，煽情、滥情的所谓文学作品充斥市场。

20世纪90年代中期以后，以及当新的千年来临之际，经济全球化的趋势日益明显，我国加入世界贸易组织的呼声持续高涨，在文化界愈益显出外来文化、文学与文学理论的影响时，文化、文学全球化、一体化的争论又随之而起。有的学者指出，文化全球化在目前已成为一个带有普遍性的现象，跨国资金的运作，全球性的资本化，以及信息时代的到来，导致了文化全球化的强大推力。② 有的学者则认

---

① 曾逸主编：《走向世界文学·导言》，湖南文艺出版社1986年版，第37页。这篇论文总体上是写得很好的。

② 见《全球化与后殖民批评》，王宁、薛晓源主编，中央编译出版社1998年版，第130、131页。

为:"在经济全球化的条件下,各国文化中尽管有些民族性的东西在弱化,共同性和世界性的东西在日益增长,但这并没有导致各国文化的一体化、全球化。"[①] 未来文学是"世界的",还是"民族的"争论的声音,也愈来愈高;双方的论争实际上变成了两句简单的而意思相反的口号。看重本土特色的一方强调"只有民族的才是世界的";而一些研究外国文学的学者则持相反观点"只有世界的才是民族的"。

在2001年《中国文化研究》冬之卷上发表了几位学者的《聚谈》,提出了文化建设中许多问题。有的学者提出,经济全球化的兴起,必然影响到文化;当今兴起的一股"民族主义"思潮不容忽视,批评一些人把全球化和民族化对立起来,认为当今世界只有民族化,不可能有全球化;同时提出21世纪不可能仅仅是以某种文化为核心,而是各种文化融合、并存的新世纪;针对《聚谈》中提出"文化一体化"的观点,有的学者表示不能同意,认为文化"全球化"的概念不是"一体化"或"一致化",认为文化全球化首先是思维模式的现代化。指出把全球化与民族化、中国和西方、传统和现代加以对立是不对的,是二元对立思维模式;歌德提出的"世界文学"观念就是文化全球化的最早预言,等等。这些意见是很中肯的,有的可以深入讨论。同时,在这篇《聚谈》里,又存在着一些值得商榷的问题,例如,批评者说:一些人"把民族化与全球化对立起来……所谓全球化不过是'帝国主义的强权政治和经济侵略、扩张妄图称霸全球的一种手段而已'"。有的学者提出,"现在还有一种主流思想,认为'全球化'是'经济一体化',而漠视政治、文化的一体化,这是非常要不得……不存在所谓单独的'经济一体化'"。有的学者说"民族国家的差异,不在于文化思想和生活习惯和经济,而只在于政治"。涉及我国现在的民族主义思潮,有的学者认为,"我们的一些观念都后退了,孙中山曾说'联合世界上平等待我之民族',现在我们不但要求别人平等待我,而且我们自己也不平等对待别人";认为新儒家"就是强调以儒家文化为本位,要建立大中华文化圈……其实,中国

[①] 见《中国艺术报》2001年12月21日。

十三 文化"一体化"、民族文学与世界文学问题

就是想建立自己的文化霸权,来抗衡别人的文化霸权";"在近代以来所谓中学和西学的较量中,对方始终处于攻势,而我们则始终处于守势。""我们的民族文化心态整个地讲是防守型的,这显然是我们长期以筑墙为能事造成的,现在这墙甚至筑到每个家庭:请看防盗门……"从长远观点看,"关于文化全球化我们完全应该以乐观的心态对待之"。中国的老庄哲学、写意绘画、表意戏剧对西方现代主义文学艺术发生过积极作用,被西方艺术家接受了,所以"这说明,绝大多数'老外'作为老百姓对中国并没有天生的偏见。"[①] 等等。

就在同期杂志上,刊有《"全球化"语境下的文化命运》一文。该文作者认为:"任何形式的经济和文化上的'中心主义''沙文主义'都会损害'全球化'的利益。经济'全球化'不会带来文化'全球化'";又说:"有人主张文化也要'全球化'甚至'一体化',甚至主张'地球村'要有一样的货币、政治、语言、文化法律等等,这种一体化令人不寒而栗,因为它太像'新殖民主义'了。"[②] 同时,伴随着文化、文学全球化的问题,在文学理论、比较文学研究中,也不断讨论着文化、文学全球化与本土化的问题。

经济全球化引起文化"全球化""一体化"的争论,必然引向文学观念、世界文学的观念思考与论争,而且它们是相当对立,贯穿于我国20世纪文化与文学的发展、演变的不同阶段与过程之中,其中包含了极其丰富的文学经验,并在最近一个时期由于形势的变化而高涨起来。

(一)文化全球化、一体化之辩,现实性与不可能性

如今谈论世界文学,如果避开"全球化"问题的探讨,看来是不大容易的,因为全球化的氛围正在形成之中。

---

① 见《关于文化"全球化"的聚谈》,《中国文化研究》2001年冬之卷。
② 阎纯德:《"全球化"语境下的文化命运》,《中国文化研究》2001年冬之卷。

文化全球化、一体化的说法是由经济全球化、一体化引发开来的。上面提及的有的学者认为，文化全球化已是一种现实；一种主流思想既然承认了经济全球化、一体化，却漠视政治、文化的全球化与一体化，这是非常要不得的，不可能存在单一的"经济一体化"。其所以非常的要不得，就在于一些人想以"文化民族主义"，来抵制文化、政治的全球化、一体化。再具体一些，就是有的学者指出，某些人想以儒家思想为本位，形成大中华文化圈，建立自己的文化霸权，来对抗别人的文化霸权，比如"中国就想建立自己的文化霸权"，云云。这类论点与判断，情绪化得有失分寸了。但是现实生活要复杂得多。

全球化的迹象的萌发，早在资本主义开辟了世界市场之后就出现了。当资本主义发展到垄断阶段，全球性的景象便日益明显。垄断资本主义弱肉强食，为了再次瓜分世界市场，攫取殖民地，进行世界市场、权力再分配，竟连续发动了两次世界大战，把各族人民投入侵略的战争的血与火之中。战后出现了两个阵营，它们各自要达到的"全球性"的目的是十分明显的，都认为自己具有普遍意义，一个要在全球实行无产阶级专政的社会主义，最终走向共产主义；一个要在全球推行资本主义，维护资本主义的霸权，于是全球就进入了冷战期。战后发达国家之间的贸易往来加强，相互投资增多，形成了跨国资本主义的经济体系。它们相互渗透，又互为依存，出现了经济上的一体化现象。同时，信息技术的飞速发展，交通工具的极大改进，更其加快了多国资本的流转与运作，以及自由贸易的拓展。20世纪80年代上半期，学术界还并不认为全球化是一个重要概念。只是到了冷战结束前几年，即80年代下半期，全球化的话题才日益增多起来。等到苏联解体，社会主义一时陷入低潮，西方的理论家们赶忙宣布历史已经"终结"，资本主义已经胜利"凯旋"，这时全球化的话语宣传急剧高涨起来，以至到了90年代末，全球化成了政治、文化理论界的一个普遍用语。

对于"全球化"，确实要问问它的由来，是谁提出的全球化。这并不是说，我们反对经济全球化，要置身于经济全球化之外，但是对全球化不加分析，欣喜地把它说得一片风光，告诉我们要以乐观的态

十三 文化"一体化"、民族文学与世界文学问题

度对待文化全球化,实在是缺乏具体分析的。先看经济全球化。阿里夫·德里克说道:"对于全球化的异常欣喜却掩盖了社会和经济的实际上的不平等","对于全球化是否反映了一种欧洲中心主义现代化的目的或完成形式,仍可以讨论。全球化作为一种话语似乎变得越来越普遍,但是对它的热情宣传来自旧的权力中心,尤其是来自美国,因此更其加剧了对霸权企图的怀疑……如果不考虑到资本主义在全球范围的胜利,就无法理解全球化"①。看来,"全球化"是欧洲中心主义现代化的结果,它的倡导与宣传,来自主要的资本主义国家,是与20世纪八九十年代资本主义的一次全球范围的胜利分不开的,其目的是指向世界霸权的实现。当社会主义经济体系在世界范围内遭到遏制甚至解体,这时美国所说的经济全球化,自然是由它和发达国家领导的资本主义经济的全球化。世界资本主义经济已经发展到全面控制世界的地步,它通过跨国金融资本、信息技术的联合与组合,在全球的国与国之间形成了一种紧密的联系,组成了一种相互制约的机制,在形式上乃至实质上走向经济全球化、一体化的关系。

标榜第三条路线的英国社会学家吉登斯说道:"全球化可以被定义为:世界范围内的社会关系的强化,这种关系以这样一种方式将彼此距离遥远的地域连接起来,即此地所发生的事件可能是由许多英里之外的异地事件所引起,反之亦然。"② 他运用沃勒斯坦的话:"从一开始,资本主义就是一种世界性经济而非民族国家的内部经济……资本决不会让民族国家的边界来限定自己的扩张欲望。"③ 他说:"在20世纪后期,原初形式的殖民主义几乎都销声匿迹了,但是世界资本主义却继续在核心、半边缘和边缘地区制造着大量的不平等。"④ 吉登斯的关于全球化的"定义"常被引用,它的意思是全球化使国与国之间原有的距离消失了,彼此相互紧相联系,此处发生的事,和彼处都有

---

① [土耳其]阿里夫·德里克:《全球化的形成与激进政见》,见《全球化与后殖民批评》,王宁、薛晓源主编,中央编译出版社1998年版,第2页。
② [英]安东尼·吉登斯:《现代性的后果》,田禾译,译林出版社2000年版,第60页。
③ [英]安东尼·吉登斯:《现代性的后果》,田禾译,译林出版社2000年版,第61页。
④ [英]安东尼·吉登斯:《现代性的后果》,田禾译,译林出版社2000年版,第61页。

关系，社会关系在世界范围内得到强化，世界资本主义的扩张欲望，越过了原始形式的积累，而到处制造大量的不平等。

这种不平等现象，我们可以从经济全球化趋势下出现的经济组织形式来说。比如世贸组织，这是适应经济全球化而产生的一个机构，它的领导力量主要是那些西方发达国家。经济全球化就是发达国家所造成的经济发展趋势，使得所有国家不得不加入其中的一种关系，因为它们别无选择，因为它们无法置身于这一关系之外，以致一个国家不加入这一联系与组织，在经济上就无法展开经济生产，建立市场，就可能会陷于孤立，而导致经济的不景气，对于大国说来尤其如此。但是那些经济极端脆弱的国家，加入之后的前景是否就一定光昌流丽？那也未必。为了跨国资本在全世界范围内的自由流动、技术的转移与控制、高密度生产、赢利和发展，世贸组织，作为实施经济全球化的机构，制定了一系列的法规、准则与制裁措施的，这个制定人自然是西方发达国家。你既然需要加入，或是不得不加入，那么你加入后就得遵守我们订下的游戏规则。这里有国与国的相互靠拢，也有激烈的竞争与冲突；有共同的获益，同时也显示着发达国家对不发达国家在全球化、一体化中的控制与同化。经济全球化使得不少不发达国家处于这种前所未有的两难处境。这就是为什么中国加入世贸组织的谈判，竟花了14年之久。我们也知道，每逢世贸组织开会，总要引来那么多的抗议。抗议有来自发达国家的，也有发展中国家与不发达国家的各种人群，最后往往导致流血冲突。1999年年底，在美国西雅图召开世贸会议时，会议厅被抗议的群众团团围住，进入会场的多国首脑，竟要凭借"左道旁门"夺路而走。进入会议大厅后，先由少数几个发达国家首脑召开秘密的核心会议，然后把他们达成的协议，公布于众，要其他国家照办，否则就高喊"制裁"！

在这种大趋势下，我国只有因势利导，在计划经济失败的教训中，积极转轨，参与世界资本主义的运作与竞争，广泛吸收国内外资本，扩大生产，积累财富，汇入经济全球化进程，以利国家的生存。

再看所谓政治一体化，它的某种形式，确是存在的，比如欧洲共同体，现在还在加强这种形式。它的出现，就是欧洲诸多发达国家，

十三 文化"一体化"、民族文学与世界文学问题

企图在国际上增加自己的经济的和政治的分量的愿望而组成的;有类似的北约这样的军事共同体。还有美国与欧洲共同体、北约之间的实行全球化愿望与协议。但不能说这是政治上的全球一体化,这是一些地域的政治体制类似国家组成的政治共同体。同时我们看到,这些国家还在组织"世界共同体"式的东西,以维护自己的利益。"西方正在、并将继续试图通过将自己的利益定为'世界共同体'的利益,来保持其主导地位和维护自己的利益。这个词已成为一个委婉的集合名词(代替了'自由世界'),它赋予美国和其他西方国家为维护其利益而采取的行动以全球合法性。例如,西方正试图把非西方国家的经济纳入一个由自己主导的全球经济体系。西方通过国际货币基金组织和其他国际经济机构来扩大自己的经济利益,并将自己认为恰当的经济政策强加给其他国家。"[①]

如果以为这是第三世界的哪位学者在揭露美国在全球化中的意图,那就错了。这位论者恰恰是为美国政府提出未来文化战略思想的亨廷顿先生。他所说的这个全球经济体系以及其他国际组织所促成的全球化思想的本意就是如此:凭着它们强势的地位,就是要把认为对自己有利的经济政策、行动,赋予"全球合法性"地位,然后"强加给其他国家"。说得毫无掩饰,全不含糊。20世纪末最后10年,美国通过经济全球化,进一步积聚了巨大的经济实力,并且足以称霸全球,通过经济来建立一个所谓"地球村"的"世界新秩序"。21世纪第一年所发生的巨大恐怖事件,使得美国军事霸权、帝国威力终于爆发,它的独来独往、我行我素的"单边主义",终于表现了帝国主义的常态,并且要以武力一个一个地"修理"它所不顺眼的国家。它的航母、飞机导弹,不是裹胁着强势文明,正在把别的国家卷入全球化游戏的吗?有些人看到全球化是帝国主义强权政治与经济侵略、扩展称霸的一面,事实难道不正是如此吗,有什么可以责备他们的呢!我国有过政治上所谓一体化的结盟经历,但是那时除了形式上的一体

[①] [美]塞缪尔·亨廷顿:《文明的冲突与世界秩序的重建》,周琪、刘绯、张立平等译,新华出版社1999年版,第200页。

化，并无实质性的一体化，倒是在这个结盟之中，相互争斗居多，最后兵戎相见了事。因为别人处于强势地位，你处于弱势地位，你就得交出主权，甚至领土，在经济上心甘情愿地让人盘剥。这不是我们前几十年的经历吗？

在各自怀着不同利益而充满矛盾、冲突的经济全球化与一体化的环境下，所谓政治上的一体化就是如此。这里存在谁化谁的问题，又化到哪里去？于是出现了超越民族国家的理论，即国家主权有限论等说法。哈贝马斯说："要在下述对世界经济秩序的设想上达成一致就更为艰难：这种世界经济秩序不仅要像世界银行和国际货币基金组织那样补充跨国性的市场流通，而且要引进世界范围的政治意志构成因素，并保证政治决策的约束力。"[①] 这是说，世界经济秩序不仅要有经济方面的机构使之实施，而且还要引入政治决策的约束力，做到这点其实是十分困难的。但一些国家自认他们的价值观是普遍主义的，于是不断要把它们强加给其他国家，制造矛盾与冲突。

确实，我还未听到过我国"一种主流思想"，在经济全球化的情势下，发出政治全球化、一体化的呼求。因为十分明白，如果一个国家要进入这种政治的全球化与一体化，那就得遵守政治一体化的规则、制度，作为弱势国家，就得准备拱手交出国家的主权与经济命脉，或是甘心被限制自己的主权，把自己化得和西方发达国家在政治上成为一体，实际上成为西方大国的附庸。可是，仰人鼻息的附庸的地位，就是现代化的国家地位吗？在政治上理念不同、传统各异的国家，可以通过对话与沟通而共存共荣，但是在政治上却要融和而成一体，我表示怀疑。不知道上面所提到的几位学者，为什么对政治全球化、一体化的前景如此乐观，而且还认为，如果漠视这种政治、文化上的全球化、一体化，还是非常要不得的！

再说文化的全球化、一体化吧，这同样需要进行具体分析。文化全球化实际上可以分成两个层次的问题来理解。一是从全球化的浅层

---

① ［德］哈贝马斯：《超越民族国家？——论经济全球化的后果问题》，见《全球化与政治》，王学东、柴方国等译，中央编译出版社1998年版，第80页。

十三 文化"一体化"、民族文学与世界文学问题

次的一般意义上说,在当今经济全球化的环境下,各国的文化更其进入了交往、互相吸收,以致达到不断的融合、创新的过程。比如,文化的载体手段扩大了,文化的创造机制扩展了,信息共享的机会加大了,本土与外国的距离缩短了,于是文化的接受更为广泛了。在文化的交流中,对于和经济联系较为紧密的物质文化现象,各个国家的人们是比较容易接受的。大概西服、皮鞋,穿戴方便,接受的程度极为普遍;又如中学生从西方电影、地摊文化时尚里学来的在公共场所无所顾忌地接吻拥抱,如今在中国也很平常。在科学技术方面,标准大体都是一致的,所以你做的电视机可以卖给我,我做的计算机可以销售给你;你生产的先进交通工具,信息技术,图像艺术,我可以引进,我制作的大量廉价的日用品,可以向你推销,国际分工,互通有无。网络化提供的种种知识,不分国别,交上费用,大家即可享用。在这种意义上,我们可以说出现了文化全球化或全球性、一体化的现象。在这里,采用各自独立、尊重对方、相互对话、共同协商、求同存异、取长补短、互惠互利、和平共存、共同繁荣的立场与手段,是可行的。在这种全球化的模糊意义上,可以称作文化全球化、一体化,估计在这一点上分歧不大。

可是,这并不表明各国文化的重要方面,都会全球化、一体化的。因此在第二个层次上,在文化的深层意义上,说各国的文化会趋于一体化,那是十分盲目的。比如说,一些不发达国家,对发达国家早就心仪已久,它们向往发达国家的生活方式,以致亦步亦趋,认为人们一旦穿上了发达国家人们穿的西装革履,改换成与西方一样的政治制度,说上了西方的话语,上了信息高速公路,就可以和西方国家同步发展了,但是这种美好的希望并未如愿。何故?不是政治制度问题,政治上已经有点一体化了;不是住房、生活设施、交通工具的趋同;不是物质、科技、信息方面的表层的文化;不是穿着吃喝的时尚。这里涉及一个国家、民族赖以生存的长久的、历史的文化传承、文化传统、文化底蕴与文化积累,一个民族的文化心理、文化素质、文化习俗与风尚等等,综括起来,就是一个国家、民族文化的价值与精神,涉及各个国家、民族的深层的精神文化了。

文化的价值与精神，也即深层的精神文化的特征，规定了一个国家、一个民族的特征，在国家与国家、民族与民族的共同的交往方式或是仪式中，在高级的精神产品中，凸现出各自的特征来，显示不同国家、民族文化风采的多样性。世界文化是多种多样的，它们自有价值，各有存在的权利。自然，就是深层文化的特征，也不是一成不变的，而是历史地发展的。关于这点，我们后面还要谈及。有人就对文化能不能被标准化提出怀疑："究竟是文化及所有的社会活动形式都变得标准化了呢，还是由多元文化的交往与接触导致了日益增多的形形色色的新的文化形式？"①"世界体系的经济和政治意义上的扩张，并没有使世界文化的扩张成为一种对称的关系"，文化的"全球场是高度多元主义的。"②但是，即使是不同的深层文化，由于交往的频繁和相互发生作用，会在全球化的语境中进行讨论与整合，并在沟通中导致相互文化的互补。

在世界文化的多元格局中，实际上文化有强势文化与弱势文化之分，强弱相遇，自然会发生冲突，以致融合，但是也会发生这样的情况，弱者不是受到销蚀，就是走向溃灭。一般说来，强势文化历史悠久，积淀深厚。如我国的文化，虽然曾经有过强势，但它积弱已久，很难影响别人。近代以来，发达国家裹挟其强大的跨国资本、金融势力，凭借高度发展的信息技术，形成文化工业，制作大量文化产品，宣传其文化、物质生活方式，在现代性的名义下，向外倾销与扩张，形成一股不断冲击其他国家政治、文化、思想、艺术的势力，在国际上形成一种强势文化。

吉登斯关于全球化所说的话，比起我国的一些学者来要诚实得多。他不仅讲了我们在前面引用的有关"全球化"的表述，而且认为，全球化是西方现代性的根本性的后果之一，"它不仅仅只是西方制度向全世界的蔓延，在这种蔓延过程中，其它的文化遭到了毁灭性

---

① [英] 马丁·阿尔布劳：《全球时代》，高湘泽、马玲译，商务印书馆 2001 年版，第 144 页。
② [美] 罗兰·罗伯森：《全球化：社会理论与全球文化》，梁光严译，上海人民出版社 2000 年版，第 99—100 页。

十三 文化"一体化"、民族文学与世界文学问题

的破坏;全球化是一个发展不平衡的过程,它既在碎化也在整合,它引入了世界互相依赖的新形式,在这些新形式中,'他人'又一次不存在了"①。以西方为主导的全球化,毁灭性地破坏了那些不发达国家的文化,对话中的"他人"形象被清除得干干净净,不复存在了。历史难道不是记录了许多这类现象!当这个"他人"已不复存在,只留下的强势文化,自然可以乐观其自身的成功了。吉登斯可没有像我们有的学者那样,让我们以乐观的心态坐等文化全球化的到来好了。当然,担心也是无济于事的,问题在于我们如何在全球化的浪潮中,需要做到扬其长,避其短。

其实,触及一个国家、民族的深层文化,即使在单个的发达国家,也是很难达到全球化、一体化的。比如,公制度量衡方面,早在1960年就通过各国使用国际单位制,在全球推广,不少国家都签了字,但在一些发达国家就是签了字也行不通。20世纪90年代下半期,美国向火星发射了一枚探测卫星,几年时间过去,当快到目的地时,卫星却爆炸了。一查原因,原来科学家们在设计卫星时实行了"一国两制",即在科学研究中,一些科学家计算时采用的是公制,但在工程技术中(包括日常生活中)一些科学家却使用了英制。由于卫星的部分信息未将英制转成公制,到时两制不能自动转换与兼容,指令发不出去,卫星只好自行爆炸了。公里、公斤在中国实行了那么多年,可在一些发达国家至今仍在用英镑、英里计算重量与长度。何故?文化素质、文化传承、文化心理、文化荣誉感使然。我富有,我强大,你能把我怎么样?你要和我打交道,如果涉及长度、重量与体积,你自己折算去,这就是他们的文化心态。至于物质生活设施、科学技术不是全球化、一体化了吗?但是一旦涉及国与国的关系,麻烦就来了。日本就公开表示,在高科技方面,要让中国永远落后于它15年。为了阻止中国经济的发展,美国一直在给我国制造麻烦,在政治、经济、文化、军事方面,多方进行围堵,制造摩擦,至于在国防尖端技术方面自然更是如此,在这里哪有什么真正

---

① [英]安东尼·吉登斯:《现代性的后果》,田禾译,译林出版社2000年版,第152页。

的文化全球化、一体化可言!

即使在发达国家之间,文化上实际上也有强势和弱势之分,很难做到一体化的。身处弱势的发达国家的学者与政治家,就深刻地感受到另一些发达国家强势文化的威慑力,他们提出在全球化的境遇中,面对强势国家的强势文化的压力,要保护自己文化的特征。不久前(2002年5月),德国发生了几千人上街反美示威(现在已发展到几万人上街),这在近50年里是不可想象的事。何故?英国首相布莱尔出来解说:"现在总有一些美国人看不上欧洲,而一些欧洲人现出反美的情绪"。他又说,欧洲的反美情绪的生成,是"由于猜忌美国的立场和担心美国文化凌驾于欧洲文化之上"①;英国希望继续充当欧洲与美国之间的桥梁,化解欧美间的分歧。其实,今天的美国文化就是凌驾于欧洲文化之上,它有如出鞘之剑,锋芒毕露,咄咄逼人。德国政治家赫尔穆特·施密特的《全球化与道德重建》是本很有意思的著作。他在书中说:"事实上,我们应当在全球泛滥的伪文化的压力面前捍卫自己的文化特征。法国历届政府保护电影和电视观众,尽力使他们免受泛滥成灾的外国枪杀、汽车追逐、强奸、谋杀和各种各样的暴力镜头的影响。"他又说:"美国的戏剧、小说、爵士乐和其他音乐,的确丰富了世界文化,但是,性和犯罪场面却是美国娱乐工业所提供的不良的、有些甚至是十分危险的内容。目前,娱乐工业所向披靡,不仅席卷德国,而且席卷全球,冲击世界的任何地方,直到中国、日本和印度尼西亚的边远城市……极其廉价的乃至十分不良的节目全球化正在危害各国的文化传统。"② 这是施密特在1998年出版的新书里讲的,应该不能算是"老调"重弹!遗憾的是我们被这种文化工业冲击了还不觉得,只要有钱赚到手就可以了!

在强势文化、娱乐工业的冲击下,施密特深感德国文化的传统逐渐在丢失,以致今天竟有不少德国人不知亨利希·海涅为何许人了。

---

① 见《文汇报》2002年5月22日。
② [德]赫尔穆特·施密特:《全球化与道德重建》,柴方国译,社会科学文献出版社2001年版,第62页。

十三　文化"一体化"、民族文学与世界文学问题

他说:"如果我们不把从先辈那里继承来的东西传递下去,我们所能传给后代的东西就所剩不多了;而一旦全球化腐蚀掉我们传递传统价值的能力或意愿,我们将坐吃山空,变得退化,成为那种面向收视率、广告收入和销售指标并追求大众化效应的低水准伪文化的牺牲品。"这种情况,在相对的弱势文化的国家里是一种相当普遍的现象。在法国,的确不乏有关抵制美国大片的报道。法国不断抵制美国大片,当然是想减弱性、暴力的那些镜头的影响。但是这类电影的制作在法国本身也很普遍,以致最近法国不少有识之士对这类电影的制作与传播"喊停"!自然,实行抵制,这里还有一些更为复杂的原因,即恐怕主要是防止美国电影对法国电影造成的冲击,影响法国电影工业的发展与生存。同时,美国的娱乐工业又冲击着法国的传统文化,特别是消解传统文化的价值与精神,使广大观众成为伪文化的牺牲品。对于德国来说,恐怕也是如此。这种娱乐工业的大量输出所卷起的时髦热,这种伪文化的长时间的潜移默化的影响,正在改变人们的意识、生活习惯与风尚,建立起霸权国家所需要的价值观与人生观。

十分可贵的是,这位政治家表现了德国文化特有的反省精神。他又说:"由于我们所有欧洲人都接受了一种排他性的、欧洲中心主义教育,——北美人的情况也差不多——因此,我们通常对中国和印度的宗教、哲学几乎一无所知。我们几乎不了解儒家思想及其影响力。""遗憾的是许多西方人却对此毫不在乎。"[①]

《聚谈》的几位论者,看来对儒学所知不多,一谈起新儒学,就往"文化保守主义"方面拉去,说新儒学以儒学为本,企图建立大中华文化圈,要人家说,中国文化好呀;然后话锋一转,说"中国就是想建立自己的文化霸权,来抗衡别人的文化霸权"!这种观点,对儒学、新儒学实在是缺乏分析的。

首先,儒学并不是全无价值的东西,七八十年来,由于我国一些文化精英从现代化的角度,很大程度上是西化的角度,对儒学抱了绝

[①] [德]赫尔穆特·施密特:《全球化与道德重建》,柴方国译,社会科学文献出版社2001年版,第66页。

对否定的态度，甚至到了20世纪70年代中期还有"孔学名高实秕糠"的虚无主义之说，对儒学肆意贬低。所以多年来中国的传统文化不分青红皂白地被打倒了，也中断了儒学传统。结果在几十年的文化建设中不是西化，就是俄化，可以说走尽了弯路。其次，对新儒学的全面评价，不是本文的任务。但是应当承认，新儒学是对传统儒学的一种继承，其中不乏真知灼见。比如，它重视、认同传统文化，力图开发其中的积极因素，提出"返本开新，守常应变"的文化纲领。"所谓返本、守常，就是返儒家传统之本，守儒家人伦道德之常；所谓开新、应变，就是适应现代化之变，开民主、科学之新。"新儒学的代表人物对民族文化具有强烈的自我意识，他们力图发扬和复兴民族文化，并对传统文化进行疏导、发掘，而具有一种复兴民族文化的责任感。新儒家的"基本价值取向，不在'复古'，而是企图广畅民族文化洪流，护卫民族文化的主体性，接纳西方的民主与科学，使传统儒家文化现代化，发展现实和未来的民族文化。"① 再次，新儒学自然不能从整体上代表中国当代文化，它在思维方式上、在以儒家学说来涵盖中华文化整体方面、在倡导泛道德主义方面、在狭隘的民族主义方面，是存在着许多弱点的，也难以为我们接受的。但是，新儒学作为文化保守主义，是我国近代文化发展中的一个重要的派别，在整理国故方面，成绩斐然。其实，现在我们对"文化保守主义"的理解，早已与过去的政治划线分割开来了。其中的有益部分，实践证明，对于我们当今文化建设是极为有用的。所以对它一笔抹杀，是否可以说这是七八十年来一种西化激进余绪的继续？正如施密特说的，是一种典型的欧洲中心主义教育的果实？要是他知道一些并不年轻的中国知识分子，"几乎不了解儒家思想及其影响力"，并对此非但"毫不在乎"，却如此毫不费力地否定儒家学说，会不会感到双倍的遗憾呢！

如果我们的一些学者在倡导文化全球化与一体化，而并不清楚如何全球"化"、一体"化"，那么，美国学者塞缪尔·亨廷顿则倡导一种相反的理论：文化多元论，文明冲突论。关于他的理论，由于学

---

① 宋仲福等：《儒学在现代中国》，中州古籍出版社1991年版，第457、456页。

十三　文化"一体化"、民族文学与世界文学问题

界介绍已多，因此我们这里只能就部分有关问题进行讨论。他认为，当今文化不可能是全球化、一体化的。在冷战结束后，他说意识形态的冲突不再重要，而转向文明的冲突了。首先，"在未来的岁月里，世界上将不会出现一个单一的普世文化，而是将有许多不同的文化和文明相互并存。那些最大的文明也拥有世界上的主要权力"。"在人类历史上，全球政治首次成了多极的和多文化的。"[①] 其次，文化的积累与传承，形成文明。他认为，世界上存在多种文明，但势力最大的有基督教文明、伊斯兰文明和儒教（我只是在儒学意义上理解所谓"儒教"）文明。各种文明之间存在着差异，而"冲突的根源是社会和文化方面的根本差异"[②]。所以冷战结束以后，社会和文化的冲突提上了日程，成为主导，并进而会引发战争，这就是文明冲突论。再次，他提出存在"大中华及其共荣圈""中华文明""大中华""文化中国"，认为中国把自己看成中华文明的核心，企图成为"中华文明的倡导者，即吸引其他所有华人社会的文明的核心国家；以恢复它在19世纪丧失的作为东亚霸权国家的历史地位"。他又说，"两千年来，中国曾一直是东亚的杰出大国。现在，中国人越来越明确地表示，他们想恢复这个历史地位，结束屈辱与从属于西方和日本的漫长世纪，这个世纪是以1842年英国强加给中国的南京条约为开端的"[③]。在他看来，中国要建设自己的文明，必然和其他文明如基督教文明发生冲突，特别是会和美国文明发生冲突，并设想了一场未来的"中美之战"，那时世界完全变了样子。宣扬不同文明会引起冲突，以致引爆战争，这是一个极有争议的问题。

亨廷顿说未来世界的文化是个多元文化的世界，多种文明并存的世界，不会出现一种单一的普世文化，我想这是很有见识的，也是可

[①] [美] 塞缪尔·亨廷顿：《文明的冲突与世界秩序的重建》的《中文版前言》，周琪、刘绯、张立平等译，新华出版社1999年版，第2页。

[②] [美] 塞缪尔·亨廷顿：《文明的冲突与世界秩序的重建》的《中文版前言》，周琪、刘绯、张立平等译，新华出版社1999年版，第250页。

[③] [美] 塞缪尔·亨廷顿：《文明的冲突与世界秩序的重建》的《中文版前言》，周琪、刘绯、张立平等译，新华出版社1999年版，第255页。

信的。因为多种文化的存在，是几千年来的文明的产物，这是公认的历史事实。对于历史传承下来的某种有影响的文化，不是今天哪些自认为自己的文化是一种普遍主义的文化，对不符合他们的文化原则、价值观念的他国文化，进行强行的替代就可以替代得了的。强行替代，这是由于历史太短而缺乏历史感与历史主义的霸权主义。文明与文明，确实具有极大的共同之处，所以人们可以相互交流感情、思想，共创共享人类文明果实，促进人类文化进一步接近与融合。但文化与文化又相互不同，它们各有特点，这是在长期的历史形成中的民族特性、群体智慧、地理环境、政治、经济、信仰、宗教、生活风尚、习俗等因素综合而成的现象。文明之间如果发生冲突，其实不在文明自身，真正的原因只在于经济与政治，这是最根本的。政治上要控制他国，经济上要掠夺他国的财富，这才是问题的实质所在。一切形式的恐怖主义和活动应当受到谴责。当今大规模的恐怖活动，好像是在不同文明之间发生的，其实不然，这恰恰是由国际的政治上的极权主义与霸权主义、经济上的残酷盘剥而引起的，是有的国家为了把自己的经济命脉建立到他国的主权之上、把贪得无厌的吸管强行插入他国油井而引发的。

亨廷顿说，中国在倡导中华文明，中华文化，要恢复过去的历史地位，又说要恢复东亚霸权的历史地位。在这里，他把历史地位与霸权等量齐观了。中华文化是我们的传统文明，恢复这种传统文化中的优秀成分，以作为建设我们的新文化的承续与借鉴，这是十分自然的。过去几十年，西化的激进主义情绪，曾经使我国传统文化的继承遭到严重的损失，一度使民族文化的更新与发展，失去依附。现在恢复这种文明的应有的历史地位，这怎么就是企图建立霸权地位呢？

所谓霸权，就是把自己的种种文化价值观念，自封为普世文化、普世价值，唯我至高至尊，企图越俎代庖，把它们强加于别人，实际上却是暴力替代，实行侵略，进行掠夺，控制别国。中华文明的传播不是强加，不是强迫接受，不是掠夺，而是交往。例如中华文明中的四大发明，引发了欧洲的现代革命，但这是传播的结果，而不是强加、霸权、侵略的行为。明朝的郑和，七下西洋，发现了许多的"新

十三　文化"一体化"、民族文学与世界文学问题

大陆",但只是进行文明的交往与传播,并未一发现城市与土地,就攻城略地,像稍后的西方殖民主义者那样,马上就宣布占为己有。这就是中国与西方不同的思维方式:一个倡导交往,互通有无,和而不同;一个力主占有,弱肉强食。

一百多年来,中华民族饱受西方帝国列强的侵略和割地赔款之苦,难道这个伟大的民族应该永远沉沦下去,而不应借着新的千年的经济腾飞,在振兴中华民族的同时,复兴伟大的中华文化,结束如亨廷顿所说的从1840年开始的"屈辱与从属"?按照一些人的说法,新儒家就是以儒家为本,就是要建立大中华文化圈,语调突然一转说,就是"中国想建立自己的文化霸权,来抗衡别人的文化霸权",再下去,可能就是中国制造文明冲突了。请问这是什么逻辑?有什么根据?这是不是很像亨廷顿式的思维方式,有力量就必然要称霸?像不像按照西方人的思维逻辑,来看待中国的复苏与兴盛?而亨廷顿后来还承认,要"唤起人们对文明冲突的危险性的注意,将有助于促进整个世界上'文明的对话'"①。

同时,我们知道,西方文明未必就那么健全,中华文明却也自有价值,两者在对话中进行互补,自在情理之中,没有必要妄自菲薄。如果有人自发地认同中华文明,在平等、对话的交流中形成一个大中华文化圈,使中华文化广为发扬,这损害了谁呢?难道我国在强迫别国接受中华文化、掠夺他国文化、侵略他国文化、消灭他国文化,谋求建立文化霸权吗?弘扬中华文化,在传播与交往中扩大中华文化的影响,难道这就是去和别人的文化霸权对抗吗?一些人如果在所谓的学术交流中,抱着这种心态,在欧洲中心论和他人文化霸权面前,对弘扬中华文化的自主要求、宣扬儒家学说中的优秀思想的国人,就像发出断喝:"中国就是想搞文化霸权",这让人觉得就有点恐吓国人的味道了!无怪有的学者对于这种政治与文化的全球化、一体化的理论、措施与前景,会感到不寒而栗,因为它真有一点像另类的"新殖

---

① [美]塞缪尔·亨廷顿:《文明的突与世界秩序的重建》,周琪、刘绯、张立平等译,新华出版社1999年版,第3页。

民主义"了！

这样看来，文化全球化、一体化是具有现实性的，因为已经存在这类现象，而且可能还会扩大着范围。但是深层意义上的文化全球化与一体化，又具有难以实现的不可能性。只能各国文化相互接近，取长补短，互为丰富与交融，实行更新与创造，这大概是不同的、多元的文化互为依存的和发展的方式。

（二）多种"世界文学"观念，趋同而并非一体，文化认同，全球化与本土化，民族主义的两重品格，民族文学与世界文学关系辨析

如果对于文化的全球化与一体化有一个比较实事求是的了解，那么对于文学的一体化这类观点，就比较容易好解释了。

几乎没有人怀疑，歌德是第一个提出"世界文学"的人。18世纪和19世纪初，西欧曾有过一阵所谓"中华风"，通过传教士介绍东方文化，特别是中国的文化，一时东方情调使得许多西欧国家的权贵为之倾倒，视为时髦。歌德从这股时风中，了解到了一些儒家典籍，并几度接触过中国文学。但由于当时文化交流的水平有限，歌德接触到的文学作品，只有《好逑传》《玉娇梨》《花笺记》、收有十多个短篇的《中国短篇小说集》；《赵氏孤儿》《老生儿》等剧作；以及《百美新咏》之类的诗歌等。[①] 至于那些真正能够代表中国文学的一流作品，十分可惜，那时歌德还无缘见到。

1827年年初，歌德在与爱克曼的谈话中，就对他所读过的中国文学作品做了评价。大致有这么几个意思。第一，他说中国的《好逑

---

① 见卫茂平《中国对德国影响史述》，上海外语教育出版社1996年版，第105、107、109页。著者认为，其时歌德见到的作品，也可能是《花笺记》。

传》①这部传奇,"并不像人们所猜想的那样奇怪。中国人在思想、行为和情感方面几乎和我们一样,使我们就很快就感到他们是我们的同类人,只是在他们那里一切比我们这里更明朗,更纯洁,也更合乎道德"。接着歌德谈到了这些作品,"没有强烈的情欲和飞腾动荡的诗兴",另一个引人注目的特点是,"人和大自然是生活在一起的"②,因此他认为,这些作品和他的《赫尔曼与窦绿台》与英国小说家理查生的作品有许多类似之处。第二,歌德接着说,这部传奇绝对算不上是中国最好的作品,"中国人有成千上万这类作品,而且在我们的远祖还生活在森林的时代就有这类作品了"。又说,"不过我们一方面这样重视外国文学,另一方面也不应拘守某一种特殊的文学,奉它为模范。我们不应该认为中国人或塞尔维亚人、卡尔德隆或尼伯龙根就可以作为模范,如果需要模范,我们就要经常回到古希腊人那里去找,他们的作品所描绘的总是美好的人"。第三,"我愈来愈深信,诗是人类的共同财产","我喜欢环视四周的外国民族情况……民族文学现在算不了很大的一回事,世界文学的时代已快来临了。现在每个人都应该出力促使它早日来临"③。同年他又说:"一种普遍的世界文学正在形成,其中替我们德国人保留着一个光荣的角色。"又说:"现在一种世界文学正在形成,德国人会蒙受最大的损失,德国人考虑一下这个警告会是有益的。""问题不在于各民族都应按照一个方式去思想,而在他们应该互相认识,互相了解;假如他们不肯互相喜爱至少也应学会互相宽容。"④

预言会出现一体化的世界文学的文章,一般都会引用马克思和恩格斯在《共产党宣言》里的话。马克思恩格斯说:"资产阶级,由于开拓了世界市场,使一切国家的生产和消费都成为世界性的了。""旧的、靠国产品来满足的需要,被新的、要靠极其遥远的国家和地带的

---

① 朱光潜在《歌德谈话录》中译本111页就《好逑传》作注说,据法译本注,即《两姊妹》。朱按,可能指《风月好逑传》。歌德在这部传奇的法译本上,写了许多评论。
② [德]爱克曼辑录:《歌德谈话录》,朱光潜译,人民文学出版社1978年版,第112页。
③ [德]爱克曼辑录:《歌德谈话录》,朱光潜译,人民文学出版社1978年版,第113页。
④ 转引自《朱光潜美学文集》第4卷,上海文艺出版社1984年版,第458页。

产品来满足的需要所替代了。过去那种地方的和民族的闭关自守状态，被各民族的各方面的互相往来和各方面的互相依赖所替代了。物质的生产是如此，精神的生产也是如此。各民族的精神产品成了公共的财产。民族的片面性和局限性日益成为不可能，于是由许多种民族的地方的文学形成了一种世界的文学。"①

现在我们来对歌德与马克思关于"世界文学"的观念作些辨析。朱光潜先生作为美学家与《歌德谈话录》的译者，在这里做注时指出，歌德的这一观点是从"唯心论的普遍人性论"②出发的。这一评价自然带着时代的痕迹，不可苛求。看来，唯心论倒未必，而"普遍人性"说的倒是有道理的。歌德从不同的民族文学中，看到了人类感情的共同性，不同的民族通过文学是可以互相了解的。他固然认为要从他民族的文学作品中吸取长处，但他也明白表示，不能把中国文学奉为模范，模范还应到古希腊人那里去找。这里的问题在于歌德要人们来促进什么样的"世界文学"的形成，这种"世界文学"是一种什么样的形态。

从上面歌德的文字来看，对于什么是"世界文学"的形态、内涵，语焉不详，看来可以有两层意思。第一层意思是，歌德说的"世界文学"，第一，是一种不同于原有民族文学的"世界文学"，民族文学已经存在了，现在"正在形成"一种新的文学形态，他要求人们促进这种文学的早日来临。第二，这是一种"普遍的世界文学"。这里所说的"普遍"，大概就文学所表现的意义而言，如人类共有的感情、思想等等，比如，他说过，诗是人类共有的财产。第三，他又说，这种具有普遍意义的世界文学的出现，会使德国人蒙受损失，也即会使德国的民族文学遭受损失。这大概是说，德国文学难以摆脱本民族的特征，创作出更具人类意义的作品。但是从歌德说过之后的一百多年的历史来看，德国并未出现过一种可以叫作"世界文学"的文学形态。19世纪下半期与20世纪，德国文学实际

---

① 《马克思恩格斯选集》第1卷，人民出版社1973年版，第255页。
② 朱光潜先生作的注，见《歌德谈话录》，人民文学出版社1978年版，第113页。

上是一种具有强烈的德意志民族特色的文学。即使20世纪的欧洲跨国家的文学流派不断更迭,影响着德国文学的发展,但德国文学仍然保持了其民族的特征,而著称于世。如表现主义作家格·凯塞、卡·埃德施米特、阿·杜布林;现实主义作家托马斯·曼与亨利希·曼、雷马克、孚希特万格、茨威格以及叙事剧倡导者布莱希特等人的作品,虽属不同流派,但都表现了德国民族的特征与标志。第二层意思是,歌德实际上所说的"世界文学",也可这样理解,即这是一种进入世界范围的多民族的文学。他说,环顾周围,不同的民族文学看得多了。现在则有不同,古老的东方文学、中国文学的传入,使得文学的范围更加扩大,变成世界的了,这样原来周边的民族文学已算不上一回事。他还说到,如果德国文学要获得发展的话,看来还是应该以古希腊人为范本的,而不是以东方文学为典范。世界文学是各族优秀文学的结合体,是文化交流中出现的各民族文学的一种相互关系的表述。

英国学者柏拉威尔写过一本《马克思和世界文学》的著作。此书极为详情地描述了马克思对古希腊、罗马、欧洲中世纪、文艺复兴时期、启蒙时期、十八九世纪欧洲作家以及他们作品的爱好与了解。在谈及"世界文学"时,柏拉威尔说到,歌德虽然多次谈到世界文学,但"对歌德来说,这种'世界文学'并不意味着放弃民族的特点。恰恰相反,每个民族的文学都因为它的特殊性与差别,因为它加之于世界文学交响乐之中的特殊音色,而受到国外学者的珍视。""由于意识到其他民族的特殊贡献以及懂得珍视它们,我们也就懂得我们自己的贡献。确实,我们自己的文学在某种程度上也会由于这样的接触而改变它的性质,但这只会是一种丰富,而由此产生共生现象,诸如歌德自己的《西方与东方的合集》和《中德四季晨昏杂咏》,仍然会继续带有独特的民族文化的印记和这些作品的作者的天才和个人性格的印记,通常人们是在本国文化范围之内接受外国的作品的。"[①] 我以为

[①] [英]柏拉威尔:《马克思和世界文学》,梅绍武、傅惟慈、童乐山译,生活·读书·新知三联书店1980年版,第192页。

柏拉威尔在这里表述的观点是十分精彩的，各民族因交往日益增多，促使文学相互影响而发生变化，获得新质，这是一方面。但是另一方面，民族文学又仍然不会失去本民族的特征及其天才作家的个性特色。诚然，在这种情况下，民族的片面性、局限性日益减弱，但即使如此，看来各国文学也不会完全失去民族性特征的。

美国学者詹姆逊关于歌德的"世界文学"的说法，提出了一种见解。他说到在当今世界各地不同国家里的思想文化活动背景上，出现了某种跨国文学作品，人们以为，"这种活动似乎是人们以前称之为'世界文学'的那种文学样式的新形态。人们通常认为'世界文学'应是由一些经典作品组成，它们能超越直接的国家，民族语境而打动形形色色的读者。然而实际上歌德和其他人倡导'世界文学'时的用意并不是这样。要是我们细读歌德在这方面留下的零散文字，我们会发现他心目中的'世界文学'指的是知识界网络本身，指的是思想、理论的相互关联的新的模式"。詹姆逊谈到，当时歌德阅读的一些欧洲杂志，大体上都在鼓吹不同语境间的思想、文化的联系。"在歌德看来，真正新颖的有历史意义的事件，乃是人们如今有机会有条件接触到他国异地的思想环境并与之沟通，为此，他创造了'世界文学'这个概念。但这个概念在目前的新语境下似乎已不那么恰当了。"詹姆逊认为，某种类似的事物，正在一个更为巨大的规模上出现，但我们对它要谨慎小心。如在现今文化交往频繁的背景上，似乎出现了某种跨国文学作品，有人以为就是世界文学的新形态了。詹姆逊认为，没有必要就此匆忙地作出肯定。他说："就文学而言，这并不意味着创作某种立即具有普遍意义的作品，从而跨越民族环境去诉之所有的人。相反，我认为'世界文学'的含义是积极地介入和贯穿每一个民族语境，它意味着当我们和别国知识分子交谈时，本地知识分子和国外知识分子不过是不同的民族环境或民族文化之间接触和交流的媒介。"① 这里大致是说：通常人们把歌德所说的"世界文学"视为一

---

① ［美］詹明信：《晚期资本主义的文化逻辑》，张旭东编，陈清乔、严锋等译，生活·读书·新知三联书店、牛津大学出版社1997年版，第192页。

十三 文化"一体化"、民族文学与世界文学问题

种经典性的作品,由于它们表现了普遍的人性,人类共同的问题而超越了民族与国界,受到不同的人们普遍欢迎。但是詹姆逊认为,这种看法有违歌德初衷,歌德说的实际上不是一种文学形态,而是思想、理论相互关联的新模式。真正的新事件,在于使不同语境中的人们有了联系与沟通。因此,"世界文学"的含义,在于不同国家、民族的知识分子积极地介入文学、文化的交流。但是在我看来,歌德所说的"世界文学"实际上包含了上面两层意思,并不矛盾。当然,我更倾向于我在上面谈及歌德关于"世界文学"时的第二层意思,亦即詹姆逊所说的各族人民的思想、感情相互联系的模式。因为第一层意义上的"世界文学",虽经歌德倡导,但一时无法实现的东西,是一个抽象的观念。

马克思恩格斯在谈及"世界的文学"的形成时,其出发点是从资本主义生产、世界市场形成。而资本主义市场的形成,则是一种不可抗拒的世界经济现象。"世界文学"就是在这种资本主义经济的所向无敌的情况下形成的。

在这里,我们要了解一下《马克思恩格斯选集》中文版编者对"文学"一词所做的注,编者认为,这里的所谓文学,指的是"科学、艺术、哲学等等方面的书面著作"[①],这是十分重要的。马克思恩格斯在这里谈的是整个资本主义的生产、消费以及世界市场的开拓等,至于涉及精神生产,则指的是文化的各个方面,自然就不是单指我们通常所了解的文学,这是符合原意的。这里所说的"文学"一词,包括了文学艺术以及科学、哲学等书面著作,由于世界市场的形成,同时也就形成了世界文化。他们认为,这显然不是指出现了一种统一性的世界文化,而是说众多民族、国家的文化走出了原来的孤立、隔离状态,进入一种相互交往的状态,以致成了一种世界范围的文化现象了。在这种情况下,民族的片面性与局限性日益减弱,并且已日益成为不可能的事,后面这句话是经常被引用的。

柏拉威尔的《马克思和世界文学》对马克思恩格斯在《共产党宣

---

① 见《马克思恩格斯选集》第1卷,人民出版社1973年版,第255页注(1)。

言》一书中使用的 Literatur，Literature 和 Literarisch 做了辨析，认为 Literatur"论述某一科学的一批专门的书籍与小册子等等和写作这些作品的作者"，Literature 则指"诗歌、剧本和小说，如果它们带有一点政治色彩或'信息'的话，就都有资格包括在这一词之内"，后者则指文献一类的一大堆轻飘飘的词，同现实、社会脱节的东西①。从这里可以看出，《马克思恩格斯选集》中文版的注释经综合而表述的意思，基本上是可以接受的。

马克思恩格斯说："随着资产阶级的发展，随着贸易自由的实现和世界市场的建立，随着工业生产以及与之相适应的生活条件的趋于一致，各国民族之间的民族隔绝和对立，日益消失了。无产阶级的统治将使它们更快地消失。"② 这段话说得未免乐观了些，民族、国家的局限性并未很快消失。正如柏拉威尔所说："《共产党宣言》并没有充分估计到对它所发觉的这种倾向的反抗：民族的对立和分歧并没有像生产和商业的逻辑似乎暗示的那样迅速而普遍地消灭。实际上，马克思已开始认识到了这一点，并且在他的晚年，对于过低估计民族感情威力的所谓追随者，始终抱着敬而远之的态度。"③ 确实，马克思后来意识到了这点，所以在 1866 年，就嘲笑过那些把民族、国家视为早已"过时的偏见"的第一国际总委员会的法国代表。现在我们的一些学者，为了标举"世界文学"，只提马克思早期的言论，而不顾其后来转变了的观点，这往往不符被引者的观点的整体性的。

19 世纪末、20 世纪初，我国社会正处于剧烈动荡的时期，文化、制度的求新求变，成为国家、民族的命脉所系。进步的知识分子纷纷冲破藩篱，早在 19 世纪下半期开始，就译介西方文学，面向世界。他们在与西方文学、日本文学接触后，认识到了外国文学的优点，于是大力宣传，进行移译，并将本国文学与之比较研究，一时蔚然成

---

① ［英］柏拉威尔：《马克思和世界文学》，梅绍武、傅惟慈、童乐山译，生活·读书·新知三联书店 1980 年版，第 188、189 页。
② 《马克思恩格斯选集》第 1 卷，人民出版社 1973 年版，第 270 页。
③ ［英］柏拉威尔：《马克思和世界文学》，梅绍武、傅惟慈、童乐山译，生活·读书·新知三联书店 1980 年版，第 194 页。

风。外国文学在我国的传播,深刻地改变了我国固有的文学观念。可以说,对于外国文学在某种意义上也即对于世界文学的不断介绍,一直影响着我国文学的演变与发展。19世纪末,有的学者、诗人,由于其条件的独特,通晓多种外语,进入了法国文学的殿堂,如陈季同。他用法语写作,撰写了《中国人自画像》《中国戏剧》等著作,同时也把《聊斋志异》部分作品译成了法语。对法国文学的深刻了解,使他形成了一个极为前卫性的"世界的文学"的观念。在谈及中国文学时,他深感其不足,何以促进?他说:"第一不要局于一国的文学,嚣然自足,该推广而参加世界的文学,既要参加世界的文学,入手方法,先要去隔膜,免误会。要去隔膜,非提倡大规模的翻译不可,不但他们的名作要多译进来,我们的重要作品也需全译出去。要免误会,非把我们文学上相传的习惯改革不可,不但成见要破除,连方式都要变换,以求一致。然要实现这两种主意的总关键,却全在乎多读他们的书。"① 这里无疑是指,一,不要局限于一国的文学、本民族的文学,以为文学唯有我国的好,外国文学不值一哂;二,要了解外国文学,那里有许多值得我们学习的东西,所以要大力译介;三,也要把我们的好作品介绍出去,参与各国文学相互交流融合的过程。这些主意即使对于我们当今的文学的发展与译介工作来说,也是十分中肯的。陈季同在19世纪末就提出了"世界的文学"的观念,对于当时我国学界来说,是"相当超前"的,自然也是"和者寥寥"②。

"五四"前后,我国许多著名作家、学者都就外国文学的介绍、接受,发表过大量的意见,外国文学的输入,酝酿了我国文学观念的更新,并由于我国文学发展的内在需要,终于促进了"五四"新文学运动的发生。

其后,我国著名学者闻一多先生曾经谈到世界文化发展成一体的思想。在目睹各国的文化交流日见增多的情况下,他提出过未来的文化将会发展成"一个世界的文化"的论点。他说,世界上有四大古国

---

① 转引自李华川《"世界文学"观念在中国的发轫》,《光明日报》2002年8月22日。
② 李华川:《"世界文学"观念在中国的发轫》,《光明日报》2002年8月22日。

的文化,将来"互相吸收,融合,以至总有那么一天,四个的个别性渐渐消失,于是文化只有一个世界的文化"①。如前所说,有的论者把这一观点延伸到文学之中,认为将会出现一种一体化的总体文学。②

文化、文学全球化、一体化问题,涉及许多方面,是可以深入探讨的。

前面谈及,经济一体化现今实际上正在实现。我们看到,经济一体化要求有一定的权力机构,即使是松散的也罢,有企业行为准则,繁多的规章制度,商品的测定标准,各种制裁手段,定期的首脑会议,自然这些会议都为发达国家、集团所把持。一些国家可能存在多种经济成分,但一旦加入世贸组织,它的主导经济的发展,可能会受制于整个世界跨国市场经济的需求,它的物质产品,不得不接受这个国际市场所要求的统一的标准。在物质文化方面,可能比较容易有个趋于共同承认的标准。

那么在精神文化方面呢?精神文化的生产必须进行现代化与面向世界。第一,先从不同文化、文学的趋同性来说。国家、民族虽然不同,文化、文学艺术虽然各异,但从人类普遍愿望、人性的角度来说,应当说是存在着一种共同的趋向的。比如,不同国家的民族、人民,在历史的发展中获得共同的人性,具有追求美好生活的向往,都面临着诸多共同的问题,如现实与理想,物质与精神,生存与困境,战争与和平,幸福与灾难,理性与反理性,孤独、焦虑与交往,绝望与希望,富有与贫困,生与死,爱与恨,男女老幼等,并反映到文化、文学艺术中去。在这些方面,自然有着许多共同的语言,一致的观点,形成一种趋同倾向。文化、文学艺术本身的趋同性,可以使得不同国家的民族、人民的精神产品,相互获得接受与认可,而且可以成为人类共同的精神财富。可以确定地说,正是这些方面,使得人类可以在文化、文学艺术的交往中,相互了解、接近,变得亲近、合作、和谐、互相影响,避免生存中消极面,争取人类正常发展的生活

---

① 闻一多:《神话与诗》,见《闻一多全集》第1卷,开明书店1948年版,第201页。
② 见曾逸《走向世界文学》,湖南文艺出版社1986年版,"导言"第37页。

十三 文化"一体化"、民族文学与世界文学问题

权利。18世纪和19世纪初欧洲的中国文化、文学热,20世纪中国的欧洲文化、文学热都是实例。文化、文学艺术的趋同性,可以导致融合与同化。在今天信息化的时代,由于文化交流的加速,人类的隔阂进一步淡化,地域的差别不断在缩小,各民族的文化显示一种融化的趋势,而且还会得到进一步的加强。我国文学今后的发展,通过中外文化文学的交往,受到现代性的指向的影响,将会进一步地显示自己面向世界的开放性品格,积极吸取他人文化、文学艺术的长处,由趋同、融合而走向创新,进而出现一种与各民族都较接近、都能欣赏、认同的文化现象与文学艺术。

但是,第二,在很长的时期内,我们还见不到形成一种一体化的文化、文学艺术的必然的决定性因素。

首先,我们在前面谈及的人类面对的共同的问题上,具有趋同的倾向,但是各个国家、民族的文化、文学艺术的共同性、趋同性,却并不能导致其自身的必然的一体化。正是在上述诸多看来是共同的问题上,不同的国家、民族、人民之间的理解上,存在着同中有异的情况,不同民族对于它们的理解不尽一致,甚至存在着严重的分歧。究其原因,这是不同国家、民族、人民的自身特征,在长期的历史发展中不断生成的结果。人性是共同的、趋同的,但是它是在不同历史、地域、人文环境中形成的,所以各具特色,它反映了人们自身的本质在历史发展过程中的不同特点。就以人们当前所关怀的生存与困境、物资与精神来说,在这些问题上人们面对着共同的境遇,存在着许多共同的语言,但是深入下去,分歧就出现了。因为各个国家、各个民族生存的条件不一,困境的程度各异,特征就不一样。就说物质与精神,你吃得很好,认为需要提升精神,免得被物的包围所困扰,从而忽视生存的更高意义;他则还食不果腹,主要关心的是如何生活下去。因此在生理上、心理上,以致道德原则等方面就会出现差别。在长长的历史进展中,加上新出现的问题的多方面的影响,于是各族人民各自形成着不同特色的文化积淀,渗透于各自的哲学、政治、宗教、信仰、道德、人伦、风尚、习俗之中,成为不同民族和人的自身的本质特征,进而反映到他们的文化与文学艺术之中。像这类既具有

人类共同趋向,而又显示着不同民族文化精神特征的文化与文学艺术,可以相互接近、靠拢,乃至融合,但如何做到一体化呢!

其次,文化、文学艺术的发展,自然与经济的发展以及经济一体化是有密切关系的,并会受到巨大影响。但说由此会出现经济一体化式的文化、文学艺术的一体化,这是不大可能的,也是难以想象的。从浅层次来说,几个具有强势文化的国家,能够成立一个或几个跨国集团与组织,来对其他国家的文化、文学创作发号施令吗?能够订出一个文化、文学艺术的标准,来让不同国家的人们共同遵守吗?你遵命了,未必就能保证别人一定会去照办。一体化会把具有多样性特征的文化与文学艺术置其于死地。我国有过这种教训,一体化的结果,使得文化与文学艺术枯萎了,世界范围的一体化,未必就会例外。

再次,一个十分重要的问题是语言文字问题。既然提出文化、文学的一体化,那么,文化创造与文学艺术创造所使用的语言文字也应该是一体化的了,可是如何一体化呢?希望创造一种世界性的语言,使之流行全球,有人这样做了,如世界语,但近百年来通行的地域并不理想。倒是英语实为美式英语目前大为流行,这是美国的经济大大领先于其他国家,科技发达,文化工业产品倾销全球使然,所以在网络上英语占的比重极大,在文化交流中简直有些畅行无阻的气势。但各个国家是否会用它来创造自己的文化与文学艺术呢?对于一个具有悠久的历史与文化传统的民族来说,语言文字是他们千百年来形成的思维、心理的积淀物,是人们交流思想、记载感情的工具,是一个国家、民族的历史、文化传统的承载物。特别是我国的单音节语言与象形文字,与拼音的语言文字不同,一旦把它们废除了,它们所承载的文化涵义就被阉割或消失了,几千年来形成的中华民族的人文思维,就会面临一场难以预见的成败得失的灾变。独特的语言与文字是一个民族的文化的根本特征,所以不少国家,即使人口不多,也把它视为本民族文化的瑰宝。它们顽强地保护本民族的文字,纯洁本民族的语言,十分重视把本民族的文化与文学艺术介绍出去,使之传播光大。因此对于那些热情介绍他们国家文化、译介他们国家优秀的文学艺术

十三 文化"一体化"、民族文学与世界文学问题

作品有成就的外国译者，会给以崇高的奖励。如法国、意大利、西班牙、俄罗斯、德国等国家政府，都把我国一些著名的翻译家，视为传播他们国家的文化使者，而屡屡给以高额奖赏，给以种种崇高的称号，各类勋章，并非偶然。十分明显，这些译者不仅传播、保存了这些国家的文化、文学艺术，而且也在世界范围内保护、扩大、巩固了这些国家、民族的语言的影响。

在当今全球化的语境中，交往日益频繁，弱势语言的命运实堪忧虑。据有关组织统计，世界上几千种语言正在不断减少，每年大约以20种的速度在消失中。处于文化弱势的国家，是应该给以切实关怀的，而那些处于强势文化的国家应该帮助它们生存下去，否则，这些语言将从人类文化中被湮没而致永远消失。自然，人类会不会经过几百几千年的融合，到头来汇集了各种语言的长处，逐渐创造出一种统一的语言，一体化的语言，也未可知。但是，象形文字与拼音文字是难以融合的，如果不能一体化，那就是只有共存。

当今情况的复杂性还在于，不是像一些朋友说的，如果不提文化、文学艺术全球化、一体化就是要不得的，等等。经济全球化、一体化由于自身的矛盾，却是不断地衍生着新问题。20世纪80年代特别是90年代以来，由于经济全球化趋向的日益明显，文化的趋同性得到空前的强化，这是事实，而且呈现出上升的趋势。但是也正是经济全球化带来的另一方面的影响，即国与国之间、地域与地域之间的人们，在精神文化方面的分歧又进一步加深了，这也是事实，出现了"本土化"的思潮，非西方文化的复兴。

现代化发轫于西方，随着世界市场的开辟，它影响了其他国家，使世界面貌发生了重大的变化。一些国家在现代化的冲击下，因为传统的因袭重负、旧式信仰的根深蒂固，经济起色不大；而另一些国家，同样具有自己的深厚传统，但在自有规范的现代化的指引下，果断地抓住了机遇，进行市场经济的转轨，使自己的经济飞速发展起来，综合国力加强了，在国际上建立了声誉与赢得了尊严，民族的伟大复兴提到了今天的日程之上。亨廷顿说："现代化所带来的非西方社会权力的日益增长，正导致非西方文化在全世界的复兴。"又说：

几个世纪以来，非西方民族一直很羡慕西方社会的繁荣的经济，先进的技术，而认同西方的价值观。但是随着经济的起飞，却逐渐地转向了自己国家的文化与价值观，也即转向了本土文化。"80 年代和 90 年代，本土化已成为整个非西方国家的发展日程。"① 而本土化的文化的勃起，必然使那些植根于历史的习俗、语言、信仰以及体制，得到自我的舒展与伸张。也就是说，现代化增强了过去被侮辱、被屈辱国家的民族自信，在我国也是如此。

现代化的悖论是，对于强势国家来说，它以现代化推动了经济的全球化；现代化的流行，原是对西方中心论的西方文明的传播。但在不少不发达国家传播的结果是，使其落后的经济发展起来了。经济发展起来后，为其自身文化的复苏提供了机会，于是它们就有能力反顾自身，看到自己的传统文化并非一无是处，而是十分丰富；进而发现本土文化、标榜本土文化、弘扬本土文化的价值观等。民族自信的增强，使得文学艺术本土化的问题随之而起，在后殖民主义文化思潮的推动下，酿成一股洪大的潮流。这使得非西方文化在世界范围内走上了伟大复兴的道路，这是一个方面。

另一方面，全球化趋向的发展，又要求所有国家转到一体化的轨道上来，一些强势国家不仅要求所有国家的经济纳入它们打造的全球一体化，而且在文化方面极力推销它们全球化的计划，这种文化输出，大有吞噬其他文化的势头，这使得其他弱势国家的文化进入了生死存亡的时代。到了 20 世纪 90 年代，不少弱势国家都积极地参与讨论后殖民主义与文化本土化问题，民族的文学艺术的处境，于是在世界各地随着民族认同热，也兴起了所谓的"文化认同"热。这种认同热，对于西方霸权政治来说，实际上是政治离心力，对于文化上的欧洲中心主义来说，这是顽强地展现多元文化存在的文化离心力。霸权与控制，多元、离心与反控制，这就是当前所有国际的重大分歧、矛盾的原因所在。这些矛盾的内在的、深层因素自然是经济的、政治

---

① [美] 塞缪尔·亨廷顿：《文明的冲突与世界秩序的重建》，周琪、刘绯、张立平等译，新华出版社 1999 年版，第 88、91 页。

十三 文化"一体化"、民族文学与世界文学问题

的,但也在文化思想领域以十分激烈的形式表现出来。比如针对人的存在处境,存在主义哲学与现代主义艺术提出过"我是谁?"的问题,那么现在这种提问已变成集体的了。亨廷顿说:"90年代爆发了全球的认同危机。人们看到,几乎在每一个地方,人们都在问'我们是谁?''我们属于哪儿?'以及'谁跟我们不是一伙儿'?这些问题不仅对那些努力创建新的民族国家的人民来说是中心问题……对更一般的国家来说也是中心问题。"[①] 比如,他谈到20世纪90年代中期,激烈讨论民族认同问题的国家,不仅有发达国家,如美国、日本、德国、英国、加拿大、俄罗斯,而且还有发展中国家如中国、印度、伊朗等国,至于其他不少不发达国家也是如此。这就是说,经济上的全球化和文化上的全球化企图,以不同角度、多种层次与深度,引发了本土化问题,引发了民族认同、文化认同热,并且几乎触及了所有的国家。自然,它们面临的问题是各不相同的。在强势国家中,舆论偏重于对主流思潮的殖民主义及其历史的反思与批判,对于弱势国家来说,则引发了对民族主义的再认识,民族主义正是这样再度引起重视的。

强势文化对于民族主义主采取批判态度,认为民族主义妨害了全球化的进程,有违它们的文化原则与价值观。但是,我们对于民族主义需要进行分析,不能盲从别人对于民族主义的不分青红皂白的指摘。民族主义实际上具有两面性。一方面,首先,民族主义是民族主体性的表现,是对本土、本民族的历史发展的认同。20世纪八九十年代,在全球化的大潮的冲击下,一时使不少人失去了民族主体性而产生了迷失感:"我们是谁?"由此而引发了本土化与寻根热,民族认同和回归热,不少弱势民族从中找到了民族自新的契机,民族主义成了民族复兴的精神支柱与民族的凝聚力。其次,民族主义是对本民族文化的认同。强势文化的流行,压抑了弱势文化的生存与发展,贬低了它们的价值。对于我国来说,一百多年来由于积弱太久,一些人求新

---

① [美]塞缪尔·亨廷顿:《文明的冲突与世界秩序的重建》,周琪、刘绯、张立平等译,新华出版社1999年版,第129、130页。

心切，所以往往把自己的文化视为落后的文化，弃之如敝屣，而大力搬进外国文化。但是终究未能建成自己的新文化。20世纪80年代，在新文化的建设中，原有的文化资源有如幽灵一般，形影相随，忽近忽远地挥之不去。20世纪90年代的反思，使大批人士逐渐认识了我们民族文化固有的价值，力图恢复了其应有的地位，由此激起我们对于我国灿烂文化的自豪感，一种民族主义的文化自豪感，这是完全正常的。一些人缺乏这种自豪感，主要由于他们只认同于西方文化，而对自己原有的民族文化，不屑一顾，或罔无所知。再次，民族主义也是抵制强势国家工业文化垃圾的有效手段，要是没有这种措施，民族文化的发展将会受到阻碍，法国、德国都在这样做。

但是，另一方面，民族主义是不能滥用的，如果使其盲目化，则会变成狭隘的民族主义，变成排外主义，变成盲目的文化自大狂，坐井观天的井蛙，从而失去自我更新的活力和反思能力。确实，文化大革命所反映的那种救世主式的民族自大狂，在一些狂人身上表现得淋漓尽致，狭隘的民族主义使我们吃尽了苦头。今天，没有人说我们整个的中国传统文化好得很，但是其中的精华部分，不仅需要发扬与继承，而且作为全人类的文化财富，是当之无愧的。其实，我国广大知识分子都有20世纪几十年的西化、俄化的经历，今天除极少数外，绝大多数已失去那种自高自大、认为自己不需了解世界、不肯学习外国、一切都是自己的好的"天朝心态"，而更多的倒是由于长期自卑，滋长了那种倾向西方一切都好的西化心态。一些学者认为，中国的民族主义已发展到这等地步，"我们的一些观念都后退了，孙中山曾说：要'联合世界上平等待我之民族，'，现在我们不但要求别人平等待我，而且我们自己也不能平等对待别人。"① 如果情况真是如此，那么对于这种极端幼稚和狂妄确实需要反省与批评，对于这种狭隘的民族

---

① 其实，一百多年来，有哪个强势的民族平等地对待过我们？一个时候，我们受到教育，说只有苏联在十月革命后废除了对我们的不平等条约，云云，我们在很长时期里也信以为真。十月革命后，苏联确有废除不平等条约之举，但那是废除1917年二月革命至十月革命之间的条约。1917年2月至11月之间，俄国和我国订了不平等条约了吗？1917年前强加于我国的不平等条约废除了吗？能废除吗？

十三 文化"一体化"、民族文学与世界文学问题

主义需要进行批判与纠正。不过,最好能够就现在有些人如何不平等地对待别人,举出一些实例,进行分析。

和民族主义相对的是强势国家推行的普世主义或普遍主义。普遍主义的原则与内涵,自然有其普遍的特性与价值,但是在不同的国家,普遍主义未必都能实现,或是马上实现。这里必须考虑到不同国家不同民族的不同历史与制度,不同的文化传统,不同的思维方式,不同的文化素养,不同的宗教观与风尚习俗,等等。这些因素都是不同国家在几千年的过程中形成的,不是你设计一个方案,就可以让别人马上跟上、效法的。有的强势国家,认为自己的文明原则,放之四海而皆准,但是由于自己历史太短,极端缺乏历史感与历史主义,并出于极端自私的目的,根本不考虑别国的历史与文化传统,却要求别国同它一样,实行它所主张的所谓普遍的价值观,在政治、文化上企图立刻推行普遍主义。不按它的原则办事,就挑起争端,或凭借自己的军事霸权,诉诸武力。结果,使普遍主义变为世界普遍的不公平与不安定,一些国家就把它看成十足的帝国主义。这是典型的 21 世纪的新的"天朝心态"①!

当今,整个世界的组成,是个不同民族国家的联合体,民族国家、多民族国家的形式是难以废弃的,而且在今天全球化的声浪中,一个突出的国际现象是,如前所说,不少弱势国家纷纷加强了自身本土化的定位与认同的舆论,这是始所未料及的。至于民族,它们是长期历史发展中形成的产物,是受到种族、血缘、共同地域、语言、心理以及经济生活等条件制约的不同的人类群体。在经济全球化趋势还未形成的时候,一些人数极少的民族以及它们的语言,已经被强势民族所同化,而在全球化的趋势中,不同民族的共同性会更多地融合,

---

① 在学术界早就有这样的说法,我们了解欧美要比欧美了解我们多得多,这大概我们积弱太久,总有一种了解外国、学习外国的强烈愿望。2000 年 8 月 4 日出版的《世界周刊》(旧金山),载有自中国人民大学老师远嫁美国、署名草原的文章《文化舞台剪不断理还乱》,文中称:"来美虽然不长,但我发现大多数美国人对中国的不了解,超出了人们的想象。究其原因,一是也许大多数普通的美国人根本缺乏了解中国的渠道。其次在于生活得太老大、太现实的美国人,也许根本就没有想去了解其他国家的想法。"

但是那些具有悠久的历史、文化传统的民族，仍会长期存在下去，而且无可替代，并且更加珍贵、更将突出其本土化的根本特征，加强其定位与认同。这种描写在马克思恩格斯著作中是见不到的了。

在全球化与本土化这种两种相反趋向相互交叉的氛围中，一些人主张文化、文学艺术一体化，因此也就有文学艺术"只有世界的才是民族的"，或者"越是世界的就越是民族的"，"只有民族的才是世界的"和"越是民族的就越是世界的"之说。

先说越是世界的就越是民族的，或者只有世界的才是民族的。这里的"世界的"是什么意思呢？一，如前所说，大概是指人类共同关心的东西，人类共通的感情，普遍的人性，高超的表现技巧，现代技术等运用。我们在上面提到的人类面临的共同的方面，如现实与理想，生存与困境，生死爱恨、忧患焦虑等，这是文学所关怀的东西，是文学应予伸张的对人的终极关怀。文学作品可以不具这种要求，但优秀的文学必具这种品格，而当今我国的文学，恰恰缺少这种强烈的人文吁求。同时，这大概也是指对其他民族优秀文学经验包括文学艺术的表现技巧要有深切的了解，把握当今世界各国文学艺术发展的高度水平。在文学艺术交流如此繁荣的今天，作家、艺术家必须具有敏锐而前卫的目光，宏放大度的气魄，及时把握与接受世界文学艺术演变中新颖而有价值得方面，缺乏这种前沿性的文学艺术知识、识别能力与高起点的艺术感悟，就难以创造出和其他民族优秀文学艺术比肩而立的作品来。这也是文学的现代性所要求的。二，可能是指西方人的所谓"普遍价值"，对于强势国家所倡导的"普遍价值"，我们自应分析对待，吸收它的合理成分。但是我们不能不看到强势国家极力要其他国家奉行其"普遍原则"的用心。其实，这种极端自私、霸道的国家，为了霸占他国资源，对于别的国家与民族，是从来不讲什么自由、民主、人权的，否则，世界就不至于那么不安定了。自然，这不等于我们不要认真对待这些东西，因为这正是我们自身所不足的。但是如果以为根据人类的一些共同"世界的"一般体验，去演绎成文字，就能做到文学艺术的"越是民族化"了，恐怕是要落空的。

文学艺术对于人类共同共通的东西，还得通过具体的作家、艺术家，通过作品的人物，通过他们所表述的感悟、感情、思想，所掌握的技巧来表现的，这个作家、艺术家必然是一定民族国家的成员。荒诞剧使用一种抽象的符号，表达了人类的一种相当普遍的生存处境的荒诞感，震撼着人心。但是即使这样的艺术，读者仍然从中体味到一种法国的或是英国民族文学的韵味，因为别的国家没有这样的哲学文化与这种如此深刻的文化生存的体验。别的国家的作家如果也来这样写，实际上就重复了它们，成为仿作。作家可以自称是"世界公民"，是在全人类的意义上来写作的，那也是指其创作中的思想的普遍性，关心世间共同面临的问题。他可以采用多国的人物、故事，表现多国文化的冲突，等等。不过迄今为止，也只有一些按照概念进行演绎的东西。作家进行真正的创作，其实总是以其"民族文化精神"为指导的，即使他要描写外国现象，为此他也应该了解其他国家的民族文化精神，但具体的写作却摆不脱其所属民族的文化精神。民族文化精神，是民族国家的文化价值观与文化价值体系，它体现着一个民族的理性精神，诗性智慧，道德品格，思想风貌，进取求新的处世原则。它在不同的人群身上表现各异，但综合起来却是整体精神的体现，显示了民族精神的气度、面貌，而民族性正是民族文化精神的体现。

其实，世界性、全人类性、普遍人性都是概括出来的东西，它们的真正的物化表现则是民族性。也就是说，全人类性、世界性是通过民族性凸现出来的，全人类性、世界性、普遍人性必须附丽于民族性。如果没有了民族性，到哪里去寻找全人类性、普遍人性与世界性呢？人类通过无数的国家的民族群体（自然也包括各个社会集团、阶级）而存在，不同的民族的共同的特性与价值，十分自然地汇入了全人类性、世界性、普遍人性之中。可否这样表述，全人类性、世界性、普遍人性是共性，而民族性是体现共性的个性。如果一种文学艺术没有一个具体的民族立足点，不去描写具体的民族的人的生存处境，民族的人的有价值的东西，那么，全人类性、世界性以及那种具有普遍意义的东西，也是无从得以体现的。因为，我们还不知道今天有哪个人，既不属于哪个国家，也不属于哪个民族。

另一些学者提出，"只有民族的才是世界的"，或者"越是民族的就越是世界的"这类口号，在我看来，恐怕他们并不是说只要是民族的就一切都好。小脚、辫子是我国过去特有的，但它们代表的落后的民族文化，与世界性毫无关系。拿这种例子来反驳上述说法，这是实证错位，毫无意义。再说京剧，也是我国民族特有的一种文化，这是一种传统的、有价值的文化，一种高度程式化的艺术。由于它的民族的独特性十分强烈，不做介绍甚至难为他民族所了解，所以作为具有强烈民族特色的艺术，是否能获得世界性，就难说了，虽说现在受到不少外国朋友的喜爱。拿这些特殊的例子来反驳"越是民族的就越是世界的"，也是毫无针对性的。

"只有民族的才是世界的"，或者"越是民族的就越是世界的"的这类口号，意在强调文学的民族性的一面。当然还应看到问题的另一面，即民族性的现代化，对于任何民族文学来说，民族性并不是一成不变、固定僵化的东西，民族性是不断演变、生成的东西，在其保持自身基本特征的情况下，其内涵是不断被改造与丰富的。每一时期的民族性会被各种内外文化因素所浸润，进而获得丰富与新生。因此可以说，民族性是开放的、不断生成的民族性。汉唐时期的汉族的民族性，不同于春秋战国时期的民族性，当商业与资本主义萌芽发展起来，宋明时期的汉族的民族性大概不同于汉唐时期的民族性，清末民初时期的民族性大概不同于宋明时期的民族性，当代我们的民族性不同于"五四"时期与其后20世纪五六十年代的民族性。当今我国人民的民族性，已不是封闭的民族性。在我国当今现代化与面向世界的进程中，我国人民与他国人民有着极其广泛的交往，频繁的接触，从中了解并吸取他国人民的文化长处，倡导健康的个人的自由进取精神，积极地改变着自己的文化素质以致民族特性，这是不能不看到的变化。民族性受到现代性的制约，一旦在长时间内无有变化，凝固不变，墨守成规，就反映这个民族停滞不前、保守落后了。民族性的细微的或是重大的变迁，大概正是文学创作的重要课题。

文学按其自身的内在逻辑而发展，文化交流与外来影响往往是促成本土文学发生重大变革的动因，激活本土文学的动力。外国文学的

十三 文化"一体化"、民族文学与世界文学问题

形式、思想倾向,它的独创与新颖之处,都会被本土文化、文学所吸收,进行消化与改造,与原有的民族文学特性相结合,从而使民族文学艺术不断更新自己,丰富自己的独创与新颖,而更具活力。罗素说:"不同文明之间的接触在过去常被证明是人类进步的里程碑。希腊向埃及学习,罗马向希腊学习,阿拉伯向罗马帝国学习。中世纪的欧洲向阿拉伯学习,文艺复兴的欧洲向拜占庭学习。在许多这种例子中,常常是青出于蓝而胜于蓝的。"①

20世纪中国文学所经历的也是这样一个过程。这是现代化的过程,也是面向世界的过程,这是一个冲突过程,也是一个整合、融合过程;是一个比较过程,也是一个吸收、借鉴、创新的过程。在今天全球化的语境中,由于文化、文学交流空前繁荣,民族的狭隘性将会进一步受到冲击,文学的发展,将面临一个千载难逢的伟大的变更、创新时期,成为新文化的组成部分,形成我国民族文化、文学的伟大复兴,而民族性中最为严整的部分将得以保存并获得发扬。民族文化、文学的伟大复兴,不是复旧,而是在激活原有民族文化、文学的基础上,进行新文化、新文学的建设,并使其走向繁荣!

看来,文学的巨大的生命力,存在于民族性与世界性之间,而不在于越是民族的就越好,或是越是世界的就越高,而是民族性的与世界性的完美的结合。这样,上面两个争论的口号,就需要做些修正:文学既是开放的民族的,又是世界的;既是世界的,又是开放的民族的表述,可能更合乎其自身发展的情况。

(原文作于2002年10月29日,2002年12月1日再改,刊于《中国文化研究》2003年第1期)

---

① [英]罗素:《中西文明的对比》,见何兆武等主编《中国印象——世界名人论中国文化》下册,广西师范大学出版社2001年版,第89页。

十四　历史题材创作、史识与史观

当前历史题材的小说创作十分繁荣，出现了一批佳作。至于历史题材的电视剧，则几乎占领了每天电视演播的黄金时段，帝王将相你方唱罢我登场，往来穿梭，很是热闹。这些历史小说与电视剧，在目前都达到了相当高的水平，从整体上看，短期内它们都难以被超越。

从历史题材写作的总体指导思想来看，过去的阶级斗争的历史观、历史唯心主义与历史唯物主义二元对立之争已被搁置，呈现了写作者多样的历史观与群众性的审美需求的多样性趋势。重新感知历史，大写历史，反思历史，这是当前时代的需要。同时，在这个消费的时代，大说历史，在历史的艺术形态的展现中获得娱乐，也是在消费历史。广泛的市场消费需求，导致了对历史消费的多样性。

在历史小说、电视剧中，大体有正说的历史写作和对历史"戏说"的写作，解构历史的写作，和以逆反心理来改写原来的小说或是剧作的多种模式。这最后一种的写作，实为胡乱改编，品味低俗，且往往要引发官司，是些不上台盘的东西。

正说的历史题材的写作，包括历史小说与历史电视剧，实际上因作者的史识、史观的不同，而出现了不同的类型。

我们先说一种大致适应了当今老百姓历史体认的"圣君贤相"的历史故事写作。过去广为流传的那些"太平盛世"的"圣君贤相"的事迹，自然格外受到当今不少作者的青睐，描绘这类历史人物、事迹的作品，可以说深受各界层人士的喜爱，上至高级官僚，下至普通百姓。前者除了满足自己的消闲审美需求，大概还要暗暗对号入座，把自己与书中的明君贤相做个比较。后一类读者则在千年传统流风的

十四　历史题材创作、史识与史观

裹挟下,总盼望有个太平盛世,而把希望寄托在那些圣君贤相身上,渴望他们出来建立清明的政治与社会。"明镜高悬"这块匾额,不仅仅是戏仿性的装饰,却是地道的圣君贤相的威严象征;而宫闱秘闻、权谋较量、株连杀戮、征战讨伐,自然是十分讨好的素材。这类小说,通俗易懂,情节引人,印刷量大,卖点极好。当今社会中的种种黑暗、腐败现象,与历史中的黑暗、腐败现象惊人的一致,如今观众在历史戏里看到,那些贪赃枉法的皇亲国戚、腐败官员一一受到惩处,于是在休闲娱乐中感到了情绪上的满足。如果我们再深入一步,可以看到这类小说与电视剧,确实把众多的历史事件,大量虚构的情节加以审美化了,人物也不再简单化了,读者阅读起来很有兴致,观众看得很有趣味。不过,这类小说与电视剧,总让人感到少了些什么。这里历史场景是有的,情节的生动性是有的,而且热闹得很,但却是少了那么一种从生动的历史场景中流淌出来的历史的意味。

历史小说的创作,要具有一种意识到的巨大的历史内涵,和因此而自然获得的思想深度,产生一种意味,显示作品的较高品位,这是与作者的史识、史观密切联系着的。

史识产生于对史实的彻底的、独特的选择与认知中。这里所说的所谓彻底,不是指对于史料把握的详尽无遗,而是说透过重大的史实的观照,对被把握的史料有着独到的体认,理解到它们在整个历史发展中那种内在的和独特的意义,这是受到创作主体的历史观的制约的。比如《三国演义》开头的那阕词,显示了作者的一种历史轮回的史观,这种历史观在过去是极为普遍的。但是小说由于复杂地反映了历史特定时期的战乱,写得极为好看,充分显示了历史人物的智勇风貌,而揭示了作者史识的深度。挂在(1888年)昆明大观楼的孙髯翁的一副楹联所表述的史观,则要深刻得多。它的下联说到,历代帝王经营云南,费尽移山心力,建立了伟烈丰功,但"珠帘画栋,卷不及暮雨朝云,便断碣残碑,都付与苍烟落照。只赢得几杵疏钟,半江渔火,两行秋雁,一枕清霜"。作者意识到,几千年里历代王朝来收拾云南时,何等轰轰烈烈,如今它们自身却无可挽回地衰颓了。这是对几千年的历史兴衰的一种整体的把握,一声深藏着历史意味的长叹，从中显示了一种犀利的史识与深沉的历史感。清王朝几位"圣君"的盛世，其实已是整个几千年封建王朝走向彻底衰落时期的回光返照。但是现今的一些历史小说与电视剧，使那些"圣君贤相"，在历史的苍烟落照与断碣残碑的缝隙中，一个个爬了起来，弹去了身上的王朝覆灭的烟尘，锦衣鲜着，风光无限地演绎着天朝盛世的故事，让人感佩他们，简直是在教人欣赏那"苹天苇地，点缀些翠羽丹霞。莫辜负四围香稻，万里晴沙，九夏芙蓉，三春杨柳"了！

在当今消费主义影响下出现的"戏说"的历史电视剧，把过去极端化了的阶级斗争的历史观完全翻了一个个儿，圣君贤相一个个都站到被奴役的人们一边来了。这类电视剧，在当今的历史消费中影响是最大的了。目前对于"戏说"有几种说法，一是编剧人自己说的"戏说"，是指他以戏剧形式来叙述历史人物与故事。另一种是观众心里的"戏说"，就是指游戏的戏说，它的特征就是"娱乐交流"。这种戏说多半是一种针对现实的借古讽今，其中帝王作为主要人物，都是群众所熟悉的那么几个，叙述的事件与种种人物，则纯属虚构。编剧者有所谓"大事不拘，小事不虚"的说法，而不是相反。这就注定它是一种游戏、娱乐之说。它有意避开历史，不在乎描写历史重大事件与真实与否，而是借用历史人物作为壳子，游戏般地、自然是十分投入地充塞着编剧自己的今天的观念，奉行"现代史都是历史的再现"的原则。其实这一原则，有时会与历史相合，有时却相背而行，如果把它绝对化了，就成了历史循环论了。

这类"戏说"的人物性格、特征与活动场地，由作者随意安排。帝王由宫廷而深入民间，城镇商栈，官府旅店，村舍杂院，必要时伴有皇宫后院、皇后嫔妃做些点缀。皇帝老子一旦到了平常陌生的下层社会，自然感到十分新鲜，戏剧冲突可说俯拾即是。他们生就一副平民心肠，关心民间疾苦；明察暗访，演绎侦探跟踪；惩治赃官污吏，大纠冤假错案；制服恶霸地痞，屡屡救人于水火；行侠仗义，为民伸张正义。由于帝王也是人，所以又都惜香怜玉，风流倜傥，又会来几手拳脚，可说风度翩翩。于是黄尘古道，结识风尘女子，田园酒舍，偶遇一夜皇后，花正开，人未嫁，可说占尽风流，格外的动人了。这

十四 历史题材创作、史识与史观

类戏说,有人把它称作"古装戏"确实更为合适些。在这一点上,戏说也可以成为现实的一面镜子,让现实中受到压抑的人们舒一口气,畅笑几下,松懈一下精神,这也是有其积极意义的;同时它也符合老百姓几千年来形成的传统审美情趣,皇帝老子也是爱民如子,好抱打不平,还可看看他们的风流韵事,也就获得了精神上的满足。

但是悖论也就在这里,编剧者说,由于皇帝也是人,也有"人性","帝王性"也是人性,所以"帝王性"与"人民性"在他身上获得了高度的统一。而且编剧声言,为了把帝王戏编得好看,还应对帝王抑恶扬善,比如要稍稍配上一些他的瑕疵,但不能过火;要写得紧张,但不能让他冒出血腥味来。也就是说,要为帝皇讳,要化他们的残酷为一笑,要在血腥中熏香,真是爱护备至,体恤有加。在这种帝王史观支配下写出来的帝王形象,照剧作者的说法,一定会受到中国老百姓的欢迎的,因为帝王就是高峰,历史就是他们的历史,老百姓头下枕的就是帝王梦。但是话又要说回来,枕着帝王梦的老百姓,在这种帝王戏的熏陶下,他的帝王梦可能还会百年千年地做下去的!"文化大革命"中的山呼万岁声,虽然已渐渐远去,但看来我们现在对于主子、奴才、万岁万万岁的呼声,又会熟悉与习惯下来的!一个被封建思想浸润了几千年的民族,要使他清除自己身上帝王梦、奴才气,自己当自己的家,在思想上真正民主化起来,那是多么困难啊!

在另一种历史小说里,作者的史识是与现代意识精神有了结合。现代意识精神就是现代性的反思,一种历史的自我批判。这种反思与批判,就是在当今全球化的语境中,探究我国民族、文化趋向衰落的原因,那种深入我们民族骨髓的几千年的封建意识,以何种方式流贯于我们今天生活的方方面面,使我们在一百多年来的世界民族之林中,难以自立,受尽屈辱,以致在一个相当长的时期里,要生存下来都成了问题。直到今天就是在恢复民族自信和民族元气的过程中,仍是一路坎坷,荆棘丛生。

现代意识精神是一种具有历史高度的立足点,在这一立足点上感受历史的过程,就会使作家感性地体认到选择哪些历史关键时刻更为紧要,从而使他们变得更具人文关怀一些,气度会更宏放一些,对民族生存的命运的思考会更深沉一些，历史观会更开阔一些，会更多民主气息一些。自然，作家的史识与史观总是渗透于他所感受、体认到的历史的感性生活的，总是保持了其具体性与过程性的。在《梦断关河》《曾国藩》等小说里，我们体验到了现代意识精神，那种带有历史的深刻反思与批判。《曾国藩》的深刻的史识，表现在时代的潮流将要对行将就木的封建王朝彻底摧毁，而主人公却想方设法企图在这块千空百疮的土地上"重建周公孔孟之业"。小说在历史情节的生动性展现中，显示了那种被意识到的巨大的历史内容的意义，一种深刻的历史感，由此获得从中生发出来的深刻的思想性，从而使得小说阅读起来不仅具有动人的情趣，而且留下了令人心惊不止、久久不去的历史的意味。这里所说的历史感、历史意味，并不仅仅是指史实的真实，环境的渲染，细节的正确，而是指一种独特的历史的感受，它既是历史的，包含着我们民族昨天、过去的思虑的积淀，同时又是发展的，包含着今天的反思与自我认知的意绪，这是我国的悠长历史传统与现代意识的反思融合而成的一种进取的历史精神。

我们常常期望文学作品能够显示我们的民族文化精神，历史小说似乎更应如此。但要做到这点，作者是要具备进取的历史精神的。广大读者、观众的消费的审美需求是应予满足的，但是他们的趣味在大众文化、影视文化的消极面的影响下，使得他们的感性需求畸形扩张，感情变得粗俗不堪。在这种情况下，文学作品、电视剧的编写是投其所好，助其精神沉沦，还是应以新的理性精神、人文精神来平衡、抵御粗俗与精神沉沦呢！

在后现代文化思潮影响下出现的所谓新历史主义小说，是商品经济下的又一种历史消费，这是一种新潮的历史观，力图解构以往的权力话语和历史定论，参与历史的重新探讨。这种历史观大致都认同克罗齐或科林伍德的观点：历史都是当代的，即历史是没有自身的纯粹的形态的。所谓历史都是当代人解释的结果，主体如何解释，历史就是如何样子，纯属一些碎片与偶然。确实，这种历史观提醒人们，原生态的历史，随着时间而一起消逝，记录下来的历史都是掺入了记载者的主观因素在内的，纯粹的客观的历史记载是不存在的，所以历史

十四 历史题材创作、史识与史观

都是当代的,由当代人说了算。这种历史观对于我们了解历史文献可信到什么程度是有启发作用的,一个历史事件有时会有不同的记载与说法,需要进行去伪存真的工作。不过,这种历史观实际上把历史记录中的主观性绝对化了,如果说历史不过是些人们记忆的碎片,其结果就把历史的客观性否定掉了。其实,重大的历史事件的客观性是一种真实的存在,在其自身的发展中有其自己的规定性,历史并不是那种互不相关的纯粹的碎片,如果它一旦它失去了自身客观的规定性,那还有什么历史事件可言。比如,第二次世界大战、日本侵华战争、"文化大革命",历史记载者的主观性即使多样,角度取说不同,但能改变它们的客观存在的过程和性质的吗?

后现代文化思潮认为,历史不过是一堆混沌的现象,并无规律可循,其主导思想是在破除本质主义的历史观,突出偶然因素,把人与人的关系,定位于人性本能因素,重找历史动因,重说历史现象。在这类思潮影响下的小说的作者,大体认同这种历史观念,于是把人的性、性本能、欲望、侵犯本能、暴力,当作历史事件的动因。在他们的作品里,战争、屠杀、暴力、血腥、残忍、酷刑、欲望、善良、性本能表现,对于不同国家、集团的人群、人物来说,都是没有区分的。文学的叙述,不过是对不同人群的不同机缘巧合,进行随意组合。这种表述掺和着作者自己关于欲望、血腥、暴力、性本能的独特的奇思构想,写得津津有味。而在评论家那里,照例会赋予这类作品具有何等何等的深刻的文化内涵,艺术感觉如何如何的精细、创新,等等。确实,历史过程中存在着大量的碎片式的偶然。性本能、肉体欲望、侵犯性本能,还真的是不少事件发生的偶然动因与后果。比如现今社会上的大量情杀与凶杀,它们的动因往往是由那些性本能、性侵犯、肉体欲望构成的,是事件发生原因的直接方面。但是如果作为历史事件,实际上还有处于隐蔽状态的间接的深层的社会因素,有时却是主要的因素。比如近期发动的侵略战争,有人说是出于个人好战心理、暴力本能、家属复仇心理,等等。但是仔细一想,这战争的动因不明明就是为了掠夺他国资源、控制他国政治与经济命脉、强迫他国接受所谓普世主义的文化原则吗!

自然，我们也要认真地看到我国作者们的无奈与苦衷。一般说来，当权力控制着历史的时候，历史确实像一个可以被随意打扮的小姑娘，成了一些握有权力话语的人士说了算的东西。主张唯物史观，但实施的往往是唯心史观。从历史上看，掩盖历史丑恶事实的人，总是和丑恶事件以及和个人利益有联系的人。事实上那些被歪曲了的历史事件，以后还会被纠正过来，历史总是这样无情的。这样，是现实自身首先解构了历史，历史确实成了一种当代一些人的权力表述，现实奉行了随心所欲的历史相对主义。在这种意义上，一切历史都是当代史的那种理论，还真是派了用场。因此文学中的混沌式的历史写作，不具涵义的碎片式的历史写作，缺乏符号意义的纯粹偶然性的写作，不过是对现实的一种回应与投影，一种多样化的历史消费的形式而已，历史被多种形式消费着。

　　历史与现实的形态总是感性的，充满了偶然的，但是它们之间的相互联系的轨迹依然可寻。写作一旦使那种无处不在的、生动的偶然完全失去了符号的意义与所指，那么这类写作就不过是让人趣味索然的一种写作策略的表现。这类小说的致命之处在于，它们的作者玩得投入，而读者人数极少，只有少数几位智力高的评论家，乐此不疲地对于这类写作策略津津乐道。作为历史小说的先锋实验来说，它们太相信话语能指的游戏功能了，结果聪明的、确实有相当威力的能指，在其重找历史的动因中，固然消解了历史，但同时也就耗尽了自己以及自己存在的艺术形式。

　　于是历史消费的快乐，也就变成了历史消解的无奈！

（原文作于 2004 年 3 月，刊于《文学评论》2004 年第 2 期）

十五　文学的乡愁
——谈文学与人的精神生态

（一）乡愁——乡关何处

乡愁这种感情的形态，与诗歌结了不解之缘，诗歌赋予了乡愁以可感的生动的艺术形式。

除了在文学作品中，哪里能见到乡愁这种生动的形态呢！

《诗经》作为西周出现后五百年间的周诗，有不少诗歌描述了后世人类社会所产生的一种普遍的感情——乡愁。这时的居民没有了过去"帝力于我何有哉"的那份自在与洒脱了。

在小农经济社会，家与乡联为一体，底层百姓要赋税、服役、戍边。服役、戍边就要他们离开生养之地，就要外出，并且难知归期。于是只得告别了长相厮守的土地、家乡、父母妻子，他们的生存之根，那离愁别绪自然油然而生，化成了点点的乡思——乡愁了。

乡愁是离开故土、远离亲人的游子，对故乡的思念之情，是对关山阻隔的故乡的人事的回忆，是游子对记忆中的故乡自然景物、风物变迁的深切思念，一种亲情的诉求与幻想的祈求！可以说，这时的乡愁主要是个人性的、地方性的，一旦克服了距离的阻隔，亲情的诉求便得到了满足。

《邶风》中的《击鼓》就是远戍边疆而引发思乡、思念妻子的情绪而显得忧心忡忡。"从孙子仲，平陈与宋。不我以归，忧心有忡。……死生契阔，与子成说。执子之手，与子偕老。于嗟阔兮，不我活兮！于嗟洵兮，不我信兮！"作者说曾与妻子立有誓言，永不分离，白头偕老，而今关山阻隔，相见无期，岂不令人怅惘！

《陟岵》一诗写的是远出的征人，思念家中的亲人，心里想，父亲要他勿滞留异地，母亲要他不要忘记养育他的娘亲，兄弟要他勿尸埋他乡："犹来无止""犹来无弃""犹来无死！"

《东山》一诗写了一个士兵在归途中的思绪，各种细腻的感受："我徂东山，慆慆不归。我来自东，零雨其濛。我东曰归，我心西悲。……鹳鸣于垤，妇叹于室。洒埽穹窒，我征聿至。有敦瓜苦，烝在栗薪。自我不见，于今三年。"《采薇》一诗，与《东山》一样，也是把乡愁描写得最为抒情、动人的了。此诗描述了士兵抵御外敌，转战异乡，信书难托，如今终于走上归途，沿途景物，引起了他的回忆和满怀愁绪："昔我往兮，杨柳依依；今我来思，雨雪霏霏。行道迟迟，载渴载饥。我心悲伤，莫知我哀！"

如果我们在上面征引的是外出服役的征人的思乡情绪的描绘，那么《诗经》中还有姑娘远嫁他国而引起的对故乡之思，如《卫风》中的《竹竿》："藋藋竹竿，以钓于淇。岂不尔思？远莫致之。……淇水漫漫，桧楫松舟。嘉言出游，以写我忧。"还有流落他国，难归家园的乡愁。

这一类乡愁，作为人们感情的原型，在后来的诗歌、散文中写的极多，得到了更为丰富的表现。唐诗中思乡之诗极多，思乡之中总是流淌着一片淡淡的忧绪。比如崔颢的《黄鹤楼》，说的是黄鹤已逝，白云千载，诗人发愁夜幕来临，而乡关遥远，思乡的情意在暮色苍茫与幽暗的朦胧中漫散开来，而显得意绪起伏，"晴川历历汉阳树，芳草萋萋鹦鹉洲。日暮乡关何处是，烟波江上使人愁。"使得后来游览黄鹤楼的李白见后大为激赏，以致不敢再在楼上题诗了。又如马致远的《天净沙—秋思》："枯藤老树昏鸦，小桥流水平沙，古道凄风瘦马。夕阳西下，断肠人在天涯。"原是秋色平常的排比，已称佳绝，再经"断肠"一点，就使"前四句皆化愁痕"，真的成了绝妙好词。

在后人的散文里，这类乡愁的描写也俯拾即是。例如鲁迅的

十五　文学的乡愁

《故乡》，一开始就表达了回乡路上的愁绪，给小说定了调子："时候既然是深冬，渐近故乡时，天气又阴晦了，冷风吹进船舱中，呜呜地响，从缝隙向外一望，苍黄的天底下，远近横着几个萧索的荒村，没有一些活气。我的心禁不住悲凉起来了。"故乡也就是一个悲凉的故事。

在文学作品里，故乡、故园、家园，常常与国家的命运联系在一起。把故乡扩大开来，那么这种乡愁往往是自我放逐者或被放逐者对家园的铭心刻骨的思念，对于家园与国家富强、安危的期望，是身系国家命运的巨大的乡愁。或是由于战祸而失去家园，辗转流离，引起离散者的对家国命运的无尽的焦灼的忧虑，是对可望而不可即的乡关何处的无奈的慨叹！

《离骚》是屈原遭遇忧愁、忧患，"忧愁幽思而作"。"长太息以掩涕兮，哀民生之多艰。……亦余心之所善兮，虽九死其犹未悔！"这里描写的乡愁已是一种大乡愁意识，为百姓的家园、家国的命运而忧愁，它已上升到了忧国忧民的忧患意识，成为后世中国文化精神的源头之一。

杜甫的诗作有不少是乡愁的描写。他把乡愁与国恨糅杂在一起，描述乡愁也就是展现国之殇。《春望》写道："国破山河在，城春草木深。感时花溅泪，恨别鸟惊心。烽火连三月，家书抵万金。白头搔更短，浑欲不胜簪。"《月夜忆舍弟》："戍鼓断人行，边秋一雁声。露从今夜白，月是故乡明。有弟皆分散，无家问死生。寄书长不达，况乃未休兵。"他的感时伤怀的诗，由于是他自身的所见所闻，或是自身的亲身经历，所以具有极大的艺术穿透力。他的有关这方面的不少诗作，简直是对艰难生存的陈诉了。

李后主作为亡国之君，他的后期作品表现的几乎都是离愁别恨。如《清平乐》里，说："离恨恰如春草，更行更远还生。"又如《虞美人》："问君能有几多愁，恰是一江春水向东流。"又如《乌夜啼》说："剪不断，理还乱，是离愁，别是一般滋味在心头。"古语云"亡国之音哀以思"。李煜描写的是他的小朝廷覆亡之后的哀伤之音，似乎只是一个亡国之君的离愁。但是这种哀伤的离愁，又具有一般的人的感情的共通性，因为广大人民在历史、现实中，也有这种亡国之痛、失去家园之恨，所以对于这种丧失家园的离愁、离恨，对于失落的故国的深切的回忆的艺术描写，由于进入了特定的阅读语境，是完全可以被我们接受的。李煜把离愁比作更行更远还生的春草，是剪不断、理还乱的绵密的愁绪，恰如一江滚滚东流去的春水的低吟，都是传诵千载的。

李清照自称"愁人"，在后期词作中所表现的既是离乱中亲人生离死别的悲痛，也是思念故园、家乡的深沉的乡愁，在它们的背后，则分明是国破家亡之伤痛。如《声声慢》说的是诗人乍暖还寒时的复杂愁绪，再加上几杯淡酒与面对窗前满地憔悴的黄花，黄昏时的斜风细雨，梧桐落叶中点点滴滴的雨声，突然南飞归雁的一声哀鸣，怎不使诗人更添乡愁而愁肠百结呢！又如《武陵春》："物是人非事事休，欲语泪先流。闻说双溪春尚好，也拟泛轻舟。只恐双溪舴艋舟，载不动许多愁。"愁是多么沉重？一叶小小的舴艋舟何能承载！

在日本侵略者对我国的占领期，国家与人民遭受日本鬼子的铁蹄践踏，造成了我国亿万居民离井背乡、弃家逃亡、生活无着、到处流浪、客死异乡的惨状，乡愁就是被压迫人群的普遍情绪。故乡、家园与国家联成一体，乡愁就是国之愁。诗歌、小说、戏剧，特别是歌曲，通过对人民悲惨境遇的诉说，强烈地表达了我国人民的这种悲怆而又激昂慷慨的普遍情绪。这种乡愁所引起的普遍的爱国主义的强烈抗争，谱写了一支支抗日斗争的交响乐，至今激励着我们。

乡愁是对国家分裂而引发的痛惜感，这时家园也就是家国，命运相同；或是由于家国暂时分裂时分裂，引起家园破碎、亲人难以团聚的痛苦感情。这时的深情无比的乡愁，就变成了一种家国情的倾诉，对国家统一的热切的期待，如诗人余光中的《乡愁》："小时候，／乡愁是一枚小小的邮票。／我在这一头，／母亲在那头。／长大后，／乡愁是一张窄窄的船票。／我在这头，／新娘在那头。／后来啊，／乡愁是一方矮矮的坟墓。／我在外头，／母亲在里头。／而现在，／乡愁是一湾浅浅的海峡，／我在这头，／大陆在那头。"一湾浅浅的海峡，在瞬息可以跨达的两岸，却成了阻挡亲人相聚的深渊，成了国之大殇。

十五 文学的乡愁

乡愁可以覆盖个人、亲人、故乡、家园而至于国家，它是对故乡的怀念，是乡恋，是亲情与故园情，是家国情的召唤，也可演化而为忧国忧民的忧患意识的一个方面，是弥合国家创伤、共创统一的凝聚力的诉求，而成为几千年来我国文学创作的主题原型。

刘鹗在《老残游记自序》中谈到，人有灵性，乃生感情，感情生哭泣。哭泣分无力类和有力类，无力的哭泣如痴儿娇女之哭泣，有力类的哭泣分为二，一是以哭泣为哭泣者，如竹染湘妃之泪之类，二是不以哭泣为哭泣者，"其力甚劲，其行乃弥远"。如"《离骚》为屈大夫之哭泣；《庄子》为蒙叟之哭泣；《史记》为太史公之哭泣；《早堂诗集》为杜工部之哭泣；李后主以词哭；八大山人以画哭；王实甫寄哭泣于《西厢》，曹雪芹寄哭泣于《红楼梦》"。"吾人生今之时，有身世之感情，有家国之感情，有社会之感情，有种教之感情；其感情愈深者，其哭泣愈痛。"《离骚》写的是"离忧"；《史记》乃是充满家国愁绪的、汇入了自己的身世之叹的"发愤"之作；八大山人因清兵入关而遭受国破家亡之痛，他的画每每是"墨点无多泪点多"的。

文学艺术以自己丰富的形式表现了乡愁，乡愁则以起丰富的历史、文化的意味，丰富了文学艺术的蕴涵，提升了文学艺术的品格，成了文学创作的母题之一。

（二）乡愁——栖居艰辛

今天的乡愁，在很大程度上已经改变了其性质与面貌，原有的形态仍然存在，但同时新的形态已经出现。这是一种涉及人的生存的乡愁，是人的精神飘零无依、栖居艰辛的乡愁了。

在今天的全球化的语境中，世界成了"地球村"。高科技的发展使物质无限丰富，它代替了上帝、神性、旧式的理性和天道，变得无所不能，成为万物的新的主宰。人的欲望促成思想的更新与创造，与高科技的结合，汇成了巨大的生产力；同时欲望的无限度的需求，也促成了人的物欲享受的极度膨胀，一切以身体感性的享乐、物的无尽的满足的享乐主义为准则。

既然上帝已经死亡,旧的天道已经崩溃,于是霸权盲从,技术主宰一切,思想被变价出卖,"百事可为"就成了人的行为准则。在现代化的过程中,在财富的原始积累过程中,人们可以为所欲为,掠夺自然资源,生态环境不断遭到难以修复的毁灭性的破坏,大肆盗窃国有财产。最现实的报应是,大雨伴随着山洪暴发、泥石流与山体坍方,无情地、大面积地吞噬着无数"伐木者"和他们家人的生命与财产,而严重的污染则不断毁掉养育他们的生命水源!贫困与简单的技术,摧毁了人的自身。至于高科技,它使神州大地高楼林立,道路通达,财源滚滚,赐福于人。但一味的技术至上,人定胜天,也会造成福无双至,天降灾祸于人。海德格尔对当今西方技术真理观进行了细致的反思与批判,并且表示了深刻的忧虑,他说:"我们还找不到适应技术控制的道路;技术不断运转起来,不断运转起来,把人从地球上脱离开来,并且连根拔起。我们根本不需要原子弹,现在人已被连根拔起。我们现在只有纯技术的关系。这已经不再是人今天生活于其上的地球了。一位法国诗人与抵抗战士对他说:如果思想和诗歌再不成为不用暴力的力量,那么现在正在出现的人被连根拔起就是末日了。要防止思想被变价出卖。"[①] 在良好的理性社会环境下,科技运转起来,自然可以得到合理的控制与进展,例如神舟六号上天,经济高速发展是。但在另一种社会条件下,思想被变价出卖,进而与霸权政治结合,技术的运转轨道可以改变方向,就会酿成伊拉克式的悲剧,科技是能够把人从土地上也即地球上连根拔起的!

人的物质生存状态的严重破坏,引起了人们的乡愁,那么他们的精神生态呢?人的精神家园何在?它难道它注定要成为艾略特式的一片零落、败破的"荒原"吗?

[①] 海德格尔语,参阅《人,诗意地安居——海德格尔语要》,郜元宝译,上海远东出版社2004年版,第148—150页。

（三）弥漫性的精神生态中的乡愁

20世纪几次重大的社会灾祸，毁灭了无数人的生存的物质家园，同时也使人在精神上深受创伤，失去了社会信仰与理想，使他们变得内心惶惶，成为缺失思想血色的扁型的人。而科技的进步与发展，欲望的追求，使他们把生存的愿望，主要倾注于不断满足物质的丰富、身体物欲的享受，这看来似乎无可厚非。问题在于在天下攘攘皆为利往、皆为物欲的追逐中，人们的道德却不断下滑甚至沦丧，成为无数失去了血性与良心、同情与怜悯的丑陋的人。一百多年来，在私室和公共场所，一场又一场地上演出了只求满足身体感性快感、歌唱物欲的狂欢。也许人们期望，在信仰的缺失与理想的空白中，这类狂欢可以补偿精神的憾缺，使内心欲望的压抑，在轰鸣的呼喊与尖叫声中，获得释放与发泄，但是正常的人的社会精神生态，则处于极端的非理性的窒息之中。在这个过程中，不少人被物化与异化，人的精神生态不断走向平面，削平深度，意义被掏空，趋向平庸甚至恶俗。这使不少人产生了人的生存的艰辛与失去了精神家园的飘零感，并形成了20世纪与新世纪的文化危机，显得持久而又深刻。

当今的乡愁除却个人性的、距离性的、地方性的、家国性的一面，还是一种弥漫性的、进入各个国家的、社会、文化、精神生态的人的生存的乡愁。

人要生存下去，需要共同营造适合于自己栖居的精神家园，虽然从来就没有存在过理想的家园，但无疑值得向往并设法不断地追求它。自然，这不完全是哲学家们的家园，哲学家可以把语言视为人的存在的家园，他回归家园，就是到语言中去诗意地栖居。而通过语言的途径以创造普通人的家园，使人得以诗意地栖居，需要探讨各种中介因素，路途是曲折又漫长的。目前人所栖居的家园是现实的，他的需求是物质的，现实的，又是精神的。欲望的满足与精神的需求，都是合理的，问题在于重新给予合乎理性的规范，确立平衡，建立科技、欲望与人文共同协调的新思想。

在这场深刻的、持久的文化危机中，人文界的部分知识分子，在不断顺应这种局面，大力张扬消费社会的消费主义原则和消费文化，一种能够充分满足人的身体感性的快感需求的消费文化，追求享受物欲快乐的消费观念，认为当今审美判断已经不再可能，这实际上是一种富裕阶层的生活哲学和美学原则。我以为西方的消费社会、消费文化、消费主义这类理论，十分需要研究，但如果不予批判，直接移植我国并使用，这不是贴近了我国的国情，而是脱离我国的社会实际了。我国自然资源相当贫乏，人为的破坏十分严重，目前除了少数暴富起来的阶层能够像西方富人大肆挥霍之外，大多数人的消费水平十分可怜。据媒体报道，仅京津地区周围，目前有二百余万人平均年收入仅625元，与一些大力倡导西方消费文化的大学教授的收入相比，差距大约有一两百倍，甚至更多！富裕的京津地区周围如此，其他地域贫富差别更大，比例已经严重失调。凭借自然环境和人口的重负，我们难以建立西方的消费型社会，而只能建设以节约型消费观念为指导的可持续发展的社会，这是比较理性、实在的举措。其实我们不是不要消费，而且要努力扩大消费，丰富消费，并用消费来拉动经济的发展，但消费者手里要有钱币，而且也不是西方的消费主义。我国要达到物质普遍富裕的中等水平，真正完成我国的现代化建设，大约还需要五十来年，而西方发达国家，早在百年之前就已现代化了。同时，我们所建设的文化，自然包括文化的需求、消费在内，例如文化产业，但还有更高的精神需求的建设。因此，在我看来，我们不宜对现时西方消费社会、消费主义的消费文化理论，不加分析、批判，就作为思想资源和理论指导加以运用，以为我们的文化，就应像西方消费社会如此这般建设，否则就是理论的滞后，难以和西方学者对话，赶不上趟，用超支、透支的消费主义理论，再次给此岸的人们，以非理性的、可望而不可及的美丽彼岸的乌托邦许诺，而使他们大失所望！至于现今的理想的人，不过就是那些新型的媒体中介人形象，他们不对暴政说不，也不问人文精神为何物的人，他们是一群穿梭于各个文化商业集团、往来自如、收入丰厚的人。但是在实利主义、技术主宰一切教育出来的、只求满足物欲、尽情享乐的人，往往是一群品格平庸的食利主义者，甚至可能是一群泯灭了人性与血性、怜悯与同情、失去了善恶底线的人。美国、英国为我们提供了这类教育实例：不少美、英大兵，在被他们侵略的土地上，伊拉克的阿布特莱卜监狱和其他集中营里，就演出了21世纪初一幕一幕的"最伟大"也是最丑恶的"行为艺术"或是人体艺术！不久前去世的美国批评家苏珊·桑塔克撰写了《玩乐》一文，对这种卑劣的行径进行了严厉的抨击，其实这就是审美判断了。因此，我们不能说现在审美判断已不再可能了。自然，在不少方面，审美是无利害性的，我们可以判断高低上下，但是不能判断是非曲直。比如你的家居装修可以欧风时尚为主调，我的则以东方情调为本色，那是个人兴趣、文化涵养所致，无可厚非。

当旧的天道、理想崩溃之后，我们恐怕不能任其自然，无所事事，需要根据新的发展观，寻求新的思想。这就是需要去努力建构适合于今天社会健康发展的人文精神，就是人的精神的依托和栖居之地。其实，人文学者的行为、行动的准则与特性，就在于人文，以人为本，对人的终极关怀，这是最为深刻的人道主义思想。"人通过其自身的实践活动，总是指向什么而被赋予目的性，形成其活动的意义与价值，改造自己的生存，实现自我，超越自我。人有肉体生存的需要，要有安居的住所，因此他不断设法利用自然与科技，创造财富，改善与满足自己的物质条件，同时他还有精神的需要，还要在其物质家园中营造精神安居的家园，还要有精神文化的建构与提高。人与社会大概只能在这两种需要同时获得丰富的情况下才能和谐与发展。在人的精神家园里，支撑着这无形大厦的就是人文精神，就是使人何以成为人，要成为什么样的人，确立哪种生存方式更符合人的需求的那种理想、关系和准则。人文精神就是对民族、对人的关怀，对人的生存意义、价值的追求与确认。"[①] 人文精神具有强烈的理想品格。即使是自然科学家也应如此。爱因斯坦晚年说：在长时期内，我对社会上那些我认为是非常恶劣的和不幸的情况公开发表了意见；对它们保持

---

① 见拙文《文学艺术价值、精神的重建：新理性精神》，《文学评论》1995年第5期。

沉默，就会使我觉得是在犯同谋罪。作者认为，能够对非常恶劣和不幸的情况说不，这就是科学家的良知了。针对今天人文精神的下滑，王元化先生十分痛心地说，在"当前学校中，许多人甚至完全不懂人文精神对人的素养培养的重要……教育的品质某种程度上决定着社会的文化气质。所以人文精神在这里有了至关重要的作用。"① 遗憾的是，在当前的大学里，确实存在着完全不懂人文精神为何物的人，那种抛弃了探讨使人何以成为人，要成为什么样的人，不谈人的需求的理想、关系和准则，回避对人的生存价值、意义追求的课程，能算是人文科学吗？但是有的人在课堂上高谈阔论的，还正是所谓的人文科学！

（四）文学竟是要面对自身的乡愁

后现代主义文化思潮兴起后，出现了文化整合的思潮。当人因其生存及其精神生态成了问题而面对生存栖居的乡愁的时候，处于后现代社会的外国学者，又提出了充满争议的文学的终结、艺术的终结的预言。20世纪90年代中期，美国人大卫·辛普森提出，在后现代学术中，也即各种社会科学、人文科学中，由于渗入了文学的方式，所以实际上已形成了"文学的统治"，"文学方式和文学批评方式有效转换成其他学科"②，而文学本身则已微不足道了；随后乔纳森·卡勒提出"将'文学性'注入了各种文化对象，从而保留了文学成分的某种中心性。"又说"文学可能失去了其作为研究对象的中心性，但文学模式已经获得胜利，在人文学术和人文社会科学中，所有的一切都是文学性的。""这便是文学性成分的统治"③ 哲学写作成了文学方式的写作，"文学文化"一直"在使其他学科规范化"，这类说法在

---

① 王元化语，见《文汇报》2005年8月18日报道。
② ［美］大卫·辛普森：《学术后现代？》，见《问题》，余虹、杨恒达、杨慧林等编译，中央编译出版社2003年第1期，第132、143页。
③ ［美］乔纳森·卡勒：《理论的文学性成分》，见《问题》，余虹、杨恒达、杨慧林等编译，中央编译出版社2003年第1期，第118、129页。

20世纪80年代和90年代初的哲学与文学理论中早就存在过。于是人文科学、社会科学都文学化了,文学则被泛化到社会科学中去,结果这不是抬高了文学,却使文学自身终结了,但是文学性保留了下来,并在社会生活中无处不在。这个在日常生活中原是作为修饰语词使用的文学性,与那个使文学作品何以成为文学作品的文学性合而为一,没有了区别,文学艺术与社会生活之间也失去了界限,二者之间的差异也不再存在,于是提出后现代文学研究的任务不是研究文学作品自身,因为文学自身已无可研究,而是要研究无处不在的文学性。确实,文学性成了一个十分重要的话题,它被赋予了极为广泛的涵义,出现了新的情况,需要深入研究,但它现在成了文学终结的象征。这样,文学与艺术,不仅面对着人的生存的乡愁,而且也面对着文学自身何以生存、乡关何处的乡愁了!

(五)提升精神生态的文学的乡愁

其实,有关文学的终结,从21世纪初开始,已经形成了新一轮的论争。这里所说的"新一轮",讲的是涉及文学的终结的论争,已经在19世纪和20世纪出现过多次,可能论争还会继续下去。在我看来,今天图像艺术的行时和它的难以抗拒的优势,无疑使文学作品的阅读减弱了势头,不过文学自会适应新的情况,不断演变与更新,但是不会终结。这里要弄清楚终结说的是什么。第一,在当今文学的发展中,其实所谓终结的只是某种文学思潮、某种文学体裁、某种文学形式的消失、转换与更迭,而不是文学自身的终结,把它当成文学的终结,是大可商榷的。文学思潮、体裁、形式,即使终结于一时,一旦时机成熟,它们又会在形式的演变中得到复苏,这是文学发展中的更迭与非更迭现象。第二,在所谓终结声中,其实新的文学体裁却在不断新生,如电影文学、影视文学、网络文学(超文本写作)、摄影文学、通俗歌词创作、市民口头创作,甚至手机文学等。它们的出现,改变了文学存在的形式与载体,但都依附于语言与文字。原有的文学样式吸入了不少其他非文学的成分,如哲学、社会性因素,其他的人文科学学科，如哲学等也引入了文学因素，但是以现有的知识谱系来看，无论是利查德·罗蒂的《后现代哲学》与《自然之镜》，德里达的《论文字学》与《书写与差异》，还是利奥塔的《后现代状况》与波德里亚的《消费社会》等著述，读者都是把它们作为极为艰涩的哲学著作和社会学著作来读的，这些著作并未提供文学阅读所特有的审美愉悦，它们讨论的是哲学、社会学问题。第三，在文学的终结声中，耐人寻味的是在世界范围内，即无论是国内还是国外，各种文学颁奖包括极有声誉的大奖颁发，照常进行着，未有中断。人们即使在图像艺术开始迅速发展的时代，仍然需要文学，这是因为，视觉感官的接受方式与产生的愉悦，和文学阅读的接受方式与所给予的愉悦，是并不完全等同的。关于这点，歌德就曾说过：眼睛也许可以称作最清澈的感官，通过它最能客观传达事物，但是内在的感官比它更清澈，通过语言的途径事物最完善最迅速地被传达给内在的感官：因为语言是真能开花结果的，而眼睛所看见的东西是外在的，对我们并不发生那么深的影响。歌德的话是很有道理的，的确，人在审美的接受过程中出现的审美的内视与审美的外视两种心理现象，都是客观的存在，两者作用有别。如今人们天天接触图像艺术，但也并未改变两者之间的差异。图像艺术满足了视觉感官的愉悦、身体感性享受的需要，愈来愈使审美需求肉体化了，但那些不断涌来的闪烁即逝的视觉片断与仿真图像，使人在接受中失去了深入思索的可能与回味的余地，形成一个接一个的视觉碎片的转换与追逐，使人在感性、体认的接受上满足于浅俗与平面，在精神上走向浅薄与平庸。但是，单纯的视觉图像接受，对人们深刻的影响是存在的，不容忽视的。

同时，从总体上说，我觉得文学研究是不可能定位于后现代文学研究的任务上的。后现代主义实际上是个十分笼统、混杂的文化思潮，说法很多。英国学者费塞斯通讲到后现代主义时概括了它的一些特征："首先，后现代主义攻击艺术的自主性和制度化特征，否定它的基础和宗旨。艺术并不源自创造性天才或特殊才干的艺术家的高雅体验。……艺术家并非独具慧眼，他是命定了从事复制罢了……并有意模糊艺术与日常生活之间的界限。事实上，艺术无处不在：大街小巷、废弃物、身体、偶发性事件。高雅或严肃艺术与大众流行及肤浅艺术的区别,大概已不再有充分的根据。其次,后现代主义发展了一种感官审美,一种强调对初级过程的直接沉浸和非反思的身体美学,……使专注于身体(外表和内脏)……第三,后现代主义无论是处在科学、宗教、哲学、人本主义、马克思主义中,还是在其他知识体系中,在文学界、评论界和学术界,它都暗含着对一切元叙事进行着反基础论的批判。……戏剧性地强调非连续性、开放性、任意性、反讽、反身性、非一致性和文本精神分裂特质,而不能带着系统阐释的目的来解读它们……第四,在日常文化体验的层次上,后现代主义暗含着将现实转化为形象,将时间碎化为一系列永恒的当下片段。……后现代的日常文化是一种形式多样的与异质性的文化,有着过多的虚构和仿真,现实的原形消失了,真实的意义也不复存在。……第五,后现代主义所喜好的就是以审美的形式呈现人们的感知方式和日常生活。因此,艺术和审美体验就成为知识及生活价值意义的主要范式。"①

大体看来,这就是后现代主义文化思潮的元理论。它反对过去僵化的中心论、单一论,提倡多元、异质、多样,文化的世俗化,提出了现实生活中的无数新问题,增强了人们的反思力,扩大了思想、知识的视野,极有启发性。但是它作为一种元理论,实际上在不断颠覆任何理论基础,消解其他元理论、元叙事。其实,只有元理论才能抵制、消解另一种元理论。如反对对事物本质的了解,一涉及对事物本质的研究,立刻就给别人扣上本质主义的帽子,而只强调对事物某个现象的研究,以为现象的研究与事物的本质无关。其实它将事物的某个方面,十分投入地当作事物整体的主要特征时,就隐瞒了这正是一种本质的研究了。如将科技仿真混同真实,用世俗文化抵制高雅、严肃艺术,以为两者的区别不再有充分根据,这实际上并不完全符合现实的生活真实,因为雅俗区别环视存在的,严肃文化与文学对于民族文化的继承与发展是极为必要的。如任意性、开放性的后面,它使原

---

① [英]迈克·费塞斯通:《消费文化与后现代主义》,刘精明译,译林出版社2000年版,第179—180页。

有的有用的知识解体，而其自身只是提供了知识的相对主义的碎片。如在对文学的文化研究中，它专注于政治、经济、阶级、性别、种族、压迫这类文化现象，却是掏空了文学自身的价值与精神。其中如对文学作品的阶级问题研究，简单化现象就相当突出，它不去解释那些流传下来的被称作"资产阶级"的作品，何以具有属于未来的成分，有着与后人共通的东西，而仅仅满足于阶级划分。又如涉及经济、政治问题，西方这方面的力作不少，但是否都属于后现代主义文化范畴，就有争议。在我们这里，一般是表态性的居多，与真正研究政治、经济的学者的著述相比，显得相当表面，当然，一般性的表态性的通俗论说也是需要的，是一种发泄，自有它们的读者群。鉴于这种教训，不少外国学者呼吁文学研究还是要回到文本的深入阅读与研究，而文化研究自然应在其自身宽阔的领域、文化产业等方面大展身手。

文学艺术所以不会终结，主要在于其自身的人文品格。一个民族所以能够独立于世界民族之林，不仅以其科学的物质文明著称于世，同时必然也以其独特的民族文化精神维系其自身的存在，并对整个世界文明有所贡献，而文学艺术正是蕴涵着这种民族文化精神的重要载体，是体现民族文化精神的重要组成部分，这也正是维系着我们民族生存的东西。

我们在上面描述的各种乡愁，正是这种民族文化精神的品格之一，是平衡与提升我们精神生态的必需物。因此在文化的分类构成中，文学的存在与发展，对于整个民族文化精神的传承与更新来说，不是可有可无的东西，而是整个民族文化不可或缺的。

文学是难以替代的，也是不会终结的。

（原文于 2005 年 11 月 10 日改毕，刊于《中国社会科学院学术咨询委员会集刊》2005 年第 2 辑）

十六　各具特色的对话交往哲学与诗学
——巴赫金与哈贝马斯

把巴赫金与哈贝马斯的文学、诗学思想进行比较研究，可能是一种有趣的选择。自然，我们在这篇短文里，只能就交往与对话这个视角的一些方面进行一些探讨，难以全面展开。

两人处于20世纪的不同时代与社会环境，由于有着不很相同的德国哲学思想根源，在哲学、社会学和诗学的建构方面，却又表现出了惊人的共同性。

20世纪20年代末，巴赫金在《马克思主义与语言哲学》一书中，极大地改造了语言科学，把语言置于人类的交往的基础之上。他指出话语具有符号性、意识形态的普遍适应性与生活交际的参与性，由此而导致话语的对话性特征。后来，巴赫金通过对陀思妥耶夫斯基的小说研究，提出了"超语言学"。可以这样说，"超语言学"正是他的对话交往哲学的理论基础。

20世纪70年代和80年代初，哈贝马斯在当时"语言学转向"的影响下，提出"普遍语用学"，这是他的交往理论的最为基础的层面。他认为，语用学重在语言行为，"普遍语用学的任务是确定并重建关于可能理解的普遍条件——我更喜欢用'交往行为的一般前提'这个说法，因为我把达到理解为目的的行为，看作是最根本的东西。"交往行为是一种交往能力，即所谓交往资质，也即"交往性资质理论层面"，是属于次高层次的一般社会化理论层面的。此外，哈贝马斯还提出最高层次的社会进化理论，即重建历史唯物主义，完成他的交往理性的大厦。通过交往理性来讨论后期资本主义矛盾及其合法性，处理矛盾，并企图进行解决，从而以交往行为理论改造过去通常苏联人所说的马克思的历史唯物主义。哈贝马斯的普遍语用学与巴赫金的超语言学，在纯理论性的某些方面，特别是两人都把语言使用者之间对话交际，作为各自理论的出发点上，可谓异曲同工。

在巴赫金与哈贝马斯两人的理论中，既有同一，又有差异。两人的交往对话理论，实际上都具有道德伦理色彩，但趋向不尽相同。巴赫金的伦理道德哲学如《论行为哲学》，强调了人的"应分"与对社会的"责任"。他的"超语言学"，是与哲学人类学的思想紧密相连的，又结合了文学创作与诗学问题的讨论，所以特别强调人是各自独立，自有价值的自由之人，人与人是一种对话的关系。在《陀思妥耶夫斯基诗学问题》以及关于该书的修改一文中，巴赫金通过对小说的分析，对于人的人格的独立，人与人相互之间的平等对话关系的描述，简直是一种激奋的热情的申辩，极富哲理的诗意的歌唱，显出其高度的人文精神。

哈贝马斯的哲学思想以理性、社会批判见长，而被称之为"批判哲学"，但其道德伦理色彩是十分强烈的。他在20世纪八九十年代撰有专著《道德意识与交往行为》《对话伦理学解说》等，上面论及的他的《何谓普遍语用学》，显然着力于对实际生活语用行为、话语行为的分析。哈贝马斯把在对话与理解的基础上形成的交往行为，置于道德伦理规范之中，目的在于使对话者，通过对话、语用的有效性手段，达成共识，承认资本主义的合法性危机，成为改造后期资本主义的策略手段。这一理论无疑有其动人之处，但其乌托邦思想成分也十分明显的。

在20世纪里，跨学科的研究，综合性的研究，成为不同学科的整合和新文化发展的需要。巴赫金使纯正的文学作品的诗学研究，变成了一种奇特的新型的文化研究，一种文化，哲学思想的表述，他反对把文学孤立起来研究，他认为，文学是文化的组成部分。"不应该把文学与其余的文化割裂开来，也不应该像通常所做的那样与社会联系起来。这些因素作用于整个文化，只有通过文化并与文化一起作用于文学。"巴赫金的整合性的文化诗学思想，在今天是很有现实意义的。

十六 各具特色的对话交往哲学与诗学

但是，当今在学科整合的过程中，后现代主义理论家在消解哲学中心主义的时候，却模糊了文学与其他文化门类之间的界限，与哲学的分界，同时却把文学中心化，提倡哲学文学化，文学哲学化，最终提出要由文学来规范其他学科了。在哈贝马斯看来，学科的综合是未来社会科学发展的必然道路，但是学科的分类，有其历史的合理性。在新的发展中，学科间的规范自然要被重新确定，不过对于像后现代主义的文类不确定性必须进行批判，因为它消除了主体与意义，很可能也消除了交往的可能。

在这方面，巴赫金与哈贝马斯的诗学思想是殊途同归的。

我在这里简要地探讨两位思想家的学术思想，不仅仅在于了解他们学术上的共通之处，而在于弄明白他们的学术思想对于我们新的文化，文学的建设的有效性程度。我在20世纪90年代中期，在文学理论中提出了重建文学艺术价值、精神的新理性精神，这一理论当然主要从当今人的生存状态、外国的哲学思潮和中国、外国的文学艺术现状出发，但其部分思想阐释，无疑暗中受到自巴赫金与哈贝马斯交往对话哲学思想的启迪。巴赫金的对话主义，可以促使我们反思我们以往的思维方式，逐渐消除一百多年来形成的那种具有极端性的非此即彼的二分法思维，我主张在历史的整体性中建立起健全的、开放的具有一定价值判断的亦此亦彼的思维方式。在哈贝马斯的交往理性主张中，现代性是个尚未完成的事业。交往理论就是现代性的实现。现代性不断需要反思与批判，在反思中推动文化的建设。我以为，这要比对历史上形成的文化价值、精神进行拆解、解构的理论要实在得多。虽然我对他们的观点并不都表同意，但是他们学说中的某些主张，经过我的再度阐释，成了我的新理性精神的学术思想的组成部分。

巴赫金、哈贝马斯的部分有价值的哲学、诗学见解，无疑有助于我们重建维系着我们国家民族生存发展的文化、文学的价值与精神。

（原文刊于《文艺报》2001年8月28日）

第二编
文学理论的多种历史形态

一　文学理论：观念与方法

近几年来，不少人对流行文学批评、理论研究、写作方式，颇多非议，要求更新文学批评、理论研究方法的呼声，日益高涨。特别在改革之势已成，新的潮流不可逆转的今天，文学研究方法上的改造，自然是顺理成章、十分迫切的事。

在我看来，文学批评、研究的方法论的变化，是与文学理论观念的改变密切相关。一般说来，理论制约着方法，方法服务于理论。文学理论的核心是文学的观念问题。不同的文学观念规定着不同的方法。年纪稍大的一些同志都清楚，新中国成立后的文学研究方法，不同于之前的，原因在于新中国成立后，马克思主义文艺观在我国得到了进一步的传播，文学的观念发生了重大的变化，加上20世纪50年代苏联文艺思想的影响，就形成了我们自己的一套研究方法。如果我们历史地看待问题，那么我以为这套方法今天不是不行了。事实上，不少同志运用这种观点、方法，在文学批评、理论研究上是取得了重大成就的，如茅盾、何其芳等。当然，与此同时，一些人则不断歪曲这一理论与方法，使之走向反面。今天一些同志认为文学批评老一套，程式化，极少变化，这些现象是相当普遍的，也是令人不满的，但是原因何在？为什么有的同志的文章写得很有深度，让人得益不少，有的批评文章就令人不堪卒读？对文艺现象认识的深浅，理论修养的高低，固然是一个方面的原因，但是我们能否深入一步，检查一下我们的文学观念呢？是否有修正的可能呢？我以为如果对文学观念进行一番检验，则可以发现，我们对一些文学的基本理论问题的认识，还有待进一步的深化与发展。

第二编　文学理论的多种历史形态

例如，什么是文学和艺术？新中国成立后，我们从马克思主义的观点出发，似乎是明确了；十年动乱，这个问题被推向极端，一旦被歪曲了的谬论土崩瓦解，什么是文学和艺术实际上又发生了问题。有的同志认为，文学是社会的意识形态，是上层建筑，有的人只承认是意识形态而不是上层建筑。就是在第一部分人中间理解也有不同，有的人认为文学是意识形态，是认识，有的人则认为是一种审美的意识形态。[①] 更有一些同志谈及文学的根本问题时，我谈我的，根本不承认什么意识形态的问题。从这些不同的文学观出发，我们分明可以感到方法论的不同。一些人评价作品，从审美的、历史的观点出发，力图阐明作品的多方面的价值，另一些人则认为分析作品的思想倾向是老一套，纯属多余，他们只对作家如何表现意识流、幻觉、潜意识感兴趣。又如在文艺创作问题上，存在贬抑反映论的倾向，但是这一问题上的简单化倾向，至今也还未清除。从反映论的观点看问题，文学是现实生活的反映，现实生活是文学创作的唯一源泉，因此我们提倡作家要深入生活，要与时代同步，去熟悉不熟悉的新生活，反映新生活，否则创作就会枯竭。但是如果问题到此为止，论证了文学是生活的反映，就算是阐明了反映论，那就把反映论简单化了。实际上，这里仅仅谈到了反映论的出发点。在我看来，文学创作不是一般的反映，而是一种审美的反映[②]；对于审美反映来说，现实生活是创作的源泉，但是现实生活一旦进入审美反映，则现实生活就转化成了作家的心理现实，进而成为审美的心理现实；审美反映是与表现相统一的，与理论反映是不同的，企图把审美反映与表现对立起来，故意与复制等同起来的做法都是缺乏说服力的；最后审美反映的丰富性在于它的具体性和主观性，即"最具体的和最主观的是最丰富的"。这个

[①] 我在1982年，发表的论文《人性共同形态描写及其评价》中，提出文学是"具有审美特性的意识形态"，本文重申了这一观点，后来在1987年发表的《论文学观念的系统性特征》和1989年《文学原理—发展论》中有较详细的论述。

[②] 关于"审美反映"，我在写于1982年，发表于1986年的《无意识自然本能创作动因说》一文中已提出，此处已把它作为创作过程来看，后在1986年发表的《最具体和最主观的是最丰富的》一文中做了专门的论述。可参阅拙著《现实主义和现代主义》，人民文学出版社1987年版。

论点我以为是对反映论、对审美反映的出色表达。又如文学的功能、批评标准、艺术性、艺术形式的特征等不少问题，看来好像都解决了，实际并非如此。可见，理论的进一步深入，方法的进一步更新，是大有潜力可挖的。这是理论与方法深化、发展和更新的主要方面。

和这一方面相辅相成，我们要积极了解外国的文学理论和方法，吸收其中有用的成分，用以丰富自己。

半个多世纪以来，西方文学理论研究中出现了不少流派，稍稍深入观察一下，就可以看到每个流派都有自己的文学观念，同时也形成了各自的方法。第二次大战前后，"新批评派"在英美等国十分流行。这个流派把文学看成是一种特殊的语言形式，把文学作品看成是一种自足的存在，独立的、客观的象征物，批评的任务就在于对作品的文字进行"字义分析"；为了反对浪漫主义对个性的强调，"新批评派"反对把诗歌视为个人感情的表现，而认为"诗不是放纵感情，而是逃避感情；诗不是表现个性，而是逃避个性"；"一个艺术家的前进，是不断地牺牲自己，不断地消灭自己的个性"。美国学者威勒克和沃伦合著的《文学理论》大体上贯彻了"新批评派"的观点。这本书的理论核心，就是从语言的角度探讨文学作品本身存在的形式等问题。无疑，作品存在的形式是个很有意思的理论问题，这方面的研究我们完全忽视了，这正是我们需要注意、加强的。但是如果把文学理论仅仅局限于对作品存在的方式的研究，对作品本文的解释，对语言、意象、比喻、象征的探讨，并把这些方面算作文学的"内部规律"，那么这种形式主义的理论不是大大缩小了文学理论研究的应有范围了吗！60年代结构主义代替了"新批评派"。结构主义者从语言的角度来研究文学，认为作家使用语言，并不与语言之外的事物相关，而只指向语言自己。有的人把文学研究归结为"诗的"语言的研究，语言的"诗的功能"在于"表达本身的目的性"，"这一功能加强了符号的可感性，加深了符号与对象之间的根本鸿沟"；有的人从语义学的角度，把文学作品视为句子式的语义结构，有的人则从句法角度研究作品。如果"新批评派"只谈作品本身的问题，避开了与作者、社会的关系，则结构主义就把文学研究局限到语言本身、句法的范围去了。罗兰·巴特有篇文章叫《作者之死》，意即作品出来后，与作者就无关了，作者就消失了。继结构主义之后，接受美学理论、读者反应批评理论又流行起来。这些派别的代表人物认为作品只是一种客观存在，只有读者阅读它们之后才能成为艺术品，作品意义何在，那只能依据读者阅读的结果而定，所以他们主要研究阅读本身。但是读者是各式各样的，阅读印象也各有差异，所以对文学的理解也千差万别。这样，对什么是文学的回答，自然只能是仁者见仁，智者见智。毫无疑问，我们需要了解这类理论和方法，而且要设法比较深入地把握它们并进行介绍。但是作为文学观念和方法论，我以为和我们对文学的认识距离很大，是难以接受的。不过从中取得一些启发，或从中看到我们研究中的不足之处，却是可能的。例如我们应该加强研究作品艺术形式的特征，以及作品创作、作品和读者之间的相互关系等等问题。如果我们避开这些流派观念、方法上的极端片面性，运用正确的观念和方法来处理我们尚未触及和深入研究的问题，也许会有使人耳目一新的著作出现。

  近几十年来，自然科学发展迅猛异常，新的认识事物的方法、研究方法层出不穷。不少人把这些方法移植到了社会科学领域、文艺研究领域，如控制论、符号论、信息论等。文艺现象是极端复杂的，应该可以从不同的角度进行研究。最近有些文章介绍了国外的一些文学研究方法，如综合研究、比较文学、文艺心理学、社会学、历史职能、价值论等方法，而且有的人已开始把其中的某些方法应用于文学研究实践。如何才能全面、深入了解文学现象，综合研究看来是必由之路，这种宏观的研究方法的特点，在于把文学与其他艺术部门如音乐、绘画等联系起来加以考察，以至与其他种类的意识形态部门一起加以综合研究。这种宏观的研究方法在美学领域中已初见端倪。又如有的人将控制论、系统分析法应用到了美学、文学人物分析中去。我们不好说有的文章是否正确地理解了控制论及其方法，但它们给人以新鲜的印象。至于比较研究，则早已有之，过去曾中断了一个时期，现在十分活跃。我深感在比较文学研究领域可研究的问题极多。事实上，我们编写文学史、世界文学史，必然要运用综合研究、系统分

一 文学理论：观念与方法

析、比较研究等多种方法，单一化的研究方法，是难以对复杂的文学现象作出科学的概括的，甚至也很难使微观的研究深入下去。又如社会学方法，现在一些人对它极多烦言，其实这也是一种科学的研究方法，只是在实践中往往被人引向极端，使之变为庸俗社会学、政治学。苏联在20年代末、30年代上半期，曾批判了这种方法，此后这一方法被冷落了好多年，直到六七十年代这一方法才又被重视起来，此时苏联学者发现，他们这方面的研究已大大落后于西欧。西欧学者通过特定时期的文学作品，研究了特定时期社会的哲学思想、感情史、风尚习俗等，要是今天在我们这里，不把这种研究称之为"庸俗社会学"，那算是万幸了！

应用上述各种方法，我以为关键问题是文学观念。文学观念大体符合实际，那么运用多种方法，就能使研究深入；如果文学观念缺乏科学性，那么就会使研究走向片面和谬误，就会使文学研究脱离文学创作实践，变成一种纯思辨的烦琐求证，因此建立正确的马克思主义的文学观念是把握与运用多种研究方法的根本性问题。当然，文学观念不是一成不变的。马克思主义的文学观念同样需要深化，需要丰富和发展，否则就会停滞不前。不同的科学研究方法，为它的丰富和发展提供了新的现实的可能。

在文学理论的探索、方法的更新中，难免会出现一些不足与失误，这是学术研究中的正常现象，它们可以通过讨论而辨明是非曲直。行政手段可以收到暂时的效果，但无助于问题的真正解决，这是被无数历史经验证明了的。当然，探索也要实事求是，要避免哗众取宠，专搞耸人听闻的东西，因为那也是没有什么生命力的。几十年来，文学批评和理论研究像其他学科一样，历尽曲折，经验教训积累甚多，现在该是它走向成熟的时候了。

前面，既有挑战，也有机会。

（原文名《文艺理论的发展和方法更新的迫切性》，作于1984年10月，刊于《文学评论》1984年第6期）

二　走向宏放，走向纵深

文学理论正处在变化、发展的道路上。

几年前开始的文学理论方法论热、文学观念热，今天虽然有所降温，但势头未衰，其所以如此，在于它正是文学理论进行自身反思的表现。

在方法论、文学观念讨论的热潮兴起的时候，几乎没有一种报刊不谈论它们，好像有点一哄而起的味道。同时，由于讨论的参加者的理论素养不尽相同，所以各种情况都有：有认真的问题探索，实事求是的翻译介绍；有不知所措的观望和迷惘；也有对过去的理论盲目的排斥，浅薄的虚无主义，照搬一套谁也搞不清楚的新名词，还以为这就是创新。但是细加体察，这种热，那种热，实在是由于长期缺乏开展学术争鸣的民主空气的缘故。人们一旦获得了可以一争短长的某些权利，热潮的出现也是顺理成章的事，它们倒是促进了人们对探索的兴趣。从目前情况来看，热潮已变为冷静的理论反思。我以为文学理论的研究，现在比过去深入多了，这特别表现在出现了不少专题性的理论专著。至于对文学的总体性的理论研究，则还刚刚开始，而且一接触比较敏感的重大问题，分歧立刻就表现出来，而这也是极为自然的事。

例如，关于文学的根本特性的问题就是如此。这一问题在过去的各种文学理论书籍中，阐述的内容基本一致。从马克思提出的哲学观点——存在与意识的关系出发，从经济基础与上层建筑、意识形态的社会结构的理论出发，文学被界定为上层建筑、意识形态。在经济基础与上层建筑的系统中，被抽象为意识形态的文学，与政治、法律、哲学、宗教具有一致的共同性，显示了文学在社会结构中特有的地位与作用。经济基础、意识形态的理论，意在阐明社会结构系统，对它来说，重要的是阐明意识的分类及其共同特征，而不在乎它们作为单个的独立形态的独特性。

在文学理论中，我以为除了阐明文学与其他意识形态的关系和共同特征之外，主要还在于阐明文学自身的根本特征。在这里，对文学就不能满足于阐明它的意识形态的特征，就不能用意识形态来代替文学的特征。我们常常把文学看成是一种"特殊的"意识形态。实际上，这仍未摆脱从意识形态的共同性来观察文学。因此在论述中，这"特殊性"就往往变成文学的一种附加特性。

针对这一情况，有人提出了以审美来规范文学的本质特性。这自然不失为一种探索的途径。没有审美特性，文学不能成为文学。但是审美这种特性，并非仅为文学所特有，它的性质相当宽泛。不少人类活动，工艺美术，一些很有文体特色的科学著作，同样具有审美特性。因此，单一地突出审美，也不好说从整体上说明了文学现象。

这里的问题在于需要确定文学本身的形态。在我看来，文学是一种审美意识形态。在文学理论中，需要大力阐明的不是经过哲学抽象化了的文学，而是文学自身，这就需要把审美特性与意识形态性一开始就结合起来加以考察，使得审美特性不是成为一种附加物，而是和意识形态特性一起，成为文学的根本特性。实际上，只存在文学的意识形态，也即审美的意识形态，这种形态就是文学自身存在的形态，这种形态的特性就是文学自身的特性，这也正是文学理论必须大力阐明的特性。而意识形态的文学，这是对上述文学的哲学概括，是社会结构理论的组成部分，这对于了解文学在社会中的地位自然是完全必要的。

如果我们在社会结构系统理论的基础上进一步加以探索，把社会现象视为文化现象，则就有物质文化与精神文化、审美文化与非审美文化组成的文化系统。如果我们把文学视作文化现象，并按照把握世界的不同方式对不同文化现象加以排列，则可以看到文学自身的具体形态与其他文化形态的关系。这个序列就是从物质文化进入艺术建筑、造型艺术地带、音乐创作地带、纯语言艺术创作地带、"实用"语言艺术过渡地带，再进入纯精神文化地带，即各种理论的文化形态地带，构成一个文化系统。这里参考了 M. 卡冈《作为系统的艺术文化》一文的方法，但在论述的内容上并不相同。文学与其他形式的审美文化，与非审美文化，这时都以各自的特征与功能，进入这个文化系统，形成总体文化。在这个文化系统中，文学与各种文化形式，与各种物质文化、精神文化联系着，并受到它们的强弱不等的制约与影响。从把握的对象来看，文学作为审美文化，深入到人类社会生活、感情、精神、心理的各个角落，深入政治、伦理、哲学、宗教等各个方面，这是其他文化形式难于与它并比的。在把握现实的方式上，文学的把握既非完全实践的把握，因为艺术并不要求把它的作品当作现实，也非纯粹精神的把握，使文学理论化。这是一种实践精神的把握，审美实践的把握。它以感情为主导，又与思想、认识相渗透；它是虚构的，又是一种特殊的真实；它有一定的目的性，又有一定的非目的性；它具有明确的意识性，又伴随着创作中的无意识性；它既具各种倾向，又具有广泛的社会性，乃至全人类性。这些特性，都是文学的审美意识形态性的各种表现。

从文化系统的角度来探讨文化现象有一个长处，即对于一些特殊的文化现象可以比较容易地作出说明。例如历史上遗留下来的巨大的艺术建筑群，如果把它归结为意识形态，则它们明明是物质的乃至具有实用价值的物体，似与意识形态无涉；如果视它们为上层建筑，那自然更不伦不类。要是放到审美文化系统中，则可按其自身的特征而获得说明，这是艺术性的实物造型文化，具有审美特征，也有着意识形态的历史的积淀。又如自然科学，一般把它排斥于意识形态之外，但作为学说、理论，它明明是一种意识的形式，它的实践和精神，对于文学的影响是非常实在而丰富的。

总之，审美意识形态论一开始就把文学的最本质的特征看作文学自身的特性，任何本质特性都非人为外加。我对这种观点的阐释，自然只是一种探索，是否可成一说，尚待实践检验。

关于本体论问题，最近已有不少文章论及，西方文学理论一般都

二　走向宏放，走向纵深

限于作品本身。但是不仅有作品本体，还有文学本体。探讨作品本体，只说明了作品存在的方式，而作品存在的方式，只是一种静态的存在，问题还要探讨文学的存在。这样就要涉及作品创造，文学的功能与价值，也即文学的历史存在。作品的语言审美结构，主体创造，审美价值创造与功能，以及历史的阅读中的审美价值的再创造，构成文学本体。这样做，可避免把文学本体的各个方面，看成是不相联系的孤立现象，或以偏概全。

又如文学与审美文化的其他形式和非审美文化的关系，即与绘画、音乐、科技、哲学、政治、宗教、伦理等文化形式的关系，过去一方面谈得极为笼统、原则，而另一方面，现在有的人对它们采取了断然否定的态度，提出文学就是文学。实际上这是一知半解，缺乏研究。如果真的深入它们的关系，则它们决不像我们过去的论述那样贫乏，而偏激的唯美主义也说明不了问题。这些文化形态，以各种形式透入创作主体，成为审美反映的深层结构；或渗入文学作品，成为文学的血肉，组成文学的精神，甚至宗教之于文学也是如此。

文学理论中的问题极多，似乎都有待于进一步探讨，都要通过争论深入开掘下去。在对过去的文学理论表示不满，在外来的文学理论思潮不断涌来的情况下，我以为保持清醒的态度极为重要。一方面要不断深入地把握马克思主义的精神和原则，实事求是地估计过去文艺理论中的优缺点，抛弃虚无主义，高瞻远瞩地、有鉴别地对待外来思潮，使自己不是被它们牵着鼻子走；另一方面，又要善于吸收各种有用的东西，用于充实自己，丰富自己，不是用一些基本原理代替应有的深化和创造。走向宏放，走向纵深，有所发现，有所前进，才能使我们的文学理论获得强大的生命力。

（原文作于1987年10月，刊于《文艺理论与批评》1987年第6期）

三 三种外国文学理论形态

《文学理论》这类著作是文学观念表现得最为集中的地方。每种文学观念，都有其自身的观念和方法的体系。不少人对我们目前几本通行的这类著作意见颇多，认为某些原有的文学观念和方法，有简单化的倾向，必须加以更新。那么外国文学理论这类著作又是怎样的情况呢？我想就几本外国文学理论著作做些比较分析，其中有韦勒克和沃伦合著的《文学理论》、凯塞尔的《语言的艺术作品》和波斯彼洛夫的《文学原理》。前两本书都写于三十多年前。但像韦勒克等人的《文学理论》，在欧美广为流行，被视为经典性的文学理论入门读物，似乎至今还未有一本类似的著作可替代它，目前此书在我国也颇受重视。凯塞尔的著作在西欧一些国家也多次重印。波斯彼洛夫的著作初版于1978年，由于体系独特，在苏联也颇有影响。对它们做些具体分析，可以了解到不同的外国文学观念和文学研究方法论上的一些特征，不致使我们陷入盲目的乐观。

（一）总体方法论的不同流向

我把最基本的文学理论研究的方法称为总体方法论，这是区分文学研究和其他学科所用的方法。

先看美国学者的论述。《文学和文学研究》一章，出自韦勒克之手。他首先反驳了文学不能研究的说法。有人否认文学研究是一门学问，认为只有搞创作的人才能理解创作，才能阅读欣赏。而另一些人认为文学可以研究，但是在方法上则应求诸自然科学的方法。在采用自然科学方法上,一些人认为只要是自然科学方法就行,而仿效自然科学研究的客观性、无我性。另一些人则用自然科学方法以探究文学作品的前身和起因,这就是所谓起因研究法。这种方法把决定文学现象的原因,归结为经济条件、社会背景、政治环境。还有一些人主张采用定量方法,如统计、图表、坐标等,或提出用生物学概念,探讨文学进化,等等。韦勒克认为,自然科学与文学研究,可以在方法上有交叉、重叠,如采用归纳、分析、综合、比较等,但他认为,文学研究自有其不同于自然科学使用的其他方法,即智性方法。他说远在现代科学发展之前,哲学、历史学、法学、神学就找到了致知的方法,它们并非一无成效。这些致知方法,有时稍作修改,就能继续发生作用,甚至引起变革。现代科学的发展,固然盖过了人文科学的成就,但不等于说人文科学的方法就不真实,就无效了。相反,韦勒克认为,运用自然科学方法进行文学研究,适用的范围甚为有限。他说,作为"某些特殊的文学手段而言,有时是有价值的。例如,将统计学用于版本校勘或格律研究上即是。但是,大部分提倡以科学的方法研究文学的人,不是承认失败,宣布存疑待定了结,就是以科学方法将来会有成功之日的幻想来安慰自己"。原因在于自然科学和人文科学"在方法和目的上都存在着差异,是我们首先应该认识的"。

19世纪末,有人比较了自然科学的研究方法和历史学方法。不少人接近于这种见解,认为自然科学家旨在建立普遍的法则,而历史学家则试图领会独一无二的、无法重演的事实,以为人文科学研究的重心,在于把握具体的个别的事实。例如,有人认为研究一个作家,并不是他与其他人的共同处使人感到兴趣,而是他的创作个性的价值使人注意。于是便形成了文学研究中的"个性论",这种"个性论"进而达到否定普遍法则的地步,得出了"没有任何普遍法则可以用来达到文学研究的目的"。

韦勒克认为,用自然科学方法代替文学研究方法,或是提倡文学研究的"个性论",否定普遍法则,这是文学研究中的两个极端。在他看来,前者"将科学方法与历史学方法视为一途,从而使文学研究仅限于搜集事实,或者只热衷于建立高度概括的历史性'法则'";

而后者则"否定文学研究为一门科学，坚持文学的'理解'带有个人性格的色彩，并强调每一文学作品的'个性'，甚至认为它具有'独一无二'的性质"。韦勒克以为"个性说"或这种动情式的批评，极易导致"十足的主观性"，因为单凭个人的"直觉"，只能诉诸感情的"鉴赏"，这是一种"反科学的方法"。他指出不应忽视这样一个简单的事实，即任何文学作品"都不可能是'独一无二'的，否则就会令人无法理解"。"每一文学作品都兼具一般性和特殊性"，"每一文学作品都具备独有的特性；但它又与其他艺术品有相通之处，如同每个人都具有与人类、与同性别、与同民族、同阶级、同职业等等的人群共同的性质"。他以为只有基于这一认识，才能对文学艺术进行概括，找出它们的一般特征。文学批评、文学史重点在于说明一个时期一国的文学个性，而文学理论则是文学批评、文学史的基础，是方法的总和。

小结一下韦勒克的文学研究的总体方法论。一，他认为文学研究是一门科学，这门科学使用历史学方法，探讨不同文学的"一般性"特征；二，自然科学和人文科学目的方法不同，所以不能用自然科学研究方法来规范文学研究，自然科学中只有少数方法是适用于文学研究的，生搬硬套，往往无果而终。这一意见值得注意之处有二：一是最近几十年来，在文学研究中，自然科学的方法的应用，是有一定的发展的，这是应予注意的；二是引进自然科学方法，确实应当力避"科学主义"。

凯塞尔的《语言的艺术作品·文艺学引论》一书，初版于1948年，比韦勒克和沃伦的《文学理论》早一年，两者在很多方面有不少共同之处，但前者在文学观念和方法论上更趋于内向性。

作者在《序言》中说："本书给读者介绍各种研究方法，借这些方法之助，我们可以把一部文学创作，作为语言的艺术作品来加以研究"。他说近数十年来，文学研究不研究文学作品本身，而把作品置于文学之外的各种现象的关系之中，并且认为，首先要研究现实生活，然后再去研究生活的反映，即作品。那么文学之外的现象是指什么呢？本书作者说，这就是诗人们的人格或他的世界观，一个文学运动或一个时代，一个社会集团或一个地区，时代精神或民族性格，最后各种问题和各种观念，人们努力想通过文学作品去接近它们。作者提出质问并回答说："就算这些工作方式今天还是合理的，就算它们的收获是非常之大的，但仍然要产生这样一个问题：语言的艺术作品的本质有没有因此被忽略了？文学研究的真正任务有没有被轻视了？一个作品不是作为任何别的事物的反映，而是自我封闭的语言结构（原译为'作为作品本身中就包含不可分离的语言构造而诞生和存在'）。研究工作最迫切的要求应当是规定各种创造性的语言力量，理解这些力量的共同作用和透彻阐明个别作品的完整性。"

在这段文字里，凯塞尔大体提出了下面几个文学研究的观念：一，要把一部作品作为语言的艺术作品来加以研究，而过去一直研究那些与作品本身无关的东西；二，文学研究中那种先去研究实在的生活的方法是错误的，一个作品是一个自我封闭的语言结构，由于过去忽视这点，因而也忽视了语言作品的本质；三，作家的世界观、人格、文学运动、集团、时代精神、民族精神等研究，并非文学研究之正道。

这几个方面，可以说是凯塞尔的文学研究的基本观念，其核心是把一部作品看作是一个封闭的语言的结构，与现实生活并无关系。以这一观念为指导的文学研究的任务，就是规定语言的各种相互关系和创造力。通过这些方面，阐明单个作品。作者在该书第1部的《分析的基本概念》的小序中说："单个的文学作品对观察者提出正确理解它的任务，那就是运用诠释的形式来传达这种理解"，"文艺科学的目的，首先在于了解与诠释文学作品"。

凯塞尔反对过去的历史学方法及社会学方法，似乎是有一定道理的。比如过去对文学作品作为一种语言现象的构造很少研究，这是事实，但是我们若把"诠释学"方法与过去使用的几种方法作些比较，其局限性就很明显。过去的文艺科学力图探视文学与生活、历史的关系，曾把文学看作是人类文化的特殊现象，甚至像精神历史学派也把文学视为人类精神现象的表现，虽然这一学派对精神文化的了解未必正确。而凯塞尔认为文学研究应当排除对生活、精神、个性的反映等这些方面的探索，认为这不是文学研究的任务，而把文学研究看成是一种孤立的、自给自足的语言结构，文学研究不能超越这种界限。于是便割断了文学与其他精神文化的联系，回避了文学本身是人类精神文化的组成部分的问题，从而把文学研究局限于作品语言结构的研究去了。

凯塞尔力图在文学研究中恢复"诗学"即"文学理论"的研究。他说："19世纪工作的重点首先放在文学史上，诗学由于18世纪确立标准的趋势而失掉信用，陷入困境"，一个时期，文学理论与文学史差不多合二为一，成为同一个东西。"事实上，最近几十年来，对文学事物特征的研究又重新开始了。诗学重新和文学史并驾齐驱，而且被公认为文艺学的最核心部分"。凯塞尔对忽视文学特征的研究的指责，自然是有道理的，符合一定的实际情况。但他把文学特征的基本观点归结为语言特殊方式的使用，就把诗学完全变成了分析语言的特殊使用的理论。当他把作品与作家个性等因素分离开来，也就缩小了诗学的价值。

再看波斯彼洛夫的《文学原理》。在本书《绪论》中，作者认为文学研究有其特殊对象，这就是语言的艺术创作。文学由于对象的特征而成为一门具体的社会科学，其任务之一即研究文学作为一种意识形态的特点问题，以建立共同的概念体系。同时作者指出，每个民族的文学的发展史也是一门历史科学，其研究任务在于探索文学发展的规律性，并建立自己的理论体系。这两个方面的研究，相互制约，互为依存。不探索文学本身的特征，就难以弄清它的历史发展规律，不探索它的规律性发展，就难以深入把握其特征。该书作者说："只有把文学创作，特别是语言艺术创作，置于它的发展过程中加以考察，才能显示它与民族社会生活的其他方面和各种活动的有规律的联系，才能看出它在社会生活的一切其他方面中的特殊地位和作用，才能表现出相对稳定的特征。"本书作者认为，文学理论中还有其他不少问题，如作品的构成成分，作品的历史分类，作品的类型、体裁、激情、风格、价值等，它们都是派生问题，取决于上述两个问题的解决。

波斯彼洛夫在《绪论》部分，叙述了文学科学的发展过程，评述了不同理论流派的方法论，评价了它们不同的历史作用和进步倾向，但无论是赫尔德、黑格尔、别林斯基，还是泰纳，"他们之中谁也未能建立起一套深刻而完整的哲学历史观点的体系"。他指出，辩证唯物主义和历史唯物主义的普遍原理，也是建立文学理论方法论的非常有益的基础。"需要把历史唯物主义的一般方法原则运用到各有特点和发展阶段的人类精神文化各个领域的发展过程中去，从而建立起各个领域的本身的方法论原则"。这就是"历史的、具体的方法论"，就是规定文学研究探索文学特征、发展规律的总体方法论。

我们评述了三家关于文学研究总体方法论的论述，它们互不相同，自成一说。比较一下三家理论，我们看到韦勒克的文学研究方法的出发点，旨在强调文学研究自身是一门科学，不能把自然科学方法简单地移入文学研究，代替文学研究自身的方法，不能把科学方法与历史学方法视为一途。毫无疑问，这些论述清醒地指出了当时文学研究中的一些弊端，是有现实意义的。凯塞尔的方法论则主张文艺研究不要涉及社会、思想等方面因素，把文学研究限于单个作品本身，探讨一个自我封闭的语言结构。他的出发点击中了以往单一的方法的弊病，但是走向另一极端，片面性极大。波斯彼洛夫则提出历史的、具体的方法论，把研究文学特征及其历史发展中的规律性现象视为根本任务。我以为在三家中，波斯彼洛夫提出的文学研究的总体方法论，处于较高层次，主要原因是它具有较高的概括力。在我看来，探索文学的特征及其发展的规律，正是文学研究中最根本性的问题。它的注意中心不是把握单个作品，而是整个文学现象。

（二）不同的文学本性论

文学的本质（或本性）是什么？我原来以为，只有我国和苏联的文学理论著作，才谈文学的对象和本质，其实不然。韦勒克和沃伦的《文学理论》的第二章，开宗明义地提出了这个问题。文学的本质是文学理论中的基本观念，韦勒克是如何来解决这一问题的呢？他先从语言的角度加以考察，认为语言是文学的材料，但语言是由人创造的，所以带有一个语种的文化传统。他提出要区分文学中的语言的特殊作用，"必须弄清文学的、日常的和科学的这几种语言在用法上的主要区别"。谈及文学语言和科学语言的区别，韦勒克说："文学必定包含思想，而感情的语言也决非文学所仅有"。但科学语言一般是"直指式"的，"它要求语言符号与指称对象一一吻合"，"科学语言类似数学或符号逻辑学那种标志系统"。而文学语言就不同，它具有"歧义性"，其中包含着作者的语调和态度，强调文字符号本身的意义、语调的声音象征。至于文学语言与日常生活使用的语言的区分要困难一些，因为日常用语有时也有"表现情意的作用"，但与文学语言不同，它一般着意于达到某种实用目的，影响对方的行为和态度，两者在实用意义方面有较大区别，而用文学语言写成的诗的作用，则比较微妙。作者认为，要认识到艺术与非艺术、文学与非文学的语言用法上，没有绝对的界限。

再从审美角度来说。韦勒克认为其他语言也并不缺乏文学语言的审美作用。他说："如果将所有的宣传艺术或教谕诗和讽刺诗都排斥于文学之外，那是一种狭隘的文学观念。""看来最好只把那些美感作用占主导地位的作品视为文学，同时也承认那些不以审美为目的的作品，如科学论文、哲学论文、政治小册子、布道文等也可以有诸如风格和章法等文学因素。"

韦勒克认为从语言、美学角度（至少在本书这一章中）都不能最终地阐明文学的本质。那么文学的本质到底如何来确定呢？他说："文学的本质最清楚地显示于文学所涉猎的范畴中。文学艺术的中心显然是在抒情诗、史诗和戏剧等传统的文学类型上。它们处理的都是一个虚构的世界、想象的世界。"韦勒克指出，诗歌和戏剧中所描绘的，从字面上说都是不真实的，小说也不例外，即使是历史小说，也与历史记载的同一事件有别。"小说人物不过是由作者描写的他的句子和让他发表的言辞所塑造的。他没有过去，没有将来，有时也没有生命的延续性。"小说中的时、空，并非现实中的时、空。"即使看起来是一部最现实主义的小说，甚至就是自然主义的人生片断，都不过

三　三种外国文学理论形态

是根据某些艺术成规而虚构成的"。正是在对文学的这种理解的基础上，韦勒克提出文学的"突出的特征"，乃是"虚构性"、"创造性"或"想象性"。他以为其他门类的著作，如修辞学、哲学、政治论文，都可能引起美感的分析，但都不具备"文学的核心性质——虚构性"，所以文学的本质由此得到说明。

　　韦勒克关于文学本质的论述，我认为某些方面是有道理的。他所说的文学处理的是一个虚构的世界、想象的世界，艺术真实不同于历史真实，小说人物不等于现实人物，这都是一般道理，是不言而喻的。但让人奇怪的是，他把文学的虚构性与文学的审美特征分离开来。事实上，文学的虚构性、想象性，都是审美特征的表现，脱离了审美特征来谈文学的本质，总感到有点隔，说不到问题的要害处（应该说明，韦勒克在其后来的著作《进军文学及其他论文》一书中，对于这点是有所修正的。他说："在较高的想象、虚构的意义上说，认为文学特征是为审美功能所支配而得以表现，是区别文学惟一令人满意的方式"）[①]其次，"虚构性"固然是文学的特征，但是文学还要求真实，两者如何才能达到统一？原来虚构虽然可以想象，可以创造，但不能脱离开生活真实。文学是一种包含表现的审美反映，一种审美的意识形态，我们可以把它的本质规定为审美的意识形态性。当然，我们还可以从其他角度如本体论、心理学、社会学等方面去充实对文学本质的了解，但是审美的意识形态性可以说是文学本质的最主要之点。再次，如果说文学本质只在于"虚构"，那么宗教也是一种虚构，对两者如何加以区分呢？

　　再说凯塞尔的关于文学本质论的观点。在《文艺学对象》一节中，凯塞尔提出了什么是文学的特性问题。他说："我们必须从这一点出发，那就是每一个在广义上属于文学的著作都是一种通过符号而固定下来的句子的组合……句子的组合是一种有意义的结构。语言的本质中包含着词和句要表现的意义。但是在这里，我们达到了指明文学艺术著作有别于它种著作特性的地方。"例如人们平常讲的"阴暗

[①]　转引自周宪《关于文学研究方法几个问题的思考》，《学习与探索》1985年第6期。

的云""秋天的空气",作为人们谈论天气的日常用语,所涉及的含义存在于现实中,对象是现实中确有的事物。但在诗歌中就是另外一回事了,我们就得用另一种态度来对待它。在这里,它们的意义再也不涉及现实的事实。本书作者认为,"这些事实具有一种奇怪的非现实的,无论如何是一种完全特有的存在,这种存在与现实的存在有原则上的区别";二,作品中的事实,或者也可以说具有客观性,但是这是作为被使用的语词的客观性,是文学的短语所创造的客观性。也就是说,诗句所显示的客观性,完全是由包含了客观性的句子来构成的。这样就从广义的文学中划出了一个比较狭窄的领域——纯文学。根据凯塞尔的说法,所谓"纯文学"就是不表现现实生活和客观世界,只表现假定的、由词汇创造了客观性的、显示了语言组织性的作品。在这一点上,凯塞尔的"纯文学"强调的正是韦勒克的"虚构性"。文学中的现实不同于生活中的现实,这是不证自明的,但是它是凭主观意识虚构出来的吗?它的客观性固然需要由语词的表达而表现出来,因为语词表达一定的意义。但是由词汇联成的句子,难道是自动组织起来的吗?它们所显示的客观性难道不是由于作家的参与和选择,对现实的一种审美反映的结果吗?可见,凯塞尔的"纯文学"之说,并不是很科学的。

波斯彼洛夫关于文学的本性的论述,和前两人的观点大相径庭。他从"意识形态本性论"来阐述文学的本质特征。从这一理论观念出发,作者认为文学是一种意识形态,而意识形态像生物界、社会存在,都有自己独特的发展形式,有规律地、有阶段性地发展着。每一个别的生活现象,它的发展形式就是这种现象有规律的组成原则,这被称为"内在形式"。文学艺术作为有规律地发展着的社会现象,同样有其"内在形式"。文学这种特殊形式,就是所有单个作品的"内在形式",就是各个单个作品的共同规律。

该书接着从认识论的角度指出,文学是语言艺术,而语言是"认识生活的'万能'工具",语言艺术较之其他艺术"更能广泛、更多方面地再现生活"。艺术认识生活的主要对象是人类生活的社会历史特征,它"以生活本身的形式再现生活"。它在再现生活时借用了生

三 三种外国文学理论形态

活具有的普遍规律，即"本质通过个别的表现和个性的特征"得以体现，而"凡是有特征的东西，都是鲜明而积极地体现生活本质的个别事物，而个别事物不可能在一般的抽象概念中再现，而只能在形象中再现"。正是这点决定了艺术作品的"外在形式"，即它的形象性。文学艺术认识生活的形式的特征，还表现在作家创作时，要通过自己的想象力去改变个性，创造艺术形象，更完美地体现社会生活特征，也即要把它所描写的生活典型化，提到新的高度。

波斯彼洛夫指出，意识形态的观点不仅仅是以理论的形式来表现的，它不仅深入到理论思维领域，而且也表现于社会意识的其他领域，如文艺创作领域。那么，文学是如何表现其意识形态性的呢？作者认为文学最根本的特征在于表现"对生活的社会特征的感情、思想的认识"，感情、思想的评价。他认为杜勃罗留波夫提出的一个见解十分重要，即艺术家有他的"具体感受的世界观"（或译"对世界的具体感受"），以此区别于"理论观点"。杜勃罗留波夫说，人们可以从一个有才能的艺术家的作品里看到一个共同的东西，这也是使他区别于其他艺术家的地方，这就是"艺术家的具体感受的世界观"。对于一些艺术家来说，他的艺术意识中通常并不存在抽象的东西，即使有时吐露一些抽象观念，也往往与他在艺术活动中表现的观念相悖。这是因为他的抽象观念来自某种信仰，或通过错误的理论的传播而获得。而艺术创作却表现了艺术家对生活的具体感受的世界观。这位批评家写道：一个艺术家看到某一事物的最初形态时，他可能发生震惊。"他虽然还没有能够在理论上解释这种事实的思考力，可是他却看见了。这里有一种值得注意的特别的东西，他就热心而好奇地注视着这个事实，把它摄取到自己的心灵中来，开头把它作为一个单独的形象，加以孕育，后来就使它和其他同类的事实与现象结合起来，而最后，终于创造了典型，这个典型就表现着艺术家以前观察到的、关于这一类事物所有个别现象的一切根本特征。"[①] 波斯彼洛夫认为，这一区分，对艺术理论的发展至为重要。艺术家的具体感受的世界观总

[①] 《杜勃罗留波夫选集》第 1 卷，上海文艺出版社 1962 年版，第 272 页。

是带有倾向性的，它是一种意识形态性的具体感受的世界观。

此外，波斯彼洛夫还用"意识形态本性论"的观点，阐述了艺术的起源问题。

波斯彼洛夫的这一理论，在苏联学术界有赞同的也有反对的。在我看来，它自成体系，与上述几位学者的有关文学本质论相比较，视野更为宽广。他力图在意识形态这个系统内阐述问题。但是文学艺术作为意识形态，它的最根本的特性应是审美与意识形态性的结合，意识形态的理论只阐明了它和现实的关系，和其他意识形态的共同点。当事物和现象通过具体的、可感的形式揭示了人与自然、人与人、人与社会的关系和内容时，其时就出现审美意识，文学才成为文学，艺术才成为艺术。由此文学艺术是一种审美的意识形态，它的本性的主要方面就是审美的意识形态性。文学本性的阐明，看来是多层次的，我们在前面谈到还可以从其他方面进行考察。但是不管层次如何多，必须首先将文学现象置于最高级概括的哲学层次上进行分析，也即从辩证唯物主义、历史唯物主义的哲学高度进行阐述，然后，从第二本质的心理、社会、历史、语言、本体等诸层次进行分析，和第一本质层次联结为一个系统结构，也许这样可能使我们较为深入地进入到文学的本质。此外，当然还可使用其他方法，进入第三本质层次，等等。我们看到，目前几本外国文学理论著作，在论述文学本质的方法论上，有的比较单一，有的偏颇性很大。

（三）封闭研究方法的特点和局限

韦勒克和沃伦把文学研究分为"外部研究"和"内部研究"，这是他们关于文学研究的一个关键性观点。这一理论、方法传到我国，就产生了"内部规律"和"外部规律"的说法。有的人说："传统方法主要考察文学的外部关系，还没有触及文学本身；只有进入内部关系，才算真正的文学研究"。这一观点正好是"新批评"理论家们观点的反映。

什么是"外部研究"？在以往的文学研究中，有人从社会学、心理学、文化史等角度探讨文学现象。例如泰纳的文化史方法，在文学研究中发生影响的时间很长。韦勒克认为，这种研究不过是"因果式"的研究，它"只是从作品产生的原因去评价和诠释作品，终于把它（作品）完全归结为它的起因（此即'起因谬说'）"。据韦勒克的归纳，这种"起因谬说"包括下述几个方面的研究，即一些人认为文学是个人的产品，所以文学研究主要是考察作家的生平和心理；另一些人从社会政治条件去探索文学创作的决定性因素；有的从思想史角度及其他艺术中了解文学的起因；还有一派人想从时代精神、环境的角度去考察文学。在韦勒克看来，这种起因研究虽有助于理解文学作品，但不能对它们作出正确的描述、分析和判断，因为"那些外在原因所产生的具体结果——即文学艺术作品往往是无法预料到的"。

以传记学派为例。韦勒克认为一些传记家以诗人的诗作来撰写传记，这样的传记极不可靠。一，作家的生活与作品的关系，并非因果关系，所以不能根据虚构的叙述，进行推论，编写传记。二，作家即使在作品中进行自我表白，自我表现，诗中的个人与诗人的自传性个人，也是有差别的。何况"那种认为艺术纯粹是自我表现，是个人感情和经验的再现的观点，显然是错误的"。韦勒克认为，对一部作品发生决定性影响的是文学的"传统与惯例"，而不是作家的经历。毫无疑问，把传记研究视为文学研究的整个内容，当然是错误的，但是传记与作家的个性研究是否就毫无关系了呢；贬低这类研究，恐怕也未必是可取的。

《文学和心理学》这章为沃伦所写，作者指出"文学心理学"主要是指文学作品中所表现的"心理学类型和法则的研究"。在文学理论中，早就有把文学创作与精神病患联系起来的说法，而为人注意。一种流行的观点是，作家的"神经质"以及"补偿"，使他和科学家与"沉思者"分离开来，好像他们之间的区别在于，作家常记述自己的精神病患，把病历作为写作材料。20世纪认来，弗洛伊德的精神分析曾在文艺学中风靡一时。弗洛伊德把作家视为神经病患者，作家想以自己的创作活动发泄自己那种性的本能而又达不到的欲望，作者是一个白日梦者。沃伦指出，这种理论实际上是对作家的思维活动的一种贬低，作家的创作，是一种从事于"客观化"地调节社会的活动。沃伦把弗洛伊德的理论称为艺术即神经病的理论，指出大多数作家不同意正统的弗洛伊德学说。沃伦对心理类型的分析是饶有兴趣的，如作家的幻觉力，可以形成逼真的意象，如"联觉"（即"通感"）可使听觉和视觉联在一起。这是"一种文学上的技术，一种隐喻性的转化形式，即以具有文学风格的表现出对生活的抽象的审美态度"。我国学者钱锺书先生于60年代初曾对"通感"作过精彩的论述。还有其他心理现象如潜意识、灵感等。此外沃伦还分析了一些学者所作的心理类型划分。在被称作"外部研究"的《文学和社会》、《文学和思想》等章中，既不乏真知灼见，也不无偏见，例如把马克思主义文艺批评完全与社会学等同起来，把庸俗社会学的文艺批评夸大为马克思主义的批评，等等。

那么，什么是韦勒克所期望的研究呢？

在《文学的内部研究》的《引言》中，韦勒克说："文学研究的合情合理的出发点是解释和分析作品本身。无论怎么说，毕竟只有作品能够判断我们对作家的生平、社会环境及其文学创作的全过程所产生的兴趣是否正确。"文学作品是什么呢？它"被看成是一个为特种审美目的服务的完整的符号体系或者符号结构"。但是什么是整体？韦勒克认为作品就是内容和形式的真正统一体，作品整体观念就是要破除把作品分为内容和形式的两分法。"俄国形式主义者最激烈地反对'内容和形式'的传统两分法。这种分法把一件艺术品分割成两半：粗糙的内容和附加上的，纯粹的外在形式。"韦勒克认为，"一件艺术作品的美学效果，并非存在于它所谓的内容中"，而把一般故事梗概当作内容是可笑的。同样，"若把形式作为一个积极的美学因素，而把内容作为一个与美学无关的因素加以区别，就会遇到难以克服的困难"。他认为内容和形式是统一的。如果说文学作品内容传达思想感情，则形式中的语言因素，必然地包含了所表达的内容，内容暗示着形式的某些因素。例如小说叙述的事件是内容部分，把事件组成情节的方式属形式部分，离开这种安排的方式，事件决不会产生艺术作用，就是说，这种情节的安排的形式，是具有审美作用的。但是要看

三 三种外国文学理论形态

到，作为形式的语言，其中部分词汇本身是没有什么审美意义的，就是说并非任何形式因素都具备审美意义。故事梗概和不具审美因素的形式是无法糅合到一起去的。那么，韦勒克如何使两者统一起来？他提出了"材料"和"结构"的观念。所谓"材料"，就是内容、形式中那些并无美学因素的成分的总和；所谓"结构"，就是内容、形式中依审美目的而组织起来的那些部分。它们通过审美目的而联成统一体。

韦勒克用"结构"的观念来代替形式与内容的统一。他认为文学研究的对象主要是作品，所以作品存在的结构方式就成了他注意的中心。他的关于作品存在的方式和理论，则是借鉴了波兰美学家英加登的理论形成的。韦勒克说，英加登就作品提出了系统、连贯的理论："他阐述了这样一些问题，如文学作品存在的模式，它的多层结构，我们体验它的方式，等等。"英加登在30年代初的《文学的艺术作品》中就提出作品的层次观念，后来在《文学作品结构的二维性》一文中，重述了这一观念，提出我们阅读一首诗，一方面，从头到尾，一个词一个词，一句一句，一部分一部分地直到最后一字，在这一维中我们看到相互更换着的阶段，一个作品的各部分的"序列"；另一方面，由词组成的句，在句中的每个部分会遇到一定数量的因素，它们在本性上各自不同而又相互联系，形成另一个维。这两维相互依凭，决定了作品中动作因素的本质。作品最普遍的、相对独立的层次是句子，它由一系列语词组成，这些语词前后连贯，从属于句子的层次。这些词具有声音和意义，指向某个方面，把层次的差异带入作品，于是形成了作品结构的二维性，和结构内在的统一性。[①] 英加登将作品的构成分成四个层次，它们相互依赖，互为条件。这四个层次是："一，这一或那一语音构成，首先是词的发音；二，词的意义，或者某种最高语言单位，首先是句子的意思；三，作品中所说到的东西，其中或个别部分描绘的事物；最后，是我们可以见到的与描绘的

---

① [波兰]英加登：《美学研究》俄译本，莫斯科外国文学出版社1962年版，第21—40页。

事物一致的这一或那一景象。"① 英加登的层次论,有人认为很有逻辑性,但区分得不够,如形象系统、情节和结构等构成因素如何安置,这些层次的相互关系也不很清楚②。韦勒克则把英加登的层次论,作了这样的概括,即语词,声音层,意群,系统方向,客体所体现的世界。

根据上述理论,美国学者进而提出了关于文学作品存在形式和文学研究的对象问题。一,声音层面,谐音、节奏和格律。二,意义单元,它决定文学作品形式上的语言结构、风格与文体规则。三,意象和隐喻,即所有文体风格中可表现诗的最核心部分。四,存在于象征系统中的诗的特殊"世界",这些象征和象征系统被称为诗的"神话"。五,叙述小说的有关形式、技巧问题。六,文学类型的性质问题。七,文学作品的评价问题和文学史问题。该书第四部分《文学的内部研究》,正是建立在这一理论框架上的。这些章节提出的问题,就该书作者所规定的主旨范围来说,是一个很有新意、见解的系统。

韦勒克在《比较文学的危机》一文中的某些论述,有助于我们进一步了解他的系统观念。他说:"我把艺术品的研究称为'内在的',而把研究它同作者的思维,同社会等等的关系称为'外在的'。可是这个区别并不意味着应忽视甚至蔑视产生作品的诸关系,也不意味着内在的研究仅仅是形式主义或不适当的唯美主义。经过仔细考虑才形成的符号和意义分层结构的概念,正是要克服内容和形式分离这个老矛盾"。他说,"艺术作品通常被称为'内容'或'思想'的东西,作为作品的形象化世界的一部分,是融合在艺术品结构之中的。否认艺术和人的关系,或在历史与形式研究之间设置障碍,与我的用意毫无共同之处"。韦勒克说,他虽然向俄国的形式主义者和德国的文体论者学习,或"局限在语言成分和句法结构方面",但他"不愿把文学与语言等同起来"。"按照我的理解,可以说这些语言成分构成了两个底层层面:即声音层和意义单位层。但从这两者产生出情境、人物

---

① [波兰] 英加登:《美学研究》俄译本,莫斯科外国文学出版社1962年版,第24页。
② [苏联] 尤里·曼:《俄国浪漫主义诗学》,莫斯科文艺出版社1976年版,第14页。

和事件的'世界',这个'世界'绝不同于任何一个单一的语言成分,更不同于任何外部装饰的形式的成分。在我看来,惟一正确的概念是一个断然'整体论'的概念,它视艺术品为一个多样统一的整体,一个符号结构,但却是一个有含义和价值,并且需要用意义和价值去充实的结构。"

这段话,极好地表明了韦勒克的文学理论的观念和方法论。应当指出,韦勒克等人的文学理论观念,实际上就是在西欧流行一时的"新批评"派理论观,虽然韦勒克本人声明他的观点早在"新批评"派出现之前就形成了。

韦勒克的文学理论观念至少有几个方面是值得肯定的。一,他强调文学研究要研究作品本身,从文学作品本身去解释作品。应该说19世纪开始的文化史方法在西欧流行以来,在文学研究方面,主要在探索作品起因,为社会现象作印证,现在使文学研究转向作品本身,这种批评思想是含有合理的因素的。二,这种研究力图把握作品的整体性,从声音、语词而走向客体所体现的世界,主张内容与形式的统一,寻找出两者统一的汇合点,从而由形式走向内容,在这点上,也不失为一种很有启发的理论探索。三,由于这种研究的观念和方法集中注意力于作品本身,所以语言因素的研究不少,对内容表达的形式因素作了极为细致的探讨,对作品的艺术性方面、语言艺术的问题十分重视。这些方面都引起了人们的注意,也的确自有它的积极意义,可以启发问题的深入研究。

不过这种文学观念和方法论,也存在着值得我们注意的缺陷。这种研究把文学作品的内容和形式分解为"材料"和"结构",通过"结构"而使形式和内容成为一个统一的整体。但问题在于我们对韦勒克提出的"材料"和"结构"、作品的整体性如何理解,作品的内容和形式是否真的不可分析?又如美国学者把文学研究划为"内部研究"和"外部研究",并限定了各自的对象,它的合理性程度又如何?所谓"外部研究"的那些组成成分,能否被剔除到文学作品研究之外?

就"材料"和"结构"的划分来说,如果一个作家进入创作,就其所搜集的材料、构思谋篇来说，这里的确存在审美的因素和非审美的因素。但是一般所说的内容和形式，都是指作品的内容形式而言，而任何进入作品、组成作品内容和形式的种种因素，都具审美意义，即使是数字、连接词，也无不如此，因此在作品中根本不存在非审美因素。非审美因素的"材料"，实际只存在于作品之外。而作品之外，根本不存在内容和形式的问题，材料与构思，既非内容，也非形式，只具有它们的某些游离状态的因素。没有形式，无所谓内容，不具内容，形式也无法存在，两者是融合一起的。但是文学理论的方法，不同于作品的描绘的方法和欣赏的方法，它采用的是智性的方法，而智性的方法，就可以把对象进行分解、解析、综合、比较，对一个似乎完整统一的整体进行解剖。对作品的内容和形式来说就是如此。现在，人们往往用偏重于感性的欣赏的方法来排斥智性的分析、综合的方法，以为前者是唯一正确的方法。其实这只是接受作品的一种方法、一个方面、一条途径、一个层次，"新批评"派就是如此。比如，就形式来讲，我们能不能从小说的具体形式中，剥离出一种抽象的概括来呢？我们能不能再从小说的抽象模式返回小说的具体形式呢？诗和词表现人们的不同的意绪、感受、情怀，难道从声音、词语出发，就不能体验到它们形式上的差别？如果确认作品具有统一的内容和形式，那么是否也可以确认，作品的确可分为内容和形式？

把文学研究分为"外部研究"和"内部研究"，把文学作品的研究划入"内部研究"，把心理类型分析、社会意识、问题、作家个性研究划到作品研究之外，这种划分本身的科学性就使人怀疑。作品本体论的研究，语词、结构、意象、隐喻、象征、神话、小说性质和模式、文体，文学分类的研究，能否代替作品的全部研究？心理类型分析、社会意识、社会意义能否与作品本身脱离开来，抑或它们与作品本身无关？作家创作个性的研究，是文学研究的重大内容之一，而文学作品是观照创作个性的根本手段，创作个性消融在整个作品之中，难道它只存在于作品之外，而纯属子虚乌有？一首小诗，用本体论的研究，用语词结构，揭示其意义、象征的使用，也许可以满足读者并不复杂的审美愿望，但是对于一部皇皇巨制，能否用本体论的方法揭示其内涵的全部丰富性？对曹雪芹的《红楼梦》中的心理描绘进行分析，能否说这不属于对这部作品本身的分析，是什么"外部分析"？对小说揭示的现实，又是象征的巨大社会意义，能否说这是人们强加给它的，而与小说本身描绘无关？文学作品是一个系统，那些长篇巨著更是如此。它们不仅仅是语词、声音、意群的构架，而且还有英加登、韦勒克的作品构架或层次论所没有包括进去的纵向、横向、相互交叉的丰富内涵。美国文艺批评家布鲁克斯说：所谓"内在研究"，"即对作品文字的解释和评价"。对作品的文字解释和评价是需要的，但不是文学作品研究工作的全部，而只是一个方面、一个层次。一位"新批评"派的创始人克莱恩说过："诗人，区别于其他人的诗人，不是表现自己或自己的时代，不是解决心理或道德问题。不是表达理想世界，不是供人娱乐，不是以这种或那种方式运用文字，如此等等——虽然这些他是会涉及的——而是通过他的艺术，以语言和经验为材料，把它建筑成各种各样的整体，在我们体验这些整体的时候，我们不仅仅看见他技巧上的价值，主要能看出他的目的所指。"① 说得明白。但是，如果把作品实际上所表现的东西都排斥掉了，划到作品研究之外，那么这种所说的整体了解，是否真的就是作品的整体呢？排除了这些因素，作品还有没有一个活的灵魂呢？

不仅作品是一个系统，而且文学作品的研究也是一个系统，任何有效的单向研究，只是文学研究的一个方面。要揭示一部作品思想艺术上的复杂特征，必须采取多种方法，进行综合研究，而不应使各种方法互立樊篱，各设牢地。心理分析研究、社会学研究，只是研究的方法问题，它们不改变文学作品研究的对象，因此把研究的侧重面排出文学作品的研究之外，这只能导致文学观念的狭隘化，缩小文学作品研究的范围；只能导致研究方法的单一化、简单化。韦勒克认为，他的"内在研究"不是形式主义的、唯美主义的，他也不否认人和艺术的关系，在历史和形式研究之间设置障碍有违他的本意，他不过是主张"文学研究应该是绝对的'文学的'"研究。但是，当"内在的

---

① 转引自杨周翰《"新批评派"的启示》，《国外文学》1981年第1期。

研究"排斥了本属作品特征考察的组成部分,以在一定程度上能说明作品存在形式、但未能涵盖作品全部意义的层次论的"绝对的'文学的'"研究,来代替全部文学研究的时候,不就陷入了缩小文学研究的矛盾了么,不就染上了形式主义的流弊了么?企图通过"内在研究"而建立文学研究的"普遍法则"的愿望不就落空了么?"内部研究"和"外部研究",或"内部规律"和"外部规律",指出了以往文学理论和方法割裂了内容和形式,但是它自己不正好在论证内容和形式的统一中,再次割裂了作品的内容和形式吗?看来这正是把文学本性仅仅规定为"虚构性",使文学观念狭隘化的结果。

文学作品的内容和形式问题,也是凯塞尔的著作的中心议题。在《综合的艺术概念》的部分中,他批评了精神历史学派狄尔泰的文学观念,正确地指出了这一学派的文学观念的弊端。但由于他使用了作品内在分析方法,所以批评是不彻底的。精神历史学派往往把作品分裂为二,使内容从形式中抽象化出来,而且只讨论一个方面。

狄尔泰及其追随者把文学视为某种原始的、内心的、诗意感受的表现,它不能用通常的理性的范畴加以表现。但是,对于狄尔泰来说,任何一首诗,都不过是对生活的某种回答和解释,这导致他对诗的解释的极端的理性主义。狄尔泰探求作品对生活、对于"存在的伟大而永恒的谜团和命运的问题"的回答和贡献,认为对于这些问题的解释,构成了一切文学创作的内容的核心。凯塞尔指出,这样的文学观念和方法,并不适合于文学本质的探讨。这是很有道理的,因为按照精神历史学派的这种观点,诗歌就被融入哲学中去了,文学作品的内容和形式,作品结构、风格、语言等问题,全被置于这一学派的文学研究视野之外了。

凯塞尔认为,不能将内容与形式割裂地加以研究,即用一个方法研究内容,一个方法研究形式。他引用歌德的话:"内容带来形式,形式决不会没有内容"。所以对形式与内容的统一体要一起研究,研究形式时要与它的内容特征一起研究,反之亦然。凯塞尔的文学研究观念有一定道理,但内容与形式的统一如何实现,这条道路是不平坦的。由于他的方法是现象的内在研究,由于这种方法使内容与现实生活分离了开来，于是内容就成了现象学上的空泛的范畴。虽然，内容与形式在他的观念中是一致的，但全书主要详细地分析了语言形式、结构、韵律、节奏、风格等范畴，而对作品的内容的探讨就显得比较空泛。

有关波斯彼洛夫的"意识形态本性论"的出发及其在文学研究的使用的特点，和使用中的缺点，可参阅下文。

在国际上，文学观念是一种多元化的现象。造成这种原因，不仅仅是由于各国学者的主体条件、出发点的不同，而且还由于文学这种现象的确是一种比较复杂的现象。只要不脱离作品实际，任何严肃的探索都能不同程度地抓住一些本质的现象，来充实文学理论的观念，更新与丰富文艺研究方法。现在看来，马克思主义的文学理论需要进一步充实、完善、发展，它未能对文学现象进行整体的把握，而其他某些具体的文学研究，虽然都想对文学作整体说明，但往往力不从心，都很难穷尽对象的全部意义、特点。如果这种观念通过上述分析可以成立，那么对于不同的文学理论观念和方法论，自然应当采取慎重的态度，力避两种盲目性：一种是绝对否定的态度，一种是全面肯定的生吞活剥。

从上面分析到的几本著作中，我们可以看到某种综合的特点，例如美国学者利用了符号学、现象学等原理，建立了作品"内在研究"的模式，这种理论虽然流弊十分明显，但理论、方法本身都给人以启发。苏联学者的著作有条件地肯定了过去被否定的不少学派，从而丰富了自己，虽然其出发点极有争议。综合的特点在不同学派的文学理论、批评研究中更其明显。法国结构主义理论家托多罗夫不久前说："现在是综合使用各种方法的时代，新的方法已不占统治地位，各种旧的方法也并未被否定，原因是各种方法的好的方面，都已被普遍接受，学校课堂上都介绍它们，并被文学研究者所使用。所以现代文学理论研究，从方法论观点看，正走向综合……当然，所谓综合，并不是有这样一个专门的方法，而是在研究中采用各种不同方法。综合是一个总的倾向。"[①] 我十分欣赏这一思想，在我看来，综合就是有鉴别

---

① 见本编《法国文学理论流派》。

地吸收，取人之长，补己之短。就以托多罗夫为例，他 80 年代初的不少著作中，按照原来的结构主义理论原则，只谈形式、符号、象征等各种问题，但自 1983 年始，他也开始把社会、历史学派的一些观念引入了他的理论之中。

在科学技术迅猛发展的强大潮流的影响下，社会科学和自然科学之间的联系将日益加强，社会科学本身也将成为开放的体系，文学理论也是如此。它的创新、它的发展，一方面会由于人们马克思主义理论水平的提高，而得到推动，另一方面，也会在与其他学科密切联系的情况下而获得创新的契机。事实证明，文学理论和其他社会科学、自然科学部门的理论、方法相结合，就能够促进新的课题以至边缘科学的出现，文艺心理学、文艺发生学、文艺伦理学等就是极好的例子。在走向学科的综合、交叉研究中而出现突破，从而引起文学科学的重大变革。

建立文学新的观念，和运用多种方法研究文学现象有紧密的联系，但是起着主导作用的是文学观念。在我看来，是否可以从下列几个方面来评价应用于文学研究领域的不同方法的科学性和实效性。

1. 在引进各种不同的科学方法研究文学现象时，我认为要考虑到文学艺术本身的特征，而决定选择。文学艺术作为审美的意识形态，是在漫长的历史发展中形成的，作为一种审美的历史、社会现象，恐怕不会消失，或为其他学科如数学所代替，这里需要的是科学的论证。不同方法的运用是为了更加科学地阐明文学艺术的现象，对象的特征，而不是为了取消文学艺术，取消它的对象的特性。学科的交叉、综合研究，不是为了消灭对象，而是使对象获得新义，或开拓与双方密切相关的新领域。任何科学，有它自身的质的界限，有它自身研究的对象与方法。文学研究也不例外。一旦文学研究失去了质的规定性，失去了独立的对象，那么文学研究本身也就不存在了。而没有独立对象的文学研究，是无助于对文学现象、规律的阐明的。

2. 运用不同方法，目的是扩大文学研究的领域，从新的角度来阐明文学现象。在这方面，不同方法应该能够更多地阐明文学研究中过去使用的不同方法所不能阐明或阐而不明的问题，能够揭示过去所不能揭示的规律性现象，能够发现过去创作、欣赏中难以发现的特征，而较过去的方法有所进步、有所丰富。如果起不到更新的作用，反而使文学研究简单化了、公式化了，那么这类方法未必会有生命力的。

3. 在提倡采用其他社会科学、自然科学方法时，也要正确对待过去使用、行之有效的方法。这些方法，有人使用得正确，有人错误地使之简单化、庸俗化。要对它们具体分析，不要把方法的错误运用与方法本身等同起来，这种情况，在前一阶段的论文中十分流行。要承认历史的渐进运动，要多些辩证法，少些形而上学和虚无主义。

（原文作于 1986 年 4 月，刊于王春元、钱中文主编《文学理论方法论研究》，湖南文艺出版社 1987 年版）

四　法国文学思潮

　　一个世纪以来，西欧文学中的各种思潮频繁更迭、派别林立，这种现象大概在法国文学中是最为典型的了。20 世纪 20 年代末，一位法国作家说过，大约从 19 世纪最后的 20 年开始，在法国文学中出现了一种时尚：每隔 5 年、10 年就要产生一个新的文学流派，几个志同道合的作家凑在一起，起草一纸文字，由某个杂志恭恭敬敬地发表出来，然后出版几本诗集或是小说，一个流派就诞生了。但是过不了几年，这个流派就为新的流派所代替，转眼之间就销声匿迹。这种时尚可以说仍是今天的法国文学的特点，不过周期变长了。不断崛起的新思潮，随之出现的各式各样的文艺主张、文艺理论问题，对于一般并不专事法国文学研究的人来说，真有点眼花缭乱、扑朔迷离之感。因此，当我们看到《法国作家论文学》一书时，便自然地想把它介绍给我国读者了。

　　该文集系苏联学者所编，按年代的发展分作 3 编—个时期。所选入的作家文论，从第一次大战起到 1976 年为止。我们在此基础之上作了少量增删，去掉个别泛论苏联文学的篇幅，增加了"新小说"派、荒诞派作家的文论。文章一直收到 1982 年。就目前情况来说，文集大体上把 20 世纪的法国文学中有代表性的作家都包括了进去。当然，如要求全，则入选的作家名单自然大有商量的余地，而且所选的文论，也未必都是该作家的代表之作。但就整体而言，它无疑多少能让我们了解到法国文学思潮、理论的某些线索的。

　　法国的文学思潮、理论是以多元化为其特点的。从 20 年代到今天这五六十年之间，有风靡一时的超现实主义（它曲折延伸到 60 年代),有昙花一现的平民主义(亦作民粹主义)文学主张,纯诗思想,稍后出现的"介入文学"、存在主义文学观,50年代初流行起来的"新小说"理论和后起的荒诞派以及其他文学主张,等等。但是连绵不断、有起有伏的现实主义文学思潮,却贯穿了各个历史发展阶段。我们可以从现实主义流派的作家论文、序文和创作自述中看到,这些作家在不少理论问题上和我们有着不少共同之处,不少创作问题的论述,对我们有一定启发,可以用以丰富我们的文艺思想;但同时自然也有不少难以为我们赞同的观点,现代主义中的某些流派极端化的文学主张,那是我们难以接受的。

从第一次大战到第二次大战前这一时期的作家来说,像巴比塞、法朗士、罗曼·罗兰、杜亚美、莫洛亚、莫里亚克、马丹·杜加尔、阿拉贡等人,虽然哲学思想观点不尽一致,政治立场也迥然不同,但在奉行现实主义原则方面,大体上是一致的。巴比塞要求文学面向新的时代、新的生活。还在1918年,他就指出在当时作家中间,流行着一种脱离生活的时髦风气,不少人把文学创作变成了一种玩物。他说"艺术家用自暴自弃和躲进幽室去换取荣誉的时代,应该结束了",艺术夸耀自己的"神圣的利己主义"时代,也应成为过去。他号召作家应该参加到人类解放斗争的行列中去。这一正义的声音,在刚刚结束战争后的西欧文坛上,真是振聋发聩,使人耳目一新。20年代末,莱蒙涅埃在《平民主义小说宣言》中公开反对现代主义文学。他说:"我们选择'平民主义'一词,因为我们觉得,它和我们最厌恶的趋炎附势是绝然对立的。我们和来自民间的人们一样,憎恶一切装腔作势的姿态。"宣言要求作家"描写普通的人,最一般的人,他们是社会的多数",要求摒弃上层社会人物,并称他们为蠢女人、二流子。这类主张具有民主主义的精神,但不无偏颇之处,同时这些作家的文学成就也并不突出。30年代,罗曼·罗兰进一步提出了作家和人民群众相结合、深入了解生活的问题。他说:"我们的创作应该深深扎根于当代现实的肥沃土壤之中,并从我们的时代精神中,从它的激情和战斗中,从它的意向中,吸取营养。"他以为即使是那些能够超越时代的天才,也永远不能脱离自己的时代。当时有的作家责怪人民群众文化修养不高，不能欣赏他们的作品，而且反说人民群众脱离了他们。罗曼·罗兰指出，问题正是那些目中无人的作家远离了人民；他提出了文学应该向社会生活的深处和人的内心生活的深处开掘的思想，这对我们是很有参考价值的。杜亚美同样主张作家要努力抓住生活，如果他们想"到天上去追逐幻想的仙鹤，就可能把活生生的山雀放过去"，不过他有时又把现实当成是"心灵的派生物"。他以为小说不仅应当写得有趣，而且也要"帮助我们认识生活"。莫里亚克反对作家凭空虚构，他提出过一个著名观点：小说只能是作家同现实结合的产物，虚构应来自现实的因素，他甚至自称他小说中的现实生活的描写，与他自己实际待过的地方都有一定的联系。

　　与现实主义作家的文艺思想相比较，这时期的超现实主义、纯诗理论则宣扬了一种离开现实的文学主张，或专注于形式的追求。照布勒东的说法，超现实主义是"一种纯粹的心理无意识化"，"一种不受理智的任何控制、排除一切美学或道德的利害考虑的思想自动化记录"。这种主张的信奉者不是对现实感兴趣，而是把梦幻、潜意识当成自己描写的唯一对象，企图在不受理智控制的梦境中去寻找真实。当他们达不到这种预期的境界时，他们竟要口吞鸦片，注射药物，以便使自己沉入幻觉，汲取诗的灵感和内容。著名诗人瓦莱里的纯诗理论，同样只对梦幻感兴趣。他以为诗的世界类似于梦境，与生活实践的领域无关。按照这种说法，历史上绝大部分诗作都将被摒弃。至于像普鲁斯特这样的大作家，则专注于自己的直觉、内心，他的世界常常借回忆和内心的细微颤动来显现；吸引他的是某种感受、几缕飘忽无定的青烟。"诗人无论如何也不屑于去写自己对某事物的想法"，"不写亲眼目睹的惊人事件"，当然，如果涉及他的巨著《追忆似水年华》，那自当别论。这些作家的理论，大都主张把自身闭锁于自己的内心，从心灵的变幻、潜意识中去探索美的创造，但在自己的文学实践中又并不完全如此。

　　抵抗运动时期的一组文章，是法国作家与人民一起保卫祖国独立、进行艰苦斗争的见证。使人感到兴趣的是，原来的超现实主义文学运动的参加者，此时有不少人都面向严酷的现实，并以诗歌为武器来进行战斗了,而且如特斯诺斯、尤尼克等人,还献出了自己的生命。特斯诺斯说他要写出真实的诗来,而这种诗的真实性在20年代初是被他自己和他的朋友所否定的。他说那时诗人写诗,就是在潜意识中酝酿一首长诗,而且诗人不一定就能写好它。在集中营里的尤尼克,同样从"超现实"中走了出来,体会到现实是严酷而又美好的,认为那些不能跳出诗人个人感受的小天地、从而也不能成为共同斗争的回声的诗歌,与生活相去甚远。至于阿拉贡,他很早就脱离了超现实主义。他说每当作家脱离现实,他们首先脱离的是法国。"我也曾患过脱离现实的病症";"当你们(指法国作家)把纸扎的风筝升上云霄之际,现实正迫不及待地在你们的门口等着你们哩!"这些作家的个人经历,颇能给人启发。

　　战后几十年里,法国文学中的各种思潮竞生漫长,理论问题极为复杂。萨特等人的存在主义文学观,文集未作很多介绍,考虑到在我国已有专门的资料汇集,我们也未作补充。"新小说"代表人物的理论是值得注意的,这是一种为反现实主义传统而提出的创作理论。纳塔丽·萨罗特在《怀疑的时代》中对现实主义嘲弄了一番,然后宣布她的新原则:作家"不是继续不断地增加文学作品的典型人物,而是表现矛盾的同时存在,并且尽可能刻画出心理活动的丰富性与复杂性","作家所需要的就是彻底忠实地写他自己",写心理要素,写潜意识;不能让读者被人物吸引住,把人物写成"影子"即可。罗布-格里耶的理论是,要求作家从一个事物的不同角度对事物作客观的记述,而不作任何解释。至于作家写了什么,让读者自己去理解,爱怎么理解就怎么理解。因此他的在这种理论指导下写出来的小说,被称作"客体小说",只见物,不见人。在《新小说》一文中,罗布-格里耶回答了别人的批评,对自己的观点作了进一步的申辩。他反对现实主义作家在作品中扮演了一个无所不知、无所不在的上帝的角色,但当别人说他的作品不注意人时,他说"新小说"关心人和人在世界中的处境,它"只追求完全的主观性"。这说明他的作品并不比现实主义小说更为客观,它所提供的生活模式,只是戴了一个"客观"的面具,而且在主观性表现方面,它实际上是极端主观化的。到了70

年代,"新小说"再不"新"了,似乎度过了它的黄金时代。

曾经盛极一时的先锋派戏剧(荒诞派),现在似乎也有同样的问题,尤奈斯库的几篇文论给我们透露了个中消息。当尤奈斯库于1959年在先锋派戏剧讨论会开幕式上发表演说,那时他的"反叛"的精神真是不可一世:"我倾向于用'反对'和'决裂'这样的词来给先锋派下定义","先锋派就是自由","除了我的想象力的法则外,别的什么法则也不承认"。至于观众看不懂荒诞派戏剧,那没有关系,创新的戏剧在人们看懂之前,"就只能是少数人的戏剧,都是不通俗的"。但是时过境迁,在20年后,人们就不复听到尤奈斯库的豪言壮语了。1978年,他说:"我感到写作越来越困难了","我已写了一辈子,现在已经到了极限了。表面上,我应有尽有,事实上,我已经没有什么目标了"。他感到生之空虚,日常生活没有什么意义,而只有超越感觉的现实才有着丰富的内容。这位法兰西学院院士说:"使我恼火的不是如何活下去,而是如何不活下去";"越来越认识到世界难以生存下去的人类,难道不应该自杀吗?"他说人们生活在彼此互相不能理解的世界上,那里一片混沌。"对于死亡、历史和人类末日的看法,已经深深地印在我们的脑子里,它们变成了真正的、本质的明显的事实"。1982年,他说"文学是一种欺骗";很久以来,写作可以使他"隐遁到自我深处",以逃避外来的宣传与反宣传。在谈及现代主义文学时,他说"文学已走向反面。这是一条死胡同,现在看来,人们正在回到更为传统的、尽管有点过时的形式中去,以便从这条死胡同走出来。戏剧的情况也是这样,我的确是反戏剧的剧作家之一。我们的路已经走到尽头,现在不大清楚该怎样走下去"。尤奈斯库的思想,是一种存在主义思潮、悲观主义、虚无主义思想的混合物。他把世界视为荒诞,这对西方世界有一定象征意义,但他把它加以无限夸大,最后也不得不把自己当成荒诞的存在而怀疑自己的价值、甚至人类的价值,这是多么可悲的思想啊!当然,这绝非尤奈斯库个人的病症,而是西欧社会病症在他身上的独特反映。他想在文学、戏剧中找到避难所,但是这是不能持久的,因为当他意识到这又是一种荒诞的时候,那么他再从哪里能够获得精神上的支持呢?我们是否可以把尤奈斯库在 1982 年的两次谈话,看作荒诞派戏剧运动的终结呢?自然,对于荒诞派戏剧的艺术成就,是应该进行分析、研究的,其中确实存在着令人惊心动魄的艺术。

值得向读者一提的,是小说理论问题,它在该文集中占有突出的地位。法国作家就这个问题做过不少探讨,文集只是摘录了他们部分的论述。这里有经验谈,有理论的阐发,有流派的宣言,有技巧问题的探索。不同流派的小说见解中的一个共同的突出精神是:小说艺术要有所创新。但是创新各有不同。有在继承传统基础上的创新;也有在蔑视传统,在内容、形式上的标新立异。不少小说家预言长篇小说这种艺术形式即将寿终正寝,但他们实际上仍在利用这种形式写作。巴比塞在 20 世纪 30 年代就说过,通行的长篇小说的式子已经陈旧,连法朗士的风格也不例外。他以为通行的长篇小说中的臆想成分太多,而现代生活改变了人们的思想方式。"时代的科学精神,已经渗透到风尚中来。直线感、喜好简化、综合和高速度风尚、准确而迅速地解决问题的愿望,某种竞技般的'美国式的'急躁,对实效的崇拜,民间口语……"这些生活、思想方式上的变化,必然会反映到创作中去,影响艺术风格,并促使小说的形式的更新。针对长篇小说中的主观性,他要求增强小说的客观性,把作者对主人公的影响,减低到最小限度。杜亚美指出了小说中的新倾向:作家不再把时间和才能浪费在毫无节制的描写上,现代小说主要描写人的心灵,它把心灵看成是最高现实。莫里亚克的小说观点值得注意,虽然并非都是正确的。他认为现实生活变化无常,小说家要"像生活那样复杂地描写生活"。他对普鲁斯特十分推崇,但他又认为普鲁斯特专从内心吸取材料的方式是不可模仿的。他说,"当前(指 30 年代),长篇小说走入了死胡同",这里正是指现代小说而言。马丹·杜加尔则主张可以把长篇小说与戏剧结合起来;他以为现实主义作家如托尔斯泰,"能在人物身上找到内心世界最本质的东西",未来的长篇小说应按照托尔斯泰而不是按照普鲁斯特的方向发展。"新小说"理论的出现,引起了小说理论的重大变化,不过这种主张本身漏洞不少,例如忽视传统,以物代人,貌似注重客观,实则极端主观,小说形式有所创新,但内容模糊，有自然主义倾向。像加斯卡这样的作家曾称这种理论为"声名狼藉的'实物主义'"。至于萨罗特提出的"怀疑的时代"，也并非所有作家都点首赞同。例如巴赞就说："并不是一切题材都面临怀疑的时代，我们离真正宏大的题材还有相当距离"；"新浪潮自身包含着对写作技巧的刻意追求，对新事物的探索；但与此同时，也包含对当代现实生活中的最主要方面令人吃惊的漠不关心。"他以为这些作家只见"小我"，孤芳自赏，在非人性的胜利面前束手无策。"新小说"派的另一个代表人物比托尔的两篇文章，与萨罗特、罗布－格里耶的理论见解有所不同。他的关于巴尔扎克的论述是很有特色的，不像有的人毫无根据地睥睨一切。他的关于小说技巧的探索，特别是关于时空的论述，虽然与当代哲学思潮有关，却是令人感兴趣的。小说理论中如属于结构主义的正文小说研究，其主要功夫放在词的特色的研究上，一般不触及其实际内容，用这种理论来阐述长篇小说，自有它很大的局限性。

上面仅就法国作家某些言论中涉及的文学理论问题谈了一些看法。由于材料有限，选材也未必妥当，所以难免一叶障目，而造成评价上的不当，这是需要加以说明的。

（原文作于1983年5月，为《法国作家论文学》中译本前言，生活·读书·新知三联书店1984年版）

五 法国文学理论流派[*]

（一）从主导的文学理论到理论的多元化

　　法国学者与教授同我谈及战后法国文学理论发展时，都异口同声地说，萨特的存在主义文学理论曾在战后的文学理论界占有主导地位，这种情况一直延续到20世纪60年代初。不过，有意思的是，无论是奉行弗洛伊德精神分析学说的教授，还是结构主义文学理论的代表人物，虽然都承认这种现象，却并未触及原因。揭示这一现象原因的是高等研究院的从社会学角度研究文学的莱恩哈特教授。

　　萨特在当代法国文化发展中的地位是十分突出的。他的哲学思想极为复杂，他反对侵略战争、殖民战争，有时又接近马克思主义，想以存在主义来补充马克思主义。在文学思想上，他主张"倾向性文学"，认为文学创作要干预社会事件，为一定的社会斗争服务。他的文学创作实践，可以作为这一主张的佐证。这种主张，在战后以及后来陷入对阿尔及利亚殖民主义战争的法国的文坛，影响极大，而且占有主导地位。莱恩哈特认为：60年代前，在哲学、知识界普遍感到社会进程是一个复杂过程，文化、文学只是在重复，在再生产；有人甚至认为，历史已停止发展，出了好些著作，说社会停止进步了，等等。但是60年代初，当法国知识界出现了新的思潮时，情况就变了，

---

[*] 1985年作者与几位同事在法国做学术访问，历时一月，与不少法国学者做过交谈，本文在此基础上写成。

历史重复的观点就不再存在了。新潮流的出现，宣告了一个历史时代的结束，它和下面两个原因密切相关：一是 1962 年，法国结束了对阿尔及利亚的漫长的殖民战争。战争的结束，给社会带来了和平发展时期，造成了存在主义影响的大大削弱；同时倾向性作家也结束了自己的作用，倾向文学走向衰落。第二个因素是 1963 至 1964 年间，法国经济起飞，出现突飞猛进的形势。上述两个重大因素，宣告了萨特历史观的结束。此时出现了一批知识分子，他们过去不被重视，现在得到了发展条件。他们不约而同地运用索绪尔的语言学的结构、符号学理论，研究各种学科，并在 1962 年后的一个时期内写出了大量著作，在整个文化界形成了一股结构主义思潮。莱恩哈特教授在回忆这段历史时，颇感惊奇，因为不少人在思维方法上那么一致，同时又出现那么多很有理论号召力的著作，这在历史上是不多见的。不过他认为，"这些人都反对历史观点，用结构主义来看待社会，连一些马克思主义者也如此，他们把社会看成结构，于是出现了重大争论。他们主要是指向萨特的存在主义的"。结构主义派别认为，以萨特为代表的存在主义文学理论已经过时，方法自然也已陈旧。有的人认为萨特的文学理论方法是社会学的，有的则认为是历史的，现在都已不适用了。于是在结构主义思潮的冲击下，萨特的文学理论、方法退到了极其次要的地位。

  结构主义的发展，与索绪尔的语言学理论关系密切。但是法国的结构主义实际上对这一理论作了发挥。罗朗·巴尔特在《结构主义——一个活动》一文中说："一切结构主义活动，不管是内省的或诗的，是用这样一种方式重建一个'客体'，从而使那个客体产生功能（或'许多功能'）的规律显示出来"，"结构主义与某种技巧密不可分地联系在一起的程度，也就是结构主义与其他分析或创作方式相区别而存在的程度：我们重建客体是为了使某些功能显示出来，可以说，是方法造成作品。"罗朗·巴尔特还说到，结构主义的目的不是人被赋予意义，而是人制造意义，其方法是先"分割原客体"，在"各个部分一旦定位以后，结构主义的人必须在其中发现或为它们建立某些联合的原则：这就是明确表达的活动"。在文学理论方面，结构主义者强调把语言结构的研究，视为文学批评的主要任务；认为文学作品是语言因素组成的，是按照一定规律组成的符号系统；分析作品就是分析由各种符号组成的语言结构和规律。这样往往把文学理论当成了语言科学的组成部分，把文学与各种社会因素割裂了开来。结果造成不少文学现象得不到科学的说明，如作家创作个性、风格等。到了 70 年代上半期，当结构主义走向极端而日益显示其弱点时，也正是它衰微的开始。曾经在各学科中风靡一时的结构主义，现在失去了优势。历史方法研究、社会学方法、精神分析学派等派别，重又活跃起来，传统批评得到了恢复，在学术领域，形成了与结构主义平起平坐的局面。

传统方法的兴起，意味着这是与结构主义的一场争论和对它的评价。不同意结构主义方法的学者，几乎都对它提出了批评，不过这不是绝对的否定，而是一种相当客观的功过性的判断。高等研究院研究欧洲文学评论的艾尔松先生的观点是很有意思的，他对结构主义有所批评，但他的论点我感到很有说服力。他说一些流派恢复起来时，对结构主义有所批评，同时也承认它的作用。他本人认为，"文学批评有很多种倾向，但基本上提出两个问题：作品与主体的关系；作品与历史的关系。根据这两个方面，可以探知文学批评的不同派别。但是结构主义跑得最远，它把作品与主体、作品与历史彻底分开，只研究作品的内在结构，从这一观点看，巴黎的结构主义比东欧的结构主义和雅柯布森来得更彻底，它全然不顾历史，而只从语言学、人类学、心理分析学中吸取一些概念。所以有人批评结构主义把人排斥掉了，把人这一主体排斥掉了，而人是存在的最高表现形式"。从艾尔松所持的观点来看，我们发现他大致属于历史方法研究一派。但是排除派别的偏见，我以为他所指出的结构主义的弱点，大体上符合实际，评价也是中肯的。

孔帕尼翁先生是当今一位颇有成就的历史方法研究学派的代表人物。所谓历史方法研究，照巴黎第四大学的布律内尔教授的说法，就是研究文学与历史、政治、社会的关系的文学批评方法。孔帕尼翁是法国文艺理论界的一位新秀，1983 年，他出版了一本从历史角度研究 20 世纪文学批评的著作，引起了轰动。用巴黎第三大学法国文学系主任米尔奈教授的话来说，他现在很红，很时髦。用历史方法研究文学现象怎么成了时髦了呢？原因是多年来这一方法一直受到非议，特别是在结构主义思潮掀起的时候，更被彻底否定了。而今居然有人再度使用这一方法，并且卓有成效，自然要令人刮目相看了。

孔帕尼翁认为文学批评的进展，与社会的民主化运动有关。例如所谓文学史观念的出现，是在 19 世纪末、20 世纪初科学发展的基础上实现的，是对长期左右着文学研究的修辞学的否定的结果。60 年代法国出现"新批评"派，则与第二次社会民主运动有关。如今在法国教育界又出现了一次民主化运动，所以"新批评"又受到挑战。这种观点的科学性究竟如何，是很值得商榷的，不过孔帕尼翁关于"新批评"的观点是令人感兴趣的。他说："应把新批评理解为多数，结构主义、心理分析都属新批评，它们都反对历史方法的研究，取消作品的内容。我们的工作则是如何把历史观念引入新的批评，因为新批评割断历史。"他对罗朗·巴尔特的态度也是严峻的。他说："罗朗·巴尔特认为批评与历史无关，只能谈谈文学的特点，认为我们被历史搞昏了头，现在是讲真理的时候了，是人类学讲话的时候了，这是对历史的否定。他一面说文学批评要把文学本身的意思揭示出来，一面又使文学批评表现了文学的虚无，以为解释是没有意义的，这就把作品在历史发展中所发生的变化，化为乌有。我以为这是不可能的，这是对历史的割断，他走得太远了。当然，他把符号论移入文学研究，使文学研究多元化了。"孔帕尼翁对罗朗·巴尔特的批评，我以为是有一定道理的，在一定程度上，它体现了历史方法研究的力量。但是当他谈到文学作品何以能为后人所理解时，我们之间便出现了小小的分歧。

他说，文学作品所以能为后人所理解，原因在于作家创作时有为将来的因素。如普鲁斯特的《追忆似水年华》，作者是以 19 世纪的美学观写成的，但作品又是面向 19 世纪的。用结构主义、历史方法加以分析，仍可欣赏它。结构主义方法是有成效的，当它表现了规律性现象时；但同时文学作品又往往是违背规律性的，违背当时的正统的，所以必须历史地来看。不过，他说，在这方面，他主要是从形式的角度，而不是从文献的角度来谈的，例如对拉辛的作品，我们可以重新认识，但与其从内容上，不如从文体上去了解。又如福楼拜写出了《包法利夫人》，而当时有个叫费陀的也写了一部与之相类似的小说，但后者后来被人遗忘了。何以如此，这与费陀的文体有关，他运用的是自由的间接文体，读者以为这是女主人公在讲故事。文体不一，导致结果的差别。我觉得这种说法，与他的出发点似乎有所不同，甚至有悖于他的方法论。为了保持和谐气氛，我们保留了不同的看法。当然，作品文体的不同也有合理的因素，但不是问题的全部。不过，这使我们窥见了法国学者所说的历史方法与我们所说的历史主义之间的异同。

莱恩哈特教授认为，研究文学的社会作用的领域，比较宽广，它要求研究文学的各个流派，体裁的相互作用，政治、经济及各种社会势力在文学中的交错反映，以及作家和出版的问题等。他有一部著作，名为《小说的政治阅读》，是从社会学的角度逐段分析罗布－格里耶的小说《妒忌》的。他说："60年代我与巴尔特、日奈特等人都曾研究过'新小说'，但他们与参照系数决裂了，搞成了语言游戏。大家都说参照系数不存在，实际上并非如此。例如，《妒忌》不是一部孤立的文学作品，这部小说的故事发生在非洲，那么它就是以非洲为参照系数的，不仅参照了社会现实，还参照了以往的文学。从小说的内容结构看，它使人想起了19世纪各个阶段的殖民小说，原始社会风情与土著人的关系，发展到对殖民主义的批判。所以罗布－格里耶不仅参照了人，同时还参照了小说；不仅参照了历史，还参照了现实。自然，参照不是直接的，而是通过中介——各种系数而实现的。""作品的产生不是孤立的，要对过去的社会因素的积淀进行分析，要研究文学作品中的传统因素。"从莱恩哈特的解释来看，所谓参照系数，大致说的是和现实、历史和文学传统的关系。一部小说的创作，实际上是离不开上述诸种因素的。从这点来讲，莱恩哈特的社会学研究方法无疑是一种科学的研究方法，它说明了文学现象的某些重要方面。由于我刚刚拿到他的这本著作，尚未了解实际内容，所以听他谈论后，便不无担忧地想，逐段地摘录、阐述小说，会不会出现庸俗社会学倾向？因此便婉转地问，在法国文学批评界，有无庸俗社会学倾向？当然，我主要是针对一般情况提出问题的。莱恩哈特听后微笑了一下，说："机械的马克思主义在30、50年代是存在的，但到60年代结构主义出现后就结束了。社会阶级、教育，和文学、文学样式、主题是相关的，但是不能把它们的关系绝对化。从马克思主义观点中是可以吸取有益的因素的，马克思主义社会学中的一些观点是有道理的。"在国外，一些学者往往把马克思主义的方法论称作社会学方法，这恐怕并不完全确切，马克思主义的方法有社会学研究的一面，但并不等于社会学。因此有的教授把莱恩哈特列为马克思主义社会学派中的人物，我以为也未尽妥当。莱恩哈特教授谈到可以从马克思主义观点中吸取一些有益的东西，这表现了一位西方学者的卓识。而在我们这里，提倡某些方法，每每是必须以贬斥其他方法为代价的，这也是三十多年来形而上学思维造成的恶果。这种思维表现方式，在一些杂志上常可见到。

　　巴黎第三大学法国文学系的系主任马克斯·米尔奈教授是精神分析文艺批评学派的一位代表人物，他从弗洛伊德学说研究文学现象，著有《弗洛伊德与文学阐释》等。他还提及了这一学派中的玛利·波拿巴的《爱伦·坡》、夏尔·莫隆的《心理—批评》等著作。当我们问及他是从纯粹的弗洛伊德学说还是经过改造了的心理学说作为其理论出发点时，他回答是前者。弗洛伊德的精神分析学说应用于文艺领域具有两重性特征。一是由于这一学派的兴起，使得20世纪的文学创作、理论研究重视了对人的心理描写与分析，对人的心理深层的开掘，使人们更加重视了人的心理中的无意识层次，这是它的积极作用。二是精神分析理论本身存在着严重的缺陷，它的一些基本理论由于缺乏科学性而常常遭到反诘。米尔奈教授在会见时对其他一些文学理论学派谈得很多，而对他自己所属的学派却较少触及，这是我们感到不满足的地方。

　　总之，70年代中期以来的法国，可说是出现了各种文学理论派别并存的局面，并且发展到哪一流派也不占主导的地步。对于这一现象，我以为艾尔松的看法是值得回味的。他说："我认为我国的文学批评，目前趋于平静状态，没有什么大的争论，结构主义势力缩小了，不要把它看成是代表，它存在于一定的历史环境。不要把各种文艺批评流派过分地对立起来。不能像20年前那个样子，也不要回到19世纪的道路上去。"

（二）走向综合

这是一个很有意思、也是极为重要的问题。孔帕尼翁认为，文学研究可以使用历史的观点，同时又可使用结构主义方法，使两者结合。莱恩哈特也说："我用符号学研究语言现象，通过语言现象寻找社会的参照系数。"他还谈到现在"绝对的形式主义已经衰落，最明显的是托多罗夫，他是一位形式主义大师，不久前他在自己的著作里采用了历史方法"。莱恩哈特带着尊重而又有几分嘲讽意味的口吻说："托多罗夫最近天真地发现了历史，发现了十多年前被他否定的东西。我自己则处在历史倾向和形式主义之间。"

谈到托多罗夫，确实，他的观点和变化是很有代表性的。托多罗夫是位保裔法籍学者。青年时期他对早期苏联形式主义者的著作发生兴趣。1965年，出版了他翻译的《文学理论·俄国形式主义者文论》，1967年，他的《诗学》问世，一时声名鹊起。此后，托多罗夫出有十来种专著，和罗朗·巴尔特一起，成为结构主义流派中最负盛名的代表人物。托多罗夫在《诗学》中说，结构主义的诗学不同于阐释学派，也不同于心理学派、社会学派，它只在文学本身找规律。文学作品本身不是结构主义诗学的对象，它不过是抽象结构的体现。"所以在这意义上，结构主义诗学感兴趣的不是实在的而是可能的文学作品，换言之，它所感兴趣的是使文学成为文学的抽象的特性——文学的特性。"这时研究的任务不是对文学作品作转述和总结，而是建立结构的理论和文学本文的职能，也即建立文学形式的规律。他说"审美价值问题是没有意思的"。但是《诗学》关于艺术的时空问题、叙述方法、"视角的作用"，是有益于对作品的分析的。托多罗夫的

《诗学》大致受到索绪尔的语言学和早期苏联形式主义者的影响,其中痕迹,清晰可见,但他在此基础上,有所丰富。其后,他又研究了象征理论、散文诗学、文学幻想、象征主义、体裁问题等。涉及结构主义文学批评流派的现状时,托多罗夫说:"60年代,法国文学理论中出现了新的思潮,结构主义理论在这方面有所发现,同时我介绍了俄国形式主义者的著作,影响甚大。60年代结构主义获得重大的发展,但目前就不好说了。现在是综合使用各种方法的时代,新的方法已不占统治地位,各种旧的方法也并未被否定,原因是各种方法的好的方面,都已被普遍接受,学校课堂上都介绍它们,并被文学研究者所使用。所以现代文学理论研究,从方法论观点看,正走向综合。不存在单一的方法,大家使用各种方法进行研究,所以很难说哪种方法占主导地位。当然,所谓综合,并不是有这样一个专门的方法,而是在研究中采用各种不同方法。综合是一个总的倾向。""《诗学》是我最初的著作,至今差不多有20年了,去年出了本《批评之批评》,是论述20年代的文艺批评流派的,在这本书里,我广泛地引用了俄、德、美、法不同国家的作家的作品,同时,我的观点和方法也有所变化,此书涉及更带普遍意义的观念,如人道、道德问题。结构主义方法要补充、要完善。在综合中,我使用了历史方法、语言学、哲学等不同方法。文学永远是探索的。"

  托多罗夫的观点极为精彩,令我十分感兴趣。第一,他相当清醒地审视着法国文学批评理论的现状,能够比较客观地对待其他文学理论流派,这种不抱个人情绪、偏见的态度,是很宝贵的。第二,他能看到自己派别的理论上的缺点,承认自己的观点、方法有所变化,结构主义方法需要充实、补充,这也颇出乎我的意料,因为我并不是抱着挑剔的态度同他交谈的,他主动地和我们谈及他的派别的理论上的缺陷,使人感到他的真诚与坦率。一个理论家如果真要使自己有所作为,使自己的理论流派有所发展,就不应故步自封,而应见到他人之长,了解自己之短,进而取人之长以补己之短。我知道要做到这点颇不容易,这需要一个学者的开阔的胸怀,宏大的气魄。我并不是结构主义的信奉者,但是对于托多罗夫的这种学风,我十分欣赏,而且对他本人产生了好感。第三,十分重要的是,他意识到了文学研究不能局限于语言形式,文学作品所涉及的社会历史内容,同样是文学研究的对象,排斥这方面的研究,就不能真正阐明文学中的规律性现象。我不知道托多罗夫是否就是这么想的,但是他的变化,确是很有启发的。

托多罗夫《诗学》中的"文学性"是个重要的概念,形式主义倾向十分明显,它大体是从雅柯布森的"文学性"演化来的,它们的共同特点就是都离开文学作品本身,而使自己抽象化了。

当涉及他的"文学性"同雅柯布森的"文学性"的相互关系时,他说:"雅柯布森的'文学性'主要侧重于语言因素,而我的则从文学方面加以论述,在这点上,我不是雅柯布森的学生。"当然,这一问题还是可以探讨的。"诗学"的研究,在国外很流行,我以为托多罗夫的《诗学》一书触及的范围偏重于语言的角度,这似乎太狭窄了。因此我对他说,"诗学"似乎可从两个方面来谈,一是研究文学艺术形式特征、独特性的著作,可称诗学;二是研究作品某个形式因素的,也可称作诗学。但是前一个观点更科学些。他说他同意我的观点,他也认为对诗学可以有两种看法,并说他做过体裁方面的研究。

我们在谈及国与国之间的文学理论的相互影响和综合的问题时,托多罗夫说:"关于文学理论,可能在苏联、中国研究得更多、更广泛、更深入些。在法国研究文学理论的人不算太多。""苏联文学理论对法国的文学理论影响很大,或者说产生了有力的影响,其中巴赫金起了很大的作用;普洛普也很有影响,特别是他的《故事形态学》很有见解;此外尤里·洛特曼的著作也很流行。我很欣赏巴赫金的著作,并就他的论著作了论述。"关于巴赫金,莱恩哈特也谈到过,说他在小说理论方面颇有贡献,法国一些人还接受了他的观点。

托多罗夫在谈到法国和美国的文学理论关系时说道:"很奇怪,美国文学理论对法国文学理论影响甚小。"他幽默地说:"法国在这方面是否有沙文主义倾向?""美国有不少文艺运动、流派,但都走不多远,在理论上自成体系的就更难说了。""韦勒克的著作甚多,但偏重于文学史方面,文学理论方面的就不多,他的《文学理论》我们都读过，但对我们研究工作无甚影响。从这一意义上说，威勒克主要是一位文学史家。相反，法国文学理论对美国的文学理论、运动常常发生作用，法国的文学理论运动，都能在美国找到回响。"

法国学者中不仅托多罗夫谈到韦勒克，同时莱恩哈特以及巴黎高等师范学院的《诗学》杂志的主编米歇尔·夏尔也谈到了他。夏尔说："韦勒克不赞成对文学进行社会、历史、心理分析，我个人不同意这类观点，他把作品与外部的观点理解得过于简单了。一部作品肯定与外部因素有关。为什么呢？因为作家创作时，需要通过语言、传统等因素，用语言了解社会，这就必然与外部有关。"这种见解，我本人是赞同的。我发现，在法国，通过对话能同法国学者找到不少共同语言。当然，不同意韦勒克的某些观点，并不是对他的否定。绝对化的做法从来是不会有好处的。

近十年来，德国人姚斯的接受美学对法国文学理论的影响颇大，谈及接受美学的法国学者，对这一学派的理论观点，都很赞赏，有的人也正循着这一理论在做研究。例如孔帕尼翁认为，接受美学或文学的接受理论，把历史方法与结构主义融合了起来。艾尔松也认为，姚斯的理论，研究文学的产生与接受的关系，研究接受与历史的关系，体现了历史学家与文学批评家的结合。因为一个作品的产生与发展，读者是参与其中的，接受美学使作品与历史结合了起来。莱恩哈特则说，这种理论使我们认识到了读者的重要性，从读者的角度来研究作品的内在性，十多年来，影响很大。"我现在也在这方面作研究，读者在阅读时发生了什么？各人想法不同，要研究读者的各种社会特征，对作品起何作用。"他同彼埃尔·约萨合著的《理解的阅读》一书，研究了法国六百名、匈牙利六百名不同阶层的读者对一部作品的不同理解。他说："过去，我们对一部文学作品的理解往往是学院式的，文学理论显得很抽象，但实际上，还有一种具体的、多样化的文学理论的研究途径。"对于这一理论，托多罗夫也很欣赏。不过，就我们有限的了解来说，在法国，如何使这一文艺思想上升到理论高度，尚需摸索一段时间。

在文学理论的研究中，不知法国文学研究家们如何看待古典文学？是否都像有的"新小说派"的代表人物那样，对它们不屑一顾？如何对待现代主义文学中的一些流派？托多罗夫说："'新小说'作家有过一时的影响，现在他们不写东西了，他们还写过一点理论性的文章，但并没有理论体系；荒诞派在理论上就更是如此。"米尔奈教授则认为："'新小说'作为一种文学现象是可以研究的，但它们写得难懂，我本人对它们不感兴趣。我们有人研究新的流派的作品，不过大量的古典文学是我们研究的主要对象。比如巴尔扎克，我们每年都要出一本研究他的文集。前年，我们大规模地纪念了斯汤达，出了他的不少著作。今年是'雨果年'，他的逝世百周年纪念，很早就作了筹备。"

米尔奈教授的话是真实的。1985年早春时节，雨果的伟大身影，已在巴黎的大街上走动了。

（原文作于1985年5月，刊于《文艺研究》1985年第5期）

六 苏联文学理论走向[*]

如今苏联已经解体，这里谈的"苏联文学理论"，指1991年苏联文学理论。

（一）文学理论研究的新的进展

苏联文学理论从20年代末到五六十年代，一直对我国文艺界发生强烈的影响。从当时历史条件来说，有积极的一面，同时也有消极的一面。值得注意的是，当50年代下半期，苏联文学理论开始批判教条主义、公式化，进行反思、重建的时候，我们仍在大量翻译他们的内容政治化、质量平平的论文，翻译并出版了他们的几本文学理论教科书，同时加紧了我们的向"左"转，创造了我们特有的中国式的文学理论模式。

从1956年起，高尔基世界文学研究所用10年时间写出了三大卷《文学理论》（约150万字），分别于1962、1964、1965年出版问世。这部著作的撰写人，当时大都30岁出头，风华正茂，此外作者中还有几位年长的学者。这部著作的结构，不同于人们通常见到的教科书式的《文学理论》。作者们在第1卷开头就表明了以"历史主义的阐明"为其指导思想，认为只有通过历史主义的观点，把文学看作历史现象，通过其本身材料，进行历史的、具体的探讨，文学的规律性现象才能得以阐明。本书第1卷讨论的是形象、形象的内在结构和现实

---

[*] 1988年初，作者与同行访问苏联学术界有一月之久，本文在此基础上写成。

的关系；第 2 卷是体裁问题；第 3 卷是风格问题。但给我印象较深的是第 2 卷，它一开始就以专章，论述了文学形式的内容性问题，或有内容性的形式。

看来作者当时对文学理论中的一个老问题——内容与形式，采取了一个新的角度，即企图从不同文学体裁分类，来探讨文学形式的内容性。内容与形式的关系，多年来被加以割裂，本书采用形式的内容性观点，企图综合两者的裂痕，自见其良苦用心。作者认为："在体裁中最充分最明显地显示着形式的内容性，正是因为体裁是形式的属性与特征的整体构成。""形式——其中包括体裁的形式，是凝固了的内容。为什么……可以而且应该谈论形式的内容性呢？须知过去是内容的东西，现在成了形式，被我们作为形式接受了。""作品'本身的形式'的因素，从来不失去其内容性。"独特的内容性，是一种形式的内容性。人们在谈及一定的内容性和一定的思想时，这意味着谈论的不是无意义的、什么也不表示的对象性。"形式的最为表层的属性，不是别的，正是变为形式的特种内容。"① 作者企图通过各种体裁特征的研究，来解决内容和形式的相互关系，不失为一条探索的途径。后来该所撰写、出版的两卷本《艺术形式问题》（1971 年），大体上是按这条路走的。这种观点，一面是对过去的教条主义文学批评的理论批判；与此同时，上述观点也是对过去形式主义观点的一种反拨，后者把体裁视为一种无内容的构成，对文学体裁只进行单纯的描述与分类，而且影响深远。

该书作者的这一思想，实际上是接受了巴赫金文学思想影响的结果。巴赫金力图克服 20 世纪 20 年代文学研究中的形式主义与社会学的极端化倾向的矛盾，把作品的内容问题与作品所应用的具体体裁结合起来研究，提出了超语言学，并就艺术语言形式作了精辟的分析。本书的撰写人之一柯日诺夫在《文学理论》的第 3 卷中谈到，"在 20 年代末，我们的文艺学就已摒弃了奥波亚兹（即形式主义者的诗语协

---

① ［苏联］加契夫、柯日诺夫：《文学形式的内容性》，《文学理论》第 2 卷，莫斯科，科学出版社 1964 年版，第 19、20 页。

会）的观念，建立了真正科学的艺术语言理论。像语文学家巴赫金、鲍翁其、维诺格拉多夫、维诺库尔在对它的研究中，起到了杰出的作用。他们前后一贯地把文学语言材料视为艺术的有内容的形式"①。因此关于通过体裁来研究形式内容的统一问题，巴赫金的影响是显而易见的。第3卷主要研究风格、艺术言语、创作个性、文学作品等观念。应该承认，这部著作表现了当时苏联文艺科学的较高水平。

除此之外，20世纪60—80年代之间，苏联文学理论中出版了不少个人专著、文集，其中较有价值的，译成外文或多种外文的，有巴赫金的几本著作，如《陀思妥耶夫斯基诗学问题》《拉伯雷的创作和中世纪文艺复兴时期民间文化》《文学和美学问题》《话语创作美学》（绝大部分写于20—40年代，有的在60年代再版，有的在60—70年代才获出版）；赫拉普钦科的《作家的创作个性与文学的发展》《文艺创作、现实、人》《艺术形象的广阔前景》；弗里特林捷尔的《马克思恩格斯和文学问题》《陀思妥耶夫斯基与世界文学》；洛谢夫的多种美学史和《文艺复兴时期的美学》；苏奇柯夫的《现实主义的历史命运》；波斯彼洛夫的《文学原理》；卡冈的《艺术形态学》；洛特曼的《艺术文本结构》等。

新的4卷本的《文学理论》的写作，大体是在这一背景上提出来的，目前尚处在提纲阶段，它的总的指导思想仍是"历史主义的阐明"，这也就是此书的方法论原则了。在具体安排上，各卷都有"学术指导"，他们大都是原来3卷本的作者中的青年人。至于在理论构架方面，则较过去已有相当大的变化。

据我们了解，第一是探讨语言、形象、现实，其中包括文学的发展的基本阶段，文学与语言，艺术语言的变化，文学的艺术价值问题。十分明显，此卷将首先从语言角度切入文学。第二，将探讨"文学作品"问题。其中包括作品与文本：作者、主人公、读者、情节、本事、结构、时空、作品评价问题。第三，是文学的种类和体裁，其中将探

---

① ［苏联］柯日诺夫：《艺术话语即语言艺术形式》，《文学理论》第3卷，莫斯科，科学出版社1965年版，第239页。

讨文学形式的形成、体裁的特征、体裁系统、风格等。第四，是文学过程。在接触交谈中，我以为新的4卷本大致有以下几个特点。

首先，从涉及的问题来看，可以这样说，它吸收了半个多世纪以来苏联自身的和外围的文学理论研究中的新成果，新经验。例如"艺术言语"问题，实际上20世纪20—30年代及以后阶段的苏联文学理论中，这方面的论著就有不少。其中较有成就的，有维诺格拉多夫的《关于诗歌的理论》《论文学语言》等，有维诺库尔的《俄语论集》、巴赫金的《长篇小说话语》等。新著无疑会给文学理论中的语言问题以更多的注意。把文学作品视为艺术价值，这与近几十年来兴起的审美价值论有关，而过去一提价值，往往认为这属于资产阶级范畴。关于这点，从斯特洛维奇在其《审美价值本质》一书开头为"价值"一词所作的正名中可见一斑。又如"文学作品"问题，过去文学理论早有触及。"新批评"派视文学作品为文学本体，提出了文学的本体论问题，要求文学研究注视作品自身。看来新著提纲充分重视这一思想，一是把文学作品作为一个大单元来研究，提高了作品的理论地位。例如在原3卷本中，作品论只是一个专章，论述展开也不够充分。二是对作品作出了不同于"新批评"的解释，在"作品"的研究中，纳入了作品与文本、作者、主题、主人公、读者、情节与本事、时空、结构等基本观念。当然，这样做是否合理，尚可讨论。关于情节、本事和结构，俄国形式主义者有过不少论述，特别是有关情节与本事的关系的阐述，不乏有价值之处。文本与结构，则对"新批评"派做了进一步的探讨与发挥，排除其理论上的极端化与片面性，同样具有新意。

至于把作者、主人公、对象世界、时空纳入作品范畴之内，这也是一种新观点。这些问题，巴赫金作过许多长篇论述。20世纪60年代初，原3卷本的《文学理论》撰写者中的一些年轻人，发现了巴赫金，采用了巴赫金的不少观点，并为他奔走出书。巴赫金的著作的出版，引起了苏联国内外的文学理论家们的广泛兴趣，而且至今不衰。因此可以说，巴赫金的理论思想将继续对新的4卷本的文学理论发生影响。又如关于体裁的思想，巴赫金同样有许多独到的见解。而体裁的系统思想,新著恐怕与结构主义的启发分不开。马克思主义当然强调系统性,但系统论作为方法论,并非马克思主义的主导思想;同样,层次系统说,也并非马克思主义文学理论所固有,而为马克思主义文学理论所吸收和利用了。

其次,理论的框架有了重大变化。旧著各卷的论述,各自独立,联系不够紧密。新著提纲结构,则显示了撰写者的一种有序的探索。从语言、形象、现实、文学作品、体裁、结构,到文学过程,可以说,这是一种文学本体论思想的结构。这种思想不能说过去没有注意到,但未提到方法高度。"新批评"派强调了这种思想,虽有重大的片面性,但提出的思想给人以启发,使得不同学派的学者都来注意这一问题,并从不同的角度来阐述它。可以这样说,如今在文学理论中,有各种各样的文学本体论,区别在于它们的文学观念的出发点不同,与在阐述问题时所显示的真理性的大小有别,要作出绝对的肯定或绝对的否定是困难的。在这一点上,新的提纲结构不同于过去的构架,也不同于其他国家的文学理论体系。

再次,20世纪60年代出版的3卷本,随着文学理论的进步和要求的提高,就发觉历史发展的叙述过多,理论的阐述不够,同时在系统性上也嫌粗糙,有的如同论文集,如第3卷。正如编者当时所说,在一系列问题上,带有实验性质。从这次讨论新的文学理论提纲来看,以及从提纲反映的问题来看,理论色彩浓厚,系统性也大大加强了。这种贯穿历史主义的论述,将会使文学理论的面貌有所变化。

(二)历史诗学的探索

笔者过去曾经注意到苏联文学理论中的一个有趣的现象:50年代中期以后一段时间里,在文学理论研究的反思中,出现过大量作家技巧这一类著作,如《普希金的技巧》《涅克拉索夫的技巧》等。这似乎表现为对社会学文艺思想长期流行的一种初步解脱。从60年代初

六　苏联文学理论走向

开始，自再版了巴赫金的《陀思妥耶夫斯基诗学问题》①后，诗学研究风气大盛，就像前一个时期作家、理论研究必标以"技巧"，以后的不少论著，都标以"诗学"了。

西方的"诗学"实际上沿袭了亚理士多德的文学观念，即研究体裁及其特征，人物性格，写作原则，等等。18世纪布瓦洛的著作叫作《诗的艺术》，诗在文学体裁中，被奉为文学正宗。席勒谈论两种文学的特征，篇名取《论素朴的诗与感伤的诗》。别林斯基说的"现实的诗"和"理想的诗"，实际上谈的已是小说了。随后由于文学体裁的急剧变化，小说成了主导，文学理论中谈诗学的少了。直到19世纪末，诗学这一术语才又流行起来。著名的俄国文艺研究家阿·维谢洛夫斯基著有《历史诗学》。20世纪初，俄国形式主义理论家探讨文学形式问题，撰写文学理论，就标以"诗学"，形成形式主义诗学。

巴赫金在《陀思妥耶夫斯基诗学问题》中，把诗学的研究范围大体上规定为"艺术形式的独特性"②。从其著作的内容来看，诗学研究涉及作者、主人公、体裁、思想表现方式、语言艺术等方面。里哈乔夫的《古俄罗斯文学诗学》一书十分有名，它把艺术概括、文学手段、时间、空间③，列为诗学研究对象。维诺格拉多夫院士把诗学界定为"语言艺术创作组织作品的形式、种类、方法和手段；文学作品结构类型和体裁的科学，它不仅力图包括……诗歌言语现象，而且还有文学作品和民间口头语言创作的结构的各个不同方面"④。赫拉普钦科则认为维诺格拉多夫对诗学的理解，偏重于形式与手段，而未予注意艺术概括，创作方法，但是如果不讲究这些方面，文学作品结构很难获得解决。所以他认为，"忽视任何语言艺术家、文学思潮所特有的基本原则，忽视艺术方法，就很难揭示体现形象观照世界的整个系

---

① 初版名《陀思妥耶夫斯基创作问题》，1929年。
② ［苏联］巴赫金：《陀思妥耶夫斯基诗学问题》第1章，生活·读书·新知三联书店1988年版。
③ 见［苏联］里哈乔夫《古俄罗斯文学诗学》，莫斯科，文艺出版社1971年第2版。
④ ［苏联］维诺格拉多夫：《修辞学，诗语理论，诗学》，苏联科学院出版社1936年版，第184页。

统"。在他看来，诗学"是研究艺术创作、形象地揭示生活的科学原则"，"形象地把握世界的不同的方面和特性，还有艺术方法"，都是诗学对象，其中也包括"风格研究"①，等等。上述关于诗学的理解比较宽泛。还有一种狭义的诗学观念，认为诗学的任务主要是诗语与艺术言语的研究，偏重于修辞一面，甚至往往使得两者混同起来。

此外，也有对诗学研究进行如下的分类：有"普通诗学"，研究作品的构成的艺术手段与方法；有"描述性诗学"，描述个别作家和整个时期具体作品的结构；有"历史诗学"，研究文学艺术手段的发展，如形容语、借喻、诗歌韵律、艺术时空、对立性特征等；还有"比较诗学""社会学诗学""形式主义诗学""结构主义诗学"等。

历史诗学的研究，在前几年的苏联理论界就提了出来。赫拉普钦科认为必须在这方面展开大力研究，并把"研究形象地把握世界的方法和手段的变革，它们的社会—审美功能，艺术发现的命运"②，视为历史诗学研究的中心。同时在世界文学所成立了一个专门从事历史诗学研究的小组，负责人是格林茨尔，成员有阿威林采夫，李福清，梅列津斯基，加斯帕罗夫，涅克留道夫等人。在与这些学者交谈中，首先我们了解到，他们都是研究世界国别文学的，都是世界文学所9大卷《世界文学史》的各卷的编委与撰写人，有广博的文学史知识。其次，这些人不仅研究文学史，而且也有较为深厚的理论修养，在理论上有所建树。

格林茨尔谈到这方面的研究时，首先谈到了维谢洛夫斯基的《历史诗学》。他以为这是一部很有价值的著作，过去对它估计不足，包括西方在内；甚至不久前召开的历史诗学讨论会上，有人仍然对它批判了一通。这部著作主要考察了文学体裁的起源及其流向，这一理论和民间文学中的替代说一派相对峙。它提出的关于思维最初阶段的混合性特征，对于说明文学的前形态极有影响；它提出的"诗歌意识及

---

① 《赫拉普钦科文集》第4卷，莫斯科，文艺出版社1982年版，第403页。
② ［苏联］赫拉普钦科：《历史诗学：研究的基本倾向》，《艺术形象的广阔前景》，莫斯科，文艺出版社1986年版，第278页。

其形式的沿革"的观点也很有理论价值,但它未能找到这些因素之间的相互关系。

目前的"历史诗学"的研究,想在原有基础上推进一步。从范围方面说,分成东方、西方几个方面,反对欧洲中心论;从发展方面,分成几个阶段,加以历史地观察;从研究对象方面,选择了几个关键问题,一是作者,二是体裁,三是风格。在古代,作者是不存在的,只有权威。古代留传下来的著作,它的作者不是作者本人,而是他的学生或信徒。这种现象在中、西方文学中都有。又如文学体裁,开始也并不存在,只存在某种文学的功能性现象,即历史的功能。第二阶段为18世纪及其以前的规范性诗学。在这种诗学的原则中,情节是固定的,预先就划分了可描写的和不可描写的范围,对人物也是如此。这时作者实际上处在附属地位,而不起主导作用。第三阶段是19世纪,作者开始上升为主导,原有体裁被破坏,处于从属地位,风格则从过去规范化的束缚中脱离开来,而发展为个人的;同时,这时读者与文学接受也都发生了变化。当然,实际的研究要比谈论的复杂得多。

为什么要把历史诗学的研究,当作一个十分重要的任务?苏联学者谈到,过去的文学理论哲学成分较多,对一些文学理论的阐述,缺乏历史的具体性,文学本身的具体性,概括、抽象的多,静态阐述多,动态论述少,因此文学理论多年来没有突出的建树。历史诗学的研究,目的不仅在于弄清诗学自身,同时也是为了深化文学理论。从新的《文学理论》提纲来看,历史诗学的影响是显而易见的。例如作品观念,文本,作者,主人公,读者的观念,艺术言语,小说音调,时空问题,修辞问题,都被文学理论所吸收,进入了新的体系之中。我们在前面谈到新提纲在理论上有所深化,正是和诗学成果的运用分不开的。赫拉普钦科生前在谈到历史诗学和文艺科学的关系时说:"如果把文学的历史起源研究和它的历史功能研究有机地结合起来,再加上深入到作品内部结构的诗学研究,那将是真正具有发展前途的文艺科学。"① 可以这样说，文学理论的提高与深化，有待于和诗学研究的结合，受到诗学的促进；而诗学研究的展开，也将会受到理论原则的指导。目前看来，作品的内在结构的诗学难度较大。结构主义诗学虽已获得一定成绩，但其普适性尚是个大问题。

苏联历史诗学的研究，目前是进行国别的、东西方的诗学研究阶段。但是从交谈中发现，综合的、整体的研究将是它的真正目的。即在条件成熟的条件下，把东西方的文学理论加以综合地、历时地、共时地探讨。莫斯科、乌克兰科学院文学研究所的同行都有这种意图，这与我的一些想法不谋而合。文学理论的深化、发展与创新，一方面要及时使用新的方法，消化新的成果，更新理论思维，提出新的见解；另一方面，在做好当前国别文学理论研究的基础上，进而向它们各自的历史延伸，然后走向真正的、综合的、整体的研究。这个工作是令人向往的，也许是值得为之奋斗的，但需要时间，需要组织。在勾勒理论整体的同时，从中获得新的启示，开拓新的领域。

（三）理论学派和多元化

看待一个国家的文学理论的发展，主要看它在时代的潮流中，提出了些什么新的理论问题，对哪些理论问题作了比较科学、深入的阐明而有所丰富，有无形成理论学派。

对待上述问题苏联学者的意见是很不一致的。偏重于搞当代文学理论的学者认为，当代文学理论问题不少，但有进步。依耶祖伊托夫讲到，在文学起源、文学过程、艺术本质、历史主义等问题上，是很有成绩的。偏重于搞历史诗学的一些学者则认为，当代文学理论建树不多，而在诗学研究方面成绩比较突出。但是一涉及文学理论学派，他们几乎异口同声地都认为，这方面的情况是不能令人满意的。他们说，在文学发展过程中出现过停滞时期，特别是三四十年代。20 年代，苏联文学思想比较活跃，学派林立。那时的情况恰如卢纳察尔斯

---

① 转引自刘宁《当代苏联文艺发展趋势》，《文艺研究》1987 年第 1 期。

基所说，西方的文艺思潮，有如时鲜菜蔬，很快引进，也很快消失，并把它们都称之为资产阶级的东西。不过俄国人也是一个很有创造的民族，19世纪下半期就出现了"神话学派"、"文化史派"、"比较历史学派"、"马克思主义"文艺研究。20世纪初，西欧国家的一些学者对19世纪的文学研究表示不满，要求文学研究转向自身，这时俄国形式主义学派实际上走在前头，提出了一些很有名的观点，如"艺术即手法"、"奇异化"（остранение 有译为"陌生化"）、"文学性"、"情节与本事的关系"，等等。如果对这些观点进行历史的分析，我以为是有一定理论价值的。当然，其中也包含重大的谬误，这一学派把艺术看成是手法的总和，否定内容。正如后来什克洛夫斯基所说："我在青年时代否定了艺术的内容的概念，认为它是一种纯粹的形式"；"那时我谈到 остранение，即感觉更新。在这种情况下，应该问一下自己：如果艺术不表现现实，你准备使什么奇异化？史泰因、托尔斯泰想恢复什么样的感觉？"① 与形式主义学派相对立，当时有以卢纳察尔斯基为首的马克思主义文学批评；有理论上极端简单化的拉普派；有以弗里契、彼尔威尔泽夫为首的庸俗社会学派；有力图在形式主义理论与社会学的文学研究极端化中寻找出路的巴赫金，当时虽未形成一派，但却显得独树一帜。到20世纪20年代末30年代初，除了马克思主义学派外，其他文艺学派都受到批判，都被压了下去。当然，像形式主义理论有其自身的致命弱点，拉普文艺思想的棍子也无法使人安生。但是随着"大一统""和谐一致"的局面的出现，可怕的长期停滞，冤假错案也就随之而来。正是在这一时期里，苏联国外的精神分析学派，以本文研究为主导的"新批评"派，"神话—原型"批评，结构主义等文学理论等学派相继而起，改变了文学理论的面貌。

在很长的时期里，在苏联文学理论界，凡是不用马克思主义的观点、方法来讨论文学理论问题的，都叫作资产阶级文艺学，并把它们

---

① 《什克洛夫斯基文集》两卷集第2卷，莫斯科，文艺出版社1983年版，第288、291页。

视为异端，这种做法一直流行到 70 年代。实际上一种新的文艺学说的出现，有着各种各样的原因，除了现实的因素，还要看到文学理论本身发展的因素；除了看到它们的出发点、方法论上的谬误，同时也要抓住它们某些合理的东西，可予吸收的东西。因此这是一个相当复杂的问题。从这一点来说，就不好随便说这种观点是资产阶级的，那些观点是无产阶级的。因为学术观点不如政治领域中的问题那么直接。如果一定要进行政治划分，那么从 20 年代到现在，有多少著作算是无产阶级的？那些自称是代表无产阶级的马克思主义著作，在多大程度上是马克思主义的呢？很多这类著作，不常常被证明是歪曲了马克思主义的么？既然不是马克思主义的，那岂不是资产阶级文艺学么？在我看来，马克思主义与非马克思主义并提，非马克思主义文学理论不就是资产阶级文学理论，这样的提法要科学得多。因为一种非马克思主义文学理论也可能有很多科学价值，而马克思主义文学理论如果不能提出新问题，深化原有理论，只是重复已知的东西，就会变成教条主义。

从 20 世纪 60 年代到 80 年代，苏联文学理论开始摆脱教条主义逐步走向多样。在我看来，这与里夫希茨、赫拉普钦科、弗里特林捷尔等人一系列的著作的出现，与被压制了几十年的巴赫金的著作的再版与发表，与什克洛夫斯基等人的新著与旧作的出版与再版，与波斯彼洛夫的执着的探索，与塔尔图符号学—结构主义文学理论的兴起，是分不开的。里夫希茨多年从事马克思主义文艺思想研究，他编的《马克思恩格斯论艺术》以及他自己有关马克思、恩格斯文艺思想的论著，都享有世界声誉。他的《马克思论艺术和社会理想》与前面提及的弗里特林捷尔的著作，大致代表了苏联这方面的研究水平。赫拉普钦科的几部著作，对作家创作个性、文学发展、现实主义艺术概括形式、艺术形象以及关于符号学等问题，都有深刻的阐述。在文学理论中有波斯彼洛夫一派，一些苏联学者认为，波斯彼洛夫在论述文学作品内容以及内容形成中激情的种类与作用方面，是有所发现的。其中特别是关于激情的研究，我也认为是很有特色的。如果我们把上述学者都纳入马克思主义文艺学，那么应该说是有相当代表性的，但是作为一个完整的学派，就很难说了。主要是他们各自研究一个方面，而且相互之间差别很大。弗里特林捷尔谈到，他与里夫希茨生前关系极好，也很尊敬他，但对他关于现代主义艺术的一些观点，不是很同意的。

不少苏联学者认为，在苏联文学理论中，很难说存在流派问题（塔尔图学派除外），如果要说流派，不如说是一种热情，一种个人倾向。格林茨尔说，我们有不少优秀的学者，但没设导师。盖伊、斯克沃兹尼柯夫、梅列津斯基、加斯帕罗夫、鲍恰罗夫等人，大体都持这种意见。认为即使涉及巴赫金，也很难说有个巴赫金学派。一些人倾向他，运用他的观点阐述问题，但不好说就是一派。有的学者如阿威林采夫、柯日诺夫、尤里·曼，明显受到巴赫金的影响。当然也有学者如库兹涅佐夫等认为存在着这么个学派，它的人数虽然不多。当谈及巴赫金的理论贡献时，苏联学者几乎一致认为他在理论上是有所发现的；认为巴赫金在哲学上受到 20 世纪初各种思潮的影响，如马克思主义、存在主义、现象学等，他感受到时代的气氛，进行综合，吸入自己的理论。60 年代他的一些理论观点受到批评，但他的著作不断出版。他系统地提出了复调小说理论，有一些术语如"复调""多声部性""对话""未完成性"被广泛运用；他探讨了欧洲长篇小说的形式与中世纪、文艺复兴时期民间文化的关系，提出了"狂欢化"的理论；他广泛论述了语言艺术中作者与主人公的关系，内容、形式问题，时间与时空体问题，体裁问题等，多有创见。不过不少苏联学者认为，不能把巴赫金的理论绝对化。一是应用他的一些理论观点，必须划定范围，要看到观点与创作实践并不完全相符的情况；二是把它们绝对化，会导致走向反面。例如"狂欢化"的观点，适用于一定范围，如果到处套用，就未免荒谬，企图用它来全面论述文学、小说，就会出现以偏概全的谬误。现在有的人把他的这一理论套到现代作家的研究中，用来论述肖洛霍夫的《静静的顿河》的艺术形式特征，就未免有点滑稽。说这些话的学者都是巴赫金的崇敬者，是后辈，也有私谊，我想他们都是很真诚的。当然，也有人对巴赫金的不少观点持不同意见，如弗里特林捷尔，已故的赫拉普钦科，他们在自己的著作里一面引用巴赫金的某些他们同意的观点，一面又对他们不同意的观点提出不同的见解，这并不妨害学者之间的相互尊敬的关系，我以为这同样也是真诚的。弗里特林捷尔曾经谈到，他建议过应当选巴赫金为院士，可惜他的这一愿望未能实现。

涉及符号学—结构主义文学理论研究时，苏联学者都认为，这是一个真正的学派，也许称得上是个唯一的学派。这个学派的基地主要在爱沙尼亚的塔尔图大学，苏联最古老的大学之一。塔尔图大学近几十年来由于洛特曼等人的符号学—结构主义文学理论研究、斯托洛维奇的美学研究而名扬海内外。他们的著作被译成多种外文，深受西方学者的推崇。现在已发展到这一地步，在评述符号学—结构主义文学理论时，都要把塔尔图学派作为一个重要部分。

苏联的符号学—结构主义文学理论研究，兴起于20世纪60年代初，当时洛特曼在塔尔图大学开设了结构诗学课程，并于1964年出版了他的作为《符号系统丛书》第一辑的《结构诗学讲义》。《丛书》收入苏联结构主义文学理论研究家的文集、专著，至今已出近20辑。洛特曼的著作极多，不仅有文学理论方面的，同时还有电影符号学、文化类型、俄国文学研究专著。在文学理论方面，《艺术文本结构》是他的代表作。此书"研究作为语言的艺术，艺术信息特点，文本和非文本结构间的相互关系，文本结构原则"，"力图揭示艺术结构的功能性，艺术形式的内容性"。洛特曼提出文学是现实的模式，是派生的、模式化的符号系统；艺术即语言，作品是用"特殊方式组织起来的语言"所作的报道的文本，并论述了艺术代码的多样性，艺术文本中的概念，文本概念，等等。他的理论在具体分析古典作家的诗歌文本结构中，有独到之处。

同时他在著作里又提出"语言所创造的世界模式，比在创造时深深地个性化了的信息模式具有普遍性"；"艺术语言把宇宙的最一般的范畴，加以模式化，这些具有最一般的世界内容的范畴，乃是具体的事物和现象存在的形式"；"语言不仅能使一定的世界结构模式化，而且能够使观察者的观点模式化"。① 洛特曼的这些观点，主要是把艺术语言功能绝对化了，结果和上述观点发生矛盾。所以他的理论出来后，曾引起过争论。有的持否定态度，认为他的理论没有说明什么问题，抱着不屑一顾的态度；有的认为他的理论矛盾不少，某些论述十分繁琐，以至到了令人厌烦的地步；有的人认为他对语言、作品结构的阐述中，理论上有创见；也有人认为他的理论是反传统的。洛特曼曾为此辩论说，他接受了雅柯布森、托马舍夫斯基、什克洛夫斯基、特尼亚诺夫、古柯夫斯基等人的理论，加以发展，把这些人置于传统之外，是不公正的。在这点上洛特曼是对的，他和他的追随者恢复了这一中断了很久的传统，这正是对苏联文学理论的丰富。洛特曼的理论开头恐怕主要借地理之利而偏安一隅，在塔尔图大学出版他和他的同伴们印数不多的著作，随着时间的推移，他的学派终于确立了下来。那些偏重于当代文学理论研究的学者，虽然并不十分同意他的学说，但也承认他的贡献。那些搞历史诗学的苏联学者，与洛特曼都有较好的关系，因为历史诗学研究，也常常要借助于结构分析。至于有的老学者公开说不能接受结构主义理论，这也是正常现象，并不妨害共处。但是洛特曼等人的著作，如上所说，在苏联印数甚少，不易获得。

学派是理论多元化结构的必然产物，所以学派的发展，后者是关键。苏联和我们一样，这方面都有深刻的经验教训，因此和苏联学者一谈起来，很快能说到一起。他们深刻地体会到单一的思维方式阻遏着人的创造。学术只能在探索、争论中发展。洛特曼的学说，尽管可以说它有矛盾、弱点，或可以不同意它，但不能说它是什么资产阶级学说。当然，对于理论中的多元化现象，有的苏联学者不无担心，同时认为随着多元化的出现，理论中的折衷主义也会随之发生：这也好，那也好，大家都好；这也对，那也对，大家都对。由于长期在单一思维方式中思考问题，出现这种心理状态也很自然。但处在当今社会环境不断变化、信息量大大增加的情况下，

---

① ［苏联］洛特曼：《艺术的文本结构》，莫斯科，艺术出版社1970年版，第26、27页。

必须重新审视过去，再保持单一平衡的思考方式，就会停步不前，以至落伍。

至于文学理论研究中的其他一些领域，如文艺心理学，凭印象来说，这方面的重大成果不多，还未出现超过维戈茨基的《艺术心理学》的著作。同时让人多少感到意外的是，在文学社会学方面，近几年虽然出了一些文集，但成果也不很突出。

（四）理论和文学创作的再评价

在文学理论方面，一些领域尚较平静，一些问题却很尖锐，这里都不同程度地涉及反思与再评价问题。

近二十多年来，什克洛夫斯基、特尼亚诺夫、艾亨鲍姆、托马什夫斯基等人的旧作不断再版发行。20世纪80年代初，还出了一本《苏联美学思想史论丛》，收录了形式主义者的一些代表作。巴赫金的旧作不断出版，库兹涅佐夫说，在最近几年内要出版他的全集。值得注意的是雅柯布森的一些著作近几年从英、法、德语译成俄文（有的原为俄文）陆续出版。出版意味着承认，即使是有条件的承认也罢。在基本理论问题的研究与历史诗学的研究方面，估计不会有什么大的动荡。

另一方面，是某些重大理论本身的再评价，这不能不先从文学本身的重新评价说起。近几年来的苏联社会生活的急剧变化，必然会产生对过去进行重新评价的问题，这不能不波及文学理论与创作。例如：什么是社会主义文学，什么是社会主义现实主义，这些问题再度在文学界尖锐化起来。

首先，在文学创作中出现了大量作品，它们在创作方法上并不与社会主义现实主义方法相符，它们却更接近于批判现实主义文学，其中不乏优秀之作。而被称作社会主义现实主义的作品，有的已有公论，如《静静的顿河》；有的过去受到好评，但现在看来，它们是些粉饰生活之作，谈不上艺术价值。

其次，当前不少刊物竞相刊载那些写于20世纪二三十年代或五

六 苏联文学理论走向

六十年代被禁止发表的作品,如扎米亚金的《我们》,帕斯捷尔纳克的《日瓦戈医生》,格罗斯曼的《生活与命运》,阿赫玛托娃的《安魂曲》,雷巴柯夫的《阿尔巴特大街的儿女》,等等。这里的再评价具有多重性,一是要评价过去对它们的错误评价;二是评价它们本身,它们的价值到底如何?要分辨它们究竟是高是低,能否经受住时间的考验?三就更为复杂些:这些作品写于过去,未能获得及时发表的机会,参与文学过程,今天刊登出来,开始发生作用,那么把它们放在什么位置?因为数量很大,一些苏联学者认为,这是颇费思量的事。

在重新评价的过程中,一些苏联学者指出,现在评论上述几类作品主要是一边倒,只许说好。二是在整个苏联文学中,一些人只肯定上述几类作品,对过去被肯定的作品,持否定性态度,走向又一个极端。有的学者认为,上述作品艺术价值到底如何,需要论证,需要科学说明,而不是采用先验主义的办法。

文学创作上的重大变化,不能不反映到理论上来,引起理论上的再评价与新的探索。从20世纪30年代开始,用社会主义现实主义统一起来,其后果,一是削足适履,使创作于20年代的许多作品,无法容纳到这个框架中去,甚至被视为敌视社会主义的作品,而被排除于苏联文学之外。二是作了"历史—具体地"规定后,使得真实地、历史地、但非"历史—具体地"艺术描写以及由此而形成的文学流派,均被排斥于这个定义的框架之外。这的确束缚住了艺术创作的自由,捆绑了不少人的手脚。作品写了出来,或不准发表,被束之高阁,或即使发表了,也被打了下去。三是一些与此原则不相符的优秀作品还是出来了,这使得理论家们无所措手足,不知如何概括它们。所以50年代对社会主义现实主义定义进行修改,势所必然,接着又有反复,个中详情,不得而知。接着是一些学者提出社会主义文学概念,以图使不少作品脱离定义的束缚,而获得承认。这一尝试有其成功之处,但是仍留下问题,例如社会主义文学含义到底包括哪些方面?对那些并不符合这些含义但又不失为优秀之作的作品又如何办?看来被禁作品的出版,俄侨、苏侨作品的出版,肯定会迫使理论作出再评价。

关于社会主义现实主义的问题,已争论多年,现又面临严峻的时刻。苏联学者的看法也是多种多样的。一种意见认为社会主义现实主义没有错,应予坚持。有的写了大量著作的老学者称:我是社会主义现实主义的信仰者,要继续宣传它。第二种意见是,提出社会主义现实主义本身无错,错在对它的理论上的阐述;作为一种创作方法,它的确有别于其他创作方法,需要在理论上进一步作出令人信服的阐述,并修改作协章程中的有关规定。要用新的观点来说明它,而不是把它当作棍子。第三种意见,认为社会主义现实主义过去有它的代表作,也即经典式的社会主义现实主义代表作。当代社会主义现实主义已进入危机阶段,再要恢复过来,需要经过一两代人之后,那时将发生社会主义现实主义的回归,但已不是简单的重复,而是在更高阶段上的回归了。那时将不再描写乌托邦,而是与理想真正一致的生活了。第四种意见,即社会主义现实主义开放体系论。这种理论对原定义作了新的解释,力图给它以新的活力,但是由于界限的弹性过大,有大现实主义之嫌,故此争议不少。最后一种观点,认为社会主义现实主义公式化、概念化严重,理论上的失误,危及创作。

看来,认识和理论上的分歧、矛盾显然存在着,一场大辩论正在酝酿之中,估计难以避免。确如一些苏联学者讲的,如果理论上解决得好一些,可以促进创作,如果无所建树,也可能阻碍创作。

如今苏联已经解体,苏联文学将成为历史过去,文学理论将会进一步陷入混乱,理论、文学的再评价,势所必然,事态如何发展?我们拭目以待。

(原文作于 1988 年 6 月,后有补充,刊于《文学评论》1988 年第 4 期)

七　文学理论中的"意识形态本性论"

　　从 20 世纪 50 年代中期开始，苏联文学理论发生了激剧的变化。教条主义、庸俗社会学不断受到清算，各种基本理论问题，如审美的本质，文学的对象和特性，诗学问题，现实主义，社会主义现实主义等理论问题，讨论、争论十分热烈。开始我们曾做过一些报道，但是到了 60 年代，由于众所周知的原因，我们对苏联文学理论日益隔膜。其后我们又经历了一个漫长的闭关锁国的混乱年代，直到 70 年代中期，发现苏联文学理论进展很大，出现了一批很有影响的理论专著、专集，如赫拉普钦科的《作家的创作个性和文学的发展》，苏奇柯夫的《现实主义的历史命运》，弗里特林杰尔的《马克思恩格斯和文学问题》，巴赫金的《文学和美学问题》（有的已有中译本，有的正在翻译出版中）；新的美学、美学史著作甚多；同时还有一批完成于 50—60 年代的大型的多卷本《俄国文学史》《苏联文学史》《俄国批评史》《俄国小说史》，以及大型的多卷本英、法、德等国别文学史。此外对于用不同研究方法写成的一些文学理论著作，现在也一改过去简单化的做法，积极介绍与出版。

　　在文学理论这类教科书方面，我们先就其发展情况做些极其简略的介绍。1934 年出版了季莫菲耶夫的《文学理论》，1940 年又出版了他的《文学理论基础》，1948 年《文学理论》再版（中译本为《文学原理》）；1959 年，季氏的《文学理论基础》再版发行。作者在前言中谈到，他的上述理论著作中的一些概念，曾在报刊上受到不少批评，这次作了订正，但由于不少术语尚未有确切的界说，所以问题的论述带有个人的特点，这一说明一直保留到 1976 年的第 5 版。此书从结构上看，与1948年版的《文学原理》相同，与一般《文艺学引论》同属一个体例。从研究方法上说，《文学理论基础》是从文学反映生活的角度出发的，它的理论核心是"形象"或"形象性"，即把"形象性"看成是文学的最本质特征。这一理论大致是对黑格尔关于形象的理论加以改造的结果。季氏提出，形象有广义和狭义之分，在文学中人们称反映生活的典型人物为形象，以有别于其他意识形态；认为形象是文艺反映生活的特有的形式。根据这种特殊的反映方式，艺术有其特殊的对象，即和人有着复杂关系的社会、自然等现象方面，现实的一切方面。艺术家的认识对象是现实，他的反映对象是与现实有着复杂和多方面关系的人。文学的对象既然是人，因此季氏认为，一，文学以描写具有不可重复的个性的人为己任，描写他的心理的多样性，他的社会、日常生活和自然环境，他的性格的形成与发展，他的语言特征，等等。在此基础上，季氏进而提出文学描写的个性化问题。二，因此也出现了文学描写的概括性问题。季氏认为，形象是具体的，同时也是概括的人类生活的图景，它借虚构之助而被创造出来，并具有审美意义。在1976年的《文学理论基础》版本中，这一定义与1948年版的《文学原理》关于形象的定义完全相同，并曾为库里亚耶夫撰写的1977年版的《文学理论》所采用。季氏提出，艺术性与形象性是相一致的，艺术地反映生活也就是形象地反映生活。照季氏看来，艺术性包括了概括的正确性，描写的生动性，人民性，在较早的版本里还包括了党性，这在理论上极易引起混乱。季氏把形象性作为论述文学本质的出发点，实际上只说明了问题的一个重要方面。艺术形象当然是文学的本质属性之一，但以它为出发点来阐明文学艺术的本质特性，可能会出现一些疏漏，因为在文学中，有相当部分的作品并不存在形象。1962—1965年，高尔基世界文学研究所研究人员撰写并出版了大型的3卷本《文学理论》，编委有阿勃拉莫维奇（他的《文艺学引论》1979年已出了第7版），盖依，叶尔米洛夫，库尔根尼亚恩和艾里斯别尔克。该书考虑到那时文学理论问题讨论中要求加强历史主义的研究，所以特别重视这点，以"基本问题的历史阐述"作了副标题。在编者前言中，本书提出了文学理论研究的

七 文学理论中的"意识形态本性论"

目的:一是全面分析文学的特性;二是阐明文学发展的规律性,认为在研究中必须采用理论的、历史的原则。在鲍列夫和艾里斯别尔克合写的第1卷的《序言》中,作者们进一步提出了该书写作的指导思想,即反映论,历史主义,文学理论与当代性、人民生活、艺术实践的紧密联系。此书第1卷讨论了"文学的艺术内容",其中除了一篇专文论述文学的对象与职能,绝大部分篇幅用于阐述"形象"的各个方面的问题。第2卷主要讨论"文学形式的内容性",分类和体裁问题。第3卷主要讨论文学的风格问题,作家创作个性和文学发展的规律性等。由于参加撰写的人员较多,所以此书实际上是一本在统一原则指导下的多人专题论集。后来本书的撰写人之一季莫菲耶夫在《简明文学百科全书》著文谈及这部著作时说,作者们力图用历史的观点来探讨一些理论范畴,"如果这部著作未能在精确的意义上成功地提供各种范畴的历史发展的详尽分析,那么无论如何它的作者们搜集了大量材料,使我们看到在文学史的发展过程中,它们的形式是多么丰富"。《文学理论》一书虽然在理论、概念范畴方面留下许多仍待进一步深入研究的问题,但是它提出了文学理论研究的构架和方法论,对后来的文学理论研究有一定影响。可以看到,上述两书都十分重视形象的地位和作用。《文学理论》把形象视为"艺术内容"的核心,这不失为一种研究方法,但是当此书从形象导致性格,把性格和环境的关系作为文学分类的方法之一,以概括文学创作中的规律性现象,其时这种分类原则就显得狭窄了。赫拉普钦科谈到这种分类原则时认为,"只有当问题涉及现实主义文学的时候,这些考察才是令人感兴趣的,有价值的。当问题涉及到非现实主义的时候,《文学理论》一书作者们的见解和结论就变得更加主观和武断了"[1]。因为在非现实主义流派中,作家们并未将再现典型环境作为自己创作的目的,所以要在他们的作品中寻找典型环境是十分困难的。鉴于季莫菲耶夫的《文学原理》已有译本,3卷本的《文学理论》篇幅又极大,我们选译了

---

[1] [苏联]赫拉普钦科:《作家的创作个性和文学的发展》,满涛等译,上海人民出版社1977年版,第310页。

一部出版于70年代末的波斯彼洛夫的《文学原理》以介绍给我国读者。此书理论上自成体系，颇有特色。如果对照美国韦勒克和沃伦合著的《文学理论》，读者就可以看到不同国家的不同文学观念，不同的理论体系和方法论，同时也可窥见国外文艺理论这门学科目前发展水平之一斑。

格纳其·尼古拉耶维奇·波斯彼洛夫，1925年毕业于莫斯科大学，1929年于该校研究生院毕业。1930年为莫斯科大学副教授。后曾在文学研究院、哲学研究院执教，1938年为莫斯科大学教授，后曾长期领导该校俄罗斯语文系文艺理论教研室工作。20年代后期，波斯彼洛夫曾依附过以彼列维尔泽夫为代表的文学理论中的庸俗社会学派。20年代末这一学派开始受到批判。30年代波斯彼洛夫努力清除自己所受影响，并于后来几十年内，从社会意识形态的方法论角度，着力建立自己的文学理论体系。由于其理论阐发比较严密，观点上自成一家，方向鲜明，方法论上前后比较一贯，他的学生根据上述条件，认为在苏联文学理论科学中形成了"波斯彼洛夫学派"[①]。波斯彼洛夫的著作甚为丰富。1940年出版了《文学理论》；1945年通过博士论文《18—19世纪俄国文学中的问题》；1953年出版《果戈理的创作》；1960年出版了美学著作《论艺术本性》；1962年出版《19世纪俄国文学史》第2卷第1部（40—60年代）；1965年出版《审美和艺术》；1970—1976年，波斯彼洛夫出版了好几部专著，有《文学风格问题》，《文学的历史发展问题》，《艺术言语》，《抒情诗》等。1976—1978年，他主编并参与写作的《文艺学引论》和他个人撰写的《文学原理》陆续出版，1983年又出版《方法论和诗学问题》等。可以这样说，其中《文艺学引论》和《文学原理》两书，是作者的文学理论观点和方法论的一个全面阐明。尽管我们对他的论点不必一一赞同，但作为苏联的一个重要文学理论派别，却是值得介绍的。

波斯彼洛夫作为美学家也许我国读者并不陌生，他的《审美与艺术》前几年已译成中文出版（即《论美和艺术》）。他的美学思

[①] 见《文学思潮和风格》，莫斯科大学出版社1978年版，第3页。

七 文学理论中的"意识形态本性论"

想，虽然引起了争论，但其某些基本论点贯穿于他的文学理论著作之中，从而把美学理论和文学理论结合了起来，加强了文学理论阐述的深度。

本书《绪论》部分，首先阐述了对作为艺术门类之一的文学进行理论研究的指导思想和历史的、具体的方法论。作者从历史分析入手，指出18世纪以前的文艺科学仅仅探讨了文学的特征问题，而文学发展的规律性，只是在社会科学中出现了历史观点之后，才被提到研究的日程之上。但是由于缺乏科学的思想指导，文学的规律性仍然未能得到充分揭示，例如在赫尔德与黑格尔以及后来的文化史派丹纳的著作里就是如此。辩证唯物主义与历史唯物主义的产生，为建立文艺学的科学方法打下了基础。波斯彼洛夫认为，文学研究的对象，是语言的艺术创作，所以是一门社会科学，其任务在于研究文学作为一种意识形态的特点问题，以期建立完整的普遍概念体系。同时研究文学的科学又是一门历史科学，其任务在于阐明文学的历史发展的规律性，并建立理论体系。文学的特征和文学的历史发展的规律性，是文学理论两个基本方面，前者的阐明，可以促进后者的研究，而后者的深入，也可推动前者的解决。他说："只有把文学创作，特别是语言艺术创作，置于它的发展过程中加以考察，才能显示它与民族社会生活的其他方面和各种活动的有规律的联系，才能看出它在社会生活的一切其他方面中的特殊地位和作用，才能表现出本身的相对稳定的特征"；"不了解艺术发展的规律性，就不可能客观而正确地解决艺术的特征问题"；"另一方面，客观而正确地认识艺术特征本身，又包含了更具体地解决艺术发展史的实际可能性。"这对高尔基世界文学研究所的《文学理论》提出的文艺理论研究的任务和框架，从理论上作了进一步发挥。

《文学原理》的第一部主要阐述了文学艺术的特征，它的核心思想就是"意识形态本性论"，作者把这一理论贯穿于他关于文学特征的认识之中。

第一，作者坚持文学的"内在形式论"。所谓"内在形式论"，即认为生物界、人类社会存在，都具有自己独特的发展形式，有规律地从一个阶段发展到另一个阶段。意识形态的发展同样如此,它具有各种形式,也都具有各自特定的内容。艺术本身在其发展过程中,同样逐渐形成各种形式,如绘画,雕塑,音乐,文学等。作者说,从形式这一词的哲学意义上说,形式也就是内容,但这是指合乎规律产生的内容存在的种类和它的历史发展阶段而言。正是在这一意义上,作者引用黑格尔的话:"形式就是内容,并且按照其发展的规定性来说,形式就是现象的规律。"① 在每一个个别的生活现象里,"发展的形式"就是这种现象的有规律的内部组成原则,应用于艺术作品,常常被称为"内在形式"。作者认为,从这一观点出发,就可以理解黑格尔所说的内容和形式可以相互转化的道理:"内容非它,即形式之转化为内容;形式非它,即内容之转化为形式。"② 文学艺术是人类社会意识发展中的一种高级形式,是社会意识在其历史形成的某一阶段上,合乎规律地转化出来的一种特殊形式,是社会意识的一种"内在形式";同时这种特殊形式也是所有单个作品的"内在形式",故而是它们的共同规律。

第二,《文学原理》作者把文学艺术看成是一种认识生活的形式,其内容包括下列几点。一,认为文学艺术的对象,是人类生活的社会历史特征;承认文学艺术有其特殊的认识对象,也就是承认文学艺术有其自身的认识意义。同时文学作品总是描绘某种个性或个别事物的,艺术家所关心的是描绘出那些富于个性的人的生活以及他们之间的相互关系。而个性特征作为一种符合规律的语言艺术的独特的"内在形式",对于单个作品来说,则是它们的"规律"。二,凡是体现了生活特征的个别事物,凡是有特征的东西,只能通过形象而得以体现,而组成作品的"外在形式"。但是作者反对把形象作为文学艺术的根本特征。1962年,他在《不这样进行辩论》一文中认为:"一些人把艺术的特性归结为形象性,这种观点是陈旧的。"③ 在《论艺术

---

① [德] 黑格尔:《小逻辑》,贺麟译,商务印书馆1980年版,第78页。
② [德] 黑格尔:《小逻辑》,贺麟译,商务印书馆1980年版,第78页。
③ 见苏联《文学报》,1962年6月12日。

七 文学理论中的"意识形态本性论"

本性》一书中,他认为不仅艺术中有形象,其他科学中也存在形象,所以要进行分辨。在《文艺学引论》中,这一问题阐述得较为详细,并指出了各种形象的性质,艺术形象则是创造性的想象的产物,是表现作品内容的独立手段和具有感情性的特征。三,语言艺术的个性特征,源于生活,反映社会历史本质的特征。艺术借用生活的普遍规律,以生活本身的形式再现生活,但它不满足于这点,它抓住最富特征的现象,创造形象和新的个性,使之提升到典型化高度。

第三,从"意识形态本性论"的角度解释了艺术的起源。作者认为社会意识开始是一种混合性的意识,是原始人的神话、巫术意识,这时期出现的艺术,称为"前艺术"。作者指出,原始人的思维的基本特征是,"将自然现象的类的属性加以灵性化和夸张,即对自然现象从感情上加以夸张和典型化,但不具思想倾向性"。那么"前艺术"是如何过渡到现代艺术的呢?作者认为,一是对生活的描写贯穿了感情、思想的评价和社会倾向;二是抛弃了混合性的神话题材,把艺术描写的中心,指向人类社会历史生活的矛盾;三是创作活动有了自觉性的特点;四是阶级、国家开始形成,从而赋予了感情、思想以倾向性,同时也就赋予了现代艺术以灵魂,使之成为真正意义上的社会意识形态。

第四,各种意识形态形成的方式是不同的。一方面,抽象思维内容形成政治、法律等意识形态;另一方面,意识形态也产生于日常生活之中。作者就杜勃罗留波夫提出的艺术家的抽象思维的世界观和"具体感受的世界观"(对世界的具体感受)的论述做了发挥,艺术创作一般总是从具体的生活感受出发的,"具体感受的世界观"产生于艺术家对生活的兴趣和深切的关注之中,并从中形成艺术形象的内容,作者十分强调这一观点。

波斯彼洛夫不同意苏联美学中的"社会论派"把艺术的特性视为审美,而从"意识形态本性论"的观点来阐述文学艺术的根本特性,也自有其独特之处。一方面,文学艺术是一种社会意识形态,忽视这点或否认这点,就很难说清楚它的根本特性,就可能导致对文学艺术不正确的理解,错误地对待文艺的社会作用。"社会论派"认为这种理论是"久已声名狼藉的'内在形式论'",但这一指责似乎是情多于理,论据不足。在这一点上,倒正好显示了"社会论派"美学思想的缺点,即忽视艺术的认识作用的一面。同时,西欧的文艺学一般说来与社会意识形态的理论是格格不入的,它往往只见艺术形式方面的因素,例如形式主义学派,完全抛开了艺术的内容。20世纪20年代的苏联文学理论中的形式主义派别的言论是很有代表性的。有人说:诗歌是美的形式的建筑物,"要是从属于艺术平衡法则的建筑物已经站稳,那么建筑师的心理,他个人的感受与我们有何相干"?有的人说:"新的形式并不是为了表现新的内容,而是为了代替失去了艺术性的旧形式。"① 由形式主义而后转向结构主义的雅柯布森,甚至把文学研究视为语言学的组成部分。近几年来,在我国文学理论中、美学中出现的争论,不少问题是同承认不承认文学的意识形态本性有关。一些文章离开了这一原理来谈艺术的本性,这就导致它们的论述中出现偏颇与谬误。波斯彼洛夫把文学艺术归结为"认识生活的一种形式",并论述了这种生活形式的特性,正确地指出了美的源泉的客观性。不过另一方面,《文学原理》对文学的审美特性的论述,使人感到极为不足。文学艺术固然是一种意识形态,但我以为这是一种审美的意识形态;文学艺术不仅是认识,而且也表现人们的感情、思想;审美的本性才是文学的根本特性,缺乏这种审美的本性,也就不足以言文学艺术。看来文学艺术的本性是两重性的。"社会论派"的理论强调了审美认识中的主观因素,提高了人们对美学的兴趣。因此更为完满地阐明文学这一意识形态的特性,还需要加强对它的审美本性的深入探讨。

在文学的起源问题上,也有类似的问题。作者指出了原始人思维的混合性特征,后来从这种思维中分离出艺术思维。进入阶级社会后,由于感情、思想的倾向性的出现,使文学艺术转化为一种社会意识形态的观点,是令人信服的。但是这里不是在说明文学艺术的起源

---

① 参见[苏联]伊凡诺夫《苏联文学(1917—1932)思想一致的形成》,俄文版1960年,第104、105页。

问题，而只是揭示了文学艺术的性质发生变化、转折问题。文学艺术的起源还是要追溯到原始人那里去，需要进一步阐明原始人混合思维中的艺术思维的萌芽，审美感觉的萌发及其变化。又如波斯彼洛夫反对把形象性看成是文学艺术的最根本的特性，并把这种观点说成是"陈旧的"，看来这是针对季莫菲耶夫的《文学理论基础》而发的。在1959年的《文学理论基础》中，季莫菲耶夫指出在西方的文艺理论中，是不谈文学的形象问题的，即使谈形象（意象）也是在另一种意义上说的。在此书的1966年版本中，季氏说到在苏联也有人反对把形象作为文学的本质特征，这里指的正是波斯彼洛夫。在我看来，对文学形象的特征作形式主义的解释自然必须辨明，不过把文学的形象特征作为理解文学本质特征的根本出发点，同样值得商榷。但季莫菲耶夫的批评也有部分道理，形象确实又是文学艺术的根本特征，当然只是本质特征之一，所以这一特性还应放到适当的位置加以探讨。

《文学原理》的第2部阐述了文学发展的独特的历史规律性问题。这部分的理论核心是流派与思潮；通过"激情"的理论，提出了对作品内容进行分类的原则；艺术反映的各种原则问题；体裁分类原则，等等。

波斯彼洛夫在40年代提出过"文学流派"是研究文学发展的中心环节的思想。在《文学原理》中作者认为，"每一种民族文学的历史发展，就是不同的文学流派的产生、影响、更替的过程。在这些流派的作品中，不同程度地体现出相应的艺术体系，这些流派还常常创立相应的创作纲领，作为文学思潮的出现"。那么文学流派是如何形成的呢？作者指出，文学流派是一个具有一致的具体感受的世界观的作家群；这种对世界具体感受的一致性，形成了这些作家创作中的主题、激情、方法、风格、思潮的大体相似的历史性特征。波斯彼洛夫认为，从希腊的古典文学开始，就出现了文学流派，在后来的罗马文学，中世纪文学，前人文主义时期即12—13世纪文学，人文主义文学中都出现过文学流派。所谓文学思潮，则是某一个国家和时代的一些作家群，在某种创作纲领的基础上联合起来，并以它的原则为自己创作的指导方针时产生的。这种思想、艺术上的共性，把一定时期的不同作家群团结于一致的纲领原则之下。文学思潮的创作纲领，不仅包括文学手法和艺术技巧，而且也包括创作的内容原则，后者往往还是起着首位作用的。按照上述观点，《文学原理》作者认为17世纪的法国古典主义才是文学史上的第一个文学思潮。这是一种统一在共同纲领基础上的、联合了不同流派作家的一种思潮。所以是流派赋予思潮以生命，流派是文学发展中最活跃的因素。波斯彼洛夫提出，一般文学史家把启蒙运动作为文学本身发展的特征阶段的论述，是缺乏根据的，他认为启蒙主义不是一种独立的世界观。例如伏尔泰、罗梭、雪莱都是启蒙主义者，但在创作思潮上，伏尔泰属古典主义，罗梭属感伤主义，雪莱属浪漫主义。

　　至于现实主义，作者认为它不同于浪漫主义和感伤主义，后两者是创作激情的特点，前者则是指"艺术地反映生活的原则"。"在创作中再现人物性格的社会历史具体性和它们的内在规律性，这便是语言作品的现实主义"。作者认为，19世纪的现实主义，就是以作家具体感受的世界观的历史主义为基础的，正是由于历史主义，才使现实主义能够占有主导倾向。波斯彼洛夫关于文学流派、思潮的论述，是颇有特色的。文学的发展大体上表现为文学流派的发展，思潮的演变，而其中流派的更迭是最基本的现象。不过我以为这种更迭不能从严格的意义上去理解，因为这既可以是一个流派、思潮更替另一个流派、思潮，也可以是同一流派或思潮不断革故鼎新的更迭，甚至不同流派呈现出平行与交叉的局面。在文学的发展中，作家个人的作用自然是很重要的，不过要是不放到流派、思潮中加以观察，不研究他对其他作家的影响，那他往往是文学天幕上的孤星。所以《文学原理》的作者反对用作家的文学传记法来代替文学发展的规律性探索，是很有见地的。文学研究中的传记学派缺乏整体观、历史观，提供的某些东西相互之间往往缺少联系，或是只是一些趣闻逸事。至于该书作者把现实主义限制于反映原则的范围，与感伤主义、浪漫主义比较，不具激情特征，是大可商榷的，我们在后面还将谈及这点。

　　《文学原理》介绍了苏联1957年关于现实主义讨论中有两个收获：一是批评了把一部文学史看成是现实主义和反现实主义斗争的简

单化公式；二是提出了要对文学发展中的各个阶段的各种创作方法，确立历史主义的研究态度；同时又引出了反映生活的非现实主义原则研究的讨论。这实际上就是要求对反映现实的原则，进行分类研究，一类是现实主义的反映原则，一类则是带有"规范化"色彩的非现实主义原则。在人们屈服于宗教、神话观念的时代过去之后，在社会意识里还普遍存在着带有抽象的公民道德和乌托邦理想，它们往往使其信奉者在作品中把艺术描写"规范化"，即其人物不是按照现实、历史条件和特征行动，而是就作者主观愿望行事。波斯彼洛夫认为，如果作家主观愿望的抽象性愈大，而它们又充满激情，那么这种"规范化"的程度就愈高。这种现象在古希腊、中世纪文学、人文主义文学、古典主义、感伤主义、浪漫主义文学中都是存在的。但是由于其思想、题材的深刻性，形式和内容结合的完美性，所以仍然不失其重大的艺术价值。在19世纪的现实主义文学中，一面形成了历史主义原则，一面仍存在抽象的理想。于是一面出现了深刻的现实主义人物性格，一面又存在"规范化"的特色的人物，或在同一人物身上两种特征兼而有之。这一创作原则的分类，无疑加深了人们对非现实主义原则特征的认识。

关于恩格斯提出的现实主义定义，本书作者提供了俄文译文及其理解的演变过程。恩格斯的定义在1932年的俄译是"……现实主义除了指细节的真实性之外，就是指传达典型环境中典型性格的正确性"。这一译法一直保留到1938年。在1940年的俄文版马恩文集中就改成了"……再现……真实性"，并一直沿用至今。本书作者认为，第一种译法比较符合原意：恩格斯在这封用英文写成的信中使用的是"truth"，要求性格符合环境，用以表现反映生活的长处，所以波斯彼洛夫认为译作"正确性"较为贴切；而"真实性"一词，作者认为含有某种道德的涵义，可以用以表示文艺作品感情思想倾向表现方面的优点。如果把现实主义确定为再现性格的"真实性"，则可能发生概念上的混淆，因为从反映生活的原则来说，即使是非现实主义的作品，它们的倾向性也可能是历史的、真实的。这种分析，可备一说，但完全排斥了非现实主义。

该书在探讨文学作品思想发展的规律性时提出的"激情"理论，是颇有见地的。作者用"激情"研究了文学发展中形成的作品内容的类型。在1972年的《文学的历史发展问题》一书中，作者对激情就作过详细的探讨。1976年，作者把它引入了《文艺学引论》。他说：对被描写的、为客观的民族意义所产生的性格"深刻的历史真实的理解和评价，就是作家的创作思想及其作品的激情"。激情是作家对他所描写的生活特征的理解而产生的一种振奋的精神，是活跃在人心中的、使人的心情受到深刻感动的力量，是作家对生活的肯定和否定的认识。激情为作家的理想所渗透，如果作家对生活缺乏深刻的感受，则对生活的评价就不能上升到激情的高度。由于作家对生活的感受和认识不同，所以便形成了不同种类的激情，如崇高，悲剧性，英雄精神，喜剧性，浪漫主义，感伤主义，幽默和讽刺等。这种对作品内容所作的分类，在理论上是有所丰富的，它使人们了解到作品思想内容的性质、特征及其形成的原因。但是如前所说，当作者把感伤主义、浪漫主义看作激情，把现实主义仅视为"艺术地反映生活的原则"时，就值得讨论了。事实上，现实主义固然是反映生活的原则，但在我看来，它也是一种激情的表现。例如有的作家从浪漫主义转向现实主义，并不说明他的激情消失了，而只是改变了其性质。这时他的激情也不一定是崇高、悲剧性、英雄主义等，还可以是什么别的种类，甚至是混合性的东西，这是值得进一步探讨的。

在文学体裁一章中，作者对流行的体裁分析提出异议，反对从作品的主题、题材、结构的角度划分体裁。例如他认为不能把长篇小说分成历史的和现代的，或是政治的和哲学的。历史、现代属主题范围，政治、哲学则属题材范围，但是把它们笼统地划在一起的分法甚为普通。所以波斯彼洛夫指出，"体裁乃是一种在不同的时代，在各种不同的民族文学发展的过程中，在各种各样的流派和思潮中，历史地、不断重复的现象。体裁不是一种历史的具体现象，而是一种类型学上的现象"。作者提出作品的形式固然有其自身的特点，但它随着作品的思想内容的具体特点的变化而变化。"形式表现了内容的特点，同时它本身又是建立在内容特点的基础上的。"由此看到，作者强调体裁分类必须以作品不同的思想内容为依据。这个观点导致他在本书中对不少世界著名的文学作品的体裁作了新的划分。特别是在叙事文学中，他列入了"神话体裁"，"民族历史体裁"，"风俗描写体裁"，"长篇小说性体裁"（指以刻画性格为主的长篇）等。例如托尔斯泰的《家庭幸福》，从篇幅来说是"中等的"，一般称"中篇"，但从内容来说应属"长篇小说"，同于《安娜·卡列尼娜》。契诃夫的《三年》和《我的一生》，从篇幅看都不大，但从内容来说却属长篇小说一类。《铁流》从篇幅着眼，是个中篇，但从内容看却是"民族历史性"的作品，等等。有的苏联学者认为这种类型研究使体裁的分类更确切了。的确这种体裁分类自有其特色，不过是否完全科学，形式起不起作用，还是值得研究的。波斯彼洛夫在这里实际上使用了"共同思想原则"对体裁作了分类，当他根据这种分类原则对19世纪俄国文学中的现实主义流派进行类型分析时，就曾遇到过异议和反驳。在《19世纪俄国文学史》第2卷第1部中，作者对19世纪40—60年代的俄国作家进行了分类。结果出现了"贵族革命的流派"，"革命民主主义作家"，"不彻底的自发的民主主义作家"，"贵族自由主义流派"，"资产阶级自由主义流派"，"贵族或民主主义的宗法制流派"，等等。赫拉普钦科曾经指出，这是"把创作和世界观等量齐观"[①]的表现。

关于风格问题，波斯彼洛夫不同意一些学者把风格笼统地视为作家作品的独特性，即表现于内容和形式中的统一的特征，而认为风格是艺术作品的富有表现力的形象的形式的特点，"是形象形式在其具体内容的结构细节和语言细节的直接美感的统一中表现出来的特点"，风格"表示形式美感的具体性"。同时有才能的作家，往往有自己的艺术体系，并且由于其艺术体系的复杂性，因此一个作家的风格，也往往是多种多样的。

20世纪50年代的苏联文学理论中，对以往的资产阶级文艺学派

---

① [苏联]赫拉普钦科：《作家的创作个性和文学的发展》，满涛等译，上海人民出版社1977年版，第308页。

一般很少提及，即使有所涉及，也是采取绝对否定的态度，而对本国的文学理论家则推崇备至，溢美之词甚多。在波斯彼洛夫的《文艺学引论》中，我们见到作者比较客观地评价了文化史派，比较文学派，形式主义派，结构主义派等文学研究流派，认为这些流派并不是完全毫无意义的现象，它们所持的方法论固然往往是错误的，但在具体研究过程中，也提供了不少有趣的东西，它们的部分理论概括，丰富了文艺科学。在《文学原理》中，作者更为详细地分析了文化史派、神话学派、人种志学派、形式主义派别的代表人物的功过。而且颇具特色的是，作者对别林斯基、车尔尼雪夫斯基等人的理论分析，大体上也是实事求是的；对于苏联文学理论中的庸俗社会学——抽象的阶级分析法的根源的挖掘，对它的内容与发展的评述，也是令人信服的。

当然，无论是欧美的文学理论，还是苏联的文学理论，都有一个共同缺点，即对东方民族的文学理论的历史发展和文学作品，都很陌生，在书中一般全无论述和引证。这和作者们对东方文学缺乏了解有关。波斯彼洛夫的《文学原理》在这方面也未能例外。

（原文作于1984年夏，后有修改，刊于《文学评论》1984年第4期）

八 "认识论美学"思想体系

蔡仪同志主编的《美学原理》问世之前，我国美学家就已撰写出了几本同类著作，其中影响较大的有王朝闻同志主编的《美学概论》，杨辛、甘霖两同志的《美学原理》。作为一个美学爱好者，我都阅读过它们，从中获得不少教益。例如《美学概论》中关于审美意识的论述，在20世纪80年代初读来，曾给我以启发；而杨辛、甘霖的《美学原理》，结合中外艺术史实，特别是对我国古代美学思想的论述，深入浅出，也给了我不少知识。这两部美学著作写法不一，各有长处。但也有使人感到不满足的地方，如《美学概论》一些章节写得像《艺术概论》，而《美学原理》就完整、系统而言，留给人的印象还不够强烈。此外还有《美学基本原理》和《美学十讲》也各有自己特色。

读了蔡仪同志主编的《美学原理》，我的印象是：它比较全面地阐发了主编者的美学思想，在理论的严密性方面和体系的完整性方面，都是相当突出的。从过去我国有关美学问题的争论来看，我想美学界可能不一定都同意本书的某些观点，但是，恐怕不能不承认这是一部具有独特的美学体系的著作。

近几年来，我国翻译出版了不少当代外国美学著作，有东德科赫的《马克思主义和美学》，日本今道有信的《关于美》，美国托马斯·门罗的《走向科学的美学》，苏珊·朗格的《艺术问题》，苏联波斯彼洛夫的《论美和艺术》，斯托洛维奇的《审美价值的本质》，叶果洛夫的《美学问题》，等等。其中大部分是专题著作和专题论集，也有通俗读物。这些书虽然各有特点，但以独立的体系性来要求，则显得参差不齐。当然，尚未译介过来的外国美学著作甚多，其中苏联鲍列夫的一本《美学》，很有体系特色，不过它偏重于美学研究的方法论，据闻早已译就，即将出版。如果将蔡仪同志主编的《美学原理》列入当今国际美学著作的行列，我想决不会比外国的美学著作逊色，它将会以它独特的理论与体系，在国际美学界占有一席地位。

（一）方法论和体系

首先，我想谈一下这本书（以下简称《原理》）的方法论和体系问题。

任何美学流派都有自己探讨问题的出发点，都有自己的特有的方法论。蔡仪同志自40年代的《新美学》问世以后，一直坚持着他的《新美学》的出发点和方法论，这就是唯物主义的观点和方法。那时《新美学》的作者认为，旧美学已走向穷途末路，思辨哲学的美学也再难以起死还魂，心理学的美学、艺术学的美学也未发现新的出路，而苏联美学也未提供什么新东西。正是在这种情况下，据蔡仪同志自己说："我就根据自己初浅的认识，试用唯物主义观点考察美学的基本理论问题，得到了一些初步的理解，形成了一些大体一致的观点，这是过去美学史上所没有的。并且私自认为美学若要成为科学的美学，必然要走唯物主义的道路。"[①] 蔡仪同志是在掌握了大量美学史资料，考察了众多的美学流派的演变，研究了当时美学发展的现状，通过马克思主义的分析而得出这一结论的。他继承了唯物主义美学的传统。据我所知，他对狄德罗等唯物主义美学家充满了崇敬之情；但与此同时，他在学习马克思主义的基础上，指出了旧的唯物主义美学的缺点，并对它进行了改造，提出了自己的"新美学"的构架。40年代中期以后，他认为马克思主义解决美学的基本观点，不是"实践精神"、"实践观点"，不是"自然的人化"、"人的对象化"，并进一步肯定是唯物主义，即由物质到思维，由自然界到精神的认识论观点。

---

① 见蔡仪《〈新美学〉改写本·序》第1卷，中国社会科学出版社1985年版。

八 "认识论美学"思想体系

蔡仪同志认为,美学是对美的认识问题,所以要把美学置于哲学基础之上。研究美学的基本方法,就是如何去把握美的本质问题。在《美学原理》中,他提出"美的本质决定着美的现象,透过美的现象才能把握住美的本质,对美的现象的看法不同,自然也就影响到对美的本质的把握"。"认为美的现象属于客观事物,便主张由客观现实去把握美的本质;反之,认为美的现象属于主观精神,便要求从主观感受去把握美的本质。"① 蔡仪同志认为,唯物主义美学坚持美在于物而不在于心,坚持美在于客观事物的看法。

在这一指导思想的基础上,蔡仪同志提出了美的研究的范围:这就是现实美、美感和艺术美有关的领域。他认为首先要承认现实存在美,研究现实美,即自然美与社会美。现实美与人发生关系,形成美感,所以现实美是美感的基础,美感是人对美的认识。艺术美则是现实美的反映和表现,它源于现实。他指出:"美学研究的正确方法应当首先从现实事物去考察,从把握现实的本质入手来探讨美感和艺术美的本质,以及它们之间的关系,并进而研究美学的其他问题。"② 蔡仪同志这一研究美学的基本观点,形成于40年代,至今已有40余年历史。应该说,它一开始就是以"新美学"的面貌出现的,在我国近代美学史上是有创新意义的,在批评唯心主义美学思想方面也是有它的功绩的。不过新中国成立后不久,就有文章批评他的美学思想"实际是折衷德国唯心论各派美学的产物,从古典唯心论者到近代唯心论者"。这一评价,使蔡仪同志深感意外,他说"确是做梦也没有想到过的"。其实,那时中国美学界真正了解德国各派美学思想的人,可说寥寥无几。当时外行人看来批评好像击中了要害,但在内行人看来,批评的对象首先就错了。其后,蔡仪同志美学思想随着政治运动的需要,一会儿被称为唯心主义美学,一会儿又成了机械唯物主义美学。1959年我刚到文学所,正值充满神秘而又肃杀气氛的"反右倾机会主义运动"展开不久。组织领导动员我们年轻人揭发批判蔡仪同

---

① 蔡仪主编:《美学原理》,湖南人民出版社1985年版,第7—8页。
② 蔡仪主编:《美学原理》,湖南人民出版社1985年版,第6页。

志著作中的右倾思想。结果我自然没有说出个所以然来，但倒让我开始接触了蔡仪同志的著作，觉得他的文章逻辑严密，说理充分，有很强的理论性，并引起我对文学理论的浓厚兴趣。后来到"文化大革命"，蔡仪同志的美学思想，自然又与"三反分子"挂上了钩；在下放干校期间，他当了几年名副其实的火头军。70年代中期开始，蔡仪同志继续深入他的美学研究，并且培养了一批中青年美学研究工作者。经过40多年的磨炼，蔡仪同志的美学思想变得更为完整、更有系统性，并在《美学原理》一书中，发扬光大，形成了一个蔡仪的美学学派。

蔡仪同志的美学学派的思想体系，首先就是认为美是一种客观现象。"自然美的客观性在于自然事物本身的属性，社会美的客观性在于决定社会生活性质的社会性"[1]。那么美是什么？美实际上就是要求回答决定美的事物的本质是什么，这就是"美的规律"。美的规律是现实事物本身的属性，所以它同样具有客观性；它揭示出美的事物的本质和现象的两个方面："内在的普遍性、必然性和外部的具体性、偶然性"，它的集中表现就是典型规律。"按照美的规律的创造，就是典型的创造，主要是艺术美的创造。"与现实美有关的这一单元中，我觉得关于自然美、现象美、种类美、个体美、美的规律的论述，很有特色。自然美是不是客观的？美学界的回答一向是不同的。有的认为自然美是主客观的合一，有的认为自然美有客观性、社会性，这是为人的劳动实践所决定的。在我看来，用劳动实践、生产的观点来看待自然美的客观性特征，是可以商榷的。例如公园中的形状奇特的假山，是人的劳动实践的结果，而自然界的奇峰险岭，浩瀚无垠的星空，它们显示的美，就很难说与人的劳动实践的把握有关。如果认为两者都是劳动生产的把握，那么在人工的假山和奇峰、星空之间，就没有什么区别了。劳动实践可以创造壮美的奇观，如巨型水力发电站，但是劳动实践并不都带来美，而且很可能带来灾难性的破坏，因此美未必都和劳动实践有关，而破坏性的劳动实践，自然不可能产生

---

[1] 蔡仪主编：《美学原理》，湖南人民出版社1985年版，第26页。

美。这样看来,劳动实践的规律和美的规律是不一样的。关于社会美,《原理》主要论及的是一些社会精神现象,至于社会本身存在的美,似还可作进一步的探索。

蔡仪同志把美感认识与美分离开来,认为美感就是对美的认识。他不同意把美感当作美,用美感规定美,从而反对主客观不分,美论中的物我同一。《原理》有关美感论的几章,我个人以为写得极有特色。美感"不是一般的认识现象和心理现象,而是一种特殊的认识作用和心理现象"①,是一种关于美的认识的特殊心理现象,这就是形象思维。形象思维利用概念的具象性,揭示具象概念的相互关系,形成创作心理状态,这是感性的,又是抽象的。这种特殊的心理活动对感性材料的改造,就表现为意象。蔡仪同志是较早运用古代文论中的意象的概念,来阐述形象思维的特征的。在他看来,形象思维就是创作意象的过程,而意象必须进一步发展,从而使自身进一步典型化。在此基础上,蔡仪同志进而提出了"美的观念"。

"美的观念"是美感论中的中心概念,它的主要意思是"美感反映客观的美,并不像照镜子照物般的那样简单直接,而是要通过美的观念的中介。惟有承认这个中介的作用,才能真正理解美感的奥秘"。当人们面向创作与欣赏对象,其时他产生的愉悦的美感,来自主客观两个方面,一为客观的美的事物,一为主观方面的能与客观事物相符合的某种观念。"美的观念既经形成,就成为一种能动的主观因素,它活跃着、寻觅着,渴望得到满足,而满足就是同一定的客观对象相符合"②于是客观的美与主观的美的观念相结合,产生不同的美感形态的种类。在美感的主要表现中,《原理》分析了美的观念的复杂性,它的突发性,"一见倾心"的压缩过程,相对的持续性,等等。"美的观念"的思想的阐明,是相当深刻的,它使美感如何反映客观美的过程,得到了理论上的说明。一些美学家曾提出过"美的观念",并赋予它以不同的内容和对它进行了不同的解释。蔡仪同志则给予它以

---

① 蔡仪主编:《美学原理》,湖南人民出版社1985年版,第128页。
② 蔡仪主编:《美学原理》,湖南人民出版社1985年版,第145页。

独特的回答而自成一说。

关于美感的情绪活动与美感形态的论述也是如此。《原理》认为，认识与感情活动有别，但不可分割；指出在美的欣赏中，感情活动十分突出，以致给人以错觉，它是美感的唯一因素、主导因素；认为"有的学者在艺术性美感问题上，把感情因素强调到不恰当的高度，乃至把它规定为美感的主要内容和艺术欣赏的本质。这往往是同上述错觉有关"①。因此《原理》认为必须把美感的感情问题置于美的认识的前提下来讨论。在美的认识活动中，客观的美是其对象，在美感中，它则作为客观内容而存在；至于感情，则是主体对认识客观所发生的反应，属于人的主观意识，两者不能替代。所以美的感情决定于美的认识，受到美的认识的对象所制约。美感中出现的感情，必须面对美的事物，它伴随美的事物的认识活动而产生，因为感情本身不能直接地反映对象的存在和特征。同时由于美的对象和美的认识的复杂性，所以美感中的感情活动也极为多样。作者进而讨论了美感中的感受和感动的特点，指出感受主要来自美的现象的鲜明的形象性，那种感性的特征引起美感的快适，当"这种鲜明的形象能够充分表现本质，这样形成的典型因合乎美的观念而能得到理智的满足，于是产生全身心的愉快而强烈激动"，即情绪的感动；并且阐述了感受、感动的相互协调与不一致的情况，以及在什么情况下何者占有优势，从而影响主要的美感效果等。我以为这部分的论述，也是本书中论述得较好的部分。美学中的这类问题，纷争不已，能够持之有故，言之成理而自成一说，十分不易。

本书关于美感形态的论述，也是饶有兴趣的。它就美学史上一些美学家在美论与美感论的意义上混用"崇高"与"美"、"壮美"与"优美"现象，提出了正名。有的美学家将崇高视为一种美感，但又与美并列；有的认为崇高是事物本身，而不是这事物所唤起的任何思想，但又认为是"有兴趣的事物"，等等。《原理》作者提出为了避免混淆，将过去的"优美"改为"秀美"，"崇高"改为"雄伟"。而

---

① 蔡仪主编：《美学原理》，湖南人民出版社1985年版，第158页。

"雄伟和秀丽不可能由客观对象的属性条件来规定，而是由于客观的美和主观的美的观念相结合而产生的美感形态的种类"①。这类阐述和一般美学著作中的流行看法不同，而显得见解独到，富有新意。

艺术美的问题是美论、美感论的必然延续，在阐述上，作者牢牢地把握了美学的角度，即艺术认识到艺术表现，艺术美的创造这几个根本问题，以及把艺术美的创造归结为艺术典型的描写，从而避免了文学概论式的描述。作者认为，不管是现实主义的艺术或积极浪漫主义的艺术，不管什么艺术种类和体裁，只有体现出美的规律、"典型的规律才能创造出艺术的美"②，从而前后贯穿了典型创造的理论，并把这一原则视为艺术美创造的最高要求。

此外，对美感教育的论述，也是本书的一个特有的组成部分。它把美的观念视为美感教育的基础，艺术的教育作用发生于对美的观念的满足中，这种观点也是很有见地的。

《原理》理论前后一贯，论证严密，体系独特，自成一家。这是蔡仪同志积40余年辛勤探索的丰硕果实。

《原理》也有一些不足之处，有的我在前面已谈及，如对社会美的论述。使人感到比较明显的不足，是对近百年来西方众多的美学流派缺少应有的评论。如果适当增加一些这方面的资料与评述，当能引起读者更多的兴趣。又如在引用车尔尼雪夫斯基的《生活与美学》时，《原理》显然是根据《生活与美学》的中译本文字，但这个中译本把原作者在不同意义上使用的 жизнь 一词全译成"生活"。实际上，车尔尼雪夫斯基在给美下定义时，"生活""生命""生命力"三个不同层次的意义是前后区别使用的。此书中译本第6页上写道："……其次是任何一种生活，因为活着到底比不活好；但凡活的东西在本性上就恐惧死亡，恐惧不存在，而爱生活"。这里的"任何一种生活"应是"各种生命"，因为"生活"是谈不上活不活的问题；"而爱生活"应是"而爱生命"。又如"任何事物，凡是我们在那里

---

① 蔡仪主编：《美学原理》，湖南人民出版社1985年版，第173页。
② 蔡仪主编：《美学原理》，湖南人民出版社1985年版，第282页。

看得见依照我们的理解应当如此的生活,那就是美的;任何东西,凡显示出生活或使我们想起生活的,那就是美的"一段文字中,也有几处较大的误译,而且译文十分费解。这一段话是原作者对"美是生活"的定义的进一步说明,它的原意是:"任何有生命的东西,按照我们的理解在其身上见到他(它)应有的那种生命,那就是美的;任何东西,凡显示出生命力或使我们想起了生命力的,那就是美的。"从这里可以看到,原作者的美学思想的人本主义特征是十分明显的,而原来的译文显然是走样了。可是这几段文字在美学讨论中引用相当广泛,似乎是改正的时候了。我以为《原理》的这方面的引文,需要作相应的订正。

(二)学派问题及其他

20世纪50年代开始,当几位属于不同思想观点的美学家的理论受到批判、发生争论后不久,关心美学的同志随即看到,各方都形成了自己的美学的基本观点,在一些根本性的问题上各不相让。到了80年代,这些原先不同的美学观点,更为充实、系统。在这里,我无意探讨各派分歧,但想就学派问题说几句话。

从目前的情况看,我国不同美学学派的存在已是事实。可否这样说,学派的出现,表现了这一学科的研究,正走向成熟,或已经成熟。虽然这些派别的理论并不都在同一的完整性的水平上。学派的出现,必然伴随着理论的争论,思想的交锋,各自向对方提出驳论,进行批判。但是学派的发展有两种动力。一是来自自身,申述自己的观点,张扬自己的主张,铺设自己的理论轨道,建构自己的体系。二是外来的活力,一种观点和主张的宣扬,必然要触及他人的理论主张,于是各抒己见,发生争论,这也自然顺理成章。争论往往能显示出某一学派的理论的长处,也会暴露出它的不足与缺陷,从而推动它进一步的思考,探索与完善,或取人之长,补己之短,以充实自己。没有争论,就会使学派故步自封,失去不断发展的动力。对于这类争论,我希望领导要正确引导,而不要堵截、压制。对于不同学派,领导要积极扶植，为它们的自由讨论提供方便，不要把不同意见的正常争论习惯地纳入运动的轨道。运动会扭曲正常争论的方向，会置争论的另一方于无权申辩的地位，从而使学术民主成为泡影。二是会使报刊进行一窝蜂地表态，发表大量对问题并无研究的文章，造成一种闷人的低压气氛，使不良的学风得以蔓延，使那些原来想探索问题的人望而却步，从而会使争论陷入大批判式的恶性循环。

同时，我也希望在学派的争论中，除了要排除绝对化的倾向外，还要在学术上有进一步的建树。当然，一般申述自己的观点的文章也是需要的，但是更应使自己的理论在争论中不断深化，不断丰富，有所发展。学派的价值在于其理论自身的价值，这是最根本的；学派的生命，在于其理论体系的被社会认可与发扬，它们取决于历史的检验与取舍。所以在争论中，理论的建设应是最主要的目的。历史上流传千古的不同学派的理论成果，都是一家之言，都有其自身的独立的价值，都是对人类思维的一种丰富。它们的宏阔的精神，深邃的理论洞察力，自由叙述的高超技巧，至今令人神往。

20世纪50年代末，就听到文学所有人批评蔡仪同志搞系统研究，写的文章脱离实际，等等。当这类批评成为历史陈迹，对它们进行反思时，我们就会发现，这是对基本的文艺理论问题研究的一种片面认识。蔡仪同志强调要系统积累知识，要搞系统的研究，没有这些条件和要求，就难以把握文艺发展的全貌，难以深入理论的探索，这在现在看来是根本不成问题的，这是研究工作的最起码的要求。说他的研究脱离实际，这实际上是一种把文学研究实用化的急功近利的表现，就是要求搞应景的文学批评，放弃理论研究。蔡仪同志的著作固然没有对当时某本小说、某首诗词的发表作出迅速反应，但它们无不都是探讨文学、美学中的重大理论问题的，而且沟通了中外古今文学现象之间的联系。因此他的美学著作极富概括力，极有理论深度和高度，并且自成体系。

蔡仪同志的学风严谨，他的实事求是的治学精神和要求，影响了文学所文艺理论研究室的同志，特别是现在美学小组的一些中年同志，他们从60年代开始，在蔡仪同志的指导下，在原来良好的知识基础上，打下了更为厚实的底子，现在都已成熟，在美学研究中，各自发挥着优势。蔡仪同志也十分重视青年人的培养，70 年代末，他在指导研究生方面花了不少心血，亲自为他们开设各种课程，审改作业。这种要求严格、一丝不苟的作风，也鼓励了年轻人，使他们在学业上取得了优秀的成绩，充实了美学研究的力量。

蔡仪同志今年已 80 高龄，但精神矍铄，思路明敏，正全力整理着长期的丰富积累，改写《新美学》成 3 卷本，主编"美学丛书"、《美学论丛》。在最近出版的《新美学》第 1 卷的序言中，蔡仪同志自勉"东隅已逝，桑榆非晚"，表示一定要努力写下去。我想他以自身的优越条件，一定会有新著不断问世，以充实和发展他的体系的。

（作于 1986 年 5 月，原名为《读蔡仪主编的〈美学原理〉》，刊于《文学评论》1986 年第 3 期）

九 文学社会学的建设

（一）回顾与环顾

我国文艺界原以马克思主义文艺理论为指导——就方法而论，恩格斯曾提出"美学的、历史的"方法论。但是几十年来，我国文学研究实际上搞的是社会学的文学批评，审美的方法并未受到重视。这种社会学批评在解放初期得到确立后，竟出现了我花开后百花杀的局面。与此同时，一些有影响的人物又把社会学批评推向极端，使之成为庸俗社会学。

然而，在今天的批判中，许多人又断然不分社会学方法与庸俗社会学的区别，往往把它们捆在一起加以挞伐。什么方法都好，就是不能容忍社会学方法。一些实际上以社会学方法为指导，搞了几十年文学评论的人，对这种不科学的指责却不予理会，这可能是出于宽宏大度，也可能是由于理论上的惶惑。倒是有几位青年同志，为此感到不平，说了几句公道话。本文作者无意专门从事文学社会学的研究，但是觉得文学社会学也是一门"新学科"。为了使它摆脱庸俗社会学的株连，避开一些人一开口就嘲弄社会学研究的愚昧，我以为必须建立我国科学的文学社会学。

社会学方法、社会学批评以及文学社会学，看来都是依据一定的社会学观点观察文学、用一定的社会学方法分析文学的一种文学理论，有如文艺心理学是利用心理学的成果、原则，结合文艺现象研究的一门学科一样。美国批评家魏伯·司各特在谈及欧美的五种批评模式时，提出了"社会批评模式"。他说："社会批评基于这种信念：文艺与社会之间的关系至为重要，研究这些关系可以形成和加强对文艺作品的美感反映，艺术并非凭空创造，它不单纯是个人的成果，而且是……作家作为一个能够发言的重要成员对社会产生的影响。因此，文学的社会批评者着重了解社会环境和艺术家所作的反映的广度和方式。"文章又说："只要文学保持着与社会的联系——永远会如此——社会批评无论具有特定的理论与否，都将是文艺批评中的一支活跃力量。"司各特所说的"社会批评"，就是我们所指的社会学方法。

  社会学批评首先把文学看成是社会生活的反映，一种社会现象，它主要研究文学与社会的相互关系，文学的社会功能。这样来理解、研究文学现象，其实无论中外，都是古已有之，但都未成为一门独立学科。只是到了18世纪下半期科学研究中出现了历史主义之后，才逐渐形成系统的社会学观点。斯达尔夫人《从文学与社会制度的关系论文学》一书，提出了政治、社会、哲学、宗教、环境的因素对文学创作的影响。丹纳的《艺术哲学》提出艺术产生、发展的三种因素——种族、环境、时代，展现了艺术发展中的一些规律性现象。缺点在于这种实证主义艺术社会学，把物质条件决定精神文化生产，看成是线性的因果关系，宣扬了机械决定论。丹纳的这种研究方法，在欧洲的文化、艺术研究中影响极大。

  与此同时，19世纪下半期，马克思主义开始在西欧传播开来，马克思主义文艺思想既注重审美因素，也注重社会因素，但历来为人们所注重的是社会学的研究，这方面的问题的论说为大家所熟悉。稍后，普列汉诺夫运用马克思主义的社会学观点，探讨了艺术起源，艺术和阶级斗争，艺术和社会生活，功利主义和"为艺术而艺术"主张的社会根源，等等。其中一些问题，一经社会学分析的点拨，使人有豁然开朗之感。

  20世纪最初几十年内，上述两种文艺中的社会学研究倾向，发生了戏剧性的变化。在法国等国，丹纳的社会学派的研究缩小了影响，为形式主义、"新批评"、精神分析学派所替代。在苏联，马克思主义的文艺研究的社会学倾向却得到发展,提出了文学与时代、革命、阶级斗争、党、读者等关系问题。而同时,一些人又把文学创作与物质生产、审美需求与社会订货、艺术功能与政治任务、经济任务完全等同起来,用"阶级等同物"的描述,代替审美评价,宣传又一种机械决定论、阶级出身决定论,形成了庸俗社会学。20年代末30年代初,马克思主义文艺观与庸俗社会学文艺观,断断续续介绍到了我国;到五六十年代,庸俗社会学在马克思主义的旗号下直线发展,一直到它破产,至今仍在不断被评论与清算之中。

（二）问题与探索

1. 文学社会学的对象、范围问题。1973年法国出版的《社会学词典》,对文学社会学的对象作了如下规定:即文学环境、读者和在整个社会、它的阶级结构和以阶级结构为基础的世界观照之间的关系。埃斯卡尔皮把这一过程形容为链形状态,即生产、推广和需要,并着重研究交流过程,消费过程;在他领导下设置的专门机构,研究不同阶层、不同类型的人,在接受文艺作品时所持的不同观点、态度。苏联学者认为文学社会学的对象主要是研究文学对社会的关系,它的从属性,它的功能以及它的社会特征。上述两种观点有同有异。如果我们从文学的社会学研究的历史来看,文学社会学可以有广义、狭义之分。广义的文学社会学就是从整体上把文学视为社会现象的组成部分,因而对象就较为宽泛。首先是作者这一创作主体的总条件,与社会生活的关系,如对社会生活的态度、认识、趋向、趣味,以及他的社会文化素质,等等。其次是他所创作的作品与社会生活的种种关系;作品内容、形式、体裁与社会的需求、趣味、时尚的关系,等等。再次是读者阅读什么,阅读趣味、效果;读者与作者,读者与出版等等问题,以及作品的社会功能的演变。从另一角度看,实际就是生产、产品、消费中的各种问题。看来广义的文学社会学的对象与总体文艺学,与其他分科的文学理论的对象,会有重叠交叉部分,但还是可以划分清楚的。例如审美的问题,文学社会学与文学心理学都要研究，前者看来偏重于它的社会特性、社会效果，后者则偏重于它的发生过程中的心理因素。它们都要回答为什么、什么、怎样的基本问题，但角度不同，侧重点也自然不同。如果把社会学研究与心理学研究截然分开，那么双方都将成为跛足的学科。文学社会学和其他的学科关系也是如此。狭义的文学社会学的对象在我看来主要是上述对象单一方面的研究。此外，研究对象是否还可以包括通过作品或作品体系对某一意识形态的专门研究，如对某一时期的社会、政治、哲学、宗教、伦理、感情、风俗的研究等，这类研究可能与其他学科有所交叉。可能这类研究对今天的一些年轻作者是大不恭的，但可援的实例比比皆是。例如张洁的《沉重的翅膀》先后被西欧诸国译成七种文字出版。据作者自己说："不少西方读者把这本书看成是了解中国当前正在进行的伟大革命的重要参考资料。"这里无疑是从社会学的观点来看待小说的，强调的是对现代中国的了解，未谈审美价值。但是审美价值是无疑的，因为认识的价值只有依附于审美价值才能存在，否则本属虚构的东西如何叫人能认真对待？所以强调认识价值并未损害其他价值。又如我国尚无人通过文学作品来研究人的感情的变迁。感情存在于各时代的活人身上，各时代的人的感情随着人的有限生命而消失了，理论书籍只讲感情的规范、分类。但是在小说、戏曲中却留有感情的生动形态。这种研究可以是思想史的研究，也可以是社会学的研究，像这类有趣的领域一定会有人去探索的。

2. 文学的社会功能问题，同样是文学社会学的重要课题。文学的社会功能一方面是文学自身的品格问题，另一方面又是沟通作者、作品、读者的中介。近20年来，由于对读者这一范畴在理论上的新的发现，形成了文学交际理论、文学接受理论，进一步深入理解了文学的功能。

在对待文学的社会功能方面，过去是严重地存在着单一化的现象的，如只把文学的社会功能限制在认识、教育、审美等几个方面，前两个功能往往成为评价作品的恒守准则。这无论是给文学创造还是给文学接受都造成了很大的限制。文学功能到底是怎么发生的，它的作用最基本层次是什么？其次，如果承认文学是一种社会现象，是一种对社会整体实践精神的把握,那是否应当承认文学是多功能的,文学的功用是一个系统?

韦勒克承袭过去的说法,认为文学有"愉悦""有用"的功能。20世纪20年代,苏联文艺界有多种功能说,如社会组织作用说,认识作用说,交往作用说,教育作用说,纯审美作用说。卢纳察尔斯基认为艺术"不仅是认识工具,而且也组织思想,特别是组织感情"。三四十年代,文学的作用被归结为认识、教育作用,50年代增加了审美作用,并长期影响我国。随后鲍列夫把它增加到9种作用,即社会改造、认识、艺术——观念、预言、信息和交际、教育、感化、审美、愉悦等。斯托洛维奇先是提出4种功能,后又提出14种功能,它们是:启迪、交际、社会组织、社会化、教育、启蒙、认识、预测、评价、暗示、净化、补偿、享受和娱乐。还有人提出艺术有25种功能。这里存在一个重要问题,即为什么对这些提出多种功能的人来说,恰恰是这么几种,为什么可以自由增减?原则、方法论是什么?如果没有一个坚实的理论出发点,即使说上一百种功能,是否也只能是一个凑合?倒是卡冈用人类活动4种基本形式的理论和系统分析,得出了艺术的功能系统[①],这不失为一个新的尝试。当然,文学的功能还有其自身的特征。

有关读者的理论的出现,使人们对文学功能的理解有所深入,使文学的社会性特征得到进一步的阐明。在作品的产生过程中,作者无疑起着主导作用,作者创造作品,作品影响着读者,也创造着读者。但是读者并不是消极的,他接受作品,以自己的审美趣味和需求评价作品,施加影响于作者。所以作者创作时,不仅自己是自己作品的读者,而且在他面前,还有他理想中的读者,潜在的读者。在这一意义上来说,作者和读者的作用是双向流动的,作者创造读者,读者也创造作者。于是文学的社会功能被提到新的意义上来理解了。再进一步,在作品的存在过程中,特别是在它的历史存在过程中,读者的地

---

① [苏联]卡冈:《艺术的社会功用》,可见其《美学和系统方法》文集,中国文联出版公司1985年版。

位又大大复杂化了，并促使文学作品的功能发生变异、转移。在作品阅读中有各式各样的读者，于是就有各式各样对本文的理解；同时由于时代的发展，就为多种阅读提供了更多的机会，因此在这点上说，读者是自由的。有一千个读者就有一千个哈姆雷特，这句名言，印象主义批评家特别喜欢重复它，它的确包含着不少真理因素。但是读者一面是自由的，一面他的主体的自由又是有限度的，他只能在作者所提供的本文的基础上，作出与其自身审美修养、文化心态相应的解释，他的自由注定要受到本文的约束，而决不能造成了一千个读者阅读哈姆雷特，出现了五百个哈姆雷特，五百个奥赛罗。在文学接受中，这个给予自由、形成某种超越又给予限制的，是作品的内在特性，这是大可展开研究的。

至于在历史过程中，文学作品的社会功能的转移也是个很有意思的问题。不久前有则报道谈到日本的一些企业家指定《三国演义》为企业成员的必读书。《三国演义》是一部内涵极其丰富、复杂的小说。从审美功能来说，它为广大人民喜闻乐见；从认识功能来说，它可使读者了解一段历史；从启迪功能来说，它给人以智慧……我们换一个角度，比如从它对从事不同职业的人来说，它可教给政治家们如何出谋划策、玩弄手腕，它可授以军事家们克敌制胜的锦囊妙计，等等。但是今天，这部小说却成了日本企业家们案头的必备之书。无疑，小说的功能发生了变异与转移，转到商业买卖、竞争心理上来了。是否可以说，日本企业家们发现了小说的新功能，他们和罗贯中一起"创造"了新的《三国演义》，充实了《三国演义》的生命。自然，这种变化了的功能核心，仍然是属于原来的《三国演义》的，变化了社会功能与新的"创造"，实际上不过是原来小说的潜功能、潜价值的发掘、变异与延伸。看来，我们只能在这一意义上去理解读者的"创造"。

3. 方法问题。首先，文学社会学的方法要依重社会学的方法，也要借鉴文艺学的方法，而目前我们尚无比较科学的社会学理论著作，倒是翻译、经验性的著作居多。这可能预示文学社会学的发展有一定难度。其次是文学社会学本身已经使用的方法，应积极把握、完善。一是经验性的、具体的分析方法，最常见的形式是调查、统计、类型分析。例如调查事先选定的作品，在不同时期、不同阶层中的阅读情况，以了解作品流传的范围，审美趣味的趋向、变化。像读者趣味、时尚、作用、效果，可作为专题，组织小范围的或广泛的调查，为作者、未来的作者、出版商提供信息。像埃斯卡尔皮的学生就曾写过《读者心理学》《书籍普及研究》，等等。二是理论、方法论的研究。这方面的论著一般派系特色较强。如前所说，这里问题恐怕主要在两个方面显示自己的特色，即与总体文艺学的关系和区别，与分科文学理论的关系和区别，交叉是不可避免的，但必须要有自身的特色。三是理论与经验分析的综合研究。这几种研究目前在我国尚处在起步阶段。

再次，是方法的多样化问题。马克思主义的社会学以历史唯物主义为指导，理论底子雄厚，并有其自身传统，只要善于吸收其他学科、流派的长处，不断丰富自己，是很可能较快形成一门独立的学科的。与此同时，也可另立别的文学社会学派别，在共存中形成互补，在相互比较中见出短长。

在文学社会学的建立与发展中，如何避免庸俗化倾向是个十分突出的问题。庸俗化主要表现在把物质与精神关系简单化，把现实与文学关系绝对化，用社会特征代替审美特征，用政治代替艺术，主张绝对的功利、实用主义。当把社会学方法绝对化起来，使它丧失了自己的界限，其时牵强附会、失去分寸的结论就将出现了。这种现象不仅会发生于文学社会学，也可以发生在文学心理学、印象主义批评之中。这种现象在外国学者有关文学社会学研究的论著中，也是相当突出的。例如，有的学者认为，社会结构为经济结构所决定，套到文艺方面，就有一些以描写"物"见长的"新小说"，认为这才是真正的现实主义作品。但是研究中的失误，包括方法本身的局限，应与文学社会学区别开来，何况每种方法都有自己力所不及的局限。

（原文作于 1986 年底，刊于《文艺报》1987 年 1 月 4 日）

十　审美的、历史的文艺批评

（一）"审美的""历史的"观点是马克思主义文艺批评的方法论

马克思主义经典作家在作家评论文章中提出的"审美的""历史的"观点，是文艺批评的出发点和方法论。

马克思、恩格斯年轻时都曾从事过业余的文艺创作，积累了一定的文艺创作实践经验。根据梅林的回忆，马克思曾想写一部关于巴尔扎克的评传，只是面对着更其迫切的理论工作，这一打算才未能如愿，没有给我们留下有关文艺问题的专著或评传。但是从他们的文章中，我们大致可以看到三种情况：一是他们曾就当时的一些文艺作品、论著，写过公开的评述，披露于报刊；二是他们的著作旁征博引，广泛地涉及各个时代的文艺，或作引证，或利用作品提供的材料作论战之用；三是他们就一些作品所写的书信，涉及不少重要的文艺理论问题；这是他们生前未能发表，直到20世纪30年代初才公之于世。如果我们就他们上述几个方面的内容进行考察，那是可以从文艺批评的原则和方法方面得到重大的启迪的。

1847年，恩格斯在《诗歌和散文中的德国社会主义》一文中评价格律恩关于歌德的论著时说："我们决不是从道德的、党派的观点来责备歌德，而只是从审美的和历史的观点来责备他；我们并不是用道德的、政治的、或'人的'尺度来衡量他。……我们仅限于纯粹叙述事实而已。"① 事隔12年，恩格斯就拉萨尔的《济金根》在给作者的信中又写道："我是从审美的观点和历史的观点，以非常高的、即最高的标准来衡量您的作品的，而且我必须这样做才提出一些反对意见，这对您来说正是我推崇这篇作品的最好证明。是的，几年来，在我们中间，为了党本身的利益，批评必然是最坦率的；……"② 在上述两段摘录里，恩格斯大致提出了两个观点：（1）评价文艺作品应当从美学的历史的观点出发，并且认为这是一个非常的、甚至最高的标准。（2）恩格斯明确提出，他的批评不是从政治的、道德的或"人"的尺度来评价作家的，那么政治的、批评和历史观点是否矛盾呢？应该如何理解它们的内容？前一段话中说不从党派利益的立场进行评价，后一段又说是为了"党本身的利益"，又是什么意思呢？

  文艺批评是一种审美的评价活动，这在马克思，恩格斯之前，各个文艺流派几乎都持这一观点，即是说，文艺批评应当分析、评价作品本身，它们的艺术品格。19世纪初，德国的唯心主义古典美学在文艺领域发生过相当大的影响。例如谢林曾把艺术创作视为一种非理性的、非自觉的无意识活动和直觉现象。至于康德，则认为审美活动与实际的功利无关的美学思想。在这类美学思想的影响下，文艺中出现了艺术而艺术的"纯艺术"论。"纯艺术"论的拥护者感兴趣的只是文学中的艺术因素，它的探索往往是脱离开文学的思想内容进行的，在文艺批评中，这些论者宣传文艺与社会生活无关，与社会功利格格不入，创作被归结为一种纯粹的意识想象活动，神秘的灵感的显现。与此同时，18世纪的唯物主义文艺思想，在狄德罗和莱辛的论著中得到了进一步的发展与确立；而且18世纪下半期起，历史发展的观念逐渐形成，成为人类思维发展中的巨大进步现象之一。这种历史发展的观念，在德国古典哲学中极为突出。这对于新的文艺批评理论的形成意义十分重大。恩格斯指出："黑格尔的思维方式不同于所有其他哲学家的地方，就是他的思维方式有巨大的历史感作基础。形式尽

---

① 《马克思恩格斯全集》第4卷，人民出版社1965年版，第257页。
② 《马克思恩格斯全集》第29卷，人民出版社1972年版，第586页。

管是那么抽象和唯心，他的思想发展却总是与发展紧紧地平行着。"恩格斯还说道："他是第一个想证明历史中有一种发展、有一种内在联系的人。"① 这种"宏大的历史观"② 反映到美学、文学理论中，表现为对文学要作历史考察，阐明每个时代，每个国家的文学的历史发展，都具有自己的独特的民族特征。这种思想在赫尔德尔关于民族性的文艺论述中是极为明显的。

19世纪40年代，欧洲的文艺批评思想被别林斯基向前推进了一步。1842年，他在评论《关于批论的讲话》一文中，提出了著名的"历史的、审美的文艺批评观。他说："确定一部作品的美学优点的程度应该是批评的第一要务。"但是与此同时，他认为："每一部艺术作品一定要在对时代、对历史的现代性的关系中，在艺术家社会的关系中得到考察，对他的生活、性格以及其它等等的考察也常常可以用来解释他的作品。"文艺批评是一种美学批评和历史批评，那么两者之间的关系又是怎样的呢？别林斯基说："当一部作品经受不住审美的评论时，它已经不值得加以历史的批评了"，所以，"不涉及审美的历史的批评，都将是片面的，因而也是错误的。批评应该只有一个，它的多方面的看法应该渊于同一个源泉，同一个体系，同一个对艺术的观照"③。1847年，别林斯基甚至说如果文艺批评，"只想跟诗人及其生关系，而不顾到诗人写作的地点和时间以及为他的诗作开辟道路并影响不顾到诗人写作的地点和时间以及为他的诗作开辟道路并影响他的诗活动的诸种状况的纯美学"④，今天就会变为不可接受的东西而被人不齿。可见，别林斯基是充分感受到历史的脉搏和社会的要求的。

恩格斯提出的审美的、历史的批评原则，与上述思想极为相似，但是差别也是明显的，即恩格斯所说的审美的、历史的观点，是以艺

---

① ［德］马克思：《〈政治经济学批判〉序言》及《导言》附录，《马克思恩格斯选集》第2卷，人民出版社1995年版，第42页。
② ［德］马克思：《〈政治经济学批判〉序言》及《导言》附录，《马克思恩格斯选集》第2卷，人民出版社1995年版，第42页。
③ 《别林斯基选集》第3卷，满涛译，上海译文出版社1979年版，第595页。
④ 《别林斯基选集》第2卷，满涛译，时代出版社1953年版，第419页。

十 审美的、历史的文艺批评

术创造的规律和历史唯物主义原理为基础的。人们创作作品是依照美的规律、美的理想进行的一种创造活动。同时，艺术形式审美地反映生活，而且也是人们自觉掌握世界的方式之一，是一种审美意识形态。文艺批评是一种审美评价活动。当然也必须按照美的规律进行，并且它还要对作为意识形态的作品进行与其内容相适应的社会的、政治的、哲学的、道德的分析。这种审美的历史综合分析，涉及作品各个方面的因素，可以使人充分理解作品的审美价值及其社会意义，从而显示了马克思主义文艺高度。

作家创造美的艺术作品，开始于对现实生活的审美感受。审美批评自然从审美感受开始，不过与创作相比较，它是逆向而行的。首先是感受艺术作品，同时在这一基础上间接地感受现实生活。审美的批评要求批评者应当是一个懂得艺术享受和一个有艺术修养的人，正如马克思所说的，"如果你想得到艺术的享受，那你就必须是一个有艺术修养的人"[①]。我们从有关马克思、恩格斯的回忆录中看到，马克思十分喜爱文艺作品，他每年要阅读作家埃斯库罗斯和莎士比亚的剧作，把他们视为人类最伟大的戏剧天才而加以热爱。马克思的艺术兴趣极为广泛，他既爱听背诵英国诗人的情诗，也喜欢现实主义大师甚至保尔·科克的探险故事。这些现象说明，马克思不仅仅是想通过文艺作品认识各个时期的生活，获取知识，而主要是为了艺术欣赏的满足。他和恩格斯正是在艺术感受、欣赏的基础上去理解和评价作品的。如果我们仔细阅读一下他们给拉萨尔的信，那就不难看到他们批评中的这一特点。马克思在信里说，他在读《济金根》时产生了一种强烈的感动。而恩格斯在信的一开头说，他先是读了"一、二遍"，在读完作品后的很长时间里才给剧作者写信，原因是在于想探知自己的感受是否正确，所以就把作品搁了下来。过了一些时日，他又读了"第三、四遍"，印象如旧，这时他才认为作品是可以进行美学分析的，自己的感受并非虚妄。所以他说，要对作品"提出详细评价，发表完全确定的意见"，那是"必须费很长时间"进行酝酿的。由此可

[①] 《马克思恩格斯全集》第2卷，人民出版社1965年版，第155页。

见，如果作品不具艺术感染力，美的感动力，那么它就不存在审美评价的最基本条件，美学批评对这部作品就难以成立；同时，如果人们不从审美感受出发，那么也就谈不上正确理解作品，审美批评在主观上也难以成立。当然，人们的审美感受因人而异，不过我们说的是审美批评的最增加的要求。

审美感受为审美鉴赏和评价提供了可能。马克思、恩格斯在给拉萨尔的信中，都不约而同地从剧作的艺术形式分析开始。马克思先是指出了剧作结构和情节以及作品使用的韵文中存在的问题；恩格斯开始谈的也是作品的形式问题，"巧妙的布局和彻底的戏剧性"，以及语言的特征等。这种批评方式的长处，在于它的自然性，通过形式因素的分析而抓住内容特征，因为内容并非赤裸裸的存在，而只能寓于具有一定特征的形式之中。在马克思、恩格斯的评论中，总要对人物的塑造行美学分析。在对《巴黎的秘密》《济金根》以及"真正的社会主义"文学的评述和批判中，他们提出了人物性格描写的现实主义原则。一是反对从观念出发来描写人物性格；二是指出了"……一个人物的性格不仅表现在他做什么，而且表现在他怎样做"。要求"把各个人物用更加对立的方式彼此区别得更加鲜明些"；三是提出古代人的性格描绘手段今天已未必适用了，应当学习和创新。在给考茨基的信里，恩格斯一面赞扬她的小说中的人物的个性十分鲜明，但同时也提出作家要避免过分欣赏人物的毛病。作家要是过分欣赏自己的人物，往往会使人物过于理想化，使其个性消融到抽象的原则中去。而在给哈克奈斯的信中，恩格斯概括了自己多年来形成的现实主义思想，提出了典型环境中的典型人物的著名论点，关于这一问题，我们在后面还将谈及。与此同时，作家的个性特征，也总是马克思、恩格斯美学分析的主要内容。马克思、恩格斯广泛评述了19世纪90年代以前的西欧各个时期、各个文艺流派的作家。伟大的古代作家，也往往只需经他们几笔勾勒，就能把这些人的思想风貌、个性特征，栩栩如生地表现出来。例如他们对法国浪漫主义作家沙多勃里昂的描述，就是一幅极妙的作家个性肖像画。1873年11月3日，马克思在给恩格斯的信中说："如果说这个人在法国这样有名，那只是因为他在各方面都是法国式虚荣的最典型的化身,这种虚荣不是穿着18世纪轻佻的服装,而是换上了浪漫的外衣,用创新的辞藻来加以炫耀;虚伪的深奥,拜占庭式的夸张,感情的卖弄,色彩的变幻,文字的雕琢,矫揉造作,妄自尊大,总之,无论在形式上或内容上,都是前所未有的谎言的大杂烩。"① 如果我们从文学史的角度来观察沙多勃里昂,那么马克思的这种对作家个性的美学分析,是十分精确而生动的。

文艺作品固然首先是艺术,但它又是观念形态,因此评价必须从它的社会职能去进行考察,要看这种审美反映,是从哪一个社会集团的立场出发的,它的社会效果又怎样,在生活中发生了什么影响,这就是社会分析、社会的批评。这种批评不是着眼于历史事实的堆砌和罗列,对书中故事的复述,而是就作品所反映的历史的、现实的关系,进行客观的、实事求是的分析,深入它的本质方面;是从发展的观点看待历史,它的过去、现在和将来,揭示生活前进运动中的规律性现象。马克思、恩格斯剖析了济金根的形象和他的结局,他们从社会历史的角度,揭示了剧作在对待农民运动的态度上,在对待骑士暴动的评介上所出现的错误,而这些错误,恰恰在于他的非历史主义。拉萨尔歌颂济金根的暴动,把他视为进步力量的代表,称他为"伟大的革命领袖",声称他的暴动的失败,在于他的个人狡诈和"策略"错误。马克思认为,从这种观点出发,必然会曲解历史,因为济金根的灭亡,并不是由于他的个人品质,"他的覆灭是因为他作这骑士和作为垂死阶级的代表起来反对现存制度,或者说得更确切些,反对现存制度的新形式"②。济金根的叛乱,只是为了重建骑士阶层失去了天堂,企图以更落后的贵族民主代替封建皇帝。由此看来,如果对悲剧不作历史的、社会的分析,则就不可能理解它的错误和它所宣扬的唯心史观;而不明白它在反映历史运动方面的正确与否,也就无从评论它的认识价值。所以,这时即使对作品的艺术因素品评得头头是道,也不免要陷入纯粹形式的琐议之中。

---

① 《马克思恩格斯全集》第33卷,人民出版社1980年版,第102页。
② 《马克思恩格斯全集》第29卷,人民出版社1972年版,第572页。

同时，历史的、社会的批评，也是一种功利性的批评，这是不言而喻的，因为艺术的评价和判断，较之创作本身，与一定社会集团的政治、经济利益，乃至道德要求的关系更为直接。我们在前面说过，恩格斯在评论歌德时声明他不是从政治的、道德观点来要求于诗人的，这和历史的观点是否矛盾呢？实际上，恩格斯在这里所说的政治和道德观点，是另有所指的。如果我们就他涉及的对象做些观察，则不难了解，他在这里所说的政治、道德观点，是指白尔尼和明采尔对歌德从政治和道德角度所作的错误评价而说的。白尔尼是德国激进的小资产阶级反对派作政论家和诗人，梅林关于此人写道："他热爱歌德，热爱自由，他有力地打击污蔑自由的人。他曾骂歌德是押韵的奴仆。"① 白尔尼由于嫌歌德不是一位"自由主义者"和政治诗人而指责他。明采尔则是一位民族主义者，保守的文学家。他比白尔尼走得更远，他不仅从政治，而且还从道德方面指责歌德。在这里，我们可以借用别林斯基对明采尔的一些评述，虽然别林斯基的文章本身存在着一些明显的理论错误，但在揭露明采尔从政治、道德方面对诗人所作的错误评价上，却同恩格斯是惊人的一致的。别林斯基批评明采尔有强烈的宗派情绪，一贯党同伐异，他"憎恨歌德，为的是歌德不想做一个空谈家，也不想做某一政治派别的领袖，为的是他没有提出过实际上不可能的主张，要求把分崩离析的德国拼凑成一个政治单位"。同时，明采尔还从道学先生的立场来要求歌德的作品，把歌德描写生活中的反面现象统统说成是不道德。"明采尔把歌德恨入骨髓，称之为不道德的、无个性的人。""为了贬低歌德起见，不是把席勒作为一个艺术家，而是作为一个'品德优良'的人，拿来和歌德对比……为了使歌德成为不道德的范例起见，明采尔就认为席勒是范例。"② 由此可见，恩格斯反对的是用白尔尼、明采尔式的政治、道德观点来评价歌德，也就是反对用处在歌德的历史地位所不可能有的、就歌德的教

---

① ［德］弗·梅林：《德国社会民主党史》第1卷，生活·读书·新知三联书店1963年版，第89页。
② 见《别林斯基选集》第2卷，上海译文出版社1979年版，第56、76页。

养所不具备的、就歌德所处的社会环境所难以达到的条件来要求于伟大的德国诗人，这是一种地地道道的非历史主义观点，宗派和党派的观点，一种假道学的道德观点。恩格斯和白尔尼、明采尔相反，只是就歌德的本来面目，就其作品本反映的种种问题，也即仅仅限于纯粹的事实的角度，来评价伟大的德国诗人的。

同时我们还可以看到，在马克思、恩格斯关于《济金根》一剧的分析中，是含有政治性的评价因素在内的。拉萨尔企图通过自己的剧作表现1848—1849年间德国资产阶级革命失败的原因，但是他不了解这次革命失败的悲剧，没有看到脱离人民和政治上不能自主的德国资产阶级过于软弱。因此如前所说，他把它的失败仅仅归结为某些领导人策略上的错误，并且对照济金根的历史覆亡，认为这种个人品质的因素，对于革命成败具有普遍意义。这种错误的政治、历史观点，导致了作品在艺术上的失败。这样，马克思、恩格斯不得不从历史时代的特征，阶级力量的对比和消长，来确定历史人物应有的地位和作用。从这一观点出发，他们都主张当时值得歌颂的，不是代表旧势力的济金根式的反叛，而是明采尔式的农民起义。

从美学的、历史的观点出发分析作品，这是批评自身的要求。恩格斯指出，这是非常高的要求，甚至是最高的要求，也就是说它体现了批评的客观规律性。这种具有方法论意义的原则，剔除了个人的好恶，排斥了宗派的倾向。当然也要指出，要求文艺批评都要从这两个方面进行评论那也是不切实际的。这种统一的主法在具体批评中往往可以有所侧重；或是进行艺术的分析，或是进行社会的评价、道德的探索，要视具体情况和需要而定。这一问题，我们在下面将具体谈及。

（二）真实性、思想性和艺术性
——审美的、历史的文艺批评的准则

审美的、历史的观点是马克思主义文艺批评的方法论，但是要具体分析文艺作品，还应有与之相应的一些准则。

恩格斯在评论《济金根》一剧时讲到的"较大的思想深度和意识到的历史内容，同莎士比亚剧作的情节的生动性和丰富性的完善融合"，就完全适用于我们今天的文艺批评，并且可以把它们相应地理解为文艺批评所要求的真实性、思想性和艺术性准则。

自然，这里所说的"意识到的历史内容"，和作品的真实性不是一个范畴，不过两者之间的密切关系和共同之处，是显而易见的。所谓"意识到的历史内容"，就是被作家认识了的生活内容，就是那种排除了盲目性、走向自觉的对历史和现实的认识，并根据这一认识，对历史和现实的生活所作的真实的艺术的反映。应该说，这一要求是相当高的，一般说来只有通过科学的世界观地才能达到，所以恩格斯说，这只有在未来的艺术中能实现。

就批评的准则而言，"意识到的历史内容"，就是要求探讨作品和生活的关系，研究作品在何种程度上把握了现实和人们的关系，传达了他们的思想感情，真实到何种程度，是否达到了对生活发展的必然趋势的自觉认识，艺术地把握了它的某些特征和某些本质面，创造了什么样的艺术真实。文艺的真实性是通过人们的感受、体验和理解，检验与确定作品通过特有的艺术假定性所提供的艺术真实，在何种程度上反映出了社会现实关系特征的一种表现和评价。现实的生动关系，体现在人物与人物之间，表现于人物的行动和性格特征之中，因此确定作品的真实性，首先要把握住作品对现实关系的反映、特定人物塑造和思想感情描绘的真实程度。《神圣的家族》一书中关于欧仁·苏的小说《巴黎的秘密》的评论，对于我们了解文艺的真实性，或者说从真实性的准则来评价作品，是极有启发的。书中关于《巴黎的秘密》的两章，是马克思撰写的，它们一面分析小说存在的问题，同时通过对作品的分析，又清除了青年黑格尔派文艺批评中的唯心主义思想，所以政论性色彩特别浓烈。

《巴黎的秘密》是本富有冒险色彩的故事，情节颇为曲折，小说对巴黎上层社会和底层人民的贫富悬殊的生活有所暴露，同时也表现了下层人物的某些优美品性。不过整个来说，马克思认为小说中的人物以及人物之间的相互关系是不真实的，甚至是被歪曲的，也就是说

十 审美的、历史的文艺批评

小说是缺乏真实性的。但是这个结论是如何得到的呢？首先，马克思根据作品中的人物形象和他们的相互关系指出，小说不是按生活的本来面目去反映生活真实的，它是一种猎奇式的描写。例如，作者有意描写一些耸人听闻的东西，如不为人知的巴黎罪犯聚集的酒吧间，他们的巢穴，特别是他们的神秘、离奇的活动，而这正是小说企图取悦于一般读者的地方。小说作者也承认，他所以描写这一切，"是为了投合读者'又害怕又好奇的心理'"。其次，影响艺术真实性的另一个因素，是小说人物的行动，他们的结局也是按照作者的一定的善恶观念配置起来的。马克思指出，在欧仁·苏的理想人物鲁道夫看来，"所有的人不是持着善的观点，就持着恶的观点，并且他就按照这两个不变的范畴来评价一切人"①。实际际上，这也正是欧仁·苏本人的观点。这样描写的结果，必然会将现实的人变为抽象的人，变为作家手里的傀儡，也就是图解人物。马克思写道："欧仁·苏书中的人物……必须把他这个作家本人的意图（这种意图决定作家使这些人物这样行动，而不是那样行动），充作他们自己思考的结果，充作他们行动的自觉动机。他们必须经常不断地说：我改正了这一点、那一点，等等。"②。这种凭善恶观念来支配人物的表现，就把鲁道夫写成"善"的化身。在他的感化下，一个身子纤弱，但"朝气蓬勃、精力充沛、愉快活泼、生动灵活"、被逼为娼的玛利花——鲁道夫的女儿，成了自己有罪意识的奴隶，竟把宗教的忏悔视为荣誉，把自我折磨当成了美德，把自己同他人的交往变为与神的交往，最后由一个悔悟的罪女变为修女，由修女而为死尸。鲁道夫又使曾为犯人的无业流氓"刺客"失去了人的独立性，并把他完全贬到忠于主子的看家狗的卑下地位，等等。鲁道夫成了基督化身，巴黎罪恶世界的改造者，他清除了各种罪犯身上的任何人性品质，使他们改从他的虚伪的道德要求，皈依宗教的善与爱，从而浇灭了现实的人与人之间的冲突的火苗。这样，欧仁·苏的艺术构思明显地违反了生活的逻辑，小说中的

---
① 《马克思恩格斯全集》第 2 卷，人民出版社 1965 年版，第 246 页。
② 《马克思恩格斯全集》第 2 卷，人民出版社 1965 年版，第 233 页。

某些人物，不是现实的人的再现，而是作者的伪善道德的体现，他们之间的关系不是现实关系的表现，而是作家观念运动结果，"是对现实的歪曲和脱离现实的毫无意义的抽象"①。从而使小说减弱了艺术的真实性。这就是为什么在不少人看来小说饶有兴趣，而在马克思看来却是对巴黎的现实的一幅漫画。这里必须说明的是，从艺术真实、真实性的要求来说，如果我们只是着眼于泛论，那么像《巴黎的秘密》这样的小说所提供的画面，自然也是一种艺术真实，不过这样讨论问题的意义不大。因为这里主张创造现实主义的艺术真实，它所要求的真实性在于回答作品中所描写的现实关系的真实，正确到何种程度。如果这样来对待问题，那么《巴黎的秘密》虽然不乏细节、场面的真实，但从整体看，小说所提供的艺术真实是被抽象化了。

把人物神化，失去分寸的夸张，是上述艺术观念化反映的又一表现，它同样使艺术失去真实性而走向虚假。马克思、恩格斯都曾指出当时有一种艺术作品把革命派领导人写得概念化的倾向。"在现有的一切绘画中，始终没有将这些人真实地描绘出来，而只是把他们画成一种官场人物，脚穿厚底靴，头上绕着灵光圈。在这些形象被夸张的拉斐尔式的画像中，一切绘画的真实性都消失了。"画面失去了生活的生动性、丰富性，不能"在其全部真实生活中描绘出来"②，而导致失败。

需要指出的是，对于文艺作品，即使它们都是现实主义的，但由于它们体裁不同，形式各异，我们也不能用一个要求去衡量它们，而应区别对待，具体分析。对现实关系描写的真实程度上的不同，正是真实性的差别之处。恩格斯就曾指出，当时一部社会主义倾向小说，只要真实地描绘了现实的关系，即使作者在作品中提出的问题没有得到明确的解决，他本人的倾向也不甚明显，那也可以算是完成了自己的使命。这是对真实性的起码要求。不过对于现实关系的描绘还有更高的要求，即典型化，也就是恩格斯提出"再现典型环境中的典型人

---

① 《马克思恩格斯全集》第 2 卷，人民出版社 1965 年版，第 230 页。
② 《马克思恩格斯全集》第 7 卷，人民出版社 1959 年版，第 313 页。

物"的这个要求。典型环境、典型性格最集中地表现了现实和人物之间的关系,从而也最能充分地通过个体的现象描绘反映出现实关系的某些本质方面,因此具有高度的艺术真实性。最近有的同志提出要破除对"典型环境中的典型人物"这一式子的"迷信",并把这一式子视为妨害我国文艺创作的一个"公式"。应该说,我们文艺工作中的缺点、错误的形成,原因是十分复杂的,但是由此而归咎于恩格斯关于现实主义的论述,却是极为片面的、轻率的。关于恩格斯对于现实主义的论述,如果我们做些历史的考察,就不难看出它是对现实主义文艺思想长期发展的主要概括,这是需要专文论述的。否定恩格斯的论断,实际上并不会使文学增强真实性,却只有一个可能,形成照搬而不是批判地接受西方现代文艺的经验,这在近年来我国某些同志的文艺主张、创作中已露端倪。

除了要求社会关系、人物性格的真实性,恩格斯还提出了细节的真实性问题,并把它作为现实主义的一个要求,这同巴尔扎克、司汤达小说艺术描写的成就是分不开的。真实的细节描写不仅具有认识意义,而且具有较大的审美价值,它们往往是艺术基本手段和人物性格特征的表现方法。与此同时,马克思、恩格斯竭力反对另一种细节描写的真实性。例如有的人描写人物,倒是很重视日常生活的细节的运用,去掉了高底靴和灵光圈,深入了人物的私人生活,揭露了他们的隐私,使读者看到了他们穿着便服时的形象。但这多半是些丑闻的汇集,无助于人们对这类人物的真正了解。当然,艺术的真实性不限于这几个方面,有时作品仅是作者某种感受的抒发,评论它们的真实性就不能像评论它们的真实性就不能像评价小说一样,而应提出特有的要求。

恩格斯讲到未来文学时,提出它应有"较大的思想深度"。这自然可以把它理解为文艺批评的思想性的准则。作品的思想大致表现在两个方面,一是作品描写的现实关系和人物性格本身所具有的客观特性和意义;二是作家对它们的感情、思想的评价,作品的思想是两者的有机结合。作家的感情、思想的评价可能是进步的,也可能是落后的保守的而渗入艺术画面;他在描写现实关系、人物特征时可以浓墨重彩地写，肯定它们；也可能曲解它们，或持否定的态度。恩格斯所说的"较大的思想深度"，无疑要求作家通过先进的世界观，最大限度地把握历史和现实的内容，对它们作出正确的、符合先进阶级要求的感情、思想的评价来。作家的这种有高低之分的审美认识和评价，决定了作品思想性的强弱、正反之别。拉萨尔的《济金根》就是一个极好的例子。如前所说，由于作者主观方面的原因，对德国历史发展中的阶级关系描写错了，所以作品表现出来的思想也就不符合社会运动发展的必然趋势和进步阶级的利益。在 19 世纪 40 年代德国文坛转瞬即逝的"真正的社会主义"文学又是一例，它们遭到恩格斯的猛烈抨击，主要是它们那种奴颜婢膝地拜倒在大资产阶级面前乞求施舍的小资产阶级丑态。恩格斯从现实主义典型化的角度向哈克奈斯的《城市姑娘》提出了相当高的要求，并把它的作者看成是一位有社会主义觉悟的作家。但实际上哈克奈斯的社会实践活动并不丰富，思想修养也不算很高，虽然她的小说不失为一部好作品，但它还不能从时代的高度把握住"意识到的历史内容"，从而表现出"较大的思想深度"、高度的思想性来。

　　作品的倾向性是思想性的一种表现形式，作家对他所描绘的现实关系和人物性格的理解，以及对它们的感情、思想的评价，也即思想倾向，是作品中最活跃的因素。当然，某些题材也是包含着倾向性的，不过恩格斯在信中的偏重于它的主观方面的因素而说的。他说："悲剧之父埃斯库罗斯和喜剧之父阿里斯托芬都是有强烈倾向的诗人，但丁和塞万提斯也不逊色；而席勒的《阴谋与爱情》的主要价值就在于它是德国第一部有政治倾向的戏剧。现代的那些写出优秀小说的俄国人、挪威人全是有倾向的作家。"[①] 这说明任何有些成就的作家，都是倾向作家，这是无须多说的。问题在于如何理解倾向性和现实关系的真实描写、艺术真实性之间的关系。在这个问题的讨论中，有的人认为倾向性和真实性是一种从属关系，倾向性从属于真实性；有的人认为是一种包含关系，即真实性包含了倾向性。从恩格斯对于这一问

---

① 《马恩列斯论文艺》，人民文学出版社 1980 年版，第 130—131 页。

题的论述中,我们可以看到各类作品的倾向性是互不相同的。一种是现实主义文学的倾向性。现实主义美学认为,作品的倾向性为生活本身所具有而隐蔽于现实关系之中,它为作家主观所把握,得到加强或减弱,并在真实的描写中自然地流露出来,而不需要作家特别地说出。如果我们赞同这种原则,那么倾向性和真实性的关系不是什么从属关系,这里不存在主次之分。其次,也不是包含关系,即把倾向性视为真实性的产物,我们只能说,两者是以真实性为前提的依存关系,只能说倾向性寓于真实的艺术的描写之中,而不能用真实性去代替倾向性。过去那种认为有了倾向性也就有了真实性的论调当然是荒谬的,但是我们不能把过去的错误反过来说就以为把问题解决了。另一种就是拉萨尔式的戏剧原则和19世纪七八十年代"倾向小说"的倾向性的表现方式,它们带有席勒式的影响。应当说明,在席勒的剧作中,表现了一种反抗现状的时代精神的激情,它的充满诗情的号召,具有极大的感召力和思想的深度,因此他的剧作至今仍然具有震撼人心的魅力。但是,又应指出,席勒戏剧观念的唯心主义倾向极为严重,他的诗情往往是一种观念的产物,人物常常是他的观念的传声筒。拉萨尔是完全自觉地置于席勒的影响之下来写作的。但和席勒不同,他的悲剧的主导思想是错误的,再用席勒方式加以表达,结果只能加剧整个作品的错误倾向,"为了观念的东西而忘掉现实主义的东西"①,以倾向性损害真实性。因此,马克思、恩格斯都提到剧本的"席勒化"倾向,或是"为了席勒而忘掉莎士比亚"。这种拉萨尔式的戏剧原则,在19世纪七八十年代德国的"倾向小说"中得到了恶性的发展,它们从观念出发,图解革命思想,正如恩格斯所说:"在它里面一定要表现作者的社会主义思想和政治思想",由于小说不是从生活出发,所以它们往往变成了一种赤裸裸的说教。

马克思、恩格斯在他们的书信中都各自提出了"莎士比亚化","莎士比亚剧作的情节的生动性和丰富性","个性化"等问题。"莎

---

① 《马恩列斯论文艺》,人民文学出版社1980年版,第100页(这句话似应译为"为了理想主义而忘掉现实主义")。

士比亚化"是一个含义十分丰富的概念,从原则方面讲,可以将它理解为现实主义的要求;从行文的具体情况来看,也是指艺术创作中的高超的艺术因素:故事的曲折,背景的多样性,情节的丰富性,人物性格描写的个性化与自然性。恩格斯提出的福斯泰夫式的背景描写,可以说是莎士比亚式样情节的生动性、丰富性的一个体现。《亨利四世》通过这个声名狼藉的大胖子骑士和穷绅士在"五光十色的平民社会"的各种活动,反映了英国封建势力和资产斗争的情景。恩格斯说:"在这个封建关系解体的时期,我们从那些流浪的叫化子般的国王、无衣无食的雇用兵和形形色色的冒险家身上,什么惊人的独特的形象不能发现呢!"其实何止是莎士比亚的历史剧,就是他的其他剧作,也总是以情节的生动性和丰富性见长的。莎士比亚作品的这种艺术品格,以及构思的独创性,是受到马克思、恩格斯的高度赞扬的。艺术性不仅是形式的问题,它是以内容和形式的完善统一为标志的。形式的因素如果忽视了内容的真实性,则必然会破坏艺术性;如果排斥思想,则艺术上的追求,会变成纯粹的形式坏艺术性;如果排斥思想,则艺术上的追求,会变成纯粹的形式主义的追求。当然我们也要看到,艺术性并不总是和思想性处于平衡状态的,有时在思想上平平的作品,可以有很高的艺术性,因为艺术形式有相对的独立性,但和真实性必须是融洽无间的。

评价一部作品,从真实性、思想性、艺术性这些方面提出要求,大致可以对作品做到较为全面的认识。强调真实性而排斥思想性,可能使艺术反映变为僵死的摹仿。只讲思想性而忽视真实性,会使倾向性代替真实性,使艺术被贬为虚假的艺术。只标榜艺术性,而不顾真实性,则艺术不复存在。有一个时期,文艺批评只顾思想性、倾向性,艺术性很少触及,或者根本不予重视。为了纠正这种偏向,因此在最近一个时候不少文章呼吁文艺批评中加强艺术分析,这是完全必要的。但又出现了一些新的现象,一些评论文章对艺术性、思想性都不错的作品,只作印象描写,文章形同散文,写的有文采,但是作品的真正价值在哪里却并没有说清楚。同时,有的文章强调在批评中真实性、思想性和艺术性三个面不可偏废,这也完全是合理的,不过不宜把问题绝对化。因为在数量众多的作品中，真正经得住全面分析的作品一般说来不算很多，也就是说作品的三个方面的成就往往是不平衡的有差异的。例如有的作品在艺术上不算高明，或者是经不起认真分析的，评论本来可以对它们置之不顾。但在特定的条件下，这些作品发生过或好或坏的影响。这时批评对于前一类作品还应多作肯定；对于后一类作品，则应从它和生活的关系研究作者在把握生活中的得失。又如一部作品的倾向性很成问题，甚至直接涉及政治，那么，即使它在艺术上很有特色，评论在肯定其艺术性的同时，也没有理由对它的倾向性问题不闻不问。当然，这种评论不应是那种脱离作品实际的政治评论，而应根据作品的艺术构思、描写和社会效果，进行实事求是的分析，既不夸张也不缩小它的影响。再如一篇作品，它的思想性、倾向性并不明显，例如某些诗歌、散文，它只是反映了人们的某种感受和情绪，或者描绘的是一幅优美的自然景色，像这类作品，它们往往以艺术性取胜，可以使人产生优美的艺术感受，有很大的审美价值。对于它们，我们就没有什么必要需从批评准则的各个方面去大动手术，深究它们的微言大义。对于娱乐性很强的作品，也应如此对待，它们可以不断满足人们的审美需要。

所以，文艺批评应该分析文艺作品所具有的各种品格，尽量在真实性、思想性、艺术性的统一中评价作品，从作品的整体上分析作品；同时，也可侧重某一方面进行评述。这两种方式应该是并行不悖的。

（三）不断创新的审美的、历史的文艺批评及其发展中的倾向性问题

观察一下马克思、恩格斯确立的审美的、历史的文艺批评，我们不难发现，马克思、恩格斯在五十多年的生涯中对文艺作品所作的断断续续的论述，几乎每次都要提出一些新的理论问题，他们的批评文章，绝不是对某一部作品的内容的描述，或是依凭个人的好恶，随便颂扬、鞭挞一番。他们总能抓住作品中关键问题，按照艺术的规律和

审美理想，进行犀利的剖析，并在当时文艺理论的高度水平之上，提出新的见解，丰富文艺批评。所以他们的评论文章和书信，都富有高度的理论性，这无疑是与他们的社会思想水平分不开的。马克思、恩格斯关于社会发展的科学理论，由于以历史唯物主义和辩证唯物主义为指导，改造了整个人类的认识，所以在文艺批评领域也必然会由于他们的科学理论而引起变革。与此同时，马克思、恩格斯又有广泛的文学史知识，他们对于人类以往达到的艺术成就了如指掌，对文艺现状也极为熟悉，所以他们那种渗透着贯通古今精神的文艺批评，就具有高度的理论深度和广度。

马克思、恩格斯在文艺批评中从两个方面做出了他们的贡献。一是一些理论问题在过去或同时代人的文艺批评文章中已经提出来，或正在讨论之中。他们的功绩在于赋予这些问题以新的内容，做出科学的阐述，从而推进了文艺批评的发展。二是他们以自己的学说为基础，在文艺批评中提出了一些全新的概念，成为文艺批评中的创新。现在看来，他们对某些问题的阐述，由于针对性极强，我们今天必须要做些修正，或作进一步的讨论，但是他们提出的基本批评原则，至今仍为我们所沿用。

先说马克思、恩格斯在批评中所使用的第一类重要概念，如现实主义、典型化、个性化、真实性、倾向性等。这些概念在19世纪中叶进步文艺批评中已开始流行，但马克思、恩格斯在使用它们时注入了新的内容。例如现实主义，在19世纪50年代到80年代之间的欧洲文学界，尚无一个公认的确定的说法，在不少作家那里，它常与自然主义相通。考虑到文学理论的历史经验和现状，恩格斯就现实主义提出了明确的界说，并使它与自然主义区别开来，又如在西欧现实主义文学发展的滥觞期，对性格和环境的关系和未有科学的理解，即使在18世纪，环境对人物个性的影响，也还带有机械唯唯物主义色彩，尚未认识到不同环境的作用是各不相同的。恩格斯提出的环境主要是社会的、经济的、阶级斗争的环境，它们对人物性格的形成起了决定性的作用，因此可以说，他的关于现实主义的定义，在现实主义理论上的确有重大的发展。

十 审美的、历史的文艺批评

马克思、恩格斯的文艺批评中的另一类理论范畴，完全是一种独创，如建立无产阶级文学、描写无产阶级新人等，内容极为丰富。这里我们仅就他们反对文艺批评中的抽象的人性论和庸俗社会倾向做些说明。1844—1845 年，马克思和恩格斯在哲学，社会等思想方面大体完成了从革命民主主义者向共产主义者的转变，他们一面清算了哲学思想上的费尔巴哈影响，另一方面对那些继续宣传费尔巴哈人本主义思想的青年黑格尔派的著作，进行了猛烈的抨击。恩格斯对格律恩《从"人的观点"论歌德》一书所作的批判，完全可以看作为对抽象的人性论文艺批评思想的一次清算。

格律恩是"真正的社会主义"流派的首领之一，他承袭费尔巴哈的人本主义思想，"始终一贯地把各个具体的一定的个人间的关系变人'人'的关系，他们这样来解释这些一定的个人间的关系变为'人'的关系，他们这样来解释这些一定的个人关于他们自身关系的思想，好像这些思想是关于'人'的思想"①。在尖锐的社会斗争中，"真正的社会主义者"局限于他们"不是代表无产阶级的利益，而是代表人性的利益，即一般人的利益"。马克思、恩格斯嘲笑说："这种人是不属于任何阶级，并且根本不存在于现实界而存在于哲学冥想的渺茫太空。"② 格律恩正是从超然于一切社会关系之上的人，即抽象的人的观点业评价歌德的。就歌德本人来说，他的作品常常涉及人的问题，但是歌德的人和费尔巴哈的人是不同的，歌德歌颂世俗的人，现实的人，有血有肉的人，能创造的人，有生活乐趣的人。而格律恩把歌德的人与他的抽象化了的人一视同仁，从而使现实人的人变成了失去血肉的人，这是一。二、歌德作为伟大的诗人，离不开当时的鄙俗气，在革命风暴面前表现出来的小市民的胆怯，对政治的冷漠，对宁静、舒适生活的向往，等等。这些习气完全合乎格律恩的脾胃，于是他竟把歌德视为"真正的社会主义者"的代表人物，把诗人的一切弱点都当作"真正的社会主义"理想而在加歌颂，而对德国诗人真正伟

---

① 《马克思恩格斯全集》第 3 卷，人民出版社 1960 年版，第 526 页。
② 《马克思恩格斯全集》第 4 卷，人民出版社 1958 年版，第 496 页。

大之处却只字不提。1847年初,恩格斯在给马克思的信中说:"这本书(指格律恩的书——笔者)十分能说明问题,格律恩把歌德的一切庸人习气颂扬为人的东西,他把作为法兰克福人和官吏的歌德变成了'真正的人',而同时对于一切伟大的和天才的东西他却避而不谈,甚至加以唾弃。这样一来,这本书就提供了一个最光辉的证据:人=德国小资产者。"①

在批判文艺批评中的抽象的人性论时,马克思、恩格斯提出了一个十分重要的思想,即作家和时代、作品和现实生活关系的问题。伟大的作家都是自己所处时代的反映者,他的作品必然要反映出自己时代的某些本质的方面。他的作品所以成功,在于它反映时代的要求,他的作品中的弱点,也真是时代运动的局限的表现,歌德正是这样的一个作家,他的作品反映了18世纪末、19世纪初德国资产阶级的反封建要求,表现了这个时代的革命理想和激情。但是诗人又不能摆脱自己所属阶级的局限,他不能不把弥漫于社会的鄙俗气,资产阶级的无力行动,安于现状的精神状态带到作品中去。所以恩格斯说:"歌德有时非常伟大,有时极为渺小;有时是叛逆的、爱嘲笑的、鄙视世界的天才,有时则是谨小慎微、事事知足、胸襟狭隘的庸人。"② 恩格斯的这一批评,后来成了马克思主义文艺批评的主要思想。

马克思主义在19世纪70年代以后在欧洲各国得到了广泛的传播,影响越来越大。人们看到特别在德国不少大学生、知识分子加入了德国社会民主工党,他们以马克思的信徒自居,宣传马克思主义,不幸的是他们并不真正理解马克思主义的精神。对此马克思本人也无可奈何地说,他们宣传的理论连他本人也不敢相信自己是马克思主义者了。他们把什么问题都直接和经济联系起来,结果把马克思主义教条化、庸俗化了。关于这种情况,恩格斯在《给〈萨克森工人报〉编辑的答复》中写道,这些人"第一,显然不懂他们宣称自己在维护的那个世界观;第二,对于在每一特定时刻起决定作用的历史事实一

---

① 《马克思恩格斯全集》第27卷,人民出版社1972年版,第89页。
② 《马克思恩格斯全集》第4卷,人民出版社1958年版,第256页。

十　审美的、历史的文艺批评

无所知；第三，明显地表现出德国文学所特具的无限优越感"[1]。在文艺批评中，保尔·恩斯特就是这种代表人物之一。1890 年，恩斯特与奥地利的资产阶级政论家巴尔就北欧的妇女问题发生了争论。巴尔杜撰马克思主义，用资产阶级的伪科学的观点对待马克思主义，这自然是走了样；同时在女问题上也是一派胡言，恩斯特驳斥巴尔的谬论自然是应该的。但是恩斯特的反驳暴露了他对马克思主义的一知半解。恩斯特是在什么地方失足的呢？他在文学作品的分析中把仅仅适用于德国的"小市民"这个概念应用到了挪威的小市民身上，把德国的小资产阶级与挪威的小资产阶级等量齐观，把挪威的民主文学说成是市侩主义小市民走向绝望的文学，这完全是生搬硬套。事实上，在德国和挪威，小资产阶级是两个完全不同的阶层。在德国，小市民阶层是 16 世纪农民战争遭到失败后的产物，由于封建公国长期割据，这一阶层未能得到顺利发展，它具有"胆怯、狭隘、束手无策、毫无首创能力这样一些畸形发展的特殊性格"。挪威与德国的条件完全不同，挪威农民从来不是农奴，挪威的小资产阶级是自由农民之子，在这种情况下，他们比起德国小市民是真正的人，所以挪威的小资产阶级妇女比起德国的小市民妇女来，也有天壤之别，即她们有"自己的性格以及首创的和独立精神"[2]。由此，恩格斯认为用唯物主义的观点去处理问题是对的，但是，"如果不把唯物主义方法当作研究历史的指南，而把它当作现成的公式，按照它来剪裁各种历史事实，那么它就会转变为自己的对立物"[3]。所以，恩格斯认为，如果恩斯特被巴尔抓住了辫子，那完全是自作自受了。

抽象的人性论和庸俗社会学都背离了审美的、历史的文艺批评方法论。前者曲解了审美分析，破坏了历史的、社会的分析原则；后者歪曲了历史的、社会的分析，破坏了历史的、社会的分析原则。虽然两者效果各异，但殊途同归，都曲解了马克思主义文艺批评的精神与

---

[1]《马克思恩格斯全集》第 4 卷，人民出版社 1958 年版，第 69 页。
[2]《马克思恩格斯全集》第 37 卷，人民出版社 1971 年版，第 412 页。
[3]《马克思恩格斯全集》第 37 卷，人民出版社 1971 年版，第 410 页。

内涵。

马克思、恩格斯逝世后,审美的、历史的文艺批评大约经过了九十多年的发展。在这一过程中,梅林、拉法格、卢那察尔斯基、高尔基等人,在这方面都各自做出了贡献。他们不断宣传文艺和生活关系上的唯物主义观点,坚持文艺的真实性和思想性,反对自然主义,进一步提出建立无产阶级文艺的新任务和在20世纪初盛极一时的颓废主义文艺作斗争,等等。

另一方面,近百年来,审美的、历史的文艺批评遭到的歪曲也是极为严重的。有的人代之以生物学的文艺批评,有的人在革命高涨时期否定无产阶级文学,宣传普遍的爱,鼓吹直觉主义,有的人把文艺批评标准简单化,宣传人性论观点。但为害最烈的莫过于两次庸俗社会学倾向的大泛滥,一次是在苏联,一次是在我国,而且历时久长。

庸俗社会学倾向不仅出现于恩斯特等人的论著中,而且也出现于稍后的普列汉诺夫等人的文艺评论中,在普列汉诺夫对托尔斯泰的评论文章中就有这种因素。普列汉诺夫把托尔斯泰和马克思相互比较,这当然是可以的。但这样做仅能说明托尔斯泰的某些方面,而不能阐明托尔斯泰创作、思想的全部复杂性。至于脱离了对托尔斯泰所处时代、社会运动的正确理解来评价托尔斯泰的作品,就更暴露出了这种评论的简单化倾向的苗头。其后,弗里契在他的文艺论著中宣传"艺术社会学",他把文学艺术看成是社会经济关系的直接反映,文艺中的种种问题,都必须用经济关系来加以说明。苏联初期的无产阶级文化派,20世纪20年代中后期拉普中的理论家,以及同时期的一些著名的文艺研究家如彼尔维尔泽夫、尼库林等人,在思想上与弗里契同出一辙,都把过去的优秀古典作家当成是他们所属阶级的代表,他们所写的作品就是他们本人所属阶级的心理反映,或是把作品中的主要人物说成是作者本人,等等。这种"艺术社会学"的宣传者发展到后来竟把高尔基也宣布为资产阶级作家了;至于那些拥护苏维埃政权的、非党的"同路人"常常遭到攻讦。庸俗社会学倾向极大地阻碍了苏联作家的团结和文学的发展。20年代末,苏联文艺对庸俗社会学倾向作过批判,但由于理论准备不足,效果不大。30年代初,卢那察

十 审美的、历史的文艺批评

尔斯基研究列宁文艺思想的长文问世,列宁评论托尔斯泰的一组文章引起了普遍的重视;与此同时,马克思、恩格斯的一些涉及文化问题的论著以及关于现实主义的信件首先在苏联公布,这使人们在理论上得到了丰富,于是对文艺学中的以及其他领域中庸俗社会学倾向再度发起批判,直至1935年才告一段落。同时由于弗里契及其他人所标榜的"艺术社会学"的错误影响,我们看到一些西方学者在他们的文艺论著中,干脆把马克思主义评中的庸俗化倾向,当作马克思列宁主义文艺批评思想本身,而加以贬低和嘲笑,不去理会真正的马克思主义的文艺批评观。① 第二次世界大战后,特别在50年代初期,庸俗社会学倾向在苏联重新抬头,同时在后一段时期里,在苏联的文艺批评文章及专著中艺术技巧谈得很多,社会分析受到某些人的轻视。在艺术理论范围,呼吁要认真研究艺术的社会职能、艺术社会学,则是70年代后期的事。

至于在我国,文艺批评中的庸俗社会学倾向的兴起与肆虐过程,是众所周知的,其恶劣影响,极为深远。它是马克思主义文艺批评史上最沉痛的一页,比起苏联的无产阶级文化派和"拉普"的错误,只有过之而无不及。

纵观马克思主义文艺批评的发展,这几个问题是有待解决的。第一,还要广泛地、深入地阐明马克思主义审美的、历史的文艺批评的原则,掌握它的方法论。第二,随着文艺的发展,我们也应该从理论上不断充实和丰富马克思主义的文艺批评;文艺批评是"行动的美学"(别林斯基语),应当在广泛吸收我国和外国文艺批评优秀遗产的基础上,不断地有所创新,不能因循守旧。第三,要不断扫除任何阻碍文艺批评顺利发展的因素。这是需要整个批评界共同努力的。

(原文作于1982年2月,刊于《马克思恩格斯美学思想论集》,人民文学出版社1983年版)

---

① 见[美]韦勒克、沃伦《文学理论》,生活·读书·新知三联书店1984年版。

第三编
文学理论：百年回顾与前景

一　文学观念：世纪之争及其更新

（一）

　　学术上的分歧和冲突，在我看来应是一种常态。没有分歧和论争意味着停滞。我国文艺观念上的分歧至今存在着，有时还显得十分尖锐。这分歧主要表现在对文艺的本质、目的、功能的不同的理解方面。如果我们不囿于一时一事，回顾一下近百年的历史，那么这一分歧可以说是世纪之争了。

　　戊戌政变之后，梁启超东渡日本，继续鼓吹新思想和"政治革命"，倡导"诗界革命"和"小说界革命"。他以为西欧政治之变革，政治小说起了启动作用；日本明治维新之成功，同样得力于政治小说之普及。"彼中辍学之子，黉塾之暇，手之口之，下而兵丁、而市侩、而农氓、而工匠、而车夫马卒、而妇女、而童孺，靡不手之口之。往往每一书出，而全国之议论为之一变。"① 一部小说能左右全国之议论，拿今天流行的话来说，就是发生"轰动效应"了，梁启超对此可说心向往之。在另一篇文章中，他把小说的目的、功能又提高了一步。文章一开头就说："欲新一国之民，不可不先新一国之小说。故欲新道德，必新小说；欲新宗教，必新小说；欲新政治，必新小说。"在结尾处则说："故今日欲改良群治，必自小说界革命始；欲新民，

---

① 梁启超：《译印政治小说序》，《中国历代文论选》第4册，上海古籍出版社1980年版，第206页。

必自新小说始。"① 一，毫无疑问，此时梁启超推崇政治小说，其小说观是一种政治小说观，与其政治观是一致的。所谓政治小说观也是一种政治文艺观，倡导者主要以政治家的目光来要求小说和文艺。改革失败，政坛难以存身，为了唤起民心，他以为政治小说是一种可以达到政治改革的手段。他身体力行，也亲自迻译日本明治维新中颇有影响的政治小说。梁启超的政治文艺观受到日本政治小说的影响是无可怀疑的。二，政治小说观或政治文艺观必然夸大小说的功能，人为地抬高小说的作用，如说在政治变革中，"政治小说为功最高焉"。他所说的小说的熏、浸、刺、提四大作用，无疑触及了文艺以情感人的特点。但这些功能都与政治联系在一起，将小说功能与政治功能等量齐观。在梁启超那里，政治小说简直能兴邦立国，把文艺混同于政治了。我把梁启超早期的文艺观提出来，目的是想说明，在日本政治和文艺思潮的影响下，20世纪初在我国形成了一种政治文艺观，它后来不断以不同面目出现。当然全面观察梁启超的文艺思想，其前后期是大相径庭的。

20世纪初在文艺观念创新方面的另一位代表人物，应是王国维。在梁启超为政治小说呼号的同时，王国维的有关文艺问题的一系列论著，表现了与前者截然不同的观点。王国维是位淡于政治的学者，所以革命、政治改革与他格格不入。当他接触西方文化，那些启蒙思想家的宏论未能引起他的兴趣，而一开始就投入康德、叔本华、尼采、席勒的著作，并把它们与我国道家、释家思想融合一起，形成了一种新的文学观念。王国维说："文学者，游戏的事业也。人之势力用于生存竞争而有余，于是发而为游戏……成人以后，又不能以小儿之游戏为满足，于是对其自己之感情及所观察之事物而摹写之，咏叹之，以发泄所储蓄之势力。"② 这无疑是席勒美学观的翻版。在谈到文学之功利时，他主张非功利说，认为文艺与政治、道德无关。在道家、释

---

① 梁启超：《论小说与群治之关系》，《梁启超文选》下册，中国广播电视出版社1992年版，第3、8页。
② 王国维：《文学小言》，《王国维文学美学论著集》，北岳文艺出版社1987年版，第24—25页。

家思想的影响下，王国维结合康德的"美是无一切利害关系的愉快的对象"说，提出文艺是"可爱玩而不可利用者"①，强调文学自身之规律，要写真景物、真感情，写出有如"空中之音，相中之色，水中之影，镜中之象，言有尽而意无穷"的空灵"境界"。王国维对叔本华的哲学、美学思想感受极深，他根据这位德国美学家的悲观主义哲学、美学思想，对《红楼梦》作出了当时最为详尽的评论，提出文艺的"解脱"功能说。他说："吾人之知识与实践之二方面，无往而不与生活之欲相关系，即与痛苦相关系。有兹一物焉，使吾人超然于利害之外，而忘物与我之关系。此时也，吾人之心，无希望，无恐怖，非复欲之我，而但知之我也……然则，非美术何足以当之乎！"摆脱世俗之利害关系，形成物我两忘，从而解脱了人生之痛苦。"美术之务，在描写人生之痛苦与其解脱之道，而使吾侪冯生之徒，于此桎梏之世界中，离此生活之欲之争斗，而得其暂时之平和，此一切美术之目的也。"② 此外，有关文艺创作的天才说等论述，也与康德、尼采等人理论相一致。

我无意在本文中细辨早期梁启超的文艺观与王国维之文艺观和它们思想来源之间的异同及其功过，这无疑要求更多的笔墨。我在这里想说明的是，一，这两种性质迥异的文艺观都是在传统文化的基础上，汲取外来文化的影响而形成的。政治小说观与传统的儒家重功利的思想并不脱节，只是赋予了它以新的意义，具有浓重的入世色彩。而把文艺视为"游戏""解脱"的文艺观，与传统文化中求要文学艺术超凡脱俗、物我同一的审美要求相合拍而具有道家、释家出世的色彩。二，这两种文学艺术观实际上具有文化、艺术的整体性意义。一种观念注意艺术的他律，另一种观念推崇艺术的自律，它们形成互补，虽然长期以来它们一直被割裂。三，但是这两种文艺观，在不同的具体的历史条件下，由于人们不同的思想导向，时时会表现出其内

---

① 王国维：《古雅之在美学上之位置》，周锡山编校《王国维文学美学论著集》，北岳文艺出版社1987年版，第41页。

② 王国维：《红楼梦评论》，周锡山编校《王国维文学美学论著集》，北岳文艺出版社1987年版，第3、9页。

在的对抗性来。毫无疑问,20世纪初梁启超的文艺观从当时的社会需求来看,具有明显的进步意义,这是一种批判封建制度的文艺观,它要求更新生活。当然它的弱点也十分突出,这就是使文学政治化。王国维的文艺观较为复杂,它强调文艺之自律,企图使文艺获得独立而摆脱政治的附庸地位,重视文艺本身的规律性现象,同样具有进步意义;但它在激烈的社会斗争中倡导厌世哲学,远离人世的纯艺术思想,又具有消极的因素。

我之所以要描绘这两种出现于20世纪初的文艺观,目的是想说明,八九十年来,我国文艺界在文艺观上所引起的论争,莫不与这两种文艺观相联系,只是程度不同罢了。可不可以这样说,后世的不同文艺观的论争,是每当社会发生剧变,在西方文化不断影响下传统与现代化互相冲突与消长的情况下形成的。

(二)

五四运动掀起了改造中国传统文化的大潮,十分有意思的是,这一社会、文化运动,是从文学领域开始的。

1916年8月15日《晨钟报》创刊,有李大钊《〈晨钟〉之使命》一文,提出"由来新文明之诞生,必有新文艺为之先声"。1917年1月1日出版的《新青年》,发表了胡适的《文学改良刍议》一文,提出文学改良"八事",即"八不主义",猛烈地抨击了陈腐的封建文艺观。同年2月1日,《新青年》刊出陈独秀的《文学革命论》,挞伐封建文学,提倡三大主义,"曰推倒雕琢的阿谀的贵族文学,建设平易的抒情的国民文学。曰推倒陈腐的铺张的古典文学,建设新鲜的立诚的写实文学。曰推倒迂晦的艰涩的山林文学,建设明了的通俗社会文学"。接着刘半农、钱玄同纷纷撰文支持文学革命。

与此同时,外国文化、文艺思想、文学作品的介绍,无疑起了推波助澜的作用。1918年,周作人著文盛赞日本式的变革。在明治维新期间,西欧的文化、文艺思潮逐一被介绍到了日本,西欧"为艺术的艺术",俄罗斯的"为人生的艺术"思想早在日本流传。周作人认为，日本通过介绍西方文艺思想，到现在"已赶上了现代世界的思潮"，这"正是创造的模拟。这并不是说，将西洋思想和东洋的国粹合起来，算是好；凡思想，愈有人类的世界的倾向，便愈好"①。而在同年初，周作人在介绍俄罗斯作家时借一位英国人的话说："近来时常说起'俄祸'。倘使世间真有'俄祸'，可就是俄国思想，如俄国舞，俄国文学皆是。我想此种思想，却正是现在世界上，最美丽最要紧的思想。"②而易卜生等人的著作、思想，也在此时由胡适等人在传播了。

一个改造社会、要求个性解放的运动，首先在文学中发动起来，其主要原因是制度腐朽、思想陈旧、政权独裁所致，清新健康的声音难以在政坛得到宣扬，而只能在文学中较为容易地表露出来。同时，文学这种形式也易传达出某种思想与情绪，为较多的人所接受。"五四"时期提出的文学主张，较之梁启超早期的主张就深入、成熟得多了。

在文学革命声中，周作人张扬人道主义，标榜"人的文学"。他说这种人道主义，"乃是一种个人主义的人间本位主义"，"用这人道主义为本，对于人生诸问题，加以记录研究的文字，便谓之人的文学"。这种文学是"写这理想生活，或人间上达的可能性"，"写人的平常生活，或非人的生活"③。无疑，这种人道主义正是盛行于19世纪俄罗斯、欧洲文学中的人道主义。接着他的文学观念在稍后几日写就的《平民文学》一文中又有所发挥。他主张"人生艺术派"，这种文学即"平民文学"，其"内容充实，就是普遍与真挚两件事"，即"写普遍的思想与事实。我们不必记英雄豪杰的事业，才子佳人的幸福，只应记载世间普通男女的悲欢成败"④。文学写人，写普通男女，写他们的悲欢成败，这是一种相当彻底的民主主义的文学观。这一文学观把文学革命的口号、原则、要求进一步具体化了。这既符合当时

---

① 周作人：《日本近三十年小说之发达》，《新青年》第5卷第1号，1918年7月15日。
② 周作人：《陀思妥耶夫斯基之小说》，《新青年》第4卷第1号，1918年1月15日。
③ 周作人：《人的文学》，《新青年》第5卷第6号，1918年12月15日。
④ 周作人：《平民文学》，《每周评论》1919年1月19日。

社会运动要求,同时也把文学观推向现代,与外国文艺思潮相连接。值得注意的还有李大钊的文学思想。他一方面表现了类似的思想,同时却又注意到文学的整体精神。他说:"我们所要求的新文学,是为社会写实的文学,不是为了造名的文学;是以博爱心为基础的文学,不是以好名心为基础的文学;是为文学创作的文学,不是为文学本身以外的什么东西创作的文学。"① 这一文学思想讲得比较辩证,可惜在后来许多年中未曾实现,都各执一端展开论争。

"五四"时期文学运动的主将们竭力反对把文学艺术视为娱乐与消遣。1921年文学研究会成立,周作人被推为宣言起草人。宣言说"将文艺当作高兴时的游戏或失意时的消遣的时候,现在已过去"。宣言认定文学"是于人生很切要的一种工作"②。西谛(郑振铎)认为,文学不以娱乐为目的,也不以教训、传道为目的,它是人生之反映。沈雁冰也"反对'吟风弄月'之恶习,反对'醉罢'、'美呀'的所谓唯美的文学,反对颓废的、浪漫倾向的文学",指出在政治黑暗的时代,一些人通过唯美主义文学而求得精神上之快慰,灵魂之归宿,实为身处污泥而闭目空想,自欺欺人。他主张"文学是有激励人心的积极性的","希望文学能够担当唤醒民众而给他们力量的重大责任",附着于现实人生之文学,"以促进眼前的人生为目的"③。

大体同一时期,创造社的《创造》季刊问世,而后又出现《创造周报》《创造月刊》等。当时创造社的主要人物郭沫若张扬"主情主义""泛神思想""对于原始生活的景仰"④,等等;而成仿吾则说,"至少我觉得除去一切功利的打算,专求文学的全(perfection)与美(beauty)有值得我们终身从事的价值之可能性"⑤。这类表述自

---

① 李大钊:《什么是新文学》,《星期日》社会问题号,1919年12月8日。
② 《文学研究会宣言》,《小说月报》第12卷第1号,1921年1月10日。
③ 雁冰:《"大转变时期"何时来呢?》,《文学》(原名《文学旬刊》)第103期,1923年12月31日。
④ 郑伯奇:《〈中国新文学大系·小说三集〉导言》,上海良友复兴图书印刷公司1940年版,第158页。
⑤ 成仿吾:《新文学之使命》,《创造周报》第2号,1923年5月20日。

一 文学观念：世纪之争及其更新

然容易引起误解，在相当长的一个时期里，曾被看成是"为艺术而艺术"的文艺观。

但是从"五四"文学运动之精神和创造社成员的作品来看，从它们歌颂人之觉醒、个性解放、强化自我、偏重创造之主体精神来看，实际上是与"为人生的艺术"的精神是一致的。文学研究会接受俄国人生派之主张，描写人之险恶的社会处境，从人走向社会。创造社成员一开始就接受"世纪末"的种种流派影响，但"它的浪漫主义始终富于反抗的精神和破坏的情绪"①。对这两派的文艺主张，后来胡风做了比较中肯的分析。"当时的'为人生的艺术'派和'为艺术的艺术'派，虽然表现出来的是对立的形势，但实际上都不过是同一根源的两个方向。前者是，觉醒了的'人'把他的眼睛投向了社会，想从现实的认识里面寻求改革的道路；后者是，觉醒了的'人'用他的热情膨胀了自己，想从自我的扩展里面叫出改革的愿望。"②

20世纪20年代中期，社会的矛盾、斗争激化起来，不少创作小说、诗歌的作家，都是社会斗争的直接参与者。20年代上半期，蒋光慈已开始倡导"革命文学"。1923年，郭沫若在《我们的文学新运动》一文中，宣告"我们的运动要在文学之中爆发出无产阶级的精神"。1927年，一批从事革命工作的人从政坛转入文坛，成立太阳社，与创造社一起倡导"革命文学"与"无产阶级文学"。

但是这还仅是一种文学思想的酝酿，而从整个文学创作的趋向来说，大体还停留在"五四"的"人的文学""为人生的艺术"的轨道上。例如这时期的主要文学成绩，都是描写农民、探索"人生究竟是什么""超人""灵肉冲突"的作品。"人的文学""平民文学""为人生而艺术"开辟了中国文学的现代化道路。文学一旦抛开了"为圣贤立言"的教条，它就有可能对人与非人的各个方面进行艺术剖析，就可以揭示人之生存处境之艰难，并深入其心灵深处，揭示其灵与肉

---

① 郑伯奇：《〈中国新文学大系·小说三集〉导言》，上海良友复兴图书印刷公司1940年版，第159页。
② 胡风：《文学上的"五四"》，《胡风评论集》中册，人民文学出版社1984年版，第122页。

之斗争，就可以弘扬人之个性，对自由、解放之向往，刻画国民精神，生之欢乐与创造，被侮辱与被损害之悲哀。总之，我国文学以其审美活动的空前丰富与多样而进入了世界文学之潮流。其次，"五四"时期的文学相对来说，是一种自由的文学，那些曾在这一时期在创作上作出贡献的作家，都是具有独立不羁的个性的人物，如鲁迅、周作人、胡适、郭沫若、郁达夫、冰心等人，甚至连他们笔下的女性人物都在说"我是属于我自己的"，虽然现实生活实际上难以使这些人获得真正的独立。同时那些文学社团，虽然不时有宣言出现，甚至往往言及要借文学来改造社会，但毕竟只是一种文学主张，作为社团也是一种松散的、无约束力的，去留自由。作家在相当自由、独立的心态中可以真实地描绘他们有所体验的东西，从鲁迅的国民性典型人物的刻画到为自己独立个性挣扎的弱女子，从冰心的母爱到郁达夫所写的爱情变态心理，从郭沫若的雄壮的呼号到李金发的象征主义诗作，文学面向的是广阔的人生，是为全社会的精神之伸展，而不是为了一种主张，甚至一种乌托邦主义。

  自然，也要注意到，在这一时期的文艺观念中，存在着一些矛盾的现象，与文学的整体观念不尽一致。比如"为人生而艺术"的文艺观，竭力反对"文以载道"。反对与排斥封建文学的文以载道和它的功利主义，自然值得称赞。但是，文学为人、为人生同样是一种"文以载道"，只不过是民主的平民的"文以载道"罢了；同样是一种功利主义，只是使之符合更多人的多种审美要求罢了。为人生派敌视文艺的消遣、游戏功能，在文艺的转折期，如此张扬，无可非议，况且"五四"前所说的文艺的消遣作用确很消极，但是把文艺的功能提高到改造社会的程度，也并不科学；而且不可否认，文艺确有娱乐、消遣作用，这种成分相当大。并且到了一定时候不对上述理解进行修正，也无益于文艺的多方面发展。实际上，这类修正未曾出现过，文艺的功能始终绷紧在社会功利主义的弦上。当然，如果把这种文艺观与梁启超早期的文艺观作一比较，则为人生的文艺观较之政治小说观无疑更符合文艺特征，而且其作用也无法同日而语。"五四"后的梁启超的艺术观变化很大，本文在此不作赘述。

（三）

  20 世纪 20 年代中后期外国文艺思想进一步被介绍过来，特别是日本与俄国的无产阶级文艺思想，当然西欧的文艺思想也不例外。郭沫若说："中国文坛大半是日本留学生建筑成的。"创造社、语丝社的成员都是日本留学生。"中国的新文艺是深受日本的洗礼的"[①]。郭沫若的话是对的，而且岂止对 20 世纪 20 年代是对的，就是对 30 年代以及以后的中国文坛都是适用的，可以说一直到现在都有其触角性的影响的存在。日本的影响大致包括两大方面：一是指受日本革命文学的启蒙。20 世纪 20 年代中期前，日本开始了无产阶级文艺运动，1925 年就成立了"日本无产阶级文艺联盟"。一些进步作家将当时俄国的所谓新兴文艺与理论移译到日本，结合本国文艺，加以宣传，这自然引起了留日学生的关注。二是留日学生回国后，不少人从事文艺工作，既移译日本人的有关无产阶级文学理论，从日文转译苏俄文学理论，自然也有从俄文直接翻译的。1926 年 12 月，《中国青年》上刊出了列宁《论党的出版物与文学》摘译本。其后日本升曙梦的《新俄的无产阶级文学》《新俄文学的曙光期》以及《苏俄的文艺论战》相继被译成中文出版。

  新的理论的输入，使创造社、太阳社不再满足于"人的文学""为人生而艺术"、文学表现人性了，而大力张扬"革命文学""无产阶级文学"，其锋芒所向，连鲁迅、茅盾均在扫荡之列。那么它们的文学主张包括些什么内容呢？一是认为社会已进入新时期，与之相应，文学应是无产阶级文学、革命文学，从文学革命走向革命文学。二是认为文学是一种阶级意识的表现，文学是有阶级性的，一切文学都是阶级文学。李初梨说，文学"是生活意志的表现"，是有"阶级背景"的，是"一个阶级的武器"，"革命文学必然是无产阶级的文学"，作家是"为革命而文学"，其作品是"由艺术的武器，到武器

[①] 麦克昂：《桌子的跳舞》，《创造月刊》第 1 卷第 11 号，1928 年 5 月 1 日。

的艺术"。他引用辛克莱的话说:"一切的艺术,都是宣传,普遍地,而且不可逃避地是宣传;有时无意识地,然而常时故意地是宣传。"① 可以说,这种文艺观在当时是相当有代表性的。

恰在这时,梁实秋针对上述理论,反对文学的阶级性。他说"伟大的文学乃是基于固定的普遍的人性,从人心深处流露出来的情思才是好文学","人性是测量文学的惟一标准",文学家"对于民众并不负着什么责任与义务,更不曾负着什么改良生活的担子","文学家的心目中并不含有固定的阶级观念,更不含有为某一阶级谋利益的成见",所谓"革命文学"说不能成立。同时他认为文学创作要有天才,文学不是宣传,不是武器,不是阶级斗争工具,文学国土没有阶级的界限。最后他要求无产阶级文学拿出货色来②。结果这场争论把鲁迅也卷了进去。为了弄清问题,鲁迅亲自翻译了普列汉诺夫的《艺术论》与卢那察尔斯基的《文艺与批评》等。

20世纪30年代,中国文艺界进一步受到后来被称为"红色的30年代"的国际无产阶级文艺运动的影响,马克思主义文艺思想、社会主义现实主义不断被介绍过来。30年代初,当时"左联"已成立,又与胡秋原等就文艺的性质、功能、价值发生了争论。胡秋原提出"勿侵略文艺",而"某种有政治主张的人,每欢喜将他的政见与文艺结婚"③。苏汶则提出"第三种文学"。左翼理论家则坚持文艺的阶级性,认为一切文艺都是阶级文艺,并把列宁的文学党性原则应用于论争中,提出一切文艺"直接地间接地都是阶级斗争武器","阶级性,主要的却表现在文艺作品(……)之阶级的任务,之做阶级斗争的武器的意义上";在艺术价值问题上,则认为"艺术价值不是独立的存在,而是政治的,社会的价值……归根结蒂,它是一个政治的价值"④。

---

① 李初梨:《怎样地建设革命文学》,《文化批判》第2号,1928年2月15日。
② 梁实秋:《文学与革命》,《新月》第1卷第4期,1928年6月10日。
③ H.Q.Y.:《勿侵略文艺》,《文化评论》第4期,1932年4月20日。
④ 丹仁:《关于"第三种文学"的倾向与理论》,《现代》第2卷第3期,1933年1月,着重点为原文所加。

一 文学观念：世纪之争及其更新

历史地回顾这些有关文艺观念的争论，如提出"革命文学"、"无产阶级文学"、阶级性等，我以为这是我国文艺发展的必然。如前所说，残酷的社会斗争，低潮与失败，使不少人转入文学，笔墨间的愤激之情随处可见。他们提出文学的阶级性，文学有阶级性。这些观点无疑改变了过去对文学的认识，是一个重大进步。要求文学革命化，提出文学要为当时的革命斗争进行宣传与鼓动，也是时代的需要，历史无可选择。不过也要看到，左翼作家的理论宣传中确也存在偏颇与极端。如在张扬文艺阶级性的同时，简单地否定了也有共同人性的一面；对那些并不体现无产阶级文学要求的优秀作品，却给以嘲弄甚至加以挞伐，把刚刚学到的马克思主义常识任意套用；随意给人扣上"封建余孽""布尔乔亚"的帽子。在文学功能的方面，阐释的简单化、极端的功利主义，导致文学功能的政治化而把文学视为单纯的阶级斗争的工具与武器，很少顾及其审美作用，并且从此在我国形成一种主要倾向。而梁实秋等人在反对文学的阶级性问题上，依据理由显然有悖于当时社会斗争之形势，所以一些人对他的反驳也是有力的。但从文学理论整体看，他们所主张的文学应表现人性的一面，也属文学本质的应有之义。这样我们看到，从20世纪20年代中期到30年代末期，文艺中的多次争论主要是围绕革命文艺、文艺的阶级性而进行的，它们适应社会斗争的需要，传播马克思主义文艺观，力图推动革命文艺的发展，在中国形成了一个与国际文艺运动相呼应的无产阶级文艺运动。在国内战争与后来的抗日战争中，这种强调阶级论、功利主义的文艺观，看来是历史的选择，它鼓舞了人民的精神。所以不作分析，盲目贬低和排斥，必然是反历史主义的。但是确实又很复杂，由于论辩的激烈，方法上的非此即彼，在理论上伴随着一种绝对化的东西。绝对化的阶级论，绝对化的功利主义，使文艺的功能混同于政治的功能，使文艺失去了独立性，使文艺观念转向了政治化的道路。

20世纪三四十年代文艺界的论争仍是不断，特别是40年代以后的几十年，西方文艺思想被视为异端邪说，而苏联的任何文艺理论小册子都被当作马克思主义经典，得到广泛的传播。这时期取得支配权的是毛泽东的文艺观。

  毛泽东与传统文化的关系极为复杂。作为一位政治家，在文艺观上自然极易接受以入世为特征的儒家的文以载道说，当然他所主张的道是马克思主义之道。至于外国文化，毛泽东在青年时期接受过各种外国的哲学、政治、社会思想，但最终是马克思主义，形成了他独特的文艺为人民的观念。一，在文化上，毛泽东说："一定的文化是一定的政治和经济在观念形态上的反映"，"至于新文化，则是在观念形态上反映新政治和新经济的东西，是替新政治新经济服务的"。在文艺观上，毛泽东明确地把列宁的党的文学观点移入文学，提出"无产阶级的文学艺术是无产阶级整个革命事业的一部分……是整个革命机器中的'齿轮和螺丝钉'。因此，党的文艺工作，在党的整个革命工作中的位置，是确定了的，摆好了的，是服从党在一定革命时期内所规定的革命任务的"。二，"文艺从属于政治"，"在现在世界上，一切文化或文学艺术都是属于一定的阶级，属于一定的政治路线的"。三，关于文艺的功利主义，毛泽东说："世界上没有什么超功利主义，在阶级社会里，不是这一阶级的功利主义，就是那一阶级的功利主义。"四，文艺的目的是"团结人民、教育人民、打击敌人、消灭敌人的有力武器，帮助人民同心同德地和敌人作斗争"。五，文艺创作"第一是为工人的，这是领导革命的阶级，第二是为农民的，他们是革命中最庞大最坚决的同盟军"，第三是为军人，第四是为小资产阶级劳动群众和知识分子。六，文艺批评有两个标准，"任何阶级社会中的任何阶级，总是以政治标准放在第一位，以艺术标准放在第二位的"。七，至于人性，"在阶级社会里就是只带着阶级性的人性，而没有什么超阶级的人性"。后来说到"百家争鸣"，他认为实际上只有两家：资产阶级与无产阶级。读《红楼梦》，提出"四大家族"斗争说。此外还有许多论述，这里所引主要是涉及文学本质、功能、目的等方面的观点。①

---

  ① 参见毛泽东《在延安文艺座谈会上的讲话》，《毛泽东选集》第 3 卷，人民出版社 1953 年版。

一 文学观念：世纪之争及其更新

毛泽东的文艺观可以说是对 20 世纪二三十年代文艺斗争的历史的总结性发挥。它运用马克思主义的文艺论述，从当时的政治斗争需要出发，结合当时的文艺运动实践，对一系列问题作出了系统的概括。他的《在延安文艺座谈会上的讲话》指导了解放区的文艺运动，推动了创作，出现了一批好作品如赵树理的《李有才板话》、丁玲的《太阳照在桑乾河上》、柳青的《种谷记》、草明的《原动力》、马烽及西戎的《吕梁英雄传》、孔厥及袁静的《新儿女英雄传》等，20 世纪 50 年代，在其指导影响下曾产生过一些广为流传的小说剧作，如梁斌的《红旗谱》、吴强的《红日》、罗广斌及杨益言的《红岩》、杨沫的《青春之歌》、周立波的《暴风骤雨》、老舍的《茶馆》等。另一方面，由于历史条件不断的演变，他的理论中也存在着一些不得不予修正的论断。围绕这些问题虽屡屡出现不同意见，但往往被视作"两家争鸣"，通过历次政治运动而给以清算。所以毛泽东的文艺观念的基本方面一直指导着我国文艺运动几十年。"文艺为政治服务""文艺从属于政治"的提法，在社会冲突、民族斗争激烈的形势下，是有其现实意义的，并能收到重大的成效。但就文艺整体来说，问题并非如此，这种提法一旦固定不变，就使文艺完全丧失了有人说的文学的相对独立性，更不用说它的自主性了。同时，说文艺从属于政治路线，必然把文艺视为一种工具或武器，但是谁能保证政治路线总是正确的呢？而错误的政治路线，必然使文艺变为幼稚的盲动。又如把作品的思想内容归结为政治性、政治观，这种提法对文艺中大量无政治性或政治性不强的作品，必然采取排斥态度。关于政治标准第一、艺术标准第二的提法，对于某些倾向性强的作品来说，可以如此对待，但对于大量作品来说，情况却并非如此。文艺批评有自己的标准，如果不见其复杂性而施以单纯的政治评价，那么对于所有的作品来说就只剩下革命与反革命的区分了。又如人性问题，《讲话》重述了 20 世纪 30 年代左翼作家对这一问题所作的论说。从这几个方面看，可以说这种文艺观主要是从政治着眼，很多现象是文艺性的问题被政治化了，所以这是一种政治的文艺观。在特定时期，对文艺的政治要求是正常的，但社会并不总是处在非常时期，而且往往是人为的非常时期，不能以文艺的某个阶段的特殊要求，来代替文艺的整体。20世纪50年代后，这一文艺观受到以阶级斗争为纲的政治路线的制约，文艺被定名为"阶级斗争的风雨表"，这自然进一步使文艺变成了政治。一有政治运动，文艺首先就成了政治运动中被动的无力争辩的斗争对象，风雨表首先遭殃。同时掺和着成因于历史过去的宗派主义斗争，总有一批作家为此而成为牺牲品，以至失去身家性命。20世纪50年代后期与60年代初的这段时期内，文艺为政治服务，为路线服务，部分时间实际上是为刮浮夸风的总路线、超英赶美的"大跃进"神话、人民公社的乌托邦政治服务。

20世纪60年代初阶级斗争理论观念进一步被强化，这一理论的反理性主义的演化，终于酝酿成一场所谓"文化大革命"，对不少著名的艺术家、作家人身进行了严酷的武器的批判。

（四）

纵观差不多百年来的我国文艺观念的论争，大体有三种类型的文艺观不断相互冲突，彼此消长。一是为政治的文艺观，二是为人生的文艺观，三是为艺术而艺术的文艺观。它们的发展过程是，先是政治的文艺观与纯文艺观的共存。继而是人的文学、为人生的文艺观与为艺术而艺术的文艺观的兴起与冲突。后来是政治的文艺观逐渐取代前两者，虽时有论争，但前者在舆论上占有优势。再往后是政治的文艺观在政治权力的协助下占了绝对主导的地位。最后即现在，就主导方面而言，面向人生的文艺观又取而代之，这是在总结了历史的经验教训之后自然形成的趋势。

如前所说，政治的文艺观的出现具有历史的必然性。文艺无法离开社会的进程。在我国特定的条件下，不少参加社会改造的有识之士，往往视文艺为阵地，并把它当成他们斗争的武器。马克思主义的文艺观在理论上加深了这一认识，文艺的阶级性观点，文艺和政治的关系加深了人们对文艺的理解，并在激烈的社会对抗中使文艺成为斗争的一翼。另一方面，对文艺的阶级性、文艺和政治关系的绝对化，不仅使理论本身庸俗化，同时也使文艺变成了政治的附庸。这主要表现在一些人在社会冲突中把文艺的目的、功能政治化，而且认为"经国之大业"乃文艺唯一的功能。事实上文艺承担不起如此重任，它脆弱得很。几十年来人们看到，文艺被人为地作为阶级斗争的风雨表，多次被理论家们打扮得奇形怪状，也多次被掷得粉身碎骨。文艺当然可以由一些人为政治目的而被创作出来，进行宣传，但文艺的根本目的是给人以审美享受、审美愉悦，而娱乐是审美功能中的极为重要的成分。教育等其他功能，如果不依附于审美功能则根本无从说起。赋予文艺以政治目的，在大多数情况下是一种暂时性的要求，而夸大文艺的功能，以政治目的相许，实际上是逼使文艺成为安邦治国的手段，必然超越文艺自身的目的与功能。这种阶级论的绝对化，也使一些人对文化遗产、外国文化采取极端的虚无主义态度。一方面说对它们要采取取其精华、去其糟粕的态度，另一方面又对自己根本不理解的、罔无所知的东西统统采取排斥态度，把它们笼统称作封建主义、资产阶级文化，结果造成了长期的思想混乱。在创作上，文艺的阶级论、文艺从属政治，在特定的历史时期，指导不少作家写出了一些新人物，张扬了人的反抗精神和民族的阳刚之气，扩大了文艺的描写对象。另一方面，理论、思想的绝对化、庸俗化，对人分等划类的机械论的标准与要求，对人性、人道主义的幼稚病式的恐惧，对个性解放、人格尊严的蔑视，对人内心生活的无知的空白状态，对各种"资产阶级"学说的鄙视，又大大限制了"五四"新文学所开辟的方方面面，并使人物逐渐理念化、符号化。政治要求、阶级论的绝对化，促使创作者用政治家的目光看问题，也即从千百万人及其相互关系看问题，去对其描绘的人的社会本质作出明确的阶级概括。他只是政治代表、阶级代表，至于那个人的个性特征、心理差别，于他显得毫无意义。而对于作家来说，重要的是其个人对人生、事物的独特的感受与感悟，他需要的恰恰是社会政治代表在抽象中被抛弃的具体的个人特征，个人的遭遇与命运。

20世纪70年代末开始，大陆实行开放、改革，中西文化交流再度恢复。大门一旦打开，人们突然发现了一种亟待弥补的文化差距。

这一时期各种外国哲学、文艺思潮被介绍过来，大开人们眼界。在这种情况下，文艺自身也要求更新。支配了半个世纪的、以阶级斗争为纲作指导的文艺理论中的不少重要问题，如文艺只具阶级性、文艺为政治服务、文艺从属于政治、文艺为一定时期的政治路线服务、文艺是政治的武器、文艺的政治标准第一，等等，在理论上得到了初步的纠正与澄清。当然，其余绪犹存，只是说法变了。

那么，什么样的文艺观比较符合实际？这里不能不先谈文艺创作问题。

20 世纪 80 年代开始，文艺创作挣脱了从属于政治的说法之后，它面向广阔的人生与社会，重新拓宽了"五四"新文学所开辟的宽阔的航道，进入了一个新的转型期。在诸多外国文艺思潮的影响下，文艺描述了人在几十年来所经历的精神伤痛，他的彷徨，他生存的艰难处境，呼喊着社会的人性、人道、人的尊严，痛惜于它们的失落与被蹂躏。社会问题小说、乡土文学、文化寻根文学、部分探索实验文学以及最近几年由形形色色不同倾向组成的某些"新写实主义"作品，都深入到了在过去被禁止、被批判，实际上更具生活特征、更具生活原样的境地。它们把人从符号化中解脱出来，逐渐还他们本来面目，从而显示了人性的复杂与多变；它们把理念化了的社会生活，还原为感性化的现实，揭示了它的丰富多彩；或者有意广泛使用偶然性因素，使理念化了的生活发生解体。生活的理念化问题由来已久，至今仍有人在宣扬这种理论。他们说文艺要反映生活，但他们自己不会创作，却总要给写作的人划定框框，规定什么时期的社会生活可写，哪个时期的不能碰。他们所倡导的那种反映"生活本质"，把创作引向千篇一律的必然如此的结果，从而使丰富的生活都摆出了本质化的面目，使生活理念化、公式化，以理想化的式子，来框架变化多端的历史现实。他们总好教训别人是唯心主义、形而上学，但他们宣扬理念化的生活又属什么主义？现今的创作失去了 20 世纪五六十年代的标准化准则，这无疑会使一些习惯于以历史必然如此排斥现实生活丰富性的人，感到惶惑不安，使一些习惯于把生活理念化的人、具有浓重的"农业社会意识心态"的人产生失落感，以为文艺界又将进入一场新的搏斗，等待着阶级斗争的新动向了。但平心而论，20世纪80年代和90年代初的部分作品比过去任何时期更为丰富，这是"五四"为人生的文学的继续，自然这不是简单的重复，而是更高阶段的发展。在这时期，为政治服务的作品仍在发展，仍有需求，一些写得好的作品，充满激情，显示了民族的进取精神。同时为艺术而艺术的纯文学作品也是存在的，在诗歌、小说中都有相当数量。它们故意疏远现实，顽强表现自我，发掘下意识的东西；它们注重艺术言语的更新、形式的探索；有的着意于故事的解构，师法"新小说"，决心把玩文字。它们增加了一些创新因素，有利于文学整体的丰满，但也带来了平庸，一种浓重的灰色的平庸，虽然这类作品不占主导地位。

看来，在新的面向人生的文艺占主导地位的情况下，即那种描绘社会世态、问题、乡土故事、文化寻根、探索人的生存状态、人性隐秘、张扬个性和人的尊严的文艺占主导的情况下，在兼容纯文学以及探索、实验小说、戏剧、诗歌的情况下，文艺是否不再有悖于自己的本性？如果回答大体是肯定的，那么修正与改造传统的文艺观就势所必然。必须探索与建设新的面向人生的文艺观，有关我们时代文艺的文艺观。同时在这一过程中，要认真研究近百年来我国的各种文艺观，如过去一直被冷淡的王国维的文艺观，他的"游戏"说与"解脱"说在某种意义上具有可以吸取的因素。自然，我们是在创作的执着态度上理解他的游戏说，在文学的宣泄作用方面去理解他的解脱论而不是承袭其悲观厌世的内涵。如不断被批判、否定的纯文艺观和人性论文艺观，排除其抽象性，它们恰恰提供了政治的文艺观所没有的东西。如20世纪50年代被戴上"反革命""右派"帽子的文艺观，它们不过是要求文艺深入人性的社会的深层，揭示令人颤抖的人的心灵的真实状态。又如，要研究并未参加历次争论而埋头于中外文论研究，真正着力于建设而形成的文艺观，它们在很长时间里虽然无声无息，却表现了对文艺的真知灼见。同时，自然要探讨外国的文艺观，从中汲取我们需要的成分。

在20世纪80年代的大讨论中，就文学观念而论，有继续张扬文学的"意识形态本性论"，有认为文学是意识形态与非意识形态的结合，或是文学是人学，是感情的表现等。我则提出文学是以艺术言语为中介的审美意识形式（或形态）；它的存在形式是艺术言语的审美创造、审美主体的创造系统、审美价值和功能系统以及接受中的审美价值再创造三者的结合，并由此形成文学本体，这既有别于西方文学理论中的本体论，也有别于我国文学本体论的否定论。

在《文学原理——发展论》一书中，我对文学作为以艺术言语为中介的审美意识形态的观念作过初步表述，这就是："一，文学的审美描写，确是反映了一定人群、集团、阶级的感情和思想倾向的，显示了它的作为具有倾向性的意识形态性。二，但是文学的审美描绘，又可揭示人类共同人性的要求，表现人的普遍感情与愿望，使它超越一定群体、集团、阶级感情、思想倾向，从而成为文学的审美意识形态性的另一种表现。三，在文学中，有相当部分作品，描写自然景物，寄情山水之间，有的固然明显地富有作者的情愫，有的则不甚分明，也不易看清楚。更重要的是它们只是以优美的状物写景的审美特性一面，吸引着各时代的读者。……这是文学的审美的意识形态性的又一种表现。"[1] 虽然后两种意识形态性与前一种意识形态性都是文学特性，但由于审美角度、把握不同，所以在统一体中，两者的特性和性质发生了变化而有所不同。文学作为以艺术言语为中介的审美意识形态，是以感情为中心，但又是感情和思想的结合；它是一种虚构，但又具特殊形态的真实性；它是有目的的，但又具有不以实利为目的的无目的性；它具有阶级性，但又是一种具有广泛的社会性以及全人类性的审美意识形态。

理论必须争得其固有的品格——多样与创新，在多样与创新中淡化与消解简单化与庸俗化，建立符合文学自身特征又能促进文学发展的文学观。在这过程中，我们又要回到中外文化交流的问题上来。交流作为一个过程，是理论更新的外力的推动，是一种参照系，是使自己纳入人类文明创造的参与。在上面，我用众所周知的材料，描述了20世纪我国文艺观念的论争、冲突、变化与更新，这固然是文艺自身

---

[1] 见拙著《文学原理——发展论》，社会科学文献出版社1989年版，第109页。

内在发展的需要，同时每次变化与更新，又都是从文化交流中汲取外来文化的结果。什么时候这种交流活动显得活跃，那时文艺观念的更迭也就频繁而有活力；什么时候中断交流，墨守成规，那么长期的封闭与自满，会使一些人把原有的文艺观念变成教条化、庸俗化、简单化的东西；什么时候拒绝从外来文化中汲取新东西，认为唯有自己的理论纯洁无比，当今外国的文化都是唯心主义的、资产阶级玩意儿，你有的我们的老祖宗都说过的了，那么这类理论充其量不过是转述与重复，坚定的唯物主义会变为机械的唯物主义，是一种失去创新能力的东西。

20世纪初，梁启超曾梦想20世纪是中西两大文明之"结婚之时代"。但90年过去了，看来这婚姻并不十分理想。他说，中西文明之联姻，目的是使"彼西方美人，必能为我家育宁馨儿以亢我宗也"①。斯言诚是，但必须选择身心健康之美人，而非病美人，同时也决不能忘记与其他东方国家的文化的联姻。愿在20世纪末会除去不少隔阂，而至新世纪趋向美满。

（原文作于1993年4月，刊于《文学评论》1993年第3期）

---

① 梁启超：《论中国学术思想变迁之大势》，《梁启超文选》下，中国广播电视出版社1992年版，第219页。

二 在蜕变中：新时期文学理论十年*

20世纪80年代的改革开放大潮，对我国文学理论的研究发生了深刻的影响。文学观念的更新，研究方法的多样化，使文学理论的研究领域不断扩大而充满生机。如果要对十多年来的文学理论研究做个初步的评价，我以为可以这样说，成绩很大，问题不少。这大体是符合实际的。

关于十多年来文学理论研究中的一些问题，我在《主导·多样·鉴别·创新》①一文中已有所勾勒，需要今后进一步地研究与讨论。在下面，我想谈一下成绩问题，这是还未有人进行评论的。我以为用"成绩很大"来概括十多年文学理论的研究还是实事求是的。回想20世纪五六十年代，文学理论方面出版过何其芳的《文学艺术的春天》，蔡仪的《论现实主义问题》，巴人的《文学论稿》，茅盾的《夜读偶记》，几篇被批判的论文，如钱谷融的《论"文学是人学"》、何直的《现实主义——广阔的道路》等。此外还有大量大辩论、大批判的理论文章和文集，但它们作为极"左"思潮的反面材料而永远留在历史上了。20世纪70年代末以来的十余年，可以说是我国文学理论研究的大发展时期，这时期佳作迭出，硕果累累，实应令人刮目相看。

第一，在近十多年间，我国学者自行编选出版了一套马克思主义作家论文学艺术的丛书，出版了一批研究马克思主义作家文艺思想、

---

* 本文原名《文学理论：回顾与展望》，系在"1992年全国中外文学理论学术讨论会"上的发言，收入作者1998年于北京大学出版社出版的《文学理论：走向交往对话的时代》一书。

① 见拙著《文学理论流派与民族文化精神》，吉林教育出版社1993年版。

理论的专著与文集，而且越往后发展也越为系统与深入。近期有狄其骢主编的《马克思恩格斯艺术哲学》，陆贵山、周忠厚主编的《马列文论导读》，它们思路有所变化，视野也较为开阔。何国瑞的《艺术生产原理》一书，抓住了马克思的生产理论，应用于文学艺术，围绕"艺术生产"论证发挥，自成一说。此外还有李衍柱的《马克思主义典型学论史纲》以及他与李戎合著的《毛泽东文艺思想概论》等。陈晋的《毛泽东与文艺传统》，披露了许多鲜为人知的材料，虽然书中有的概括不必完全同意。这些著作开始摆脱过去的注释与解释而有所深入，这对于文学理论的进一步建设是很有意义的。

第二，在文学理论方面，可以说是一派繁荣景象。这时期文学理论与美学发生了交叉，不少美学家都涉足文学理论，他们的著作滋养了我国年轻的文学理论工作者。20世纪80年代蔡仪主编的《文学概论》、叶以群主编的《文学的基本原理》普遍采用，它们立论严谨，知识性强。由于这些著作完稿于20世纪60年代，70年代末出版时虽有修正，但仍不免带有旧时的深刻痕迹。20世纪80年代末，王春元的《文学原理——作品论》、杜书瀛的《文学原理——创作论》、钱中文的《文学原理——发展论》出版。文艺理论界认为，三书体例上不甚平衡，但"结构恢宏，角度新颖"，比之过去的文学理论著作有较大的突破，在一些基本问题的观念上有所创新，"体现了80年代文学理论研究的新水平和新成果"。在文学理论专题性论著方面，可说出现了从未有过的百花竞放的景象。较有系统和理论色彩的，有胡经之的《文艺美学》，该书中外理论结合，颇有深度和特色。孙绍振的《文学创作论》有关形象、智能、形式等篇写得有新意。朱立元、王文英的《真的感悟》，探讨了文艺真实的多层次结构，较一般论述有所深入。徐岱的《艺术文化学》评析了文学研究的多种角度。20世纪80年代，一些专题如典型、现实主义和现代主义等问题，受到我国学者广泛的注意。这方面的著作有蒋孔阳的《形象与典型》、杜书瀛的《论艺术典型》、陆学明的《西方典型理论发展史》、钱中文的《现实主义与现代主义》、彭启华的《现实主义反思与探索》等。刘再复的《性格组合论》在探索人的复杂性方面应予肯定，一些章节写得也有深度，但一些不同意见的文章所表现出的疑虑，也不是毫无根据的。同时，文学主体性问题在20世纪80年代引起了激烈的争论，这是一个十分重要的问题，近百年来的西方文学理论一直围绕它探讨有关问题。张扬文学的主体性研究，正确的、辩证的理论导向，会使文学创作健康发展；那些脱离社会性的制约的抽象说教，会使主体性变成一种混沌的力量；而那种以种种规范来包围主体性的理论，也仍然在限制主体性的创造力。在文学批评理论方面，有王先霈、范明华的《文学批评教程》，在这一领域里，该书几乎是一本唯一有系统性的论著。80年代中后期，审美问题成为突出的理论问题，有的文章把审美引向纯美，大大缩小了审美的内涵。而显示了真正价值的是王朝闻的《审美谈》与《审美心态》，作为艺术家，作者以其特有的艺术敏感和丰富的材料，进行了开合自如的探讨，给人以很大启迪。有关文学审美问题的著作数量很多，其中有童庆炳的《文学活动的美学阐释》、陆贵山的《审美主客体》、陈传才的《艺术本质特征新论》、王向峰的《艺术的审美特性》等，认识和角度都有别于过去。

20世纪80年代中期出现过方法论热，论文不少。具有建设性意义的是1985年扬州会议后编的《文艺理论方法论研究》和人大语文系编的《文艺学方法论讲演集》，陈鸣树的《文艺学方法论概论》和赵宪章的《文艺学方法通论》。前两书是我国学者对西方各种文艺思潮、方法的评价，是消化后的吸收，与一些哗众取宠的介绍文章不同；后两书是对中外文学理论中各种学派的方法论评析，立意好，论证也颇见功力。

第三，我想谈一下中国古代文论研究。古代文论是我国民族文化的精华部分，是个极为丰富的宝藏，研究成果十分突出。在这里我无法谈及古代美学的专门著作和一些文学体裁的艺术研究，以及断代文学批评史，而只能择其要者略加评论。十多年来，一些年老学者著述宏富，他们的论著都是长期积累的产物，所以思想精深。钱锺书的《管锥编》《七缀集》沟通中外古今，深广渊博，海内外学者对它们评价甚高。结合他过去的《谈艺录》等著作，一些人正在对它们展开深入的研究，形成了一个"钱学热"。王元化的《文心雕龙创作论》

完稿于"文化大革命"前，积累了作者的多年心血，1979年出版，在当时理论建设尚属起步的阶段，发生了重大的影响。徐中玉的《古代文艺创作论集》中有关古代文论的一些范畴的研究，极有理论深度，论述深入浅出，读来饶有兴味。此外如敏泽的《形象、意象、感性》、王运熙的《中国古代文论管窥》、吴调公的《神韵论》、牟世金的《雕龙集》、张少康的《中国古代文学创作论》、郁沅的《古今文论探索》都各有开掘，富有真知灼见。我还想提及几部著作，它们写得很有理论特色，如褚斌杰的《中国古代文体概论》、赵沛霖的《兴的源起》、孙昌武的《佛教与中国文学》、李炳海的《道家与道家文学》、施议对的《词与音乐关系研究》等。它们或是深化了古代文论的理论范畴，或是扩大了古代文论的理论视野，都是值得称道的。不久前出版的周振甫的《中国修辞学史》是部修辞理论史，这是文学与语言的交叉学科，一部文艺性的修辞学史，是项首创性的工作。

20世纪80年代，古代文论学者出版了多部多卷本著作，如敏泽的《中国文学理论批评史》（两卷本），王运熙、顾易生主编的《中国文学批评史》（3卷本），蔡钟翔、黄葆真、成复旺的《中国文学理论史》（5卷本）。这些著作大都取材宏富，立论精当，力求使这门学科系统化、科学化、理论化，并都超过了以往同类著作水平。它们从我国几千年的文论中，力图找出主导思想与脉络，以展现中华民族的文学意识、观念、审美活动的本质特征的历史发展；同时对我国古代文学的范畴系统，对各时期的文学理论特征，作了多方面的描绘。当然，有的著作由于受到阶级斗争为纲的某些影响，也难免存在一些缺点。

第四，十多年来，文艺心理学的研究成绩斐然。由于这一领域长期处于空白状态，所以一旦开禁，就引使不少人去探索。短短几年间，文艺心理学的翻译丛书就有几套，我国学者自行撰写的丛书也有几套。金开诚的《文艺心理学论稿》开20世纪80年代文艺心理学热的风气之先，后来作者在论稿的基础上出版了《文艺心理学概论》。较后滕守尧的《审美心理描述》，介绍了西方多种艺术心理理论，并用它们来探讨审美心理诸要素、审美心理过程等，还有高楠的《艺心理学》。钱谷融、鲁枢元主编的《文学心理学教程》讨论了文学艺术家的个性心理结构，创作的心理过程，作品的心理分析，文学语言的心理机制，欣赏的心理效应等，写得有特色。童庆炳的《艺术创作与审美心理》着重探讨创作中的审美注意、审美知觉、审美感情、审美想象等，其中审美知觉、感情等探索很有新意。刘烜的《文艺创造心理学》，多层面地探讨了文艺创造的心理要素、创造力、创作个性等课题。周宪的《走向创造的境界》，探讨了认识心理、情绪心理、动机心理、人格心理等，多侧面地探索了这门学科。还有其他这方面的著作，限于手头材料的不足，只好暂付阙如。

第五，在外国文学理论研究方面，我国学者撰写了一批学术著作，如袁可嘉的《现代派论·英美诗论》、吴元迈的《探索集》、《苏联文学思潮》、胡经之和张首映的《西方20世纪文论史》、陈慧的《西方现代派文学简论》等，它们对不同外国文学流派思潮作了介绍、分析，有自己见解，持论公允。此外还有张隆溪的《20世纪西方文论述评》、刘庆璋的《西方近代文学理论史》、朱立元的《接受美学》、刘宁和程正民的《俄苏文学批评史》等。柳鸣九主编的《西方文艺思潮论丛》中的《未来主义……魔幻现实主义》《自然主义》《意识流》《20世纪现实主义》，部分论述资料翔实，论理深入，显示了我国研究外国文学理论的学者走向成熟。

最后是比较文学理论，近十年来我国学者编写出了多部比较文学理论著作，如乐黛云的《比较文学原理》等，它们介绍了比较文学的定义、历史、现状、类型研究、范围、对象、跨学科研究等方面的涵义。它们在界说方面不尽相同，但给人不少知识，显示了中国学者在比较文学理论方面的认识与实绩。老一辈学者除上面提及的钱锺书的《管锥编》外，还有季羡林的《比较文学与民间文学》、杨周翰的《镜子与七巧板》。这些著作的部分篇章都涉及比较文学理论，中肯而富有新意。瞿世镜的《音乐·美术·文学》一书，通过意识流小说特征，沟通几种门类艺术研究，作了较有特色的跨学科的比较研究。值得注意的是近几年出版了好几部中西文论系统比较研究的著作。一部是曹顺庆的《中西比较诗学研究》，从中西艺术的本质、起源、思维论、鉴赏论进行比较研究。第二部是黄药眠、童庆炳主编的《中西比较诗学体系》（2卷），这部著作分中西诗学背景比较编、范畴比较编、影响比较编，有些范畴对比得好，不失是部系统的、视界开阔的著作。第三部是卢善庆主编的《近代中西美学比较》，它比较研究了西方美学与中国近代美学的相互关系，确是抓住了一些特点。

我未把一些优秀的小说理论、诗歌理论以及美学著作列举出来，否则这份名单还要显得壮观。上面简要的回顾表明，十多年来我国文学理论研究的成绩是明摆着的，是不容忽视的。提及的著作，如果从总体上进行比较，可能在水平上是不平衡的，有的质量可能不是很高，但在本学科可能是主要的。与外国文学理论相比，我们可能缺乏自成一说、影响一个时期的理论派别。这里情况相当复杂，有客观的人文环境，也有主观条件。但有不少专题著作，就其论题独特性与理论深度来说，外国文学理论中也未见过，所以不好说我们什么都不如别人。当然自我感觉良好也是要不得的。一些著作可能本身有这样的缺点、那样的不足，但从总体上看，实在是瑕不掩瑜。短短十多年，大大胜过过去几十年。

20世纪90年代的文学理论如何建设、发展呢？如何深入一步，使之丰富、前进、有所创新？

在我看来，我国文学理论在20世纪80年代已经初步形成一个格局，这是一个在十多年的文学理论实践中自然形成的多向性格局。这个格局的构成，第一个层面是各个单向学科，如马克思主义作家文论与问题的研究；基础理论的研究；文艺心理学、文学言语学等同一层面学科的研究；我国古代文论的研究；外国文论研究；比较文学理论研究。这些学科如前所说在十多年间已取得不少成绩，但是是初步的。如何深入一步？不少人都说文艺学科缺乏体系，没有学派。但是体系与学派并不是很容易建立起来的，体系、学派靠的是坚实的独到的理论见解和一系列的真知灼见。而坚实的、独到的理论见解和真知灼见的中心问题是范畴。一是要厘清各种学科的范畴系统；二是要找到或建立学科的核心概念，即中心范畴。上面提及的多种学科，都或多或少地存在着这一问题。中外文论中到底各自有些什么范畴、基本范畴、核心范畴？需要进一步地清理。哪些范畴已经过时，哪些至今仍有其生命力，需要科学地阐释。有的学科，由于时代的变化，原有的范畴系统已经不适应了，需要调整与更新，如基础理论。有的学科如马列文论，过去以阶级斗争为纲作为其核心范畴的指导思想，派生出了许多问题，随着认识的加深，恐怕也得进行调整与更新。至于如文艺心理学、文学言语学、文学符号学、文学人类学等学科，尚属起步阶段，对各自的范畴与范畴内涵的理解，歧义性更大，更难一时确立下来。这一状态为我们提供了探索的机会。

这个格局的第二个层面是各种学科的横向交叉、相互渗透的研究。这在20世纪80年代已有相当发展，并已初见成效。首先，我们看到在20世纪80年代，美学不断在渗入文学理论和古代文论的研究，这使文学理论和古代文论的研究都有所提高。基础理论如果局限于本身，往往不易展开，不与美学思想结合起来，就不易揭示文学理论问题的深层内涵，就不能使个别理论相互联系、深化起来、系统起来。所以近几年出现的文艺美学这样的学科就不是偶然的了。文艺美学是文学理论与美学的中间物。在这里，美学的抽象原则被具体化了，应用于实践了，而文学理论则被提高，得到深化。预期这种研究在20世纪90年代还会继续下去，使文学理论与美学都获得发展。在我国古代文论研究中，不少范畴与古代美学范畴相通，有时几乎一致，出现了不少相同的范畴，好处是使理论得到了深化，更能深入这些范畴的内涵，缺点是带来不易界定的歧义性。但是这种研究毕竟推动了古代文论研究。其次，是文学理论与古代文论的融合。要建设有中国特色的文学理论，必须融合古代文论，这是一项十分艰巨的工作。有几个方面的困难需要克服。一是表现在最近几十年来，自引进了苏联的文学理论体系后，文学理论的研究始终是与我国古代文论的阐释相分离的；在人才培养方面，也是各选专业，不相往来，形成各自一套。二是由于几十年来对我国古典遗产一直持警惕、轻视、批判态度，所以在很长时期内古代文论研究几乎无甚进展，直到20世纪80年代才又复兴。古代文论蕴含十分丰富，关于文学、创作动因、心理、鉴赏、批评、接受等方面，有它自己的一套主张，如何清理古代文论中的一些至今具有生命力的系列概念，使其获得大致公认的共识，使这些具有独创性的范畴与当今没有被简单化的文学理论融合起来，整合成一个既具有我国民族特色的传统范畴又具有科学性的当代形态的文艺理论体系，这是令人十分向往的事。目前，有的古代文论研究工作者正在进一步探索古代文论的范畴与理论体系，古代文论的科学化、系统化、体系化，必然会推动与当代文论的结合，形成一种新的文学理论形态。再次，跨学科的综合研究，也是一种学科的渗透研究。这种研究可以是文学理论与其他审美形态如绘画、音乐理论的综合研究，也可以是与非审美形态如政治、伦理、哲学、社会学的综合研究；还可以与自然科学某些部门或借用其理论、方法的综合研究，从中形成一些新学科。建立这种新学科是相当困难的，主要是这不仅要有厚实的文学理论知识，同时也要具备确切的自然科学知识，既缺乏对文学理论本身的深刻研究，对其他学科、自然科学又一知半解，就大谈新学科的建设与创造，极可能变为一种学术浮躁，口气老大，成果很小，因为综合别人的理论还不是新学科的真正建设。当然，这不妨害一些人细致、踏实地去做这项工作。

学科相互渗透的横向理论研究，扩大了理论研究的范围，多方面地揭示文学本身的特征和它的种种特殊规律。

这个格局的第三个层面是中外文论的融合研究。各个学科本身的深入研究是必要的基础研究，不可或缺，但是还要有沟通中外、理论互补的探索，以便在此基础上总结出更具普遍意义的文学理论规律，进而提出新的理论见解，建构新的理论思想。文学理论需要更新，我们不能几十年总是如此，围绕着一些现成的、实践证明已陈旧的观念团团转，还在那里自得其乐。文学理论固然是一种阐释工作，同时更是一种创造性的工作。但是新的理论、新的学说都是在前人卓有成效的研究成果的基础上形成的，不可能凌空蹈虚，一蹴而就。沟通中外，理论互补，说的是要充分掌握人类所创造的有用的东西，一是用以激活自己的思想，从中得到启迪，形成新的设想。几十年前，苏联文艺理论思想曾给人以启迪，但现在可以看到，它们并不是完完全全的马克思主义的，其中教条主义、庸俗社会学、机械论的东西甚多。

而被指责为资产阶级的、唯心主义的西方文艺理论，谬误自然不少，但提出了为唯物主义的文艺理论家所鄙视的、不屑一顾的多种理论问题，在好些方面探及了后者所未曾接触过的地方。不审视这些理论，不有目的吸收它们，文学理论何以丰富自己，谈何更新？特别是熟悉过去苏联文学理论的人，要改造自己的理论思维模式；当然，改造并不是否定过去一切，而是为了使理论更加适应于文学的发展，少一些用那种残缺不全的知识写成的文章，来教训知识比你丰富的读者。二是沟通中外，理论互补，必然要进行中外文学理论的比较研究，通过范畴的相互比较，体系的相互比较，达到把握某些现象的规律性。自然，首先要弄清楚不同国家的文学理论中的范畴内涵，充分了解产生这些理论范畴的不同社会、文化背景、文艺实践的独特性。其次是找到这些理论范畴的可比性，进而发现不同理论现象的共同性，即单个理论范畴的规律性现象，或范畴群的规律性现象。在比较研究中，常有比附现象出现，这主要是由于对不同国家文学理论的范畴内涵缺乏深切了解的缘故，引起理论界反感的也主要是这类现象。三是沟通中外，理论互补，通过激活思想，探知不同文学理论中的某些规律性现象，进而进入全面把握，在此基础上提出新的观点、新的理论以至新的理论体系，或是新的文学理论体系，或是有中国特色的文学理论体系。文学理论体系的建构十分不易。这是由于体系的建构，必然要涉及文学本质等大问题。一些人以为与其这些问题说不清楚，限制又多，不如多研究具体问题，少谈或不谈主义、体系。我以为在沟通中外、理论互补的基础上，具体文艺问题要研究，主义、体系问题也要深入探讨。19世纪中期以前，到黑格尔，西方哲学、文学理论、美学从柏拉图的传统开始，进行了众多体系的探索，马克思主义继承了这条路线，在各个领域构筑了众多的思想体系，这种影响一直延伸到我国文学理论之中。但一些人往往使之简单化、庸俗化。另一种方式是自19世纪康德的主体性哲学兴起以后，西方实证主义的学科得到飞速发展。在美学、文学理论领域里，不少研究者一改过去的方式。他们比较不注意无所不包的体系而倾向于具体的审美经验的研究。这类研究，与各种哲学思想相呼应，形成了形形色色的审美经验论、文学理论派别，以至文学理论体系。其实，我国古代文论，多半是一种审美经验的研究，是很有特色的。只是到了20世纪50年代苏联文学理论传入我国后，研究者才纷纷从文学本质的定性开始来探讨文学问题。我以为，具体的文学审美经验的研究十分需要，它的特点是能够促使研究者深入问题。范畴具体，较易概括和写出新意，提出新观点。同时，体系、主义的研究同样需要，这是一种对文学总体的把握，没有这种总体的把握，具体的文学审美经验不易得到深化，比如文学批评史的撰写就是如此。又如文艺心理学的研究，缺乏从文学理论上的总体把握，容易陷入纯心理现象的研究。总之，沟通中外，广采博取，融汇古今，能够为体系与文学审美经验的研究提供坚实的基础，走向多样与创新。

但是要使这个格局得到健康的发展，使之走向多样与创新，还有一个重要方面，这就是解放思想，与实际结合，更新观念。

解放思想与坚持、发展的方针并不矛盾。文艺学中的各个学科，一般认为要以马克思主义思想为指导，坚持它的一些基本原则，反对前几十年中不时出现的任意歪曲、否定马克思主义文艺思想的错误倾向。但是，马克思主义文艺思想也有一个如何理解、研究的问题。第一，由于长期以"阶级斗争为纲"思想为指导，马克思主义文艺思想的内涵被苏联与我国有关方面规定得十分狭窄。有的文章把马列文论看成是文学理论发展的终极，以为文学中的什么问题都解决了，我们只需运用、娴熟地摘录就够了，够我们用上几百年了。不少阐释文章主要是重申原来的观念，以为这就是坚持与发展。而对原来的观念，实际上又存在着不同的理解，这本是正常的，但都认为自己是唯一正确的，是马克思的代言人。这种唯我独尊的文风早就应当改一下了。第二，由于"左"的思想的长期影响，一些人对"文艺的功能、文艺的目的和文艺的标准，存在着片面的理解"。他们习惯于把文艺看成是阶级斗争的晴雨表，阶级斗争的手段。一旦出现错误倾向，就组织大批判。一些人习惯于20世纪五六十年代的方式，以为这样做声势浩大，但实际上读者甚少。这里的复杂性在于错误文艺思想应当批评，有的文章说理批评，也属正常，但一些批评文章把不应否定的东西都否定掉了，问题被简单化，并且是越说越糊涂。其实，文艺的目的与功能要宽泛得多，而一些文章把它们狭隘化了。一味强调斗争、教育，几十年来的教训还不够吗？不少人不是为此一辈子失去自由、丢掉了身家性命的吗？文艺功能的单向化宣传，必然阻滞文艺创作的发展。以阶级斗争为纲的思想的影响，也表现在某些文章对待西方文论的态度上。西方文论中确实存在不少问题，所以需要有鉴别的对待。但用"唯心主义""资产阶级玩意儿"大帽子一盖，就算被你无产阶级、唯物主义批倒了，那可未必。因为学术问题要比这类大帽子复杂得多。历史常常显得很滑稽，一些彼时自称是百分之百的马克思主义理论、响当当的无产阶级代言人，到头来一看，原来并不是那么无产阶级，倒很像是被他所批判的十足的"资产阶级"。所以必须冲破不能适应时代的思想的束缚，解放思想。

　　解放思想自然要与现实发展结合起来，现实生活发生了重大的变化，每个时代都有自己时代的特征。不承认这种变化，不承认新的时代特征，就必然害怕新思想，在自己划定的理论圈子里转来转去，从本本到本本，从摘引到摘引，把对马克思主义的片面的错误阐释，当作唯一正确的东西，要人们遵循、服从，并且不允许有半点怀疑，理论创造与探索成了一些人的特权，所谓发展云云，完全成了一句空话。文学理论同样要面对现实，面对文学创作实践，探讨现实和文学创作相互作用而产生的问题。可以说，在当今商品经济愈来愈发展的时代，文艺理论中的问题层出不穷。一是不断在出现新问题，需要进行理论阐释；二是过时的理论范畴、规范，需要改造和扬弃；三是需要提出新理论，使之影响创作实践，促进创作繁荣。此外还应面向世界文学理论与文学实际，了解其流变，吸收其长处，充实丰富我国文学理论与创作。

　　解放思想，结合实际，必然导致文学观念的更新。有的人认为更新文学观念不能提，只能坚守原有的文学观念。但是文学理论、创作实践的发展必然会冲破原有的观念，要求理论作出更为实事求是的阐明。例如关于文学的基本观念。马克思、恩格斯有过关于文学的本质问题的论述，但能否继续探索，使这一问题说得更为科学？事实是，就是在马克思主义思想的范围，由于理解角度的差异，所以阐释各有侧重，结论就有区别，这是应予承认的。有的著作从阶级斗争为纲的角度来阐述文学本质；有的则考虑到阶级斗争的重要因素，从文学自身的特征来规范文学本质。有的认为文学是一种独立的本体存在，这种本体论不同于新批评以及其他什么形式的本体论；有的则认为文学不过是意识对存在的反映，是一种哲学意义上的存在，或是政治的反映，不存在文学本体自身，等等。我们不必深究哪一种观点是马克思主义的，只要问一问哪种观点更切合文学实际就可。那么这类悬置着的问题要不要深入讨论、研究？同时，不少具体的文学观念同样需要调整，更新。例如，现在明确社会主义社会有阶段之分，不能再用"大跃进""文化大革命"一类现代神话来实现社会主义了。现今是社会主义初级阶段，那么有无与之相应的社会主义社会初级阶段的文学，如有，这种文学是什么形态？对于人们普遍需要的纯娱乐性的作品或是追求形式的作品，如何对待？对于"议价作家"的"议价作品"，还有受到企业家津贴、为企业家树碑立传的作品，能否用统一的文学观念、标准来统摄它们？作家常常标榜个性自由、独立，但现今又常常乐意为企业家供养（当然不是豢养），这类矛盾如何解释，等等。这要求文学理论站到前沿，进行探讨、阐释，提出新的或具有超前认识的见解，才能使文学理论存在下去并获得发展。

解放思想，实事求是，结合实际，更新观念，建设并促进多样化的文学创作的新的理论形态，繁荣学术，这是大势所趋，也是文学理论摆脱"左"的阴影而使自身获得发展的大好时机。无疑，有种种挑战，但也有极好的机会。

（原文作于1992年9月）

三　面向新世纪：八九十年代中外文学理论新变[*]

（一）20世纪80年代欧美文学理论的"一次普遍的回归"

20世纪80年代，我国和欧美文学理论批评界发生了一次重大变化，出现了一个奇特的现象，这就是我国的文学观与研究方法和欧美的文学观与方法的相互移位。它们各自力图摆脱原有的理论框架，寻找文学理论批评的新的支撑点，重新来阐释文学现象。当然，这种文学理论方法上的相互移位，并不是双方交流的结果，却是各自历史发展的自然趋势。

20世纪五六十年代，新批评在欧美盛极一时，随后，是结构主义文学理论的兴起。这种理论走红一时，又受到多方面的挑战，主要来自兴起于60年代末、70年代初广为传播的接受美学以及稍后的读者反应批评和70年代在美国流行一时的解构主义文学理论批评。80年代，欧美文学理论批评界竭力要摆脱结构主义、解构主义的文学理论框框，而文学接受理论，早在70年代中期，也已进入它的退潮期。那么，欧美文学理论批评在摆脱原有的理论思潮之后，转向什么研究呢？现在我们可以清楚地看到，它们正在转向早已兴起的人文主义式的理论研究，转向社会学、新历史主义、马克思主义文学理论批评的

---

[*] 原标题为《面向新世纪的文学理论》。

三 面向新世纪：八九十年代中外文学理论新变

研究，转向甚至带着强烈政治倾向的反种族主义文学批评、女权主义的文学研究。

20世纪80年代，我国文学理论批评如火如荼地介绍过近百年来流行于欧美的各种文学理论批评流派。其中如形式主义学派、"新批评派"、结构主义与叙述学的理论，备受赞扬，以为从此中国的文学理论走出了困境，有法可依了。

1985年，我在《法国文学理论流派印象谈》[①]一文中，曾经描述了法国文学理论的新动向。20世纪80年代上半期，历史主义学派正在兴起，并且极受青睐；文学社会学研究的专著照常出版，而结构主义理论家托多洛夫，则正在修正自己的观点，1984年他出版了《批评的批评》一书。其中一些论文，表明了作者正在对原来坚持的理论进行反思，肯定了他原来不屑一顾的理论观点。[②] 1989年，美国学者拉尔夫·科恩主编并出版了《文学理论的未来》一书。这是科恩约请欧美国家的一些学者撰写的论文集，书名本身就十分醒目地道明了它的主旨。科恩在《序言》中谈到他编选这部集子的目的时说："人们正处在文学理论实践的急剧变化的过程中，人们需要了解，为什么形式主义、文学史、文学语言、读者、作者以及文学标准公认的文学观点开始受到质疑，得到了修正或被取而代之……人们认识到原有理论中哪些部分仍在持续，哪些业已废弃，就需要检验文学转变的过程本身。"[③] 我们看到，被邀请撰文的作者之中不乏名流，他们都很坦诚地描写到文学观念、理论、方法正在发生变化，即使如解构主义文学理论家也是如此。例如希利斯·米勒谈到他的亲密同行保罗·德·曼（卒于1983年），他在生前见到解构主义盛行而不无得意地说，解构主义是会流传开去的，并且会"帝国主义式地占领一切文学领域"。米勒对此则清醒得多，在《文学理论在今天的功能》一文中，他就美

---

① 见《文艺研究》1985年第4期。
② 参见［法］托多洛夫《批评的批评》，王东亮、王晨阳译，生活·读书·新知三联书店1988年版。
③ 见《文学理论的未来》，［美］拉尔夫·科恩主编，程锡麟、王晓路、林必果等译，中国社会科学出版社1993年版，第1页。

国文学理论发展趋势指出："事实上，自1979年以来，文学研究的兴趣已发生大规模的转移：从对文学作修辞学式的内部研究，转为研究文学的'外部的'联系，确定它在心理学、历史或社会学背景中的位置。换言之，文学研究的兴趣已由解读（即集中注意研究语言本身及其性质和能力）转移到各种形式的阐释解释上（即注意语言同上帝、自然、社会、历史等被看作是语言之外的事物的关系）。"①

无可怀疑的事实是，欧美文学理论批评中的这种变化，为各派理论代表人物所承认。现在要进一步了解，文学理论何以会发生这一巨大变化？

首先，我想指出，这是社会、历史运动、斗争促成着这一深刻的变化的。例如法国学者在谈到20世纪80年代初历史主义的再起时，指出这与社会民主运动有关。② 一些美国学者说得更为直截了当。例如，黑人文艺运动、女权主义运动都是带有强烈政治、社会色彩的运动，当我们80年代正厌烦于将政治与文艺挂钩，美国的同行却把政治运动引入了文艺运动、文艺理论之中，而且把问题提得十分尖锐。小亨利·路易斯·盖茨的《权威、（白人）权利与（黑人）批评家；或者，我完全不懂》一文，可以看作是黑人批评家对一贯奉行种族歧视的白人理论权威的指控。把黑人视为劣等民族的白人的种族偏见，几百年来陈陈相因，至今不衰，它极大地破坏了黑人原有的文化传统和文学。现代西方白人把"黑人部落、热病、结核病、流行性性病、智力心理缺陷"相提并论，并要战而胜之。1986年，尼日利亚诗人、诺贝尔奖获得者沃尔·索因卡，借发表获奖演说之讲台，对种族主义进行了猛烈的抨击，甚至连欧洲思想史上最受尊敬的人物如黑格尔、洛克、孟德斯鸠、休谟、伏尔泰等人，都因他们"是种族优越论的不知羞耻的理论家和非洲历史与现实的诋毁者"而受到指责，未能幸免。无疑，索因卡的演辞给黑人

---

① 见《文学理论的未来》，[美] 拉尔夫·科恩主编，程锡麟、王晓路、林必果等译，中国社会科学出版社1993年版，第121、122页。
② 见拙文《法国文学理论流派印象谈》，《文艺研究》1985年第4期。

三　面向新世纪：八九十年代中外文学理论新变

文艺运动的自觉而推波助澜。小亨利·路易斯·盖茨在我们提及的那篇文章中，提出了几个十分重要的观点。一、在文学理论批评中，种族主义者把黑人文学史中的次本文当作黑人没有书面文学的证据，进而认为黑人文化是一种劣等文化。二、当代文学"理论"的最大部分实际上来自西欧诸语言与文学的批评家，而黑人批评家的任务是改造白人的文学理论，"不回避白人权力——即文学理论；而是把它转换成黑人习语，只要有恰当机会就重新命名批评原则。不过尤其要为土生土长的黑人批评原则命名并把这些原则用来阐释我们自己的本文"[①]。要尊重黑人传统，并且借助这个传统，"创立关于黑人文学作品的自己的传统"。三、这位批评家称，不加批判地采用西方批评理论来充当我们自己的话语的企图，就是用新殖民主义的一种模式来取代另一种模式："我们必须根据我们自己的黑人文化对'理论'本身进行重新界说，我们决不承认这一种族主义的前提，即理论只是白人从事的事情，而我们则注定只能去模仿自己同行。""我们目前的任务就是要创立并运用我们自己的批评理论，假设我们自己的命题，要作为美国黑人的社会文化整体中具有政治反应力的一个组成部分，屹立于学术界之中。"[②] 在欧美，女权主义文学理论批评的兴起，同样与20世纪60年代末再度兴起的妇女解放运动有关。反映到文学理论中，一些女权主义学者提出了妇女文学与男性文学比较之后所发现的差异性。于是反对以原有文化传统的观点来对待女性文学，从而要求调整理论、文学史的传统观念。同时，马克思主义在西方的广泛传播，在文学理论中也引发出了新的生机。

其次，文学理论批评的变化，也是欧美文学实践的多样性产生的结果。20世纪上半期现代主义文学盛行一时，于是便在理论批评中出现了形式主义、"新批评"文学理论，并为这类文学张扬。20世纪

[①] 见《文学理论的未来》，[美]拉尔夫·科恩主编，程锡麟、王晓路、林必果等译，中国社会科学出版社1993年版，第225页。

[②] 见《文学理论的未来》，[美]拉尔夫·科恩主编，程锡麟、王晓路、林必果等译，中国社会科学出版社1993年版，第239页。

50年代出现了法国的"新小说",注意力集中于文字技巧。罗伯-格里耶说他写作主要是为了摆弄文字。于是便兴起了法国的结构主义,大力提倡言语的不确定性与多义性,对这类小说做了高度评价。但是,20世纪文学是多元化的文学,文学的变化与进展,并不像一些人所说的是一种文学对另一种文学的不断替代。事实上,替代与更迭的是文学思潮与文学流派,而不是创作原则与文学。一个新的文学流派的出现,固然具有反传统的意义与创新色彩,但是这并不意味着被反的文学流派、思潮所遵循的创作原则从此就会销声匿迹。原则仍旧活着,其具体表现就是仍有不同国家的作家在使用它、改进它、丰富它,进而创立新的文学流派与思潮。就以现实主义来说,20世纪的现实主义文学显然不同于19世纪的现实主义文学,这种差异性常常导致理论的更新。同样,现代主义作为文学思潮、流派,为后现代主义文学思潮流派所取代,但现代主义创作原则在不同的国家中至今不衰。在这种情况下,文学理论的多元化也是必然的现象,而阐释文学现象的理论自然也会呈多样化。

再次,文学理论的更新、创新与发展,也是其自身的发展趋势。当今文学理论的变化,具有不间断性。形式主义开始了文学修辞学式的"内在研究",后来新批评、结构主义学派做了丰富与发展,各自形成了研究的规范化的程式,其修辞学式的倾向愈演愈烈。与此同时,现象学、精神分析、阐释学、接受理论等学派的研究,或具有浓重的哲学色彩,或具有各异的人文主义特征。我们看到,这些文学研究流派各具特色,在某一方面有所深入,但是它们都掩饰了文学的社会性特征。文学理论发展到这种地步,本身必须要有突破了。这突破来自两个方面,一是新学派的代表人物对原来的诸种学派的摒弃。"兴趣的转移是令人费解的,但无疑是'过分确定的'",它"大大地增强了像拉康的女权主义、马克思主义、富科主义等心理学和社会学文学理论的号召力。随之而起的是一种普遍的回归:回到新批评派以前的旧式的传记、主题和文学史的方法之上。以这些方式为基础的工作常常展开得十分欢快,仿佛新批评(更不用说最近的修辞学式的文学研究方法)从未存在过似的"。这是米勒对文学理论发生内在转折的某些描

三 面向新世纪：八九十年代中外文学理论新变

述。接着他又说："一位叫沃尔特·杰克逊·贝特的人，认为新批评灾难性地缩小了文学研究的范围，因而怀念在此之前的那个时代；青年马克思主义者和富科的门徒们对这种正如他们所称的脱离历史和政治的研究表示轻蔑，并感到无法忍耐，在贝特的怀旧感中，在后二者的轻蔑与不耐烦情绪中，都同等程度地存在着这种滑移。"①我在这里引了米勒的好几段话，为的是能够了解他面对理论格局发生着巨大变化的激动，他所提及的那些对"内在"研究方式表示十分厌烦的人的情绪。这使我想起20世纪初有位叫斯宾根的新批评家，对19世纪多种文学研究学派的强烈不满情绪。他指责这些学派不研究文学本身特征，而在谈文学与社会、时代、环境、作家传记等，仿佛这方方面面，与文学本身无关，随后，他表达的这种世纪之初的向文学自身特点的转移，就成为形式主义诸学派兴起、更迭的最初召唤。把上面两位美国人的相反的情绪做个对照，不是使我们觉得很有趣吗？二是原有学派的理论家的可贵自觉，促成了理论的新的突破。先以托多洛夫为例。他的《批评的批评》中的一些论文，无疑表现了作者理论的自省与自觉。他认识到自己宣扬过的结构主义理论，仅是文学研究的一种方式，但还不是一种完善的文学理论批评，因为用这种理论批评去探讨文学现象，文学中的一些重大方面与问题被它忽略了。他说："文学与价值却有着必然的联系，这不仅因为排除价值而谈文学是不可能的，也因为写作行为是一种交流行为。"他说，文学"并不只是对真理的探求，但它也是对真理的探求"；"应该对作品中的思想观点有所了解，这并不是为了发现时代的精神面貌，也并不是因为我们已经把握了时代精神并要对它进行新的阐述，而是因为作品中的思想观点正是作品的核心所在"。上述引文中的某些观点我并不都很同意，但作者承认了文学价值、交流、真理的探求、思想观点，这都是结构主义者过去一直所避谈的。托多洛夫甚至说："说明文学不是外部意识形态的反映，并不证明它与意识形态毫无关系：文学并不反映意识形态，它就是一种意

---

① 见《文学理论的未来》，［美］拉尔夫·科恩主编，程锡麟、王晓路、林必果等译，中国社会科学出版社1993年版，第122页。

识形态。"① 理论本身的发展，文学发展的现状，终于使托多洛夫见到了自己原有的理论的局限，进而做了相应的改变。

  我们再来观察美国的解构主义理论。保罗·德·曼写过一篇文章叫《对理论的抵制》，这篇论文旨在阐释作者的修辞研究批评理论，同时它分析了人们不能忍受这种理论的原因。德·曼在这篇文章的结尾处说："无论什么东西都无法克服对于理论的抵制，因为理论本身就是这种抵制。文学理论的目标愈高尚，方法愈完善，它就愈加变得不可能。""文学理论并没有沉没的危险；它不由自己而兴盛起来，而且愈是受到抵制，它就愈是兴盛，因为它讲说的语言是自我抵制的语言。"② 米勒认为，德·曼的这篇文章是经典式的论文，但是美国语言学会在编辑一本关于文学研究同其他学科关系的文集时，拒绝将此文编入其中。无疑，德·曼"关于抵制理论的理论，遭到了强劲的抵制"③。原因在哪里？米勒不无遗憾地指出，有些人认为："保罗·德·曼和德里达对诗歌、小说或哲学本文的解读行为，提出了过分苛刻的要求，以致令人一想到读就先已疲倦了。""绝不能指望有谁能熟练地掌握解构批评那套复杂严密的阅读方法，并习惯性地加以运用。"④ 尽管米勒不同意这些意见，在文学研究离开修辞学式的研究中人们常常伴有对德·曼及其同行的误解，但米勒提及的这些"误解"不是没有道理的，解构主义的某些评论操作，包括结构主义、叙述学的某些具体操作方式，过于琐碎了，这对于一些缺乏理论耐心的读者来说，实在是难以忍受的。

  文学的修辞学式的研究，也即注意语言、形式的所谓"内在研究"，20 世纪前 70 年在欧美曾经是花样翻新大行其道，但是到了 70

---

  ① ［法］托多洛夫：《批评的批评》，王东亮、王晨阳译，生活·读书·新知三联书店 1988 年版，第 179、180 页。
  ② ［比利时］保罗·德·曼：《对理论的抵制》，见王逢振、盛宁、李自修编《最新西方文论选》，漓江出版社 1991 年版，第 227 页。
  ③ 见《文学理论的未来》，［美］拉尔夫·科恩主编，程锡麟、王晓路、林必果等译，中国社会科学出版社 1993 年版，第 123 页。
  ④ 见《文学理论的未来》，［美］拉尔夫·科恩主编，程锡麟、王晓路、林必果等译，中国社会科学出版社 1993 年版，第 122 页。

年代末和 80 年代，继续出新似乎显得力不从心，以致难以为继了。从社会的需求与文学理论的内部积累着变革的因素。这些内在的与外在的因素最终结成一股合力，终于推动着欧美文学理论走向更新，去寻找新的发展道路。

（二）20 世纪 80 年代我国文学理论的多样形式

20 世纪 80 年代，欧美文学理论发生重大的转向，在文学理论上、研究方法上出现了"一次普遍的回归"，与此同时，在我国的文学理论界则是另一种景象。这也是一次重大的转向，但是恰恰转向被欧美文学理论界所质疑、修正甚至取而代之的那些理论与方法，而受到我国文学理论界批评界所质疑乃至否定的，却正是欧美文学理论界所向往的那类文学理论与方法。

20 世纪 80 年代初，随着改革开放的不断深入，我国不少文学理论工作者在反思的基础上，深感我国文学理论的滞后。蒋孔阳先生说："文学理论落后于文学创造，这在各国的文学史上，都不少见，但像我国近半个世纪来的落后状态，实属罕见。"① 基于这种相当普遍的认识和改进的愿望，80 年代中期，终于在我国出现了文学观念热与方法论热。一方面，几乎所有报刊大力介绍 70 年来欧美的文学理论与方法。由于文化专制主义，由于封闭太久，由于因此而造成的孤陋寡闻，不少翻译、介绍者都把 70 年来曾经流行一时，不时更迭于欧美文学理论、批评界的种种文学思想，当作新理论、新方法加以传播。毫无疑问，介绍是必要的，对于别人来说已是陈旧的东西，对于一无所知的人来说，可能是新事物，从而使他们耳目为之一新，大开眼界，所以介绍是功不可没的。但是，不少介绍者认为，文学研究只有限制于形式主义、新批评、结构主义、叙述学等语言研究的范围内，才是真正的文学研究，而把文学与时代、现实、哲学、伦理、政

---

① 见蒋孔阳为童庆炳《文学活动的美学阐释》一书所作的序，陕西人民出版社 1992 年版。

治以及作品与作家等问题的阐释，贬得一无是处，出现偏颇，乃至错误。甚至最近仍能在报刊上见到这样的说法，剖析或了解作家是不能把他与他的作品联系起来加以观察的，声称这是文学的基本常识，从而以排斥作者的本文研究的封闭研究，把其他的文学常识勾销了。另一方面，也有不少人，在西方文论或在借鉴西方文论的基础上，试图对文学理论进行更新。自然这种更新是十分艰巨的工作。

我国文学理论的更新，不可能像西方文论那样，一个学派接着一个学派地嬗变。主要原因是，西方文论不是一个国家的文化现象，而是众多国家的文化现象。同时一种新的文论的出现，一般是对前一种文论的反驳，即反传统现象，它的出现一般认为是一种纯粹的学术现象，而非政治问题。即使有的文论带有某种政治色彩，但也少有人把它视为政治异端而加以挞伐；自然在纳粹德国与苏联，这种挞伐常有发生。在我国则有所不同，几十年来，马克思主义文艺思想占有主导地位，而文学理论、批评中的左的势力和宗派主义，不断把马克思主义文艺思想简单化、庸俗化、教条化。一些人不仅用资产阶级等帽子，扫荡了不同于马克思主义文学理论的学派与方法，而且也不放过力图用马克思主义来阐释文学现象而又不同于教条主义观点的学派，胡风的遭遇就是如此。在这种单一思维的长期影响下，人们难得在理论、批评上提出什么新的见解，更遑论在文学理论这一敏感的圈子里企图去升起学派之类的旗号了。同时也由于时间、知识、传统的限制，想在十多年内就能形成学术派别，这自然也有诸多困难。但是改革开放是必然趋势，各种文学思想自会纷纷涌入，从而使人们扩大视野，受到启迪。在这种形势下，终于在文学理论中，酝酿了文学观念、方法的变化。20世纪80年代中期以后，出现了好几种探索性、互不相同的文学观。它们的科学性到底如何，还有待进一步检验。它们可能带有明显的缺陷，甚至失误，但不管怎么说它们已破土而出，见之于众。不管人们对这些文学观同意与否，或认为是错误的，或认为与文学实践不符，但看来也只能与之交往与对话，在对话、说理中辨别真伪高低，而不能像过去那样，用大批判的方式来对待它们。

近几年来出现的几种文学观，大致有主体论文学观，即人类本体论文学观,以生命哲学为基础的象征论文学观,生产论文学观,审美意识形态论文学观。由于其中大部分文学观都是摒弃认识论文学观的,所以这里先要对认识论文学观做些简要的描述。

认识论文学观主要是五六十年代在苏联文艺学的影响下,用马克思主义作为指导,在我国形成的文学思想。这一文学观的第一个核心思想是,文学是对社会现实生活的反映,是一种社会意识形态。文学如何反映生活?文学以形象反映现实生活,形象必然导致典型化,典型是事物的普遍性个性化的结合,所以能够反映社会本质;典型又可分为正面典型与反面典型,社会主义文学提倡塑造正面英雄形象。这种文学观的第二个核心思想是,文学是社会的上层建筑。以形象反映社会生活的文学,既是社会意识形态,也是社会上层建筑。作为上层建筑,是为社会经济基础所决定,并对经济基础起反作用。经济基础对文学的决定作用(或反作用)总要通过其他上层建筑的"中介环节",如宗教、道德、哲学等,而主要通过政治,因为政治是经济的集中表现。所以文学艺术是一定经济的上层建筑,必须为一定的经济服务,为一定的政治服务,文学艺术从属于政治,为一定的政治路线服务。第三个核心思想是,认为阶级社会的作家都属于一定阶级,作家都站在一定阶级立场描写生活。文学具有阶级性,为一定阶级利益服务,所以文学必然从属于一定政治。为政治服务,就是为阶级斗争服务。文学超阶级之说是不存在的,无一般人性,只存在阶级性的人性。第四,这一文学观所主张的文学的功能——文学审美教育作用,首先在于它是对生活的一种认识,帮助人了解现实生活。其次,作品可以培养读者的审美能力,所以是一种教育工具。

上述观点,摘自《文学概论》[①]一书。十多年来,上述观点不断受到质疑、修正,甚至被否定。无疑,其中一系列基本问题如文学与现实的关系,文学作为上层建筑与经济基础的关系,文学的巨大认识作用,作者的社会责任心等论述,是正确的。而且它们本身也不断修正、完善而得到发展。但把哲学观念硬套文学创作,不通过中介因

---

① 蔡仪主编:《文学概论》,人民文学出版社 1979 年版。

素，就出现简单化、庸俗化现象。例如，用反映论硬套文学创造，使文学创造中的反映失去了自身特征，成了机械反映，从而也损害了反映论的本义。又如文学与阶级、政治的关系，在人为的阶级斗争的影响下，被绝对化了，而一旦被绝对化，就失去了理论自身的科学性。还有如文学的功能问题，认为首先是认识作用，文学就是认识，这把文学与其他意识形式混同了。这种文学观有人称为反映论文学观，但实际上称作认识论文学观更为合适，这里的复杂之处在于马克思主义的观点，常常被给以绝对化的解释。

20世纪80年代中期，我国文学理论、批评中就文学的主体性问题进行了激烈的讨论甚至引起了思想冲突。那时有学者提出，应当"构筑一个以人为中心的文学理论与文学史的研究系统"，并把过去文学理论中的反映论当作机械论加以批判。随后很快出现了一部《主体论文艺学》[①]。首先，该书提出文学是主体的特殊活动，认为这一说法是从原来抽象的物质、客观的社会存在和社会生活范畴，转向"主体""活动"范畴，从主体的、能动的方面全面考察文学艺术，使主体原则成为文艺学的最根本的理论出发点，从而完成了从客体论向主体论的转移。主体论者认为，反映论文艺学片面地突出了主体客体关系中的非本质性关系，强调了社会生活的决定作用。其次，主体论文学观将文学纳入活动的总体统一之中，从而认为这样就完成了由作品本体论转向活动本体论。再次，论者认为文学活动是一种自由活动，形成了从主体之外的反映论向主体自身的价值论的转移。在主体、活动、自由三者的关系中，揭示文学对人类生存的根本意义。该书关于文学活动与自由所做的解释是，要从人类的物质活动的基础上，去了解文学活动的自由特征。由于文学起源于物质活动，又超越物质活动内在的必然性，所以使人们逻辑地看到文学处于人类自由的最高位置上，是人类的一种特殊活动。主体论文学观认为，从主体角度看，文学处于能动性的最高层次上，被赋予总体活动的中心位置。那么何谓"自由"？人们通过物质活动改变对象客体，但在必然王国中人们无法

---

① 九歌著，畅广元审订：《主体论文艺学》，中国社会科学出版社1989年版。

摆脱"外在的规定",活动本身是不自由的。于是,人们就要对这个不自由的活动进行改变,艺术就产生了。艺术所在的领域,正是自由获得全面实现的领域。由此,应该从这里把握文学本质。这样,文学活动是有效地克服主客体对立的自由活动,是展现丰富感性的自由活动,是自由地表现自由的活动,是人类达到自由的活动,是自由地达到自由的活动。只有文学活动,以自由为需要,以自由为对象,以自由为目的,并以主客观统一的表演活动使自由感得到感性的具体实现,因而自由是文学的最高主题与唯一内容。中外一切文学作品莫不如此,田园牧歌、山水小诗,表达的是人类通过物质改造运动,对大自然征服而产生的自由。该书认为,从文学的主体入手,跳出一般认识论的层次、审美意识的层次,来研究文学的模式,进而从人类学本体论的高度解释文学发展。最后,文学是什么呢?文学就是主体根据切身的人生体验,通过语言建构交流审美对象实现并升华自我的一种活动。

这里比较详细地摘录了主体论的文学观。这种以人类学本体论为基础的主体论文学观,提出了许多问题,为认识文学现象提供了一个视角。它把文学视为人的一种特殊活动,强调人的主体的能动作用,不仅切中时弊,也是适应潮流。过去的文学观,由于存在机械论、庸俗化的成分,确是阻碍了文学的多样性,并以非文学的要求,阻碍文学个性的发展和文学创作主体的创造性。人类学本体论的文学观强调文学创作是人的本性的表现,作家像春蚕吐丝一样而创作,从人的活动的宏观角度看问题,也很是有它的现实的理论意义的。但是到底如何看待人的本性,人的活动的目的是什么,人是怎样活动的?为什么好像是蚕吐丝一样的本性活动,却在具体的创作中并不存在同一性?主体、活动、自由依凭什么活动?光有主体的能动性和对自由的要求是否就可以了?空想与社会生活现实是不是一回事?虚构、想象、幻想是否就是对不自由的一种补偿?想象的结果是否就是人类所要达到的自由?如果文学活动的目的、对象、需要、最高主题、唯一内容都是自由,这自由还有什么具体的真实内容?把文学活动的主题、内容、需要、目的看成浑然一体的东西,这类概念,恐怕难以厘清文学理论中的问题。又如关于反映论，在认识论文艺观中确实常有被简单化之处，但是真要弄清问题所在，就不是采用将错就错的办法，加以庸俗化一通，然后就宣布它是主体之外的反映论。驳倒一种理论，要先在这种理论的原义上去理解它，然后再逐一驳斥。如果认为存在一种不需要主体参与即主体之外的"反映"，那还叫什么反映？难道对象能自动反映出来？又如认为研究文学模式，可以跳过认识论层次，审美意识层次，通过人类学本体论就可解决。但是人类学本体论是一种以人（种与类）为中心的探讨人的活动的理论、方法，如果以这种理论、方法为依据，可以跳过审美意识层次，那就很可能把人类学本体论与文学理论混同起来了。至于对于认识论也没有必要那么害怕，因为即使如主体论文学观所提出的种种概念、观点，也是一种认识，一种推崇主体自由，自由就是文学的对象、目的、需要、主题、内容的认识，是把社会存在与社会生活都视作抽象范畴的文学认识观。

第三种文学观是象征论的文学观。大致有如下几个方面的内涵。象征论文学观从生命本体论出发，认为人的生命是灵与肉的统一，是自由意志与自然规定性的统一。人的灵魂永远追求自由的超越，而肉体则只能服从自然的规定性。所以每个具有自由意识的人都体验到巨大的痛苦。人只要生活，痛苦就无所不在，这种痛苦是生命本体论意义上的痛苦，是形而上的人生体验。

关于艺术源泉。"痛苦是诗歌的源泉"，痛苦是艺术成果的基础。艺术扎根于生命的根底——痛苦之中，是人类痛苦心灵绽开的花朵。

关于艺术作用。在艺术体验中，人的心灵超越了现实的关系，陶醉在自己的想象世界里，这时一切不可能的事都成为可能，可以充分享受心灵自由的快感，暂时忘却生命的痛苦，从而超越现实。这样，艺术在想象中改造现实，这是一种虚拟性的实践，是自由精神的实践，是在形式领域展开的实践。

象征文学观认为，象征是艺术发挥超越功能的途径，它能够引导人类的精神通往彼岸世界——自由的天国。象征是主客体同构契合的一种状态，用象征来描述艺术本质，艺术的特殊性就在于它凭借艺术形象来引发观赏主体的经验,情感或感性生命的表现,从而使人的内在抽象无形的主体性内涵获得外化与升华。所以艺术审美活动就是一种象征活动。象征是想象力的自由建构,通过象征,人就超越自然的规定性。文艺象征论认为,艺术不是客观现象的形象再现,不是思想感情的形象化转达,而是由一定物质媒介材料构成的结构,引发人生体验,实现生命对象化的直觉造型。艺术审美价值是它的象征性,判断艺术真假的主要标志是象征性不是图解性。文艺象征论这一理论认为它是对文艺反映论的反思,文艺学的逻辑构架即文艺与现实的关系由此而转为文艺与人的关系,而艺术本体论则从意识形态论转为表现形式论。[①]

关于文学象征,国内同行还很少研究,一般在分析现代主义文学时有所涉及。象征论文学观关于象征的观点,象征是审美的特殊本质,有关"象征意蕴"以及"象征结构"的论述,都写得很有特色,也有自己的系统性,所以很是能给人以启迪。在出发点上,如果人类学本体论文学观关注的是人类的生存意义,那么象征论文学观感兴趣的是被提升到生命本体论意义上的人的痛苦。人只要活着,痛苦就无所不在,这样,这痛苦好像是指人的生老病死了。但从该书所举例子来看,痛苦是指人生"失意""哀怨""寒饿""身穷"等现象,可是这类痛苦是否具有生命本体意义,还是值得探讨的,因为失意、贫困、饥饿并非与生俱来。当然,当今社会的种种矛盾与缺陷以及人所处的境况,使不少有识之士产生忧虑感,这种痛苦自然是深沉的。但是也要看到人在不断改善自身,寻找更为合理的生活与改善处境,这更是人的生命本质特征。关于艺术功能,艺术通过想象确实可以把现实中的不可能的事变为可能,但这仅是它的功能之一。不以实利为目的的虚幻结构,引导人追求的不是"彼岸世界——自由的天国",而是更为人道的此岸的现实生活。艺术固然可以使人在虚幻中躲避痛苦于一时,但不少伟大作品并没有给我们心灵以抚慰,却往往是一种相反的感受与体验。人类的生活整体,恐怕不能用苦闷的象征、人类悲剧意识、痛苦的象征进行总体概括,即使对"人"也是如此。又如,

---

[①] 林兴宅:《文艺象征论》,福建人民出版社1992年版。

说艺术创作不是对这客观现实的形象再现,不是对思想感情形象化的转达,而是由一定物质媒介材料构成象征结构,通过它产生象征意蕴,去引发读者的人生体验。其实这里前后两个意思有差别而并不对立。前者无疑多从艺术与现实关系出发。艺术再现其实并不像被一些人把再现庸俗化地理解成客体的机械再现。艺术再现的是通过主体提炼、消融客体之后所形成的新东西,主要是人、人们的现实关系组成的现实通过主体体验之后的艺术描述,其中分明凸现着作者的意蕴,而意蕴既有象征性的,也有非象征性的。后者则侧重艺术与主体关系,强调体验、暗喻、隐喻,在形式上以变形、夸张、虚幻、神秘气氛为特征。现代主义艺术崇尚总体象征,确有它的深刻、动人之处,但它仅是人类艺术的一部分。倡导这类艺术的理论如超现实主义、荒诞艺术论,有着一些令人思索的地方。

第四种文学观是最近兴起的艺术生产论。早在20世纪六七十年代,艺术生产论在西欧马克思主义文学理论中就已提出,并有多种论著。在我国的讨论中,有一共同之处,即都力图以马克思关于艺术生产论,代替过去的认识论文艺观。其中一种观点认为,人是生产的动物,生产活动才是人的特征。人类有三大生产:人口、物质、精神生产,艺术是一种特殊的精神生产,它起源于人口、物质生产。持这一观点的论者进而提出了艺术生产的主客体问题,艺术生产的生产力和生产关系的问题,艺术的生产与消费的问题。这样生产论就成为这文艺观的出发点。涉及认识论文艺观,认为从认识论来理解马克思主义文艺思想是一种误解,认识论偏了,认识论的局限必须突破,反映论的前提不能超越。反映论是解决心理现象本源、本质、规律和过程的,而文艺不仅仅是一种心理现象,它是一种心理现象的"物化"。物化就是一种生产。因此反映论还不是充分的理论的基础,只有马克思主义的生产论才是充分的理论的基础。[①] 针对上述观点,有人认为,以"生产论"为哲学基础是不够明确的。认为马克思坚持了艺术生产论,从分工角度看,可分为物质生产与精神生产,艺术生产是精神生

---

① 何国瑞:《艺术生产原理》,人民文学出版社1989年版。

产的一部分。所以艺术生产只能以唯物史观为哲学基础。艺术反映论的哲学根据是马克思主义的认识论,即把艺术看成是一种认识,但艺术不仅是认识,主要不是认识,而是审美创造,带有实践性的精神生产。认识论忽视艺术创造的实践性与生产性,反映论忽视对艺术接受、接受者的研究。艺术的存在是艺术生产—艺术品—艺术消费—艺术生产的循环过程,反映论不能贯彻这一运动的全过程。在范围上,艺术生产论大于艺术反映论;在性质上,艺术生产论切近于艺术本质和艺术运作的特殊规律,作为文艺学体系而言,它优于艺术反映论。艺术生产论不与艺术反映论矛盾,它大于、包括艺术反映论。在马克思、恩格斯文艺思想中,唯有艺术生产论居于文艺学体系最高层次上,涉及的问题是原生性的、根本性的。[①] 有关艺术生产论还有一些观点讨论正在继续之中,这里难以一一细述。

下面简述一下第五种文学观,即"审美意识形态"论。这种文学观力图从马克思主义的社会结构的理论出发,把文学界定为"审美意识形态",认为从哲学观点看,文学确是一种意识形式,与哲学、伦理等具有意识形态的共同特性,但是文学理论所要研究的是文学之所以为文学的一种具体的意识形式,即审美意识形态。它使审美方法与哲学方法融合一起,提出文学是以感情为中心,但又是感情与思想的结合;它是一种虚构,但又具有特殊形态的真实性;它是有目的的,但又具有不以实利为目的的无目的的性;它具有阶级性,但又是一种具有广泛社会性以及全人类性的审美意识形态。

文学第二层次的本质特性,是它的本体特性。文学本体论主要阐明作为审美意识形态的文学存在的形式,指出文学是一个审美的本体系统。首先,认为文学存在的方式是作品的存在,是一种语言结构的审美创造,要使作品层次逻辑与历史方法融合,使语义、符号、社会、心理、传记等方法相沟通,不仅揭示作品表层结构,也显示其深层结构。其次,把文学看作审美主体的创造系统,提出"审美反映论"。文学创作不是一般反映论的运用,文学反映活动必须通过中介而精化为

[①] 朱立元:《历史与美学之谜的求解》,学林出版社 1992 年版。

审美反映。审美反映是一种能动的实践活动，这是一种动力型的审美心理结构。创造主体的审美心理定势及其不断的变化，推动着审美心理结构各方面的活动而形成创作的动力。再次，文学是审美价值功能系统，是"审美反映结构"的潜力的外化。作品形式是静态的存在，只有当它转化为动态的、历史的存在，进入流通与阅读，在接受中完成审美价值的再创造，才能成为真正意义的文学。上述三方面的结合，组成了文学本体论。文学第三层次的本质特征，是文学本体的三个组成部分的逻辑的历史展开，从而使文学理论的概念、问题有序化起来。随后是将文学置于文化系统中探讨文学与其他文化的关系。①

上面简介或简评了五种文学观念，实际上还存在其他文学观念，这里不一一介绍了。

（三）走向不断对话、综合与更新

上文我简要地勾勒了20世纪80年代我国与欧美的文学理论的各自走向，呈现了双方在理论与方法上的移位现象。两方面都各自感到，原有的理论与方法或难以为继，或必须给以充实，进行更新。于是在各自历史发展趋势的支配下，提出了种种新的理论观点，表现为或是"回归"，或是追踪，或是充实与更新。

对于20世纪80年代的欧美文学理论来说，被限制了的作品本体的种种研究，虽是绵延几十年，但由于不少因素都被排斥于文学本体之外，确是遮掩了文学的丰富含意，而显得捉襟见肘。历史主义、社会学、作家传记式等的研究，正好是对形式主义理论的一种补偿与反拨，于是遂有"普遍的回归"一说。但是回归并不是复旧和简单的重复，而是带着新的内涵与特征了。像20世纪80年代兴起的"新历史主义"与旧的历史主义相同之处，在于要求文学研究要具有一种历史维度，这是针对结构主义、解构主义而说的，但它又是一种新思潮。首先使用"新历史主义"这一术语的斯蒂芬·格林伯雷说："文学研

---

① 参见拙著《文学原理——发展论》，社会科学文献出版社1989年版。

究中的新历史主义的特点之一,恰恰是它(也是我自己)与文学理论的关系上的无法定论,从某种意义上说,它是说不清道不明的。"他继而谈及这一理论与20世纪初的实证论历史研究的区别,在于"它对过去几年的理论热持一种开放的态度"。随后,他实际上把这种理论又归结为"文化诗学"①。新历史主义认为文学与某种有关的"文化系统"有着联系,它注意文学作品得以最初形成的社会—文化环境,"试图把历史研究中被'某些'历史学家看作是'形式主义谬误'('文化主义'和'文本主义'等)的东西,与在文学研究中被'某些'形式主义文学理论家视为'历史主义谬误'……的东西结合起来"②。我们在这里只能描述"新历史主义"的大概,说明它与过去的历史主义的不同。其他带有某种"回归"特征的文学理论也是如此。

20世纪80年代我国的文学理论活动则有所不同,它首先是一种追踪活动,即大力介绍80年代前的流行于欧美文论界的种种理论与方法。在短短七八年间,就把七十多年来欧美的各种文学理论与方法,过了一遍,操作了一遍。现在看来,这也是一种历史的必然。闭塞既久,原有的理论与方法被推向极端。大门一开,忽然那么多陌生的理论、方法扑面而来,难免把它们都看作是新鲜的东西,从而形成了一股对追踪欧美文学理论的潮流,其中也夹杂着某种盲目性。至于由此而引起对传统全面否定,也是存在的,这自当别论。

20世纪80年代中后期,我国文学理论中逐渐出现的一些文学观,正是在反思过去、追踪不同时代的欧美文学思潮、不同程度地吸取了欧美文学理论、方法中的某些因素而形成的。有的文学观采用了马克思主义的认识论,意识形态论,经济基础与上层建筑相互关系的思想,经济决定论,阶级斗争的思想,从而维持着认识论的文学观。有的采用马克思提出的生产论,应用于文学研究,以代替前者。有的以

---

① [美]斯蒂芬·格林伯雷:《通向一种文化诗学》,见张京媛主编《新历史主义与文化批评》,北京大学出版社1993年版,第1、2页。
② [美]海登·怀特:《评新历史主义》,见张京媛主编《新历史主义与文化批评》,北京大学出版社1993年版,第95、96、97页。

人类学本体论、生命本体论作为指导思想，把自由与痛苦视为文学研究、创作的出发点，以主体论文学观、象征论文学观代替认识论文学观。有的通过审美中介思想，把原来文学是意识形态的哲学观改造为文学观，提出文学是审美意识形态，在此基础上建立了一种文学本体论。上述几种文学观，未必都能被人们所接受，有的可能追踪的痕迹过多。它们也未像欧美文论那样，一种新的文学观的出现，就会在它们的周围出现支持者，结成团伙，产生影响。我们这些文学观，要是不作介绍，也就无声无息，默默无闻。但不管如何，即使探索有误，也总是一种尝试，是非得失，会被实践所检验，被历史所纠正或选择。

面对21世纪，中外文学理论将会怎样发展？在我看来，未来的时代将是一个中外文学理论与方法不断自新、相互之间不断对话、不断综合、不断创新的时代。

拉尔夫·科恩在《文学理论的未来》一书的《序言》中，概括了多位欧美学者对文学理论未来的展望，提出了四个方面。一是"政治运动与文学理论的修正"[1]。欧美文学理论界的一些人士正在把文学理论与有关社会运动结合起来，给文学理论以新的界定。二是"解构实践的相互融合，解构目标的废弃"。一方面，有些理论家指责解构主义理论家"没有解决文学中的一个显而易见的事实：'文学讲述了我们，讲述了我们的生活，我们的选择和感情，讲述了我们在社会中的存在以及一切有关的整体性'"[2]，对伦理问题漠不关心。另一方面，解构主义理论家如德·曼在后期实际上在梦想解构主义能一统天下的时候，也看到了其理论的自身不足。米勒说，"在德·曼的《阅读的隐喻》一书中，就已有了一个文学同历史、心理学、伦理学的关系的精心构想、阐述详尽的理论"，"他在生前最后两三年所致力的工作，就越来越集中于这类问题上；这无疑是已成当今文学研究特征的

---

[1] 见《文学理论的未来》，[美]拉尔夫·科恩主编，程锡麟、王晓路、林必果等译，中国社会科学出版社1993年版，第2页。
[2] 见《文学理论的未来》，[美]拉尔夫·科恩主编，程锡麟、王晓路、林必果等译，中国社会科学出版社1993年版，第10页。

三 面向新世纪：八九十年代中外文学理论新变

这场向政治、历史、社会的几乎带普遍性的转移的又一例证。"① 就是说，解构主义理论家也参与了解构解构主义的活动，原来的解构主义目标遭到废弃。三是"非文学学科与文学理论的扩展"。几十年来，欧美理论界的文化学的研究与应用日益广泛，非文学学科与文学理论的联系，为文学理论的跨学科研究开辟了广阔的前景。同时对于过去某些非文学学科与文学理论的关系，也有了新的认识。人们常说，是精神分析理论丰富了文学理论。拉尔夫·科恩则说："我要指出的是，文学理论已经促使精神分析理论形成了一些新的观点，那种假定文学理论只是寄身于精神分析理论的论点是片面的。其实情况常常相反——出自精神分析的典型观点，不论过去还是现在，都可以在文学理论中找到。"② 我以为说得很好。四是"新型理论的寻求，原有理论的重新界定"③。有的文学理论家，如文学接受理论的奠基人之一伊瑟尔，提出了建立"文学人类学"的设想，即将人类学思想引入文学研究，这方面其实早有艺术人类学这门学科。有的则提出文学类型理论的研究，扩大文学研究的范围。上述四个方面，我以为大致描述了20世纪80年代和今后欧美文学理论的走向。

我国文学理论界对文学理论的未来发展也甚为关注。我国文学理论的研究，不像欧美那样派别林立，而是一种有主导的多向性的、多层次的理论研究。1992年10月在开封曾举行"全国中外文学理论学术研讨会"，我在会上提出《文学理论：回顾与展望》④的报告，概述了我国20世纪80年代文学理论的新进展及今后的研究格局。80年代，我国文学理论研究工作有所深入，马克思主义文论的研究开始从注释走向理论阐释，基础理论、古代文论、文艺心理学、文艺社会学、外国文论、比较文学理论方面都出现了一批有理论深度的著作。

---

① 见《文学理论的未来》，[美]拉尔夫·科恩主编，程锡麟、王晓路、林必果等译，中国社会科学出版社1993年版，第126页。
② 见《文学理论的未来》，[美]拉尔夫·科恩主编，程锡麟、王晓路、林必果等译，中国社会科学出版社1993年版，第12页。
③ 见《文学理论的未来》，[美]拉尔夫·科恩主编，程锡麟、王晓路、林必果等译，中国社会科学出版社1993年版，第15页。
④ 钱中文等编：《文学理论：回顾与展望》，河南大学出版社1993年版。

此外一些同行对跨学科的文学研究也有所提倡。如何深入一步，使文学理论有所创新，有所前进？我就80年代自然形成的理论格局的三个层面提出了一些看法。这就是，首先，单向学科的研究，如马克思主义文论、基础理论、文学心理学、文学语言学、古代文论、外国文论、比较文学理论等研究，将会获得更进一步的发展。其次，各种学科的横向交叉、相互渗透的研究将会进一步扩大。再次，中外文论的融合研究将会更被重视。特别是后两个方面的融合，将会在文学理论研究中提出不少新问题来。

看来，欧美文学理论和我国文学理论的进展及其方式是很不相同的，但是从欧美文学理论家与我们对未来文学理论的发展的预见中看到，未来的文学理论更新过程将是一个有着许多共同点的过程，在理论导向、甚至方法上将是比过去任何时候更为接近的过程。例如，双方都主张多学科的研究，摆脱形式主义的研究，跨学科的研究，新型理论的探索研究，等等。当然，除了上述研究，双方还各有自己传统理论问题的探讨与更新。在这一过程中，进行对话，不断综合、融合将是十分重要的。所谓对话，就是"接受者站在平等的地位上，充分肯定对方的价值方面，择优而取，在诘难对方中发现不足，予以扬弃；用宏放的目光看待外国文论中的异质性部分，显示其自身价值，尊重其在理论整体中的积累，同时也不忌讳接受一方——对话者的价值判断与观点"[①]。所谓综合，就是在自己主导方法的指导下，容纳与采用多种方法，引出比较符合实际的观念。一个文学理论学派的退潮，或一个理论学派被新的理论学派所替代，与自然科学中的知识更新是大不一样的。例如当解构主义面临衰退时，这一理论中的有用的一面，作为人类知识的一种积累，仍将被保留下来。米勒说："倘若解构批评的洞见，连同新批评派——这类批评家的真知灼见一起被遗忘，或被抛弃到某一臆想的历史'发展过程'中的一个过去的时期，从而被认为在当代现行文学研究中无需再得到认真对待，这将是文学

---

① 见拙文《对话的文学理论：误差、激活、融化与创新》，《中国社会科学院研究生院学报》1993年第5期。

研究的一大灾祸。"米勒认为今后的文学批评将会是修辞学式的文学研究与当前具有不可抗拒的吸引力的"文学外部关系"研究之间的"调停工作",因为看来两类研究不可偏废。没有修辞学式的研究,"就不可能希望了解文学在社会、历史和个人生活中能起什么样的作用"①。当结构主义转入退潮期,法国同行就谈到,"现在是综合使用各种方法的时代,新的方法已不占统治地位,各种旧的方法也并未被否定,原因是各种方法的好的方面,都已被普遍接受"②。20 世纪 80 年代中期,我曾谈到未来文学研究将出现一种主导、多样、综合的趋势③,即既有主导,又有多样,而走向综合。随后,在 80 年代后期的拙著《文学原理——发展论》以及 90 年代初的论文中,又张扬了这一思想。

在中西文论的研究中,综合研究方法的运用,在于使中西文论产生新的交融。从整个理论形势来看,一种在科学、人文精神思想指导下具有当代性的中西文论交融研究,将会在下一阶段、新世纪得到极大的进展与兴盛。双方交流的研究是一种最具生命的研究,是一种走向创造新理论的研究,是文学理论走向建设的大趋势,中西文论会以各自的优势比肩而立。

(原文作于 1994 年春,刊于《学习与探索》1994 年第 3 期)

---

① 见《文学理论的未来》,[美]拉尔夫·科恩主编,程锡麟、王晓路、林必果等译,中国社会科学出版社 1993 年版,第 122 页。
② 见拙文《法国文学理论流派印象谈》,《文艺研究》1985 年第 4 期。
③ 见拙文《主导、多样、综合:一种趋势》,《文艺报》1986 年 3 月 8 日。

四　会当凌绝顶：回眸 20 世纪文学理论

（一）俄国、苏联文艺理论思潮的演变

文学理论是个大题目，涵盖面极为宽阔。20 世纪文学理论像文学一样，在相当程度上是争取独立自主的一个过程。难道说文学不一直就是文学吗？诚然，文学就是文学，但是在东西方特别是西方的文化思想传统中，就文学与哲学相比，哲学显然比文学要高出一头。文艺理论的地位也是如此，它一直受到哲学的指导，政治就更不用说了。

20 世纪初，俄国既是马克思主义文艺理论的发源地，又是形式主义文学理论的滥觞。我想，先来回顾一下俄国与苏联的形式主义与马克思主义文艺理论各自的历史命运，也许是探讨问题的一个切入口。

文学理论、艺术理论难以置身于社会、科学发展之外。不同文学艺术主张的出现，不仅受到社会、哲学思潮的推动，同时也为文学艺术自身的多种需要所制约。19 世纪社会学的、历史文化的、传记式的、心理学式的、印象主义式的文学理论、批评广为流传，这是 19 世纪文学理论、批评自身的进步，同时这也是 19 世纪科学、哲学思潮影响下产生的结果。

19 世纪末，象征主义思潮酝酿了创作、理论的新的演变的开端，提出了文学的新说：唯一美的事物，就是与我们无关的事物。狄尔泰提出文学艺术重在感受、体验，文学研究应研究文学现象的内在意义。1910 年，美国犹太人爵·斯宾根在一次演说中，对 19 世纪的各种文学理论、批评如印象主义、历史学派、心理学派、教

条主义式的批评，显出了极不耐烦的情绪，多有讥讽，同时提出了"新批评"。1913年英国人贝尔提出艺术是一种"有意味的形式"。在谈及艺术的"再现"时，他宣称："再现并非都有害，高度的现实主义的形式也可能极有意味。然而，再现往往是艺术家低能的标志。一位非常低能的艺术家创造不出哪怕是一丁点儿能够唤起审美感情的形式，就必定会求助于生活感情。而他要唤起生活感情，就必定要使用再现手段。"① 看来贝尔把"非常低能的艺术家"来作为对艺术"再现"的价值判断了。这些现象都显示了文学艺术理论即将发生变化的迹象。而在文学理论中掀起新的思潮的，则是俄国的文艺理论家。

俄国形式主义理论家开始深受未来主义创作、理论思潮的影响。未来派反对俄国印象主义，在诗歌用词方面力图创新，对许多无意义的音响效果甚为推崇。照艾亨鲍姆的说法，"未来派……掀起的反对象征主义诗歌体系的革命，形式主义者是一种支持"，即要从象征主义者手中夺回诗学，"使诗学摆脱他们的美学和主观主义理论，使诗学重新回到科学地研究事实的道路上来"②。他们也反对学院派研究，嘲笑后者"有气无力地运用美学、心理学和历史学的古老原则，对研究对象感觉迟钝"。那么如何使诗学回到"科学"的道路上来呢？什克洛夫斯基在《散文论》一书的序文中说："在文学理论中，我从事语言内部规律的研究。"③ 而在1914年，他就已出版了《语词的复苏》的小册子。他在其中说："语词是形象和形象的硬化。修饰语是革新语词的手段。修饰语的历史是诗学风格的历史。""未来主义的任务——使物复活起来——是使人重新感受到世界。"④ 形式主义者推崇语词的"神秘难解性"（一译玄奥性），即语言学意义上的语言的

---

① [英] 贝尔：《艺术》，周金环、马钟元译，中国文联出版公司1984年版，第18页。
② [苏联] 艾亨鲍姆：《"形式方法"理论》，载《俄国形式主义文论选》，什克洛夫斯基编，方珊译，中国社会科学出版社1989年版，第23、22页。
③ [苏联] 什克洛夫斯基：《散文论》，苏联作家出版社1983年版，第6、15页。
④ [苏联] 什克洛夫斯基：《语词的复苏》，转引自巴赫金（梅德维杰夫）《文艺学中的形式方法》，李辉凡、张捷译，漓江出版社1989年版，第71页，译名有变动。

"音响经验的物质性和具体性"①。在《艺术即手法》一文的开头,什克洛夫斯基就对19世纪末俄国文学理论家波捷勃尼亚的诗歌离不开形象的观点,"艺术即形象思维"说,提出质疑,对"艺术首先是象征的创造者"这种说法嗤之以鼻。他提出:"艺术的目的,就是要使人有如看到视像那样感觉事物,而不是像认识那样感觉事物。艺术的手段就是使事物'奇异化'的手法,就是增加感知难度和时间长度,使形式变得复杂起来的手法。因为在艺术中,感知接受过程自成目的,并被延长。艺术是感受事物制作的方式,而艺术被制成的东西并不重要。"②所谓"奇异化",就是改变对事物的感觉。什克洛夫斯基后来回忆时说:"那时我所说的奇异化,就是关于感觉的更新。"③与什克洛夫斯基相呼应,罗曼·雅柯布森当时也说,"文学科学如果想成为科学,它必须承认'手法'是自己惟一的'主人公'"④。从1916年到20世纪20年代初的几年,形式主义者提出了不少新观念,如"诗歌是赋予自身有价值的语词,即赫列勃尼柯夫所说的'自在的'语词以形式"。还有"感情语言与诗歌的关系,诗句的声音结构……声调作为诗句的结构原则……诗句和散文的格律、格律标准和节奏……诗歌中节奏和语义学的关系,文学研究的方法论……现实对作品的要求如何与作品本身结构的要求相互影响……神怪故事的结构……叙事形式的类型学……"⑤。

概括形式主义的文学观念与理论和操作,我们可以看到,形式主义学派确实在文学理论中标新立异,大有创新。十分重要的一点是,他们力图从文学自身的构成因素来理解文学自身,提出了文学的自主性问题,这不能不说是文学研究的一个重大转向。其次,形式主义学派把作品视为文学研究的中心问题,提出了作品的艺术结构问题的多

---

① [苏联]巴赫金(梅德维杰夫):《文艺学中的形式方法》,李辉凡、张捷译,漓江出版社1989年版,第79页,译名有变动。
② [苏联]什克洛夫斯基:《散文论》,苏联作家出版社1983年版,第6、15页。
③ [苏联]《什克洛夫斯基选集》第2卷,莫斯科,文艺出版社1983年版,第291页。
④ [苏联]雅柯布森:《诗学著作选》,莫斯科,进步出版社1987年版,第257页。
⑤ [苏联]托多洛夫:《编选说明》,《俄国形式主义文论选》,方珊等译,中国社会科学出版社1989年版,第7、8页。

种构成因素，这对于文学作为语言现象来说，触及了它的本质的一个重要方面，这是过去的文学理论从来没有如此集中提出过的理论问题。再次，形式主义学派在研究作品中反对使用内容、形式的二分法，而力图使内容溶入形式，强调艺术形式的包容性；力图改变过去文学史的社会学、历史方法的写作方式，建立文学史的新的写作原则，等等。但是由于形式主义理论完全抹杀了传统方法的长处，所以在与过去彻底决裂的理论亢奋中，显得过分自负，破绽极多。例如强调文学的语言的因素，而否定现实社会对文学的影响；把文学艺术仅仅当作手法或手法体系，把诗歌仅仅视为声响与语调的组合，等等。什克洛夫斯基后来回忆说："在青年时代，我否定了艺术内容的概念，认为艺术是纯粹的形式。……那时我说过，似乎艺术是没有任何内容的，艺术是非感情性的……"①

20世纪20年代上半期，俄国马克思主义者就对形式主义理论进行了批评。托洛茨基在其《文学与革命》（1923年）一书中，设立专章批评形式主义。他认为形式主义把文学艺术规律看作"语词的拼合，是色点组合的规律"是错误的，认为"一部长诗是音响的拼合"的看法是可笑的。他对形式主义的评价是"肤浅与反动"②。卢纳察尔斯基在1924年撰文批评形式主义理论，认为这一流派是"旧事物的有生命力的残余"③的表现。但是对形式主义学派进行真正有分析的批评，则是心理学家维戈茨基和梅德维杰夫提出的。维戈茨基在1925年写就的《艺术心理学》（1965年才出版）一书的专章中作了分析，认为形式主义由于脱离艺术心理研究，"完全无力揭示和解释艺术的历史地变化着的社会心理内容，无力揭示和解释取决于这种社会心理内容的主题、内容或材料的选择"④。至于梅德维杰夫出版于

---

① 《什克洛夫斯基选集》第2卷，莫斯科，文艺出版社1983年版，第289页。
② [苏联] 托洛茨基：《文学与革命》，刘文飞、王景生译，人民文学出版社1992年版，第151页。
③ [苏联] 卢纳察尔斯基：《关于艺术的对话》，吴谷鹰译，生活·读书·新知三联书店1991年版，第155页。
④ [苏联] 维戈斯基：《艺术心理学》，周新译，上海文艺出版社1985年版，第75页。

1928年的《文艺学中的形式方法》一书，到目前为止，恐怕仍可看作是对形式主义理论的全面、系统的评论之一。该书作者那时从文学、文学理论是意识形态的观点出发，历史地阐述了马克思主义文学理论的对象与任务，形式主义的历史渊源，形式主义诗学的各个理论的支撑点，作品的艺术结构、形式主义的文学史方法等，具有较强的说服力。后来巴赫金在草于20世纪40年代初，写定于1974年的《关于人文科学的方法论》一文中谈道："我对形式主义的态度是：对材料鉴定的不同理解；忽视内容导致'材料美学'（在1924年的论文中对它的批评）；不是'制作'，而是创新（从材料只能得到'制品'）；不理解历史性与更迭（机械地理解更迭）。形式主义的积极意义（艺术的新问题和新的方面）；新事物总是在其发展的初期、最富创造性的阶段采取片面的和极端的形式。"① 关于巴赫金的文学观我们在后面还将提及。

20世纪20年代初，形式主义学派内部因各人观点、兴趣各异，呈现出不同倾向。面对马克思主义的批评，一些代表人物也作了很有活力的理论阐发。如艾亨鲍姆的《"形式方法"的理论》《论诗句》等。同时其他一些人意识到自己理论的局限，也作了一些修补工作，向社会、历史方法倾斜。但是20世纪20年代末随着政治压力的加强，当什克洛夫斯基发表《学术错误志》一文后，这一学派就暂时销声匿迹了。其后形式主义与庸俗社会学一起受到多次批判，"形式主义"成了一个恶谥。20世纪50年代中期，在苏联访问的雅柯布森与什克洛夫斯基再度会面时，仍感到"这一运动的或许是最大胆、最令人鼓舞的思想，仍然无声无息"②。在他看来，形式主义运动意在强调"诗歌的语言问题"，诗歌"语言的规律与语言的创造性""目的性"，语言的"诗歌功能"，就是"关于诗歌的纯语言特性及其超越语言界限并属于艺术的普通符号学特点之间的关系问

---

① ［苏联］巴赫金：《话语创作美学》，莫斯科，艺术出版社1986年第2版，第392—393、324页。

② ［苏联］雅柯布森：《序言：诗学科学的探索》，载《俄国形式主义文论选》，什克洛夫斯基编，方珊等译，中国社会科学出版社1989年版，第1—4页。

题"，而它的对手则把它当作资产阶级思潮给以批判、否定，以致"只要一接触到诗歌的形式问题、隐语、诗韵，或者形容语，就会立即引起反驳……一提到'声音的图形'，或是'语义学'，马上就会遭到无礼的对待"。又说"逐步探索诗学的内部规律，并没有把诗学与文化和社会实践其他领域的关系等复杂问题，排除在调查研究计划之外"。的确，形式主义遭到论敌的不少歪曲，受到"对科学思想的不少限制"。但它本身确又存在许多弱点，甚至到20世纪60年代中期，雅柯布森仍在重述："文学作品的理解，只能根据本文的某一自足结构。本文……是一个独立结构，它的价值不取决于语言学以外的知识。"① 形式主义理论后来在结构主义、叙事学理论中获得了发展。20世纪初的俄国形式主义理论中的一些著作，对于文学理论的建设，至今仍有其意义。

在俄国，马克思主义文艺理论早在上世纪末就已获得重大发展。普列汉诺夫写于19世纪和20世纪之交的《没有地址的信》，写于1912—1913年的《艺术与社会生活》，在关于艺术的起源、关于文艺同社会生活的极富论辩力量的阐述中，贯穿了社会、阶级斗争的观点，使人的耳目为之一新。同时随着俄国无产阶级革命运动的发展，列宁提出了要使无产阶级的文学成为无产阶级革命机器的组成部分。文艺要从属于无产阶级革命政治，对后来的马克思主义的文艺观影响至深。俄国马克思主义的文学理论，在20世纪30年代前，通过卢纳察尔斯基、沃洛夫斯基、高尔基等人的作家评论、艺术研究，特别是通过革命政权的建立，取得了主导地位。这大概是俄国马克思主义文艺理论最为活跃、最富成果的时期。其中重要的理论观点有文学的党性、阶级性，文学从属于政治。20世纪20年代末，随着政治力量的强化，非马克思主义的文艺思想受到清除，从事非马克思主义文艺思想研究的人，则被作为阶级异己分子加以镇压。甚至连巴赫金这样的理论家也被流放边陲。20世纪30年代初，提出了社会主

---

① 转引自［比利时］布洛克曼《结构主义》，李幼蒸译，商务印书馆1981年版，第35页。

义现实主义作为苏联作家必须遵循的唯一创作方法，出现了一批优秀之作，但艺术趣味日趋单一。随后形成了一套观点，即社会主义现实主义、党性、人民性、典型化，并成了评价文学艺术的唯一标准，而典型问题都成了政治问题。40年代，一些作家不断受到政治家漫骂。一些明明可以容许存在、甚至相当优秀的创作，被斥为反苏作品，它们的作者则被戴上"流氓""无赖"的帽子。一些文学理论家与批评家主要是发挥政治家提出的几个观点，"征圣""宗经"成风，这类文学理论与批评成了政治的组成部分，成了"部长夫人"。苏联政治家的上台，总是把其前任贬斥为反党集团的头目，然后自己才能取得正统传人的资格；按照正常秩序的"和平过渡"反倒成了例外。于是反党集团头目就成了下台者唯一的称号。这自然难煞了一些文学理论、批评家，因为他们要在自己的著述里，照例要颂扬上台的政治家，说他们如何英明、伟大，为芸芸众生指明了方向。这样，他们的著述自然随着政治家的走马灯式的转换，而变换自己的价值。20世纪五六十年来，苏联的文艺批评给人留下的大致是这种印象：封建式的、家长式的统制，教条主义，死气沉沉，了无新意。自然，在苏联并非所有文艺理论、批评都是如此。如在马克思主义文论方面，里夫希茨的研究就较有贡献，历史诗学的继承者们的成绩也极可观；而就整体上说既非西方马克思主义、也非所谓"形式主义"与"唯美主义"的巴赫金的诗学理论，如今在俄国国内外声誉日隆。至于形式主义中的积极因素，则早被苏联结构主义所继承和发展。

由于苏联文学理论失去了自己的独立品格，所以当苏联政权被解体，它必然随之瓦解。目前，马克思主义文学理论与批评在俄国影响不大。它的再起唯有等待新的时机。文学理论如何使自己既不脱离政治，保持理论独立自主的品格，同时又不致成为政治的附属品，有崇高信仰而又不一味"征圣""宗经"，从而使理论有所发展，这是十分值得深思的课题。

（二）文学理论中的"语言论转向"

当我们对20世纪的各种形式主义理论做个考察时，不难发现，有条线索贯穿着这些学说，这就是"语言论转向"。"语言论转向"这一观点，是20世纪60年代西方哲学家对20世纪西欧哲学发展趋向的一种概括，并非所有哲学家们都同意，但它确是抓住了哲学发展的重要特点。在文学理论中也是如此。"语言论转向"不仅涵盖形式主义文论，而且也渗入那些所谓人本主义的文论思想。这一现象与19世纪末、20世纪初的语言学思想、语言哲学思想是密切联系着的，语言学思想与语言哲学极大地改变了20世纪的文论面貌。

20世纪哲学中的"语言论转向"，是人类思维的一大变化。20世纪欧美众多的人文科学、社会科学流派都把语言置于自身理论的最基本之点，形成了哲学的转向。"语言论转向"分两个方面，一是由语言学本身的发展形成的，一是哲学向语言方面发展，形成语言哲学。

先说语言学的发展。20世纪初，索绪尔的语言学说，更新了西方的语言学的思想。索绪尔突破了19世纪欧洲语言研究中的历史比较研究方法。历史比较研究提供了许多语种关系、演变史料，但在理论上显得支离破碎。在格式塔心理学的启发下，索绪尔尝试在理论上进行总体把握，提出了他的方法论与理论观点。他在《普通语言学教程》第5章中就说："我们的关于语言的定义是要把一切跟语言的组织、语言系统无关的东西，简言之，一切我们用'外部语言学'这个术语所指的东西排除出去的。"[①] 什么是外部语言学呢？指语言学与民族学的一切接触点，语言和政治史的关系，语言与各种社会制度，语言与方言有关的一切。自然，索绪尔并不否认这些研究都是有用的，但他真正关心的是"内部语言学"。何谓"内部语言学"？即语言自身的规律性现象研究。和从前的以实证主义方法研究为主的新语法学派、历史比较法相比，索绪尔强调语言自身是一个系统。他说："语

---

① ［瑞士］索绪尔：《普通语言学教程》，高名凯译，商务印书馆1982年版，第43页。

言是一个系统，它只知道自己固有的秩序。"语言既然是一个系统，它由相互依附的语词组成，那么每个语词的价值，亦必须依靠其他语词才能成立。索绪尔又认为："语言是一种表达观念的符号系统。"他设想建立一门新的科学——符号学，它现在还没有，但将来可以建立起来，而"语言学不过是这门一般科学的一部分。"语言学家的任务，"就是要确定究竟是什么使得语言在全部符号事实中，成为一个特殊的系统"。其次，在这个语言系统的研究里，索绪尔提出一种二元对立的理论与方法，来分析语言的结构。他指出语言与言语有别，这恰恰是过去的语言学相混的事实。言语与语言不同，前者一般存在于人们日常的交往中，而所谓语言，实际是被抽象化了的言语现象，"它只是言语活动的一个确定部分"，"它既是言语机能的社会产物，又是社会集团为了使个人有可能行使这种机能所采用的一整套必不可少的规约"，这是一个整体，一个分类原则。"语言就是言语活动减去言语。它就是一个人能够了解和被人了解的全部语言习惯。"[①] 再次，索绪尔区分了语言符号的能指与所指的功能。他把概念与音响的结合称作符号，符号表示整体，它由所指——概念和能指——音响形象、书写的语词合成，而两者的相互关系中，能指和所指的联系是任意的，并无必然联系，因为语言符号是任意的，它们只存在文化、历史的约定性。正是这种无必然联系与任意性，使得能指既遵守原有历史、文化的约定性，而又可以不断在原有基础上产生新的组合，而具有不断扩大的功能发生。

至于语言哲学，它是从西欧的哲学本体论、哲学认识论蜕变而来。古希腊哲学家关心的主要是"存在是什么"，世界的本质构造是什么？对于柏拉图来说，世界分为感觉世界和理念世界。感觉世界不是世界本身，只有理念世界即形式世界才是存在本身。哲学确定知识对象与客体，探讨世界本体，成为哲学本体论。到17世纪，法国哲学家笛卡尔提出，哲学探讨的问题是，"我们知道什么，我们的知识依据是什

[①] ［瑞士］索绪尔：《普通语言学教程》，高名凯译，商务印书馆1982年版，第46、39、115页。

么，我们知道的究竟是什么？"哲学追求的是知识的确定性，当我们获得某种知识时，必须论证它在多大程度上是准确的。他提出世界分外部世界与内部世界，外部世界不是知识本身。"我思故我在"，内部世界才提供知识。知识由一个思维主体获得，是心智的主体的自我的思想。主体作为认识着的思维而存在，思维以明晰的概念获取知识。这样，笛卡尔使流行了一千多年的本体论哲学转向了认识论。可以说，从17世纪到19世纪西欧哲学的研究，都处于认识论研究的大潮之中，包括马克思主义在内。19世纪后期开始，哲学的研究趋向再度变化，即把语言放到哲学的出发点上。从弗雷格到维特根斯坦，在西欧形成了一股强大的哲学思潮，即语言哲学。语言哲学研究的目的不是求知，不是本体论哲学所想说明的存在，不是认识论哲学所想获取的知识，而是探讨语言的意义。它转变了原来的哲学话题。世界分现象世界与可说世界，前者不是意义本身，可说世界才具有意义，而对不可言说的世界，就应保持沉默。维特根斯坦提出"语言是世界图景"，"语言是思想库"，"语言是工具"。探讨语言意义，就只能以语言为界。于是"世界是我的世界"，"语言（我所理解的那个语言）的界限，意味着我的世界的界限"。这种"语言唯我论"，促成了哲学认识论向语言哲学的转折。于是"全部哲学就是'语言的批判'"[①]。

语言哲学不仅自身探讨问题，而且广泛涉及美学、语言等方面。维特根斯坦关于语词的不确定性、多义性等思想，对20世纪中期以后的西欧文学派别产生很大影响。他说，"一个词的意义是它在语言中的用法。而一个名称的意义，有时是指向它的拥有者来解释的"[②]，有如"游戏"这个词一般。他后期否定美有统一的本质。过去的美学家都探讨美的一些相关范畴的本质，他认为这只能导致诸多阐释的误解，所以像"'优美'的概念也在这一方面产生许多危害"[③]。他一面

[①] 转引自周昌忠《西方现代语言哲学》，上海人民出版社1992年版，第84页。
[②] ［英］维特根斯坦：《哲学研究》，汤潮、范光棣译，生活·读书·新知三联书店1992年版，第31页。
[③] ［英］维特根斯坦：《文化和价值》，黄正东、唐少杰译，清华大学出版社1987年版，第80、86、87、32页。

说"审美力是感受力的精炼",但又说"感受力并不能产生任何东西,它纯粹是接受";"最为精确的审美力与创造无关"。"'审美力'的能力不可能创造一种新的组织结构,它只能形成对已存在的组织结构的调节。""审美力可能令人兴奋的,但却不能把握。"他以为艺术是难以言说的,不可言说的,所以就不用去说。"在艺术上,说这样的话是困难的,什么都别说。"对于不可言说的,就要保持沉默;但又说艺术表现什么,显示了他的思想的矛盾性。

我们在上面极其简单地介绍了语言学与语言哲学即分析哲学代表人物的一些基本观点与思想。实际上作为 20 世纪的语言学与语言哲学,它们的代表人物众多,他们的文艺、美学思想也极复杂。可以这样说,20 世纪语言学、语言哲学在相当程度上是大行其道,它们渗入各个学科领域。它们提出的问题,有的被极大地充实了,有的预言式思想,不仅被科学发展证实了,而且极大地发展了;而有的思想,则被发展到了极限,催生出了许多新的思想流派。

就文学理论来说,上面所论及的形式主义学派,其出发点酷似索绪尔,开宗明义要探讨语言的内部规律,来展开对文学理论的研究。它所提出的许多问题都是从文学语言的角度提出的,像雅柯布森就把诗学当作了语言学的组成部分。20 世纪 20 年代末,巴赫金出版《陀思妥耶夫斯基创作问题》,初版分为两部,第二部专门讨论小说言语。此书 1963 年再版时更名为《陀思妥耶夫斯基诗学问题》,作者在这里评价陀思妥耶夫斯基创作的一个基本出发点,即"超语言学"。所谓"超语言学",即反对运用一般语言的分析,而以语言学排除的"活生生的具体的语言"为研究对象,即"研究的是活的语言中超出语言学范围的那些方面(说它超出语言学范围,是完全恰当的),而这种研究尚未形成特定的科学"[①]。正是在这基础上,巴赫金提出了小说的对话理论、双声语说,并通过 20 世纪 30 年代写就的一系列长文,如《长篇小说话语》《长篇小说话语的发端》《作为文学体裁的长篇小

[①] [苏联] 巴赫金:《陀思妥耶夫斯基诗学问题》,白春仁、顾亚铃译,生活·读书·新知三联书店 1988 年版,第 250 页。

说》等，建立了他的小说诗学。他的《话语体裁问题》《语言学、语文科学与其他人文科学中的本文问题》《答〈新世界〉编辑部问》《1970—1971年笔记》《关于人文科学的方法论》等系列论著，对语言、话语、本文、对话关系、对话话语、陈述、理解以及文学理论与文化史的关系、作品涵义的不断生成、体裁的涵义潜力等问题，进行了富有创新意义的原则性的阐释，并在这类学科研究中力图贯彻其"超语言学"、对话的主导思想，显得在20世纪文学理论中独树一帜。在谈及可听性作为一种对话关系时，他说："语词想成为被听到的、被理解的、被应答的，进而重又对回答作出回答，以至于无穷。语词参与永无涵义终结的对话。"他还说："对于语词（从而对于人）来说，没有比不作回答更为可怕的了。甚至看上去明显是虚假的语词，也不会是绝对虚假的，它总是为理解和确证所要求的。"[①] 所以他的理论既具理论自身的开放、创新意义，又有理论的追求、建设品格，而受到东西方学者的普遍注意。

20世纪30年代波兰的英加登在胡塞尔的语言现象学的影响下，以《文学的艺术作品》与《对文学的艺术作品的认识》建立了现象学文艺学。他的关于文学作品的构成说，把文学作品的观念向前推进了一步。英加登从语言现象的角度开始，切入文学作品的结构分析，指出文学作品是一种多层次的构成。它包括语词声音和语音构成，以及一个更高级现象的层次；意群层次，句子意义和全部句群意义的层次；图式化外观层次，作品描绘的各种对象通过这些外观呈现出来；在句子投射的意向事态中描绘的客体层次；通过各层次之间的相互关系的建立的整个作品形式的统一性，对句子、句群、章节间的有序联系等。[②] 后来，韦勒克在《文学理论》一书中借用了这一层次说，用以阐发作品的结构。可以说，这种对作品的语言层次分析形成的结构说，至今仍有重大意义。

---

① ［苏联］巴赫金：《话语创作美学》，莫斯科，艺术出版社1986年第2版，第323页。
② ［波兰］英加登：《对文学的艺术作品的认识》，陈燕谷、晓未译，中国文联出版公司1988年版，第10—11页。

20世纪60年代兴起于法国的结构主义文论和叙事学，深深地扎根于语言学的基础之上。结构主义使用语言学、修辞学、诗学的基本概念，如语音、语法、语义，演化成自己的分析概念：功能、行动与叙事，用以探讨叙事作品的结构。例如托多洛夫以"语法"的观点来分析《十日谈》，把人物、人物行为、人物的特征当作名词、动词和形容词，建立了语法分析法。罗朗·巴尔特则把文学作品看成一个严整的整体构造：在文艺作品中，各种成分的存在都是合理的，各个因素都有其作用，而不容存在废话，这种结构说合乎语言方法。文学现象虽以语言运用为基础，但实际上前者要比后者复杂得多。法国的结构主义又是叙事学的阐发者。叙事学广泛运用语言学、语音学、语法学、语义学和修辞学等。巴尔特在《叙事作品结构分析导论》一文中说，"话语可能是一个'大句子'……正如句子就某些特征来说是一个小的'话语'"。又说："叙事作品是一个大句子，正如任何语句从某种意义上说都是一个小叙事作品的雏形一样。尽管在叙事作品里动词的主要范畴具有特殊的（经常是极其复杂的）能指，我们仍然能够从中发现经过相应扩大的改造的动词的主要范畴：时、体、式和人称。"[①] 随后，巴尔特逐渐转向后结构主义，否定不久前为之呼号的结构主义原则。他同样使用语言的手段，设定语言符号能指与所指的内部分裂，能指指向另一能指或能指群，也就是说，当能指尚未指向所指，或其在指向的半途中，就走向了另一个能指，从而使所指悬搁，使语词难以获得明确的意义。不是本文的语法规则在发生作用，导致完整意义的获得，而是能指的意指在延伸本文，于是本文成了能指的活动空间。既然能指可以自由地转移而造成本文，由这种转移造成意义的增值，于是本文也就失去了中心。至于阅读，则由"作品"阅读变成了"文本"的阅读。前者有终极目的，而被认为是真正的阅读则是一种"文本"阅读，它不被意义规定，而是在意指的自由引导下的自由的游戏，是无尽的阅读的欢悦，于是使阅读成了写作。不难看

---

① ［法］罗朗·巴尔特：《叙事作品分析导论》，见张寅德编选《叙述学研究》，中国社会科学出版社1989年版，第6—7页。

出，在巴尔特那里，这种结构主义和后结构主义式的文论、批评，始终未离语言学半步。自然，到后来这里的语言学已不是一般的语言学了。

伊格尔顿在谈及后结构主义的时候，指出西方哲学的两个特点，一是以"语音为中心的"，它集中于"活的声音"深刻地怀疑文字。二是，在某种广泛的意义上，它也是"逻各斯中心的"，相信有明确的意义。在他看来，从结构主义转向后结构主义，这是"从历史逃向语言"。1968 年的学生运动从巴黎的大街上消失之后，它只能转入话语的领域。后结构主义无力打破国家权力机构，但是颠覆语言结构却是高妙一招。巴尔特的《本文的欢乐》（1973 年）可说适逢其时。"写作或作为写作的阅读，在最后一片未被占领的领域，在这里知识分子可以随意嬉戏，享受能指的奢华，任性地无视爱丽舍宫……可能发生的一切。在写作中，自由的语言游戏可以暂时破坏和搅乱结构意义的专制；写作——阅读主体能够从单一的身份的结束中解脱成一个狂喜的弥散的自我。巴尔特宣布，本文'是一个无法无天的人，他把屁股露给政父'。"[①] 看来，这并非强加给后结构主义的一个注释。后结构主义创立了批评的新形式，但可能只是一种愤懑而又无奈的话语反抗。

（三）主体性、"内部的"、"外部的"研究问题

上面所论及的以语言学、语言哲学为基础的文学理论问题的研究，如修辞、话语、语音、语句、语法、节奏、格律、文体、叙事、作品类型、风格、功能、结构的研究，常被研究者称作是文学内部规律的研究，形成理论中的"向内转"的趋向，为的是使文学理论"回到自身"，成为一种独立的精神现象。同时还有好些阐发人本主义思想的学派，它们张扬艺术的主体性，和文学创作中的一些流派相呼

[①] 转引自［英］伊格尔顿《20 世纪西方文学理论》，伍晓明译，陕西师范大学出版社 1986 年版，第 163、164、177、178 页。

应，同样表现了一种"内部的""向内转"倾向。

主体性的问题早就存在于哲学思想中。但是近代以来，只是由于康德的哲学的阐发，才使主体性问题突现出来。它使康德以后的不少哲学家，从客体的研究转向了主体，形成一股股哲学思潮。理论转向主体性的探讨，竟使古典哲学发生了巨大的转向。在康德那里，人永远是一个目的，人就是现世上创造的最终目的。表现在他的美学观点上，他说："审美的规定根据，我们认为它只能是主观的，不可能是别的。"又说"没有先行的法规，一个作品永远不能唤作艺术的，因此必须是大自然在创作者的主体里面（并且通过它的诸机能的协调）给艺术制定法规，这就是说，美的艺术只有作为天才的作品才有可能"[①]。主体性的哲学、美学思想联系着后世多种哲学、美学和文学理论问题的研究。有反理性主义的哲学、美学，也有理性主义的哲学、美学。但无论哪一种哲学、美学和文艺思想，都自觉或不自觉地见到了以往哲学和文学艺术之间的等级关系，即哲学是人类思想中最基本的指导思想，而美学乃至文学艺术都是次等的，而这个传统早在柏拉图时代就开始了。于是我们看到，康德之后的一些哲学、美学流派，突出了对主体性的阐发。尼采在谈及"自在"之物与主体时说："主体本身是可以证明的，因为，假设，仅仅有主体存在——客体只不过是对主体造成的影响而已……"[②] 同时，他们又力图使美学摆脱哲学的控制，使其获得独立自主性，使文学成为独立自主的精神现象。19世纪末、20世纪初以来，文学理论受到多种突出主体性的社会、哲学思潮的影响，而转向对主体的各个角度的"内部的"研究，从而促成向内转的倾向、文艺的独立自主的思想。一种方式大体如尼采那样，通过他理解的主体性的阐发，力图弥合哲学、美学和诗歌之间的对立，抹去其界限，使诗、哲融为一体。尼采的美学文集，既像文学作品，也是其悲剧的哲学思想的表现。哲学、美学、美文失去了语言的规范，文学语言成了哲学思想的表达工具。《悲剧的诞生》提出了审

[①] ［德］康德：《判断力批判》上卷，宗白华译，商务印书馆1993年版，第39、153页。
[②] ［德］尼采：《权力意志》，孙周兴译，商务印书馆1994年版，第253页。

美快感的纯粹性问题。他说:"艺术必须首先要求在自身范围内的纯洁性。为了说明悲剧神话,第一个要求便是在纯粹审美领域内寻找它特有的快感,而不可侵入怜悯、恐惧、道德崇高之类的领域。"① 但是悲剧的内容如何避开传统悲剧理论所说的怜悯、恐惧、崇高呢?照尼采的说法,就是欣赏主体用审美的目光去观照生命悲剧的世界,并赋予它以审美意义。他说,我们必须勇往直前地跃入形而上学中去,"只有作为一种审美现象,人生和世界才显得是有充分理由的。在这个意义上,悲剧神话恰好要使我们相信,甚至丑和不和谐也是意志在其永远洋溢的快乐中借以自娱的一种审美游戏"②。这自然可看作是一种主体论审美思想的表现,但不免带有虚幻的特色。

尼采的这种美学思想模式,即泯灭哲学、文学、艺术界限的思想,在20世纪的一些思想流派中竟是十分流行。当一些学派仍在实证主义思想的影响中徜徉,日益精细地划分各种学科的界限时,它们却似乎走上了新的综合的道路。如萨特、加缪的存在主义思想,竟被戏剧、小说的形式包裹了起来,而别具一格。海德格尔的美学思想,不同于显示主体性的美学学说,与康德的哲学路线也大相径庭,认为尼采也不过是一个形而上学家。它通过语言、诗、思的联结,探讨了哲学、文学问题。伽达默尔在《海德格尔的后期哲学》(1960年)一文中说到,海德格尔"关于艺术的起源的演讲(1935—1936年间)引起了一种哲学的轰动"③。这种艺术与哲学合流的追求,在50年代后更是连绵不断。一些哲学人类学、心理学派的学说,实际上被看成是文学理论的新形态了,以致罗蒂在他的《后哲学文化》中说,文学理论一词"与'尼采、弗洛伊德、海德格尔、德里达、拉康、福柯、德·曼和利奥塔德等人的讨论',基本上是同义词"④。而且有趣的是,在英语

---

① [德]尼采:《悲剧的诞生》,周国平译,生活·读书·新知三联书店1986年版,第105页。
② [德]尼采:《悲剧的诞生》,周国平译,生活·读书·新知三联书店1986年版,第105页。
③ [德]伽达默尔:《哲学解释学》,夏镇平译,上海译文出版社1994年版,第212页。
④ [美]理查德·罗蒂:《后哲学文化》,黄勇译,上海译文出版社1992年版,第98页。

国家中，开设有关当代德、法哲学课程的，不是哲学系，而是英语系。由英语老师来讲哲学，大概主要以语言学、语言哲学材料为教材了。在这里可以看到泛文化的综合倾向之强烈。又如人们现在读到的一些解构主义小说，其中往往夹杂着作者的哲学议论、文艺评论，显得有些不伦不类，但也自成一格。如何发展，还得拭目以待。

另一种方式是完全置身于"主体性"的轨道中运行的。例如以心理学进展为基础的意识流、精神分析等。又如文学阐释学、文学接受、读者反应批评、解构主义等。19世纪末和整个20世纪蓬勃发展的科学知识进入了人的领域，而且科技的发展逼迫着人，使人面临成为工具的人。科学分解了人，使人失去人以往的完整性。人被精细地肢解，使人分裂为多个自我。我们先是看到了心理学家詹姆逊式的人，这是一个心理、思维具有无限连续性的人。随之，在文学创作中出现了弗·吴尔芙、普鲁斯特式的人。意识流的手法一改旧时小说的写作方式，丰富了小说内涵。但也随之出现了意识流小说的自然主义。阅读有的名作，竟要在大量注释的伴读中进行，使阅读中的审美愉悦随时被打断，弄得趣味索然。几乎同时，精神分析流行起来，并且持续时间极长。精神分析方法使人分裂为本我、自我、超我。本我属于本能、无意识现象，在人的身上原本隐而不显而又处处存在，如今一经道出，竟为文学创作开拓了一个深层的写作领域。

现在文学的主体性从两个方面得到了表现。一是作家创作的主体性获得了自觉的拓展，一是被描绘的人物的主体性，同样得到了更为深广的显现。这些流派后来同后结构主义一起，在文学理论、创作中，把主体性推到了极致，主要是强调了其非理性方面。先是创作者的主体性、被描绘的人物的主体性，在现代主义的文学中得到了淋漓尽致的表现。可以这样说，文学理论中的主体性问题，主要为现代主义的文艺的勃兴作了理论准备，促成了叙事描写的"向内转"。但也无可怀疑，主体性的张扬，也推动了现实主义文学的更新。在创作的主体性继续被推崇的情况下，读者、接受者的主体性又被提了出来。它先在现象学文艺理论中被论说，随后在接受美学中流行开来。接受美学对阅读主体性的重视，使其在理论上作出了重大的贡献，即文本通过读者的接受，才能获得真正的生命，使文本演化成作品而至文学。同时文本只有在接受中才能生成意义，从而使我们得以完成文学本体的理解。但是文学接受的极度发挥，则又走向了极端。在解构主义理论中，接受主体被赋予无限制的意义，并使其在后现代主义的文学创作获得多种体现。解构主义一反结构主义的封闭性，容许作者移入创作，赋予了作者绝对的自由，使其可以任意出入文本，以作者、说故事者、叙事者、人物的各种面目出现，使本文结构随时发生危机，以致瓦解；同时也随时给以连接。这时本文的阅读，也即读者的接受，自然变成了自由的、开放的阅读。文本不再设置预先定下的意义，也不作这种设想。它只是努力要使阅读变为一种对开放本文的解构，倡导文学哲学式的阅读，反之亦然，进而在阅读也即写作中发现不确定性、无我性、无意义性，从而使阅读成为一种欣悦的游戏。这样，形式的完整性支离破碎了，也确是多样了，但是审美的涵义单薄了，淡薄了。结果文学理论、文学究竟独立到什么程度，这倒成了一个很值得思索的问题。

在文化多元的时代，上述现象自然只是一个方面。于是原先进行着"外部的"文学研究，真是三十年河东，三十年河西，随着解构理论的解构，却日益现出其魅力来。十分有意思的是，有的结构主义者见到了自身的局限，努力脱身出来，开始关注社会、历史、人道、人性的因素。而解构主义者希利斯·米勒在《文学理论在今天的功能》（1986年）中说到，20世纪70年代末、80年代初美国文学理论研究趋势发生了重大变化，并宣布：1979年是欧美文艺理论大转折的一年。他说："事实上，自1979年以来，文学研究的兴趣已发生大规模的转移：从对文学作修辞式的内部研究，转为研究文学的'外部的'联系，确定它在心理学、历史或社会学背景中的位置。换言之，文学研究的兴趣已由解读（即集中注意研究语言本身及其性质的能力）转移到各种形式的阐释解释上（即注意语言同上帝、自然、社会、历史等被看作是语言之外的事物的关系)。"① 当然，早就从事对文学进行"外部的"研究的学者，对这种转变可能更为清楚。例如美国学者科恩就说道："人们正处在文学理论实践的急剧变化的过程中，人们需要了解，为什么形式主义、文学史、文学语言、读者、作者以及文学标准公认的文学观点开始受到质疑，得到了修正，或被取而代之……人们认识到原有理论中哪些部分仍在持续，哪些业已废弃，就需要检验文学转变的过程本身。"② 看来，一、文学理论研究趋向正在转变，这已不是一个人的看法；二、这一转变还不是一般的变化，而是一个"急剧变化"，或者说是一个"大规模的转折"；三、开始这大规模的转移是1979年。

那么，文学研究向哪里转移呢？这就是由"内部的"研究向着"外部的"研究转移。从20世纪初开始，"外部的"研究实际上一直受到非议。现今的从内向外转移就是，转向社会学、历史学、新历史主义、马克思主义文学批评，甚至转向带有强烈政治倾向的反种族主义、女权主义的文学批评。其实，其中一些文学批评派别，在"内部的"研究盛行时，也从未中断过自己的研究，现在只是更受人注意而已。对于欧美文学理论界来说，真正形成较为完整的理论系统的确是文学的"内部的"研究，它有所创新。它以为文学理论真的成了一种独立的形态，也使得文学成了一种纯粹独立的东西了。近百年过去了，认识有所深入，人们发现文学现象要比理论复杂得多。不管怎么说，文学就是文学，它是纯粹的、独立的，但它总要指向社会，并将社会、历史、政治、伦理、道德哲学、宗教思想化为自己的血肉而成为一个有机体。而"内部的"的研究却剔去了作品的血肉，只使作品剩下一副骨架。这样做，文学好像纯洁了、独立了，回到自身了，但最终发现这与文学实践并不相符。最后解构高潮一过，"内部的"研究家们不得不回过头来看看，原来"外部的"研究废弃不得，而且成

---

① [美]希利斯·米勒：《文学理论在今天的功能》，见[美]拉尔夫·科恩主编《文学理论的未来》，程锡麟等译，中国社会科学出版社1993年版，第121、122页。
② [美]拉尔夫·科恩：《序言》，《文学理论的未来》，程锡麟等译，中国社会科学出版社1993年版，第1页。

绩斐然。文学中那些所谓外部因素是文学的天然组成部分，否则赶它们赶了一百多年，何以竟没有把它们驱逐干净呢！内部研究和外部研究都是文学研究，各有长处，都有局限。双方的交叉研究，将是一种取长补短的综合，可能真正会描绘出文学的"独立"形态来。

（四）我国文学理论的几个特点与古代文学理论的现代转换

20世纪80年代，正当欧美文学理论从"内部的"转向"外部的"研究时，我国文学理论正好经历了一个相反的过程，即"由外向内"的过程。看来双方采取的动作都是理论发展的必然，都有其历史的合理性。不过由此可以看到两地的文学理论，由于社会文化背景的差异而呈现出来的反差是多么强烈。

关于我国近百年来文学理论的主导方面，我在《世纪之争及其更新之途》[①]一文中已作讨论，这里不再赘述。我想就近百年来的我国与欧美的文学理论做些简要的比较，从中了解我国文学理论的一些特点。

第一，欧美文学理论具有不间断的连续传统性。这个传统就是"逻各斯中心"与语言的传统。前者从哲学本体论开始追问文学是什么，如何存在，并进而发问，文学表现什么，可以从中知道什么，讨论何谓写作，如何写作等。通过一套逻辑的话语，逐渐发展成有关文学的各种知识、观念、概念；在意义、终极目的的追问中，形成文学的种种范式。后者专注于文学形态的语言因素的分析，从语言特性的探讨中，演绎文学形态的构成，甚至最后发展到对语言特性的无限扩大，使其解构。这些研究方法，未有中断，从而使文学理论这种形态，在近百年来获得了较为系统的明晰的概念，具有一定的科学性，多种体系性。我国近百年来的文学理论，几度中断了与传统的联系，这是为我国特殊的社会条件所决定的。五四新文化运动在于打倒旧文

---

① 见《文学评论》1993年第3期。

化，白话文的提倡与文言文的废弃，改变了文学的整个话语，以致人们的思维方式。旧的文化传统发生急剧的中断与悬搁。20世纪50—70年代中期，文化传统不仅继续处于被告地位，而且竟然走到焚书的地步，形成了与旧文化彻底的决裂。于是我们看到，在大陆，古代文学理论虽有整理、研究，但蜷缩一角、奄奄一息，最后成了扫荡对象，直到20世纪80年代才算缓过气来。

第二，近百年来欧美社会处于不断动荡之中，纷争极多，但大概由于社会并未改变其性质，所以理论学说尚有较多的自主性，可以在相对稳定的条件下进行，从传统、科学中汲取营养，而无须（不是绝对的）顾及外国、外界。我国就不然。"五四"中的各种新学说，自然是在我国的土壤上生根开花的，是我国社会自身的需要。但清理一下，它们大都来自欧美。当然，不少是经过了先贤们的改造的。从实用主义到马克思主义，从审美无功利说到平民文学、革命文学、阶级性、党性、人民性、现实主义、浪漫主义、社会主义现实主义、印象主义、典型说、形象思维、形式主义，等等。20世纪五六十年代，苏联的文学理论成了我们的文学理论。20世纪80年代，美国人的文学理论中的种种概念，又成了我们文学理论中的常用语。这并不是说外国的不能用，因为它们确实具有使对象获得科学说明的能力，但我们自己的在哪里？我们是否能在文学研究中形成自己的话语？我们跟了别人一百多年，不知何时有个转机？我们能否建立我们文学理论的自主性？

第三，外国文艺理论虽想摆脱哲学思想的制约，但也只是少数派别，大多数不是在人本主义的轨道里运行，就是在科学主义的指导下进行。自然，这样的划分也不宜绝对化，因为有时它们是相互交叉的。人本主义以人为本，重视人的个性自由，人的主体性特征。在个性自由的驱使下，理论的创建容易获得个性特色，同时相应也容易产生片面性，甚至使片面性发挥到极致。表现在作者问题上，它考虑的是作者的自我表现，他的想象的自由，写作的自由挥洒，形象的自由建构，话语的自由选择，对语言能指的自由指挥；作者自由地出入作品，自由地建构形式，等等。它的缺陷我们在前面已经论及。表现在读者问题上，同样考虑的是个性自由度的发挥。在这种思想的指导下，发现读者是构成文学作品的最终因素，甚至有人还认为是读者创造文学作品，认为读者阅读有如解构的游戏，阅读就是写作。即使一些学派以科学主义思想为指导，实际上提出的学说也极富个性，新见迭出。我国近百年来的文学理论，实际上是在人文主义思想的影响下展开研究的。例如在作者问题上，几十年来主要强调作家思想改造，而思想改造对于不少知识分子来说，实际上就是确认你有原罪，就是唯阶级成分论。这种理论与做法，即使它是正确的，那也只适用于人的一般情况，而并不反映创作者的思想特征，结果以社会性代替了创作个性。当然，创作者有个品德修养的问题。对于读者，则主要考虑他是接受思想教育的对象，从未从文学本身的特殊性探讨，发挥其阅读的积极性。结果对读者在本文的阅读中如此重大的作用竟是视而不见。而对于文学理论研究者，总是害怕他们提出新说，怕它们有违文学理论原则。这里涉及一个相当复杂的问题。"五四"新文化运动打倒了封建文化，而封建文化中的"征圣""宗经"思想，作为集体无意识却遗传了下来，而且是根深蒂固。例如一些人认为只能按教条办事，所以当胡风很有个性地提出"主观战斗精神"时，他们就不分青红皂白，把它作为反马克思主义思想予以挞伐，最后以牢狱进行批判。甚至对冯雪峰、丁玲也是如此。丁、冯不过在同一框架中思考问题，稍稍突出一下个性，但也不能见容于人。

从上面的比较中，我们看到，我国的古代文化、文论，作为传统文化，还是一块亟待开发之地。在当代文论中古代理论只有一般零星的引用，而尚未使其成为有机的组成部分。这样我们看到，当代文学理论即具有中国特色的文学理论的建设，就面对三个传统，即我国"五四"以后的文学理论传统，我国古代文学理论传统和外国文学理论传统。没有对古代文学理论的认真继承与融合，我国当代文学理论实际上很难得到发展，获得比较完整的理论形态的。目前我国当代文学理论的建设就处于这种过渡期。自然，也可以设想，以古代文论的基本概念为骨架，吸取当代中、外文论中的有用成分，进行构架，这也是一种尝试。

为了使古代文学理论作为传统而被吸收、融入，那么研究古代文学理论自身的内涵，厘清其思维特征，它的基本范畴、形态乃至体系，是完全必要的。这方面的工作一些学者正在进行，而且成绩卓著。同时还有一种研究，即古代文学理论的现代转换的研究，我在1992年的开封会议"中外文艺理论研讨会"上曾提出过；在1995年8月于山东济南召开的中国中外文学理论国际学术研讨会上又有学者提出。如何在不同理论形态中，分离出那些表现了文学创作普遍规律的理论观念，使之与当代文学理论接轨，融入当代文论，成为它的组成部分，这是一个极有意义的工作。

最后我想说明的是，这篇论文虽是对20世纪文学理论的回顾与评论，但大题小做，难免粗疏，好些重要派别、问题都未能提及。文艺理论的建树与发展，流派固然重要，因为容易见到它们的主张和在文坛上的鼓噪。但是还有不少默默耕耘的学者，同样极有建树。他们不是风云人物，不呼朋唤友，不拉帮结派，也不以学派标榜，这在不少国家都有。不作论列，显然是一个缺陷。同时，本文题目引了一句古诗，这不是说我们已登临文学理论的顶峰，而是说我们已爬上20世纪时间的顶峰，看到了20世纪辉煌的夕照。

面对新的世纪，应是山外青山天外天，远山更在斜阳外。

（原文作于1996年1月，刊于《文学评论》1996年第1期）

五　世纪印象*
——答《文艺争鸣》朱竞先生问

朱竞：20世纪已经过去，您对中国20世纪的印象如何？

钱中文：20世纪是中国探索现代化的世纪，是中国最终走上现代化的世纪，进入现代社会发展阶段的世纪。但是由于其自身的特殊性，现代化的过程极多起伏，乃至灾祸频频。整个国家经济生产水平低下，出现了人间乌托邦，近二十年来由于市场经济的转轨，形势有所好转。在文化方面，"五四"建设新的文化，彪炳千秋，但是后来割裂传统十分严重，而破坏文化传统也极为惨烈，这使今天的整个社会的文化建设尝到了"决裂"的苦果。在今天全球化的语境中，经济、文化的建设面临着极为复杂的局面，不仅存在后现代的经济文化现象，而且前现代的文化现象也无处不在。20世纪的中国，是中国历史迈向现代化的转折期，有文化的建设，也有文化的破坏。

朱竞：您认为知识分子精神存在吗？如果答案是肯定的，您怎样理解？

钱中文：首先我认为知识分子精神是存在的，问题在于要对不同阶段的知识分子精神，进行不同的分析，这种分析既应是历史的，又应是具有现代目光的。比如，五四运动是进步的中国知识分子精神的表现，是他们推进了社会的前进。反之，当时起来反对五四运动、新文化的知识分子，一直被认为不具当代知识分子的精神。但是时过境

---

* 原题为《苦难的历程与拯救的道路》，系编者所加，原文发表于《文艺争鸣》2002年第2期。

迁，现在我们还可以运用现代的眼光来分析那时各种知识分子的功过。当时具有中国知识分子精神的那部分知识分子，其中一些人的激进倾向，非此即彼的思维方式，给后来文化的传承带来了严重的消极影响，而当时被批判的知识分子，如果我们现在对他们的思想、主张细加辨析，遵循宽容的、有一定价值判断的亦此亦彼的思维方式，则可发现有许多合理因素，并且正是我们今天文化建设所奉行的原则。他们坚持这些正确的主张，也正是中国知识分子精神的表现。

又如对于20世纪50年代后的知识分子精神，由于情况极为复杂，所以今天我们在讨论知识分子精神时，还有个辨伪的问题。当时不少知识分子好像表现了知识分子精神，他们那时的歌功颂德，自然情有可原，但也正是极为脆弱的表现；或是屈服于权力，明哲保身而大发违心之论，现在看来，他们当然没有显示出真正的知识分子精神。而那时不事迷信，敢于说出真话，讲出科学道理，按科学精神办事的人，在真理面前敢于驳斥貌似科学的错误之说的人，受到镇压，或被戴上帽子，或被迫害致死，而历史与现实证明了他们的思想与行为是正确的，这正是知识分子精神的表现。而那些行为好像合乎潮流、代表了当时知识分子精神的人，历史终于证明了他们精神上的失误。

20世纪的我国知识分子精神，就是倡导、宣传与维护科学、知识、人道、理性、民主、自由、平等、权利、法制的精神，就是反对现代压制，对人及其创造的文化的价值与精神的确认。

朱竞：在您看来，中国20世纪知识分子所承担的最大责任是什么？

钱中文：20世纪初，我国知识分子的最大责任应该是启蒙工作。不少知识分子这么做了，而且参加了社会的革命实践。后来发生了日寇侵略，这时启蒙与救亡是统一的。没有启蒙如何救亡？不进行救亡又如何启蒙？50年代之后，启蒙的历史任务并未结束，可是启蒙被削弱了，绝大部分知识分子被归入了资产阶级的行列。宗教的原罪论，是知识分子的最大的不幸。知识无用了，启蒙无用了，自由的思想被禁止了，知识分子不成其为知识分子了，科学要向原始的自然经济的

五 世纪印象

素朴鞠躬，知识要向愚昧无知致敬，并要在它们面前承认天生有罪，进行没完没了的批判。于是社会变得没有知识没有科学，一些人强化了盲目与愚昧，迷信自然盛行，最后走向文化的破坏与崩溃！知识分子的责任，就是进行文化批判与反思，面向新世纪，不断进行思想创造的责任。

朱竞：您最心仪哪一类的知识分子？您认为中国20世纪最优秀的知识分子有哪些？

钱中文：我心仪的知识分子是思想家并有专业知识类型的人，在专业方面卓有成就的人。20世纪中国最优秀的知识分子，我以为有王国维、梁启超、陈独秀、李大钊、鲁迅、熊十力、冯友兰、张岱年、钱穆、季羡林、钱锺书、陈寅恪等人。我对他们中间一些人的观点、学说并不全都认同，但我对他们的治学精神十分敬畏。

朱竞：在您的人生经历中，有过最痛苦和耻辱的体验么？能讲一件苦恼的事吗？

钱中文：回忆一生的经历，最为痛苦与最为屈辱的遭遇，莫过于"文化大革命"中成了10年"群众专政的对象"了。[1] 用现代的目光来看，"革命群众"一旦响应了号召，进入这种黑暗运动，立即就会陷入派性斗争，去捍卫所谓无产阶级革命路线，实际上为上面的各种人物互相斗争而摇旗呐喊。一旦形势有变，譬如一方原处于攻势，一方处于守势，现在形势反了过来，为了权力平衡，这时双方就会暂时妥协，都声称有个什么反革命集团在黑夜行动，把被他们发动起来进行派性斗争的一方无辜的群众，当作牺牲抛将出来，作为双方妥协的筹码，而那些被动员起来的群氓，还未弄清楚是怎么回事，磨难已经降临头上，一下跌入了十八层地狱了。我平时自以为还算正直，但是既然进入了预设好了的炼狱，也就身不由己的了。运动初期我也曾伤害过别人，想起此事，至今是深感内疚的。在这个残酷的年代，"革命"暴露了人性中各种怯懦与丑陋，我也未能例外。"文化大革命"是被十多年的阶级斗争教育、个人迷信教育所准备了的，是新中国成

---

[1] 此段经历与故事，可见拙文《劫难与拯救》，《南方文坛》2001年第1期。

立后中断了启蒙与科学、播种了迷信的结果,是利用群氓起来"造反"、把群众变成了群众的暴君的一场残酷的游戏!

朱竞:您最挚爱的对象是什么(国家、事业、朋友、孩子、爱人、大自然、文艺学或别的什么)?

钱中文:我最挚爱的有不少对象,比如国家,当然是人民的国家。20世纪50年代末,我在国外学习时,就听到号召要多学一些知识本领,早些回国为祖国服务,学位不过是资产阶级法权。我相信了这些东西。一天夜半,我突然醒来,双泪直流,怎么也制止不住,直至泪干清晨。我确实想为祖国服务,在国外有时想念祖国想得心都会疼。

朱竞:您对两性感情领域的自由和责任是怎样理解的?

钱中文:两性感情与责任问题是双向的。两性感情应是自由的,不是自由的两性感情是违反人性的。但是一旦结合一起,又是互有责任,自由又是受到限制的。那种两性感情原是自由的,结合之后又想不受限制,这往往是当今文学艺术演绎各种故事的老套了,只是有的写得平庸,有的叙事伤感动人。但在现实生活里就不一样了,请看看各种小报,几乎天天有刑事凶杀报道,其中相当部分是由两性关系引起的。其中有一厢情愿强要结合而置对方于死地的,有随交随丢喜新厌旧而拼个死活的,有心甘情愿充当富商二奶,被大奶雇人杀死的,有一言不合反目成仇刀刃相向的,有第三者插足进行报复致死的。还有对高官进行性引诱,达到批件目的、发财起家,而后跌入犯罪深渊的。大部分则是"不想天长地久,只求一时拥有",只想享受、占有,又不想负责任而引起的。美国社会在20世纪60年代发起了性解放运动,两性可随意结合而发展到性滥交,还要相互交换配偶寻找刺激行乐,自由得很,但不想负责,结果如何呢?几十年过去,社会无端要养活五百多万无父无母的私生子,家庭随时解体,小孩成了没有爱的果实,心灵发展畸形。现在这个社会不知有多少艾滋病患者,只是这种暂时无法治愈的绝症,才稍稍遏止了性滥交的势头。这个社会的两性关系方面的伦理道德将如何进一步演变,值得注意,但不值得学习。

朱竞：对您影响最大的书和人是什么？能说说您和它（他或她）的故事吗？

钱中文：影响最大的书与人嘛，少年时代有几年时间我曾迷恋武侠小说，到初中二年级语文老师给我们上课时，顺便讲了"五四"新文学运动，一批新作家与新文学作品，讲了科学与民主，反对封建迷信等。于是我设法找来鲁迅的《呐喊》与《彷徨》、冰心的《寄小读者》等作品阅读，这使我大受启发。特别是鲁迅的《故乡》等作品，觉得它们描写的就是我身边的人和他们的困苦生活情状，就是我熟悉的家乡的风景，写得多么好啊！《寄小读者》一书里充满了多少温情和爱啊！于是我如饥似渴阅读这类作品，武侠小说再也不看了，直至今天。朋友介绍我读读金庸的新武侠小说，说实在，这类作品大体是一个模式，多了些人物现代化的感情描写，剑谱秘诀之类的抢夺。稀奇古怪门派之争，各种仇杀的框架依旧，我暂时没有时间阅读。老师给了我"五四"精神的启蒙教育，而鲁迅等人的作品改变了我的阅读趣味，使我热爱新文学，走上文学的道路。不久前的灰蒙蒙的一天，我在北京的一条胡同里遇见了冰心老人，她衣着素朴，缓缓而行，我怀着敬意上前说：冰心先生，您好，我是在您的《寄小读者》里长大的呢！冰心老人微微一笑，我再想靠近她一步时，就醒了过来，原来是一个梦。青年时期我的阅读范围扩大了。那时我在国外研读俄罗斯文学，拼命读了大量原文作品。当我读到陀思妥耶夫斯基的《穷人》，主人公在信里叙述到隔壁的一家穷人，因断炊在冬夜里啜泣时，我竟不觉潸然泪下了。大概我因老家的境遇而心有所动，情有所感吧。这种刻骨铭心的感受，让我牢记一辈子，并且偏爱这位作家，偏爱他的作品，特别是他的《罪与罚》。

朱竞：您是否有成功感和成就感？

钱中文：出版一本书，有一种喜悦感，但很难说有一种成功感。主要是我们这一专业，永无止境。你自己认为在书里说了一些道理，但往往连身边的同行都冷眼旁观，所以自己觉得老是在走不完的路途上跋涉。如果我自己有什么成就感了，那说明我就此止步了，再难前行了。

朱竞：您毕业于哪一所大学？哪个专业？在您看来，目前大学教育的主要弊端是什么？

钱中文：我毕业于中国人民大学俄语系，先搞俄罗斯文学，后来专门从事文学理论研究。过去大学教育的弊端是知识传授不多，狭隘的思想教育不少。现在正好相反，十分重视知识，但传授做人的道理不多，培养出来的人缺少教养。

朱竞：作为一位博士生导师，在您看来，要带好您的学生最关键的问题是什么？最值得注意的问题是什么？

钱中文：带好研究生的关键，首先是研究生确实对文学研究感兴趣，不是来镀金的。其次，要重视研究生的自主性，要善于发现研究生的专业特长，导师不要把自己的观点强加给研究生，更不要把自己的观点，拆卸分解后交给研究生去为导师打造理论体系，这样做会限制研究生的首创精神，培养一些没有学术个性的人。再次，更重要的是，不要限制研究生的学术观点，研究生的观点哪怕是不同于导师的观点的，只要有点道理，能自圆其说，就要采取宽容的态度，给以肯定，让他在学术上得到自由发展。1987年来，我大体按这种方式培养博士研究生的，人数不多，但一些学生毕业后，在文学研究方面表现得相当出色。

朱竞：您认为当前的文学专业的博士生（或硕士生），存在的最主要的问题是什么？

钱中文：博士生存在的主要问题之一，就是在3年时间里，在掌握外语方面花去的时间太多了，专业知识与相关知识少了些，所以有博士不博之说，要设法提高入学前的外语水平，少占用专业学习的时间。其次是，3年读博，可能是时间少了些，当然，这会引起各方面的矛盾。

朱竞：您认为应该怎样认定博士生导师的资格？没有博士学位就不能当博士生导师吗？

钱中文：指导博士生的老师，原则上说来应有博士学位，这是国际公认的。由于我国长期废除了学位制，把它视为资产阶级法权，所以一时难以和外国接轨。但是现在又要培养自己的博士，所以只能从学有专长、有较高专业成就的老师、学者中间选择一部分人担当博导，然后过渡到带博士生的指导教师应有博士学位的做法，我想，这是合理的。至于目前有的人已是博导，仍要拿个博士学位，心理就很复杂。现在对于有权力、高位的人来说，拿个博士学位易如反掌，接受读博的一方是十分欢迎的，双方都有利！有了博士头衔，一是出门办事，有个体面称呼，出国讲学可以拿到较高讲课费，这也是给外国人的奇怪逻辑逼的；二是现在提拔升官，有无博士头衔效果就大不一样，世风如此。

朱竞：您认为当前大学的博士生论文存在的主要问题是什么？

钱中文：当前的博士论文较前一阶段的论文来说，在选题上有所改进，即大题目少了，实证的、个案研究多了。大题目不是不能做，而是对于博士生来说，那种一谈文学问题，好像尽在自己把握之中，但是往往显得力有不逮，大而无当，于学术无补。近年见到的博士论文，情况有所好转，多选具体的个案问题研究，具体的理论问题研究，以小见大，小题大做，因此学风就比较扎实些。

朱竞：学校教育对您的积极影响和消极影响分别表现在哪些方面？

钱中文：学校教育积极的影响，主要激起了我对祖国、家乡、我们这块黄土地的不变的感情，传授了我多种知识。消极影响的方面，在当时必需的集体主义的名义下，服从需要的名义上，又使我失去了鲜活的个性，变成了一个听话工具。只是到了20世纪80年代中期，才卸下了因袭的重负，我才找到了自己，才找到了自己的学术个性，感到了精神的真正解放。桑榆暮景，是使人感到万分遗憾的，但总算找到了自己。

朱竞：您认为对一个作家和文学家来说，最重要的素质是什么？

钱中文：对于一个作家与批评家来说，最重要的素质应是做人的真诚，血性与良心，怜悯与同情，一种人文的关怀。如果没有这些人文品质，他们创作什么呢？批评什么呢？尽可以去从事商务，当老板，做经纪人，而那些没有真诚、没有血性与良心、同情与怜悯的苍白文字，哪个读者要看呢？

朱竞：您认为中国当代作家创作的主要问题是什么？

钱中文：当代文学中的主要问题，不是容易说得清楚的。那些月月领工资的作家，其实好多不是作家，要改变体制，否则，创作就变得毫无压力。一些写作的人，他们对人文意识的认识，作家学者化的实践，实在不敢恭维，谈谈写作和人文精神，好像在说"黑色幽默"似的。另一些写作的人，抓住现在大好商机，伙同媒体共同炒作，发家致富。一些认真写作的人，又尚未摆脱各种物质的诱惑，少了沉潜与精心的提炼，少了一种历史的穿透力与大气的贯注。

朱竞：为什么要从事文学研究？

钱中文：我从少年时代起就爱好文学，只是由于命运的播弄，后来就从事文学理论工作了。我那时能从事这一工作，感到十分的满足了。一是，这一工作毕竟是文学的一部分，这要比我去当医生、干部愉快得多了。二是，在 20 世纪 50 年代末，能从事自己感兴趣的工作，实在是不容易的了。我有多少中学时代的朋友，在干着并非他们专长的工作啊！在错误思想教育下，我长期以为理论工作就是解释导师们的著作，应为人们不断耳提面命；以为人类所有的问题，他们都已做了回答，都替你想好了，你不用再去动脑子的了，够我们用一百年的了。我的这种愚昧与迷信，压制了自己几十年的鲜活的精神生命，以致差点被它窒息而枯萎。一旦摆脱了教条的阴影，你就觉得个人都是独立的、平等的存在，他们的思想都是自有价值的，人与人是一种相互独立、互为依存的关系，一种平等对话的关系，原来不论深浅，你也能在理论上说些什么来，原来你在精神上并非一个哑巴，能够发出自己的声音！这就是我为什么会怀着极大的兴趣去从事文学理论研究的工作！

朱竞：您能否预测一下下一届诺贝尔文学奖可能产生在哪一个国家？哪位作家？

钱中文：很难预测谁会是下一届诺贝尔文学奖的得主。现今这一文学奖对于中国来说已经政治化了，人们常说是意识形态化，其实应当说是政治化了。评委会里的委员并不懂得中国文学，特别是中国文学精神，他们奉行的原则和我们这里的标准如出一辙：说你行，你就行,不行也行;说你不行,你就不行,行也不行。这里有什么道理可说?美国华裔人士在为王蒙获奖造势,这当然很好,王蒙有能力获奖。但是这个委员会能在几年之内连着让中国人获奖吗,2001年不是已经给了一位华裔作家了吗?那位懂得汉语的评委曾经说过:中国政府不让他来华,他恨中国政府。有着这种情绪的人,能把一票投给中国籍的作家吗?要给,自然给那些长年待在国外、和他关系密切、高唱流亡漂流的有华裔血统的人,如今流亡文学获奖,已成了这一奖赏的潮流。2001年,这位获奖者华裔法国人在接受采访时训斥了一名中国记者。当时有位记者用汉话提问,这位曾是中国人的获奖人气势汹汹地对那位记者说:"请注意,我是法国人,请用法语和我说话!"你看,当了法国人后的自豪感是多么了得!

可是我们好多作家宽宏大量地说:只要中国人获奖就好,就值得庆贺!获奖当然值得庆贺,可是他这个华裔法国人是"中国人"吗?如果是"中国人"获了奖,那么还想连着第二次获奖吗!

(原文作于2002年1月,刊于《文艺争鸣》2002年第2期)

附录　一桩难解的学案
——文本规范与思想共享

中译《巴赫金全集》已经出过两版，现在正在重新编辑、增补、校订新的6卷本《巴赫金文集》。新编本与过去的版本的不同之处，一是将"全集"改为"文集"，名实相副。二是新编文集，增加了一些新的译义，特别是巴赫金关于长篇小说的文章和一些发表过而后又经俄罗斯编者修订后的著作，他20世纪60—70年代间写的大量笔记，还有作为附录的巴赫金论文答辩时的速记录。三是全面修订了原有译文以及改正了出版社二版编排中的失误。四是对原有的编排形式做了一些调整。但十分重要的是将原来收入"全集"第1、2卷中署名瓦·沃洛申诺夫与巴·梅德维杰夫的三本著作与一些论文，即《弗洛伊德主义——批判纲要》《马克思主义与语言哲学》《生活话语与艺术话语》以及梅德维杰夫的《文艺学中的形式方法》撤离出来。这涉及巴赫金著作文本的基本面貌与规范，也涉及这些著作的作者著作权问题。这些著作70年代开始，被归入巴赫金的名下，或称"巴赫金小组"著作，后称"有争议的文本"。

1970年，在莫斯科大学举办的巴赫金75岁寿辰纪念会上，主办会议的学者在会议总结中，语言含糊但有的地方又以肯定的语调提出，沃罗希洛夫与梅特维杰夫这些著作实际上为巴赫金所著。柯日诺夫、鲍恰罗夫（后来两人成为巴赫金文化遗产的合法继承人）对巴赫金常常进行家访，70年代初，当他们和巴赫金谈及这些著作的作者所有权时，巴赫金往往不愿触及这事，很快将谈话转到其他方面，态度暧昧。有时谈及《马克思主义与语言哲学》一书时，巴赫金夫人在旁边说，这是由巴赫金一字一字口授给沃洛申诺夫写出来的。巴赫金听后没有表示不同意见，只是说，他的朋友们那时需要出版著作，而他需要用钱。1973年，著名俄罗斯语文学家维亚契斯拉夫·符·伊万诺夫发文，提出梅德维杰夫与沃洛申诺夫的三本著作应是巴赫金所著，它们似乎都出于巴赫金之手。同年当莫斯科大学教授杜瓦金访问巴赫金进行口述录音时，巴赫金顺便提到，他青年时期有个亲密的朋友沃洛申诺夫写了《马克思主义与语言哲学》一书，但是接着说："现在这本书可说有人要归于我的名下"，接着并无下文，口气犹豫。1975年，巴赫金去世，1977年鲍恰罗夫在苏联《哲学问题》（第7期）刊出了巴赫金的《作者问题》一文的按语中，以及在1979年由鲍恰罗夫编辑出版的巴赫金的《话语创作美学》一书的注释中，提出梅特维杰夫署名的《文艺学中的形式方法——社会学诗学批判入门》一书的基本文本，实际上出于巴赫金之手，并将自己摘引自沃洛申诺夫的《形式方法》与《马克思主义与语言问题》的引文，都归到了巴赫金名下。

1983年，美国的白银世纪出版社出版了《文艺学中的形式方法》一书，在该书的《出版说明》中，编者谈到经过有关材料的综合，明确宣称，三书作者均为巴赫金一人所写，"在最好的情况下梅德维杰夫和沃洛申诺夫可能参加了编辑工作"[①]。这一《说明》影响极大，相当部分的西方巴赫金研究家几乎都持这种观点，在俄罗斯学界也是如此。

这种现象延续到90年代，1993年，巴赫金研究家马赫林在迷宫出版社出了一套"带有面具的巴赫金"丛书，其中梅德维杰夫与沃洛申诺夫署名的三本著作，仍被列为巴赫金的作品。

上面这些情况，对于当时及后来有关20世纪20年代俄罗斯文艺学中形式主义、语言哲学、弗洛伊德主义等问题的研究，产生了很大影响。不少学者在自己的著述中摘录沃罗什诺夫与梅特维杰夫著作的引文，都成了巴赫金的权威话语，在最好的情况下，一些论文在行文

[①] 见《巴赫金全集》中译第2卷《文艺学的形式方法》一书的题注，1982年美国纽约白银世纪出版的《出版说明》。

与注释中让巴赫金/沃洛申诺夫或巴赫金/梅特维杰夫共署，这种方式在20世纪70年代初的托多罗夫研究巴赫金的著作中就已出现。

其实，从70年代开始将梅德维杰夫与沃洛申诺夫的三本著作及一些论文归到巴赫金的名下，持有不同意见的大有人在。一是80年代初，著名学者阿韦林采夫就说到，那些有争议的文本就其客观原因来说是无法解决的。所以有关作者版权的一事是应该公开，有争议的文本的出版，应该使用出版时的作者真名。而且就著作权一事，据闻原署名作者的后裔，要求归还父辈的版权，这几乎是名正言顺的事。二是俄罗斯国内外学者提出了不同意见，从一般研究文章到一些国际学术讨论会上都有争议，于是就出现了"有争议的文本"的论题，而且这一现象持续了好几十年。

80年代与整个90年代，在俄罗斯出现了巴赫金的研究高潮，出版了大量论文、不少论文集与专著，有巴赫金大词典词汇专题研究，还有《巴赫金学》以及以巴赫金提出的专有术语命名的杂志的出版。同时，就巴赫金等三人的著作引起的争论也有所深入。1991年，一位与巴赫金先后一起执教于摩尔达瓦大学同一文学教研室的尼·瓦西里耶夫教授（其父曾与巴赫金长久地共事于同一教研室），就上述现象撰文公开质疑，其中一篇《是巴赫金，还是沃洛希诺夫？》①，这在巴赫金研究界发生了影响，有的学者称这篇文章是"居心叵测"。

瓦西里耶夫就巴赫金和他两位朋友的学术活动有专门的研究，他详细地搜集、查阅了他们生活过的城市和彼得堡大学、艺术学院等单位里的档案材料，揭示了巴赫金和他这两位朋友的学历、专业知识、研究方向、20年代发表文章数量、在高校与研究所修业或在不同学术机构担任的各种职务、活动等不同方面。同时他也就出版于同时期的巴赫金的《陀思妥耶夫斯基的创作问题》与他两位朋友的论著的主题、方向、篇章安排、语言修辞、叙事风格、"他人言语"、方法论等方面，进行了对照与比较，肯定了三人著作、思想的共同之点，但差

---

① ［俄］瓦西里耶夫：《是巴赫金，还是沃洛希诺夫？》（有关强加给巴赫金的一些著作与论文的著作权问题），俄罗斯《文学评论》1991年第9期。

异也大。瓦西里耶夫提出，沃洛申诺夫在苏联庸俗社会学的马克思主义语言观的形成中，起过一定的作用。沃洛申诺夫将阶级斗争学说用来解释极为复杂的语言文化现象，提出"符号是阶级斗争的舞台"，在谈及"言语体裁"研究的重要性时，提出："这些形式的类型学是马克思主义最迫切的任务之一……这些形式完全为生产关系和社会政治制度所决定。"所以如果把《马克思主义与语言哲学》算作巴赫金的著作，那么巴赫金就要相应地承担书中某些庸俗社会学倾向的责任。但巴赫金自称，他"从来在任何程度上也算不上是一个马克思主义者"，但他也不是反马克思主义者。自从两位朋友的著作归属了巴赫金之后，在某些研究人员心中，特别是西欧左派学者那里，在巴赫金的学术生涯中，就有了一个马克思主义时期了。那么《马克思主义与语言哲学》中哪些部分算是马克思主义的呢？如果进行文本细读，一般正确的话语都是安放在章节的开头部分，而深入到问题的自身的实质时，原来开头的那些话语的意思，在文本中就销声匿迹了，留下的却是该书的最有价值的部分。2013年，瓦西里耶夫出版了自己的文集，书名是《巴赫金与"巴赫金小组"现象》，其中部分篇章专门探讨了"巴赫金小组"是个"难解之谜"[①]。这与阿韦林采夫的观点大体接近，同时他也试图提出有效性的研究办法。

事实上沃洛申诺夫与梅德维杰夫两位都是很有才华的学者，青年时期与巴赫金长期相处，过从甚密，很多思想共享。20世纪20年代他们都已发表过不少论文，从事过不少文化活动，在当时各自的学术研究领域里都是佼佼者，而并非等闲之辈。1980年莫斯科出版了《1917—1932年苏联美学思想史抡——资料选编》，其中的"艺术创作的规律性及其研究原则"一栏，收有多家论说，其中有什克洛夫斯基的《艺术即手法》、艾亨鲍姆的《论悲剧与悲剧性》、弗里契的《艺术社会学史概论 我们的首要任务》、阿斯穆斯的《捍卫虚构》等，同时也收有沃

---

① ［俄］尼·瓦西里耶夫：《巴赫金与"巴赫金小组"现象》，莫斯科，黎波拉克姆书屋2013年版。

洛申诺夫的《生活话语与艺术话语》以及梅德维杰夫的《体裁问题》① 等。

1993年，鲍恰罗夫发表了一篇与巴赫金多年交往的回忆性文章，该文回应了瓦西里耶夫所说的巴赫金不可能具有那么广博的知识，撰写了《马克思主义与语言哲学》与其他著作。鲍恰罗夫认为，这一论点缺乏说服力，因为20年代新的"生物哲学"中的"时空体"思想就已为巴赫金所接受，并于后来移植到了小说理论中。同时，鲍恰罗夫提供了他几次家访巴赫金时所听到的巴赫金关于"有争议的文本"的作者就是巴赫金自己的说法，这似乎已是确凿无疑，而且还有旁证。但是，鲍恰罗夫明确地提出了"证据说"这一观点，这让人感到无懈可击而令人折服。他说："即便是巴赫金本人提供的出自他的亲口的申明也不足以解决问题。""虽然相关的见证不少，但它们不足以成为证据。"②

1996年，俄罗斯学者筹备了多年的《巴赫金文集》7卷本开始在莫斯科出版，最先问世的是第5卷，扉页之后有个编辑说明，定为这是巴赫金的学术版文集，作品按发表时序编排，各卷自有主题；编者对各卷文本做过精心的考订，并附有研究性的、详尽的注释。7卷文集的最后一卷为"巴赫金小组"著作汇编，即"有争议的文本"汇集，这就是说，这时巴赫金与梅德维杰夫等人的著作权的关系还未获得彻底解决。同年，中文版的《巴赫金全集》正在编辑之中，编者颇费时日地根据当时自己和我国一些学者无私提供的多种巴赫金著述，编排了中译6卷本初目，参阅了俄文版《巴赫金文集》的各卷论著的主题，最后定下中译本各卷编排顺序，将沃洛申诺夫与梅德维杰夫等人的著作编入了第1、2卷，并在目录中的书名与文章后面，均署上了沃洛申诺夫与梅德维杰夫的姓名，以保持原有风貌。中译巴赫金6卷本与俄文本7卷集虽然在著作编排上存有差别，但编辑宗旨与原则以及收入的著作大体是

---

① [苏联] 格·别拉娅编：《1917—1932年苏联美学思想史论——资料选编》，莫斯科，艺术出版社1980年版。

② [俄] 谢·鲍恰罗夫：《关于一次谈话及其相关问题》，俄罗斯《新文学批评》1993年第2期。

一致的。2009年,《巴赫金全集》中译第二版刊印,有7卷,收入了巴赫金关于俄罗斯与外国古代文学史的讲稿笔记。

2012年,俄罗斯版的《巴赫金文集》7卷出版齐全。《文集》这一浩大工程从1996年开始前后历时17年,加上第5卷的准备与编辑时间,大约有20来年。原计划中有关拉伯雷研究的1卷扩展为1、2两卷,而经过时间的磨合与汰洗,最终还是将原计划中的第7卷——"巴赫金小组"著作,即"有争议的文本",从《巴赫金文集》中撤了下来,变成6卷7册。因为一,明摆着有个版权法律问题,这是难以逾越的坎;二,没有任何实证材料可以证明那些著作不是署名作者所写,修改著作的原有署名,是没有法律根据的;三,反之,也没有任何具体的实证材料可以证明这些著作出于巴赫金之手,这方面肯定性的旁证虽然不少,但需要的是实证材料,由于口说无凭,所以终究难有定论。不过,作者与著作权问题的解决,终于尘埃落定,将"有争议的文本"移出了《巴赫金文集》。

当然,这不是说,巴赫金早期的研究与他的两位朋友的著作毫无关联。他们作为曾经存在了十来年的小组的成员,如前所说关系极为密切,在生活、学术的交往中,有很多方面,存在着思想上的共享。巴赫金对20世纪20年代的这些著作即对"有争议的文本"与他自己的《陀思妥耶夫斯基创作问题》一书的评价是:它们"有着共同的语言观与言语作品观","共同的观念与工作中的接触之存在,并不会降低这几本书中的每一本的独立性和原创性"。就是说,它们有着"共同的观念""共同的语言观"与"言语作品观"。当然在两位朋友的其他方面的著作与巴赫金后来的著作相比,就不具有这种"共同的观念",那是属于另一层面的问题了。鲍恰罗夫为此谈到,"共同的观念"包括题材上的、观念上的、术语上的、文体上的比较性研究,尚是有待深入探讨的问题。可以肯定,巴赫金参与了这些著作的酝酿过程,交换过思想,提出过不少意见,修改甚至口述过一些段落,后来沿用过某些术语,例如首次见于《马克思主义与语言哲学》的"他人言语"与对于基督教思想等这样极为重要的观念,后来在巴赫金署名的著作里,赋予了它们以更深的新意,拓展、丰富与发展了语言哲学。

俄罗斯的《巴赫金文集》不再将沃洛申诺夫与梅德维杰夫的著作收编其中，具有原则性的意义，这一措施对巴赫金的著作做了规范化的处理，明确了巴赫金著作的文本范围，它使巴赫金的研究回归巴赫金自身，这正是国际巴赫金研究界所期待的。这一举措，必然有利于推动巴赫金研究的深入，为未来巴赫金思想的探讨，展现了一个新的前景。但是，20世纪20年代的三人著作，在创作思想上确是存在着观念上的共同性与同一性，问题在于如何在文本思想的复杂多面共生与历史地、细致地分析它们之间的思想共享，合与分，同一与分野，以及同一问题上各自不同的理解深度与差异，把握到什么分寸与程度。

所以，我们这次不再将梅德维杰夫等人的著作收入新编的中译本《巴赫金文集》。

半个多世纪以来，巴赫金的思想一直处于哲学、人文科学的前沿，备受赞扬。一位前贤说过，如果一个学者的思想被过度地阐释，而成为一种理论崇拜与时髦，其思想不免会被滥用、曲解与庸俗化。20世纪60—80年代，巴赫金的思想传播开来后，很多俄罗斯与外国的人文学者纷纷撰文，出现了不少优秀著作，同时也出现了一些因条件限制而理解不深的文章，甚至不少攀附应景的文章，它们引用巴赫金的观点，不证自明，视为绝对真理。这种现象，俄罗斯学者早就注意到了。上面提及的鲍恰罗夫的文章，就指出了不少矛盾现象；尼·瓦西里耶夫指出的问题正是这种现象的变形。90年代中期巴赫金研究家尼·塔马尔钦科主编的《巴赫金大辞典——词目表》的编者前言中，就学界对巴赫金学说的滥用，也颇有微词。他认为，一些人对于巴赫金关于陀思妥耶夫斯基的研究说些与巴赫金的思想毫不相关的东西现象，也是存在的，或是相反，一些人做了巴赫金思想的"主人公"，他们不能离开巴赫金思想，但确实的论据不足。于是他组织一批专业学者撰写论文式的大型词条，以求正本清源。[①] 同时，有关巴

---

① [俄] 尼·塔马尔钦科编：《巴赫金大辞典——词目表》，莫斯科，国立莫斯科人文大学，1997年。

赫金的传记、编年已有多种，但是不少文章对巴赫金的出身、学历、履历等问题，却也莫衷一是。2017年莫斯科青年近卫军出版社的"名人丛书"出版了阿·卡洛瓦什柯的《巴赫金传》。该书作者多方收集资料，进行考证，指出了巴赫金对自己的身世与家族、学历与履历，多有失实之处而有所讥刺；特别在学历方面，巴赫金并没有接受过完整的中学与大学教育，他所读过的中学，特别是大学的学历，都无他的档案可查，被指为子虚乌有，他的大学学历则是从他哥哥那里移花接木过来的。[①] 巴赫金多次求职而填写的履历表格，由于当时制度的要求，重视学历文凭而不得不如此这般应对，确实有他的难言之隐。该书作者认为，在杜瓦金对巴赫金的访谈录中，也存在这类问题，对巴赫金初期的著作，评价不高。看来闻名于20世纪的俄罗斯思想家、人文科学家巴赫金，走了一条自学成才的艰难道路。

巴赫金研究在我国已有多年，出现了一批很有学术水平的著作，特别是好几位巴赫金著作的中文译者，研究成绩斐然。这次《巴赫金文集》再度出版，作为主编，我邀请他们为各卷撰写译者前言，它们对巴赫金的各个方面有着深刻的理解。我的总序尽量避开它们的论述角度，探索一些可以深入的方面，当然在论述一些问题的交叉之处可能会有歧见，但合起来看就是一篇多声部的大序，它们对于读者也许会有一些启迪意义。

[①] 见［俄］阿·卡洛瓦什柯《巴赫金传》，莫斯科，青年近卫军出版社2017年版，第37—46页。传记作者因巴赫金自述中多有失实之处，几次比之为"赫列斯达柯夫"习气。